# Medidas de Redução do Contencioso Tributário e o CPC/2015

# Medidas de Redução do Contencioso Tributário e o CPC/2015

## CONTRIBUTOS PRÁTICOS PARA RESSIGNIFICAR O PROCESSO ADMINISTRATIVO E JUDICIAL TRIBUTÁRIO

**2017**

Gisele Barra Bossa
Eduardo Perez Salusse
Tathiane Piscitelli
Juliana Furtado Costa Araujo

**MEDIDAS DE REDUÇÃO DO CONTENCIOSO TRIBUTÁRIO E O CPC/2015**
CONTRIBUTOS PRÁTICOS PARA RESSIGNIFICAR O PROCESSO ADMINISTRATIVO E JUDICIAL TRIBUTÁRIO

COORDENADORES: Gisele Barra Bossa, Eduardo Perez Salusse, Tathiane Piscitelli, Juliana Furtado Costa Araujo
DIAGRAMAÇÃO: Almedina
DESIGN DE CAPA: FBA
ISBN: 978-858-49-3231-3

Dados Internacionais de Catalogação na Publicação (CIP)
(Câmara Brasileira do Livro, SP, Brasil)

---

Medidas de redução do contencioso tributário e o CPC/2015 : contributos práticos para ressignificar o processo administrativo e judicial tributário / [coordenadores] Gisele Barra Bossa ...[et al.]. -- São Paulo : Almedina, 2017.

Outros coordenadores: Eduardo Perez Salusse, Tathiane Piscitelli, Juliana Furtado Costa Araujo.
Vários autores.
Bibliografia.
ISBN: 978-85-8493-231-3

1.Contencioso tributário 2. Direito tributário – Brasil 3. Processo administrativo tributário - Brasil I. Bossa, Gisele Barra. II. Salusse, Eduardo Perez. III. Piscitelli, Tathiane. IV. Araujo, Juliana Furtado Costa.

17-05058 CDU-351.95:336.2(81)

---

Índices para catálogo sistemático:
1. Brasil : Processo administrativo : Medidas de redução do contencioso tributário : Direito tributário 351.95:336.2(81)

Este livro segue as regras do novo Acordo Ortográfico da Língua Portuguesa (1990).



Junho, 2017

EDITORA: Almedina Brasil
Rua José Maria Lisboa, 860, Conj.131 e 132, Jardim Paulista | 01423-001 São Paulo | Brasil
editora@almedina.com.br
www.almedina.com.br

## NOTA DOS COORDENADORES

O que se deve fazer quando determinado sistema ou instituição caminha para o colapso? Em um ambiente bastante hostil e pouco cooperativo, o contencioso tributário emperra frente a problemas de ordem cultural, normativa, administrativa, política e econômica. Tais adversidades estimularam a organização da presente obra e trouxeram o desafio de trabalhar os temas a partir de pilares desenvolvimentistas e solucionadores.

Sob diversas perspectivas, pesquisas empíricas apontam para o alto grau de ineficiência dos órgãos de Estado na resolução de conflitos em matéria tributária e para a sobrecarga extrema dos tribunais administrativos e judiciais.

Mais do que meros dados levantados por diversas instituições indicando o acúmulo crescente de processos em andamento, a experiência vicenciada por profissionais, estudiosos e operadores do direito sinaliza efetiva ruptura do sistema processual vigente, especialmente no que diz respeito à resolução de demandas tributárias.

A expressão ruptura é aqui mencionada com a firme ideia de que as regras do contencioso tributário atual, bem como as instituições encarregadas de orquestrá-lo, não possuem fôlego para sustentar tal panorama. Mais do que meras ideias, a ressignificação concreta e imediata do processo tributário é medida que se impõe para fazer cessar este declínio sistêmico e institucional.

O processo não é um fim em si mesmo. Existe para viabilizar a pacificação de crises e litígios, encerrando-se com a efetiva solução do mérito.

É certo que as decisões devem ser aptas a produzir efeitos na realidade social e garantir segurança quanto à sua eficácia, estabilidade e coerência e o mesmo se aplica para o sistema normativo.

A dogmática clássica tampouco pode ser barreira intransponível ao desenvolvimento, mormente quando regras, conceitos e instituições não mais atendem aos interesses da sociedade.

O convite à reflexão é encapado com contribuições doutrinárias cuidadosamente articuladas por estudiosos comprometidos com a temática central e com os objetivos delineados no projeto desta obra.

Esperamos que a provocação para refletir sobre ideias e temas inovadores seja uma porta de entrada para nova etapa desenvolvimentista. A dogmática clássica precisa ser revisitada, deixando-se permear pelo debate, sopesamento de custos e benefícios, legalidade, ponderação de interesses múltiplos e uma ressignificação lógica em busca de teorias jurídicas adultas atreladas às novas diretrizes do Código de Processo Civil, fundamentais para o processo de amadurecimento institucional e processual.

Não há a ilusão de que as instituições devam ter desempenho ótimo permanentemente, eis que sofrem influências circunstanciais de diversas ordens, sendo especialmente sensíveis a interferências de natureza econômica ou política. Todavia, é fato que a busca por maior eficiência é dever constitucional. A administração pública não deve se desincumbir da missão de inovar e atender novos anseios e novas necessidades sociais.

Se o tradicionalismo institucional, se os significados dogmáticos clássicos ou se a ordem jurídica não mais atenderem aos fins sociais, inovações devem ser debatidas, lapidadas e implementadas.

Vale dizer, se os poderes de Estado e a dinâmica do contencioso tributário atual não atingem as suas finalidades com a eficiência desejada, outros meios alternativos para compor os conflitos tributários e garantir a litigância responsável devem ser avaliados. Os desafios são muitos, mas jamais insuperáveis.

Há, como fonte de pesquisa, experiências internacionais e outras decorrentes da implementação de métodos de solução pacífica de litígios que envolvem relações privadas e direitos disponíveis.

Não obstante, a ousadia do pesquisador não aceita fronteiras. A experiência de outras ciências ou nações não deve restringir o desbravamento de campos ainda não percorridos.

Os estudos passam pela compreensão da problemática e das suas causas, pela revisão das normas, das estruturas, organizações e competências institucionais, da aceitação de ideias, dos debates e do seu racional enfrentamento, da proposição de inovações e da crítica construtiva. Todavia, a realização efetiva dos avanços depende de disposição e de atitude, ingredientes indispensáveis a atingir a finalidade deste projeto.

Se é verdade que a situação do contencioso tributário é crítica, não é menos verdadeiro que as crises impulsionam o desenvolvimento. O desconforto do contencioso tributário já ultrapassou todos os limtes do razoável e do que se poderia minimamente ser nominado de eficiente.

É tempo de escrevermos uma nova história calcados na isonomia, boa-fé e cooperação processual. Devemos encarar este momento como oportunidade de amadurecimento e estreitamento da relação entre fiscos e contribuintes.Os profissionais que compõem esta obra fazem parte da elite do direito tributário nacional, demonstram engajamento técnico e o espírito público necessário para contribuir com sugestões para a superação da crise e para o fortalecimento das nossas instituições.

Acreditam e demonstram, com ideias tecnicamente fundamentadas, que há várias alternativas passíveis de serem adotadas pelos poderes competentes.

Com esta crença, a busca pela redução da litigiosidade e pela ressignificação do contencioso tributário propiciará, no mínimo, avanços outrora inimagináveis.

Os Coordenadores

# SUMÁRIO

## REESTRUTURAÇÃO DO PROCESSO TRIBUTÁRIO BRASILEIRO E O CPC/2015

## ADOÇÃO DOS MECANISMOS DE UNIFORMIZAÇÃO DE DECISÕES NO PROCESSO ADMINISTRATIVO E JUDICIAL TRIBUTÁRIO

# Premissas para Redução do Contencioso Tributário no Brasil

# Potenciais caminhos para redução do contencioso tributário e as diretrizes do CPC/2015: entraves e oportunidades

Gisele Barra Bossa*

## 1. Introdução e Premissas

O presente artigo objetiva desafiar os leitores a compreender os pilares da presente obra coletiva através da análise e potencial aplicação das novas diretrizes do CPC/2015 aos temas cotidianos que geram substancial contencioso tributário e elevam o grau de litigiosidade no Brasil[1].

* Advogada, Professora, Doutoranda e Mestre em Ciências Jurídico-Econômicas pela Faculdade de Direito da Universidade de Coimbra. Coordenou a Comissão de Assuntos Jurídico-Tributários do Grupo de Estudos Tributários Aplicados – GETAP (2015/2017) e o Núcleo de Estudos Fiscais – NEF da FGV Direito SP (2014/2015). Conselheira Científica do Grupo de Tributação e Novas Tecnologias do Programa de Mestrado Profissional da FGV Direito SP.

[1] O gritante volume do contencioso tributário brasileiro foi apresentado pela pesquisadora Lorreine Messias ao trazer que o contencioso federal na esfera administrativa montava a R$ 528 bilhões (11% do PIB) em setembro de 2013. Em meados de 2013, apenas quatro questões tributárias em discussão no Supremo Tribunal Federal montavam a R$ 213 bilhões (4,4% do PIB). Segundo o estudo da OCDE para uma amostra de 18 países, a mediana do valor do contencioso administrativo era de 0,2% do PIB, o que significa dizer que o contencioso tributário no Brasil é mais de 50 vezes superior ao padrão mundial. Ver Messias, Lorreine. *Contencioso Tributário brasileiro é muito superior ao dos EUA*. Conjur. www.conjur.com.br,

Pretende-se de forma dinâmica e não exaustiva, capturar situações práticas que representem entraves à solução isonômica, efetiva e célere do processo tributário.

Ao trabalhar o paralelismo entre entraves e oportunidades é possível chegar a concepções construtivas e solucionadoras capazes de ressignificar a atuação das instituições e das partes envolvidas na relação jurídico-processual.

É nesse contexto que os métodos alternativos de resolução de litígios figuram, inevitavelmente, como veículos propulsores das boas práticas processuais, autênticos mecanismos de promoção da melhora nas relações entre fiscos e contribuintes e de redução do contencioso respectivo.

O fortalecimento do papel institucional dos órgãos de julgamento dos processos administrativo e judicial tributário é a principal forma de garantir a devida aplicação dos princípios norteadores do NCPC.

A legalidade não se constrói apenas com infindáveis diplomas normativos, mas com atos de aplicação do direito praticados pelos órgãos de Estado. As instituições ditam o grau de evolução e os limites em que os atores de uma sociedade interagem[2].

O sucesso das nações está estritamente vinculado à formação de uma economia de mercado marcada pelo respeito à segurança jurídica, à transparência[3] e à previsibilidade de atuação dos poderes de Estado,

2013. Disponível em: http://goo.gl/uhJxSQ e APPY, Bernard; MESSIAS, Lorreine. *Litigiosidade tributária no Brasil.* O Estado de São Paulo. www. http://economia.estadao.com.br/, 2014. Disponível em: http://goo.gl/GmUbLa. Estudos relevantes que materializam essa temática: OECD. *Tax administration 2013: Comparative Information on OCDE and other advanced and emerging economies.* Paris: OECD, 2013. Disponível em: http://goo.gl/n1xW2g. http://www.oecd.org/tax/transparency/44430243.pdf; OECD. *Tax administration 2015: Comparative Information on OCDE and other advanced and emerging economies.* Paris: OECD, 2015. Disponível em: http://goo.gl/7Y8L5G. Acessos em: 23/12/2016.

[2] Sobre a relevância das instituições como variáveis de análise para explicar o grau de desenvolvimento de países vide NORTH, Douglass C. Institutions. In. *The Journal of Economic Perspectives, Vol. 5, Nº1.* (Winter, 1991), pp. 97-112. Disponível em: http://goo.gl/HrgXXk. Acesso em: 23/12/2016.

[3] Sobre a importância da transparência fiscal no desenvolvimento dos países, vide SCAPIN, Andréia; BOSSA, Gisele. *Transparência e democracia: para um governo com poderes visíveis.* Revista de Doutrina da 4ª Região, Porto Alegre, n. 65, abr. 2015. Escola da Magistratura do Tribunal Regional Federal da 4ª região (EMAGIS). Disponível em: https://goo.gl/Gij14l; e WINER, Stanley L.; KENNY, Lawrence W.; HETTICH, Walter, *Political Regimes, Institutions and the*

situações que criam ambiente de negócios atraente, encorajam investimentos e induzem ao desenvolvimento.

Nas economias desenvolvidas as instituições são adequadas ao aumento de produtividade e ao crescimento econômico, pois protegem eficientemente o direito de propriedade, o que reduz incertezas e custos de transação, permitindo lucros maiores e expansão dos mercados[4].

Esses valores atrelados à eficiência, estabilidade, uniformidade e busca de soluções pacíficas para resolução de litígios são grandes marcos do NCPC e convidam as instituições e demais *stakeholders* a repensar a percepção de democracia, sua participação no exercício do poder e das liberdades individuais.

As próprias ponderações quanto aos custos do processo para o Estado, para os contribuintes e o respectivo retorno social[5], devem ser consideradas pelos protagonistas da relação processual e estarem no escopo das propostas de solução para redução do contencioso tributário.

Sob a perspectiva do *Law and Economics*, a ideia de justiça social e distributiva está atrelada a análise empírica dos comportamentos humanos capazes de evidenciar os reais impactos do sistema normativo na vida do cidadão comum. A quantificação permite demonstrar o grau de eficácia[6] da ordem jurídica na maximização do bem-estar social.

É dentro dessa perspectiva que o litígio precisa deixar de ser um fim em si mesmo e assegurar no plano fático a tutela jurisdicional eficaz e efetiva através da materialização do **princípio da cooperação.**

*Nature of Tax Systems* (January 2, 2010). SSRN. Disponível em: https://goo.gl/jjvcsr. Acessos em: 23/12/2016.

[4] Acemoglu, Daron; Johnson, Simon; Robinson, James. *Why Nations Fail*. New York: Crown Business, 2012.

[5] A cultura do litígio pelo litígio sem a ponderação quanto à eficácia e efetividade da prestação jurisdicional repercute diretamente nos gastos da "máquina estatal" e impede que esses recursos sejam destinados às funções sociais primárias como saúde, educação e moradia.

[6] Segundo o Ministro Teori Albino Zavascki a eficácia jurídica "*designa a aptidão da norma jurídica para produzir efeitos na realidade social, ou seja, para produzir, concretamente, condutas sociais compatíveis com as determinações ou os valores consagrados no preceito normativo. (...) é o fenômeno que se passa, não no plano puramente formal, mas no mundo dos fatos e por isso mesmo é denominado eficácia social ou efetividade.*" *E conclui:* ***"A norma será tanto mais eficaz quanto maior for a aproximação e a atração que o plano da normatividade puder exercer sobre o plano da realidade."*** *In* Revista de Informação Legislativa, v. 31, n. 122, p. 291/ 296.

## 2. Fatores responsáveis pelo alto grau de litigiosidade no Brasil

Embora o Brasil represente uma das maiores potências econômicas mundiais e personifique uma das nações mais ricas em diversidade étnica, cultural e ambiental, seus indicadores humanos[7] refletem a degradação de *standards* sociais e ambientais mínimos[8].

O enquadramento como país subdesenvolvido ainda lhe cabe, fica difícil falar em Estado Democrático de Direito diante da insustentabilidade das instituições políticas, da clara ineficiência de gestão dos órgãos de Estado e do distanciamento de valores constitucionais calcados na dignidade da pessoa humana. Nos dias de hoje, parece utópico falar em inclusão social, justiça fiscal e distributiva, tampouco em moralidade.

É difícil convencer uma sociedade de que vale a pena arcar com o ônus tributário quando não é possível enxergar como essa receita arrecadada está sendo administrada, gasta e revertida em favor do bem comum[9].

E o que sobra? A cultura do litígio como regra. De um lado há contribuintes que administram de maneira eficiente o seu passivo tributário, protelam cobranças devidas por meio do contencioso, aderem a parce-

[7] Sobre o tema, vide indicadores da OCDE constantes dos seguintes relatórios: *Education at a Glance 2016*. Paris: OECD, 2016. Disponível em: https://goo.gl/Z71yED e apresentação da OCDE sobre o Brasil em https://goo.gl/32943A; e *Relatórios Econômicos da OCDE – Brasil 2015*. Resumo em Português. Paris: OECD, 2016. Disponível em https://goo.gl/xn8GGq. Acessos em 23/12/2016.

[8] Vale citar importante obra que traz a concepção de *standards* sociais e ambientais sob a perspectiva do comércio justo, o denominado *fair trade* – inserção dos países como verdadeiras economias de mercado (equilíbrio concorrencial). Cunha, Luís Pedro Chaves Rodrigues da. *O Sistema Comercial Multilateral face aos Espaços de Integração Regional*. Dissertação de Doutoramento em Ciências Jurídico-Econômicas apresentada à Faculdade de Direito da Universidade de Coimbra. 2006. p. 432-433.

[9] Sob esse aspecto, vale mencionar importantes estudos empíricos que objetivam aferir o papel da ética na arrecadação tributária, são eles: McGee, Robert W. *Attitudes on the Ethics of Tax Evasion: A Survey of Philosophy Professors* (April 14, 2014). SSRN. Disponível em http://goo.gl/z3cjwH. Fundação Instituto Capixaba de Pesquisas em Contabilidade, Economia e Finanças (FUCAP). *A ética da evasão fiscal: um estudo comparativo de profissionais e estudantes da área de negócios*. Disponível em: https://goo.gl/089e0K. Sobre esses estudos, Bossa, Gisele Barra; Rosa, Ana Teresa Lima. *Resgatando o elo entre direito tributário e gasto público*. Conjur. www.conjur.com.br, 2014. Disponível em: https://goo.gl/uARl3o. No mais, interessante trabalho empírico e social no site: http://www.quantocustaobrasil.com.br/, especial o artigo *Sonegação no Brasil – uma estimativa do Desvio da Arrecadação*. Disponível em: https://goo.gl/CFxGcg. Acessos em 23/12/2016.

lamentos fiscais hábeis a premiar a inadimplência e utilizam estratégias agressivas de planejamento tributário.

De outro lado, as autoridades fiscais e, posteriormente, a Fazenda Pública extrapolam suas condutas ao arrepio das garantias, valores e direitos assegurados pela Constituição Federal, basicamente o agir em último grau[10].

No mais, a própria "tirania das multas"[11] facilita sobremaneira esse *modus operandi* dos fiscos. O fatídico lançamento por homologação coloca o contribuinte à mercê do alto custo de conformidade e do risco de incidência de um número infindável de multas decorrentes do descumprimento de obrigações acessórias (multas punitivas isoladas) nas três esferas de poder, sem falar nas multas de mora e nas multas punitivas seguidas de lançamento de ofício.

A busca por soluções eficientes, equilibradas, cooperativas e aptas a incentivar boas práticas (*enforcement*) são pouco expressivas e o que salta aos olhos é o nítido preconceito entre as partes envolvidas.

A partir dessa breve digressão acerca desses permanentes antagonismos e incoerências sistêmicas, podemos considerar três principais aspectos que fomentam o contencioso tributário brasileiro, são eles: (i) aspectos socioculturais e institucionais; (ii) aspectos políticos e econômicos; e (iii) aspectos normativos e processuais.

Os fatores socioculturais e institucionais foram aqui resumidamente relatados com especial ênfase às suas respectivas consequências: a clara desconfiança que permeia a relação entre fiscos e contribuintes e o contínuo enfraquecimento dos órgãos de Estado brasileiros cada vez mais afastados da sua **função primária de guardiões da segurança jurídica**[12].

[10] Nesse sentido, VIVIANI, Luís. *Lei de Mediação exige mudança na cultura brasileira de litígio*. Jota. http://jota.info/, 2016. Jota. Disponível em: https://goo.gl/tG64sF. Acesso em 23/12/2016.

[11] A quantidade de multas no Brasil e as constantes alterações legislativas tornam a realização de estudos empíricos extremamente difícil. Não foi evidenciado trabalho científico que realizasse tal mapeamento, contudo, em termos de montantes envolvidos em nível federal, vale referenciar o *Plano Anual da Fiscalização da Secretaria da Receita Federal do Brasil 2016*. Disponível em: https://goo.gl/WK8L14. O próprio STF vem se manifestado sobre o caráter nitidamente confiscatório das multas, vide artigos *O Supremo decide que multa fiscal não pode ser maior que 100%* e *Supremo limita a 20% multa por atraso no recolhimento de tributo*. Disponíveis em: https://goo.gl/ZIyE3D e https://goo.gl/FkgjVT. Acessos em 23/12/2016.

[12] Atualmente os tribunais superiores julgam mais temas políticos relacionados à crise institucional envolvendo o Executivo e o Legislativo, do que teses jurídicas infraconstitucionais

Nas palavras do grande dramaturgo e romancista Ariano Vilar Suassuna "... é muito difícil você vencer a injustiça secular, que dilacera o Brasil em dois países distintos: o país dos *privilegiados e o país dos despossuídos.* " É certo que a corrupção endêmica abala ainda mais as estruturas das frágeis instituições brasileiras e agrava a sensação do cidadão de descrença na "*ordem e progresso*".

As ineficientes escolhas de política fiscal de curto prazo, acompanhadas da despreocupação com a gestão dos recursos públicos, aumentam a litigiosidade entre os próprios entes federativos e provocam a ação dos contribuintes naturalmente preocupados em garantir os benefícios fiscais outrora concedidos[13].

Tais desonerações ao invés de impulsionarem o desenvolvimento local, regional e nacional incrementam o contencioso tributário em virtude da carência de regras claras e objetivas que determinem **contrapartidas mensuráveis**, em homenagem ao princípio da função social da empresa.

Contínuos estudos comparativos escancaram a pouca atratividade do mercado brasileiro decorrente da elevada carga tributária, do alto custo de *compliance*, dos baixos indicadores de transparência e eficiência[14].

e constitucionais hábeis a garantir a estabilidade, coerência e uniformidade dos julgados. Especial menção as seguintes iniciativas e estudos: Lopes, Felipe de Mendonça. *Independência do Judiciário: mensurando o viés político das cortes brasileiras.* Dissertação apresentada à Escola de Economia de São Paulo da Fundação Getúlio Vargas, como requisito para obtenção do título de Mestre em Economia de Empresas. 2013. Disponível em: <https://goo.gl/e3wI3o>. Olivon, Beatriz. *Disputas nos tribunais superiores tem impacto de R$ 500 bi para União.* 2017. Disponível em: https://goo.gl/dSO7UR. Acessos em: 07/01/2017.

[13] Aqui faz-se alusão ao fenômeno da guerra fiscal. Sobre essa temática, ver Bossa, Gisele Barra; Rosa, Ana Teresa Lima. *Ineficiência do federalismo brasileiro é desafio para a reforma tributária.* Conjur. www.conjur.com.br, 2014. Disponível em: https://goo.gl/XyI6hn e Bossa, Gisele Barra; Campedelli, Laura Romano. *Desafio para reforma tributária é superar ideia de reformas pontuais.* Conjur. www.conjur.com.br, 2014. Disponível em: https://goo.gl/4Cg0wT. Acessos em 23/12/2016.

[14] Vale referenciar os seguintes estudos: Deloitte. *Compliance tributário no Brasil: As estruturas das empresas para atuar em um ambiente complexo.* 2016. Disponível em: https://goo.gl/1w9NuU; FEDERAÇÃO DAS INDÚSTRIAS DO ESTADO DE SÃO PAULO – FIESP. *O Peso da Burocracia Tributária na Indústria de Transformação 2012.* 2012. Disponível em: https://goo.gl/DG7xTR; RECEITA FEDERAL DO BRASIL – RFB. *Carga tributária no Brasil 2015: Análise por tributos e bases de incidência.* 2016. Disponível em: <https://goo.gl/BH7NsG>. Acessos em: 07/01/2017.

O chamado "Custo Brasil[15]" acaba por comprometer investimentos relevantes em inovação (P&D), infraestrutura, malha logística, qualificação de pessoas, geração de empregos, dentre outros, necessários para garantir a existência competitiva das empresas no mercado brasileiro e internacional.

Os dados comparativos dos últimos três anos do *Doing Business*[16] confirmam essa realidade.

| ***Doing Business*** **(Ano)** | **Colação do Brasil** | **Número de Economias Participantes** |
|---|---|---|
| 2017 | 123º | 190 |
| 2016 | 116º | 189 |
| 2015 | 120º | 189 |

| ***Comparativo Doing Business*** | | | |
|---|---|---|---|
| **Indicador** | **2017** | **2016** | **2015** |
| Tempo (horas por ano) | 2.038,0 | 2.600,0 | 2.600,0 |
| Alíquota de Imposto Total (% do lucro) | 68,0 | 69,2 | 69,0 |

| ***Doing Business*** **2017** | | | |
|---|---|---|---|
| **Indicador** | **São Paulo** | **América Latina & Caribe** | **OCDE** |
| Tempo (horas por ano) | 2.038,0 | 342,6 | 163,4 |
| Alíquota de Imposto Total (% do lucro) | 68,0 | 46,3 | 40,9 |

Esses elementos empíricos demonstram o quão elevadas são as horas gastas anualmente para apuração dos tributos e a alíquota total em termos de porcentagem do lucro. Detalhe que o escopo da pesquisa restringiu-se a São Paulo e, ainda assim, o Brasil teve significativa queda no *ranking* comparativamente à 2016.

[15] O Custo Brasil é um termo genérico, usado para descrever o conjunto de dificuldades estruturais, burocráticas e econômicas que encarecem o investimento no Brasil, dificultando o desenvolvimento nacional, aumentando o desemprego, o trabalho informal, a sonegação de tributos e a evasão de divisas. Por isso, é apontado como um conjunto de fatores que comprometem a competitividade e a eficiência da indústria nacional.

[16] BANCO MUNDIAL. *Doing Business 2017 – 2016 – 2015.* Disponíveis em: https://goo.gl/U4s1Rw, https://goo.gl/Ksyr1M e https://goo.gl/VvOFVH. Acessos em: 04/02/2017.

Outro ponto que merece destaque é a recorrência dos programas de parcelamento fiscal em âmbito federal, estadual e municipal[17]. O caráter eminentemente arrecadatório por parte dos fiscos e a gestão eficiente de dívidas por parte dos contribuintes, levam ao problema do risco moral (*moral hazard*)[18]. Premia-me a inadimplência e não a pontualidade no cumprimento das obrigações tributárias. Esse comportamento de aguardar novo parcelamento, provoca queda de arrecadação futura e cria incentivo a inadimplência dos contribuintes regulares.

Esses elementos fáticos que materializam os aspectos políticos e econômicos estampam a ineficiência e injustiça provocadas pelo próprio Estado, o que inevitavelmente repercute no aumento da litigiosidade no Brasil.

Por fim, as questões de ordem normativa e processual são especialmente marcadas pela alta complexidade do sistema tributário brasileiro[19] e pela morosa, incoerente e instável estrutura que rege o processo administrativo e judicial tributário no Brasil[20].

[17] Somente em âmbito federal, podemos facialmente citar: REFIS (Lei 9.964/2000), PAES (Lei 10.684/2003), PAEX (MP 303/2006), REFIS da Crise (Lei 11.941/2009 e reabertura pela Lei 12.865/2013), REFIS da Copa (Lei 13.043/2014), PRORELIT (MP 685/2015, convertida na Lei 13.202/2015) e o recente PRT (MP 766/2017).

[18] Interessante *paper* sobre o tema de Gonçalves, Antonieta Caetano. *Comportamento de risco moral e seleção adversa oriundos dos programas de refinanciamentos de débitos tributários federais reiterados.* Apresentado no VIII Congresso Anual da Associação Mineira de Direito e Economia – AMDE. Disponível em: https://goo.gl/9nOGza. Acesso em: 04/02/2017.

[19] Cumpre referenciar importante iniciativa de Reforma Tributária do Centro de Cidadania Fiscal (CCiF) que busca trazer simplicidade, racionalidade e transparência ao sistema tributário brasileiro. A proposta prevê substituir impostos de bens e serviços por alíquota nos moldes do IVA utilizado no exterior. Disponível em: http://ccif.com.br/. Acesso em: 04/02/2017.

[20] Quanto ao diagnóstico do problema, insta referenciar os notáveis estudos realizados pelo Núcleo de Estudos Fiscais (NEF) da Escolada de Direito da Fundação Getúlio Vargas (Direito SP/FGV) por Vasconcelos, Breno Ferreira Martins; Silva, Daniel Souza Santiago da. *Diagnóstico do processo administrativo fiscal federal.* Jota. http://jota.info/, 2016. Jota. Disponível em: https://goo.gl/tdat4d; Camara, Aristóteles de Queiroz; Freire, Rodrigo Veiga Freire e. *Projeto Macrovisão do Crédito Tributário: Diagnóstico da Cobrança Judicial da Dívida Ativa da União.* Jota. http://jota.info/, 2016. Disponível em: https://goo.gl/au64Uk; e Vasconcelos, Breno Ferreira Martins; Silva, Daniel Souza Santiago da e outros. *Soluções para o contencioso administrativo fiscal federal: resultados parciais e próximos passos.* Jota. http://jota.info/, 2016. Disponível em: https://goo.gl/6S5e5g. MING, Celso; Brandão, Raquel. *O Carf e seus vícios.* 2017. Disponível em: <https://goo.gl/Z0mQtQ>. INSTITUTO ECONÔMICO DE PES-

A alta complexidade sistêmica pode ser facilmente evidenciada pelo número excessivo de tributos, diversidade de alíquotas e critérios de apuração. Por vezes assistimos densas e complexas legislações disciplinando a exceção como regra para atender pleitos setoriais ou até diárias alterações normativas em busca de algum grau de equilíbrio quanto aos respectivos efeitos de ordem prática.

Os órgãos legiferantes de Estado não realizam a real e imparcial avaliação dos impactos sociais, econômicos e institucionais das medidas por eles editadas. Infelizmente, interesses supostamente políticos ainda se sobrepõem à racionalidade econômica da legislação e ao dito bem comum.

Como decorrência natural da própria complexidade, reina a falta de clareza interpretativa e a discricionariedade na atuação das autoridades fiscais no curso da fiscalização, autuação, julgamento e cobrança do crédito tributário.

Esse cenário se agrava ainda mais diante da ausência de: oportunidades para as partes dialogarem e chegarem a acordos efetivos; aprimoramentos legislativos que premiem boas práticas; transparência das decisões e diretrizes de atuação dos órgãos; celeridade e eficiência procedimental[21]; e uniformidade e estabilidade da jurisprudência administrativa e judicial.

Ademais, as próprias disposições normativas também contribuem com a procrastinação dos feitos. A utilização indiscriminada de recursos e concessão de prazos excessivos em favor tanto do fisco como dos contribuintes – decadência, prescrição, prazos processuais, prazos administrativos intermináveis para o fisco prestar informações, responder consultas, efetuar compensações e restituições – garantem a longevidade do contencioso tributário.

Importante frisar que todos esses fatores impulsionam o alto grau de litigiosidade no Brasil e contribuem conjuntamente com a insegurança jurídica, a crise das instituições de Estado e a manutenção da desigualdade.

QUISA APLICADA – IPEA. *Custo e tempo do processo de execução fiscal promovido pela Procuradoria Geral da Fazenda Nacional.* 2011. Disponível em: <https://goo.gl/qVDXM8>. Acessos em: 23/12/2016.

[21] Importante mapeamento da transparência no contencioso administrativo tributário brasileiro trazido pelo Índice de Transparência do Contencioso Tributário – ICAT, realizado pelo NEF da Direito SP/FGV nas suas três últimas edições. Disponíveis em: https://goo.gl/mWLFnJ, https://goo.gl/L2oMLW e https://goo.gl/4LXeFn. Acessos em: 23/12/2016.

O quadro analítico abaixo traz breve sistematização dessas questões, seus elementos fáticos e consequências:

## QUADRO ANALÍTICO I

| Aspectos | Elementos fáticos | Consequências |
|---|---|---|
| **Questões institucionais e sociais** | ✓ Ineficiência de gestão dos órgãos de Estado<br>✓ Corrupção endêmica<br>✓ Degradação de *standards* sociais e ambientais mínimos | • Crise das instituições públicas: problemas de reversão - escolhas ineficientes<br>• A sonegação é justificável: Desconfiança entre fiscos e contribuintes<br>• Retrocesso desenvolvimentista<br>• Manutenção da Desigualdade<br>• Falta de acessibilidade *lato sensu* |
| **Questões políticas e econômicas** | ✓ Elevada carga tributária<br>✓ Alto custo de conformidade: *compliance*<br>✓ Recorrência de programas de parcelamento fiscal | • Estratégias de gestão eficiente por parte dos contribuintes<br>• Desencoraja investimentos<br>• Fomento ao inadimplemento e a evasão fiscal<br>• Crise das instituições privadas e o risco reputacional |
| **Questões normativas e processuais** | ✓ Complexidade Sistêmica<br>✓ Prazos e Recursos Excessivos<br>✓ Falta de estabilidade, irretroatividade e uniformidade dos julgados administrativos e judiciais<br>✓ Desequilíbrio entre as partes | • Insegurança Jurídica<br>• Pouca ou nenhuma Previsibilidade para os contribuintes<br>• Certeza da Morosidade<br>• Excesso de discricionariedade por parte dos órgãos de fiscalização, autuação, julgamento e cobrança do crédito tributário<br>• Cultura do litígio |

Embora essas questões contem com iniciativas específicas no combate ao alto grau de litigiosidade – propostas de reforma tributária, medidas de transparência, reestruturação, gestão estratégica de diversos órgãos de Estado, mutirões de conciliação, mediação e transação[22] – a edição do novo Código de Processo Civil (Lei 13.015/2015) trouxe inovações e reforçou determinadas diretrizes principiológicas que nos desafiam a ressignificar o contencioso tributário no Brasil.

[22] Cabe prestigiar as seguintes iniciativas: Portais da Transparência (http://www.transparencia.sp.gov.br/; http://www.portaldatransparencia.gov.br/; http://www.fazenda.sp.gov.br/tit/; http://www.sefaz.ba.gov.br/; http://www.fazenda.mg.gov.br/secretaria/transparencia/index.html, dentre outros), Comitê Interinstitucional de Recuperação de ativos (CIRA) (http://www.fazenda.mg.gov.br/noticias/2016_02_19_CIRA.html), Conselho Nacional de Justiça (CNJ) (http://www.cnj.jus.br/gestao-e-planejamento; http://www.cnj.jus.br/programas-e-acoes/conciliacao-e-mediacao-portal-da-conciliacao/semana-nacional-de-conciliacao), Câmara de Conciliação e Arbitragem da Administração Federal (CCAF) (http://www.agu.gov.br/page/content/detail/id_conteudo/170561), dentre outras.

## 3. As diretrizes solucionadoras do CPC/2015 e suas potenciais contribuições para redução do contencioso tributário

Não há dúvidas de que a conjuntura apresentada justifica real mudança de comportamento por parte dos operadores e os princípios basilares do CPC/2015, dentro da perspectiva desenvolvimentista do Direito[23], trazem potenciais caminhos e/ou soluções hábeis a contribuir substancialmente com a **superação desses três aspectos** aqui relacionados.

O CPC/2015 em seu Capítulo I, Livro I, da Parte Geral cuidou de trazer as normas fundamentais de processo civil que têm como objetivo harmonizar a interpretação e a aplicação prática da norma processual no caso concreto e garantir a observância dos preceitos constitucionais nela expressos.

Ao conceber como pilar central o direito a ordem jurídica justa, acessível e isonômica, o legislador se preocupou em trazer de forma clara e inovadora os princípios constantes do quadro analítico II, aptos a provocar a atuação coesa, cooperativa e eficiente dos órgãos de Estado e garantir a efetividade dos processos administrativos e judiciais.

Não se trata aqui apenas do direito de provocar a atuação do Estado, mas também e principalmente, o de obter, em prazo adequado, decisão justa e com potencial de atuar eficazmente no plano dos fatos.

**QUADRO ANALÍTICO II**

| Contencioso Tributário | Diretrizes Principiológicas Desenvolvimentistas e Solucionadoras do NCPC |
|---|---|
| **Questões institucionais e sociais**<br>+<br>**Questões políticas e econômicas**<br>+<br>**Questões normativas e processuais** | ❖ Preferência pela utilização de métodos pacíficos de solução de litígios: **Art. 3º**<br>❖ Celeridade e Efetividade das Decisões: **Arts. 4º e 6º**<br>❖ Boa-fé processual: **Art. 5º**<br>❖ Eficiência e Transparência: **Arts. 5º e 8º**<br>❖ Cooperação: **Art. 6º**<br>❖ Isonomia Processual: **Arts. 7º e 8º**<br>❖ Contraditório efetivo e busca da verdade material: **Arts. 9º e 10**<br>❖ Motivação e fundamentação das decisões *lato sensu* : **Art. 11**<br>❖ Aplicação subsidiária e supletiva ao PAF: **Art. 15** |

[23] Baseado na metodologia de Liderança Adaptativa da Escola de Políticas Públicas de Harvard, essa perspectiva busca olhar para os impactos das decisões dos agentes públicos (*lato sensu*) no desenvolvimento do país. Vide iniciativas em: https://orgs.law.harvard.edu/lids/, http://www.direitoedesenvolvimento.com e http://direitosp.fgv.br/.

Os dispositivos principiológicos específicos do CPC/2015 em cotejo com as alternativas de ordem prática também operam na consecução desses valores. O quadro analítico III demonstra como a codificação direcionou a conduta dos participantes da relação jurídico-processual para salvaguardar a aplicação de tais princípios nos casos concretos.

**QUADRO ANALÍTICO III**

| **Princípios e Dispositivos Específicos do NCPC** | ***Modus Operandi*** |
|---|---|
| ❖ **Preferência pela utilização de métodos pacíficos de solução de litígios**: Arts. 165-175 | • Criação pelos tribunais de centros judicial de solução consensual de conflitos por meio de conciliação e mediação |
| ❖ Celeridade e Efetividade das Decisões: Arts. 4° e 6°<br>❖ Boa-fé processual: Art. 5°<br>❖ Eficiência e Transparência: Arts. 5° e 8°<br>❖ Cooperação: Art. 6°<br>❖ Isonomia Processual: Arts. 7° e 8°<br>❖ Contraditório efetivo e busca da verdade material: Arts. 9° e 10<br>❖ Motivação e fundamentação das decisões *lato sensu*: Art. 11 | • Possibilidade de **correção de vícios processuais**: Arts. 317-318<br>• **Conteúdo e fundamento das decisões judiciais**: Arts. 489<br>• **Fungibilidade recursal** (amplo alcance): Arts. 933, 1.022-1.024 e Enunciado 104 do Fórum Permanente de Processualistas Civis.<br>• Mecanismos de facilitação na **produção de provas**:<br>✓ Reordenação do **ônus da prova**: Art. 373<br>✓ Formalização de **inovações na prova testemunhal** (meio digital e diretrizes para facilitar a admissão do instituto da *expert witness*): Arts. 453, 461, dentre outros.<br>• **Negócio Jurídico Processual e a Costumização de Demandas**: Art. 190-191<br>• Progressão dos **Honorários da Fazenda Pública**: Art. 85, §3°<br>• **Honorários e demais custos processuais**: Arts. 82-97 e 523 |
| ❖ Mecanismos Impositivos de **uniformização de decisões, transparência e controle social**: Arts. 926-928 | • Incidente de Resolução de Demandas Repetitivas (**IRDR**): Arts. 976-987<br>• Recursos Extraordinário e Especial **Repetitivos**: Arts. 1.035-1.042<br>• Renovação do **instituto do *amicus curie***: Art. 1.038, I<br>• **Audiências Públicas** (Participação de pessoas, órgãos ou entidades que possam contribuir para a rediscussão da tese): Art. 927, §2°<br>• **Ampla Publicidade** aos precedentes: Art. 927, §5°<br>• **Ampla Comunicação** aos órgãos sujeitos a tese adotada: Art. 985, §2º<br>• **Uniformidade** (idêntica questão de direito): Art. 987, §2° |

A preferência pela utilização de métodos pacíficos de solução de litígios (Art. 3º) é medida urgente e indispensável para "desafogar" os órgãos de julgamento e evitar a constante judicialização das demandas.

Inclusive, nesse último relatório do CNJ[24], *Justiça em números 2016*, foi incluído pela primeira vez o índice de conciliação, indicador que computa o percentual de decisões e sentenças homologatórias de acordo em relação ao total de decisões terminativas e de sentenças.

[24] CNJ. *Justiça em Números 2016* (Ano-base 2015). Disponível em: http://goo.gl/S6NG0u e http://goo.gl/VXmo66. Acesso em: 23/12/2016.

Através dos dados extraídos do relatório observa-se que, em média, apenas 11% das sentenças e decisões do Poder Judiciário foram homologatórias de acordo. Esses percentuais aumentam um pouco quando analisados por justiça (2º e 1º grau, 0,3%[25] e 13%, respectivamente) e pelas fases de execução e conhecimento em primeiro grau (4%[26] e 17%, respectivamente).

| Índice de Conciliação no Poder Judiciário | |
|---|---|
| **Âmbito** | **Porcentagem** |
| Justiça do Trabalho | 25% |
| Justiça Estadual | 9% |
| Justiça Federal | 3% |
| Justiça Eleitoral | 1% |
| Tribunais Superiores | 0% |
| Poder Judiciário | 11% |

| Índice de Conciliação no Poder Judiciário, por Justiça | | |
|---|---|---|
| **Âmbito** | **1º Grau** | **2º Grau** |
| Justiça do Trabalho | 31,1% | 0,3% |
| Justiça Estadual | 10,7% | 0,2% |
| Justiça Federal | 4,0% | 1,0% |
| Justiça Eleitoral | 1,0% | 0,0% |
| Poder Judiciário | 13,0% | 0,3% |

[25] Na justiça de 2º grau naturalmente a conciliação é praticamente inexistente dado o efeito desestimulante operado pela sucumbência. O vencedor em primeiro grau não estará propenso a transigir com direitos que já lhe foram reconhecidos em pronunciamento judicial.

[26] O percentual de conciliação da fase de execução é ínfimo, o que reforça a necessária mudança cultural. Por vezes determinados créditos são parcialmente recuperáveis, não seria o caso de fomentar a utilização de métodos alternativos de resolução de litígios?

| Índice de Conciliação no Primeiro Grau: Execução x Conhecimento | | |
|---|---|---|
| **Âmbito** | **Execução** | **Conhecimento** |
| Justiça do Trabalho | 5% | 40% |
| Justiça Estadual | 4% | 14% |
| Justiça Federal | 3% | 5% |
| Poder Judiciário | 4% | 17% |

Ainda assim, os números gerais são pouco expressivos com exceção dos indicadores da Justiça do Trabalho, hábeis a figurar como real meta a ser atingida pelos demais, pois consegue solucionar 25% de seus casos por meio de acordo, valor que aumenta para 40% quando apenas a fase de conhecimento de primeiro grau é considerada.

De acordo com o próprio relatório, acreditamos na tendência de aumento desses percentuais, especialmente com a entrada em vigor do CPC/2015 que prevê a realização de uma audiência prévia de conciliação e mediação como etapa obrigatória, anterior à formação da lide, como regra geral para todos os processos cíveis.

Contudo, quando entramos na seara tributária, a adoção de métodos alternativos para resolução de litígios é vista como verdadeiro "tabu" em razão da **equivocada e ilimitada** interpretação do princípio da indisponibilidade do interesse público.

Como é possível não pensar em conciliação, mediação, arbitragem e transação em Direito Tributário se somente o tema Dívida Ativa está em 2º lugar dentre 10 assuntos mais recorrentes no Superior Tribunal de Justiça (STJ) e na Justiça Federal, em 3º lugar no Poder Judiciário e na Justiça Estadual e em 4º lugar no Supremo Tribunal Federal (STF)?

| Assunto Tributário | 1º Colação | 2º Colação | 3ª Colação | 4º Colação |
|---|---|---|---|---|
| **Dívida Ativa** | • TJ/AL, TJ/AM, TJ/DF e Territórios, TJ/MS e TJ/SC<br>• TRFs 2ª e 3ª Regiões | • TJ/CE, TJ/PR e TJ/RJ<br>• Justiça Federal<br>• Superior Tribunal de Justiça | • Poder Judiciário<br>• Justiça Estadual<br>• TRF 4ª Região | • TRF 1ª Região<br>• Supremo Tribunal Federal |

Conforme o quadro analítico IV e Apêndice I[27], o custo estrutural proporcional ao percentual de demandas tributárias nos órgãos do Poder

[27] Essas tabelas consolidam os dados apresentados no Relatório do CNJ, *Justiça em Números 2016*, dentro da temática de Direito Tributário. Considerando que os dados do Supremo

Judiciário representou, no ano-calendário de 2015, R$ 11.979.866.795,9, basicamente **12 bilhões/ano**.

Se considerarmos que as despesas totais do Judiciário brasileiro foram de **R$ 79,2 bilhões em 2015** ou **1,3% do PIB** e as despesas com os litígios tributários representam **15,12%** desse montante, estamos falando em uma fatia de **0,2% do PIB** apenas com o Judiciário, isso **sem contar com os custos proporcionais dos órgãos do legislativo e do executivo** (SRFB, Secretarias de Fazenda, Tribunais Administrativos e Fazenda Pública) federais, estaduais e municipais.

## QUADRO ANALÍTICO IV

| Somatória Proporcional das Despesas Estruturais dos órgãos Jurisdicionais com Litígios Tributários Ano-Base 2015 | | |
|---|---|---|
| **Órgão** | **Fatia correspondente ao Direito Tributário** | |
| Justiça Estadual | R$ 4.024.431.807,6 | R$ 7.449.440.454,9 |
| Tribunais de Justiça | R$ 3.425.008.647,3 | |
| Justiça Federal | R$ 2.175.143.095,8 | R$ 4.336.700.846,8 |
| Tribunais Regionais | R$ 2.161.557.751,0 | |
| STJ | R$ 141.760.383,5 | R$ 193.725.494,2 |
| STF | R$ 51.965.110,8 | |
| **Total** | **R$ 11.979.866.795,9** | 15,12% do total |
| Despesa Total do Poder Judiciário | R$ 79.227.335.015,0 | |

No mais, segundo o levantamento do CNJ, cada cidadão pagou em 2015 **R$ 387,56** (trezentos e oitenta e sete reais e cinquenta e seis centavos) para garantir o funcionamento do Poder Judiciário, proporcionalmente (15,12%) em matéria tributária arcou com **R$ 58,62** (cinquenta e oito reais e sessenta e dois centavos).

Tribunal Federal **não constam do relatório do CNJ**, foram utilizados os dados estatísticos do ano-base 2015 (despesas) e 2016 (porcentagem de atuação em direito tributário), disponibilizados no próprio site do STF. Disponíveis em: https://goo.gl/KLrN6K e https://goo.gl/nK3Hcb. Acessos em 04/02/2017. Vide quadro completo e detalhado da composição de dados no Apêndice I.

Quando olhamos esses números astronômicos fica claro porquê a **eficiência** (Art. 37, CF/88)[28], a **celeridade processual** (art. 5º, inciso LXXVIII, CF/88) e o **princípio da dignidade da pessoa humana** (art. 1º, inciso III, CF/88) são valores constitucionais a serem perseguidos concomitantemente com os princípios da indisponibilidade do interesse público e da supremacia do interesse público sobre o privado.

Nota-se que, não há conflito aparente (antinomia) entre eficiência e indisponibilidade, mas sim o natural desafio de compor esses preceitos hierarquicamente equivalentes. Como posso considerar estar cumprindo o princípio da indisponibilidade do interesse público se esse mesmo interesse "supremo" está sendo preterido pela falta de eficiência?

Desconsiderar a utilização de métodos pacíficos de resolução de litígios em matéria tributária é prática inconstitucional e ilegal[29], pois os próprios valores gastos com a máquina estatal ineficiente deixam de ser revertidos em benefício da sociedade brasileira[30].

Nessa linha, se consideramos, por exemplo, ser inconstitucional a mediação e conciliação nos litígios tributários com fundamento na indisponibilidade do interesse público, também o são as renúncias fiscais. É justamente essa interpretação desproporcional[31] do princípio que leva a esses raciocínios esdrúxulos.

[28] Para Hely Lopes Meirelles o princípio da eficiência "*exige que a atividade administrativa seja exercida com presteza, perfeição e rendimento funcional. É o mais moderno princípio da função administrativa, que já não se contenta em ser desempenhada apenas com legalidade, exigindo resultados positivos para o serviço público e satisfatório atendimento das necessidades da comunidade e de seus membros*". MEIRELLES, Hely Lopes. *Direito Administrativo Brasileiro*. 33. ed. São Paulo: Malheiros, 2007, p. 96.

[29] Mesmo diante de operadores contrários a utilização de métodos de solução pacífica, não se pode negar o disposto nos artigos 171 c/c 156, III, ambos do CTN, que preveem a possibilidade de extinção do crédito tributário por transação mediante lei autorizadora. Não cabe aqui criticar o moroso e político processo legislativo, mas, tão somente, sinalizar a relevância desse instituto, ainda que seu disciplinamento legal demande aprimoramento legislativo para se tornar viável e usual na prática.

[30] Da mesma forma que o contribuinte tem o dever fundamental ao pagamento dos tributos, o Estado não pode abdicar do seu dever fundamental de arrecadar de forma ordenada e eficiente para garantir o devido retorno social. Grande contribuição sobre a atuação do Estado Fiscal Contemporâneo em NABAIS, Casalta. **O dever fundamental de pagar impostos. Contributo para a compreensão constitucional do estado fiscal contemporâneo.** 4. ed. Coimbra: Almedina, 2015.

[31] Segundo Daniel Sarmento: "*O emprego do princípio da proporcionalidade busca otimizar a proteção aos bens jurídicos em confronto, evitando o sacrifício desnecessário ou exagerado de um deles em*

Claro que, conforme pontuado no item anterior, para ser constitucional, a concessão do incentivo fiscal deve estar atrelada a contrapartidas mensuráveis. A legislação deve prever obrigatoriamente *standards* sociais e ambientais que justifiquem a desoneração. O Estado pode diminuir a arrecadação desde que comprovadamente promova o desenvolvimento local, regional ou nacional (e.g. crie novos postos de trabalho, desenvolva novas fontes de riqueza e produção, viabilize parcerias público-privadas para preservação do espaço público, dentre outras iniciativas).

Da mesma forma, o oferecimento de parcelamentos não deve fomentar o inadimplemento, mas ser alternativa de gestão eficiente de passivos tributários pelas autoridades fiscais. Nesse caso, também os indicadores de eficiência arrecadatória devem ser divulgados para demonstrar que, sem os descontos do parcelamento, o Estado não teria conseguido recolher aos cofres públicos tais montantes. Do contrário, o próprio ente estatal estará dispondo do interesse público (primário).

O interesse público primário é a razão de existir do Estado, consiste na maior realização possível dos direitos humanos fundamentais (Art. 5º, CF/88) pelos órgãos de poder. Ao intérprete e operador cabe preservar ao máximo e promover esses valores democráticos à toda sociedade. Não pode esse interesse ser desprezado em homenagem ao interesse público secundário, prerrogativa da pessoa jurídica de direito público que seja parte em determinada relação jurídica.

A preponderância do interesse público secundário soberana e inconteste atrapalha sobremaneira o alcance da decisão ideal no caso concreto e, por vezes, pode obstar o interesse público primário. É isso que assistimos nos litígios tributários[32].

*proveito da tutela do outro. Neste sentido, ele é de especial importância no campo dos direitos fundamentais, como fórmula de limitação de medidas que restrinjam estes direitos. Um dos seus objetivos, como o nome já revela, é a busca de uma justa e adequada "proporção" entre os interesses em pugna. Por isso,* ***a aplicação do princípio da proporcionalidade exige a realização de ponderações minuciosas e devidamente motivadas, nas quais se torna fundamental a atenção sobre as particularidades da situação concreta sob análise****" in Interesses Públicos versus Interesses Privados: desconstruindo o princípio de supremacia do interesse público.* 2ª tiragem. Rio de Janeiro: Lúmen Júris, 2007, p. 100.

[32] A Ex-Ministra Ellen Gracie do STF, ao enfrentar a questão da possibilidade de transação quando a discussão em litígio envolve o Estado, atenuou a aplicação do princípio da indisponibilidade em homenagem ao interesse público primário, conforme ementa, *verbis*: "*Poder Público. Transação. Validade. Em regra, os bens e o interesse público são indisponíveis, porque pertencem*

Não foi por acaso que o CPC/2015 trouxe como pilares principiológicos o fomento a utilização de métodos de solução consensual, o direito a obtenção de solução integral do mérito em prazo razoável, o dever de cooperação dos sujeitos do processo e os mecanismos impositivos de uniformização de decisões, transparência e controle social.

A nova ordem processual busca a **eficiência através do litígio responsável** e essas **diretrizes constitucionais** devem ser projetadas nos processos tributários administrativos e judiciais[33].

Nesse sentido é o direcionamento constante do Art. 15, do CPC/2015 que prevê, diante da ausência de normas que regulem os processos administrativos, a aplicação subsidiária e supletiva[34] do códex processual.

Portanto, mesmo diante de norma especial, o CPC/2015 deve ser (não é uma faculdade) aplicado complementarmente ao Processo Administrativo Fiscal (PAF) e a Lei de Execuções Fiscais com o objetivo de aperfeiçoar e trazer maior efetividade ao processo tributário.

*à coletividade. É, por isso, o Administrador, mero gestor da coisa pública, não tem disponibilidade sobre os interesses confiados à sua guarda e realização. Todavia, **há casos em que o princípio da indisponibilidade do interesse público deve ser atenuado, mormente quando se tem em vista que a solução adotada pela Administração é a que melhor atenderá à ultimação deste interesse**".* Grifos nossos. STF. RE 253.885-0/MG, Rel. Min. Ellen Gracie, julgamento em 04/06/2004, DJU de 21/06/2002. Disponível em: https://goo.gl/UgHgz3. Acesso em 04/02/2017.

[33] Maiores aprofundamentos sobre os métodos de solução pacífica terão lugar nos artigos específicos dentro do bloco temático *Métodos de Solução Pacífica de Litígios e o NCPC.* Ainda assim, insta mencionar que a Organização para Cooperação e Desenvolvimento Econômico (OCDE) vem estimulando os países-membros a adotar arbitragem em matéria tributária, países como Portugal, Estados Unidos, Holanda e Inglaterra utilizam com sucesso e transparência esse instituto. Há quem defenda, inclusive, que na arbitragem não há disposição do crédito tributário, trata-se apenas de renúncia à jurisdição estatal para solucionar conflito anterior ou posterior a constituição do crédito tributário. Conflitos fáticos poderiam ser objeto de arbitragem (e.g. classificação fiscal, cálculo de preços de transferência, dentre outras circunstâncias), mas discussões que envolvem constitucionalidade e interpretação de lei ainda ficariam a cargo dos tribunais superiores. Ver Mendonça, Priscila Faricelli de. *Transação e Arbitragem nas Controvérsias Tributárias.* Dissertação de Mestrado em Direito Processual Civil apresentada à Faculdade de Direito da Universidade de São Paulo. 2013. Carmona, Carlos Alberto. *Arbitragem e processo.* 3. ed. São Paulo: Atlas, 2009.

[34] Subsidiariamente é aplicar o CPC/2015 quando o PAF ou a Lei de Execuções Fiscais (LEF) não disciplinar determinado instituto processual. Supletivamente significa aplicar o CPC/2015 de forma complementar a legislação que rege o processo administrativo fiscal ou a cobrança da dívida ativa.

Reitere-se que, muitos dos valores constitucionais são refletidos nos princípios basilares do CPC/2015 e, por conseguinte, não podem pura e simplesmente ser ignorados sob os argumentos da especialidade e da indisponibilidade do interesse público.

Em linha com a preferência pela utilização de métodos pacíficos de solução de litígios, o CPC/2015 traz importantes instrumentos processuais[35] capazes de prover maior segurança jurídica, celeridade e eficácia processual aos litigantes.

A possibilidade de correção de vícios processuais demonstra a intenção do legislador de perquirir a verdade material. Uma vez que o juiz é obrigado a conceder à parte oportunidade para corrigir vício, automaticamente haverá maior número de decisões definitivas (com resolução de mérito).

É certo que, a habitual manutenção de decisões terminativas (sem resolução de mérito) atenta contra a celeridade e a efetividade das decisões. Um caso mal resolvido leva, inevitavelmente, a distribuição de novas demandas em busca da eficaz tutela jurisdicional.

Da mesma forma, em âmbito recursal, se o relator "*constatar a ocorrência de fato superveniente à decisão recorrida ou a existência de questão apreciável de ofício ainda não examinada que devam ser considerados no julgamento do recurso, intimará as partes para que se manifestem no prazo de 5 (cinco) dias*"[36]. O dever de intimação não só promove o contraditório efetivo como evita nulidades e a interposição de novos recursos dispensáveis.

O princípio da vedação das decisões surpresa ou do contraditório efetivo visa aprimorar a prestação jurisdicional ao evitar que ocorra *error in procedendo* e *error in judicando*. O magistrado, em qualquer grau de jurisdição, é proibido de decidir sem ter dado antes a oportunidade às partes de se manifestarem sobre aspecto processual que não foi objeto de debates, ainda que se trate de matéria sobre a qual deva decidir de ofício.

Ligados aos princípios *supra*, o princípio da cooperação e boa-fé processual ultrapassam a relação tripartite entre autor, réu e juiz e impõem aos que participam direta ou indiretamente da lide o dever de agir com

[35] Vide quadro analítico III.
[36] Conforme disposto no Artigo 933, CPC/2015.

transparência e zelar pelo bom andamento do processo. Ao final, o objetivo é obter, em tempo razoável, decisão justa e efetiva.

Nesse sentido, é louvável o recente voto do Exmo. Des. Alberto Vilas Boas quando da análise da Apelação Cível nº 1.0687.15.001013-4/001[37], especialmente ao aplicar a regra do artigo 10, do CPC/2015, *verbis*:

*"A regra do contraditório prevista no art. 10, NCPC, que obriga o Juiz a ouvir as partes quando for possível observar uma terceira via, é reflexo da regra da cooperação que deve presidir as relações entre os sujeitos processuais. A sentença ou o acórdão é fruto da construção mediante um multiálogo entre todos os interessados na apresentação de uma sentença de mérito, que seja segura e transmita alguma tranquilidade às partes no sentido de que todos os argumentos foram examinados."*

Todos esses instrumentos promovem a busca pela verdade material e os julgadores[38] têm dever de bem fundamentar suas decisões, inclusive as interlocutórias. Usualmente nos deparamos com sentenças que se limitam a indicar o dispositivo legal sem explicar sua relação com a causa, empregam conceitos vagos e não enfrentam todos os argumentos trazidos à lide, posturas capazes de congestionar o Judiciário, gerar desnecessário aumento de custos para o órgão e provocar a sensação de frustração e profunda descrença por parte do cidadão.

Com efeito, o parágrafo 1º do artigo 489, do CPC/2015, elencou expressamente as situações em que não se considera fundamentada determinada decisão[39]. O legislador disse o óbvio e esperado para garantir a efetiva tutela jurisdicional.

[37] Apelação Cível Nº 1.0687.15.001013-4/001, 1ª Câmara Cível do Tribunal de Justiça do Estado de Minas Gerais, publicado o dispositivo do acórdão em 15/02/2017. Disponível em: https://goo.gl/CIC870. Acesso em 15/02/2017.

[38] Leia-se julgadores de todas as instâncias, inclusive Tribunais Regionais, Tribunais de Justiça e Tribunais Superiores quando proferido acórdão.

[39] Art. 489, § 1º, CPC/2015: *Não se considera fundamentada qualquer decisão judicial, seja ela interlocutória, sentença ou acórdão, que: I – se limitar à indicação, à reprodução ou à paráfrase de ato normativo, sem explicar sua relação com a causa ou a questão decidida; II – empregar conceitos jurídicos indeterminados, sem explicar o motivo concreto de sua incidência no caso; III – invocar motivos que se prestariam a justificar qualquer outra decisão;*
*IV – não enfrentar todos os argumentos deduzidos no processo capazes de, em tese, infirmar a conclusão adotada pelo julgador; V – se limitar a invocar precedente ou enunciado de súmula, sem identificar seus fundamentos determinantes nem demonstrar que o caso sob julgamento se ajusta àqueles fundamentos;*

No mais, a reordenação do ônus da prova é também providencial mecanismo de isonomia processual e busca da verdade fática. Consideramos no mínimo coerente dar ao juiz a possibilidade de, mediante decisão fundamentada, atribuir o ônus de modo diverso à parte que tenha maior facilidade em cumprir o encargo. Além disso, o legislador cuidou de assegurar o contraditório para que a parte onerada tenha oportunidade de se manifestar sobre a atribuição.

Em matéria tributária tal disciplinamento é de extrema importância, particularmente porque os contribuintes podem não ter a totalidade dos documentos e/ou os dados sistêmicos que estão em poder das autoridades fiscais. Essa iniciativa do CPC/2015 pode não só trazer maior equilíbrio entre as partes como celeridade na condução dos processos e assertividade nas decisões.

No campo das provas, o legislador também implementou inovações na prova testemunhal com o intuito de adequar o processo às novas realidades tecnológicas. Essa iniciativa aproxima as partes e amplia sobremaneira os elementos probatórios para melhor compor o convencimento do magistrado.

O incidente de desconsideração da personalidade jurídica é figura inovadora, apta a prover o contraditório nas hipóteses do artigo 50, do Código Civil, abuso da personalidade jurídica por desvio de finalidade ou pela confusão patrimonial[40]. Há quem defenda a aplicação desse instrumento em matéria tributária nos casos de responsabilidade pessoal de diretores, gerentes ou representantes de pessoas jurídicas de

*VI – deixar de seguir enunciado de súmula, jurisprudência ou precedente invocado pela parte, sem demonstrar a existência de distinção no caso em julgamento ou a superação do entendimento."*

[40] Como regra, somente a intenção ilícita e fraudulenta autoriza a aplicação do instituto. Em determinadas circunstâncias (excepcionais), o STJ considerou a dissolução irregular hipótese de desconsideração da personalidade jurídica. A Súmula nº 435-STJ considera por presunção *"dissolvida irregularmente a empresa que deixar de funcionar no seu domicílio fiscal, sem comunicação aos órgãos competentes, legitimando o redirecionamento da execução fiscal para o sócio-gerente."* Essa presunção (*iuris tantum*) de dissolução irregular leva ao redirecionamento do processo executivo aos gestores (responsabilidade tributária solidária) e não, necessariamente, a desconsideração da personalidade jurídica (Artigo 50, CC). Contudo, na prática, o patrimônio do (s) gestor (es) é atingido. Insta ponderar que, a responsabilidade tributária acaba por ser mais gravosa ao gestor atingido (responsável solidário) do que se o fosse, tão somente, na proporção de sua participação na sociedade (responsável subsidiário) no caso de desconsideração. Nessa linha, acaba por ser defensável a aplicação do incidente da desconsideração da personalidade jurídica em matéria tributária.

direito privado, nos termos do artigo 135, III, do CTN c/c a súmula 435, do STJ[41].

Em que pese tratar-se de situação diversa, responsabilidade tributária e não hipótese de desconsideração da personalidade jurídica (responsabilidade patrimonial), o instituto em questão serve de inspiração para que seja ajustada sua aplicação aos litígios tributários e/ou regulamentada a exceção de pré-executividade em sede de Execução Fiscal.

No âmbito do processo administrativo, merece ser aprimorada a legislação do PAF para dar oportunidade aos gestores de se manifestarem e comprovarem eventual inadequação fática à aplicação do referido dispositivo, em respeito aos princípios do contraditório efetivo, cooperação, eficiência e eficácia processual.

Por sua vez, o instituto do negócio jurídico processual preconiza a busca pela qualificação técnica do processo. As partes têm a faculdade de, em comum acordo, customizar suas demandas, desde que os direitos *sub judice* admitam autocomposição[42].

São considerados negócios jurídico típicos a escolha de conciliador, mediador ou câmara de conciliação prévia, calendário processual, saneamento consensual e escolha de perito. Temos como negócios atípicos a convenção sobre provas, alargamento de prazos, pacto de impenhorabilidade, supressão de recursos, procedimentos prévios como notificação, mediação, *disclousure* de provas, pactos adjacentes à cláusula compromissória como arbitragem, dentre outros.

Naturalmente, tais possibilidades acabam por empoderar as partes, estreitar suas relações e imputar de fato a responsabilidade aos litigantes pelo eficaz andamento do processo. A condução responsável do litígio deixa de ser atribuição quase que exclusiva do magistrado e passa a figurar como dever das partes. A palavra de ordem é cooperação.

Em termos práticos, com o intuito de ver concretizados tais valores, em especial a isonomia processual, o CPC/2015 reforçou as disposições relativas à sucumbência. A progressão dos honorários da Fazenda

[41] GRUPENMACHER, Betina Treiger. *Magistrados reunidos aprovam enunciado contra o direito de defesa e o contraditório*. Conjur. www.conjur.com.br, 2015. Disponível em: https://goo.gl/u4y0Md. Acesso em 23/12/2016.

[42] Conforme já salientado, consideramos fundamental superar a visão ilimitada da tese da indisponibilidade do interesse público também para fins de utilização do negócio jurídico processual em matéria tributária.

Pública e a imputação dos demais custos processuais ao vencido são efetivos instrumentos de *enforcement* capazes de garantir o litígio responsável e a otimização dos gastos do Estado com processos tributários meramente protelatórios[43].

Por fim, os mecanismos impositivos de uniformização de decisões são a grande "chave" para se atingir a segurança jurídica. O Poder Judiciário, como aplicador da lei ao caso concreto, precisa conseguir estabilidade jurídica mesmo dentro desse cenário crítico. Para tanto, é imperioso trabalhar com orientações claras, uniformes (aplicáveis a todas as situações análogas cabíveis) e estáveis (vigorem sem prazo determinado).

A partir dessa perspectiva, o CPC/2015 foi alicerçado no princípio da inevitabilidade do precedente obrigatório. Em síntese, o juiz tem três opções: (i) aplica o precedente obrigatório; (ii) distingue o precedente obrigatório do caso concreto; ou (iii) supera o precedente obrigatório. O sistema de precedentes tem verdadeiro caráter mandamental, *"os tribunais* ***devem*** *uniformizar sua jurisprudência e mantê-la estável, íntegra e coerente*[44].

Os dois principais mecanismos de uniformização são o incidente de demandas repetitivas (IRDR)[45] e os recursos especial e extraordinário repetitivos[46], o primeiro aplicável aos tribunais locais e regionais e os outros dois aplicáveis aos tribunais superiores, STJ e STF, respectivamente[47].

Em termos práticos, a utilização desses instrumentos objetiva: acabar com os processos pendentes de julgamento; gerar precedentes futuros; extrapolar os próprios julgamentos de recursos repetitivos, visto que seus efeitos não estão adstritos apenas aos casos pendentes de matérias semelhantes, mas aplicam-se também aos processos não repetitivos[48]; obter resultado gerencial eficiente na administração do passivo de

[43] Litígios com real chance de perda provável. O ônus da sucumbência deve "intimidar" igualmente os litigantes, por essa razão a aplicação da progressão de honorários da Fazenda Pública (Artigo 85, § 3º, CPC/2015) deve ser aplicada nos litígios tributários.

[44] Artigo 926, CPC/2015.

[45] Previsto nos artigos 976 a 987, CPC/2015

[46] Previstos nos artigos 1.035 a 1.042, CPC/2015.

[47] A análise pormenorizada desses institutos será desenvolvida no bloco temático específico sobre a coletivização do processo administrativo e judicial tributário e o CPC/2015.

[48] A questão de direito repetitiva é qualquer questão de direito material ou processual, de direito individual ou coletivo e, assim sendo, pode atingir qualquer processo. Na prática

processos; otimizar recursos e diminuir os gastos do Judiciário e de toda a máquina estatal envolvida através da paralisação dos andamentos.

Com o intuito de promover a efetiva estabilidade, irretroatividade, uniformidade jurisprudencial[49] e alcançar o esperado *accountability*[50], o CPC/2015 reforçou a participação de pessoas, órgãos ou entidades que possam contribuir para a rediscussão da tese por meio da realização de audiências públicas[51], da renovação do instituto do *amicus curie*[52], da ampla comunicação aos órgãos sujeitos a tese adotada[53] e publicização dos precedentes[54].

O engajamento da sociedade em apoio aos órgãos de Estado é fundamental para superar a crise de confiança, trazer segurança jurídica e reduzir o alto grau de litigiosidade.

## 4. Incidências de ordem prática com alto grau de litigiosidade: entraves e oportunidades

Feitas essas considerações de ordem geral sobre as diretrizes principiológicas e os novos instrumentos processuais do CPC/2015, bem como demonstrada a relevância de tais mecanismos para redução do contencioso, vale trazer ao presente artigo mapeamento não exaustivo de incidências de ordem prática com alto grau de litigiosidade em matéria tributária que podem ser superadas à luz desses fundamentos e alternativas técnicas.

haverá a multiplicação do julgamento de ações coletivas através do julgamento de casos repetitivos – efeito multiplicador da tutela coletiva.

[49] A jurisprudência deve trabalhar com três grandes pilares: (i) **estabilidade**: deve sinalizar comportamentos de forma a evitar o litígio; (ii) **irretroatividade**: como regra, o futuro deve ser protegido para evitar insegurança; e (iii) **uniformidade**: é a isonomia aplicada aos casos idênticos ou assemelhados, busca-se interpretação **harmônica e convergente**.

[50] *Accountability* é um termo de língua inglesa que remete a obrigação do órgão estatal de prestar contas aos seus controladores e seus representados. Não se trata de apenas dar satisfação à sociedade em termos quantitativos, mas auto avaliar a obra feita, dar amplo conhecimento de quais metas foram atingidas e justificar os aspectos em que houve falhas.

[51] Prevista no artigo 927, §2º, CPC/2015.

[52] Prevista no artigo 1.038, I, CPC/2015.

[53] Prevista no artigo 985, §2º, CPC/2015.

[54] Prevista no artigo 927, §5º, CPC/2015.

## 4.1. Falta de Estabilidade, Integridade e Coerência nas Decisões dos Tribunais Administrativos

| Oportunidades NCPC | | Entraves Práticos |
|---|---|---|
| • **Aplicação subsidiária e supletiva ao PAF**<br>✓ Revisitar **aspectos estruturais do PAF** e materializar os princípios da eficiência, cooperação e boa-fé.<br>✓ Buscar a **coerência e uniformidade** nas decisões dos órgãos através da adoção de mecanismos impositivos de uniformização de decisões, transparência e controle social. | X | • Resistência à mudança na **dinâmica de funcionamento dos procedimentos** de fiscalização, autuação, julgamento e cobrança do crédito tributário.<br>• Garantir a **qualidade das decisões** em vista do volume de casos.<br>• **Carência de Sistematização**: muitos órgãos legiferantes, ausência de uniformidade. |

## 4.2. Ausência de oportunidade para resolução pacífica de litígios na fase administrativa

| Oportunidades NCPC | | Entraves Práticos |
|---|---|---|
| • Adotar métodos alternativos de resolução pacífica de litígios na fase administrativa é alternativa factível e eficiente.<br>• **Ressignificar a função do PAF**: principal meio de resolução de litígios – **enfrentamento das questões fáticas e ampla construção probatória.**<br>• **Otimizar tempo, custo e pessoas** (realocação de funções) nos órgãos do Executivo e Judiciário envolvidos. |  X | • **Cultura do Litígio**: necessária mudança de comportamento dos operadores do Direito.<br>• **Preconceito entre fiscos e contribuintes**: falta confiança e cooperação na condução dos temas.<br>• Necessário **aprimoramento e uniformização da legislação** tributária.<br>• Visão ilimitada da tese da indisponibilidade do interesse público: determinado **direito indisponível como regra é transacionável** e deve prevalecer o **interesse público primário.** |

## 4.3. Parcialidade no Processo Administrativo Fiscal Voto de Qualidade CARF

| Oportunidades NCPC | | Entraves Práticos |
|---|---|---|
| • A par do necessário fortalecimento institucional através da observância dos princípios basilares do NCPC, é tempo de buscar **alternativas de ordem prática para garantir a máxima imparcialidade do órgão**, dentre elas podemos citar:<br>✓ Transformação em autarquia autônoma;<br>✓ Criação de instância jurisdicional especializada em matéria tributária;<br>✓ Tribunal administrativo concursado com carreira independente: necessária a exoneração do cargo de auditor para compor órgão de julgamento após admissão em concurso público;<br>✓ Manutenção da paridade e inclusão de um terceiro grupo de conselheiros concursados (números ímpares de conselheiros). | X | • Necessário **aprimoramento da legislação** tributária.<br>• **Superação**: Interesses políticos e econômicos divergentes.<br>• **Crise institucional**, custo dos tribunais administrativos *vs* eficiência e orçamento público para novos cargos. |

## 4.4. Vícios de constituição da Certidão de Dívida Ativa

| Oportunidades NCPC | | Entraves Práticos |
|---|---|---|
| • **Implementar mecanismos que garantam eficiência processual e procedimental**<br>A Fazenda Pública deve de forma contínua adotar princípios de gestão a fim de otimizar os procedimentos de cobrança do crédito tributário, evitar vícios de constituição do título executivo e garantir a litigância responsável.<br>• **Alinhamento sistêmico, procedimental e institucional** entre os órgãos de fiscalização, autuação e futura cobrança pode evitar os vícios de constituição e rotineiras medidas administrativas e judiciais para obtenção de Certidão Negativa de Débitos e homologação de compensação, por exemplo.<br>• **Otimizar tempo, custo e pessoas** (realocação de funções) nos órgãos do Executivo e Judiciário envolvidos. | X | • **Cultural**: Falta de priorização de temas organizacionais, estruturais e estratégicos de gestão pública.<br>• **Preconceito entre fiscos e contribuintes**: falta confiança e cooperação na condução dos temas.<br>• **Falta de Visão de Multidisciplinar e Cooperativa:** nexo causal e impactos nocivos de ordem geral – conexão necessária entre as ciências: Direito, Economia, Finanças Públicas, Orçamento e Gestão Pública.<br>• **Falta de medidas sancionatórias aos Entes: ônus da** sucumbência. |

## 4.5. Responsabilização de Sócios, Grupos Econômicos e hipóteses de desconsideração da personalidade jurídica: Fase Extrajudicial e Judicial

| Oportunidades NCPC | | Entraves Práticos |
|---|---|---|
| • Aprimoramento dos procedimentos fiscalizatórios e de inscrição do crédito em dívida ativa com o objetivo de **assegurar o contraditório efetivo e a possibilidade de adoção de métodos alternativos de resolução de litígios.** A automática inclusão dos sócios em sede de Execução Fiscal é prática que precisa ser abolida.<br>• Utilizar a figura do incidente de desconsideração da personalidade jurídica ou equivalente (regulamentar a exceção de pré-executividade) e evitar o contencioso respectivo<br>• Implementar medidas efetivas de *enforcement* que premiem boas práticas. | X | • Necessário **aprimoramento da legislação** tributária.<br>• **Falta de Visão Multidisciplinar e Cooperativa**: rara preocupação com a necessária **construção probatória.**<br>• Descanso com os **efeitos nocivos** aos contribuintes e ao Estado (custo da máquina/contencioso): Impacto econômico, operacional e reputacional. |

## 4.6. Incidentes envolvendo Garantias dos Créditos Tributários: Fase Extrajudicial e Judicial

| Oportunidades NCPC | | Entraves Práticos |
|---|---|---|
| • Adotar métodos para **resolução pacífica de litígios na fase administrativa e judicial**, em especial a conciliação para resolver questões de relativas à aceitação, substituição, renovação e reforço de penhora.<br>• Princípio da **menor onerosidade**: evitar o excesso de constrição patrimonial.<br>• **Equiparação de garantias** com o mesmo grau de liquidez.<br>• Trazer **celeridade e isonomia processual**: redução do tempo e custo para o Estado e os contribuintes. |  X | • Necessário **aprimoramento da legislação** tributária.<br>• Descanso com os **efeitos nocivos** aos contribuintes e ao Estado (custo da máquina/contencioso): Impacto econômico e operacional direto. |

## 4.7. Falta de celeridade, qualidade das decisões judiciais e desrespeito ao Contraditório Efetivo

| Oportunidades NCPC | | Entraves Práticos |
|---|---|---|
| • Implementar mecanismos que garantam a **razoável duração do processo, efetividade do processual e busca da verdade material**:<br>✓ Adotar métodos para **resolução pacífica de litígios**.<br>✓ Cooperação para customização de demandas: utilizar o instituto do **negócio jurídico processual**.<br>✓ Dever de **observância dos requisitos técnicos das decisões** em sentido amplo: satisfatividade das medidas – ampla motivação e fundamentação – real enfrentamento das questões fáticas e jurídicas.<br>✓ Assegurar o **contraditório efetivo** e evitar decisões surpresas.<br>✓ Ressignificar o **papel das provas** no processo administrativo e judicial tributário: adoção de figuras como a reordenação do ônus da prova, produção por meios eletrônicos, *expert witness*, etc.<br>✓ Utilizar **mecanismos impositivos de uniformização de decisões**: celeridade a médio-longo prazo.<br>✓ Implementar medidas efetivas de *enforcement* que premiem boas práticas. | X | • **Cultura do Litígio**: Não há medidas efetivas de *enforcement* que gerem desconforto ao Judiciário ou a Fazenda Pública, o custo suportado pelo Estado (cidadãos) não é, por si só, fator de sensibilização.<br>• Cultura da **ineficiência** e do **conformismo** quanto à **ineficácia das decisões** judiciais.<br>• **Estratégias Procrastinatórias** por parte dos fiscos e contribuintes: gestão eficiente de passivos tributários – excesso de parcelamentos fiscais para garantir rápida arrecadação.<br>• **Privilegismo da forma** e não do conteúdo. |

## 4.8. Falta de Estabilidade, Irretroatividade e Uniformidade dos Julgados nos Tribunais Locais e Superiores

| Oportunidades NCPC | | Entraves Práticos |
|---|---|---|
| • Efetiva utilização dos **mecanismos impositivos de uniformização de decisões, transparência e controle social**:<br>✓ **IRDR,** Recursos Extraordinário e Especial **Repetitivos.**<br>✓ Ressignificar o papel e a participação do ***amicus curiae.***<br>✓ Realizar **audiências públicas** para contribuir com a discussão da tese – visão multidisciplinar, casuística e conexa.<br>✓ Aprimorar os mecanismos de **publicidade de precedentes e de comunicação aos órgãos** sujeitos a tese adotada.<br>✓ Substancial otimização de tempo, custo e pessoas: Reforçar a **função primária dos tribunais superiores** como guardiões das teses jurídicas.<br>• **Otimizar tempo, custo e pessoas.** | X | • **Escolha arbitrária de precedentes**: deve ser balizada profunda discussão temática e por critérios objetivos como: complexidade do caso e teses envolvidas.<br>• **Privilegismo da forma** e não do conteúdo.<br>• **Crise Política e Institucional**: Excessiva alocação dos tribunais superiores para resolução de questões dos órgãos do Executivo e Legislativo. |

## 4.9. Desequilíbrio nos Custos Processuais: Sucumbência e demais Custos do Processo

| Oportunidades NCPC | | Entraves Práticos |
|---|---|---|
| • **Cooperação** para customização de demandas: utilizar o instituto do **negócio jurídico processual.**<br>• Assegurar a **litigância responsável**:<br>✓ Adotar a **progressão dos honorários da Fazenda Pública** para os litígios tributários.<br>✓ **Equilíbrio do ônus processual**: evitar o usual desequilíbrio dos custos processuais em desfavor dos contribuintes.<br>✓ Ressignificar a tese da indisponibilidade do interesse público em prol da eficiência. | X | • **Preconceito entre fiscos e contribuintes**: falta confiança e cooperação na condução dos temas.<br>• **Resistência** da Fazenda Pública em aplicar o NCPC em questões tributárias.<br>• Visão ilimitada da tese da indisponibilidade do interesse público. |

### 4.10. Premissa de que todos os planejamentos tributários são abusivos

| Oportunidades NCPC | | Entraves Práticos |
|---|---|---|
| • Adoção de métodos alternativos de **resolução pacífica de litígios** na fase administrativa e judicial.<br>• Ressignificar o **papel das provas** no processo administrativo e judicial tributário.<br>• Repensar a **estrutura do PAF** dentro dessa temática: instituição de comitê técnico e imparcial para direcionamento dos contribuintes.<br>• Regulamentar as hipóteses de abuso em matéria tributária. | X | • **Cultura do Litígio**: necessária mudança de comportamento dos operadores do Direito.<br>• **Preconceito entre fiscos e contribuintes**: falta confiança e cooperação na condução dos temas.<br>• Necessário **aprimoramento da legislação tributária.**<br>• **Falta de Visão Multidisciplinar e Cooperativa: Resistência ao desenvolvimento econômico salutar e a internacionalização.**<br>• **Privilegismo da forma** e não do conteúdo.<br>• Descanso com os **efeitos nocivos** aos contribuintes e ao Estado (custo da máquina/contencioso): Impacto econômico, operacional e reputacional direto. |

## 5. Pontos Conclusivos

Com esse olhar desenvolvimentista e a partir da visão de caráter geral apresentada, é possível chegar em alguns pontos de convergência reforçados e/ou trazidos pelo CPC/2015 aptos a contribuir substancialmente para redução do contencioso tributário.

**I. Premiar Boas Práticas e Estreitar Relações**

São cada vez mais necessárias medidas de *enforcement* e *cooperative compliance* que mobilizem os fiscos e contribuintes a agirem de forma coordenada e cooperativa, evitando a movimentação desnecessária da máquina estatal, otimizando recursos humanos e financeiros.

**II. Métodos alternativos para Resolução de Litígios**

A utilização de métodos de solução pacífica em matéria tributária e de instrumentos processuais que promovam o alinhamento entre os litigantes precisa ser vista como veículo propulsor do atendimento ao interesse público primário – promoção do bem comum – ao invés de ser "crucificada" com fundamento no princípio da indisponibilidade do interesse público.

**III. Eficiência e Transparência: *Accountability***

Trabalhar a eficiência de gestão e o senso de consciência coletiva é colocar à parte as disputas de poder entre os órgãos de Estado e o corporativismo histórico das instituições brasileiras. A prevalência egoística do interesse público dos agentes estatais precisa dar lugar à gestão pública responsável e a transparente.

**IV. Uniformidade e Coerência**

A mesma estabilidade e uniformidade almejada pelo sistema de precedentes do CPC/2015 deve liderar não só as iniciativas do Poder Judiciário, mas desafiar os órgãos do Legislativo e Executivo a cumprirem suas funções como verdadeiros guardiões da segurança jurídica.

**V. Reconstrução do Processo Tributário Brasileiro**

A ultrapassada estrutura do processo administrativo e judicial tributário não tem mais conserto, precisamos superar esse fato. A implementação de iniciativas hábeis a garantir a máxima imparcialidade dos julgadores, a redução do tempo de tramitação dos feitos, a possibilidade conciliação e mediação na resolução de questões incidentais, a ampla dilação probatória no processo administrativo para que o enfretamento das teses jurídicas seja o real foco de atuação dos órgãos jurisdicionais, a otimização das estruturas de poder e instâncias recursais, a estruturação de justiça especializada, dentre outras, deve ser conduzida com prioridade.

Esses cinco pilares solucionadores devem ressignificar nosso modo de operar o Direito e nos provocar a contribuir pessoalmente com a adoção de práticas de gestão eficiente, responsável e cooperativa. Do contrário, "*podemos viver em um mundo de ilusão reconfortante.*"[55]

## Referências

Acemoglu, Daron; Johnson, Simon; Robinson, James. *Why Nations Fail.* New York: Crown Business, 2012.

Bossa, Gisele Barra; Rosa, Ana Teresa Lima. *Resgatando o elo entre direito tributário e gasto público.* Conjur. www.conjur.com.br, 2014. Disponível em: https://goo.gl/uARl3o. Acesso em 23/12/2016.

Bossa, Gisele Barra; Rosa, Ana Teresa Lima. *Ineficiência do federalismo brasileiro é desafio para a reforma tributária.* Conjur. www.conjur.com.br, 2014. Disponível em: https://goo.gl/XyI6hn. Acesso em 23/12/2016.

[55] Noam Chomsky é linguista, filósofo e ativista político norte-americano. Professor de Linguística no Instituto de Tecnologia de Massachusetts

BOSSA, Gisele Barra; CAMPEDELLI, Laura Romano. *Desafio para reforma tributária é superar ideia de reformas pontuais*. Conjur. www.conjur.com.br, 2014. Disponível em: https://goo.gl/4Cg0wT. Acesso em 23/12/2016.

CAMARA, Aristóteles de Queiroz; FREIRE, Rodrigo Veiga Freire e. *Projeto Macrovisão do Crédito Tributário: Diagnóstico da Cobrança Judicial da Dívida Ativa da União*. Jota. http://jota.info/, 2016. Disponível em: https://goo.gl/au64Uk. Acesso em 23/12/2016.

CARMONA, Carlos Alberto. *Arbitragem e processo*. 3. ed. São Paulo: Atlas, 2009.

CNJ. Justiça em Números 2016 (Ano-base 2015). Disponível em: http://goo.gl/S6NG0u e http://goo.gl/ VXmo66. Acesso em: 23/12/2016.

CUNHA, Luís Pedro Chaves Rodrigues da. *O Sistema Comercial Multilateral face aos Espaços de Integração Regional*. Dissertação de Doutoramento em Ciências Jurídico-Econômicas apresentada à Faculdade de Direito da Universidade de Coimbra. 2006.

DELOITTE. *Compliance tributário no Brasil: As estruturas das empresas para atuar em um ambiente complexo*. 2016. Disponível em: https://goo.gl/1w9NuU. Acesso em: 07/01/2017.

DIDIER JÚNIOR. Fredie; CUNHA, Leonardo Carneiro da. Curso de Direito Processual Civil – v.3. 14a Edição. Salvador: Juspodivm, 2017.

DIDIER JÚNIOR. Fredie; CUNHA, Leonardo Carneiro da. Coleção Grandes Temas do Novo CPC – V.10 – Julgamento de Casos Repetitivos. Salvador: Juspodivm, 2017.

GRUPENMACHER, Betina Treiger. *Magistrados reunidos aprovam enunciado contra o direito de defesa e o contraditório*. Conjur. www.conjur.com.br, 2015. Disponível em: https://goo.gl/u4y0Md. Acesso em 23/12/2016.

MCGEE, Robert W. *Attitudes on the Ethics of Tax Evasion: A Survey of Philosophy Professors* (April 14, 2014). SSRN. Disponível em http://goo.gl/z3cjwH. Acesso em: 23/12/2016.

MEIRELLES, Hely Lopes. *Direito Administrativo Brasileiro*. 33. ed. São Paulo: Malheiros, 2007.

MENDONÇA, Priscila Faricelli de. *Transação e Arbitragem nas Controvérsias Tributárias*. Dissertação de Mestrado em Direito Processual Civil apresentada à Faculdade de Direito da Universidade de São Paulo. 2013.

NABAIS, Casalta. *O dever fundamental de pagar impostos. Contributo para a compreensão constitucional do estado fiscal contemporâneo*. 4. ed. Coimbra: Almedina, 2015.

NORTH, Douglass C. Institutions. In. *The Journal of Economic Perspectives, Vol. 5, Nº 1*. (Winter, 1991), pp. 97-112. Disponível em: http://goo.gl/HrgXXk. Acesso em: 23/12/2016.

FEDERAÇÃO DAS INDÚSTRIAS DO ESTADO DE SÃO PAULO – FIESP. *O Peso da Burocracia Tributária na Indústria de Transformação 2012*. 2012. Disponível em: https://goo.gl/DG7xTR. Acesso em: 07/01/2017.

Fundação Instituto Capixaba de Pesquisas em Contabilidade, Economia e Finanças (FUCAP). *A ética da evasão fiscal: um estudo comparativo de profissionais e estudantes da área de negócios*. Disponível em: https://goo.gl/089e0K. Acesso em: 23/12/2016

*Organization for Economic Co-operation and Development – OECD.*

______. *Tax administration 2013: Comparative Information on OCDE and other advanced and emerging economies*. Paris: OECD, 2013. Disponível em: http://goo.gl/n1xW2g. Acesso em: 23/12/2016.

______. *Tax administration 2015: Comparative Information on OCDE and other advanced and emerging economies*. Paris: OECD, 2015. Disponível em: http://goo.gl/7Y8L5G. Acesso em: 23/12/2016.

______. *Education at a Glance 2016*. Paris: OECD, 2016. Disponível em: https://goo.gl/Z71yED e apresentação da OCDE sobre o Brasil em https://goo.gl/32943A. Acesso em: 23/12/2016.

______. *Relatórios Econômicos da OCDE – Brasil 2015*. Resumo em Português. Paris: OECD, 2016. Disponível em https://goo.gl/xn8GGq. Acesso em: 23/12/2016.

Receita Federal Do Brasil – RFB. *Carga tributária no Brasil 2015: Análise por tributos e bases de incidência*. 2016. Disponível em: https://goo.gl/BH7NsG. Acesso em: 07/01/2017.

Sarmento, Daniel (coord.). *Interesses Públicos versus Interesses Privados: desconstruindo o princípio de supremacia do interesse público*. 2ª tiragem. Rio de Janeiro: Lúmen Júris, 2007

Scapin, Andréia; Bossa, Gisele. *Transparência e democracia: para um governo com poderes visíveis*. Revista de Doutrina da 4ª Região, Porto Alegre, n. 65, abr. 2015. Escola da Magistratura do Tribunal Regional Federal da 4ª região (EMAGIS). Disponível em: https://goo.gl/Gij14l. Acesso em: 23/12/2016.

Vasconcelos, Breno Ferreira Martins; SILVA, Daniel Souza Santiago da. *Diagnóstico do processo administrativo fiscal federal*. Jota. http://jota.info/, 2016. Jota. Disponível em: https://goo.gl/tdat4d. Acesso em: 23/12/2016.

Vasconcelos, Breno Ferreira Martins; SILVA, Daniel Souza Santiago da e outros. *Soluções para o contencioso administrativo fiscal federal: resultados parciais e próximos passos*. Jota. http://jota.info/, 2016. Disponível em: https://goo.gl/6S5e5g. Acesso em: 23/12/2016.

Viviani, Luís. *Lei de Mediação exige mudança na cultura brasileira de litígio*. Jota. http://jota.info/, 2016. Jota. Disponível em: https://goo.gl/tG64sF. Acesso em: 23/12/2016.

Winer, Stanley L.; Kenny, Lawrence W.; Hettich, Walter, *Political Regimes, Institutions and the Nature of Tax Systems* (January 2, 2010). SSRN. Disponível em: https://goo.gl/jjvcsr. Acesso em: 23/12/2016.

Zavascki, Teori Albino. *Revista de Informação Legislativa, v. 31, n. 122,* p. 291/ 296.

# APÊNDICE I

| *Ranking* de Importância do Direito Tributário - Justiça em Números 2016 (Ano-base 2015) | | | | | | | |
|---|---|---|---|---|---|---|---|
| **Âmbito** | **Colocação** | **Assunto** | **Valor Envolvido** | **Porporção por Assunto** | **Porporção Geral Direito Tributário** | **Despesa do Órgão** | **Fatia correspondente ao Direito Tributário** |
| **Poder Judiciário** | **3°** | **Dívida Ativa** | **R$ 1.737.606** | **8,3%** | **N/A** | **R$ 79.227.335.015** | **N/A** |
| | | | | | | | |
| **Justiça Estadual** | **3°** | **Dívida Ativa** | **R$ 1.316.342** | **3,18%** | **9,0%** | **R$ 44.715.908.973** | **R$ 4.024.431.807,6** |
| TJ/AL | 1° | Dívida Ativa | R$ 38.834 | 17,09% | 18,3% | R$ 421.513.346 | R$ 77.136.942,3 |
| TJ/AM | 1° | Dívida Ativa | R$ 108.946 | 18,55% | 23,4% | R$ 641.449.469 | R$ 150.099.175,7 |
| TJ/CE | 2° | Dívida Ativa | R$ 25.256 | 5,57% | 7,3% | R$ 1.103.524.286 | R$ 80.557.272,9 |
| TJ/DF e Territórios | 1° | Dívida Ativa | R$ 29.266 | 7,33% | 7,9% | R$ 2.223.570.718 | R$ 175.662.086,7 |
| TJ/ES | N/A | N/A | N/A | N/A | 5,4% | R$ 1.217.439.738 | R$ 65.741.745,9 |
| TJ/MA | N/A | N/A | N/A | N/A | 2,5% | R$ 922.971.174 | R$ 23.074.279,4 |
| TJ/MT | 8° | Dívida Ativa | R$ 18.397 | 1,78% | 2,9% | R$ 1.071.387.595 | R$ 31.070.240,3 |
| TJ/MS | 1° | Dívida Ativa | R$ 32.836 | 11,52% | 15,3% | R$ 776.654.108 | R$ 118.828.078,5 |
| TJ/MG | N/A | N/A | N/A | N/A | 3,7% | R$ 4.628.780.379 | R$ 171.264.874,0 |
| TJ/PA | 6° | Impostos/IPTU | R$ 10.406 | 2,82% | 4,6% | R$ 1.033.740.744 | R$ 47.552.074,2 |
| TJ/PR | 2° | Dívida Ativa | R$ 122.598 | 7,74% | 10,2% | R$ 2.047.662.117 | R$ 208.861.535,9 |
| TJ/PE | 7° | Impostos/IPTU | R$ 28.222 | 3,82% | 8,5% | R$ 1.321.658.757 | R$ 112.340.994,3 |
| | 8° | Dívida Ativa | R$ 24.891 | 3,37% | | | |
| TJ/RJ | 2° | Dívida Ativa | R$ 560.448 | 14,97% | 15,9% | R$ 4.466.509.654 | R$ 710.175.035,0 |
| TJ/RN | 6° | Impostos/IPTU | R$ 9.742 | 2,91% | 7,3% | R$ 867.958.389 | R$ 63.360.962,4 |
| | 7° | Taxas/Municipais | R$ 8.592 | 2,57% | | | |
| TJ/SC | 1° | Dívida Ativa | R$ 105.128 | 9,24% | 11,7% | R$ 1.703.661.270 | R$ 199.328.368,6 |
| TJ/SP | 4° | Impostos/IPTU | R$ 255.260 | 3,36% | 11,1% | R$ 10.085.769.619 | R$ 1.119.520.427,7 |
| | 8° | Dívida Ativa | R$ 183.699 | 2,42% | | | |
| | 10° | Impostos/IPVA | R$ 160.828 | 2,12% | | | |
| TJ/SE | N/A | N/A | N/A | N/A | 1,8% | R$ 479.409.887 | R$ 8.629.378,0 |
| TJ/TO | 1° | Impostos/IPTU | R$ 19.695 | 9,31% | 12,6% | R$ 490.517.266 | R$ 61.805.175,5 |
| **Totais dos Tribunais** | | | | | | **R$ 35.504.178.516** | **R$ 3.425.008.647,3** |
| | | | | | | | |
| **Justiça Federal** | **2°** | **Dívida Ativa** | **R$ 406.485** | **8,03%** | **21,8%** | **R$ 9.977.720.623** | **R$ 2.175.143.095,8** |
| | **7°** | **Contribuições Sociais** | **R$ 150.904** | **2,98%** | | | |
| TRF 1ª Região | 4° | Dívida Ativa | R$ 35.647 | 4,43% | 20,3% | R$ 3.088.824.957 | R$ 627.031.466,3 |
| | 8° | Impostos/IRPF | R$ 25.370 | 3,15% | | | |
| | 10° | Contribuições | R$ 24.738 | 3,07% | | | |
| TRF 2ª Região | 1° | Dívida Ativa | R$ 93.020 | 16,98% | 26,8% | R$ 1.561.100.685 | R$ 418.374.983,6 |
| TRF 3ª Região | 1° | Dívida Ativa | R$ 183.535 | 11,94% | 33,5% | R$ 2.133.029.278 | R$ 714.564.808,1 |
| | 2° | Contribuições Sociais | R$ 89.565 | 5,83% | | | |
| | 8° | Contribuições | R$ 48.225 | 3,14% | | | |
| | 9° | Contribuições | R$ 42.400 | 2,76% | | | |
| TRF 4ª Região | 3° | Dívida Ativa | R$ 91.555 | 6,69% | 15,6% | R$ 1.886.698.721 | R$ 294.325.000,5 |
| TRF 5ª Região | 10° | Contribuições Sociais | R$ 13.927 | 1,74% | 8,2% | R$ 1.308.066.982 | R$ 107.261.492,5 |
| **Totais dos Tribunais** | | | | | | **R$ 9.977.720.623** | **R$ 2.161.557.751,0** |
| | | | | | | | |
| **Superior Tribunal de Justiça** | **2°** | **Dívida Ativa** | **R$ 14.779** | **4,54%** | **10,5%** | **R$ 1.350.098.890** | **R$ 141.760.383,5** |
| **Supremo Tribunal Federal** | **4°** | N/A | N/A | N/A | 9,99% | **R$ 520.171.279** | **R$ 51.965.110,77** |

# O Conflito entre Contribuintes e o Estado na Busca do Crédito Tributário: Uma Visão pela Análise Econômica do Direito

CRISTIANO CARVALHO*

## 1. Introdução

Segundo o atual Ministro da Economia, Henrique Meirelles,[1] o Brasil enfrenta a sua pior crise econômica, desde que o produto interno bruto passou a ser medido em 1901, com PIB negativo por dois anos consecutivos. As razões, causas e consequências da crise são, em termos técnicos, diversas (queda no consumo, queda nos investimentos privados, inflação, dívida pública, desemprego etc.), mas pela perspectiva estatal o ponto fulcral pode ser resumido a uma simples relação receita X gastos.

Simplificando, historicamente o Estado brasileiro (salvo exceções), em todas as suas esferas federativas, União, Estados e Municípios, *gasta mais do que arrecada*. A solução para gerar receita maior do que a despesa é simples: ou diminuem as despesas ou aumentam as receitas.

* Livre-Docente em Direito Tributário (USP), Pós-Doutor em Direito e Economia (Berkeley Law), Mestre e Doutor em Direito Tributário (PUC-SP), Professor de Direito Tributário e Tributação Internacional no Mestrado em Direito dos Negocios, Unisinos. Advogado.

[1] Fonte: Revista Exame online, 16/08/2016, acessado em 25/01/2017. http://exame.abril.com.br/economia/pais-enfrenta-pior-recessao-desde-1901-diz-meirelles/

O governo tem uma dificuldade crônica em diminuir despesas, e cumpre dizer que não lhe cabe exclusivamente a culpa, uma vez que a maior parte de suas despesas são obrigatórias ou vinculadas, seja pela legislação, seja pela própria Constituição, constituindo cerca de 85% do orçamento primário. Exemplos são a previdência social e os salários de servidores. A solução seria então aumentar as receitas?

Lembrando que Estado não gera riqueza, mas apenas a consome, resta saber de onde vem os seus recursos. Desde que o país passou por uma (incompleta) leva de privatizações, o Estado brasileiro deixou de ser propriamente um agente econômico para ser um regulador do mercado, relegando à iniciativa privada a ação na Economia. Ainda que essa "liberalização" tenha sido bastante falha, uma vez que o Estado brasileiro é um dos mais intervencionistas entre as principais economias do mundo, é fato que a sua receita principal advém do setor privado, via tributação.

Aliás, é justamente em sistemas intervencionistas que há tributação, uma vez que esta pressupõe atividade privada. Em economias totalmente estatizadas não faria sentido haver tributo, pois os meios de produção já são propriedade do Estado. Como esclarece Ludwig von Mises[2], *a tributação pressupõe propriedade privada e economia de mercado.*

Portanto, as receitas públicas geralmente (salvo em exceções, como no caso de privatizações[3]) advêm dos tributos, i.e., da transferência de riqueza privada para o Estado.

Como dito, tal transferência faz parte de sistemas democráticos e de economia de mercado, sendo que o problema não é quanto a sua *essência*, mas quanto ao *grau* em que isso ocorre.

Segundo o Instituto Brasileiro de Geografia e Estatística (IBGE), em 1918, a carga tributária sobre o PIB era de meros 6,62%. Nos anos 1930 a relação carga tributária /PIB era da razão de 8,36%. Em 1940 pulou para 13.55%. Nos anos 1980 era de cerca de 24%, saltando para 28% na década seguinte. Nos últimos anos, aumentou continuamente, alcançando o patamar de cerca de 33% em 2015.[4]

[2] Ação Humana, um Tratado de Economia, p. 744. Rio de Janeiro, Instituto Liberal, 1995.

[3] Que opor sua própria natureza são limitadas, uma vez que dependem da quantidade de bens de propriedade do Estado a serem vendidos.

[4] Segundo cálculo da Receita Federado do Brasil: https://idg.receita.fazenda.gov.br/noticias/ascom/2016/setembro/carga-tributaria-bruta-atinge-32-66-do-pib-em-2015-1

Percebe-se a correlação entre aumento do Estado e aumento da carga tributária também pelos dados estatísticos. Na década de 30, a despesa primária/PIB (ou seja, sem considerar os juros e a correção monetária da dívida pública) do governo federal alcançou 10,68% (1932), sendo de 19.6%, em 2015.

Em suma, quanto maior o Estado, maior a carga tributária. Existe, portanto, uma constante tensão entre interesse governamental e interesse privado, colocando Estado e contribuintes em permanente situação de conflito.

O presente artigo visa a abordar, aplicando conceitos e ferramentas da Análise Econômica do Direito, as razões pelas quais esse fenômeno ocorre e possíveis formas de minorar o referido conflito.

## 2. Tributação e Contrato Social

Os tributos são tão antigos quanto a própria civilização, sendo encontrados registros históricos referentes a tributação que datam de milhares de anos. Mas qual a relação entre tributo e civilização? A relação se dá à medida que se verifica a necessidade da *existência do Estado.*

Cesare Beccaria[5], em seu clássico Dos Delitos e das Penas, explica a razão da existência do Estado e das suas leis:

> "Leis são as condições pela quais homens independentes e isolados, cansados de viver em um constante estado de guerra e de usufruírem uma liberdade tornada inútil pela incerteza de poder mantê-la, se unem em uma sociedade. Eles sacrificam uma porção dessa liberdade a fim de usufruir a restante em segurança e tranquilidade. A soma de todas essas porções de liberdades sacrificadas para o bem de todos constituí a soberania de uma nação, e a soberania em seu legítimo depositário e administrador. A mera formação deste depósito, entretanto, não foi suficiente, pois teve de ser defendido das usurpações privadas de cada indivíduo particular, pois todos sempre buscam retirar não somente a sua parte de liberdade do depósito comum, mas também expropriar as porções dos outros."

Essa explanação remete diretamente à ideia de *Contrato Social*, ficção da filosofia política tratada por grandes pensadores como Thomas Hob-

[5] Domínio público, disponível em http://lf-oll.s3.amazonaws.com/titles/2193/Beccaria_1476_Bk.pdf
Acessado em 04.02.2017

bes, John Locke, Jean Jacques Rousseau e, no século 20 por John Rawls. Em termos simples, o contrato social ilustra o pacto que os indivíduos celebram, de modo a reduzir riscos e incertezas inerentes à vida na Terra, unindo-se com objetivos comuns. Para garantir a segurança, os indivíduos transferem recursos para uma autoridade central, que em contrapartida garantirá o seu bem-estar.

Em anos recentes, o economista norte-americano Mancur Olson[6] estabeleceu a distinção entre "roving and stationary bandits", sendo os primeiros (bandidos nômades) os que criam incentivos para que surjam os últimos (bandidos estacionários). Enquanto os bandidos nômades teriam incentivos apenas para saquear e destruir, os bandidos estacionários (tiranos) encorajariam certo grau de liberdade econômica, de modo que os cidadãos tivessem recursos para lhe pagar por sua proteção. Tal trajeto acabaria resultando, evolutivamente, em sistemas democráticos de governo.

Seja como for, o que se percebe é que essa " proteção" não sai de graça. São necessários recursos para subsidiá-la e estes se traduzem nos tributos pagos pelos contribuintes. Em essência, essa relação é saudável, a ponto do jurista e juiz da Suprema Corte norte-americana Oliver Wendell Holmes Jr. declarar que " os tributos são o preço que pagamos para viver em civilização".

Como dito na introdução deste artigo, *o problema não é de essência, mas de grau*. Se a tributação é necessária e, portanto, em essência é positiva (pois um "mal necessário" é um oximoro), pode vir a ser negativa a depender do grau em que é instituída, i.e, se o grau for excessivo.

Quando o tributo passa a ser demasiado o contrato social pode ser colocado em risco, com possibilidade de ruptura. Ao logo da história, diversas revoluções sociais tiveram por estopim impostos opressores e injustos, e governos foram derrubados em nome da liberdade tributária.[7]

[6] Dictatorship, Democracy, and Development. The American Political Science Review, Vol. 87, No. 3 (Sep., 1993), pp. 567-576.

[7] Alguns exemplos: os Estados Unidos da América, cuja revolução de 1776 teve por motivo os altos impostos cobrados pela Inglaterra, que sequer permitia aos americanos terem representantes no parlamento inglês, originando a frase " no taxation without representation". No Brasil, a Inconfidência Mineira, de 1789, foi um levante da Capitania de Minas Gerais contra a tributação excessiva pela Coroa Portuguesa. Interessante o fato de que os inconfi-

Em situações menos graves, porém mais comuns, a tributação alta pode gerar estagnação ou mesmo recessão econômica, impedindo o desenvolvimento de uma Nação. Este parece ser o caso do Brasil, conforme veremos adiante.

## 3. Tributos e o " Custo Brasil"

O Brasil é um dos chamados países "emergentes", o que significa dizer uma Nação em processo de desenvolvimento, com crescentes e contínuas taxas de crescimento e melhorias em indicadores sociais e econômicos. Entretanto, a gravíssima recessão que enfrenta o torna uma nação " submergente", com aumento de inflação, queda de empregos e consequente aumento de inadimplemento, queda na renda média etc. Indústrias encerram suas atividades e o comércio tem resultados cada vez piores em relação a anos anteriores.

Como se não bastasse, a república cartorária brasileira é uma das mais burocráticas comparada aos demais países emergentes, com uma imensa quantidade de atos necessários para abrir e encerrar uma empresa, além de uma legislação trabalhista rígida e obsoleta – que desincentiva o emprego, em vez de fomentá-lo, além de um sistema previdenciário absolutamente irracional, cujo déficit bilionário aumenta ano após ano.

Por fim, temos um sistema tributário de enorme complexidade e que perversamente tributa o processo de criação de riqueza (contribuições sobre receita bruta) e a geração de empregos (contribuições sobre folha de salários), além de um gigantesco número de obrigações acessórias a serem cumpridas. Este aglomerado de custos financeiros e de transação para o setor privado é o chamado "custo Brasil".

Se a Economia vai mal, ou seja, o PIB – soma de todos os bens e serviços produzidos no país, consequentemente diminui a arrecadação tributária, uma vez que o primeiro é base da última. Se o industrial, o comerciante ou o prestador de serviços produzem menos, por conseguinte faturam menos, igualmente recolhem menos IPI, ICMS, ISS, IRPJ, CSLL e PIS e Cofins. Considerando que o Estado segue necessitando, com ou sem crise, de receita para fazer frente aos seus gastos, qual a solução?

dentes mineiros tinham por modelo a revolução americana, tendo buscado aconselhamento com Thomas Jefferson, um dos founding fathers dos EUA.

Vimos que a maior parte das despesas do governo são vinculadas, ou seja, por mais que haja intenção de cortar gastos há limites jurídicos para fazê-lo. Restaria então apenas a opção de aumentar tributos, mas como fazê-lo, se a carga tributária já é altíssima?

Vejamos a relação entre carga tributária e PIB nos países BRICS e nos países da América Latina:

**Figura 1:**

Tributação em relação ao PIB

- BRICS
- Brasil – 32,66%
- Rússia – 23%
- Índia – 13%
- China – 20%
- South Africa – 18%

- América Latina
- Peru – 17%
- Chile – 22%
- Colômbia – 19%
- Uruguai – 26,5%
- México – 11,4%

Pelo gráfico acima, percebe-se que o Brasil tem a maior carga tributária entre os BRICS e uma das maiores da América Latina. Da mesma forma, sabe-se que a o patamar acima de 30% sobre o produto interno bruto é relativamente comum em países desenvolvidos, mas não recomendável para países em desenvolvimento.

A forma como é desenhado o sistema tributário brasileiro contribui enormemente para a formação do custo Brasil. Enquanto a renda, ou seja, a riqueza criada é relativamente menor que em outros países, tributa-se por demais bens e serviços, gerando tributação regressiva que penaliza os mais pobres, que arcam indiretamente com os tributos repercutidos nos preços dos produtos que consomem. Além disso, tributa-se receita bruta (antes da formação da riqueza, portanto, pois não se considera o binômio receita – despesa = superávit ou déficit), folha de salários (inibe-se a geração de empregos formais) e, *last but not the least,* o país tem seis tributos sobre importação (Imposto de Importação, IPI importação, ICMS importação, PIS e Cofins importação e ISS importação), que somados a diversos outros encargos aduaneiros tornam a economia brasileira uma das mais fechadas do planeta. Dentre outros resultados funestos, paga-se muitas vezes mais em nosso país por itens de consumo do que em outros países de renda per capita muito superior.

Como se não bastassem os tributos propriamente ditos, o contribuinte brasileiro ainda pena com os chamados *custos de conformidade tributários.*

Os custos de conformidade não se referem ao cumprimento da obrigação tributária, seja a pecuniária, seja a acessória, mas ao *custo relativo ao processo de cumpri-las.* Em outras palavras, os custos referentes a constante atualização necessária devido as mudanças da legislação tributária, a contratação de profissionais para lidar com a matéria, a manutenção de registros contábeis fiscais, e uma miríade de atividades requeridas para estar em dia com os cumprimentos exigidos pelas Fazendas. Se considerarmos uma empresa que exerça industrialização e comércio, e ainda preste serviços (algo comum no setor automotivo, por exemplo), os custos de conformidade deverão ser cumprido nas três esferas da federação: federal, estadual e municipal.

O Banco Mundial publica anualmente o Doing Business Report, relatório que avalia, mensura e compara o ambiente de negócios em mais de cento e cinquenta países. Dentre os diversos tópicos, há o da tributação e, nele, o dos custos de conformidade, mais especificamente o número de horas médio que uma empresa consome anualmente para cumprir com suas obrigações tributárias. Note-se que o critério utilizado é o fator tempo, que tem óbvias implicações econômicas, como por exemplo, o *custo de oportunidade*: as empresas poderiam alocar seu tempo (e demais recursos) em atividades produtivas, porém necessitam consumir parte dele para cumprir com as obrigações tributárias.

O Brasil é um caso extremo. Há muitos anos figura como o campeão absoluto no infeliz ranking do Doing Business como o país mais difícil do mundo para se cumprir as obrigações tributárias. Em diversos anos consecutivos o relatório atribuiu o número de 2.600 horas anuais o dispendido pelas empresas, sendo que na edição mais recente (2017[8]), cujo ano analisado foi o de 2015, o número baixou para 2.038 horas, ainda sendo, entretanto, o mais alto entre todas as demais economias avaliadas.

A título de curiosidade, o segundo e terceiro lugares vão para Bolívia e Nigéria, com 1.025 e 908 horas, respectivamente. Em contraste, economias ricas como Hong Kong (74 horas), Austrália (105 horas) e

[8] Disponível em: http://portugues.doingbusiness.org/data/exploretopics/paying-taxes, acessado em 02.02.2017. Segundo relatório, a diminuição se deu pela adoção de métodos eletrônicos para o cumprimento das obrigações tributárias.

Estados Unidos (175 horas) são consideravelmente mais "tax friendly", sendo que nosso vizinho mais promissor, o Chile, impõe aos seus contribuintes apenas 291 horas, quase sete vezes menos que o nosso sistema tributário.

É curioso notar que países tidos por alguns como "socialistas" (quando na realidade, são nitidamente capitalistas, não obstante serem exemplos de *welfare state*) como a Suécia (122 horas), a Dinamarca (130 horas) e a Noruega (83 horas) são incomparavelmente menos custosos no que se refere aos custos de conformidade.

Percebe-se, de forma cristalina, o componente drástico que a tributação configura no custo Brasil, tornando o pais um ambiente pouco amigável aos negócios, impedindo, por conseguinte, o seu desenvolvimento socioeconômico.

Há, todavia, alguma forma de melhorar o nosso sistema tributário? Entendo que apenas com uma profunda reforma tributária. Mas é possível tal reforma?

## 4. A Reforma Tributária é possível? Problemas de Cooperação e o Dilema do Prisioneiro

Desde que a Constituição de 1988 foi promulgada se fala em reforma tributária, porém o que se viu desde então foram apenas algumas tentativas de melhoria no sistema, inclusive via emendas constitucionais, que em termos práticos pouco fizeram. Por exemplo, a adoção do sistema simplificado de pagamento de tributos (o Simples Nacional, uma espécie de "imposto único")) foi um passo positivo, trazendo muitos contribuintes para a formalidade. Por outro lado, a criação de sistema não-cumulativo para as contribuições do PIS e da Cofins mais aumentaram custos de conformidade e de transação do que efetivamente beneficiaram os contribuintes.

Recentemente, a Emenda Constitucional 87, de 2015, alterou a sistemática de cobrança do ICMS nas operações e prestações que destinem bens e serviços a consumidor final, não contribuinte do imposto, localizado em outros Estados, assim como também regulou o comércio eletrônico, de forma a acomodar os interesses não só do Estado produtor, mas dos Estados destinatários das mercadorias. O resultado até agora, contudo, é um desastroso aumento de custos de transação, com complexas exigências criadoras de incerteza e, em alguns casos, inviabilizando as atividades das empresas do setor de comércio eletrônico.[9]

Se todos queremos um sistema tributário mais eficiente, que permita gerar receitas para o Estado sem penalizar excessivamente o particular, ou seja, algo que se aproxime de uma tributação "ótima"(no sentido econômico do termo, o mais eficiente que se pode ser), por que então a tão propalada reforma não sai do plano das ideias para o plano da realidade? Cabe averiguar se sua implementação não esbarra no *dilema do prisioneiro*.

Talvez a mais famosa interação da teoria dos jogos seja o "dilema do prisioneiro", jogo estático (posteriormente modelado como repetitivo também), de informação completa. Criado em 1950 pela Rand Corporation, entidade norte-americana sem fins lucrativos, responsável por grande parte da estratégia militar na guerra fria (estratégia esta, em boa parte, modelada pela teoria dos jogos), o dilema ilustra uma interação não cooperativa, onde os incentivos mútuos (*pay offs*) são não-cooperativos, i.e., uma vez que não há confiança recíproca, os jogadores tendem a ser oportunistas.

A ilustração mais comum é esta: dois acusados são presos como cúmplices em um crime, sendo mantidos isolados, sem nenhuma possibilidade de se comunicarem. Interrogados separadamente, ao prisioneiro Antônio e à prisioneira Beatriz são oferecidas as seguintes alternativas:

1) se ambos confessarem o crime, serão sentenciados a cinco anos de prisão;
2) se ambos negarem o crime, serão sentenciados a um ano de prisão (porque o promotor só conseguirá provar um crime de menor importância);
3) se um confessar e o outro negar, o acordo com o promotor é que aquele que tiver confessado ficará livre e o que tiver negado receberá dez anos de prisão.

[9] Conforme notícia veiculada no Jornal Gazeta do Povo. Disponível em http://www.gazetadopovo.com.br/economia/nova-regra-de-icms-afeta-e-commerce-e-complica-a-vida-de-pequenas-empresas-cyetx8b3f8ovakjelp8rmjfls
Acessado em 02.02.2017
Ainda, segundo o Sebrae, as novas medidas poderão acarretar o fechamento de um pequeno negócio a cada minuto. Vide notícia veiculada na revista Pequenas Empresas, Grandes Negócios: http://revistapegn.globo.com/Empreendedorismo/noticia/2016/01/icms-entenda-o-impacto-da-nova-regra-no-seu-e-commerce.html , acessado em 02.02.2017

As opções apresentadas a cada um dos "jogadores" são confessar ou negar a autoria do crime. Vejamos agora a matriz do jogo:

**Figura 2:**

| | | Beatriz: confessa | Beatriz: nega |
|---|---|---|---|
| Antônio | confessa | 5, 5 | 0, 10 |
| | nega | 10,0 | 1, 1 |

Na matriz acima, os possíveis resultados aparecem da seguinte maneira (os *pay offs* de Antonio encontram-se à esquerda, os de Beatriz, à direita):

Antônio precisa decidir se confessa ou nega a autoria do crime. Como se trata de uma situação estratégica, ele escolherá levando em conta como Beatriz escolheria, dados os *pay offs* conhecidos. Portanto, se Beatriz confessar, Antônio precisa decidir qual é a melhor opção para ele. Olhando a matriz, o melhor *pay off* (menos anos de prisão) é confessar também (cinco anos). Por outro lado, se Beatriz negar, a melhor opção para Antônio continua sendo confessar (zero ano, ou liberdade).

Beatriz, por sua vez, enfrenta as mesmas escolhas. Se Antônio confessa, é melhor confessar (cinco anos) do que negar (dez anos de prisão). Da mesma forma, se Antônio negar, a melhor opção para Beatriz continua sendo confessar (zero ano, ou liberdade).

Note-se que para ambos os jogadores a opção mais racional (portanto maximizadora, dada a possível escolha do outro) é *sempre confessar*. Diz-se que tal estratégia é *dominante*, no jargão da teoria dos jogos. O resultado é que ambos acabarão confessando e pegando cinco anos de cadeia cada um (conforme se vê nos *pay offs* sombreados na matriz).

A estratégia dominante, que sob o ponto de vista de cada jogador é uma escolha maximizadora, acaba levando a um resultado inferior ao que poderia ser obtido caso tivesse havido cooperação.

Tal resultado é denominado "equilíbrio de Nash", por conta do matemático norte-americano John Forbes Nash que o formalizou em 1951. No dilema do prisioneiro ilustrado acima, o equilíbrio de Nash encontra-se no quadrado superior esquerdo (5,5), cujo resultado é sub-ótimo se comparado ao quadrado inferior direito (1,1). Entretanto, a escolha de cada um dos prisioneiros foi a melhor possível, portanto *plenamente racional*, levando em conta a escolha provável (segundo o juízo de cada um deles) do outro. Em síntese, tivessem confiança mútua a ponto de cooperarem, cumpririam apenas um ano de prisão, em vez de cinco.

Há jogos em que existe mais de um equilíbrio de Nash, assim como situações em que não há nenhum. Seja como for, passa a ser tarefa do legislador erigir sanções punitivas ou premiais que incentive os indivíduos a escolher de modo que atenda melhor aos objetivos sociais, da mesma forma que os juízes necessitam compreender como suas decisões em casos concretos podem igualmente estabelecer *pay offs* para as demais pessoas em uma sociedade.

O dilema do prisioneiro é o clássico exemplo de um jogo estático, não-cooperativo e de informação completa. Estático porque é "jogado" apenas uma vez; não-cooperativo porque não possibilita aos jogadores barganharem ou combinar seus esforços; e de informação completa porque os jogadores conhecem de antemão os *pay offs*. Todavia, há jogos dinâmicos (ou sequenciais) que se repetem, são cooperativos porque há incentivos para acordo entre as partes, e de informação incompleta pelo fato de os indivíduos frequentemente não terem conhecimento dos *pay offs* dos outros jogadores, *i.e.*, não sabem o que os motiva.

O interessante na teoria econômica é que dada a sua robustez científica e lógica, todos os seus desdobramentos, incluindo a teoria dos jogos, derivam de seus axiomas fundamentais, dentre eles, o do individualismo metodológico e o do egoismo racional. Desde pelo menos Adam Smith, o fundador da Ciência Econômica, sabemos que o seu ponto de partida axiomático é que os indivíduos são racionais, i.e, são autointeressados (maximizadores do próprio bem-estar) e reagem a incentivos. O dilema do prisoneiro é a situação na qual o autointeresse não gera resultados eficientes (como costuma ser a regra), mas sim sub-ótimos – graças aos incentivos não-cooperativos.

No direito tributário, assim como no dilema do prisioneiro, os indivíduos são constantemente tentados a "desertar" (outro jargão dos jogos), uma vez que os freios morais ao descumprimento das obrigações tributárias são consideravelmente mais fracos do que outras condutas mais fortemente regidas pela moral e pelos costumes.

O fenômeno do "carona" (*free rider*) ocorre frequentemente entre os contribuintes, seja por meio de busca de incentivos (mediante o *rent seeking* dos grupos de pressão), seja pela elisão tributária, seja pela própria ilicitude da evasão de tributos. Disso decorre a importância fundamental de uma boa estrutura de incentivos normativos que motive os contribuintes a cumprirem com os objetivos do sistema jurídico tributário – todavia, essa boa estrutura de incentivos só pode decorrer de um sistema tributário racional, transparente, justo e não do que temos em nosso país, o oposto dessas qualidades.

Se os incentivos aos indivíduos podem ser perversos, o mesmo ocorre com o Estado. Da mesma forma que agentes racionais são motivados a não cooperarem entre si, os entes públicos também podem ser levados ao oportunismo. O Estado nada mais é que organizações formadas por indivíduos racionais, da mesma forma que ocorre no Mercado, e tanto num como no outro, o axioma da maximização impera.

No caso da reforma tributária, é sabido e notório que a Nação – ou seja, tanto o setor publico quanto o privado – se beneficiaria dela. Por que então a reforma até hoje não foi implementada?

Da mesma forma que indivíduos, os entes federativos – União, Estados e Municípios – têm os seus próprios interesses. Uma reforma apropriada necessita de renúncias por parte destes entes, e ainda que o resultado possa ser positivo para a coletividade, do ponto de vista individual a renúncia é compreendida como prejuízo. Se tomarmos como exemplo o ICMS, trata-se de um imposto de notável vocação federal, visto que a maioria de seus problemas decorre dele ser estadual: alteração constante das regras tributárias, vinte e sete legislações distintas (uma para cada Estado) que não se harmonizam, guerra fiscal etc. Todavia, os Estados não cooperam nem sequer para evitar esses problemas, quanto mais cooperariam para renunciar ao imposto, ainda que viesse a ser apenas sobre o seu controle e não sobre sua arrecadação[10].

O sistema tributário brasileiro, portanto, é um grande dilema do prisioneiro. O desafio é alterar os incentivos de modo a romper o dilema e tornar o jogo cooperativo. Não apenas a reforma tributária é necessária,

[10] Pois uma reforma não necessitaria retirar a arrecadação dos Estados, mas poderia retirar a autonomia legislativa.

mas outras igualmente cruciais, como a trabalhista e a previdenciária. Historicamente percebe-se dois momentos em que mudanças drásticas podem ser implementadas: 1) com um poder executivo detentor de alta popularidade, capaz de mover o legislativo a implementar reformas; 2) crise tão profunda que chega-se ao consenso de que não há outra alternativa, senão reformar.

Ao que tudo indica, encontramo-nos na última situação.

## 5. Anistias fiscais e o Risco Moral

Em tempos de crise econômica, o governo parece adotar a tática do "bode na sala". A história tem muitas versões, sendo esta apenas uma delas: conta-se que um índio, pai de família e passando por sérias dificuldades, morando numa oca muito pequena e com muitos filhos, foi pedir ajuda ao cacique da tribo. Chegando lá, relatou o seu drama e o cacique lhe deu um bode com a recomendação de que, durante uma semana, ele mantivesse o bode na sala e depois disso voltasse para contar o que havia mudado em sua situação. Retornando, após decorrida a semana, o índio contou que não só nada havia melhorado, como, pelo contrário, havia em muito piorado. A sua pequena oca estava ainda mais apertada, como também infestada pelo mau-cheiro do animal. Em suma, sua vida estava muito mais difícil do que antes. O cacique mandou então que o índio devolvesse o bode e novamente voltasse em uma semana. Decorrido o prazo, o pai de família indígena retornou à cabana do cacique, que lhe perguntou então como agora estava a sua situação. O índio, todo feliz, disse que a sua vida e a de seus familiares havia melhorado muito, pois agora tinham espaço na oca e haviam se livrado do mau cheiro.

A parábola ilustra que "favores" ou benefícios advindos do Estado, principalmente no que se refere a tributos, dificilmente podem ser considerados como tal. O mesmo Leviatã que impõe um complexo e custoso sistema tributário, a ponto de torna-lo insustentável, oferece periodicamente "alívios" fiscais aos contribuintes.

Tais medidas paliativas geram incentivos perversos, fator também conhecido como "risco moral" (*moral hazard*), que ocorre quando agentes mal monitorados pelo "principal" (que pode ser a organização em que trabalham, ou no presente caso, o próprio Estado em relação aos particulares) tendem a se comportar mal. No que tange à tributação, anistias fiscais reiteradas incentivam maus contribuintes a seguirem não adimplindo suas obrigações, pois sabem que mais cedo ou mais tarde serão beneficiados pela ajuda governamental. Ao mesmo tempo, tal prática penaliza os bons contribuintes, que se colocam em situação de desvantagem injusta perante aqueles maus cumpridores.

Se lembrarmos que desde sua primeira instituição, no ano de 2000, já houve cerca de oito (entre edições e reaberturas de prazo) anistias comumente denominadas "refis", ou programa de regularização tributária, o que dá uma média de uma a cada dois anos, fica clara a ocorrência de risco moral. Em nível estadual, a situação é ainda mais grave, pois praticamente todo ano são instituídos programas similares, em diversos estados da federação.

Mais recentemente, por influência das fazendas federal e estaduais, tem-se limitado o alcance desses programas, o que denota uma mudança de mentalidade, no sentido de buscar favorecer menos o mau-contribuinte em detrimento do bom. O último programa de regularização tributária federal, instituído pela Medida Provisória 766/2017, só permite utilização de prejuízo fiscal para débitos não ajuizados, enquanto o último programa do Estado do Rio Grande do Sul (instituído pelo Decreto nº 53.417/2017) não incluiu as multas qualificadas em suas reduções.

Cumpre dizer, todavia, que em um sistema tributário como o nosso, a opção por ser um mau contribuinte nem sempre é uma livre escolha, sendo muitas vezes a única opção que resta entre seguir operando ou fechar as portas.

## 6. Formas alternativas para solução de disputas entre fisco e contribuinte

As formas tradicionais de disputa entre fisco e contribuinte são o processo administrativo e o processo judicial, que são equiparados pela Constituição Federal de 1988 (artigo 5º, LV), para fins de garantias do devido processo legal.

O processo administrativo, em nível federal, é regulado pelo Decreto n.º 70.235/1972, e o processo judicial é regulado pelo Código de Processo Civil (Lei nº 13.105/2015) e pela Lei de Execuções Fiscais (Lei nº 6.830/1980), além de disposições no Código Tributário Nacional (Lei nº 5.172/1966). São formas tradicionais de litígio, pelas quais a Fazenda autua o contribuinte e este se defende (processo administrativo), e, caso seja constituído definitivamente o credito tributário em decisão final administrativa (contrária ao contribuinte, portanto), o débito é inscrito em dívida ativa da União e posteriormente movida ação judicial de execução fiscal pela Procuradoria da Fazenda. Ou, de forma contrária, o contribuinte toma a iniciativa e vira autor de ação judicial contra a União, normalmente ação ordinária declaratória, ou anulatória de débito fiscal, mandado de segurança e a ação incidental dos embargos à execução fiscal.

Cabe indagar, entretanto, o quão eficiente são essas formas litigiosas? São aptas a efetivamente gerar receita para o Estado? Beneficiam qual tipo de contribuinte, aquele que cumpre com suas obrigações, ou o que se aproveita da patologia do sistema, em atitude oportunista?

Vejamos o processo administrativo.

No apagar das luzes de 2016, o Presidente Michel Temer editou a Medida Provisória 765, tratando de regras sobre diversos aspectos envolvendo as carreiras de servidores públicos federais. A MP, publicada no dia 29 de dezembro, traz novidade, no mínimo inquietante, ao criar o "Programa de Produtividade da Receita Federal do Brasil e o Bônus de Eficiência e Produtividade na Atividade Tributária e Aduaneira" tendo por objetivo "incrementar a produtividade nas áreas de atuação dos ocupantes dos cargos de Auditor-Fiscal da Receita Federal do Brasil e de Analista-Tributário da Receita Federal do Brasil."

À primeira vista, poderia se considerar tratar-se de medida positiva, pois a MP estaria instituindo critérios de gestão e governança para os auditores da Receita Federal, semelhante ao que as empresas privadas fazem com seus funcionários, estabelecendo metas a serem cumpridas, com vistas a alcançar resultados positivos. Entretanto, um exame um pouco mais detido faz com que se perceba que incentivos perversos foram criados, e que provavelmente trarão consequências graves ao processo administrativo federal.

Da mesma forma que uma empresa privada busca maximizar os seus lucros, a Fazenda Pública busca maximizar suas receitas, naturalmente oriundas da arrecadação tributária. Sendo assim, tais metas de produtividade não teriam como objetivo principal a fiscalização em si – inerente ao Estado – mas sim autuações fiscais contra os contribuintes, visando constituir créditos tributários em favor da União. Tal conclusão se dá a partir da simples leitura dos dispositivos da MP, que dispõem como base de cálculo dos bônus a " arrecadação de multas tributárias e aduaneiras" e os " recursos advindos da alienação de bens apreendidos" (artigo 5º, parágrafo 4º, incisos I e II da MP).

Portanto, um infeliz paralelo se faz com uma das causas apontadas como responsáveis pela crise dos subprimes norte-americana, ocorrida no ano de 2008 e o fenômeno do "risco moral" (moral hazard), que já tratamos em tópico anterior. O risco moral acontece quando incentivos jurídicos levam ao reiterado mau-comportamento dos agentes e, no caso da crise americana, surgiu (dentre outras situações ocorridas naquele contexto) justamente pela sistemática de bônus que premiava os agentes financeiros que realizassem mais operações (financiamentos, derivativos, alavancagens) dentro de determinados períodos, mesmo que elas se apresentassem, inclusive antes do estouro da bolha, frágeis e potencialmente desastrosas, gerando verdadeiro risco sistêmico, o que se verificou pelo posterior inadimplemento dos financiados.

No presente caso, os incentivos criados pela MP poderão levar à sistematização de autuações com base em valores a serem arrecadados, mesmo que sem sustentação jurídica e com provável abuso fiscal.

Outros problemas se apresentam, contudo. E quanto ao Conselho Administrativo de Recursos Fiscais – CARF, praticamente abatido de morte a partir da Operação Zelotes, iniciada em 2015? Estariam os conselheiros representantes da Fazenda, fiscais de carreira, sujeitos aos mesmos incentivos? Seriam premiados por bônus, caso julguem contrariamente ao contribuinte, numa verdadeira "Zelotes às avessas"? Por esse mesmo diapasão, poderiam as Federações que indicam os conselheiros representantes dos contribuintes instituírem prêmios a votos favoráveis? Talvez nem se precise ir tão longe, considerando que recentes estatísticas demonstram que, na aparente totalidade dos casos, os votos de qualidade do CARF, em situações de empate, são proferidos em favor da Fazenda Pública.[11]

Um outro detalhe não pode passar despercebido. O dispositivo da MP emprega o termo " arrecadação", o que denota efetiva receita e não

[11] Conforme estudo desenvolvido por Cristiane Lemos, Eurico de Santi e Suzi Gomes Hoffman, "O voto de qualidade em números", Observatório do CARF, disponível em http://jota.info/colunas/observatorio-do-carf/observatorio-carf-o-voto-de-qualidade-em-numeros-12082016, acessado em 03.02.2017.

apenas crédito tributário lançado em autos de infração. Ora, autuações e mesmo decisões finais proferidas pelo CARF ou pela Câmara Superior de Recursos Fiscais não significam receita efetiva, pois para tanto se faz necessário que os créditos sejam inscritos na Dívida Ativa da União, para posterior ajuizamento de execuções fiscais pela Procuradoria Geral da Fazenda Nacional. Sendo assim, não estaria o governo federal igualmente instituindo calote nos próprios auditores, fazendo-os crer que terão direito a bônus, quando na realidade o mesmo só seria possível quando da eventual conversão em renda dos créditos executados, em caso de decisão judicial favorável à União Federal?

Seja como for, pois muito do que aqui se coloca são ainda especulações, dado ser recente a publicação da Medida Provisória, o que se pode concluir é que o processo administrativo federal está tornando-se inviável, tanto pela crescente parcialidade com que se apresenta, como também por toda uma série de antigos vícios de essência. Em prol da Fazenda, não se pode esquecer que é, para dizer o mínimo, "sui generis" que decisões finais em processo administrativo só permitam ao contribuinte contestá-las no judiciário, quando lhe são desfavoráveis.

E quanto ao processo judicial?

Limitando-nos à execução fiscal, instrumento processual imprescindível para que o Estado possa efetivamente subtrair patrimônio do particular convertendo-o em renda para si,

Cumpre igualmente perquirir se tal instrumento funciona, i.e., se é eficiente como medida arrecadatória.

Há estudos empíricos[12] que demonstram a ineficiência do processo judicial de execução fiscal, que além de moroso, estatisticamente, muito pouco reverte em receita real para a União. Tanto assim é que distorções sérias ocorrem nesse sistema, que fazem com que as chamadas "sanções políticas" (por exemplo, necessidade de certidões negativas) sejam muito mais eficientes no que diz ao cumprimento das obrigações tributárias do que as execuções. Não é incomum que processos judiciais, sejam movidos pela Fazenda, sejam pelos contribuintes, levem muitos anos, por vezes décadas, para chegar a termo final.

[12] Por exemplo, o excelente artigo de Marcelo Guerra Martins, "Paradoxos do ambiente institucional tributário brasileiro: texto legal *versus* sua aplicação no campo das execuções fiscais". Revista da Faculdade de Direito da USP, vol. 109, jan./dez de 2014, p. 561-594.

Talvez seja a hora dos juristas e operadores do direito tributário começarem a pensar em alternativas. Uma possibilidade seria a arbitragem tributária, semelhante ao processo que se dá no direito privado, onde uma câmara arbitral isenta e imparcial proferiria, em instância única e irrecorrível, decisões definitivas, colocando um fim em intermináveis, custosos, e por vezes injustos, os litígios entre a Fazenda e os contribuintes. Maior segurança jurídica e, consequentemente, menores custos de transação seriam viabilizados aos agentes econômicos, possibilitando a racionalização do sistema processual tributário.

Outra possibilidade interessante, cuja previsão encontra-se no artigo 171 do Código Tributário Nacional, mas até hoje não instituída no direito positivo brasileiro, é a *transação tributária*.

Instituto do Direito Privado, a transação significa o processo de negociação entre credor e devedor, onde por renúncias mútuas chegam a um acordo e encerram a disputa. A solução tende a ser eficiente, inclusive no sentido Paretiano, pois se for bem conduzida, o credor não receberá menos do que o mínimo do que pretendia receber e nem o devedor pagará além do máximo que gostaria de pagar.

De modo a ilustrar esse ponto, vamos empregar um pouco de teoria econômica do consumidor.

Temos, no gráfico da Figura 1, dois vértices. No vertical encontra-se o interesse do Fisco em receber seu crédito, e, no horizontal, o interesse do contribuinte em pagar o menor valor possível. Note que, se nos vértices encontram-se os respectivos interesses antagônicos, as possíveis combinações "R" entre os dois "valores-bens" denotam as escolhas do aplicador do direito, no caso, o juiz da lide. Em outras palavras, as possíveis regras construídas a partir da ponderação entre os interesses jurídicos que se encontram em conflito frente a uma situação concreta.

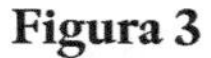

**Figura 3**

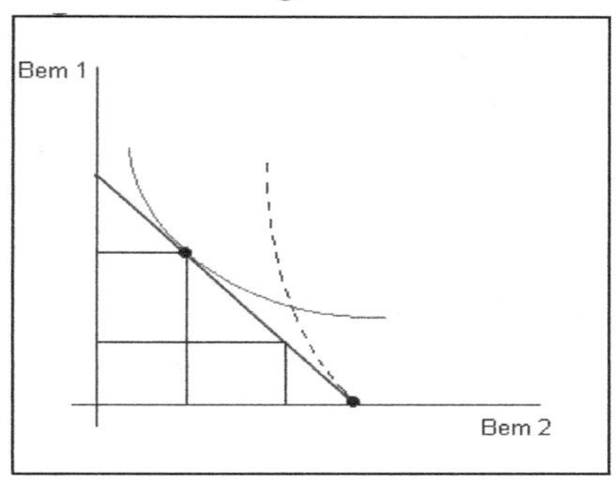


Em termos de Escolha Racional do Consumidor, o campo da restrição orçamentária,significa o quanto ele pode consumir em vista do seu orçamento limitado. Como as pessoas têm recursos limitados, seja em qual nível for, elas têm de escolher como utilizar esses recursos para consumir os bens e serviços que desejam, ou, de forma mais simples ainda, o consumidor não pode gastar mais que o total da renda de que dispõe.[13]

Na Figura 3, a restrição orçamentária aparece como uma reta que conecta os dois eixos, que demonstra os limites de recursos que o consumidor dispõe, dentro da qual as diversas combinações entre os bens localizados nos dois eixos podem ser feitas. Respeitando essa restrição, não podemos esquecer que o consumidor sempre procurará, enquanto indivíduo racional que é, maximizar a sua utilidade, i.e., efetuar escolhas que lhe tragam mais satisfação.

A curva de indiferença informa as diversas combinações de bens que fornecem um determinado nível de bem-estar; quanto mais afastada da origem, maior é o nível de bem estar obtido. No caso da escolha do consumidor, a curva de indiferença não pode estar fora da linha da restrição orçamentária, pois isso implica em escolhas que não são passíveis de serem obtidas pelos seus recursos escassos. Ou seja, o consumidor não pode atingir níveis de satisfação mais altos do que aqueles representados pela curva de indiferença cheia, na Figura 3. Todavia, dentro da

[13] KRUGMAN, Paul, Wells, Robin. *Introdução à Economia*. São Paulo: Campus Elsevier, 2007, p. 104.

restrição orçamentária, o consumidor pode realizar escolhas ótimas ou sub-ótimas, ou mesmo, *soluções de canto*.

A solução de canto ocorre quando a taxa marginal de substituição de um consumidor não se iguala entre os preços em nenhum nível de consumo.[14] A curva de indiferença tracejada representa uma solução de canto. Em outras palavras, ainda que o preço de um bem caia, o consumidor continuará adquirindo apenas um dos bens, empurrando a curva de indiferença para um dos cantos do gráfico. O indivíduo pode optar por não consumir determinada mercadoria por diversas razões (morais, religiosas, preço do bem, etc), e a variação no preço dela não causará diferença na sua preferência.

Aproximando essas categorias ao direito, temos a *restrição normativa* (ver figura 4), que significa o espaço permitido pelo ordenamento jurídico, dentro do qual o juiz pode construir suas regras individuais e concretas. Trata-se do campo deôntico de obrigações, proibições e permissões, a partir do qual o julgador tem discricionariedade para produzir/construir suas regras.

Também, como qualquer consumidor, o juiz tem preferências individuais e subjetivas, sua noção do que é justo e correto. Todavia, essas preferências individuais, da mesma forma que na teoria padrão do consumidor, não podem extrapolar a restrição orçamentária. Por exemplo, o consumidor que tem orçamento de R$ 50.000,00 para comprar um automóvel sofisticado (ex. carro esportivo) ou prático (ex. uma "van", onde caiba toda a família do motorista), não pode adquirir uma Ferrari. Ainda que esse automóvel eventualmente lhe traga enorme satisfação, está fora da sua restrição orçamentária.

Da mesma forma, o juiz tem de optar por uma decisão possível, uma regra para o caso concreto que aplique os valores (ou a combinação deles) que ele entenda ser a solução ótima, dentro das possibilidades permitidas pelo direito. Não poderá o juiz construir uma regra concreta que não tenha base no ordenamento, ainda que isso lhe traga mais satisfação, pois estará indo além da restrição normativa.

Como exemplo, um juiz que decida aplicar remissão não prevista em lei, exonerando do pagamento de tributos determinados contribuintes

[14] Pindick, Robert, S., Rubinfeld, Daniel L. *Microeconomia*. São Paulo: Prentice Hall, 2002. 7ª Ed, p. 85.

que considere hiposuficientes. Ou então, um juiz que decida por ordenar a execução sumária de sonegadores de tributos, por considerá-los lesivos à coletividade. Evidente que tanto uma quanto a outra decisão são vedadas pelo direito, portanto, estão fora da restrição normativa de que dispõe o julgador.[15]

**Figura 4**

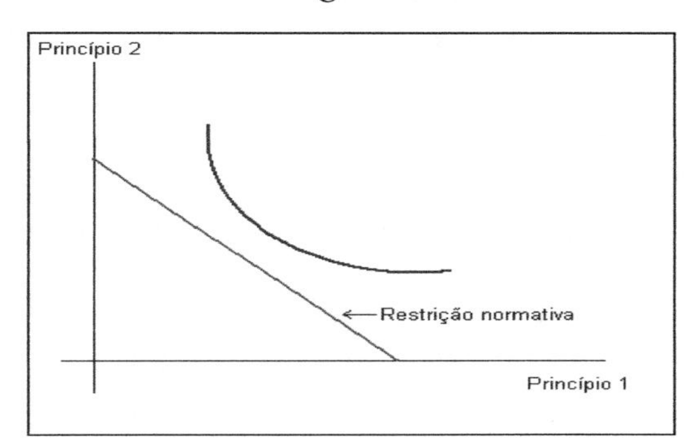


*A restrição normativa é, portanto, o campo de decisões possíveis que o juiz ou aplicador do direito pode realizar, de acordo com o ordenamento jurídico.* É certo que ao optar mais por um ou por outro valor, frente ao caso concreto, o juiz incorrerá num *trade-off*. Por exemplo, se o caso for um conflito entre direito à privacidade e livre-imprensa, ao proteger um interesse, haverá detrimento do outro e, daí, cabe então buscar a solução que seja a mais adequada e ponderada.

Podem ocorrer, e de fato ocorrem, *soluções de canto* nessas escolhas dos julgadores. Não é incomum que o aplicador do direito tenha posições ideológicas tão definidas e acentuadas que opte por uma decisão que leve em conta apenas um dos valores em jogo. Por exemplo, um juiz que seja um defensor apaixonado da livre-imprensa, tenderá a proteger os interesses dela mesmo que isso incorra em perda do direito de privacidade de uma das partes, ou vice-versa. É comum que órgãos colegiados tenham dentre os seus membros, variados matizes ideológicos, que

[15] Veja que, de acordo com essas premissas, quaisquer considerações em prol de um direito natural ou de um direito alternativo são prontamente afastadas.

possam inclusive alcançar os respectivos extremos da pauta de valores individual[16].

Em vista da axiologia própria do direito, onde os indivíduos contrapõem os seus valores pessoais com os valores positivados pelo ordenamento jurídico, as soluções de canto são muito mais frequentes do que no mercado. Os valores que entram em jogo (justiça, equidade, liberdade, etc.) têm um código muito mais forte do que um simples critério de utilidade do consumidor ao adquirir um bem qualquer. Não obstante, há espaço para que o juiz possa chegar a uma solução ponderada no caso concreto. Ao deferir parcialmente o pedido de uma das partes, o julgador muitas vezes o faz de modo a atender a valores colidentes. Ou, quando é dado às partes transigirem e acordarem, interesses são alinhados.

Entretanto, *No direito tributário, dado a rigidez própria do seu regime jurídico, tais conciliações são bem menos frequentes.* A indisponibilidade do bem público, a tipicidade cerrada do tributo, a vinculação administrativa do agente à lei, dentre outras restrições, deixa pouca ou nenhuma margem para a barganha.

Na Figura 5, pode-se ver dois valores que conflitam dado uma situação concreta qualquer que exige uma decisão do juiz. No eixo vertical, temos o valor "privacidade" e no eixo horizontal, o valor "livre expressão". A partir da combinação desses valores, o juiz poderá construir diversas regras aplicáveis ao caso, que privilegiem mais ou menos um dos valores (R1, R2 e R3, por exemplo, como combinações entre os dois). Se o juiz for um amante apaixonado da privacidade, ou um entusiasta radical da liberdade de imprensa, poderá negligenciar totalmente o valor que não lhe é caro, através de uma solução de canto (R0 ou R4).

[16] Nas Supremas Cortes o ingresso de juízes com acentuadas preferências ideológicas pode mudar a orientação dos julgamentos numa ou noutra direção. O mapeamento ideológico dos juizes da Suprema Corte Americana é prática comum entre os analistas, que costumam utilizar esse critério para prever se, dependendo do número de juizes conservadores ou de juizes mais à esquerda, o Tribunal vai se inclinar numa ou noutra posição a respeito de temas polêmicos, como o aborto ou o direito de portar armas de fogo.

**Figura 5**

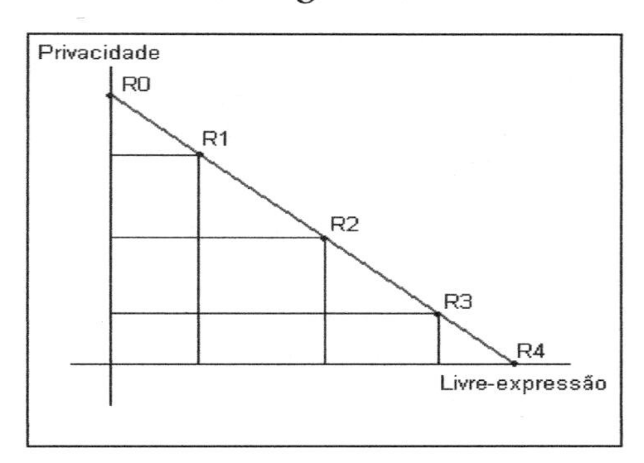


A solução não-extremada (R2) que atenda da melhor forma possível os interesses em conflito, seria mais facilmente alcançada através da barganha entre as partes. Como visto, no direito tributário, a forma de se obter tal resultado se daria através do instituto da transação tributária, previsto (mas ainda não instituído por lei) no artigo 171[17] do Código Tributário Nacional.

Certamente o instituto da Transação Tributária teria que ser desenhado de modo a evitar maus incentivos, frequentes em leis mal planejadas. A transparência do processo seria fundamental, de modo a evitar assimetria informacional e os consequentes problemas resultantes, tais como o risco moral e o oportunismo, e talvez fosse o caso de reservá-la para situações excepcionais. Porém, pela ótica da eficiência, a transação poderia sepultar milhares de litígios longos e custosos, tanto para a Administração Pública quanto para o particular, gerando bons resultados para ambos.

## 7. Conclusões

O conflito entre Estado e contribuinte decorre de interesses antagônicos, mas que podem ser analisados a partir do axioma fundamental do autointeresse racional, pilar da Teoria Econômica e, consequentemente, da Análise Econômica do Direito.

[17] Art. 171. A lei pode facultar, nas condições que estabeleça aos sujeitos ativo e passivo da obrigação tributária celebrar transação que, mediante concessões mútuas, importe em determinação de litígio e conseqüente extinção de crédito tributário.

Estado nada mais é que um feixe de instituições (regras formais e informais), operado por organizações (agências), conforme nos ensina Douglas North[18]. E, sendo assim, ambos operam pela Escolha Racional, que conforme vimos, tem por pressuposto o autointeresse dos indivíduos e a sua sensibilidade a incentivos.

Se os incentivos forem corretamente desenhados e, principalmente alinhados, via alteração das regras do jogo (por meio de uma reforma tributária, por exemplo), a tributação pode vir a deixar de ser um dilema do prisioneiro e passar a ser, na medida do razoável, uma interação cooperativa entre Estado e particular.

Contudo, para que isso possa acontecer, é necessário perceber e principalmente aceitar que nós, operadores do direito, tanto agentes fiscais, quanto advogados, juízes ou legisladores, somos racionais e reagimos a incentivos. Nesse sentido, é fundamental desviar um pouco o foco da Dogmática tributária, eternamente obcecada com teorias estruturalistas das normas, e explorar o *funcionalismo jurídico*, de modo a observar o comportamento humano.

Assim talvez seja possível construir o sistema de modo que possa se aproximar de uma tributação ótima, aquela que seja transparente, justa, neutra na medida do possível e que possa tanto gerar a receita necessária para o Estado como também não prejudicar os negócios dos agentes privados.

## Referências

BECCARIA, Cesare. Dos Delitos e das Penas. Domínio público. Disponível na internet via http://lf-oll.s3.amazonaws.com/titles/2193/Beccaria_1476_Bk.pdf Acessado em 04.02.2017.

Código Tributário Nacional. Disponível na internet via http://www.planalto.gov.br/ccivil_03/leis/L5172.htm . Acessado em 02.02.2017.

OLSON, Mancur. Dictatorship, Democracy, and Development. The American Political Science Review, Vol. 87, No. 3 (Sep., 1993), pp. 567-576.

KRUGMAN, Paul, Wells, Robin. Introdução à Economia. São Paulo: Campus Elsevier, 2007, p. 104.

PINDICK, Robert, S., RUBINFELD, Daniel L. Microeconomia. São Paulo: Prentice Hall, 2002. 7a Ed, p. 85.

[18] Institutions, institutional change and economic performance. Cambridge: Cambridge University Press, 1990.

Jornal Gazeta do Povo. Disponível na internet via http://www.gazetadopovo.com.br/economia/nova-regra-de-icms-afeta-e-commerce-e-complica--a-vida-de-pequenas-empresas-cyetx8b3f8ovakjelp8rmjfls__Acessado em 02.02.2017.

LEMOS, Cristiane; DE SANTI, Eurico; HOFFMAN, Suzi de Gomes. Artigo "O voto de qualidade em números". Observatório do CARF. Disponível na internet via http://jota.info/colunas/observatorio-do-carf/observatorio-carf-o-voto--de-qualidade-em-numeros-12082016_Acessado em 03.02.2017.

MISES, Ludwig von, Ação Humana, um Tratado de Economia, p. 744. Rio de Janeiro, Instituto Liberal, 1995.

NORTH, Douglas. Institutions, institutional change and economic performance. Cambridge: Cambridge University Press, 1990.

MARTINS, Marcelo Guerra. "Paradoxos do ambiente institucional tributário brasileiro: texto legal versus sua aplicação no campo das execuções fiscais". Revista da Faculdade de Direito da USP, vol. 109, jan./dez de 2014, p. 561-594.

Portal da Receita Federal do Brasil. Disponível na internet via https://idg.receita.fazenda.gov.br/noticias/ascom/2016/setembro/carga-tributaria--bruta-atinge-32-66-do-pib-em-2015-1_Acessado em 02.02.2017.

Portal Grupo Banco Mundial. Disponível na internet via http://portugues.doingbusiness.org/data/exploretopics/paying-taxes, Acessado em 02.02.2017.

Revista Exame online, 16/08/2016. Disponível na internet via http://exame.abril.com.br/economia/pais-enfrenta-pior-recessao-desde-1901-diz-meirelles/_Acessado em 25/01/2017.

Revista Pequenas Empresas, Grandes Negócios. Disponível na internet via http://revistapegn.globo.com/Empreendedorismo/noticia/2016/01/icms--entenda-o-impacto-da-nova-regra-no-seu-e-commerce.html. Acessado em 02.02.2017.

# Dados do Contencioso Tributário no Brasil e o Novo Código de Processo Civil: a importância da pesquisa empírica para o aprimoramento da atividade jurisdicional

Ana Teresa Lima Rosa Lopes*
Laura Romano Campedelli**

## 1. Introdução

O presente artigo tem como objetivo apresentar o estado da arte das pesquisas empíricas sobre o contencioso tributário no Brasil, bem como traçar algumas considerações acerca dos possíveis impactos que as inovações trazidas pelo Novo Código de Processo Civil (NCPC) terão sobre esses dados. Conforme será demonstrado, é fato notório que o Brasil apresenta elevado grau de litigiosidade, especialmente em matéria tributária. Entretanto, apesar dessa fácil constatação, há grande dificuldade de se produzir dados sistematizados, capazes de esclarecer e revelar as verdadeiras causas desse contencioso.

* Mestre em Direito e Desenvolvimento pela FGV Direito SP. Mestre (LL.M.) em Direito e Tecnologia pela UC Berkeley. Especialista em Direito Tributário pela FGV Direito SP. Graduada em Direito pela PUC-SP. Advogada em São Paulo.
** Mestre em Direito e Desenvolvimento pela FGV Direito SP. Graduada em Direito pela FGV Direito SP. Advogada em São Paulo.

Em linhas gerais, a dificuldade de estudo e sistematização empírica sobre o contencioso tributário no Brasil se deve essencialmente a dois fatores: (i) primeiro pelo fato de o contencioso tributário estar presente nos três níveis da federação, podendo ainda se subdividir em judicial ou administrativo; (ii) segundo pelo fato de o contencioso tributário poder se estabelecer em todos os momentos da relação jurídico-tributária, isto é, desde a hipótese de incidência (HI) e fato gerador da obrigação tributária (FG), passando pela lavratura de autos de infração (AIIM), emissão de certidões de dívida ativa (CDA), ajuizamento de execuções fiscais (EF) e de medidas judiciais de prerrogativa dos contribuintes, como mandados de segurança (MS) e ações ordinárias (AO).

Apesar da amplitude e consequente dificuldade de se estudar e compreender o tema, importantes iniciativas em prol da melhoria desse contencioso tributário têm sido tomadas nos últimos anos. O NCPC se insere justamente nesse movimento, trazendo em seu bojo uma série de medidas voltadas a estancar o aumento expressivo da "indústria do contencioso tributário no Brasil", tais como a valorização dos precedentes (medida complementar aos já existentes institutos do Recurso Repetitivo no âmbito do Superior Tribunal de Justiça (STJ) e da Repercussão Geral no âmbito do Supremo Tribunal Federal (STF) e cujas utilidades já se mostraram relevantes em matéria tributária) e a introdução de princípios como o da colaboração entre as partes, celeridade e efetividade da prestação jurisdicional e a busca por decisões mais justas e equilibradas.

Mas a mudança em nossos Códigos pode tornar-se inócua se desacompanhada da análise empírica dos problemas que buscamos enfrentar. Conforme ensina Douglas North[1], é o aumento do fluxo de informações sobre o desempenho das nossas Instituições que nos permite a identificação precisa dos gargalos a serem combatidos. Por esse motivo, reformas institucionais bem-sucedidas são aquelas atentas às especificidades dos problemas identificados a partir dos dados, daí a importância da pesquisa empírica no Direito, a qual vem ganhando crescente rele-

[1] NORTH, Douglas. Institutions, Institutional Change and Economic Performance. Cambridge: Cambridge University. Press. Ostrom, E. 1986

vância[2] como instrumento que qualifica o debate para a propositura de políticas públicas ou reformas institucionais.

Nesse sentido, no presente artigo serão apresentados estudos empíricos elaborados pela Organização para a Cooperação e Desenvolvimento Econômico (OCDE)[3], pelo Conselho Administrativo de Recursos Fiscais (CARF)[4], pelo Conselho Nacional de Justiça (CNJ)[5] e pela Fundação Getúlio Vargas[6], todos voltados à produção de dados reveladores da dimensão do contencioso tributário e, consequentemente, da (in) eficiência e (in)efetividade da prestação jurisdicional em matéria tributária no Brasil. Tais estudos serão a base que sustentará a análise acerca dos impactos que o NCPC poderá ter sobre os números do contencioso tributário no Brasil.

Em última análise, o intuito do presente artigo é evidenciar que a análise empírica sobre o contencioso tributário no Brasil representa o ponto de partida para se identificar os seus problemas e repensar a sua estrutura. É justamente a pesquisa empírica no Direito aquela que permite a observação constante do funcionamento das Instituições, exercício fundamental para a implementação de reformas institucionais bem-sucedidas, tal como a promulgação do NCPC.

## 2. Dimensão do Contencioso Tributário no Brasil

Nesse tópico serão apresentados os estudos empíricos que evidenciam as dimensões do contencioso tributário brasileiro, apresentando os valores e os principais temas nele envolvidos. Desde logo cumpre salientar que cada estudo apresenta uma perspectiva distinta e, consequentemente, um corte metodológico próprio para a definição de suas respectivas amostras e lapso temporal compreendidos na análise.

[2] Epstein, Lee; King, Gary. Pesquisa Empírica em Direito: as regras de inferência. São Paulo: Direito GV 2013

[3] OECD (2015), Tax Administration 2015: Comparative Information on OECD and other Advanced and Emerging Economies, OECD Publishing, Paris.

[4] Relatório das Decisões do CARF – Janeiro a Agosto de 2016.

[5] CNJ (2016), Relatório Justiça em números 2016: ano-base 2015/Conselho Nacional de Justiça – Brasília: CNJ, 2016.

[6] Falcão, Joaquim et. al. II Relatório Supremo em Números: o Supremo e a Federação. Rio de Janeiro: Escola de Direito do Rio de Janeiro da Fundação Getúlio Vargas, 2013 e Falcão, Joaquim et. al. III Relatório Supremo em Números: o Supremo e o Tempo. Rio de Janeiro: Escola de Direito do Rio de Janeiro da Fundação Getúlio Vargas, 2014.

Em que pese essa falta de conexão entre os estudos, o objetivo aqui almejado não restou prejudicado, dado que intenciona-se simplesmente colocar em perspectiva e traduzir em números o objeto de pesquisa aqui proposto: o contencioso tributário brasileiro.

## 2.1. Relatório OCDE: situando internacionalmente o contencioso tributário brasileiro

No ano de 2015 a OCDE divulgou a sexta edição do relatório sobre administração tributária (*Tax Administration 2015*), em que coletou dados sobre o desempenho de arrecadação e questões relacionadas à forma de lançamento tributário de 56 países, contemplando economias centrais e emergentes.

O estudo é amplo e, relacionado ao tema de contencioso tributário, o dado mais interessante é o levantamento da quantidade e respectivos valores dos processos tributários pendentes de julgamento (*unfinalised cases*) nas repartições de arrecadação tributária. O Brasil aparece como o segundo país com o maior número de processos (209.777), perdendo para o Canadá (215.668). Além destes, somente a França possui mais de duzentos mil processos (208.843), os demais países pesquisados possuem menos de sessenta mil processos. Graficamente:

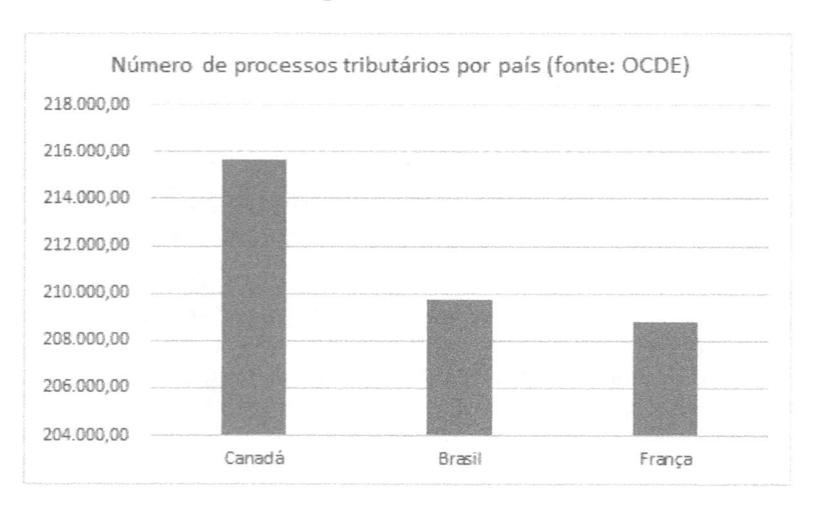


A análise comparativa do valor envolvido nessas disputas é complexa na medida em que foram utilizadas para quantificação a moeda corrente de cada país. Diante disso, a forma encontrada para se obter um parâmetro de grandeza foi a sua proporção em relação ao Produto Interno Bruto (PIB).

Nesta comparação o Brasil tem a maior proporção: os processos tributários pendentes representam 2,4% do PIB. Na maioria dos países pesquisados esta proporção fica abaixo de 1%. Apenas para referência, Canadá (1,1%), México (0,5%) e África do Sul (0,3%) são os países que ocupam a segunda, terceira e quarta posição no levantamento[7]. Graficamente:

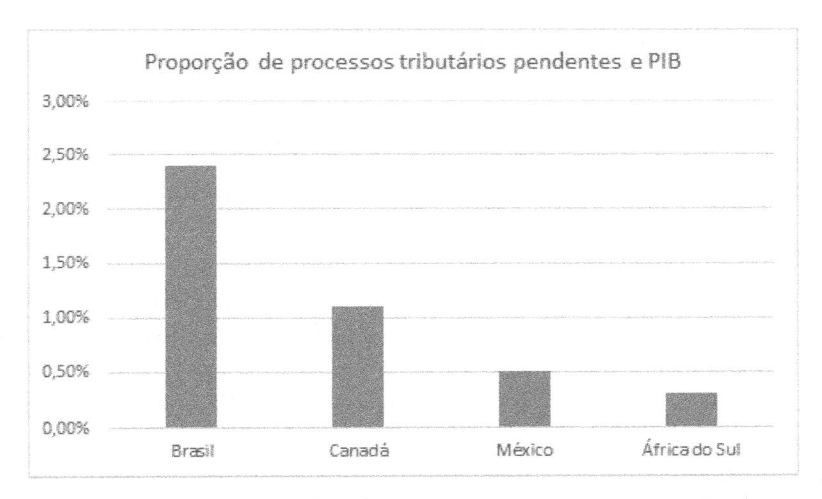


Estudos como esse, se de um lado contribuem para dimensionar comparativamente diferentes países, de outro, podem pecar por tentar comparar o incomparável e consequentemente homogeneizar realidades institucionais que são essencialmente distintas. Na doutrina do direito e desenvolvimento muito se discute sobre a prática de se comparar realidades institucionais distintas com o intuito de promover reformas, as quais foram denominadas reformas "*one size fits a*ll", em que códigos e demais práticas institucionais que tiveram certo êxito em determinado país são transplantadas para outro na esperança de que sejam verificados os mesmos resultados[8].

[7] É importante mencionar que dos 56 países que fazem parte do estudo somente 17 países forneceram a informação acerca do montante envolvido nos processos considerados pendentes.

[8] Exemplificativamente, uma crítica a este formato de reforma institucional por ser encontrado no texto *Developmental States and the Legal Order: Towards a New Political Economy of*

Exemplos das últimas décadas apontam que esse tipo de reforma não tem surtido os efeitos almejados, especialmente porque cada país tem a sua trajetória histórica, reforçada por seus próprios arranjos institucionais[9]. Como contrapartida, cresce a corrente que aposta nas reformas institucionais sob medida, respeitando as idiossincrasias econômicas, sociais e culturais de cada país.

Pois bem, os números levantados pela OCDE neste trabalho, por mais frágeis e limitados que sejam, dão conta de que a realidade brasileira acerca dos processos administrativos em matéria tributária destoa dos demais países. Este é o diagnóstico inicial que serve de motor para destrinchar demais estudos empíricos que ajudem a mapear e dissecar as características institucionais brasileiras que levam ao alto grau de litigiosidade em matéria tributária. E sobre esta base empírica é que serão traçados os principais impactos da reforma institucional proposta com o NCPC.

### 2.2. Dados sobre os processos tributários administrativos federais: mapeando a origem do alto grau de litigiosidade do sistema tributário brasileiro

Paralelo interessante aos números levantados pelo relatório da OCDE é a análise mais profunda dos dados acerca do comportamento dos órgãos administrativos brasileiros no julgamento de demandas tributárias, em especial na esfera federal. No caso do Brasil, entender o trâmite e as vicissitudes do processo administrativo é, de certa forma, investigar a origem do alto grau de litigiosidade do sistema tributário na medida em que ele representa parte relevante do processo de aplicação da legislação tributária, contemplando desde a ocorrência do fato gerador até a formalização em definitivo do lançamento tributário.

Nessa fase do litígio tributário as regras do NCPC são aplicadas subsidiariamente[10], havendo prevalência das normas editadas por cada ente

*Development and Law*, de David M. Trubek (*Univ. of Wisconsin Legal Studies Research Paper No. 1075* – 2008)

[9] O percurso histórico das reformas institucionais nas últimas décadas e o fracasso das reformas denominadas podem ser verificados nos textos de Schapiro (2010) e Tamanaha (2009).

[10] Art. 15. Na ausência de normas que regulem processos eleitorais, trabalhistas ou administrativos, as disposições deste Código lhes serão aplicadas supletiva e subsidiariamente.

federado sobre a forma de encaminhamento dos processos administrativos sob sua jurisdição. Apesar de subsidiárias, as regras trazidas pelo NCPC podem impactar profundamente o encaminhamento dos processos administrativos na medida em que trazem novos princípios que interferem diretamente na relação entre o Fisco e contribuinte, como é o caso da colaboração entre as partes[11] e o equilíbrio processual[12].

Neste tópico será analisado o Relatório das Decisões do CARF, publicado pelo próprio órgão em meados de 2016, que levantou informações acerca dos 5.996 julgamentos ocorridos no Tribunal no período de janeiro a agosto do mesmo ano. Existem outros estudos que também buscam mensurar e avaliar o trabalho do CARF, entretanto, optou-se por esse relatório porque é o mais recente e, por ser público, é também acessível a qualquer pessoa.

A análise aqui pretendida se presta a ilustrar o impacto que dados empíricos podem causar no debate público sobre o papel de determinada instituição e como esses dados podem qualificar debates baseados em percepções subjetivas bem como orientar propostas de reforma.

O Relatório das Decisões do CARF representa uma espécie de prestação de contas após as medidas de integridade e governança tomadas em 2015 como consequência da Operação Zelotes, que investigou casos de corrupção dentro do órgão envolvendo compra de votos. Durante o período em que as atividades do CARF ficaram suspensas, muito se questionou sobre a importância do órgão no julgamento de autuações fiscais. Havia os mais variados tipos de opinião: defensores da sua extinção, defensores do seu fortalecimento, defensores de uma nova estrutura de contratação de julgadores, defensores de uma forma diferente na organização das câmaras de julgamento e defensores da aplicação de medidas que conferissem maior transparência aos julgamentos realizados pelo órgão.

Esse contexto de instabilidade sobre o futuro da instituição aumentou a discussão que sempre existiu entre os representantes dos contribuintes e os do Fisco. Se de um lado entendia-se que faltava paridade

[11] Art. 6º. Todos os sujeitos do processo devem cooperar entre si para que se obtenha, em tempo razoável, decisão de mérito justa e efetiva.

[12] Art. 7º. É assegurada às partes paridade de tratamento em relação ao exercício de direitos e faculdades processuais, aos meios de defesa, aos ônus, aos deveres e à aplicação de sanções processuais, competindo ao juiz zelar pelo efetivo contraditório.

no CARF na medida em que a maioria dos julgamentos eram favoráveis à Fazenda Nacional, de outro entendia-se que a presença de julgadores advindos de indicações de contribuintes prejudicava a autonomia de julgamento do órgão.

Ao final deste período de suspensão das atividades foi aprovado novo Regimento Interno que, a par de manter a mesma estrutura de julgamento, trouxe mudanças significativas ao diminuir o número de julgadores, alterar a forma de contratação dos julgadores representantes dos contribuintes e implementar medidas para maior celeridade nos julgamentos.

O Relatório das Decisões do CARF mostrou que, dentre os recursos julgados, 4.830 (80,6% do total) foram recursos ordinários e especiais apresentados pelos contribuintes e 1.166 (19,4% do total) foram recursos de oficio e especiais apresentados pela Fazenda Nacional. Quanto aos resultados, no conjunto, o contribuinte restou favorecido em 52% das decisões e a Fazenda Nacional em 48%.

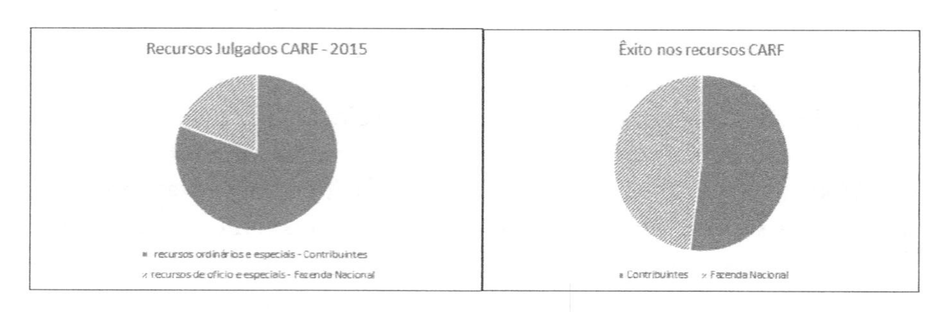


A paridade demonstrada no segundo gráfico (êxito nos recursos CARF) é apenas relativa, dado que os contribuintes apresentam, em números absolutos, uma demanda quatro vezes maior que a Fazenda Nacional. Tais dados evidenciam que há certo sentido na percepção de que a Fazenda Nacional sai vitoriosa na maioria dos julgamentos do Tribunal.

Por sua vez, a investigação acerca da composição dos resultados do julgamento mostrou que, das decisões favoráveis ao contribuinte, 2.122 (68,1%) foram por unanimidade, 859 (27,5%) por maioria e 137 (4,4%) por voto de qualidade. Das decisões que favoreceram a Fazenda Nacional, as quantidades foram, respectivamente, 1.905 (66,2%), 1.564 (24,1%) e 417 (9,7%).

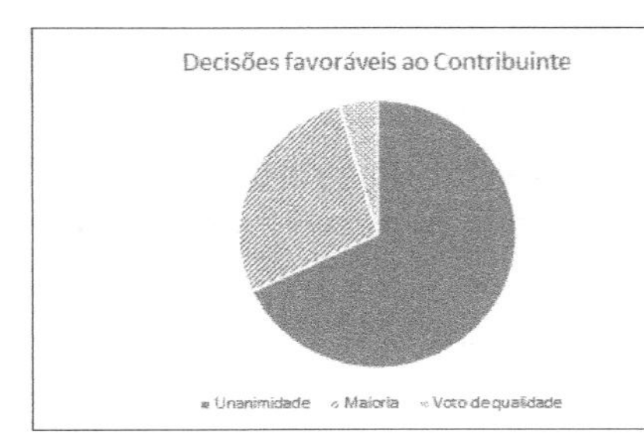

O levantamento mostrou que os julgadores não são tão parciais como se entendia, visto que aproximadamente 70% dos resultados de julgamento são conferidos à unanimidade, ou seja, todos os julgadores votam no mesmo sentido. Além disso, os números também mostraram que o voto de qualidade foi usado em poucas situações, em menos de 10% dos julgamentos.

Esses dados quantitativos levantados trazem o desafio de produzir mais estudos empíricos que aprofundem as conclusões preliminares encontradas, contribuindo para uma análise objetiva das atividades do CARF.

A importância da conjugação de estudos quantitativos e qualitativos pode ser observada quando da análise da segunda parte do Relatório das Decisões do CARF. Ao fazer um levantamento de temas considerados relevantes e que foram decididos por voto de qualidade na Câmara Superior do Tribunal ("CSRF"), dos vinte temas estudados, em todos eles o voto de qualidade conferiu julgamento favorável à Fazenda Nacional[13].

[13] Foram estudados os seguintes temas: Trava de 30% na Compensação de Prejuízos no Encerramento de Atividades, Coisa Julgada no Âmbito CSLL, Subvenções para Investimento – Caracterização, Juros sobre Multa de Ofício, Preços de Transferência – Ilegalidade da IN SRF nº 243/2002, Ágio Interno, Concomitância da Multa Isolada Estimativas e Multa de Ofício – Fatos Geradores sob a vigência da redação atual do art. 44 da Lei nº 9.430/1996, Juros Sobre Capital Próprio – Períodos Anteriores, Lucros de Controlada no Exterior – Acordo de Bitributação, IRPF – Rendimentos Recebidos Acumuladamente, IRPF – Capitalização de Lucros versus Ganho de Capital, Contribuições Previdenciárias – Participação nos Lucros ou Resultados (PLR), ITR – Área de preservação Permanente / Área de Reserva Legal, Contribuição Previdenciária – Adicional de Férias, Contribuição Previdenciária – Bolsa De Estudo – Extensão a todos os Empregados, IRRF – Ganho de capital no exterior, Incidência do PIS/Cofins sobre incentivo fiscal concedido pelos Estados – subvenção para investimento, Incidência da correção monetária sobre os créditos escriturais do IPI, Receitas de intermediação das instituições financeiras. Base de cálculo PIS/Cofins e Drawback – termo inicial para a contagem do prazo decadencial.

A prevalência de posicionamento favorável à Fazenda Nacional nos julgamentos da CSRF indica que os temas de destaque no CARF e os autos de infração que envolvem valores vultosos merecem um estudo individualizado[14] para averiguar se os seus índices são compatíveis àqueles levantados globalmente.

Também contribui para esse indicativo a constatação de que é conferida à Fazenda Nacional maior acesso à CSRF e que esta se sai significativamente mais vitoriosa no julgamento de seus recursos se comparada aos contribuintes. Isso porque, quanto aos recursos especiais endereçados à CSRF, 65,0% foram interpostos pela Fazenda Nacional e 35,0% pelos contribuintes. Enquanto a Fazenda Nacional obteve êxito em seus recursos especiais em 59,8% das vezes, os contribuintes obtiveram êxito em apenas 27,8%.

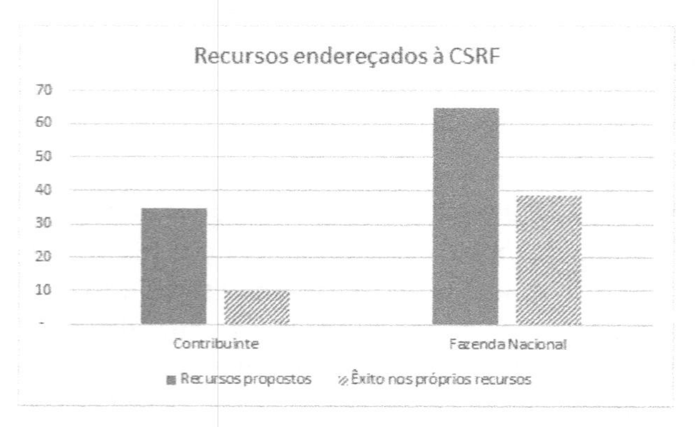


De acordo com o site do próprio CARF, estão pendentes de julgamento no Tribunal 118.341 processos, totalizando o valor de R$ 590.420.178.050,31. Desses processos, 873 possuem o valor acima de 100 milhões de reais e representam 68,5% do valor total do estoque. Esses números mostram que parte significativa da receita que está em litígio no Tribunal está concentrada em um pequeno número de processos. Seria interessante estudar empiricamente o comportamento do

[14] Sobre este aspecto indica-se a leitura da obra "Repertório Analítico de Jurisprudência do CARF" na qual foram identificados os 20 temas de maior relevância no órgão e que foram objeto de análise empírica embasada no levantamento de acórdãos para determinado período. Santi, Eurico Marcos Diniz de; Vasconcelos, Breno Ferreira Martins; Silva, Daniel Souza Santiago; Dias, Karem Jureidini; Hoffmann, Susy Gomes. (Coord). Repertório Analítico de Jurisprudência do CARF. São Paulo: Max Limonad, 2016.

CARF no julgamento desses casos vis à vis ao dos casos de menor valor. A celeridade no julgamento e o conteúdo das decisões são equivalentes? Haveria tratamento diferenciado para os processos que discutem maiores quantias? Esse tratamento diferenciado seria justificável à luz dos princípios do NCPC que declaram a celeridade e efetividade das decisões, bem como o equilíbrio processual?

Os números brutos obtidos a partir de levantamentos empíricos, se de um lado ajudam a trazer dados objetivos para qualificação do debate, de outro podem ser interpretados de diferentes formas e, com isso induzir a diferentes conclusões. Daí a importância em contextualiza-los em análises circunstanciais para que o resultado da pesquisa possa ser aplicado à realidade objeto de estudo.

### 2.3. Do que é composto o contencioso tributário: levantamento dos temas de maior repercussão

Antes de adentrar no estudo do papel do Poder Judiciário para a solução do litígio em matéria fiscal cumpre aprofundar um pouco mais a análise do contencioso tributário com relação ao seu mérito e dimensionamento. Os números levantados acima sobre o CARF trazem o indício de que o Tribunal talvez possua um comportamento diferenciado para o julgamento dos processos com alto valor envolvido e que versem sobre temas relevantes.

Mas, afinal, quais são os temas relevantes do contencioso tributário brasileiro? Nessa pergunta cabem diversas respostas, a depender do critério a ser utilizado pelo interlocutor. Neste ensaio usaremos dois levantamentos para identificar os assuntos de destaque quando se trata de controvérsias do direito tributário.

A Lei de Diretrizes Orçamentárias para o ano de 2017, em seu Anexo V, traz uma descrição dos riscos fiscais aos quais a União Federal estará submetida no ano corrente. Dentre os assuntos tratados está um descritivo dos temas das principais demandas judiciais contra a União Federal de natureza tributária avaliados como contingência passiva[15]:

(i) IRPJ/CSLL – incidência sobre os ganhos das entidades fechadas de previdência complementar, que foram equiparadas por lei a

[15] Disponível em: goo.gl/bFRVDH (Acesso em 29.01.2017).

instituições financeiras. Estimativa de impacto financeiro: 23,94 bilhões de reais.

(ii) PIS/COFINS – créditos apurados no regime não cumulativo (decorrente da venda 'facilitada' de aparelhos celulares) aos débitos existentes no regime cumulativo de apuração daqueles tributos (decorrente da prestação de serviços de telecomunicação). Estimativa de impacto financeiro: 7,8 bilhões de reais.

(iii) PIS/COFINS – conceito de insumo para fins de creditamento das referidas contribuições. Estimativa de impacto financeiro: 50 bilhões de reais

(iv) PIS/COFINS – exclusão do ICMS da base de cálculo das referidas contribuições. Estimativa de impacto financeiro: 250,3 bilhões de reais.

Em estudo elaborado por uma das autoras deste trabalho, foi feito um levantamento das informações fiscais publicadas pelas trinta maiores companhias brasileiras abertas e não financeiras[16]. Foram apurados 283,43 bilhões de reais em disputas fiscais.

É difícil entender o que representa essa quantia em disputas fiscais. Com o objetivo de dimensionar esse número, ele foi comparado com o montante das disputas discriminadas nas esferas cível e trabalhista. Neste comparativo o contencioso tributário se mostrou 7,24 vezes maior que o trabalhista e 3,69 maior que o cível. Graficamente:

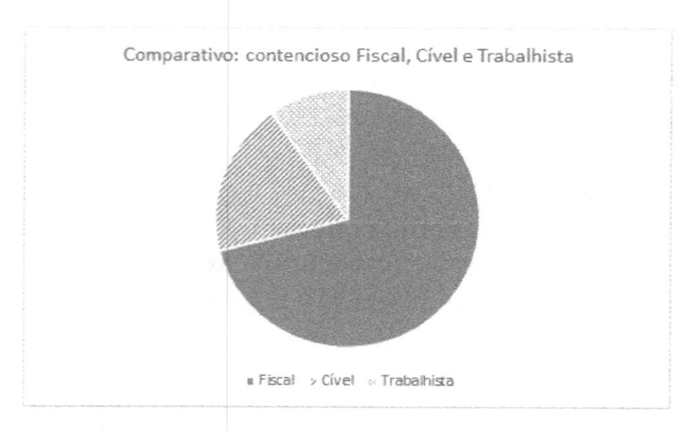


[16] Lopes, Ana Teresa Lima Rosa. O contencioso tributário sob a perspectiva corporativa: estudo das informações publicadas pelas maiores companhias abertas do país. Dissertação (mestrado) – Escola de Direito de São Paulo da Fundação Getúlio Vargas. 2017.

Outra forma utilizada para dimensionar a representatividade do volume do contencioso tributário foi compará-lo ao valor de mercado das companhias, que somadas chegaram ao valor de 900 bilhões de reais em 2014. A comparação dos valores indica que, em média, 32% do valor de mercado das companhias estava comprometido com disputas fiscais.

Da análise das descrições dos processos administrativos e judiciais em matéria tributária contidos nas notas explicativas às demonstrações financeiras e nos Formulários de Referência também foi possível mapear os temas mais recorrentes e relevantes sob a perspectiva das companhias. O mapeamento identificou nove temas, quais sejam:

(i) IRPJ/CSLL – amortização fiscal do ágio (18,71 bilhões de reais);
(ii) IRPJ/CSLL – lucros auferidos no exterior (15,88 bilhões de reais);
(iii) ICMS – guerra fiscal (14,25 bilhões de reais)
(iv) ICMS/ISS – conceito de serviço de telecomunicações (18,54 bilhões de reais)
(v) PIS/COFINS – exclusão do ICMS da base de cálculo (2,84 bilhões)
(vi) IPI – direito a crédito do imposto em operações envolvendo produtos isentos, imunes ou tributados à alíquota zero (1,12 bilhão de reais)
(vii) ICMS/PIS/COFINS/IPI – discussão do conceito de insumo para fins de creditamento do tributo (12,58 bilhões de reais)
(viii) compensação de tributos federais (18,74 bilhões de reais)

Os temas levantados tanto na Lei de Diretrizes Orçamentárias quanto no estudo sobre o contencioso tributário das maiores companhias brasileiras dão conta de que as disputas em matéria fiscal são relevantes a ponto de impactar tanto as contas públicas quanto o desempenho das principais empresas com atividade no país. Esse diagnóstico enfatiza a necessidade em se discutir medidas que busquem a diminuição do alto grau de litigiosidade em matéria tributária, como a edição do NCPC se propõe a fazer.

## 3. Impactos do Novo Código de Processo Civil no Contencioso Tributário Brasileiro

Uma vez apresentados os dados que auxiliam na compreensão *do que é* e *de quanto é composto* o contencioso tributário brasileiro, o presente tópico busca traçar quais serão os possíveis impactos do NCPC sobre o tema.

Nesse sentido serão analisados o relatório produzido pelo Conselho Nacional de Justiça que traz dados detalhados sobre as Execuções Fiscais e o estudo elaborado pela Fundação Getúlio Vargas que apresenta a atuação do Supremo Tribunal Federal a partir de uma perspectiva empírica com o intuito de explorar inovações como o sincretismo processual, a introdução de novos princípios e a valorização dos precedentes promovida pelo Novo Código.

### 3.1. Conselho Nacional de Justiça e o Relatório Justiça em Números: inovações do NCPC e possíveis reflexos nos números das Execuções Fiscais no Brasil

Em 2016 o Conselho Nacional de Justiça publicou a 12ª edição do Relatório "Justiça em Números" que é um dos principais instrumentos de divulgação anual das estatísticas judiciárias oficiais, referência tanto para os órgãos do Poder Judiciário quanto para a sociedade como um todo.

Neste relatório são abordados temas variados, tais como as classes processuais e assuntos mais frequentemente demandados em cada um dos órgãos do Judiciário, seguidos de indicadores como a Taxa de Congestionamento (TC)[17] e o Índice de Atendimento à Demanda (IAD)[18], os quais permitem o acompanhamento da dinâmica do processo em cada órgão do Judiciário, desde o seu início até a sua sentença e baixa definitiva.

Dada a amplitude da abordagem, apenas parte desse relatório pode ser aqui aproveitada para a análise específica do contencioso tributário. Nesse sentido, importa para o escopo do presente artigo apenas os dados apresentados relativamente às Execuções Fiscais, apontadas pelo Relatório como um dos principais gargalos da tutela jurisdicional no

[17] Indicador que revela o percentual de processos iniciados em anos anteriores e que ainda se encontram pendentes.

[18] Indicador que revela o percentual de processos iniciados e encerrados em um mesmo exercício (ano-base).

país. Com efeito, conforme aponta o próprio estudo, é forçoso reconhecer que se o Poder Judiciário não consegue entregar de maneira efetiva a tutela jurisdicional a quem dela faz jus, de pouco ou nada adiantam os esforços no sentido de garantir maior celeridade na solução do mérito dos conflitos.

De acordo com o Relatório, as Execuções Fiscais representam aproximadamente 39% do total de casos pendentes no Judiciário e, de todos os processos de execução existentes, 75% são do tipo *fiscais* contra apenas 25% do tipo *não fiscais*. A TC das Execuções Fiscais é a maior dentre todos os tipos processuais analisados, montando a 91,9%. Isso significa que apenas 8 de cada 100 processos de Execução Fiscal que tramitavam no Poder Judiciário no ano de 2015 foram efetivamente baixados.[19]

A maior parte desses processos de Execução Fiscal está na Justiça Estadual, que conta com 86% dos casos. Outros 13% pertencem à Justiça Federal e o restante (1%) é pertencente às Justiças do Trabalho e Eleitoral. Merece ser destacado que o IAD das Execuções Fiscais, que foi de 95,6% para o ano de 2015, representou um aumento de 15 pontos percentuais quando comparado ao IAD do ano de 2014. Contudo, mesmo diante dessa melhora do ano de 2014 para o ano de 2015, ainda não foi possível ter mais processos baixados do que processos ingressados[20].

Em posse de tais dados, algumas críticas e inferências podem ser delineadas sobre a temática das Execuções Fiscais no Brasil. Conforme apontado por Aldo de Paula Jr. em estudo realizado sobre o tema[21], por mais que os dados impressionem e sejam indicativos de um problema de excesso de litigância em matéria tributária, é preciso atentar para a existência de fatores relacionados à dinâmica e à forma como essas Execuções Fiscais são realizadas na prática.

Nesse sentido, problemas como (i) a existência de processos de execução que poderiam ser reunidos e não são; (ii) a existência de deficiências na formação desses títulos; (iii) a existência de processos com valores muito baixos e; (iv) a ausência de integração entre o órgão que

[19] Relatório Justiça em Números. p. 63.

[20] Idem. p. 64.

[21] Júnior, Aldo de Paula. Retirar Execução Fiscal do Judiciário não garante eficiência. Disponível em: http://www.conjur.com.br/2014-abr-25/aldo-paula-retirar-execucao-fiscal-judiciario-nao-garante-eficiencia. Acesso em 11.01.2017.

promove a constituição do crédito (Secretarias de Fazenda) e o que promove a sua cobrança (Procuradorias) são indicativos de que os alarmantes números são explicados, em parte, por ineficiências da própria estrutura do sistema tributário, sem prejuízo, da inegável cultura de litígio do país, impulsionada tanto pela Fazenda Pública quanto pelos contribuintes. Ou seja, pode-se inferir que os números das Execuções Fiscais estariam "inflados" em decorrência de uma falha institucional, qual seja, Fazenda e Contribuintes concorrem na má utilização do Poder Judiciário com processos de Execução Fiscal que poderiam ser evitados ou ao menos abreviados em termos de duração.

Nesse sentido, parece acertada a conclusão de que a pesquisa empírica tem o potencial de revelar as fotografias da realidade institucional a ser enfrentada, motivo pelo qual a implementação de mudanças nos Códigos, tal como a recente alteração do Código de Processo Civil, devem estar sempre acompanhadas da contrapartida da análise e acompanhamento empírico de seus efeitos.

Olhando especificamente para os números das Execuções Fiscais no Brasil, serão traçadas abaixo algumas considerações acerca dos possíveis e/ou prováveis efeitos esperados nos números desse contencioso em decorrência das recentes alterações introduzidas pelo NCPC. De todo modo, cumpre salientar que por hora não passam de meras projeções, as quais devem ser futuramente confrontadas com os dados empíricos colhidos no momento pós NCPC.

Dentre as inovações que têm o potencial de favorecer as Execuções Fiscais, merecem destaque aquelas que dizem respeito (i) ao sincretismo processual entre a fase cognitiva e executiva, refletido na própria estrutura organizativa do NCPC; (ii) ao dever de colaboração entre as partes (Art. 6º do NCP) e (iii) à busca por maior isonomia e equilíbrio na prestação jurisdicional como medidas de justiça (Arts. 9º e 10). Por outro lado, será preciso cautela com a utilização do novel instituto do incidente de desconsideração da personalidade jurídica em sede de Execução (Arts. 133 a 137).

Sobre o sincretismo processual, o NCPC ratificou a tendência do processo civil brasileiro no que diz respeito à noção de efetividade e valorização do resultado material das decisões em detrimento da simples obediência à ritos formais e compartimentalizados entre as fases cognitiva e executória. Conforme afirma Paulo César Conrado:

"(...) a relação processual não é, nessa nova realidade, própria e exclusivamente cognitiva ou executória; não se direciona, portanto, a um único tipo de tutela (e de jurisdição, por conseguinte), tendendo a experimentar, isso sim, uma outra (e simultânea) face: eis a figura do *sincretismo processual*."[22].

Como desdobramento desse sincretismo, o NCPC acaba por veicular nova definição de coisa julgada vez que, no novo regime, a apresentação da Exceção de Pré-Executividade traz a oportunidade de que, sob a forma de sentença ou sob a forma de interlocutória, sobrevenha coisa julgada. O resultado disso é a impossibilidade de reapresentação da mesma temática de maneira meramente protelatória em sede de Embargos à Execução, medida que tende a favorecer o descongestionamento do Judiciário com casos que beiram a litigância de má-fé, possivelmente contribuindo para melhoria de indicadores como o IAD e a TC das Execuções Fiscais, ambos produzidos pelo Relatório Oficial do CNJ, o "Justiça em Números".

Melhoria análoga espera-se encontrar nesses dois indicadores (TC e IAD) com a introdução do dever de cooperação entre as partes, disposto no Art. 6º do NCPC. Apesar da ideia de cooperação causar certa estranheza em um primeiro momento, dado que o ambiente processual é naturalmente marcado pela rivalidade entre as partes, esse dever de cooperação é tripartite: aplica-se igualmente à Fazenda, ao Juiz e ao Executado e deve ser compreendido como um princípio norteador para a busca de uma decisão de mérito justa e efetiva (Arts. 9º e 10º), sendo este o interesse maior albergado pela prestação jurisdicional.

Em matéria de Execução Fiscal e com base nesses princípios introduzidos pelo NCPC, acredita-se que atenção redobrada deve ser tomada por parte da Fazenda (que é a própria Administração), posto que não se espera dela a cobrança do crédito a qualquer custo, mas sim a cobrança apenas do crédito que lhe é devido. É dentro desse contexto que o dever de cooperação entre as partes tem o potencial de favorecer as Execuções Fiscais dado que, se devidamente apresentado pelo executado a inexigibilidade do crédito que lhe é cobrado, por exemplo, não se espera da

[22] Conrado, Paulo César. Exceção de Pré-Executividade em Matéria Tributária: do sincretismo processual ao dever de cooperação (Art. 6º do CPC/2015), passando pela "Nova" Definição de Coisa Julgada. *IN* Conrado, Paulo César; ARAUJO, Juliana Furtado Costa. (Coords.). O Novo CPC e seu Impacto no Direito Tributário. São Paulo: Thompson Reuters. 2016. p. 133.

Fazenda uma postura de pura litigância para obter a cobrança a qualquer custo.[23] A cooperação tem, assim, o potencial de abreviar a duração de processos que já não mais possuem razão para existir e que apenas contribuem para congestionar a Justiça, conforme demonstrado pelo Relatório Justiça em Números.

Se por um lado as inovações trazidas pelo sincretismo processual, pela cooperação entre as partes e pela busca por decisões mais justas e equilibradas são potenciais medidas que irão favorecer o Judiciário com a diminuição dos processos de Execução Fiscal, por outro há que se ter cautela com a novidade trazida pelo incidente de desconsideração da personalidade jurídica, previsto nos arts. 133 a 137 do NCPC.

Não se nega que esse novo instituto presta importante contribuição para o pleno exercício do direito constitucional ao contraditório e devido processo legal. Com efeito, conforme adverte Maria Rita Ferragut, ele veio para corrigir uma grave falha que recaía sobre o responsável tributário:

> "o incidente de desconsideração da personalidade jurídica, (...) corrigiu uma terrível patologia de nosso sistema processual, que, ao não aceitar a Exceção de Pré-Executividade como meio de defesa ao responsável tributário (conforme Súmula 393 do STJ), e tampouco prever qualquer forma de defesa prévia, faz com que pessoas jurídicas alegadamente integrantes de grupos econômicos tenham que aguardar muitos anos para ter seus argumentos e provas apreciados nos autos dos Embargos à Execução Fiscal (...)"[24].

De fato, da perspectiva do terceiro supostamente co-responsável, é inquestionável que a possibilidade do exercício ao contraditório com maior brevidade (sem a necessidade de se aguardar pelo momento dos Embargos) é medida de justiça. Ocorre que sob o ponto de vista da

[23] Novamente são precisas as palavras de Paulo César Conrado sobre o tema: "É para essa direção, pensamos, que deve nos levar o novel art. 6º, revelador de um verdadeiro princípio (o da cooperação), responsável pela parametrização da atividade de todos os sujeitos do processo, mas que, no plano observado, tem especial incidência em relação à Fazenda-credora, mormente quando demandada a falar sobre exceção de pré-executividade em que se suscita argumentos fáticos não exaustivamente demonstrados pelo executado por conta da necessária participação da Administração no processamento do fato.". Idem, p. 140.

[24] FERRAGUT, Maria Rita. Incidente de Desconsideração da Personalidade Jurídica e os Grupos Econômicos. *IN* Conrado, Paulo César; ARAUJO, Juliana Furtado Costa. (Coords.). O Novo CPC e seu Impacto no Direito Tributário. São Paulo: Thompson Reuters. 2016. p. 14.

razoável duração do processo e, consequentemente, da necessidade de se descongestionar o Judiciário dos tantos processos de Execução nele parados, é preciso reconhecer que a utilização desse incidente, se feita de forma irresponsável, pode representar um risco, vez que a Execução Fiscal será interrompida para dar lugar à instauração do contraditório. Isso poderá prolongar substancialmente o transcurso do processo e contribuir para o aumento da TC e diminuição do IAD do Judiciário em matéria de Execução Fiscal.

Mas é preciso reconhecer que apenas os números das futuras pesquisas empíricas sobre o tema das Execuções Fiscais, no período pós NCPC, poderão confirmar se procedem ou não as conjecturas aqui traçadas. É a pesquisa empírica que permitirá tanto a identificação dos sucessos da reforma promovida pelo novo código como também dos pontos sensíveis, fornecendo informação primordial para o constante aprimoramento das nossas instituições.

### 3.2. O Relatório Supremo em Números e a valorização dos precedentes no NCPC

O Projeto Supremo em Números representa uma série de relatórios produzidos pela Escola de Direito da Fundação Getulio Vargas e que lançam um olhar empírico sobre a atuação do Tribunal nos últimos anos, perspectiva fundamental, segundo os autores, "para a construção de políticas públicas para o Judiciário."[25].

Importa para o escopo do presente estudo o Relatório publicado no ano de 2013, o qual analisou a atuação do Supremo entre os anos de 2000-2009, período que teve como referência a promulgação da Emenda Constitucional nº 45 (A Emenda da Reforma do Judiciário) bem como o início da vigência das leis que regulamentaram os institutos da Súmula Vinculante ( Lei 11.417/06) e Repercussão Geral (Lei 11.418/06). Este mesmo Relatório foi ainda objeto de nova publicação, em 2014, com a análise dos anos de 2010-2012.

Entre os anos de 2000-2009 o contencioso tributário representou o 2º colocado entre as temáticas que mais ocuparam a pauta do STF, ocu-

[25] FALCÃO, Joaquim et. al. **II Relatório Supremo em Números: o Supremo e a Federação.** Rio de Janeiro: Escola de Direito do Rio de Janeiro da Fundação Getulio Vargas, 2013. pp. 45-56.

pando 18,4% da pauta e perdendo apenas para temas de Direito Administrativo, representando 21,7% de todos os processos do Tribunal. O Relatório também aponta que o Contencioso Tributário do Estado de São Paulo figurava como uma temática representativa de "pauta local nacionalizada". Isto porque a quantidade de processos tributários oriundos do Estado de São Paulo, nesse período, era muito maior que a quantidade de processos tributários dos demais Estados da Federação: do total de processos tributários do Tribunal, 5,8% eram só do Estado de São Paulo e 12,6% eram de todo o restante dos Estados da Federação.[26]

Já no período de 2010-2012, após a implementação dos mecanismos da Emenda Constitucional 45, verificou-se algumas variações quanto à composição temática do órgão e quanto aos temas locais nacionalizados. Houve notória retração para a temática do Direito Tributário, que passou a representar 13,1% dos processos do Tribunal no ano de 2012:

> "Fenômeno dos temas locais nacionalizados parece ter diminuído (...) os processos de Direito Tributário de São Paulo representam nos últimos três anos uma fração da fatia do Supremo que ocupavam antes. Em seu lugar prevaleceram processos de Direito Público do Rio Grande do Sul, São Paulo e do Distrito Federal. Nenhum desses grandes temas regionais, todavia, dominou a pauta da maneira que os processos fiscais de SP na década passada.". [27]

Tal fenômeno de retração dos processos tributários pode estar relacionado à sedimentação da utilização dos mecanismos das Súmulas Vinculantes e da Repercussão Geral, que são de extrema valia para a orientação dos contribuintes, os quais passam a conseguir identificar o posicionamento do Tribunal sobre determinados temas, diminuindo, assim, o número de demandas a ele direcionadas.

Nesse contexto, importa ressaltar que uma das maiores preocupações do NCPC foi criar mecanismos para uniformizar a jurisprudência com vistas a mantê-la "estável, íntegra e coerente", conforme disciplina do Art. 926[28]. Essa preocupação foi refletida também nas inovações

[26] Idem.

[27] FALCÃO, Joaquim et. al. **II Relatório Supremo em Números: o Supremo e a Federação entre 2010 e 2012.** Rio de Janeiro: Escola de Direito do Rio de Janeiro da Fundação Getulio Vargas, 2014. pp. 15-19.

[28] Art. 926. Os tribunais devem uniformizar sua jurisprudência e mantê-la estável, íntegra e coerente. § 1º Na forma estabelecida e segundo os pressupostos fixados no regimento

introduzidas pelo Art. 927[29], segundo o qual juízes e Tribunais devem observar as decisões do STF em controle concentrado de constitucionalidade, os enunciados das Súmulas Vinculantes e demais súmulas do STF e STJ e os acórdãos proferidos nos incidentes de resolução de demandas repetitivas, em clara demonstração da busca do legislador em promover a valorização dos precedentes em nosso sistema como mecanismo para se alcançar eficiência na prestação jurisdicional e equidade no tratamento dos cidadãos.

Especificamente sobre o novel instituto do incidente de resolução de demandas repetitivas, trata-se de solução pensada para minimizar o problema relacionado à existência de casos aparentemente análogos, mas que ensejavam decisões judiciais completamente distintas. Foi justamente para trazer estabilidade e, em última instância, promover a tão aclamada segurança jurídica que o legislador previu esse mecanismo.

Em que pese as críticas[30] já direcionadas a essa inovação promovida pelo NCPC, especialmente no que tange (i) ao alegado contrassenso de se instituir um modelo de precedentes por intermédio da lei e (ii) partir-se da premissa de que um determinado julgado nasce predestinado a ser precedente, fato é que, do ponto de vista da criação de maior eficiência e estabilidade da prestação jurisdicional, essas inovações têm o potencial de promover grandes melhorias para o nosso Judiciário.

interno, os tribunais editarão enunciados de súmula correspondentes a sua jurisprudência dominante. § 2º Ao editar enunciados de súmula, os tribunais devem ater-se às circunstâncias fáticas dos precedentes que motivaram sua criação.

[29] Art. 927. Os juízes e os tribunais observarão: I – as decisões do Supremo Tribunal Federal em controle concentrado de constitucionalidade; II – os enunciados de súmula vinculante; III – os acórdãos em incidente de assunção de competência ou de resolução de demandas repetitivas e em julgamento de recursos extraordinário e especial repetitivos; IV – os enunciados das súmulas do Supremo Tribunal Federal em matéria constitucional e do Superior Tribunal de Justiça em matéria infraconstitucional; V – a orientação do plenário ou do órgão especial aos quais estiverem vinculados.

[30] Recomenda-se a leitura do artigo de autoria de Diego Diniz Ribeiro, no qual o autor apoia-se em análises crítico-dogmática e crítico-filosófica para apontar algumas das fragilidades identificadas sobre o incidente de resolução de demandas repetitivas do NCPC: Ribeiro, Diego Diniz. O Incidente de Resolução de Demandas Repetitivas: uma Busca pela *common law* ou mais um instituto para a codificação das decisões judiciais? *IN* Conrado, Paulo César; Araujo, Juliana Furtado Costa. (Coords.). O Novo CPC e seu Impacto no Direito Tributário. São Paulo: Thompson Reuters. 2016. pp 70-102.

Especificamente para o contencioso tributário, acredita-se que eles têm o potencial de agregar maior clareza acerca da orientação do STF sobre os mais variados temas, aumentando-se a segurança jurídica dos contribuintes ao mesmo tempo em que se diminui o número de demandas relacionadas à falta de tratamento isonômico entre contribuintes que se encontram na mesma situação. Esse entendimento é corroborado por Juliana Furtado Costa Araujo:

> "Em matéria tributária, estes dispositivos têm um reflexo muito interessante. Primeiramente, a necessidade de manutenção dos entendimentos dos tribunais é algo reclamado nas lides tributárias até como forma de garantia do princípio da livre concorrência. (...). Além disso, a obrigatoriedade que decisões em recursos repetitivos ou que se baseiam em súmulas dos tribunais superiores tenham efeito vinculante também garante a uniformidade das decisões. Isto é imprescindível à manutenção do princípio da isonomia em matéria tributária."[31]

Com efeito, assim como no período após a implementação dos mecanismos da Emenda Constitucional 45 observou-se uma diminuição das demandas tributárias no STF, é possível que as inovações trazidas pela NCPC também sejam capazes de impactar positivamente os números do contencioso tributário. No limite, a reforma proposta pelo novo código qualifica o debate sobre a necessidade de respeito aos precedentes[32] como estratégia crucial para fortalecer as instituições, gerar segurança jurídica e promover a realização da legalidade concreta[33].

[31] Araujo, Juliana Furtado Costa. O Precedente no Novo CPC e sua Implicações Tributárias. *IN* Conrado, Paulo César; Araujo, Juliana Furtado Costa. (Coords.). O Novo CPC e seu Impacto no Direito Tributário. São Paulo: Thompson Reuters. 2016. pp. 117-118.

[32] Sobre a adoção da cultura dos precedentes no direito brasileiro, Juliana Furtado Costa Araújo explica que isso se deve à necessidade de combater a crise do Judiciário brasileiro relacionada à quantidade de processos incompatível com o número de julgadores e à qualidade das sentenças e acórdãos, marcadas pela falta de uniformidade em face de litígios de mesma natureza. Nas palavras da autora: "Dentro desse contexto é que inserimos o novo Código de Processo Civil, que com suas inúmeras prescrições normativas relacionadas às técnicas de valorização dos precedentes judiciais, procura dar uma resposta a esse problema, já crônico, da crise do Judiciário, mantendo e aprimorando técnicas de aceleração procedimental. Além disso, tem por escopo garantir maior segurança jurídica e igualdade entre os jurisdicionados, no momento em que prescreve técnicas de uniformização de entendimentos e de sua aplicação de forma equânime.". Araujo, Juliana Furtado Costa. op cit. p. 105.

[33] Cf. Santi, Eurico Marcos Diniz de et. al. Repertório Analítico de Jurisrpudência do CARF. São Paulo: Max Limonad, 2016. Prefácio.

## 4. Conclusão

Muito se discute acerca do contencioso tributário no Brasil mas pouco se sabe sobre suas causas e principalmente sobre como contê-lo. Há grande dificuldade de se produzir dados sistematizados sobre esse tema, seja porque ele pode estabelecer-se em qualquer fase da relação jurídico tributária, seja porque ele pode subdividir-se entre as esferas administrativa e judicial.

Quando apresentado a partir de diferentes perspectivas, o contencioso tributário brasileiro é sem dúvidas um dos maiores do mundo, bem como o que apresenta as maiores somas envolvidas. Do ponto de vista internacional, a OCDE aponta o Brasil como primeiro colocado em termos de valores envolvidos no contencioso tributário frente ao PIB do país (2,4%), ao passo que o segundo, terceiro e quarto colocados desse *ranking* apresentam, respectivamente o índice de 1,1% (Canadá), 0,5% (México) e 0,3% (África do Sul).

Do ponto de vista interno, estudos indicam que as disputas em matéria tributária chegam a cifras bilionárias: o levantamento do contencioso tributário apenas das grandes companhias brasileiras aponta para o valor de 283 bilhões de reais. Esse número se mostra 7,24 vezes maior que as disputas em matéria trabalhista e 3,69 maior que as disputas em matéria cível.

Outra forma utilizada para dimensionar a representatividade do volume do contencioso tributário foi compará-lo ao valor de mercado dessas companhias, que somadas chegaram ao valor de 900 bilhões de reais em 2014. A comparação dos valores indica que, em média, 32% do valor de mercado das companhias estava comprometido com disputas fiscais no período.

Para além de meramente ilustrativos e valiosos para o dimensionamento do problema, tais dados são importantes na medida em que apontam para a existência de graves falhas institucionais que permeiam o sistema tributário brasileiro. Com efeito, é justamente a pesquisa empírica no Direito aquela que permite a melhor observação acerca do funcionamento das instituições, exercício fundamental para a implementação de reformas institucionais bem-sucedidas, tal como a recente reforma levada a cabo com a promulgação do NCPC.

Neste cenário, o desafio que se coloca para os operadores do direito é a conjugação das recentes alterações promovidas pelo NCPC com os efeitos empíricos que as mesmas terão no futuro. Por hora, o que se pode é simplesmente delinear possíveis impactos que o novo código poderá ter sobre os números desse contencioso, pois apenas a pesquisa empírica poderá afirmar ou infirmar as proposições aqui apresentadas.

Dentre os impactos positivos, aposta-se que as Execuções Fiscais poderão ser beneficiadas com a introdução do sincretismo processual e de princípios como o da colaboração entre as partes e a busca por decisões justas e equilibradas. De outro lado, merece atenção o novel instituto do incidente de desconsideração da personalidade jurídica, o qual poderá acarretar o efeito adverso de apenas inflar a taxa de congestionamento das Execuções Fiscais se usado de maneira inadequada.

Também encara-se com otimismo a valorização dos precedentes e a criação do incidente de resolução de demandas repetitivas como estratégias de aprimorar o contencioso tributário brasileiro tanto em termos quantitativos quanto qualitativos, dado que se prestam à diminuir o número de demandas acumuladas em um único julgador e visam, em essência, assegurar o respeito ao tratamento isonômico entre contribuintes.

Em última análise, de todas as proposições até aqui feitas, a única certeza reside no potencial da pesquisa empírica para o constante aprimoramento das Instituições. Este é, aliás, o papel desempenhado pela pesquisa no Direito e Desenvolvimento: partir dos dados para refletir sobre o papel do Direito na promoção do desenvolvimento social e econômico de um país, eliminando os arranjos institucionais disfuncionais e aprimorando as mudanças promovidas em nossos Códigos.

## Referências

CNJ (2016), **Relatório Justiça em números 2016: ano-base 2015/Conselho Nacional de Justiça** – Brasília: CNJ, 2016.

Conrado, Paulo Cesar; Araújo, Juliana Furtado Costa. **O Novo CPC e seu Impacto no Direito Tributário.** 2ª ed. São Paulo: Fiscosoft, 2016.

Falcão, Joaquim; Abramovay, Pedro; Leal, Fernando; Hartmann, Ivar A. **II Relatório Supremo em Números: o Supremo e a Federação**. Rio de Janeiro: Escola de Direito do Rio de Janeiro da Fundação Getulio Vargas, 2013.

__________. **II Relatório Supremo em Números: o Supremo e a Federação entre 2010 e 2012.** Rio de Janeiro: Escola de Direito do Rio de Janeiro da Fundação Getulio Vargas, 2014.

LOPES, Ana Teresa Lima Rosa. **O contencioso tributário sob a perspectiva corporativa: estudo das informações publicadas pelas maiores companhias abertas do país.** Dissertação (mestrado) – Escola de Direito de São Paulo da Fundação Getulio Vargas. 2017.

NORTH, Douglas. **Institutions, Institutional Change and Economic Performance.** Cambridge: Cambridge University. Press. Ostrom, E. 1986.

OECD (2015), **Tax Administration 2015: Comparative Information on OECD and other Advanced and Emerging Economies**, OECD Publishing, Paris.

SANTI, Eurico Marcos Diniz de. et. al. **Repertório Analítico de Jurisprudência do CARF.** Editora Max Limonad: São Paulo, 2016.

SCHAPIRO, Mario Gomes. **Repensando a Relação entre Estado, Direito e Desenvolvimento: Os Limites do Paradigma Rule of Law e a Relevância das Alternativas Institucionais.** *In*: Revista Direito GV, São Paulo, Jan-Jun 2010.

TAMANAHA, Brian Z. **The Primacy of Society and the Failures of Law and Development.** Conference on the Rule of Law, Nagoya University, Japan (June 13, 2009).

TRUBEK, David M. **Developmental States and the Legal Order: Towards a New Political Economy of Development and Law**. University of Wisconsin Legal Studies Research Paper No. 1075. 2008.

# A Função e a Efetividade das Penalidades Tributárias

Vanessa Rahal Canado*
Mariana Monte Alegre de Paiva**

## 1. Breve introdução

O tema ora examinado certamente não é novo. Muito já foi dito a respeito de penalidades tributárias. Não tivemos recentemente grandes alterações na legislação ou na jurisprudência que afetassem o *status quo*. Mas, então, por que voltar a discutir essa matéria?

A revisão do tema se faz necessária porque existe uma percepção generalizada de que o nosso sistema de penalização tributária se desgastou de tal forma que a atual previsão das multas tributárias não teria mais o poder de desincentivar o descumprimento das obrigações tributárias.

Se os contribuintes não pagam seus tributos espontaneamente ou se descumprem obrigações acessórias, é de se presumir a necessidade de impor algum tipo de sanção. Afinal, parece justo que o contribuinte infrator deva ser penalizado, sob pena de desmotivar o contribuinte que agiu conforme a legislação tributária.

O ato do Estado de impor sanções aos contribuintes decorre diretamente do seu poder punitivo. Munido de tal poder, o Estado pode, legi-

* Doutora e Mestra em Direito Tributário pela PUC/SP. Professora da FGV Direito SP (graduação e pós-graduação). Advogada em São Paulo.
**Pós-graduada em Economia pela FGV EESP. Mestranda em Direito Tributário pela FGV Direito SP. Advogada em São Paulo.

timamente, adotar medidas de caráter punitivo e repressivo contra os contribuintes[1].

As sanções possíveis giram em torno, basicamente, da privação da liberdade (incluindo-se também aquelas que tolhem iniciativas e não só as penas de prisão) ou da redução do patrimônio. Em matéria tributária, as sanções com conteúdo patrimonial são as mais comuns: as multas. Sanções punitivas sem feição patrimonial, voltadas à privação de iniciativas, como a proibição de emissão de nota fiscal eletrônica, que foi implementada pela Prefeitura de São Paulo pela Instrução Normativa nº 19/2011, não têm sido aceitas pela jurisprudência[2].

A instituição da sanção é feita considerando a finalidade específica relacionada ao bem jurídico que se deseja proteger. No âmbito do Direito Tributário, o bem jurídico a ser protegido é o próprio crédito tributário, o que justifica as sanções tanto para as obrigações principais como para as acessórias (que deixam rastros, facilitando a fiscalização).

A punição e o caráter exemplificativo são duas faces de uma mesma moeda. As multas tributárias guardam também, portanto, uma função educativa. Tradicionalmente, as penalidades visam não apenas punir/sancionar, mas também estimular e moldar a conduta do contribuinte.

Seja com o propósito de proteger a arrecadação, punir o infrator e educar o comportamento, será que as multas tributárias por si só fazem com que o contribuinte seja estimulado a cumprir com as suas obrigações? É isso que vamos investigar neste artigo.

## 2. O modelo tradicional: a economia do crime e o medo da penalização

A visão mais tradicional da penalização pressupõe que, ao impor uma sanção pelo descumprimento o contribuinte cumprirá a sua obrigação justamente para evitar a aplicação da multa, ou seja, pelo próprio receio

[1] Como bem observa Hugo de Brito Machado, "*a sanção é simplesmente a consequência do ilícito e não se pode dizer que seja algo contrário ao direito, porque é simplesmente pressuposto deste*". MACHADO, Hugo de Brito. Crimes contra a ordem tributária. 2ª edição. São Paulo: Atlas, 2009. p. 7.

[2] Vide decisão do Órgão Especial do Tribunal de Justiça de São Paulo ("TJ/SP") na Apelação Cível nº 1048539-30.2014.8.26.0053, da 8ª Câmara de Direito Público. No mesmo sentido, decisão do Supremo Tribunal Federal ("STF") no Recurso Extraordinário com Agravo nº 914.045.

da penalização. Essa visão se baseia no modelo de penalização conhecido como "modelo da dissuasão", originado no Direito Penal[3].

O modelo da dissuasão está intrinsicamente relacionado ao paradigma da "economia do crime"[4]. Note-se que, para ser eficaz, a sanção deveria ser severa o suficiente para que os custos da falta de cumprimento da lei sejam maiores do que os custos de cumprimento da lei. Em geral, consideram-se os custos financeiros para fins de determinação da utilidade – conceito que representa o nível de satisfação/bem-estar trazido por determinada escolha.

É importante observar que, para calcular os custos, o indivíduo leva em consideração não apenas a sanção em si, mas também um fator muito relevante: a probabilidade de ser pego. De forma muito sintética, o indivíduo faria o seguinte cálculo: a probabilidade de ser pego *x* a sanção a ser aplicada. Logo, quando o indivíduo opta, conscientemente, por não cumprir o seu dever, a utilidade esperada do contribuinte deveria ser maior do que os custos esperados caso seja pego e punido.

O Professor Robert Cooter[5], fazendo referência ao indivíduo infrator, o "*bad man*", assim sintetiza o raciocínio:

> Portanto, o homem mau trata a lei como "externa" no sentido de a lei estar fora da esfera de seus valores. Modelos econômicos da lei tipicamente aceitam a abordagem do "homem mau" e adicionam um elemento: a racionalidade. O "homem mau" que é racional decide obedecer ou não à lei cal-

[3] A sua origem remete à obra clássica de Cesare Beccaria, Dos Delitos e das Penas, 1764.

[4] A visão da economia do crime pode ser extraída da obra de Gary S. Becker: *Crime and Punishment: An Economic Approach*, 1968. Disponível em: http://www.nber.org/chapters/c3625. Essa visão foi posteriormente aplicada no campo do cumprimento da lei tributária, vide: *Income Tax Evasion: a theorical analysis*. ALLINGHAM, Michael G. e SANDMO, Agnar. In Journal of Public Economics. North-Holland Publishing Company, 1972. Disponível em https://www.researchgate.net/publication/4918851_A_Note_on_Income_Tax_Evasion_A_Theoretical_Analysis.

[5] "*Thus the bad man treats the law as 'external' in the sense of being outside of his own values. Economic models of law typically accept the 'bad man' approach and add an element to it: rationality. A 'bad man' who is ration decides whether or not to obey the law by calculating his own benefits and costs, including the risk of punishment. The rational bad man breaks the law whenever the gain exceeds his risk of punishment. Law and economics scholars typically make the rational bad man as a 'decision-maker' in their models. For the bad man, law is a constraint and not a guide*". COOTER, Robert. The Legal Construction of Norms: Do Good Laws Make Good Citizens? An Economic Analysis of International Norms". 2000. Disponível em: http://scholarship.law.berkeley.edu/cgi/viewcontent.cgi?article=2640&context=facpubs. (p. 1591).

culando seus próprios benefícios e custos, incluindo o risco de punição. O homem mau racional viola a lei quando o ganho exceder o risco de punição. Acadêmicos do *Law and Economics* tipicamente fazem do homem mau racional o "tomador de decisões" em seus modelos. Para o homem mau, a lei é uma constrição e não um guia. (tradução livre).

Essa lógica tradicional também explicaria o modelo de penalização tributária: para ser eficaz, a sanção tributária deveria ser severa o suficiente para que os custos da falta de cumprimento da lei tributária fossem maiores do que os custos de cumprimento da lei.

No caso das obrigações tributárias, os custos de descumprir a lei englobariam eventual custo com a autuação (principal, multa e juros) e com eventuais honorários advocatícios. Por sua vez, os custos com o cumprimento da lei abrangeriam o desembolso efetivo dos recursos com o pagamento, bem como o custo de oportunidade de pagar o Governo ao invés de destinar os recursos para outra finalidade.

Tratando especificamente de matéria tributária, ao abordar a evasão fiscal, James Alm[6] consegue sintetizar de forma precisa a lógica por trás desse modelo tradicional da dissuasão:

> O modelo básico teórico usado em quase toda pesquisa sobre cumprimento de lei tributária começa com o modelo econômico do crie, primeiramente aplicado ao cumprimento da lei tributário por Allingham and Sandmo (1972).
>
> Aqui o indivíduo racional é visto como maximizando a utilidade esperada do risco da evasão fiscal, ponderando os benefícios da violação bem sucedida contra a possibilidade arriscada de detenção e punição, e o indivíduo paga os tributos porque ele ou ela tem medo de ser pego e punido se ele ou ela não declarar toda renda. Essa abordagem fornecer o resultado plausível e produtivo de que o cumprimento da lei depende das probabilidade de

[6] *"The basic theoretical model used in nearly all research on tax compliance begins with the economics-of-crime model, first applied to tax compliance by Allingham and Sandmo (1972).*
*Here a rational individual is viewed as maximizing the expected utility of the tax evasion gamble, weighing the benefits of successful cheating against the risky prospect of detection and punishment, and the individual pays taxes because he or she is afraid of getting caught and penalized if he or she does not report all income. This "portfolio" approach gives the plausible and productive result that compliance depends upon audit rates and fine rates. Indeed, the central point of this approach is that an individual pays taxes because of this fear of detection and punishment"*. Alm, James. Measuring, Explaining, and Controlling Tax Evasion: Lessons from Theory, Experiments, and Field Studies Working Paper 1213, July 2012. Disponível em http://econ.tulane.edu/RePEc/pdf/tul1213.pdf. p. 8.

fiscalização e autuação/penalização. De fato, o ponto central dessa abordagem é que um indivíduo paga seus tributos em face do medo de detenção e punição. (tradução livre).

Portanto, segundo esse paradigma, o contribuinte somente cumpriria a legislação tributária em razão das consequências econômicas decorrentes da punição. Seguindo essa lógica, quanto mais severa a pena e quanto maior a probabilidade de ser pego, maior deveria ser o grau de observância à lei.

Essa teoria da dissuasão encontra críticas dentro do próprio Direito Penal. Marta Rodriguez de Assis Machado e Maira Rocha Machado[7] bem comentam que, empiricamente, não é o medo da punição que faz com que os indivíduos não pratiquem atos ilícitos:

> Autores que se dedicaram a organizar e rever sistematicamente os estudos produzidos sobre a teoria da dissuasão apontam para a inexistência de relação entre a intensidade da punição e as taxas de crimes. No início da década de 1990, Braithwaite, por exemplo, chamou atenção para o fato de que "a literatura produzida sobre a dissuasão fracassou em produzir as tão esperadas evidências de que mais polícia, mais prisões e mais punições certas e severas fazem uma diferença significativa nas taxas de crime". Vários anos depois, Doob e Webster produzem uma ampla revisão da literatura sobre o tema e concluem, de modo semelhante, que variações na severidade das sanções não guardam relação com os níveis de crime.

No âmbito tributário, de forma similar, o modelo tradicional de dissuasão tem sido rebatido. Após analisar uma série de dados empíricos, James Alm destaca que o grau de cumprimento da legislação tributária não pode ser empiricamente explicado apenas pela análise econômica da sanção, ou seja, pela visão tradicional da economia do crime. Ressalta o Professor de Economia que[8]:

[7] MACHADO, Marta Rodriguez de Assis. MACHADO, Maira Rocha. O Direito Penal é capaz de conter a violência? In Manual de Sociologia Jurídica, CNJ, 2013. Disponível em http://www.cnj.jus.br/files/conteudo/arquivo/2016/02/50e7b679404d701e750a20f8ff7a4ee2.pdf. p. 340.

[8] "*A purely economic analysis of the evasion gamble suggests that most rational individuals should either underreport income not subject to source withholding or overclaim deductions not subject to independent verification because it is extremely unlikely that such cheating will be caught and penalized. However, even in the least compliant countries evasion seldom rises to levels predicted by a purely economic analysis, and in fact there are often substantial numbers of individuals who apparently pay all (or most) of*

Uma pura análise econômica da evasão fiscal sugere que a maioria dos indivíduos racionais deveria ou declarar a menor a renda não sujeita à retenção na fonte ou proceder à dedução de despesas que não estariam sujeitas à fiscalização porque é extremamente improvável que essa violação seja de fato identificada e punida. No entanto, mesmo em países com grau de cumprimento da lei baixo, a evasão fiscal raramente atinge os patamares previstos pela visão pura econômica, e de fato há um número substancial de indivíduos que aparentemente pagam todos (ou grande parte) de seus tributos sempre (ou quase sempre), independentemente dos incentivos financeiros que encontram no regime de cumprimento da lei. (tradução livre).

Além de não estar embasado em evidências empíricas, existe outro porém: o modelo de dissuasão presume a racionalidade do contribuinte e a sua capacidade de estimar probabilidades e custos/benefícios trazidos a valor presente. Mas faz sentido supor que os contribuintes são sempre racionais e de fato realizam esse cálculo (assumindo dados suficientes para realização do referido cálculo)?

A economia comportamental propõe que o ser humano não é tão racional quanto a economia tradicional tende a supor. É comum que o indivíduo tenha apego e vínculos emocionais, apresente vieses mais tendenciosos na sua análise, subestime fragilidades e problemas e superestime ganhos e probabilidades de sucesso[9]. Sua visão pode ser ainda enviesada conforme o meio-ambiente e experiências passadas, por exemplo. Portanto, mesmo o contribuinte mais racional teria dificuldade em estimar uma probabilidade de sofrer a punição, podendo errar, legitimamente, nesse cálculo.

Nesse sentido, contribuintes com perfil mais conservador e mais crentes na ética e na moral deveriam se sensibilizar muito mais com a mera existência das penalidades e superestimar o risco de ser punido. Contribuintes mais agressivos, por outro lado, poderiam, em sentido inverso, subestimar a real probabilidade de ser pego e menosprezar os efeitos negativos da penalização.

*their taxes all (or most) of the time, regardless of the financial incentives they face from the enforcement regime*". Cf. ALM, James. Obra citada, p. 9.

[9] Nessa linha, vale citar comentários de Cass R. Sunstein: "*People's judgments about fairness are self-serving; people also tend to be both unrealistically optimistic and overconfident about their judgments. (...) self-serving bias – a belief that one deserves more than other people tend to think* ". In Behavioral Analysis of Law. Disponível em: http://www.law.uchicago.edu/files/files/46.CRS_.Behavioral.pdf. pp. 1182 e 1183.

Portanto, ainda que a probabilidade possa ser estimada e o cálculo razoavelmente realizado, o contribuinte pode não ser inteiramente racional, o que por si só já prejudica a eficiência do modelo de dissuasão.

Isso pode nos levar a concluir que o modelo tradicional não se sustenta empiricamente, porque os estudos mostram que não há correlação direta entre o medo de punição/gravidade da sanção e o nível de cumprimento da lei. Além disso, apresenta uma fragilidade ao pressupor que o contribuinte sempre vai, racionalmente, ponderar riscos e probabilidades.

Ao questionar o modelo tradicional e propor uma visão mais abrangente para entender as razões que levam o contribuinte a cumprir ou não a lei tributária, James Alm levanta uma série de hipóteses, testando mediante levantamento de dados as principais: o grau de cumprimento das normas tributária é afetado por questões sociais, como o sentimento de injustiça fiscal? é afetado por corrupção e comportamento impróprio do próprio Governo? é impactado pela própria complexidade do sistema tributário? depende do comportamento social, de uma norma moral adotada pela sociedade que determina o cumprimento?

Alm mostra que a adoção do paradigma do crime, originado no modelo de dissuasão, justamente por considerar que o contribuinte é um infrator em potencial que precisa ser controlado por meio da sanção, acaba levando à adoção de medidas tradicionais para investigar e punir os infratores. Deixando esse paradigma de lado, Alm propõe um novo paradigma muito interessante: o "paradigma do serviço".

Segundo sua proposta, o grau de cumprimento da lei pode estar relacionado com o nível de bens e serviços públicos oferecidos pelo Estado. Ao criar mecanismos efetivos que auxiliam de fato os contribuintes, simplificando o cumprimento das obrigações, especialmente as acessórias, garantindo maior transparência e segurança, o Estado pode estimular os contribuintes a cumprirem espontaneamente a lei. O contribuinte deixaria de ser visto como um possível infrator e passaria a ser encarado como um "cliente" do Estado. Vale transcrever a proposta desse novo paradigma de Alm[10]:

[10] *"Instead, tax administrations in many countries are introducing policies that emphasize such things as developing taxpayer services to assist taxpayers in every step of their filing returns and paying taxes, broadcasting advertisements that link taxes with government services, simplifying taxes and the payment of taxes, and even promoting a taxpayer – and a tax administrator – "code of ethics". Put*

Diversamente, administrações tributárias em vários países estão introduzindo políticas que destacam tais aspectos como desenvolvimento de serviços aos contribuintes para auxiliá-los em cada passo no preenchimento de declarações e no pagamento de tributos, transmissão de propagandas que vinculam os tributos com os serviços públicos, simplificação dos tributos e do pagamento dos tributos, e até mesmo promoção de um "código de ética" dos contribuintes e da administração tributária. Assim, de forma distinta, o contribuinte não é mais visto simplesmente como um criminoso potencial mas sim como um cliente potencial, cujo comportamento depende mais de seus valores morais. Essas novas políticas sugerem muitos paradigmas adicionais para o paradigma da execução da lei além daquele que emerge da análise da economia do crime, paradigmas para os quais hoje emergem novas fundamentações teóricas, empíricas e experimentais.

No âmbito desse primeira paradigma – o paradigma tradicional da execução da lei – a ênfase é exclusivamente na repressão do comportamento ilegal por meio de frequentes fiscalizações e duras penas. Esse tem sido o paradigma convencional da administração tributária ao longo da história, e serve bem aos parâmetros do modelo de evasão fiscal baseado na teoria econômica do crime.

Um segundo paradigma reconhece o papel da execução da lei, mas também reconhece o papel da administração tributária como facilitador e provedor de serviços públicos para cidadãos – contribuintes. Esse novo "paradigma do serviço" para a administração tributária serve adequadamente a perspectiva que ressalta o papel do Estado como provedor de serviços em contrapartida do cumprimento da lei tributária; é também consistente com a visão

*differently, the taxpayer is no longer seen simply as a potential criminal but as a potential client, one whose behavior depends upon his or her moral values. These new policies suggest several additional paradigms for tax compliance beyond the one that emerges from the economics-of-crime analysis, paradigms for which there is now emerging much theoretical, empirical, and experimental support.*
*Under the first paradigm – the traditional "enforcement paradigm" – the emphasis is exclusively on repression of illegal behavior through frequent audits and stiff penalties. This has been the conventional paradigm of tax administrations throughout history, and it fits well the standard portfolio model of tax evasion based upon the economics-of-crime theory.*
*A second paradigm recognizes the role of enforcement, but also recognizes the role of tax administration as a facilitator and a provider of services to taxpayer-citizens. This new "service paradigm" for tax administration fits squarely with the perspective that emphasizes the role of government-provided services as considerations in tax compliance; it is also consistent with the view that the government has an incentive both to justify its actions and to convince taxpayers to pay taxes, all with the goal of maintaining power".* Cf. ALM, James. Obra citada, p. 23.

de que o Estado tem o incentivo de justificar suas ações e convencer os contribuintes a pagar tributos, tudo com o propósito de manter o poder.

Alm comenta que reformas estruturais nesse sentido em outros países tem se mostrado bem sucedidas em alcançar maior grau de cumprimento da lei: reformas como educação tributária dos contribuintes, assistência com o preenchimento de declarações, comunicação fácil e direta com as Autoridades Fiscais etc.

Em países em que os recursos públicos são bem geridos e que o Estado atua nessa condição de prestador de serviços, o grau de cumprimento da lei tributária tem se mostrado alto porque a própria população se sente satisfeita em pagar tributos e cumprir a lei. No caso da Suécia, por exemplo, estudos indicam que a população aparentemente feliz paga até 60% de Imposto de Renda[11], justamente por valorizar todas as contrapartidas que o Estado oferece, o que justamente pode comprovar a eficácia desse novo paradigma do serviço proposto por Alm.

## 3. A falência do modelo brasileiro

Além de altamente contestável do ponto de vista teórico, na prática é possível verificarmos a completa falência do atual modelo de penalidades tributárias no Brasil.

No nosso sistema atual, apenas uma pequena parcela dos contribuintes sente-se compelida a pagar seus tributos. Tanto é que o nosso *tax gap* – a diferença entre o que deveria ser arrecadado e o que de fato é – foi apurado em 2013 pela organização *Tax Justice Network* na ordem de quase 40% do PIB. Recente estudo divulgado em 2017 pela Organização das Nações Unidas ("ONU") estima que o *tax gap* no Brasil seria na ordem de 27%[12].

A ineficiência e ineficácia das normas tributárias sancionadoras pode ser evidenciada pelo volume de autuações e do contencioso tributário administrativo.

[11] Vide artigo disponível em https://www.theguardian.com/money/2008/nov/16/sweden-tax-burden-welfare.

[12] Vide http://economia.estadao.com.br/noticias/geral,evasao-fiscal-no-brasil-chega-a-27-do-total-arrecadado,70001631710.

Segundo dados fornecidos pela própria Receita Federal[13], no período de 2012 a 2015, as autuações federais totalizaram R$ 582.709.912.600, um aumento de 59,1% em comparação com o período de 2008 a 2011, cujo montante autuado correspondeu a R$ 366.300.375.191. O total do passivo tributário dos contribuintes administrado pela Receita Federal totalizou R$ 1,5 trilhão em dezembro de 2015[14]. Conforme informado pelo Conselho Administrativo de Recursos Fiscais ("CARF"), em novembro de 2016 o total de processos pendentes de julgamento no Conselho era de 119.287 mil, totalizando R$ 608.862.288.965 bilhões[15]. Há, ainda, 240 mil processos em discussão na primeira instância administrativa, que somam outros R$ 193 bilhões aproximadamente, segundo informações do Secretário da Receita Federal Jorge Rachid em 2016[16].

Segundo dados do CARF divulgados em 2016, neste ano o índice de sucesso dos contribuintes nos recursos apresentados administrativamente (Recursos Voluntários e Especiais) girou em torno de 52%. Ou seja, 48% das autuações foram mantidas[17]. Os números apresentados pelo CARF foram já bastante criticados e até rebatidos, sendo que novas pesquisas sugerem que o percentual de sucesso seria na realidade bem menor, da ordem de 38% apenas[18].

No âmbito judicial, conforme dados recentes[19], estima-se que ao final de 2015 os créditos tributários da Fazenda Nacional correspondiam

[13] Disponível em: https://idg.receita.fazenda.gov.br/dados/resultados/fiscalizacao/arquivos-e-imagens/plano-anual-fiscalizacao-2016-e-resultados-2015.pdf. (p. 6).

[14] Disponível em http://idg.receita.fazenda.gov.br/orientacao/tributaria/pagamentos-e-parcelamentos/arquivos-e-imagens-parcelamento/estudo-sobre-os-impactos-dos-parcelamentos-especiais.pdf. (p. 10).

[15] Disponível em http://idg.carf.fazenda.gov.br/dados-abertos/relatorios-gerenciais/comportamento-e-estoque-carf-201611.pdf. (p. 3).

[16] Disponível em http://www2.camara.leg.br/camaranoticias/noticias/ECONOMIA/506877-SECRETARIO-DA-RECEITA-DIZ-QUE-EXISTEM-117-MIL-PROCESSOS-NO-CARF,-QUE-SOMAM-R$-600-BILHOES.html.

[17] Disponível em: https://idg.carf.fazenda.gov.br/noticias/2016/relatorio-julgamentos-do-carf-jan_ags_2016-1.pdf.

[18] Vide, a título exemplificativo, artigo de Cristiane Leme e Susy Gomes Hoffmann disponível em http://jota.info/colunas/observatorio-do-carf/observacoes-sobre-o-relatorio-das-decisoes-carf-publicado-pelo-carf-04112016.

[19] Vide em: http://www.valor.com.br/legislacao/4866584/uma-solucao-para-cobranca-da-divida-ativa.

a cerca de R$ 2 trilhões. A Procuradoria-Geral da Fazenda Nacional ("PGFN") indicou que o índice de sucesso anual na recuperação judicial dos créditos é de apenas 1%.

As multas, de ofício e agravadas, seguem nesse contencioso volumoso, mitigado pelos programas de parcelamentos e anistias que reduzem significativamente os valores de multas e juros.

Seriam os programas de parcelamentos de débitos tributários e anistias fiscais o próprio reflexo da falência e ineficiência do sistema de penalização tributário? O último Estudo sobre Impactos dos Parcelamentos Especiais divulgado pela Receita Federal[20] traz aspectos interessantes a respeito dos programas de parcelamento, dos quais vale citar 3 principais.

O primeiro é a recorrência da concessão de programas de parcelamento – foram 4 programas principais desde 2000, tendo sido o último programa (Refis da Crise de 2009) reaberto mais 4 vezes, sem contar os inúmeros outros programas específicos/setoriais, que foram 19 nos últimos 10 anos.

O segundo aspecto que merece destaque é a benesse na concessão de significativas reduções das multas, de ofício e isoladas, e dos juros nos programas de parcelamento federais. No REFIS de 2000, não havia percentual específico de redução de multa e juros, na medida em que o valor devido era calculado considerando a receita bruta da empresa. Mas nos programas de 2003, 2006 e 2009 (PAES, PAEX e Refis da Crise), as reduções das multas foram muito interessantes, chegando a, respectivamente, 50%, 80% e até 100%, conforme as modalidades de adesão.

De forma similar, nos programas setoriais as reduções de multas em patamares altos foram igualmente atrativas aos contribuintes, conforme indica o Estudo da Receita Federal acima mencionado.

Ainda, alguns programas permitiram a utilização de prejuízos fiscais e base negativa de CSL para abater justamente multa e juros – foi o caso do REFIS de 2000, do Refis da Crise e suas reaberturas, e do atual programa instituído pela MP nº 766/2017 (que inclusive permite tal utilização para quitação do principal) – o que evidentemente consiste em

[20] Disponível em http://idg.receita.fazenda.gov.br/orientacao/tributaria/pagamentos-e-parcelamentos/arquivos-e-imagens-parcelamento/estudo-sobre-os-impactos-dos-parcelamentos-especiais.pdf.

um incentivo adicional para adesão, pois, além da vantagem financeira de reduzir o montante da dívida e parcelar ao longo dos meses, gerando fluxo de caixa para as empresas, é possível nessas situações ainda liquidar parte significativa da dívida com o uso de prejuízos e base negativa, sem efetivo desembolso financeiro.

Por fim, o terceiro aspecto relevante é o aumento significativo de adesões dos contribuintes ao longo dos programas. Enquanto no primeiro REFIS de 2000 foram 129.181 adesões, o número mais do que duplicou no REFIS de 2003 (PAES), totalizando 374.719. Apesar da menor aderência ao PAEX de 2006, o total de adesões foi muito grande no Refis da Crise de 2009, atingindo a marca de 536.697 adesões.

Há dois aspectos importantes a serem abordados. Primeiro, a relação entre a recorrência e o volume de adesões aos programas de parcelamentos e anistias e a ineficácia do sistema tributário como um todo. A Receita Federal reconheceu a relação entre essas duas variáveis, como se constata nos trechos extraídos do Relatório de Auditoria Anual de Contas de 2015[21]:

> A análise apresentada pela RFB, juntamente com os morosos processos tributários, administrativos e judiciais, reforçam as consequências negativas da complexa legislação tributária nacional.
>
> Segundo Estudo do Banco Internacional para Reconstrução e Desenvolvimento (BIRD), Barreiras Jurídicas, Políticas e Administrativas aos Investimentos no Brasil, 2001, pág. 169/170, não muito recente (2001), mas que ainda reflete a realidade atual, o Sistema Tributário Nacional (STN) é bastante complexo e causa desequilíbrios negativos à economia nacional. (...)
>
> Estudos do BIRD demonstram que o sistema tributário nacional é complexo e ineficiente, sendo um dos fatores que pressionam os contribuintes, principalmente os mais bem assessorados, a dedicarem boa parte dos seus recursos em planejamento tributário, aproveitando-se das "brechas" da legislação, formulando teses e entendimentos nos morosos contenciosos administrativos e judiciais. Essa questão é agravada com a possibilidade de os contribuintes usufruírem dos parcelamentos especiais de longos prazos (...).

[21] Disponível em: http://idg.receita.fazenda.gov.br/sobre/prestacoes-de-contas/arquivos-e-imagens/2015/relatorio-de-auditoria-anual-de-contas-2015.pdf.

Segundo aspecto: será que a recorrência e a constante redução dos valores de multa e juros dos programas de parcelamento pode gerar uma expectativa nos contribuintes de que sempre haverá uma forma razoável de liquidar seus passivos tributários no futuro próximo, e, consequentemente, impactar o seu comportamento e sua decisão de cumprir (ou não) as normas tributárias e pagar os tributos em dia?

No mencionado Estudo, a própria Receita Federal admitiu de forma expressa que "***a instituição de modalidades especiais de parcelamento de débitos,*** *com reduções generosas de multas, juros, e também encargos legais cobrados quando da inscrição em Dívida Ativa da União* ***vem influenciando de forma negativa o comportamento do contribuinte no cumprimento voluntário da sua obrigação****, evidenciando assim uma cultura de inadimplência*".

No Relatório de Auditoria Anual de Contas de 2015 novamente comenta que "*a RFB demonstrou com dados e estudos que a instituição desses benefícios de maneira reiterada tem um efeito negativo no comportamento da arrecadação induzida, pois os contribuintes acabam protelando ao máximo o recolhimento dos tributos à espera de um outro Refis, principalmente os grandes contribuintes*".

A pesquisa recentemente divulgada por Nelson Leitão Paes, pesquisador da Universidade Federal de Pernambuco e do Conselho Nacional de Desenvolvimento Científico e Tecnológico ("CNPq"), confirma a afirmação da Receita Federal, ao indicar que a constante concessão de programas de parcelamentos gera expectativa negativa, desestimulando os contribuintes a pagarem seus tributos[22]. Em regra, os contribuintes brasileiros tendem a pagar 66% dos seus tributos, percentual que se reduziria para quase 60% em razão dos programas de parcelamento.

Segundo dados da Receita obtidos no mesmo Relatório de Auditoria Anual de Contas de 2015 citado, a mera expectativa de parcelamentos e anistias tributárias reduziria em 5,8% o incremento da arrecadação para as empresas que aderiram, em comparação com as que não aderiram. Ainda, "*após a opção pelo parcelamento, pelos modelos apresentados, o "efeito colateral" acarreta um decréscimo estimado de 1,5% (um vírgula cinco por cento) no incremento esperado da arrecadação induzida*". Há outros estudos similares internacionalmente, que também concluem que programas de

[22] Disponível em http://www.anpec.org.br/revista/vol13/vol13n2p345_363.pdf.

anistias fiscais geram baixo efeito no grau de cumprimento de obrigações tributárias[23].

A última medida, muito recentemente instituída pela Medida Provisória nº 766/2017, o Programa de Regularização Tributária, instituiu um novo parcelamento mais moderado, na medida em que não trouxe qualquer redução de juros e multa. Esse último programa seguiu uma linha mais austera do Governo Federal, justamente em face das inúmeras críticas aos programas anteriores. Por outro lado, ao permitir a utilização de prejuízos fiscais e base negativa para quitar até 80% das dívidas perante à Receita Federal, inclusive principal, novamente o programa acaba desestimulando o cumprimento das obrigações tributárias.

Mesmo diante desses dados, é contra intuitivo pensar em um ordenamento sem qualquer penalidade em matéria tributária. Entretanto, é preciso esquecer por um momento o modelo existente que condiciona o nosso racional há tanto tempo e pensar formas alternativas para lidar com a questão das penalidades, como é o propósito desta obra como um todo.

## 4. O descumprimento não intencional: o contribuinte infrator inconsciente

Nos trechos anteriores, trabalhamos com a hipótese do contribuinte infrator intencional para questionar o modelo de penalidades tributárias atual. Mas essa hipótese não é generalizante. O contribuinte pode querer cumprir a legislação tributária, mas por vários fatores estar impossibilitado de assim fazê-lo.

Por exemplo, para rebater a informação divulgada pelo Banco Mundial de que seriam necessárias 2.600 horas no ano para cumprir todas as obrigações tributárias, a Receita Federal, em conjunto com a Federação Nacional das Empresas de Contabilidade ("FENACON"), divulgou estudo estimando que as empresas brasileiras gastam 600 horas para cumprir suas obrigações tributárias, assumindo uma empresa com 60 funcionários, atuando em um único Estado (São Paulo ou Rio de Janeiro)[24].

[23] Vide, a título exemplificativo, o texto *Tax amnesties, justice perceptions, and filing behavior: a simulation study*. disponível em https://www.ncbi.nlm.nih.gov/pmc/articles/PMC2948559/.

[24] Vide o artigo "Estudo da Receita Federal mostra avanços trazidos pela simplificação tributária" na Revista Fato Gerador, 11ª edição, 1º semestre de 2016. Disponível em: https://idg.receita.fazenda.gov.br/publicacoes/revista-fato-gerador/revista-fato-gerador-11edicao.pdf. p. 16.

A própria complexidade do sistema tributário, refletida nas 2.600 ou mesmo nas 600 horas necessárias a cumprir somente as obrigações tributárias, a insegurança trazida pela imprecisão das normas tributárias – um bom exemplo é a problemática do creditamento na sistemática não-cumulativa do PIS/COFINS[25] – e a instabilidade jurisprudencial podem ser razões pelas quais os contribuintes, ainda que queiram cumprir suas obrigações tributárias, não consigam assim fazer.

Como a própria Receita Federal reconheceu no Relatório de Auditoria Anual de Contas de 2015 mencionado acima, os órgãos internacionais, como o Banco Internacional para Reconstrução e Desenvolvimento ("BIRD"), já emitiram uma série de relatórios e análises atestando os inúmeros problemas da nossa realidade tributária. Muito se fala em "custo Brasil", sendo que o "custo tributário" tem um próprio peso à parte, muito significativo.

Interessante estudo formulado pela Ernst & Young a pedido da Confederação Nacional da Indústria ("CNI") simulou o custo tributário no caso do setor de siderurgia, mais especificamente, na instalação de uma siderurgia no Brasil, comparando com outros países como México e Reino Unido[26]. Além do custo dos próprios tributos, o estudo concluiu que "*os demais países do estudo possuem sistemas tributários mais simples e com regras que reduzem o custo tributário sobre os investimentos. Enquanto no Brasil a empresa está sujeita à incidência de sete tributos nas aquisições de bens e serviços, no Reino Unido são apenas dois tributos e no México e na Austrália incidem três tributos*". Dentre as propostas para reduzir a complexidade do sistema, vale citar: melhoria do sistema, desburocratização e simplificação do sistema, fortalecimento da segurança jurídica e investimento na relação entre Fisco e contribuinte.

Tamanha a complexidade do sistema tributário que recentemente foram retomadas as discussões pelo próprio Governo[27] e pelo Poder Legis-

[25] Disponível em http://jota.info/tributario/credito-universal-de-piscofins-encerraria-industria-de-litigios-diz-rachid-21092016.

[26] O custo tributário do investimento: as desvantagens do Brasil e as ações para mudar. 2014. Disponível em http://portal.tcu.gov.br/lumis/portal/file/fileDownload.jsp?fileId=8A8182A14939ECF401497AD805E852F5.

[27] Veja compromisso assumido nesse sentido pelo Presidente Michel Temer em http://economia.estadao.com.br/noticias/geral,proxima-reforma-sera-a-simplificacao-do-sistema-tributario-diz-temer,70001632855.

lativo[28] quanto à possível reforma tributária ou, de forma mais pontual, dos tributos mais complicados, como é o caso da sistemática não-cumulativa do PIS/COFINS, reconhecidamente falida pelo próprio Governo[29].

São apenas alguns exemplos para mostrar que, ainda que com boa intenção, o contribuinte pode acabar descumprindo a legislação tributária sem qualquer culpa ou dolo, mas pela mera complexidade do sistema.

## 5. Conclusão: alternativas que merecem atenção

Demonstrada a ineficácia e ineficiência do modelo atual de penalização tributária, por meio do alto volume de contencioso e grande volume de adesões a programas de parcelamentos e anistias tributárias, e discutidas as hipóteses que possivelmente levam ao baixo grau de cumprimento da legislação tributária – a decisão consciente de não cumprir, seja pelo cálculo racional envolvido na economia do crime ou pelo descumprimento não intencional causado pela complexidade do sistema – podemos concluir que o atual paradigma da penalização baseado na figura do contribuinte infrator que deve ser desestimulado a descumprir a lei mediante a imposição de sanções chegou ao seu limite.

O novo paradigma do serviço proposto por Alm se encaixa bem na nossa realidade: é preciso buscar formas de estimular o cumprimento da lei, não por meio da imposição de sanções, mas por formas alternativas. A prestação de serviços de qualidade pelo Estado e a criação de um canal transparente e qualificado de diálogo entre Fisco e contribuinte e a simplificação do sistema tributário têm um potencial de estimular o comportamento positivo dos contribuintes. Sabemos, contudo, que esse primeiro conjunto de medidas requer um longo prazo.

A segunda alternativa será incrivelmente facilitada se implementada a terceira (simplificação). Ideias de reforma tributária tem sido há anos discutidas, e retomadas com maior intensidade nos últimos tempos, para buscar um modelo mais eficiente, transparente, estável e razoável

[28] Detalhes disponíveis em http://www2.camara.leg.br/camaranoticias/radio/materias/RADIOAGENCIA/521775-NOVA-PROPOSTA-PREVE-REDUCAO-DE-TRIBUTOS-E-FIM-DA-%E2%80%9CGUERRA-FISCAL%E2%80%9D.html.

[29] Tanto é que o Governo apresentou um projeto de total reforma das contribuições. Disponível em http://fazenda.gov.br/centrais-de-conteudos/apresentacoes/2015/apresentacao-novo-pis-03-12-15-v130-cotex.pptx/view.

para os contribuintes. A melhoria do sistema tributário como um todo certamente levaria a um grau maior de cumprimento da legislação – a lei mais simples de ser compreendida e aplicada gera mais facilidade do seu cumprimento.

Ainda, ao invés de punir, o Estado pode (i) buscar constranger os contribuintes ao pagamento de outras maneiras, focando no dever moral de pagar tributos; ou mesmo (ii) premiar os contribuintes, invertendo a lógica e a premissa que todo contribuinte é devedor e sonegará assim que tiver a primeira possibilidade.

Nesse sentido, técnicas pontuais podem também mitigar a ausência de relação transparente e cooperativa e estimular o cumprimento de obrigações. Cite-se, por exemplo, a técnica conhecida como *naming and shaming*, geralmente utilizada no contexto pelo Fisco para chamar a atenção do público em geral em relação aos contribuintes devedores. Essencialmente, consiste na divulgação pública, por meio de listas e registros, dos indivíduos e empresas condenados por esquemas de sonegação fiscal e planejamentos tributários mais agressivos.

O propósito dessa estratégia é literalmente apontar o dedo aos contribuintes sonegadores e buscar sensibilizar a população a reagir a esse tipo de conduta adotada. Quando a população, ainda que leiga, tem acesso a uma informação mais sintética que relaciona quais empresas foram condenadas por esquemas tributários abusivos, existe maior chance de causar danos reputacionais, prejudicando a imagem da empresa, o que pode, por exemplo, impactar diretamente o seu valor de mercado (preço das ações)[30].

Aqui já existem alguns mecanismos que trazem técnicas relacionadas ao *naming and shaming*. A Procuradoria-Geral da Fazenda Nacional ("PGFN") há tempos divulga lista dos grandes contribuintes[31].

[30] Assim, alguns Governos, como é o caso do Reino Unido e de Portugal, por exemplo, tem se valido desse tipo de divulgação para apontar quem são os contribuintes que não tem pago os seus tributos utilizando esquemas abusivos e ilegais.

[31] Até 2015, a PGFN divulgava uma lista geral com os 500 maiores devedores do Fisco, indicando o nome dos devedores e os totais de tributos devidos. Essa lista era divulgada na mídia mas, por não permitir uma compreensão tão fácil, possivelmente não trazia o impacto necessário. Além disso, por constar valores que estavam sendo pagos (parcelamentos), valores garantidos e suspensos judicialmente, a lista tratava devedores com perfis totalmente distintos da mesma forma. Ou seja, não permitia identificar de fato quem eram as pessoas e empresas que efetivamente estavam envolvidas em graves esquemas de corrupção e fraude tributária.

A mesma ideia da lista que aponta devedores pode ser ainda invertida: divulgação das empresas que tem menos autuações e litígios contra o Fisco e que são mais adimplentes com as suas obrigações tributárias.

Muito embora o nível de responsabilidade social e dever moral de pagar tributos ainda seja baixo na maior parte da sociedade brasileira, iniciativas como estas podem eventualmente ter algum impacto positivo.

Por fim, ao invés de focar no modelo tradicional de imposição de penalidades severas, uma boa alternativa seria investir na capacidade de as Autoridades Fiscais em detectarem e identificarem os contribuintes que deixaram de pagar seus tributos. Há tempos o Fisco brasileiro é conhecido mundialmente pelo seu alto grau de tecnologia e inteligência[32].

Desde 2007, com a criação do Sistema Público de Escrituração Digital ("SPED"), a Receita Federal tem se aprimorado cada vez. Com tantas inovações, como nota fiscal eletrônica, e-SOCIAL, e-FINANCEIRA, escrituração digital etc., hoje o cruzamento de informações é extremamente eficiente e permite que o Fisco identifique a inadimplência de forma rápida. Sem contar a integração entre os Fiscos federal, estadual e municipal e entre os demais órgãos como BACEN, SUSEP, CVM etc.

A própria Receita Federal reconhece que um dos principais fatores que explicam o elevado número de autuações é o alto investimento em Tecnologia da Informação ("TI"), o qual permite uma análise rápida de um volume considerável de informações dos contribuintes[33].

Se o Fisco investir cada vez mais em TI e o governo na simplificação do sistema tributário, a razoabilidade e a probabilidade de ser pego tende a aumentar, tornando desnecessária a imposição de um sistema gravoso de penalização-indutor como o que temos hoje.

A partir de 2015, com impulso do ex-Ministro Joaquim Levy, a PGFN modificou a divulgação da lista e editou uma nova versão que apresenta os devedores por Estado, Município e por setor de atividade econômica. A nova versão agora exclui os contribuintes que parcelaram dívidas e débitos com exigibilidade suspensa em discussão judicial.

[32] Vide reportagem de 2010 que já noticiava o alto grau de eficiência do Fisco Federal: http://www.worldfinance.com/wealth-management/tax/brazil-8232engages-8232tax-8232technology.

[33] Disponível em https://idg.receita.fazenda.gov.br/dados/resultados/fiscalizacao/arquivos-e-imagens/plano-anual-fiscalizacao-2016-e-resultados-2015.pdf.

## Referências

ALM, James. Measuring, Explaining, and Controlling Tax Evasion: Lessons from Theory, Experiments, and Field Studies Working Paper 1213, July 2012. Disponível em http://econ.tulane.edu/RePEc/pdf/tul1213.pdf.

COOTER, Robert. The Legal Construction of Norms: Do Good Laws Make Good Citizens? An Economic Analysis of International Norms". 2000. Disponível em: http://scholarship.law.berkeley.edu/cgi/viewcontent.cgi?article=2640&context=facpubs.

MACHADO, Hugo de Brito. Crimes contra a ordem tributária. 2ª edição. São Paulo: Atlas, 2009.

MACHADO, Marta Rodriguez de Assis. MACHADO, Maira Rocha. O Direito Penal é capaz de conter a violência? In Manual de Sociologia Jurídica, CNJ, 2013. Disponível em http://www.cnj.jus.br/files/conteudo/arquivo/2016/02/50e7b679404d701e750a20f8ff7a4ee2.pdf.

# Reestruturação do Processo Tributário Brasileiro e o CPC/2015

# Redução do Contencioso Administrativo Fiscal: Alteração na Estrutura do Carf, Imparcialidade e o Novo CPC

SIDNEY STAHL*

## 1. Introdução

***Missão:*** *Assegurar à sociedade imparcialidade e celeridade na solução dos litígios tributários.*

(Missão constante do site institucional do CARF).

A constituição do crédito tributário é realizada pelo lançamento que é descrito no artigo 142 do Código Tributário Nacional[1] como sendo o procedimento administrativo tendente a verificar a ocorrência do fato gerador da obrigação correspondente, determinar a matéria tributável, calcular o montante do tributo devido, identificar o sujeito passivo e, sendo caso, propor a aplicação da penalidade cabível.

* É advogado militante, Mestre em Direito Constitucional e Doutor em Direito Tributário pela Pontifícia Universidade Católica - PUC/SP. Pós-graduado *lato sensu* em Administração Contábil e Financeira (CEAG) pela Fundação Getúlio Vargas de São Paulo. Foi conselheiro titular da 3ª Seção do Conselho Administrativo de Recursos Fiscais do Ministério da Fazenda – CARF.

[1] Brasil, Lei nº 5.172, de 25 de outubro de 1966, denominado Código Tributário Nacional.

Feita a constituição do crédito pelo lançamento é facultado ao contribuinte iniciar o processo de revisão do crédito tributário, impugnando-o e dando início a um processo administrativo.

Muitos doutrinadores entendem, com o que concordo, que se trata de atividade administrativa de revisão do crédito tributário e não de processo tributário propriamente dito, no mínimo, não deveria ter a vertente de processo.

Alberto Xavier[2] entende que não há no *processo administrativo* a lide, considerando que ele não expressa um litígio entre o contribuinte e o fisco, mas um procedimento de *descoberta da verdade material.*

No mesmo caminho Luís Eduardo Schoueri e Gustavo Emílio Contrucci A. de Souza[3] expõem que não há no "processo administrativo" pretensão processual da administração porque como a administração está obrigada a operar conforme a Lei, não tendo vontade própria, *o fundamento do "processo" administrativo tributário não é o direito das partes, mas sim a verificação da possibilidade de concretização ou não do lançamento.*

Entretanto, esse processo de revisão do crédito tributário se configura no Brasil como um ato de jurisdição formalmente instituído e com princípios próprios, por um lado e por outro acaba por antecipar o confronto entre a administração e o cidadão em termos fiscais tornando o procedimento de revisão do lançamento em um processo com efetiva litigiosidade obrigando-nos a classifica-lo entre os procedimentos contenciosos.

No âmbito federal o processo administrativo de revisão do lançamento se encerra no CARF.

O CARF[4] – Conselho Administrativo de Recursos Fiscais é o órgão colegiado judicante, paritário, ao qual compete julgar recursos de ofício e voluntários de decisão de primeira instância, bem como recursos espe-

[2] XAVIER, Alberto. Do lançamento: teoria geral do ato, do procedimento e do processo tributário. 2ª ed. Rio de Janeiro: Forense, 1998.

[3] SCHOUERI, Luís Eduardo; SOUZA, Gustavo Emílio Contrucci A. de. Verdade material no "processo" administrativo tributário. In: ROCHA, Valdir de Oliveira. (Coord.). Processo administrativo fiscal. 3º v., p. 140-173, São Paulo: Dialética, 1998.

[4] Conselho Administrativo de Recursos Fiscais, que a partir de agora, nesse texto me referirei como CARF ou Conselho, livremente.

ciais, sobre a aplicação da legislação referente a tributos administrados pela Secretaria da Receita Federal do Brasil[5].

A existência de um sistema de revisão dos lançamentos, conforme apontamos, é parte processo de constituição do crédito tributário e nele é previsível e é até aceitável alguma litigiosidade, entretanto, no Brasil experimentamos um elevado nível de litigiosidade fiscal, muito acima dos limites que o senso médio pode entender aceitável.

Um excesso de demandas fiscais gera para o tesouro um atraso no recebimento dos créditos tributários e para os contribuintes, um custo administrativo que poderia ser utilizado para aumentar a competitividade. Para o país, gera insegurança jurídica e institucional, o que implica em menor investimento pela falta de estabilidade orgânica.

A causa dessa excessiva litigiosidade também nos parece sistêmica.

Primeiramente a emulação institucionalizada decorre do procedimento adotado de revisão do lançamento que se dá exclusivamente por meio de processo no qual a Fazenda é parte demandante, quer dizer, afastando-se das lições supra apontadas[6] na qual a administração não deveria ser parte litigante do processo de revisão – porque o seu papel não é litigar, mas aplicar a lei da maneira mais justa e correta, examinando se ocorreu ou não o fato jurídico tributável, – o Fisco no Brasil exerce a defesa do crédito, invariavelmente independentemente de razão legal.

É preciso, por honestidade acadêmica, apontar que alguns membros da administração fazendária fazem o contraponto em relação ao entendimento de que a Fazenda é parte litigante no processo de revisão do lançamento – posicionam-se no sentido de que, apesar do fato de a Administração Pública ter por finalidade dar cumprimento à lei, não se pode afastar o que eles entendem ser a 'pretensão da Administração'. Esta pretensão, em sentido amplo, é fazer cumprir o que está determinado em lei, mas, em sentido estrito, entendem que significa a pretensão de fazer cumprir aquilo que a Administração entende ser o correto em face da lei.

Obviamente não concordamos com isso, especialmente, mas não somente, se houver um grande número de conflitos sobre o mesmo tema.

[5] BRASIL, Lei nº 11.941, de 27 de maio de 2009, art. 48.

[6] Ver acima as referências a (Xavier, 1998) e (Schoueri, et al., 1998).

Como sabemos o lançamento é ato administrativo e, em decorrência do princípio da legalidade expresso no artigo 34 da Constituição Federal e do disposto no Código Tributário Nacional, é atividade plenamente vinculada.

Não poderia deixar de ser. Ante o princípio da vinculação dos atos administrativos, a autoridade competente deve agir atendo-se aos limites impostos pela norma, no dizer de Hely Lopes Meireles[7]:

*Atos vinculados ou regrados são aqueles para os quais a lei estabelece os requisitos e condições de sua realização. Nessa categoria de atos, as imposições legais absorvem, quase que por completo, a liberdade do administrador, uma vez que sua ação fica adstrita aos pressupostos estabelecidos pelo Poder Público para a validade da atividade administrativa. Desatendido qualquer requisito, compromete-se a eficácia do ato praticado, tornando-se passível de anulação pela própria Administração, ou pelo Judiciário, se assim o requerer o interessado.*

Expõe o Prof. Doutor Eurico Marcos Diniz de Santi[8] uma preciosa lição (destacamos):

*Quando o art. 142 dispõe em seu parágrafo único que a "atividade de lançamento é vinculada e obrigatória", prescreve como devem ser arranjados os pressupostos do suporte fáctico do ato-norma de lançamento.*

*Nos atos administrativos vinculados existe prévia e objetiva tipificação legal **do único comportamento possível da administração em face de dado fato jurídico**.*

Assim, a discricionariedade do agente deve ser reduzida, segregando-se quem aplica e quem interpreta a "aquilo que a Administração entende ser o correto em face da lei", quem lança não pode dirimir *sponte propria* incertezas orgânicas.

E isso não quer dizer, apenas para se esclarecer o nosso posicionamento, que não pode haver qualquer discricionariedade no lançamento, ao contrário do que propõe Bernardo Ribeiro de Moraes e Ives Gandra da Silva Martins. A discricionariedade relativa do auditor é fundamental para que possa lançar corretamente, serve para verificar a ocorrência do fato gerador, mas é o contraditório que limita a discricionariedade da autoridade fiscal e por isso deve ser atribuição distinta da autoridade lançadora.

[7] MEIRELLES, Hely Lopes, Direito administrativo brasileiro, 19ª Edição, 2001, São Paulo: Malheiros Editores, p.150.

[8] SANTI, Eurico Marcos Diniz de, Lançamento Tributário, 1996 Ed. Max Limonad, p. 142.

Rubens Gomes de Sousa[9] apontou, já em 1943 o seguinte (texto conforme original):

*"1. Escrevendo em 1943 um trabalho de feitio acadêmico sôbre o mesmo assunto destas notas deixamos consignadas algumas considerações cuja oportunidade só se pode dizer que tenha aumentado com o tempo decorrido (Rubens Gomes de Sousa, A Distribuição da Justiça em Matéria Fiscal. São Paulo, 1943, ps. 10 e segs.). O crescimento e a difusão do fenômeno tributário, especialmente acentuados depois da primeira guerra mundial, tiveram duas origens principais: o intervencionismo cada vez mais acentuado do Poder Público nas atividades privadas, trazendo consigo a necessidade de novos órgãos e serviços administrativos e por conseguinte a exigência de novos recursos orçamentários, e a substituição das antigas noções civilistas e liberais quanto à natureza do impôsto, pelas noções, próprias ao direito público, da sujeição ao poder impositivo do Estado como elemento da soberania, e da generalização da participação individual nos encargos coletivos da nacionalidade. A essas duas razões poder-se-ia acrescentar uma terceira, de natureza mais geral e por assim dizer anterior aos problemas tributários propriamente ditos, e que vem a ser o emprêgo declarado do poder tributário na atuação da política social e econômica do Govêrno, concepção a princípio discutida mas atualmente aceita sem controvérsias, e por fôrça da qual o impôsto deixou de ser simplesmente um meio de proporcionar recursos financeiros para se tornar um poderoso instrumento de ação do Estado no terreno sociológico."*

Lembremo-nos que direito é sempre uma relação pela óptica da interação humana. Tributação também o é. Se o é, ocorre entre dois sujeitos; um é obrigado a algo, outro recebe uma permissão para cobrar. O primeiro, sujeito passivo, é o contribuinte. O segundo, sujeito ativo, o Estado ou quem personifique o poder.

O fiscal está limitado no lançamento, o julgador pode agir de modo mais isento na sua revisão.

Também é causa da litigiosidade o fato das autuações serem, por vezes, extremamente agressivas no sentido de que a administração tributária interpreta e reinterpreta as normas para buscar possíveis créditos, a exemplo das discussões quanto ao aproveitamento do ágio decorrente da aquisição de sociedades por valor superior ao seu patrimônio

[9] SOUSA, Rubens Gomes de. Reflexões sôbre a reforma da justiça fiscal. **Revista de Direito Administrativo**, Rio de Janeiro, v. 16, p. 1-18, jan. 1949. ISSN 2238-5177. Disponível em: <http://bibliotecadigital.fgv.br/ojs/index.php/rda/article/view/10946>. Acesso em: 24 Jan. 2017. doi:http://dx.doi.org/10.12660/rda.v16.1949.10946.

líquido, especialmente quando as aquisições são entre empresas de grupos empresariais distintos.

Certamente se a administração concentrasse os lançamentos nos casos evidentes de descumprimento das normas ou sonegação, ao invés de lançar tributos com base nas opiniões discricionárias que tem sobre a forma que a lei deve ser aplicada, o nível de litigiosidade seria menor.

Por outro lado, a complexidade e a falta de clareza das normas implica também em maior litigiosidade, se as normas fossem mais claras haveria menos espaço para disputas. Soma-se a isso a resistência do executivo em encaminhar alterações legislativas que tornem mais claras as leis com excesso de contestação.

Também, há historicamente no Brasil um sem número de mecanismos de privilégios que incentivaram a resistência individual de pagar tributos, não somente os motivos meramente axiológicos, mas também os "incentivos" históricos que estimulam os contribuintes a resistirem ao pagamento dos tributos.

Durante toda a história republicana, os contribuintes receberam um gama de demonstrações de que o Estado age frente aos contribuintes ora com rigor, ora com benevolência, e essas benesses, via de regra, são dadas àqueles que reagem. Isso se fez mediante anistias parciais ou totais de tributos e de procedimentos de reescalonamento de débitos e transação legal de dívidas tributárias. Os exemplos são diversos desde os mecanismos de parcelamento até algumas anistias, nos quais quem esteve discutindo judicialmente ou administrativamente qualquer tributo com a União Federal pode, desistindo da ação, fazer o pagamento com remissão da multa e outras benesses.

Assim, apenas para aqueles que discutiram a validade do tributo, quer legitimamente, quer apenas por espírito emulativo, quer para usufruir as vantagens do tempo que envolve discussões legais, as vezes por anos a fio, foi-lhes dada a vantagem de poderem pagar dívidas tributárias com condições favoráveis.

Isso, mesmo que subliminarmente, implica em carregar uma mensagem ao contribuinte com o significado de que é melhor, é mais vantajoso, é mais adequado discutir qualquer exação no lugar de pagá-la, porque em algum momento futuro será oferecida condição oportuna para regularização. São essas as cargas e influências do passado que são construtivas do presente. Nesse caso, arraigadas na personalidade do contribuinte por culpa única e exclusiva das políticas tributárias.

Todos os raciocínios que se referem aos fatos parecem fundar-se na relação de causa e efeito. Apenas por meio dessa relação ultrapassamos os dados de nossa memória e de nossos sentidos.

Conforme Hume[10], um homem, ao encontrar um relógio ou qualquer outra máquina numa ilha deserta, concluiria que outrora havia homens na ilha. Todos os nossos raciocínios sobre os fatos são da mesma natureza. E, constantemente, supõe-se que há uma conexão entre o fato presente e aquele que é inferido dele. Se não houvesse nada que os ligasse, a inferência seria inteiramente precária. Como a mensagem é intermitentemente de confrontar a estrutura tributária e, posteriormente, conseguir a vantagem, se for adequado dizer, é melhor optar pelo confronto.

O objetivo desse artigo é, examinando algumas das causas acima, propor alterações efetivas na estrutura do CARF a permitir que o mesmo possa atuar de modo mais eficiente e imparcial.

## 2. Dos Dois Tipos de Conflitos e os Diversos Atores

Para que se possa analisar as causas que implicam diretamente na litigiosidade existente e combate-la é preciso diferenciar, de modo preliminar, dois tipos de discussões: as discussões que servem para interpretar a lei e as discussões destinadas a examinar os fatos em concreto.

Casos interpretativos são, mais complexos no sentido que a disputa entre as partes é mais dialética e menos pragmática. O exame dos fatos, por outro lado, tende a ser mais suscetível de aplicações práticas e consequentemente menos suscetível a litigiosidade.

Separar esses dois tipos de discussão ajudará a avaliar, *prima facie*, os focos de litigiosidade excessiva. Separar os 'temas' dos 'fatos' ajudará a saber quais são as normas que precisam de melhoria na sua redação e quais os problemas oriundos do mundo cultural do contribuinte ou da administração tributária.

Se os contribuintes têm uma compreensão clara da sua obrigação, um número maior deles será inclinado a cumpri-la, reduzindo assim o potencial para a disputa com a administração fiscal.

[10] HUME, David, "*Investigação acerca do entendimento humano*", Rio de Janeiro: Ed. Edições 70, 1988.

Temas e fatos representam a diacronia e a sincronia em direito tributário, respectivamente.

Esses elementos, sincrônicos e diacrônicos devem ser vistos, então, não só como elementos de fixação, mas como influente; a biografia daquele que faz a interpretação; a vagueza e ambiguidade das palavras; o poder e todos os demais elementos sociais ou individuais podem influir na construção dos conceitos.

A relação travada entre a concepção do tributo e a sua extinção é um resultado dinâmico que existe, ente outros influentes, em consequência dos elementos que fazem base da descrição do seu fato imponível e do conceito decorrente desses elementos.

Tanto a conduta administrativa quanto a conduta dos contribuintes podem levar ao um número excessivo de conflitos. Uma atitude inflexiva da administração no exame dos fatos e na interpretação da lei podem implicar em um contencioso desnecessário, do mesmo modo que o contribuinte não deve ser incentivado a postergar o pagamento de suas obrigações, como apontamos alhures.

Assim, é preciso separar o papel de interpretar a lei e de examinar os fatos.

Conto aqui uma história que já contei em um artigo publicado na Revista Tributária das Américas[11].

Trata-se, mais que uma história, de uma reflexão.

Um soldado alemão recebeu de seu general a ordem de estuprar uma prisioneira judia. Outro soldado recebeu uma ordem para executá-la sumariamente.

Os soldados – compulsando uma moral média – sabem que estão fazendo algo errado e tem duas opções: a uma, cumprir a ordem; e, a duas, não realizar o que foi determinado e sofrer as consequências da recusa.

Certamente muitos fatores pesam na decisão a ser tomada por cada um deles. O fato de que podem ser punidos; o maior ou menor sofrimento do ato que praticarem em relação à pobre prisioneira condenada exclusivamente porque a sua religião ou grupo étnico não é, na concepção do poder central, adequado; o dano pessoal; o fato de que se não o fizerem alguém o fará de modo ainda mais violento; etc..

[11] Stahl, Sidney; "Reflexões sobre a falta de clareza", RTA nº 8, Carvalho, Cristiano & Avi-Yonah, Reuven (Coord.), São Paulo: Ed. RT, p. 247-269.

O que é evidente é que qualquer atitude que tomarem será ruim. Se a atitude é ou não errada depende do foco pelo qual se vê. Pelo foco da própria vida ou pelo foco da vida da prisioneira. Poderiam até suicidarem-se.

Mas qualquer atitude que tomassem não seria correta. Não é correto estuprar e matar alguém como não é correto tirar a sua própria vida. Não é certo cumprir ordens como essas e nem é certo simplesmente não cumpri-la, porque as consequências poderão ser piores.

Não há nesse caso atitude correta porque não há justificativa plausível para qualquer atitude. Todas são incorretas.

Porém, nesse mesmo sentido temos a ordem emanada por Deus para que Abraão sacrificasse seu filho Isaac. Pouca gente condenaria a atitude de Abraão.

Soren Kierkegaard, o filósofo dinamarquês em sua obra "Temor e Tremor: um lírico dialético" discute obediência a um dever, que exige um ato não ético.

O que Deus ordena – que ele sacrifique o seu único filho para demonstrar sua fé – é condenado pela moralidade média dos serem humanos. Mas Abraão está decidindo qual relação manter, a mundana ou a espiritual. Porém, ele não está entre sistemas distintos, é preciso deixar claro, porque nada está em jogo, senão a sua própria razão e fé.

O que é certo é que as atitudes que são tomadas por cada pessoa decorrem do confronto dos diversos "sensos", os juízos de valores, os elementos morais, os riscos de cada decisão, as causas e os efeitos. E certamente a maioria das decisões obviamente não são tão difíceis como a escolha de Sofia.

Assim, separar os agentes lançadores dos agentes revisores é uma medida necessária para que se possa rever com imparcialidade.

Cristiano Carvalho[12] expressa que "quando transpomos a decisão da escolha individual para o Direito, percebemos que o aplicador das normas nada mais faz que efetuar uma escolha racional. É evidente que o seu leque de escolhas está delimitado pelo próprio sistema jurídico: o juiz deve julgar de acordo com a lei; o fiscal tem que agir dentro dos limites legais; os contratantes não podem celebrar obrigações mútuas fora dos ditames do Código Civil."

[12] CARVALHO, CRISTIANO, Teoria da decisão tributária, Saraiva, São Paulo: 2013, p. 65.

Mas a carga antropogênica pode superar a moral média, por um lado, e o limite da discricionariedade, por outro.

O agente público que lança deve ser distinto do agente público que interpreta ou revisa. O interesse público somente estará protegido quando a relação jurídica tributária se esboçar com absoluta segurança jurídica.

Aponto como fundamento lição do Professor James Marins[13], assim expresso:

> *"(...) não é lícito ao Estado pretender impingir derrotas ao direito subjetivo individual do cidadão contribuinte sob o pálio da defesa do interesse público ou do bem comum. Concretamente podemos afirmar que certas garantias que assistem o contribuinte alcançam relevo tal que não podem ser sobrepujadas pelo sofisma consistente em afirmar-se o caráter de interesse público da arrecadação tributária."*

Separar o agente lançador do revisor dará a isenção e imparcialidade ao segundo porque o caráter na formação de ambos deve ser distinto.

Na minha passagem pelo CARF na qual exerci o mandado de conselheiro representante dos contribuintes essa característica ficou evidente, conselheiros advindos da fiscalização agem, muitas vezes, como defensores do "crédito tributário", afinal, esses conselheiros, auditores-fiscais, foram treinados para arrecadar e defender a "pretensão de fazer cumprir aquilo que a Administração entende ser o correto em face da lei". Conselheiros advindos da advocacia, por outro lado, tendem a ser mais permissivos com os contribuintes e mais rigorosos com a administração.

Separar os agentes é, sem dúvida, uma medida saudável.

Complementarmente, separar aquilo que é puramente interpretação da norma daquilo que é mero exame de fato auxiliará na separação dos interesses primários e secundários da tributação.

Cassagne[14], se referindo à supremacia do interesse público sobre os particulares, separa corretamente aquilo que corresponde ao interesse primário e ao interesse secundário da administração.

Essa separação decorre da sobreposição princípio Republicano sobre o da primazia do interesse público, porque protege de modo incisivo os contribuintes, ou seja, separa fundamentalmente aquilo que é o inte-

[13] MARINS, JAMES, Direito Processual Tributário Brasileiro (administrativo e judicial), São Paulo: Dialética, 2001, p. 348.

[14] Juan Carlos Cassagne.

resse primário da administração daquilo que é o seu interesse secundário, afinal, o que pretende a administração é atingir o interesse comum com a tributação, jamais locupletar-se.

No dizer de Geraldo Ataliba[15], "não teria sentido que os cidadãos se reunissem em república, erigissem um estado, outorgassem a si mesmos uma constituição, em termos republicanos, para consagrar instituições que tolerassem ou permitissem, seja de modo direto ou indireto, a violação da igualdade fundamental...".

## 3. Processo Administrativo e Colaboração – Contribuição do Novo CPC

Tributação é relação, conforme já apontamos.

Portanto, tributação na sua visão dinâmica é a relação que permite ao sujeito ativo, via de regra o Estado, ocorrido um certo fato (endonorma), exigir do sujeito passivo, agente desse fato, uma certa prestação pecuniária que se constitua receita pública.

Através da tributação o Estado deve cumprir os seus misteres e assegurar aos cidadãos os direitos constitucionalmente garantidos: saúde, segurança, educação, etc.. Explica Ricardo Lobo Torres[16]:

> *Assim é que o tributo, categoria básica da receita do estado de Direito, é o preço da liberdade, preço que o cidadão paga para ver garantidos os seus direitos e para se distanciar do Leviatã, deixando de lhe entregar serviços pessoais. Por outro lado, o tributo nasce no espaço aberto pela autolimitação da liberdade. Por incidir sobre a riqueza produzida pela liberdade de iniciativa (Art. 5º, da CF) ou sobre o próprio direito de propriedade, observe a sua função social (Art. 5º, XXII e XXIII, CF).*

Entretanto, o que se pretende com os processos tributário é mais que se garantir a transferência de parcela da riqueza dos contribuintes para que o estado possa exercer a função que a constituição impõe.

O processo tributário tem a função de assegurar a correta aplicação da lei. É garantia do Estado Democrático de Direito, e melhor, é o mecanismo que pode permitir a limitação do lançamento por meio de um processo dialético.

[15] Ataliba, Geraldo; *in* República e Constituição, ed. RT, São Paulo, 1985, p. 133 e ss..

[16] Torres, Ricardo Lobo; A legitimidade democrática e o Tribunal de Contas. *In*: Revista dos tribunais, nº 04. Cadernos de direito constitucional e ciência política. São Paulo: Revista dos Tribunais, jul/set de 1993.

Outro dia passei junto a uma banca de jornal, ali, na avenida Paulista e reparei um cartaz anunciando a venda: código civil... conheça seus direitos!

Num primeiro momento não prestei muita atenção para a mídia de venda de códigos e muito menos para o significado que aquele anúncio emanava. Não como peça publicitária, mas como reflexo do conceito que as pessoas têm do direito.

Conhecer o código civil era sinônimo de saber por meio do direito positivo o direito subjetivo de cada um, ou seja, que conhecer a lei (representada naquele momento pelo novo código civil) significaria saber o que cada cidadão pode fazer ou exigir...

De fato, o direito gosta de emanar para o profano sua certeza e ainda, com um certo ar de prepotência, a ideia de que é capaz de descreve com clareza o que passa ou passará na sociedade e na relação das pessoas.

Já faz muitos anos que eu assisti a minha primeira aula de direito e já um outro bocado no qual eu tenho me dedicado ao ofício de laborar o direito, quer como advogado, quer como professor, ou ainda, como autor e sei muito bem que essa é uma ideia falsa. Basta nos perguntarmos o que é direito ou o que é justo para provar que não é certamente no direito positivo que se encontram as respostas para isso.

É evidente que a lei pretende descrever fatos que sejam possíveis de acontecer porque somente o que é possível é objeto do direito, mas é certo, também, que o legislador não é um demiurgo capaz de transmutar no texto de norma, imperfeito por natureza, a realidade complexa das relações.

Cada vez mais tenho me convencido que essa busca pela matemática *witgenstariana* tende a reduzir o direito a uma ciência inaplicável.

Desde que a *Teoria da Justiça* de John Rawls reavivou nos bancos acadêmicos a discussão acerca da forma e da estrutura do Estado, trazendo à discussão a ideia do estado mínimo, toda a noção quanto ao processo de solução de conflito de interesses se cingiu a proposições de simplificação do sistema e da metodologia do processo civil, arriscando-se essa singela discussão com efêmeros resultados de justiça, eis que o Estado é o Leviatã, lento e ineficiente; e não é possível vencer a realidade pela teorização.

Robert Dahl[17] aponta alguns requisitos para o exercício da democracia. Segundo ele, é fundamental que o cidadão possa formular, exprimir e ter suas preferências consideradas, sendo preciso que se lhe garanta a liberdade de formar e aderir a organizações.

Isso compreende, por obviedade, poder escolher o mecanismo adequado de solução de seus próprios conflitos, ou, no mínimo, participar mais incisivamente no processo de solução de suas próprias questões e é esse o papel do processo administrativo tributário.

Temos, entretanto, que lembrar que o Estado é, além de detentor do poder de comando é também realizador de funções secundárias, não precipuamente envolvidas nas funções de legislar, administrar ou julgar. Loca, vende, opera, possui empresas, delega e fiscaliza, etc. Na medida em que o Estado intervém no mercado, seja como fiscal, seja como operador, passa a agir como o particular muitas vezes em consórcio do capital privado e muitas vezes com a gerência desse "negócio público".

Direito do Estado e direito econômico são direitos distintos no que se refere aos sujeitos da relação: o primeiro é exclusivo do Estado, o segundo pressupõe esse e o particular, subordinante e subordinado.

São situações híbridas da operacionalização do ente Estado: o Estado empresário, como na sociedade de economia mista, a concessão e, mais recentemente, as múltiplas formas de associação e *joint-ventures.*

Por outro lado, o ser humano é desafiador do Estado e é dele também dependente, a democracia é o mecanismo de solução dessa dicotomia e de participação do cidadão no Estado. É preciso que não se caia nos mais vetustos lugares-comuns da discussão jurídico-filosófica da participação do conceito de democracia na real proteção do cidadão frente ao Estado. O Estado é necessário.

Norberto Bobbio[18] cita com muita propriedade Jürgen Habermas que, referindo-se ao assunto, expressa que, *há alguns anos, num livro muito conhecido e discutido, Habermas contou a história da transformação do estado moderno, mostrando a gradual emergência daquela que ele chamou de "a esfera*

[17] Conceitos discutidos em *Democracy and its Critics* (Yale University Press, 1991) e *Poliarquia: Participação e Oposição* (Editora da Universidade de São Paulo, 1997);

[18] Bobio, Norberto; *O futuro da democracia*, ed. Paz e Terra, 2ª Ed., 1986, págs. 88/89.

*privada do público" ou, dito de outra forma, a relevância pública da esfera privada ou ainda da assim chamada opinião pública, que pretende discutir e criticar os atos do poder público e exige para isso, e não pode deixar de exigir, a publicidade dos debates, tanto dos debates propriamente políticos quanto dos judiciários.*

O que nos lembra de fato é que ser **público** tem dois significados diversos, um contraposto a "privado", outro contraposto a "secreto". Tornar o processo administrativo mais democrático pode trazer vantagens na relação estado/contribuinte. Primeiramente, um processo democrático carrega a vantagem de ser duplamente público, quer seja quanto à participação do Estado e do cidadão, quer seja quanto à publicidade de seus atos. Representa também a diminuição da natural resistência às ordens emanadas de hierarquia.

O órgão revisor pode e deve exigir que as partes colaborem para que o processo possa ser solucionado de modo efetivo e em conformidade com a lei.

Uma frase citada pelo Barão de Coubertin[19], o fundador dos Jogos Olímpicos da era moderna, em um dos seus textos, mas originalmente lançada na missa para os participantes dos Jogos Olímpicos de Londres, em 1908, na catedral de São Paulo pelo bispo anglicano da Pensilvânia apontou que "*L'important dans l'avie, ce n'est point le triomphe mais le combat; l'essentiel, ce n'est pas d'avoir vaincu mais de s'être bien battu*", ou seja, "importante na vida não é o triunfo, mas a luta. O importante não é ter ganhado, mas ter lutado bem."

Essa é a essência, no entendimento do ilustre Barão, do chamado fair-play.

O termo "fair-play" já foi incorporado aos dicionários da língua portuguesa e significa na essência competir de modo limpo (literalmente *jogo justo*).

A Lei nº 13.105, de 16 de março de 2015, o Novo Código de Processo Civil é uma tentativa de tornar o processo mais eficiente, como se pode constatar do seguinte trecho de sua exposição de motivos[20]:

[19] Em relação ao citado a seguir ver a coletânea de textos publicada pelo Comitê Internacional Pierre de Coubertin disponível na internet no sítio: http://ebooks.pucrs.br/edipucrs/Ebooks/Pdf/978-85-397-0736-2.pdf, acesso em 18/10/2016.

[20] Cf. BRASIL. CONGRESSO NACIONAL. SENADO FEDERAL. COMISSÃO DE JURISTAS RESPONSÁVEL PELA ELABORAÇÃO DE ANTEPROJETO DE CÓDIGO DE PROCESSO CIVIL.

*"Sem prejuízo da manutenção e do aperfeiçoamento dos institutos introduzidos no sistema pelas reformas ocorridas nos anos de 1.992 até hoje, criou-se um Código novo, que não significa, todavia, uma ruptura com o passado, mas um passo à frente. Assim, além de conservados os institutos cujos resultados foram positivos, incluíram-se no sistema outros tantos que visam a atribuir-lhe alto grau de eficiência."*

O novo Código de Processo Civil é inaugurado apontando que ele se rege pelos valores e às normas fundamentais estabelecidas na Constituição, é assim que se expressa o seu artigo 1º:

*Art. 1º. O processo civil será ordenado, disciplinado e interpretado conforme os valores e as normas fundamentais estabelecidos na Constituição da República Federativa do Brasil, observando-se as disposições deste Código.*

Entre os princípios que norteiam o processo, o novel código introduziu no seu artigo 6º o princípio da cooperação que passa a compor os róis de princípios norteadores do direito pátrio. Apontamos a expressão no plural – róis – porque no substrato jurídico nacional temos outros princípios, apontados a partir da constituição, mas que se encontram também nas demais normas legais.

O art. 6º aponta que *'todos os sujeitos do processo devem cooperar entre si para que se obtenha, em tempo razoável, decisão de mérito justa e efetiva'* introduzindo o modelo cooperativo, por meio de uma norma geral, inspirado no modelo constitucional[21].

Na realidade o NCPC estabelece o fair-play na disputa processual.

Cooperação em termos processuais implica em diminuir a litigiosidade e aumentar a transparência entre as partes.

Os objetivos da cooperação são os traçados no próprio artigo 6º: justiça, efetividade e celeridade.

Não tem na norma processual, a falta de cooperação, qualquer sanção específica, mas é princípio e servirá ao magistrado, no processo judicial e ao julgador, seja lá como a lei o chame, no processo administrativo, para provocar-lhe o convencimento.

A obrigação de cooperar incide sobre atores que têm perspectivas concorrentes.

Exposição de motivos. Brasília: Senado Federal, Presidência, 2010. Disponível em http://www.senado.gov.br/senado/novocpc/pdf/Anteprojeto.pdf. Acesso em 18/10/2016.

[21] BUENO, Cassio Scarpinella; Novo Código de Processo Civil Anotado, São Paulo: Saraiva, 2015, p. 45.

Essa cooperação, portanto, é uma obrigação intersubjetiva vista das diversas perspectivas de ética e moral e pode ser representada em relação a forma, que corresponde à obrigação de se respeitar a regra do jogo ou a regra do processo, em relação ao meio, que corresponde à obrigação de não agir contra o processo, produzindo atos que impeçam ou dificultem o seu andamento, ou ainda, em relação ao objeto, que corresponde à necessidade de transparência.

Não se pode confundir o princípio (norma) da cooperação com a exigência em se cooperar (elemento subjetivo).

A cooperação como elemento do processo é uma norma que impõe condutas.

Assim, para que se configure o ilícito processual a falta de cooperação precisa ser traduzida em um suporte fático, mesmo que omissivo. Essas condutas se manifestam nos atos processuais que impliquem na contraposição dos objetivos traçados pelo artigo 6º, a justiça, a efetividade e a celeridade, ou como expressa o artigo *para que se obtenha, em tempo razoável, decisão de mérito justa e efetiva.*

Portanto, por mais que seja difícil apontar quais são os elementos da obrigação de se cooperar é possível apontar quais são os atos que se opõem ao dever de cooperar: atos que impliquem em postergação ou protelação desnecessários; condutas que impeçam que se pronuncie a decisão de mérito e atos que impeçam a atividade satisfativa, que é o fim a ser alcançado pelo próprio processo.

O que o processo, a partir da imposição constante do artigo 6º da cooperação entre as partes, exige, é que as partes atuem de maneira não desconexa com o objeto da demanda e que sejam, dentro dos limites constitucionais, transparentes, evitando-se surpresas para a parte contrária e para o julgador ou julgadores. Justo, nesses casos, é que as partes tenham informações simétricas, ou seja, que aquilo que é sabido por uma das partes seja conhecido pelas demais.

No processo administrativo, ao qual se aplica subsidiariamente o CPC a cooperação pode ser ainda mais transparente, os processos administrativos já devem seguir para o CARF instruídos com todos os elementos conhecidos pela fazenda.

Entretanto, essa obrigação, de compartilhar informações, está limitada no direito de não produzir prova contra si mesmo, por isso, a parte está obrigada a apresentar as informações que dispõe sobre algo que possa interferir no processo, ou a permitir o acesso a tais elementos desde que não implique em produção de prova contra si mesmo, ou implique em prejudicar sua própria defesa.

Mas essa disposição vale para o Contribuinte e não para a Fazenda que deve se balizar pelos princípios da moralidade e boa-fé, constitucionalmente estabelecidos.

A questão se assemelha às discussões acerca da igualdade de informações constantes da Análise Econômica do Direito, ou melhor, às discussões acerca da assimetria de informações nas relações contratuais e nas relações concorrenciais ou regulatórias.

Essa assimetria de informação é tratada pela doutrina na análise de situações anteriores e posteriores à formação do vínculo relacional. Esse vínculo poderia ser um contrato, uma concorrência pública ou qualquer outro fato jurídico que implique em confronto de perspectivas concorrentes.

A análise econômica do direito tratou de separar as situações anteriores e posteriores à conexão e denominou a assimetria de informações de "Seleção Adversa", se ocorrida anteriormente, e de "Risco Moral", se posterior à formação do vínculo.

No caso da sua aplicação ao processo civil teremos, salvo algum engano desse autor, assimetrias de ambos os tipos.

A Seleção Adversa decorreria do fato de uma das partes possuir mais informações do que a outra acerca do objeto da demanda e da impossibilidade dessa outra obter a mesma informação.

O Risco Moral[22] no processo corresponderá a impossibilidade de uma das partes antever o comportamento da outra parte por não possuir informações suficientes.

Em ambos casos o que se espera é que as partes não produzam comportamentos oportunistas, considerando possuírem informações não disponíveis às demais partes.

Com visão no direito tributário a cooperação precisa ser analisada com olhos na *res publica*, ou em outro giro, com relação à indisponibilidade da coisa pública.

Mas aplicar a lei corretamente é respeitar a coisa pública em sua mais particular essência. Não há interesse público em condenar quem não

[22] Moral Hazard.

pode ser condenado, ou melhor, cobrar de quem não deve, em termos tributários.

E o interesse público também se concentra na sua eficiência.

Se o contribuinte tem razão, o agente público deve colaborar para que se reestabeleça o seu direito. Isso diminui custos e permite que o poder público seja mais eficiente.

Porém, não sejamos ingênuos. O Barão de Coubertin morreu em Genebra na Suíça com um ataque fulminante do coração, pobre e isolado.

Mudar a cultura depende de tempo e de alterações significativas na forma do processo tributário.

## 4. O CARF e seu Papel na Diminuição do Contencioso Administrativo – Sete Propostas para o Brasil se Tornar Mais Eficiente

O modelo atualmente existente é ineficiente e merece maior aprofundamento.

O nosso entendimento passa por um sistema de solução de controvérsias no âmbito administrativo, mediante um colegiado formado por profissionais com conhecimento especializado nas questões administrativas e tributárias, auditores e juristas somente seriam chamados para opinar e servir de base para a revisão dos lançamentos, obviamente, os representantes de cada parte participariam dinamicamente do processo.

A conformação do processo e do órgão administrativo de revisão de lançamento deve ter as seguintes características, sob os seguintes fundamentos:

1) O órgão deve ser formado por pessoas concursadas para todos os seus cargos, salvo o comitê consultivo proposto no pronto 5, abaixo.

Justifica-se a posição. Esse órgão precisa ter isenção suficiente para rever o lançamento, portanto, deve ser formado de quadros com pessoas que não representem nem a fazenda, nem os contribuintes. A solução é concursar os seus membros.

2) O órgão não pode ser ligado ao Ministério da Fazenda.

Justifica-se do mesmo modo que o item 1, trata-se de afastar ao máximo o grupo de julgadores da administração fazendária permitindo aos mesmos maior imparcialidade.

3) As Turmas Julgadoras devem ser formadas por sete membros, seis julgadores membros do órgão e um juiz de carreira que as presidirá e será o detentor do voto de desempate.

O número de membros representa um pouco da experiência que colhemos no CARF. Seis julgadores conseguem debater e julgar os processos com aprofundamento e celeridade; a presença do juiz togado implicará em especializar o órgão e fazer a ligação do processo administrativo fiscal com o judiciário, conforme exposto no item 7, abaixo.

4) Os processos devem ser instruídos com os dados constantes dos arquivos da Receita Federal.

Como se sabe a RFB tem em seus arquivos dados em relação à apuração fiscal dos contribuintes, por vezes mais completa que os próprios contribuintes. Por outro lado, uma grande parte dos estoques de processos do CARF seriam resolvidas se houvesse a mera apuração dos créditos existentes.

Em muitos processos essa pré-instrução resolverá a demanda, isso, dará celeridade ao processo, evitando postergação da discussão, respeitando-se a verdade material.

Conforme apontado pelo relatório do CARF de novembro de 2016, dos cerca de 119 mil processos no Conselho, aproximadamente 115 mil são de demandas cujo valor em discussão estão abaixo de R$ 15.000,00 (quinze mil reais) e representam 72 bilhões dos 608 bilhões dos créditos em discussão, ou seja, cerca de 97% dos processos concentram 12% do montante discutidos, a maioria desses versando sobre a existência ou não de créditos.

Por outro lado, instruir o processo antecipadamente cumpre o disposto no artigo 37 da CF – os princípios de legalidade, impessoalidade, moralidade, publicidade e eficiência – e respeita, ainda, a cooperação do NCPC.

4.1) Separar processos com métodos estatísticos.

É importante usar métodos estatísticos para tornar mais eficientes os andamentos dos processos. Processos que compreendam exclusivamente a análise de fatos devem ser examinados de modo distinto dos que fazem a análise de normas, conforme já expusemos.

O exame estatístico dos processos também indicará as possíveis melhorias legislativas e as orientações adequadas a serem dadas aos contribuintes.

5) Criar no "novo CARF" um comitê consultivo formado por especialistas da Receita, Tributaristas atuantes, contadores, professores, magistrados especialistas que possam dar suporte aos julgadores na discussão das câmaras especializadas.

A comissão permitirá aos membros do órgão ter acesso a profissionais que podem debater em alto nível as normas e estabelecer parâmetros de entendimento adequado.

Em conjunto com os dados estatísticos será possível auxiliar a administração a orientar os contribuintes e apresentar propostas de alterações legislativas que diminuam a litigiosidade pela maior clareza das normas.

6) Estabelecer orçamento próprio e independente para o órgão.

7) Tornar a deliberação tomada no processo administrativo pela turma julgadora decisão de 1ª instância do judiciário.

Isso permitirá ao magistrado componente da Turma homologar a decisão tomada pelo colegiado, ou submetê-la a um novo colegiado existente no Judiciário, ou ainda, suscitar exame pelo comitê consultivo.

Por outro lado, o juiz tornar-se-á especializado, do mesmo modo que o judiciário deve se preparar, criando, finalmente tribunais especializados em questões tributárias.

Isso implica em maior celeridade e eficiência ao processo de resolução dos conflitos.

## 5. Conclusão

Não são poucas as vezes que os anúncios de televisão prometem vantagens duvidosas. Tomar um comprimido e perder sem esforço os quilos e quilos de exagero acumulados durantes anos a fio. Ganhar um corpo atlético usando o aparelho tal. Fazer nascer novamente os seus cabelos usando a "loção milagres", ou ainda, ganhar uma memória tão poderosa Que você poderá lembrar até do que fez na noite anterior aquele terrível porre, através do método "lembre-se de tudo".

Algumas pessoas acreditam cegamente, outras duvidam. Mas o argumento para vender os portentosos produtos é sempre o mesmo. É fácil ficar bonito, inteligente, rico, etc.. O sentido é sempre o mesmo, vendem bem, por mais inverdade que for, porque é fácil, é simples.

As ideias também se vendem assim. São os discursos taumatúrgicos de épocas eleitorais de resolução de todos os problemas, tais como os trens voadores que resolverão todos os problemas de transportes das grandes cidades ou o projeto de gerar milhões de empregos da noite para o dia.

Em termos públicos o discurso da simplicidade é o mais produzido, vendem-se o simples como solução.

O presente trabalho se recusa a se apresentar como uma proposta fechada e única para a melhoria do processo tributário.

O que é evidente é que o que o que existe hoje é um sistema injusto para todos os atores e ineficiente.

A nossa pedra angular é separar a administração fiscal do litígio e sistematizar o processo administrativo tributário como parte do processo tributário da justiça tributária especializada.

O que foi apresentado tem como objetivo cumprir os cânones expostos no artigo 37 da Constituição da República.

**Referências**


Nenhum título encontrado. Ataliba, Geraldo; in República e Constituição, ed. RT, São Paulo, 1985

Barbosa, Ruy; Obras Seletas – Volume 8, A resistência individual, Ed. Fundação Biblioteca Nacional, Departamento Nacional do Livro, Brasília, 2002.

Bueno, Cassio Scarpinella; Novo Código de Processo Civil Anotado, São Paulo: Saraiva, 2015

Carvalho, Cristiano; Teoria da decisão tributária, Saraiva, São Paulo, 2013.

Dahl, Robert; Poliarquia: Participação e Oposição, Editora da Universidade de São Paulo, 1ª Ed. 1997

______, *Democracy and its Critics*, Yale University Press, Estados Unidos, 1ª Ed. 1991

Furtado, Lucas Rocha; Curso de direito administrativo. Belo Horizonte: Fórum, 2007

Hegel, G.W.F; *Philosophy of Right*, Canadá, Batoche Books, 4ª Ed., 2001

Hume, David; Investigação acerca do entendimento humano, Ed. Edições 70, São Paulo, 1988.

Kojève, Alexander; *Introduction to the Reading of Hegel: Lectures on the Phenomenology of Spirit*, Cornell Univ Pr, Estados Unidos, 1ª ed. 1980.

Marins, James; Direito Processual Tributário Brasileiro (administrativo e judicial), São Paulo: Dialética, 2001, p. 348.

Meirelles, Hely Lopes; Direito administrativo brasileiro, 19ª Edição, 2001, São Paulo: Malheiros Editores

Bobbio, Norberto; O futuro da democracia, Ed. Paz e Terra, Rio de Janeiro, 2ª Ed., 1986

Santi, Eurico Marcos Diniz de; Lançamento Tributário, 1996 Ed. Max Limonad

SCHOUERI, Luís Eduardo; SOUZA, Gustavo Emílio Contrucci A. de. Verdade material no "processo" administrativo tributário. In: ROCHA, Valdir de Oliveira. (Coord.). Processo administrativo fiscal. 3º v., p. 140-173, São Paulo: Dialética, 1998.

SOUSA, Rubens Gomes de. Reflexões sôbre a reforma da justiça fiscal. Revista de Direito Administrativo, Rio de Janeiro, v. 16, p. 1-18, jan. 1949. ISSN 2238-5177. Disponível em: <http://bibliotecadigital.fgv.br/ojs/index.php/rda/article/view/10946>

STAHL, Sidney; "Reflexões sobre a falta de clareza", RTA nº 8, Carvalho, Cristiano & Avi-Yonah, Reuven (Coord.), São Paulo: Ed. RT.

THOREAU, Henry David; Desobediência Civil, A e outros escritos, Ed. Martin Claret, São Paulo, 1ª Ed., 2001

TORRES, Ricardo Lobo; A legitimidade democrática e o Tribunal de Contas. In: Revista dos tribunais, nº 04. Cadernos de direito constitucional e ciência política. São Paulo: Revista dos Tribunais, jul/set de 1993.

UMBERTO ECO. Interpretação e Superinterpretação, Martins Fontes, São Paulo, 1ª Ed., 1993

XAVIER, Alberto. Do lançamento: teoria geral do ato, do procedimento e do processo tributário. 2ª ed. Rio de Janeiro: Forense, 1998.

# O Voto de Qualidade no Processo Administrativo Tributário e o Artigo 112 do Código Tributário Nacional

Pedro Guilherme Accorsi Lunardelli*

## 1. Introdução

No presente trabalho passaremos em revista a regra relativa ao denominado voto de qualidade, tomando de suporte as normas constantes na legislação de regência do processo administrativo tributário federal, bem como acórdãos exemplificativos do Conselho Administrativo de Recursos Fiscais - CARF que aplicam este regime em determinados casos concretos, a fim de verificar o respectivo trato normativo em confronto com o previsto no art. 112 do Código Tributário Nacional.

## 2. Da legislação sob análise

O processo administrativo tributário federal está normatizado no Decreto Federal nº 70.235/72, com as respectivas alterações, em cujo parágrafo 9º do art. 25 verifica-se a seguinte disposição:

> "Art. 25. O julgamento do processo de exigência de tributos ou contribuições administrados pela Secretaria da Receita Federal compete:
>
> (...)

* Advogado, Mestre e Doutor pela PUC/SP. Professor Convidado da PUC/SP-COGEAE e Professor Conferencista do IBET.

§ 9º Os cargos de Presidente das Turmas da Câmara Superior de Recursos Fiscais, das câmaras, das suas turmas e das turmas especiais serão ocupados por conselheiros representantes da Fazenda Nacional, que, em caso de empate, terão o voto de qualidade, e os cargos de Vice-Presidente, por representantes dos contribuintes."

Por sua vez, a Portaria MF nº 343 de 2015, com suas alterações, estabelece em seu art. 54 a seguinte redação ao tratar do tema do voto de qualidade dos referidos presidentes de câmara e turma do CARF:

"Art. 54. As turmas só deliberarão quando presente a maioria de seus membros, e suas deliberações serão tomadas por maioria simples, cabendo ao presidente, além do voto ordinário, o de qualidade."

No nível do Código Tributário Nacional, o já aludido art. 112 está vazado nos seguintes termos:

"Art. 112. A lei tributária que define infrações, ou lhe comina penalidades, interpreta-se da maneira mais favorável ao acusado, em caso de dúvida quanto:

I – à capitulação legal do fato;

II – à natureza ou às circunstâncias materiais do fato, ou à natureza ou extensão dos seus efeitos;

III – à autoria, imputabilidade, ou punibilidade;

IV – à natureza da penalidade aplicável, ou à sua graduação."

## 3. Das nossas considerações sobre o voto de qualidade

Pois bem, é dentro deste quadro normativo que centraremos nossa atenção. Não iremos fazer analogia destas regras do voto de qualidade com outras contidas em normas de diplomas outros, como serve de exemplo a constante no art. 146[1] do regimento interno do Supremo Tribunal Federal.

Nossa intenção no presente trabalho é quadrar as já aludidas regras que versam sobre este tema no âmbito do processo administrativo tributário federal e, a partir daí, verificar como tem sido sua aplicação nos acórdãos lavrados pelas turmas e câmaras do CARF.

É importante ainda esclarecer que tomaremos de suporte o excelente estudo elaborado pelos ilustres advogados Eurico Marcos Diniz de

[1] "Art. 146. Havendo, por ausência ou falta de um Ministro, nos termos do art. 13, IX, empate na votação de matéria cuja solução dependa de maioria absoluta, considerar-se-á julgada a questão proclamando-se a solução contrária à pretendida ou à proposta."

Santi, Suzy Gomes Hoffmann e Cristiane Leme disponível na Internet[2], no qual se aponta para uma surpreendente conclusão de que, no cenário ali analisado, quando da aplicação do voto de qualidade, a Fazenda Nacional teria vencido a quase totalidade dos casos estudados.

Voltemos, assim, nossa atenção para a forma como estes votos têm sido proferidos para saber se, à luz daqueles dispositivos normativos, cumprem o mandamento legal.

Tomemos como exemplo os seguintes acórdãos do CARF:

"Acórdão nº 9101002172 – Processo nº 16561.720151/201212 – 1ª Turma da CSRF

Vistos, relatados e discutidos os presentes autos. Acordam os membros do colegiado, por maioria de votos, em conhecer o Recurso Especial do Contribuinte, vencidos os Conselheiros Rafael Vidal de Araújo e Carlos Alberto Freitas Barreto e, no mérito, pelo voto de qualidade, negar provimento ao Recurso Especial do Contribuinte, vencidos os Conselheiros Cristiane Silva Costa, Luís Flávio Neto, Lívia De Carli Germano (Suplente Convocada), Ronaldo Apelbaum (Suplente Convocado) e Maria Teresa Martinez Lopez. Os Conselheiros Luís Flávio Neto e Lívia De Carli Germano (Suplente Convocada) apresentarão declaração de voto."

"Acórdão nº 9202003.692 – Processo nº 13830.720890/201118 – 2ª Turma da CSRF

Vistos, relatados e discutidos os presentes autos.

Acordam os membros do colegiado, pelo voto de qualidade, em dar provimento ao Recurso Especial da Fazenda Nacional. Vencidos os conselheiros Ana Paula Fernandes (Relatora), Rita Eliza Reis da Costa Bacchieri, Patrícia Silva e Gerson Macedo Guerra, que negavam provimento ao recurso. Designada para redigir o voto vencedor a conselheira Maria Helena Cotta Cardozo."

"Acórdão nº 9303003.471 – Processo nº 19515.005747/200929 – 3ª Turma da CSRF

Vistos, relatados e discutidos os presentes autos. Acordam os membros do Colegiado, pelo voto de qualidade, conhecer do recurso especial. Vencidos os Conselheiros Tatiana Midori Migiyama, Demes Brito, Valcir Gassen, Vanessa Marini Cecconello e Maria Teresa Martínez, López, que não conhe-

[2] http://jota.info/observatorio-carf-o-voto-de-qualidade-em-numeros. Acesso em 08/11/2016, às 11:02h.

ciam; e, no mérito, por maioria de votos, em dar provimento parcial ao recurso especial para afastar a nulidade e determinar o retorno dos autos ao colegiado recorrido para exame das demais questões trazidas no recurso voluntário. Vencidas as Conselheiras Tatiana Midori Migiyama, Vanessa Marini Cecconello e Maria Teresa Martínez, López, que negavam provimento."

Estes julgados são bastante exemplificativos para o que pretendemos abordar neste trabalho. Percebe-se que em todos eles o resultado do julgamento, integral ou parcial, acabou sendo decorrente do voto de qualidade, fazendo-se uso, portanto, do art. 54 do Regimento Interno do CARF.

Consultando os referidos acórdãos notamos também que apenas são compostos do voto vencedor, cujo conteúdo, frise-se, contém apenas e tão somente as matérias assim denominadas preliminares e de mérito propriamente ditas, o que confirma aquilo que temos visto reiteradamente nos tribunais administrativos. Com efeito, os votos de qualidade ou de desempate são proferidos sem a necessária motivação específica do dissenso que é imprescindível para dar eficácia à norma que versa sobre esta espécie de voto.

Em outras palavras, os votos de mérito e de qualidade são expedidos com a mesma motivação, o que torna este, o de desempate, nulo, assim como o respectivo acórdão que o compreende.

Vejamos o porquê.

Visando melhor facilitar a compreensão destas nossas considerações, adotaremos as denominações de voto de mérito, para o voto que enfrenta as questões jurídicas expostas no recurso e, voto de qualidade ou de desempate, para aquele decorrente da necessidade de se eliminar o dissenso e finalizar o julgamento.

Desta forma, tomando de empréstimo as lições de Dinamarco[3], pode-se dizer que o voto de mérito, assim como o de qualidade, configuram ato processual encerrado em um processo, quer administrativo, quer judicial; ambos produto de procedimentos juridicamente regulados; ou seja, derivam de um "conjunto ordenado de atos mediantes os quais, no processo, o juiz exerce a jurisdição e as partes a defesa de seus interesses."

[3] Dinamarco, Cândido Rangel. Instituições de Direito Processual Civil. Editora Malheiros. São Paulo. Vol. II, 2001, pág. 440.

No caso em tela, ambos os votos são atos processuais componentes, elementos de outro ato processual, agora colegiado, que é o acórdão[4], também originário de procedimentos específicos que se distanciam daqueles necessários para a formulação de cada um destes votos.

Vale dizer, o (i) voto de mérito e o (ii) voto de qualidade, conquanto componentes do acórdão, são atos processuais distintos que (a) pressupõem fatos diversos, (b) reportam-se a fundamentos de direito que buscam enquadrar estes fatos em um determinado molde jurídico e (c) se submetem a procedimentos pertinentes a cada um destes atos processuais.

Apoiando-se no pensamento de Vilanova[5], a situação de empate deve ser qualificada como fato jurídico porque expressamente prevista nos dispositivos normativos acima mencionados.

Se fato jurídico é dá ensejo a efeitos igualmente jurídicos.

Logo, voto de mérito e de qualidade juridicamente não se identificam, porque pressupõem fatos jurídicos distintos, como também produzem efeitos jurídicos diversos.

Pensemos em uma situação hipotética de um julgamento do CARF que tenha por objeto recurso voluntário interposto por contribuinte que se insurgiu contra lançamento de ofício, perpetrado nos termos do art. 142 do Código Tributário Nacional – CTN e legislação material de regência do respectivo tributo.

[4] Nos termos do art. 204 do NCPC/2015, "acórdão é o julgamento colegiado proferido pelos tribunais".

[5] São sempre precisas as lições de Lourival Vilanova e que se ajustam perfeitamente ao nosso propósito. Diz o referido mestre pernambucano que o "conceito de fato jurídico é conceito-limite. Fora do conjunto de fatos jurídicos, ali onde nenhuma norma alcance o fato para relacioná-lo com efeitos jurídicos, há fato juridicamente neutro, juridicamente irrelevante. (...). No interior do sistema de normas, todavia, o conceito de fato é relativo. Assim, uma relação jurídica entre os sujeitos A e B, a respeito do objeto C (prestação ou coisa) é factual: advém da manifestação de vontades concordantes, ou de manifestação unilateral de vontade de A em favor de B, que a desconhecia, ou de ato ilícito. A mesma relação R, que é efeito, pode advir de causas C′, C″, C‴, cumulativa ou alternativamente. Não há sempre relação de correspondência unívoca entre a causa e o efeito. " (Causalidade e Relação no Direito. Editora Saraiva. São Paulo. 2ª edição. 1989, pág, 144).

Nos termos do que determinam o caput do art. 37[6] da Constituição Federal de 1988, o inciso V[7] do art. 50 da Lei Ordinária Federal nº 9.784 de 1999 e o art. 15[8] c/c art. 489[9] do atual NCPC/2015, o voto de mérito estará calcado:

[6] Art. 37. A administração pública direta e indireta de qualquer dos Poderes da União, dos Estados, do Distrito Federal e dos Municípios obedecerá aos princípios de legalidade, impessoalidade, moralidade, publicidade e eficiência e, também, ao seguinte:
[7] "Art. 50. Os atos administrativos deverão ser motivados, com indicação dos fatos e dos fundamentos jurídicos, quando:
V – decidam recursos administrativos;"
[8] "Art. 15. Na ausência de normas que regulem processos eleitorais, trabalhistas ou administrativos, as disposições deste Código lhes serão aplicadas supletiva e subsidiariamente."
[9] "Art. 489. São elementos essenciais da sentença:
I – o relatório, que conterá os nomes das partes, a identificação do caso, com a suma do pedido e da contestação, e o registro das principais ocorrências havidas no andamento do processo;
II – os fundamentos, em que o juiz analisará as questões de fato e de direito;
III – o dispositivo, em que o juiz resolverá as questões principais que as partes lhe submeterem.
§ 1º Não se considera fundamentada qualquer decisão judicial, seja ela interlocutória, sentença ou acórdão, que:
I – se limitar à indicação, à reprodução ou à paráfrase de ato normativo, sem explicar sua relação com a causa ou a questão decidida;
II – empregar conceitos jurídicos indeterminados, sem explicar o motivo concreto de sua incidência no caso;
III – invocar motivos que se prestariam a justificar qualquer outra decisão;
IV – não enfrentar todos os argumentos deduzidos no processo capazes de, em tese, infirmar a conclusão adotada pelo julgador;
V – se limitar a invocar precedente ou enunciado de súmula, sem identificar seus fundamentos determinantes nem demonstrar que o caso sob julgamento se ajusta àqueles fundamentos;
VI – deixar de seguir enunciado de súmula, jurisprudência ou precedente invocado pela parte, sem demonstrar a existência de distinção no caso em julgamento ou a superação do entendimento.
§ 2º No caso de colisão entre normas, o juiz deve justificar o objeto e os critérios gerais da ponderação efetuada, enunciando as razões que autorizam a interferência na norma afastada e as premissas fáticas que fundamentam a conclusão.
§ 3º A decisão judicial deve ser interpretada a partir da conjugação de todos os seus elementos e em conformidade com o princípio da boa-fé."

(i.a) na respectiva fundamentação jurídica[10] que prescreve a sua elaboração; ou seja, prescreve o que fazer, que é a elaboração deste ato processual de votar (no mérito);
(i.b) na respectiva fundamentação jurídica[11] que estabelece os procedimentos para a prática deste ato processual de votar (no mérito), inclusive os de submeter tal voto a julgamento na turma ou câmara do tribunal; ou seja, prescreve como fazer este voto;
(i.c) na referência àquele fato jurídico tributário propriamente dito[12], vertido linguisticamente nas provas colacionadas pela fiscalização na peça de acusação e também pelo contribuinte, em sua defesa; e
(i.d) na referência àqueles fundamentos de direito atinentes à respectiva norma jurídica tributária que qualifica aquele fato (tributário) como tal[13], mencionados na peça acusatória do lançamento de ofício.

Por sua vez, no voto de qualidade está lastreado:
(ii.a) na respectiva fundamentação jurídica[14] que prescreve a sua elaboração; ou seja, prescreve o que fazer e este fazer é a elaboração deste novo ato processual de votar, agora para desempatar o julgamento;
(ii.b) os respectivos fundamentos jurídicos[15] que determinam os procedimentos para se elaborar este novo voto; e
(ii.c) o fato jurídico atinente ao empate no julgamento de determinada matéria; fato este que, como se vê, não é o tipicamente tributário (i.c). Aqui, o fato jurídico é o empate de votos. Como exemplo, podemos ver o fato jurídico do empate devidamente descrito naquelas transcrições parciais dos citados julgamentos do CARF; verifica-se que houve empate no

[10] De acordo com o art. 37 do Decreto Federal nº 70.235/72, com suas alterações, c/c com os incisos I e IV do art. 58 do Regimento Interno do CARF (Portaria MF nº 343/15, com suas alterações).
[11] Também prevista no art. 37 do Decreto Federal nº 70.235/72, com suas alterações, c/c com os incisos I e IV do art. 58 do Regimento Interno do CARF (Portaria MF nº 343/15, com suas alterações).
[12] De acordo com o inciso III do art. 10 do Decreto Federal nº 70.235/72, com suas alterações.
[13] De acordo com o inciso IV do art. 10 do Decreto Federal nº 70.235/72, com suas alterações.
[14] De acordo com o §9º do art. 25 do Decreto Federal nº 70.235/72, com suas alterações, c/c com o art. 54 do Regimento Interno do CARF (Portaria MF nº 343/15, com suas alterações).
[15] São os mesmos fundamentos indicados para a elaboração do voto de mérito (Nota 11), porém aplicados para a formulação do voto de qualidade.

julgamento de determinadas matérias e que, portanto, ensejou a eficácia da norma que trata do voto de qualidade mencionada nos itens (ii.a) e (ii.b) acima.

Ainda no tocante ao contexto que envolve a prolação do voto de mérito e do de qualidade, há que se considerar a função destinada ao pré-falado art. 112 do Código Tributário Nacional. Vale dizer, qual o papel exercido por este dispositivo e de que forma ele deve ser considerado pelo julgador quando presente naquele seu ato de julgar.

Antes torna-se necessário um esclarecimento preliminar.

A redação do caput deste dispositivo prevê sua aplicação nos casos em que houver dúvida relacionada àquelas hipóteses prescritas nos seus incisos. A questão que se impõe, portanto, é a de delinear o significado deste vocábulo que, a todo rigor, não é compatível com as previsões legais rígidas que versam sobre o lançamento tributário (arts. 108 a 112 c/c art. 142, CTN) e o arcabouço de regras que visam revisá-lo (arts.145, 146 e 149 do CTN). Dentro deste contexto, dúvida há de ser entendida como a impossibilidade de se cumprir, nos estritos termos legais, o dever de subsumir os critérios que demarcam o fato jurígeno àqueles contidos na norma.

É problema de subsunção, portanto, que pode ocorrer tanto em sede de julgamento singular, quanto de julgamento colegiado. Todavia, a impossibilidade de subsunção nos órgãos colegiados opera-se por votos discordantes[16], porque tal situação também impede aquele ato de subsumir. Isto significa dizer que nos votos individuais componentes do acórdão poderá inexistir o problema de subsunção, que somente surgirá quando do somatório destes votos para a formação do acórdão. Aqui, é a conclusão do julgamento colegiado, portanto do próprio acórdão, que não se realiza porque não há a aludida maioria de votos.

Isto pode ser resolvido pela composição ímpar do respectivo órgão de julgamento ou pela utilização do voto de desempate. Naquele caso, a subsunção, ou não, dar-se-á de acordo com os critérios indicados pela maioria dos votos componentes do acórdão, que sempre ocorrerá. Na hipótese de a maioria entender pela não subsunção de critérios, o resultado do julgamento é pela improcedência da exação levada a efeito.

[16] Neste sentido, o voto do Conselheiro Rafael Pandolfo na Questão de Ordem arguida nos autos do Processo Administrativo nº Processo nº 16682.721139/201241 – Acórdão nº 2202002.535 – 2ª Turma, da 2ª Câmara da Segunda Seção de Julgamento do CARF.

No caso de o julgamento se realizar pela utilização do voto de desempate que constitua, o art. 112 do Código Tributário Nacional passa a assumir um papel de extrema importância.

Isto porque um voto de desempate que se baseie apenas na sua parte dispositiva para desempatar é nulo porque desprovido de fundamentação específica[17] relacionada ao fato jurídico do empate de votos. Este é exatamente os casos dos acórdãos citados neste trabalho. Lá se decidiu pelo desempate, todavia, sem a respectiva motivação fática e jurídica para este ato ou voto para desempatar.

Outrossim, invocar a fundamentação apresentada no voto de mérito implica nova nulidade, porque se o fato jurídico é o empate de votos, a fundamentação tem que se relacionar a tal situação jurídica.

É manifestamente incongruente argumentar que o desempate deverá ser em um determinado sentido porque há a subsunção dos critérios do fato gerador aos critérios da regra matriz tributária. Ora, isto serve para o voto de mérito, jamais para o voto de desempate.

Cristiano Carvalho, em sua prestigiada obra Teoria da Decisão Tributária[18], expõe com singular precisão o modus operandi do julgador ao proceder ao ato de julgar e, em particular, do julgador tributário, que em tudo pode ser aproveitado para a finalidade deste trabalho.

Pois bem, o ilustre professor rio-grandense do sul bem observa que conquanto a atividade jurisdicional tenha como característica fundamental a de efetuar a subsunção de fatos a determinadas normas jurídicas, ela se realiza por atos que requerem legitimidade institucional e persuasão. Aquela, a legitimidade, dá-se na medida em que as partes em conflito reconhecem na pessoa que julga a qualidade de julgador pertencente ao aparato jurisdicional do Estado. É, portanto, autoridade competente para proferir este ato de julgar e a ele se submetem.

[17] Assim determina a citada Lei ordinária Federal nº 9.784/99:
"Art. 2º A Administração Pública obedecerá, dentre outros, aos princípios da legalidade, finalidade, motivação, razoabilidade, proporcionalidade, moralidade, ampla defesa, contraditório, segurança jurídica, interesse público e eficiência.
Parágrafo único. Nos processos administrativos serão observados, entre outros, os critérios de:
VII – indicação dos pressupostos de fato e de direito que determinarem a decisão;"
[18] Editora Malheiros. São Paulo. 2013, pág. 306 e segs.

A persuasão, a seu turno, é técnica linguística de convencimento destas mesmas partes e das demais pertencentes a este aparato jurisdicional, sobre a correção daquele ato de julgar, a qual se atualiza por intermédio da argumentação.

Neste sentido, são perfeitas as palavras de Carvalho[19]: "As decisões dos julgadores precisam igualmente de argumentação. Importante perceber que, mesmo havendo simples subsunção de fato às normas, é necessário argumentar para persuadir todos de que a aplicação daquela norma é correta, revestindo-se de legitimidade institucional. Outrossim, como aponta Friedrich Müller (1999, p. 52), a fundamentação pública da decisão deve convencer os seus atingidos, assim como tornar a decisão controlável por meio de reexames de tribunais hierarquicamente superiores, de modo a possibilitar sua eventual reforma e também consonância com a Constituição."

Pois bem, mas argumentar requer estrutura de argumentação que demonstre a necessária relação entre o argumento alegado, os dados ou fatos invocados para justificá-lo e as respectivas premissas ou garantias que autorizem o vínculo entre ambos (a alegação e os dados/fatos).

Suportado nas lições de Stephen E. Toulmin[20], Carvalho[21] afirma que tal estrutura argumentativa pode ser assim formulada:

"1) Alegação: (claim), ou seja, aquilo que se quer provar;

2) Dados (data), que são os fatos e as provas trazidos para sustentar a alegação;

3) Garantias (Warrant), que são as hipóteses ou premissas gerais e padrões e cânones argumentativos que funcionam como ponte entre os dados e a alegação."

Pois bem, se a alegação/decisão (claim) se referir à subsunção dos critérios do fato gerador tributário àqueles da norma tributária ela terá que se reportar aos fatos (data) provados ao longo do processo que confirmem tratar-se então de um fato tipicamente tributário, assim considerado porque há um aparato normativo que o qualifica como tal – Constituição Federal e demais normas infraconstitucionais (warrant)

[19] Idem, pág. 306.
[20] Os usos do argumento. Martins Fontes. São Paulo, 2006.
[21] Idem, pág. 307.

que regulam a regra matriz tributária. Como se vê, esta alegação/decisão é típica do voto de mérito a que aludimos anteriormente.

No exemplo sugerido por Carvalho[22]:

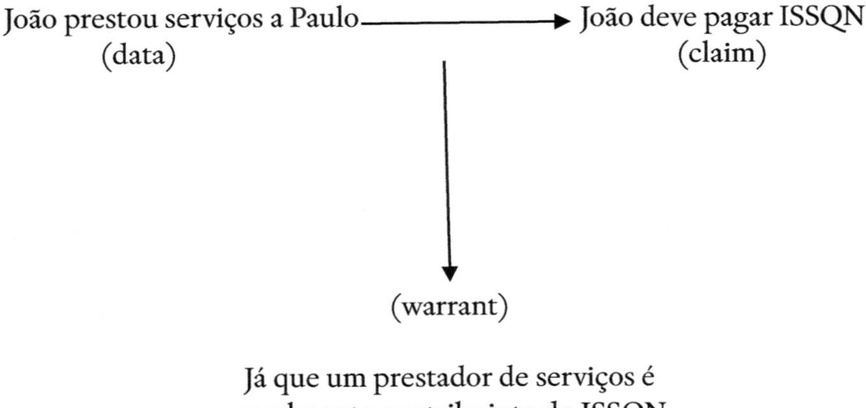


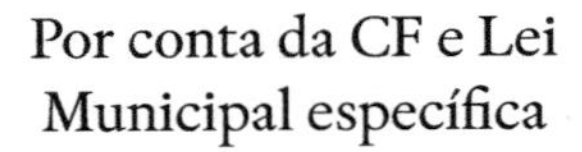


Todavia, há hipóteses em que a alegação (claim) poderá não se sustentar, porque outras alegações de mesmo nível lhe são dirigidas para confrontá-la. Estamos aqui no cenário das refutações a que se refere Toulmin e que se aplicam perfeitamente aos casos dos votos dissonantes em um colegiado de julgamento. São dele as seguintes palavras:

"Suponhamos que façamos uma asserção e por ela nos comprometamos com a alegação que toda asserção envolve necessariamente. Se a alegação for desafiada, teremos de ser capazes de estabelecê-la – isto é, de prová-la e de mostrar que era justificável. Como isto deve ser feito? A menos que a asserção tenha sido feita de modo totalmente irrefletido e

[22] Idem, ibidem, pág. 308.

irresponsável, normalmente teremos alguns fatos que poderemos oferecer para apoiar nossa alegação; se a alegação é desafiada, cabe a nós recorrer àqueles fatos e apresentá-los como fundamento no qual se baseia nossa alegação."[23]

É de todo visível que neste contexto argumentativo de nada adianta invocar os fatos já apontados em uma primeira alegação, porque estes fatos restaram confrontados pela contradita.

Em outras palavras e transpondo tais afirmações para o contexto de um julgamento colegiado, na medida em que um voto de mérito é confrontado por outro voto de mérito, de nada serve apresentar como fundamento de resolução deste dissenso os mesmos fatos que serviram para qualquer um destes votos, porque eles justificam apenas e tão somente as afirmações que dizem respeito ao mérito examinado em cada voto. Eles não justificam, portanto, o dissenso estabelecido, tampouco amparam qualquer alegação que sirva de base para resolvê-lo.

Daí o papel fundamental do art. 112 do Diploma Tributário. O legislador fez inegavelmente a opção de determinar a decisão favorável ao contribuinte toda vez que estiverem presentes as hipóteses prescritas nos incisos deste artigo que, por conta delas, impedem a subsunção normativa. Isto, inclusive, no contexto de um julgamento colegiado, como já exposto acima.

Desta forma, a estruturação de uma decisão que tenha por base a confrontação havida entre dois ou mais votos de mérito, impeditivos da conclusão do julgamento, deve ser feita mediante a apresentação da alegação (claim) de que realizar-se-á o julgamento da "maneira mais favorável ao acusado", tendo em vista o dissenso entre votos decorrente de (data) "dúvida quanto (i) à capitulação legal do fato; (ii) à natureza ou às circunstâncias materiais do fato, ou à natureza ou extensão dos seus efeitos; (iii) à autoria, imputabilidade, ou punibilidade; (iv) à natureza da penalidade aplicável, ou à sua graduação"; decisão esta mais favorável ao contribuinte porque assim autoriza (warrant) o próprio art. 112 do CTN, como também o art. 108 deste Diploma, que veda a tributação com base em analogia, e o Princípio da Tipicidade Cerrada da Tributação, prescrito no inciso III do art. 146 c/c inciso I do art. 150, ambos da CF/88.

[23] Idem, pág. 139.

Infelizmente, não nos parece que este tenha sido o costumeiro ato de votar para desempate nos processos administrativos tributários, restando, assim, sua manifesta improcedência, haja vista faltar-lhes fundamentação adequada para resolver tais situações e, quando as tem, negam vigência aos referidos dispositivos normativos, em especial o contido no art. 112 do CTN.

## 4. Conclusão

Diante do exposto, verifica-se que o quadramento fático e igualmente o normativo do voto de qualidade não se confunde com o voto de mérito propriamente dito, razão pela seu proferimento requer motivação específica quer quanto à situação típica do empate de votos num determinado sentido, quer quanto aos dispositivos normativos que autorizam sua elaboração. E esta motivação específica, como demonstrado, em nada se assemelha com a voto de mérito.

Ainda no que tange ao voto de desempate, a aplicação do art. 112 do CTN faz-se imperiosa para aqueles casos em que há dúvida por parte do julgador, quer seja ele singular, quer coletivo. Neste caso, a dúvida perfaz-se pela impossibilidade de conclusão do julgamento situada no empate de votos.

Quanto mais não fosse esta a situação a ser analisada, nos votos de qualidade exemplificativamente considerados do Conselho Administrativo de Recursos Fiscais – CARF, verificou-se que estão desprovidos de qualquer motivação (fática e jurídica), o que os torna de pronto nulos.

## Referências

http://jota.info/observatorio-carf-o-voto-de-qualidade-em-numeros. Acesso em 08/11/2016, às 11:02h.

Carvalho, Cristiano. Teoria da Decisão Tributária. Editora Malheiros. São Paulo. 2013.

Dinamarco, Cândido Rangel. Instituições de Direito Processual Civil. Editora Malheiros. São Paulo. Vol. II. 2001.

Toulmin, Stephen E. Os usos do argumento. Martins Fontes. São Paulo. 2006.

Vilanova, Lourival. Causalidade e Relação no Direito. Editora Saraiva. São Paulo. 2ª edição. 1989.

# PEC 112/2015 do Senado Federal seria a Solução?

EVERARDO MACIEL*

A Operação Zelotes[1] deflagrou a maior crise da história do contencioso administrativo fiscal brasileiro, ao investigar e denunciar ações crimino-

* Consultor Tributário e Sócio Presidente da Logos Consultoria Fiscal e Ex-Secretário da Receita Federal do Brasil. É Presidente do Conselho Consultivo do Instituto de Ética Concorrencial (ETCO). É membro da Academia Internacional de Direito e Economia, da Comissão de Juristas para Desburocratização, instituída pelo Senado Federal, dos Conselhos Consultivos do Tribunal Superior Eleitoral (TSE) e do Departamento de Pesquisas Judiciárias do Conselho Nacional de Justiça (CNJ), do Conselho Superior de Economia da FIESP, do Conselho Superior de Direito da FECOMERCIO/SP, do Conselho de Altos Estudos de Finanças e Tributação e do Conselho Político e Social da Associação Comercial de São Paulo, do Conselho de Administração da Fundação Zerrener, do Conselho Fiscal do Instituto Fernando Henrique Cardoso e da Comissão Julgadora do Prêmio Innovare. Foi Presidente do Centro Interamericano de Administrações Tributárias (CIAT), em 1998. Realizou diversas missões no Exterior, a serviço do Fundo Monetário Internacional – FMI e da Organização das Nações Unidas – ONU. Foi relator da Comissão Especial para Questões Federativas, instituída pelo Senado Federal. Foi membro do Conselho Consultivo do Departamento de Pesquisas Judiciárias do Conselho Nacional de Justiça. Foi membro do Comitê Gestor do II Pacto Republicano, na condição de representante do Supremo Tribunal Federal (STF). Exerceu vários cargos públicos. Foi Secretário da Receita Federal (1995-2002), Secretário de Fazenda e Planejamento do Distrito Federal (1991-1994), Secretário Executivo dos Ministérios da Fazenda (2002), do Interior (1987) e da Educação (1985), bem assim da Casa Civil da Presidência da República (1986). Foi Ministro, em caráter interino, da Fazenda, da Educação e do Interior. Em Pernambuco, foi Secretário da Fazenda (1979-1982) e da Educação (1983), e Superintendente do Conselho de Desenvolvimento de Pernambuco (1972-1975). Foi professor da Universidade Católica de Pernambuco (1969-1975). Integrou o Conselho Editorial e o Conselho Diretor da Universidade de Brasília – UnB (1991-1994).

sas[2] que, presumidamente, implicaram enormes perdas para o erário da União. Ainda que pendentes de recurso, algumas denúncias já resultaram em condenações dos réus.

Em decorrência da Operação Zelotes, foram suscitados muitos questionamentos à organização e à composição dos órgãos administrativos julgadores e ao próprio processo administrativo fiscal.

Nesse contexto, o Senado Federal e a Câmara dos Deputados instalaram Comissões Parlamentares de Inquérito (CPIs) para investigar os fatos veiculados pela mídia. As conclusões, entretanto, se revelaram de baixa serventia.

O Senador Ataídes Oliveira (PSDB-TO), que presidiu a CPI do Senado, em contraposição ao pífio desempenho da CPI, apresentou uma Proposta de Emenda Constitucional (PEC) que pode ser uma via para superar deficiências do processo administrativo fiscal.

Trata-se da PEC nº 112/2015[3] do Senado Federal, com o seguinte teor:

> "Art. 1º Os arts. 37, 108 e 146, da Constituição Federal de 1988, passam a vigorar com a seguinte redação:
>
> 'Art.37..........................................................................................................
>
> ..........................................................................................................................
>
> XXIII – os órgãos do contencioso fiscal da União, dos Estados, do Distrito Federal e dos Municípios serão integrados por bacharéis em direito com, no mínimo, 30 anos de idade e 5 anos de atividade jurídica na área tributária e aprovados previamente em concurso público específico de provas e títulos, que contarão com a garantia da vitaliciedade e por um membro do Ministério Público que funcionará como fiscal da lei.
>
> ...........................................................................................................' (NR)

[1] A Operação Zelotes foi deflagrada em 26 de março de 2015 pelo Ministério Público Federal e Polícia Federal, com apoio de órgãos especializados do Ministério da Fazenda, com o objetivo de investigar esquemas de corrupção no Conselho de Administração de Recursos Fiscais (CARF).

[2] Aqui não se faz um juízo sobre as denúncias e os denunciados, porque não é esse o objetivo deste artigo.

[3] À época em foi escrito este artigo (fevereiro de 2017), a PEC se encontrava em exame na Comissão de Constituição e Justiça do Senado Federal, tendo como relatora a Senadora Simone Tebet (PMDB-MS).

'Art.108........................................................................................................

.........................................................................................................................

II– julgar, em grau de recurso:

a) as causas decididas pelos juízes federais e pelos juízes estaduais no exercício da competência federal da área de sua jurisdição;

b) os pedidos de revisão formulados pela parte vencida no âmbito administrativo, do contencioso administrativo fiscal federal, ficando suspensa a exigibilidade do crédito tributário até o trânsito em julgado da decisão final;

.........................................................................................................' (NR)

'Art. 146......................................................................................................

IV – estabelecer a disciplina do processo administrativo fiscal da União, dos Estados, do Distrito Federal e dos Municípios, observado o disposto no inciso XXIII do art. 37, desta Constituição.

.........................................................................................................' (NR)

Art. 2º A Lei Complementar a que se refere o art. 1º desta Emenda à Constituição será editada em até 90 dias.

Art. 3º Esta Emenda Constitucional entra em vigor em 1º de janeiro do ano subsequente ao de sua aprovação ".

Na Justificação dessa PEC, destacamos os seguintes argumentos:

a) o Conselho Administrativo de Recursos Fiscais (CARF)[4], ao longo de décadas, foi aparelhado por esquema criminoso de venda de decisões, o que pretexta sua reestruturação, mediante fixação de parâmetros mínimos para os três planos federativos;

b) a PEC pretende fixar critérios para a investidura em cargos dos órgãos do contencioso administrativo fiscal e a possibilidade de recurso de suas decisões diretamente para o tribunal competente;

[4] Trata-se do órgão de julgamento de segunda instância do contencioso administrativo fiscal da União. Foi criado pela Medida Provisória nº 449, de 3 de dezembro de 2008, convertida na Lei nº 11.941, de 27 de maio de 2009, que promoveu a unificação dos Conselhos de Contribuintes, instituídos pela Decreto nº 24.036, de 26 de março de 1934. Nos anos 1920, foram criados órgãos de julgamento no contencioso fiscal da União nos Estados e no Distrito Federal. A unificação desses órgãos em âmbito nacional ocorreu com a edição do Decreto nº 24.036/1934. Foi mantida, entretanto, a segregação dos Conselhos em razão da matéria.

c) a integração do processo administrativo com o judicial não prejudicaria a suspensão da exigibilidade de crédito até o trânsito em julgado da decisão;
d) os Estados deverão alterar suas Constituições para ajustá-las às novas regras constitucionais.

## 1. Desdobramentos da crise do CARF

A crise do CARF se inscreveu no conjunto de iniciativas contemporâneas que desvendaram o mais notável esquema de corrupção, no País, envolvendo Estado, governantes, parlamentares, partidos políticos, empresas, etc., com especial destaque para a denominada Operação Lava-Jato, a que inevitavelmente se associa a Operação Zelotes, malgrado cuidarem de temas materialmente distintos.

Os fatos não foram adequadamente tratados pela mídia, quer pela dificuldade de compreender matéria complexa para leigos, quer pela propensão a conferir dramaticidade excessiva a fatos já intrinsecamente dramáticos, no atual e singular momento da história do Brasil.

Presumiu-se que o lançamento do crédito tributário pela autoridade competente corresponderia à constituição definitiva do crédito. E não o é, como elementarmente se sabe.

Aventou-se que qualquer decisão dos órgãos de julgamento administrativo fiscal que fosse contrária ao lançamento estaria associada a alguma prática criminosa. Esse absurdo entendimento ganhou força exigindo duro enfrentamento por parte dos especialistas.

É de bom alvitre que temas técnicos, independentemente de sua dimensão criminal, sejam submetidos ao escrutínio da razão. Isso é justiça. O contrário é vocação justiceira, tão esdrúxula quanto o próprio crime.

Nada disso infirma a hipótese de ocorrência de práticas delituosas na condução de fatos que, ao fim e ao cabo, deveriam postular justiça em litígios fiscais.

Distinguem-se os procedimentos de responsabilidade dos agentes tributários e a procedência dos respectivos lançamentos. A ilicitude do agente não implica procedência ou improcedência do lançamento.

Este artigo não cuida da procedência dos lançamentos alcançados pela Operação Zelotes, nem dos respectivos desdobramentos nas áreas tributária, civil e penal. Cuida de questões conexas, tanto no plano abstrato quanto no positivo, relacionadas com a consistência e a eficácia do processo administrativo fiscal.

Na Câmara dos Deputados, parlamentares chegaram a postular a extinção do CARF, no pressuposto de que essa inciativa aboliria toda ineficiência do processo administrativo fiscal. Supina tolice.

Caso prosperasse tal iniciativa legislativa, em desacordo com o que se faz no resto do mundo, dar-se-ia uma grande contribuição à já lendária morosidade da Justiça brasileira.

À vista da crise do CARF, o Ministério Público Federal, em abril de 2015, encaminhou[5] recomendação ao Ministério da Fazenda propondo a extinção do modelo paritário dos órgãos de julgamento e a simplificação do processo administrativo fiscal.

O Ministério da Fazenda, por sua vez, determinou a suspensão das atividades do CARF e o afastamento dos conselheiros sob suspeição. Procedeu, também, a mudanças no regimento daquele órgão, visando à prevenção de atos ilícitos, e à criação de uma Comissão de Ética.

O Decreto nº 8.441, de 29 de abril de 2015, com fundamento na Lei nº 5.708, de 4 de outubro de 1971, fixou gratificação de presença para os conselheiros representantes dos contribuintes em valor correspondente, por sessão, a 1/6 da remuneração do cargo DAS-5[6], observado o limite de seis sessões por mês.

A OAB, em 18 de maio de 2015, decidiu, à luz da legislação aplicável, vedar o exercício da advocacia aos conselheiros representantes dos contribuintes que percebessem remuneração em virtude de exercício de mandato no CARF.

A decisão da OAB, como esperado, implicou a renúncia de muitos conselheiros qualificados e experientes.

Vistos isoladamente, o referido decreto e a decisão da OAB parecem corretos. A combinação dessas medidas, todavia, revelou-se desastrada, em desfavor do bom funcionamento do CARF.

Desde então, o CARF vive uma crise contínua, malgrado o esforço dos seus dirigentes para superá-la.

Muitos cargos de conselheiros representantes dos contribuintes permanecem vagos por falta de interesse de advogados em ocupá-los.

A suspensão de atividades decidida pelo Ministério da Fazenda, em abril de 2015, perdurou por vários meses. Nova suspensão, nos últimos

[5] Ofício GAB PRR1/DF/RB nº 34, de 29 de abril de 2015.

[6] Trata-se de cargo em comissão do Grupo Direção e Assessoramento Superiores. A remuneração do DAS-5, à época da edição do decreto, era de R$ 11.235,00 mensais.

meses de 2016, decorreu de greve dos auditores fiscais, ineditamente encampada pelos representantes do fisco.

## 2. O modelo do CARF esgotou-se!

O cerne desse modelo é a composição paritária, que nasce nos anos 1930, inspirada no modelo fascista[7] de Estado, instituído por Benito Mussolini.

A paridade já foi extinta na Justiça do Trabalho. Remanesce na Justiça Eleitoral e no processo administrativo fiscal.

Há muitas razões para se propor a extinção do atual modelo centrado na representação paritária do Fisco e dos contribuintes:

a) as entidades que indicam (na prática, escolhem) os representantes dos contribuintes não gozam de legitimidade para tal, porquanto representam tão somente os interesses de seus filiados, organizados por atividade econômica;
b) a representação dos contribuintes ficou muito debilitada em virtude da vedação fática à participação de advogados experientes em pleno exercício de suas atividades profissionais;
c) em caso de empate o presidente da Turma (necessariamente um representante do fisco) profere voto de qualidade[8], que fere irremediavelmente a hipótese de paridade;
d) os representantes do fisco, com base no art. 5º da Medida Provisória nº 765[9], de 29 de dezembro de 2016, passarão a fazer jus ao "Bônus de Eficiência e Produtividade na Atividade Tributária e

[7] Há que se reconhecer que o modelo fascista de Estado fez muito sucesso naquela época, quando ainda não eram evidentes seus traços totalitários.

[8] Várias decisões proclamam a ilegalidade do voto de qualidade, nas hipóteses previstas no art. 112 do Código Tributário Nacional (CTN):
"Art. 112. A lei tributária que define infrações, ou lhe comina penalidades, interpreta-se da maneira mais favorável ao acusado, em caso de dúvida quanto:
I – à capitulação legal do fato;
II – à natureza ou às circunstâncias materiais do fato, ou à natureza ou extensão dos seus efeitos;
III – à autoria, imputabilidade ou punibilidade;
IV – à natureza da penalidade aplicável ou à sua graduação."

[9] A Medida Provisória nº 765/2016 se encontrava em tramitação no Congresso Nacional, quando este artigo foi escrito (fevereiro de 2017).

Aduaneira"[10], do que se deduz um claro conflito de interesses com a indispensável isenção no julgamento dos lançamentos[11];

e) a composição paritária remete a um obsoleto conceito que presume a existência de um embate infindável entre o fisco e os contribuintes;

f) a Operação Zelotes, ainda que não seja esse seu objetivo, representa uma espada de Dâmocles sobre os conselheiros, em prejuízo da indispensável serenidade para julgar.

## 3. O que fazer?

O esgotamento do modelo do CARF pode servir de pretexto para uma reforma radical no processo administrativo fiscal, inclusive na composição dos seus órgãos de julgamento.

Essa reforma seria uma resposta a teses que pretendem fazer mudanças cosméticas na legislação vigente ou que esdruxulamente propugnam a extinção da via administrativa para resolução dos litígios tributários.

Algumas pistas para repensar o atual modelo são os conceitos relativos ao processo fiscal contidos na Emenda Constitucional (EC) nº 7, de 13 de abril de 1977, e a experiência do contencioso administrativo fiscal de Pernambuco.

Na EC nº 7/1977[12], destacamos os seguintes artigos:

"Art. 122. Compete ao Tribunal Federal de Recursos:

II – julgar, originariamente, nos termos da lei, o pedido de revisão das decisões proferidas pelos contenciosos administrativos." (NR)

"Art. 203. Poderão ser criados contenciosos administrativos, federais e estaduais, sem poder jurisdicional, para decisão de questões fiscais e previdenciárias, inclusive as relativas a acidentes de trabalho (Art. 153, § 4º)."

[10] A instituição desse Bônus tem claramente o objetivo de aumentar a arrecadação tributária e, dissimuladamente, elevar a remuneração dos servidores fiscais federais.

[11] Várias liminares estão sendo concedidas sustando os julgamentos no CARF, considerando que a percepção do Bônus de Eficiência e Produtividade retira a imparcialidade dos julgadores representantes do fisco, conforme matéria publicada no Valor Econômico de 18, 19 e 20 de fevereiro de 2017, pg. E1.

[12] Essa Emenda Constitucional é caricatamente designada como "Pacote de Abril", porque foi promulgada com o Congresso Nacional fechado por ato do governo militar.

"Art. 204. A lei poderá permitir que a parte vencida na instância administrativa (artigos 111 e 203) requeira diretamente ao Tribunal competente a revisão da decisão nela proferida."

Esses novos conceitos constituíram uma mudança muito relevante no processo administrativo fiscal, notadamente porque:

a) estabelecem um precioso vínculo entre a instância administrativa e a judicial (nova redação do art. 122, II);
b) oferecem fundamento constitucional para criação de contenciosos administrativos fiscais na União e nos Estados, vedando, por via oblíqua, sua instituição nos Municípios (art.203);
c) facultam à parte vencida (fisco ou contribuinte), no contencioso administrativo fiscal, recorrer ao Tribunal competente de decisão que lhe foi desfavorável (art. 204)[13].

Sob a responsabilidade de Francisco Dornelles, Luciano Benévolo e Alberto Nogueira, então Procuradores da Fazenda Nacional e juristas de reconhecido valor intelectual, foi elaborado o anteprojeto de criação do contencioso administrativo da União, que, por determinação[14] de Mário Henrique Simonsen, Ministro da Fazenda, foi submetido a uma comissão externa constituída pelos notáveis tributaristas Gilberto Ulhôa Canto, Geraldo Ataliba e Gustavo Miguez de Mello.

O relatório da Comissão, divulgado em agosto de 1978, reproduzia teses suscitadas por Gilberto Ulhôa Canto, na condição de membro da Comissão de Reforma do Ministério da Fazenda, em 1962, ajustando-as à EC nº 7/1977. Do relatório, destaco:

a) o órgão do contencioso administrativo fiscal da União seria o Conselho Tributário Federal, instância única, com natureza de órgão relativamente autônomo e integrado por bacharéis em direito, representantes do fisco e das entidades patronais ("por obséquio à longa tradição da paritariedade"), nomeados em caráter vitalício pelo Presidente da República;
b) em conformidade com a EC nº 7/1977, seria admitido o recurso ao Judiciário, por parte do fisco ou do contribuinte.

[13] Ainda hoje, o fisco não pode recorrer ao Judiciário de sentença que lhe foi desfavorável, proferida no âmbito administrativo.

[14] Portaria MF nº 254, de 25 de maio de 1977.

A lei a que se referia o inciso do II do art. 112 da EC nº 7/1977[15] jamais foi aprovada fazendo daquela norma letra morta. Assim não ocorreu a desejada integração entre a justiça administrativa fiscal e o Judiciário.

Por conseguinte, todas as vezes em que o contribuinte perde no contencioso administrativo se obriga a iniciar novo processo desde a primeira instância judicial, com exigências de constituição de depósito judicial ou de fiança, o que muitas vezes se torna proibitivo em vista dos valores envolvidos.

Em Pernambuco, a Lei estadual nº 7.034, de 12 de dezembro de 1975, introduziu significativas mudanças na estrutura dos órgãos de julgamento do contencioso administrativo fiscal[16], com especial destaque para os seguintes pontos:

a) extinguiu-se a paridade de representação (fisco e contribuintes) na composição do órgão de segunda instância do contencioso administrativo fiscal (Conselho de Recursos Fiscais), substituindo-a por servidores ocupantes de cargos de provimento efetivo (em número de seis), selecionados em concurso público específico, tendo como requisito essencial o diploma de bacharel em direito;
b) a presidência do órgão passou a ser exercida pelo Procurador-Geral da Fazenda e não mais pelo Secretário da Fazenda.

Depois de várias mudanças em sentidos opostos, incluindo o restabelecimento da composição paritária e subsequentemente a volta ao modelo do concurso público para preenchimento dos cargos do órgão de julgamento administrativo fiscal, de segunda instância, a Lei nº 11.904, de 22 de dezembro de 2000, optou pela regra instituída em 1975, com a criação do Tribunal Administrativo de Recursos Fiscais (TATE) que

[15] Havia uma enorme reação no Legislativo a tudo que fosse decorrente do "Pacote de Abril", como ficou estigmatizada a EC nº 7/1977.

[16] Pernambuco tem uma longa tradição no contencioso administrativo fiscal. Sua história remonta à Lei nº 31, de 18 de dezembro de 1891, com a criação do Tribunal do Tesouro do Estado, que, na condição de órgão de assessoramento do Secretário da Fazenda, incluía, em sua competência, o julgamento dos recursos interpostos às decisões das repartições fiscais.
A Lei nº 8.946, de 30 de abril de 1982, sancionada à época em que o autor deste artigo era Secretário de Fazenda do Estado de Pernambuco, robusteceu as mudanças introduzidas na gestão do seu antecessor (Gustavo Krause). A Presidência do Conselho de Recursos Fiscais passou a ser exercida por um dos conselheiros concursados.

corresponde à instância única do contencioso administrativo fiscal em Pernambuco e é integrada por Julgadores Administrativos do Tesouro Estadual, em número de quinze, bacharéis em direito, selecionados em virtude de concurso público específico para a carreira.

Das pistas que exploramos, algumas teses podem ser bastantes úteis, no meu entender, à reestruturação do processo administrativo fiscal, admitindo-se como hipótese que o modelo do CARF se esgotou:

a) a indispensabilidade do processo administrativo fiscal e sua subsequente integração ao processo judicial;
b) a abolição da tese fascista da paridade e a constituição de um corpo específico de julgadores administrativos.

## 4. Uma proposta de mudança no contencioso administrativo fiscal

Entendo que não há como reparar, por meio de mudanças tópicas, o atual modelo do contencioso administrativo fiscal.

Tampouco faz sentido simplesmente abdicar de sua existência, nem mesmo pela constituição de uma justiça especializada que suprimiria a via administrativa para resolução dos litígios tributários.

A criação de uma justiça tributária especializada, sobre ser um encaminhamento divergente do que cada vez se pratica na administração da justiça em todo o mundo, é incompatível com a exigência de sistemas tributários que se obrigam a responder com rapidez e eficiência às rápidas e profundas mudanças que afinal os balizam.

Os sistemas tributários modernos apreciam mais regras que princípios, mais estabilidade que utopias, mais clareza que liberdade de interpretação, sem dispensar, todavia, princípios, utopias e liberdade de interpretação.

Em nenhum país, a administração tributária, independentemente da índole constitucional do respectivo país ou de sua história, abdicou da existência de uma instância administrativa para cuidar dos litígios tributários.

É, entretanto, a hora de mudanças profundas no processo administrativo fiscal, como tenho insistido em várias conferências[17], entrevistas e artigo[18].

[17] "O CARF e a necessidade de debate de nova estrutura dos órgãos administrativos de julgamento", Centro de Estudos das Sociedades de Advogados – CESA, São Paulo, 30 de junho de 2015; "Transparência e celeridade no processo administrativo fiscal: proposta de um novo

A composição paritária nos órgãos de julgamento do contencioso administrativo fiscal já não faz mais sentido, à vista das razões já expendidas neste artigo.

As mudanças demandam emenda constitucional que permita conceituar os órgãos do contencioso administrativo fiscal como instância única do processo administrativo fiscal, integrados por servidores públicos concursados para essa finalidade específica, com formação em direito e experiência profissional na área tributária.

A fim de ostentar sua independência em relação ao fisco, esses órgãos, no âmbito federal, seriam vinculados ao Ministério da Justiça[19] e, nos Estados e Municípios, às Secretarias de Justiça ou instituições equivalentes.

Teriam, ademais, competência para fazer gradação das penalidades, tendo em conta a gravidade da infração e a contumácia do infrator. A autoridade lançadora faria a tipificação da infração, com os respectivos fatos que lhe dão sustentação.

À semelhança do que previa norma constante da Emenda Constitucional nº 7/1977, decisões do contencioso administrativo fiscal poderiam ser objeto de recurso aos tribunais federais regionais (tributos federais) ou aos tribunais de justiça (tributos estaduais e municipais)[20], preservada a suspensão da exigibilidade do crédito.

modelo" – I Seminário Nacional do Contencioso Administrativo Fiscal de 2ª Instância Estadual – SENACOF/Tribunal Administrativo de Recursos Fiscais (TARF)/ OAB-DF, Brasília, 29 de abril de 2016; "A crise do CARF: proposta de um novo modelo para os órgãos de julgamento administrativo fiscal", Câmara dos Deputados, CPI do CARF, Brasília, 9 de junho de 2016; "Um novo paradigma no processo administrativo fiscal e na execução fiscal", Conselho Nacional de Justiça (CNJ), X Encontro Nacional do Poder Judiciário, Brasília, 5 de dezembro de 2016; "Um novo modelo para o PAF e para a execução fiscal", Grupo de Estudos Tributários Aplicados (GETAP), São Paulo, 17 de fevereiro de 2017.

[18] "Algo mais sobre o CARF", publicado em "O Estado de São Paulo", Agência Estado, Blog do Noblat (O Globo), em 5 de junho de 2015.

[19] Essa vinculação tem como inspiração o que hoje ocorre em relação ao Conselho Administrativo de Defesa Econômica (CADE).

[20] Marcos de Aguiar Villas-Bôas ("Exemplos dos Estados Unidos e Canadá para melhorias no Carf", Consultor Jurídico, 4 de agosto de 2016) assinala que: "Após o julgamento pela US Tax Court e pela Tax Court of Canada, o contribuinte recorre, em regra, diretamente para as cortes federais existentes em cada região".

Manter-se-ia a possibilidade de impugnação dos lançamentos diretamente à Justiça, implicando, nessa hipótese, renúncia tácita à via administrativa.

A Emenda Constitucional objetivaria também:

a) conferir competência aos Estados para promover o julgamento administrativo fiscal dos tributos de titularidade dos Municípios de pequeno ou médio porte[21], conforme definição em lei complementar;
b) prever, em lei complementar, a instituição de normas gerais aplicáveis ao processo administrativo fiscal e à execução fiscal, no âmbito normativo do art. 146, III, da Constituição, pondo fim à heterogeneidade e deficiências das regras adotadas pelos entes federativos em relação àquela matéria.

Para responder à questão que dá título a este artigo, a PEC nº 112/2015 do Senado Federal contempla parcialmente o que aqui se propõe[22].

Na PEC, contudo, há excessos como a fixação, em texto constitucional, de requisitos de idade e de tempo de exercício profissional para o provimento dos cargos de julgadores administrativos[23], assim como a previsão de presença de membro do Ministério Público em sessões dos órgãos de julgamento, na condição de fiscal da lei.

## 5. Um novo modelo para a execução fiscal

Nenhuma reforma do processo administrativo fiscal será plenamente eficaz se não vier acompanhada de uma também radical reforma na execução fiscal.

A obsolescência das regras aplicáveis à execução fiscal é causa principal da montanha de créditos inscritos em dívida ativa.

No final de 2016, os créditos inscritos na dívida ativa da União alcançavam a espantosa cifra de R$ 1,5 trilhão, observado que a arrecadação tributária federal, naquele mesmo exercício, foi de R$ 1,29 trilhão, conforme dados divulgados pela Receita Federal.

[21] A extravagante forma de criação de Municípios no País resultou em entidades incapazes de exercer plenamente sua competência. O deslocamento de competência para os Estados pretende suprir essa incapacidade fática.

[22] O autor deste artigo subsidiou a redação da PEC nº 112/2015.

[23] Trata-se de matéria a ser tratada na legislação infraconstitucional.

O mais grave é que o montante de créditos inscritos segue uma trajetória de crescimento contínuo, o que é evidência de importante disfunção no modelo em vigor.

Além do mais, a existência de cerca de R$ 600 bilhões de créditos em discussão no CARF poderá significar, em curto ou médio prazo, um aumento ainda maior no volume de créditos inscritos em dívida ativa.[24]

É certo que a própria lei[25] que dispõe sobre a execução fiscal é reconhecidamente ultrapassada, sem falar dos erros administrativos na cobrança da dívida ativa, envolvendo devedores sem patrimônio identificado ou com endereço desconhecido.

As tabelas seguintes expõem os impressionantes números da execução fiscal no Brasil, que explicam em boa medida a morosidade do Judiciário.

Os dados foram produzidos pelo Departamento de Pesquisas Judiciárias (DPJ) do Conselho Nacional de Justiça (CNJ).

**Total de Processos no Poder Judiciário (em milhões)**

| Variável | 2009 | 2010 | 2011 | 2012 | 2013 | 2014 | 2015 |
|---|---|---|---|---|---|---|---|
| Casos novos | 24,6 | 23,9 | 26,0 | 28,0 | 28,5 | 28,9 | 27,3 |
| Casos pendentes | 60,7 | 61,9 | 64,4 | 67,1 | 70,8 | 72,0 | 73,9 |
| Processos baixados | 25,3 | 24,1 | 25,8 | 27,7 | 28,1 | 28,5 | 28,5 |
| Sentenças terminativas | 23,7 | 23,1 | 23,6 | 24,8 | 25,9 | 27,0 | 27,2 |

[24] Este artigo não cuida de explorar as causas da enorme litigância tributária no Brasil. Ainda assim, à guisa de breve referência, o autor lembra a necessidade de urgente revisão do Código Tributário Nacional com o propósito de esclarecer matérias que estimulam desnecessariamente a controvérsia.

[25] Lei nº 6.830, de 22 de setembro de 1980.

**Processos de Execução Fiscal (em milhões)**

| Variável | 2009 | 2010 | 2011 | 2012 | 2013 | 2014 | 2015 |
|---|---|---|---|---|---|---|---|
| Execuções iniciadas | 3,5 | 3,1 | 3,8 | 3,7 | 3,6 | 3,4 | 2,7 |
| Execuções pendentes | 24,0 | 24,6 | 25,7 | 26,5 | 27,0 | 28,4 | 28,9 |
| Execuções baixadas | 3,6 | 2,3 | 2,9 | 3,1 | 3,0 | 2,7 | 2,5 |
| Sentenças em execução | 3,4 | 2,5 | 2,3 | 2,3 | 2,4 | 2,6 | 2,2 |

Em relação aos casos pendentes de decisão, em 2015[26], a execução fiscal (28,9 milhões de processos) representou 39,1% dos processos no Judiciário, com crescimento de 1,8%, em relação a 2014.

Para agravar, naquele mesmo exercício, os processos baixados de execução fiscal representaram apenas 8,8% de total e decresceram 6,1% em relação ao ano anterior.

Registre-se que, desde 2010[27], as execuções baixadas são inferiores às iniciadas, do que resulta um aumento contínuo do estoque de execuções.

À luz dos números apresentados e tão somente como mero exercício estatístico, pode-se afirmar que, caso não ocorressem novos ingressos, o Judiciário levaria 2,6 anos para liquidar o estoque de processos (1,7 ano, se excluídos os processos de execução fiscal). A liquidação apenas dos processos de execução fiscal demandaria 11,4 anos!

Isto posto, sem um novo modelo de execução fiscal, além dos óbvios prejuízos para o fisco e para os contribuintes[28], não haverá a menor chance de reduzir a morosidade no Judiciário brasileiro. A gravidade da situação requer ousadia.

As alterações propostas para o processo fiscal, convertendo-o de administrativo em administrativo-judicial, permitem entender que haverá um completo aperfeiçoamento do lançamento tributário e, se procedente, ter-se-ia um crédito verdadeiramente líquido e certo[29].

[26] Dados mais recentes, disponíveis em fevereiro de 2017.

[27] Em 2009, há praticamente uma equivalência entre execuções baixadas e iniciadas.

[28] Considerada uma dada meta de arrecadação, a execução fiscal ineficiente, como é óbvio, acarreta maior pressão fiscal sobre os contribuintes.

[29] Hoje, a certeza e a liquidez serão meramente formais.

Esse entendimento autoriza propor uma execução fiscal pela via exclusivamente administrativa, sem elidir a possibilidade de recorrer-se à Justiça em caso de erro ou abusividade no processo de execução.

No processo de execução fiscal, o crédito fiscal seria obrigatoriamente compensado com precatórios próprios ou de terceiros e, na forma da lei, compensável com títulos da dívida pública e com prejuízos e créditos acumulados. Em ambas as hipóteses, os créditos deveriam ser do mesmo ente tributante.

A adoção desse procedimento iria promover um *clearing* permanente entre créditos fiscais inscritos em dívida ativa e créditos contra a Fazenda Pública.

O órgão fazendário definido como competente para gerir a dívida ativa deveria estar investido de competência para, nos limites da lei:

a) penhorar bens e direitos;
b) protestar em cartório;
c) transacionar;
d) celebrar termos de ajuste de conduta com o contribuinte;
e) securitizar créditos, à semelhança do que vem de ser adotado nos Estados Unidos pelo Internal Revenue Service[30].

Essa competência teria um notável impacto modernizador na cobrança da dívida ativa, dotando-a de força e flexibilidade.

Entendo que, para prevenir controvérsias, a reforma do modelo de execução fiscal deveria estar amparada em norma constitucional.

Retorno ao início do artigo. PEC 112/2015 do Senado Federal seria a solução? Com pequenas alterações, a resposta seria positiva. É preciso, todavia, ousar mais.

[30] Trata-se do "Private Debt Collection Program, the FAST Act", autorizado por lei aprovada em dezembro de 2015, em virtude do qual o IRS pode selecionar agências privadas para cobrar débitos fiscais já constituídos.

# Embargos à Execução Fiscal: Um Contributo para um Modelo mais Eficiente

Mary Elbe Queiroz*
Antonio Carlos F. de Souza Júnior**

## 1. Introdução

De há muito discutimos um modelo ideal ou, pelo menos, mais eficiente para a execução fiscal no Brasil. Com as reformas da execução civil,

* Pós-Doutora pela Universidade de Lisboa. Doutora em Direito Tributário (PUC/SP). Mestre em Direito Público (UFPE). Pós-graduação em Direito Tributário: Universidade de Salamanca – Espanha e Universidade Austral – Argentina. Presidente do Instituto Pernambucano de Estudos Tributários – IPET. Membro Imortal da Academia Brasileira de Ciências Econômicas, Políticas e Sociais – ANE. Membro do Comitê Superior de Assuntos Jurídicos e Legislativos da FIESP (CONJUR). Membro da Comissão de Juristas para Estudo da Desburocratização do Senado. Membro da Comissão Permanente de Revisão e Simplificação da Legislação Tributária do Estado de Minas Gerais. Conselheira do LIDE Mulher – PE. Coordenadora do IBET em Pernambuco. Professora. Livros e artigos publicados e palestras no Brasil e exterior. Advogada sócia de Queiroz Advogados Associados.
** Doutorando em Direito Tributário (USP-SP). Mestre em Direito (UNICAP-PE). Pós-graduação em Direito Tributário pelo IBET/SP. Professor do Curso de Pós-graduação do IBET em Recife/PE e em João Pessoa/PB. Secretário-Geral da Associação Brasileira de Direito Processual – ABDPro. Membro da Associação Norte Nordeste de Professores de Processo – ANNEP. Vice-presidente da Comissão de Assuntos Tributários da OAB/PE. Conselheiro do Conselho Administrativo Fiscal do Município do Recife. Advogado sócio de Queiroz Advogados Associados.

promovidas pelas Leis nº 11.232/2005 e nº 11.382/2006, ainda na vigência do Código de Processo Civil de 1973 (já revogado), o debate sobre a reforma da execução fiscal ganhou um novo fôlego.

Neste contexto, foi apresentado pelo Deputado Regis de Oliveira o Projeto de Lei nº 2.412/2007 que, entre outras novidades, buscava introduzir a execução fiscal administrativa transferindo os atos expropriatórios contidos no procedimento da execução judicial para a esfera da Administração Tributária.

Posteriormente, em 10/11/2008, o Ministério da Fazenda encaminhou ao Congresso Nacional o Anteprojeto de Lei de Execução Fiscal (PL nº 5.080/2009), elaborado pela Procuradoria-Geral da Fazenda Nacional, pelo Conselho da Justiça Federal e por Acadêmicos, com o objetivo de garantir maior efetividade ao processo executivo. A proposta pretendia a "integração da fase administrativa de cobrança do crédito público com a subsequente fase judicial, evitando a duplicidade de atos e reservando ao exame e atuação do Poder Judiciário apenas as demandas que, sem solução extrajudicial, tenham alguma base patrimonial para a execução forçada"[1]. Esses projetos não foram aprovados e continuam em tramitação no Congresso Nacional. Inclusive, o Projeto de Lei nº 5.080/2009 e demais projetos sobre a matéria foram apensados ao Projeto de Lei nº 2.412/2007.

Com o novo Código de Processo Civil (Lei nº 13.105/2015), a Procuradoria-Geral da Fazenda Nacional voltou a estudar a possibilidade da elaboração de um Anteprojeto de Lei de Execução Fiscal, o qual seria apresentado como um substitutivo ao Projeto de Lei nº 2.412/2007 e seus respectivos apensos. Vale esclarecer que, por força do art. 13 do CPC/2015 e do art. 1º, da Lei 8.630/1980, não existem dúvidas de que as regras do novo CPC são inteiramente aplicáveis à execução fiscal.

A primeira minuta do anteprojeto foi apresentada, em 07/11/2016, para a Comissão de Juristas, instituída no Senado Federal para elaborar projeto de medidas legislativas com vista à desburocratização e, ainda, para eliminar ou reduzir a excessiva formalidade e rigidez das rotinas e processos na administração pública, inclusive na área da execução

[1] Conforme a respectiva Exposição de Motivos.

fiscal[2]. Atualmente, o anteprojeto continua em debate na respectiva comissão.

Neste cenário de debates e aprimoramento legislativo, o presente trabalho tem o escopo apresentar sugestões para um modelo de embargos à execução que possa contribuir para mais garantia ao executado e maior eficiência ao processo de execução com benefício para a administração tributária e celeridade à máquina judicial.

A ideia aqui apresentada, em linhas sintéticas, é o pilar de que o processo (tributário – administrativo ou judicial) é uma instituição de garantia para o Administrado que assegura equilíbrio e imprime segurança à relação Fazenda Pública e Contribuinte, delineada na Constituição Federal, art. 5º, LIV, LV, LXXVIII e § 2º, e não apenas um elemento instrumental do poder estatal para expropriar bens do devedor da Fazenda Pública. Em outras palavras, o processo é

> "instituição garantística a serviço dos jurisdicionados", não "instrumento a serviço do Poder jurisdicional"; afinal, é tratado no título sobre *direitos e garantias fundamentais* [CF, Título II], não nos títulos sobre a *organização do Estado* [CF, Títulos III *et seqs.*]. Mas é possível ainda avançar mais: processo é instituição de garantia de *liberdade* (pois regulado no Capítulo I do Título II, que cuida dos direitos fundamentais de *primeira* geração), não de igualdade (que é vetor que regula o Capítulo II do Título II, que cuida dos direitos fundamentais de *segunda* geração); presta-se, enfim, a resguardar a *liberdade* das partes em relação ao Estado-juiz, não a igualdade entre elas sobre o processo como garantia de liberdade". (Velloso, Alvarado. Sistema procesal. Santa Fe: Rubinzal-Culzoni, 2009)[3]

Por outro lado, não estamos alheios às dificuldades encontradas pelos órgãos da administração tributária para buscar o cumprimento das obrigações tributárias e a satisfação dos créditos da Fazenda Pública, especialmente após a constituição do crédito pelo lançamento quando já encerrado o processo administrativo e, principalmente, depois da inscrição

[2] http://www12.senado.leg.br/noticias/materias/2016/11/07/especialistas-em-execucao-fiscal-propoem-reformas-para-desburocratizar-o-processo . Acesso em 23/01/2017.

[3] Costa, Eduardo José da Fonseca. **O processo como instituição de garantia**. Revista Consultor Jurídico de 16/11/2016. Disponível em: http://www.conjur.com.br/2016-nov-16/eduardo-jose-costa-processo-instituicao-garantia.

em Dívida Ativa e na seara da execução judicial conforme atesta o estudo empírico "Justiça em Números" do Conselho Nacional de Justiça[4].

É justamente por isso que na proposta a seguir apresentada pretende-se prestigiar a necessidade de concretizar os postulados constitucionais inerentes ao processo (devido processo legal, o contraditório e a ampla defesa) e, ao mesmo tempo, laborar a favor da eficiência da cobrança do crédito fiscal.

Na primeira parte do artigo, iremos apresentar as premissas escolhidas para o desenvolvimento de um contributo para um modelo de embargos à execução. Em seguida, de forma sintética, haja vista o espaço deste trabalho, será apresentado um esboço de alguns pontos que poderão ser considerados na redação da fórmula legislativa introdutória do modelo, a fim de ampliar o debate da comunidade científica e cooperar com os projetos em discussão no Congresso Nacional.

## 2. Desenvolvendo um modelo de embargos à execução fiscal

### 2.1. Dispensa da garantia prévia como condição para admissibilidade

Na concepção originária do CPC/1973, a defesa do executado, independentemente da natureza do título, era sempre efetuada pelos embargos à execução. O procedimento, porém, não permitia a oposição imediata da defesa, pois o executado era citado para pagar ou nomear bens à penhora (art. 652 do CPC/1973) e a admissibilidade dos embargos dependia da existência de penhora prévia (art. 737 do CPC/1973).

A Lei nº 6.830/1980 seguiu a estrutura teórica e procedimental da defesa do executado existente na redação originária do CPC/1973, conforme pode ser observado nos artigos 8º e 16:

[4] CONSELHO NACIONAL DE JUSTIÇA. **Justiça em números 2016: ano-base 2015**. Brasília: CNJ, 2016. p. 63. "(...) os processos de execução fiscal representam, aproximadamente, 39% do total de casos pendentes e 75% das execuções pendentes no Poder Judiciário. Os processos desta classe apresentam alta taxa de congestionamento, 91,9%, ou seja, de cada 100 processos de execução fiscal que tramitaram no ano de 2015, apenas 8 foram baixados. Desconsiderando estes processos, a taxa de congestionamento do Poder Judiciário cairia de 72,2% para 63,4% no ano de 2015 (redução de 9 pontos percentuais). A maior taxa de congestionamento de execução fiscal está na Justiça Federal (93,9%), e a menor, na Justiça do Trabalho (75,8%)".

Art. 8º – O executado será citado para, no prazo de 5 (cinco) dias, pagar a dívida com os juros e multa de mora e encargos indicados na Certidão de Dívida Ativa, ou garantir a execução, observadas as seguintes normas: (...)

...

Art. 16 – O executado oferecerá embargos, no prazo de 30 (trinta) dias, contados: (...)

§ 1º – Não são admissíveis embargos do executado antes de garantida a execução.

É importante lembrar que a Lei nº 6.830/1980 é o veículo normativo que dita regras para as execuções da Dívida Ativa fiscal/tributária e não fiscal/extra tributária. A citada Lei, mesmo veiculando procedimento especial, guardou uma relação de simetria com o modelo de defesa do executado existente para os demais títulos executivos extrajudiciais.

Na ausência de garantia, porém, o processo de execução fiscal prolongava-se indefinidamente e o Contribuinte ficava impedido de prosseguir com a sua defesa na busca do reconhecimento de possível inexistência do débito.

Com a reforma do processo executivo extrajudicial, promovida pela Lei nº 11.382/2006, o art.737 do CPC/1973 foi revogado e o art. 738 passou a prever a possibilidade de oposição dos embargos à execução no prazo de 15 (quinze) dias contados da data da juntada aos autos do mandado de citação. A partir daí a simetria entre o procedimento dos embargos na execução de título extrajudicial e na execução fiscal deixa de existir.

Outrossim, com a edição do CPC/2015, a ausência de simetria entre execução civil e fiscal permaneceu. O art. 914, inclusive, afastou expressamente a necessidade de penhora para oposição de embargos à execução.

A quebra da simetria no procedimento dos embargos fez surgir o debate doutrinário sobre a revogação tácita do §1º do art. 16 da Lei nº 6.830/1980 e, consequentemente, a supressão da exigência da garantia como condição para processamento dos embargos à execução fiscal[5].

[5] No sentido da dispensa da garantia do juízo: CUNHA, Leonardo José Carneiro da. **Novas reflexões sobre os embargos à execução fiscal: desnecessidade de prévia garantia do juízo e casos de efeito suspensivo automático.** In: Revista Dialética de Direito Processual, v. 62, p. 57-60, 2008. Em sentido contrário: ASSIS, Arakén de. **Manual da execução.** 11. ed. São Paulo: Editora Revista dos Tribunais, 2007. p. 1.138-1.139.

No âmbito jurisprudencial, o Superior Tribunal de Justiça, no julgamento do Recurso Especial nº 1.272.827-PE[6], ratificou entendimento no sentido de que o §1º do art. 16 da Lei nº 6.830/1980 continua em vigor e a garantia do juízo continua sendo um pressuposto de admissibilidade dos embargos à execução fiscal. No entanto, o mesmo tribunal vem relativizando essa exigência nos casos de insuficiência patrimonial do executado (inequívoca e devidamente comprovada) e naqueles em que a garantia é parcial[7].

Note-se que a ausência de simetria entre o regime geral e o regime da execução fiscal vem causando insegurança e suscitando amplas discussões nos tribunais, o que atenta contra a efetividade da própria execução e, em paralelo, impede o exercício da ampla defesa ao executado que não disponha bens suficientes para garantir a execução fiscal. Noutro giro, também é salutar que o executado possa exercer a ampla defesa no âmbito da execução fiscal, haja vista que o título executado (ao contrário de outros títulos executivos extrajudicial) é produzido unilateralmente pela Fazenda Pública (sujeito ativo da execução) e esta dispõe de meios próprios para constranger os devedores.

Ressalte-se, em que pese a existência de um controle de juridicidade no âmbito do processo administrativo tributário, que nem sempre tal prerrogativa é exercida pelo contribuinte ou há casos em que a matéria não pode ser conhecida no âmbito administrativo como, por exemplo, analise de constitucionalidade ou legalidade de ato normativo vinculante no âmbito da administração tributária. Apesar de existir tal vedação em lei, vale registrar que o julgador administrativo tem o dever

[6] SUPERIOR TRIBUNAL DE JUSTIÇA. REsp 1272827/PE, Rel. Ministro Mauro Campbell Marques, PRIMEIRA SEÇÃO, julgado em 22/05/2013, DJe 31/05/2013. Ementa: (...) 6. Em atenção ao princípio da especialidade da LEF, mantido com a reforma do CPC/73, a nova redação do art. 736, do CPC dada pela Lei n. 11.382/2006 – artigo que dispensa a garantia como condicionante dos embargos – não se aplica às execuções fiscais diante da presença de dispositivo específico, qual seja o art. 16, §1º da Lei n. 6.830/80, que exige expressamente a garantia para a apresentação dos embargos à execução fiscal (...)

[7] SUPERIOR TRIBUNAL DE JUSTIÇA. AgRg no AREsp 261.421/AL, Rel. Ministro Humberto Martins, SEGUNDA TURMA, julgado em 23/04/2013, DJe 02/05/2013.Ementa: (...) 1. A Primeira Seção do STJ, no julgamento do REsp 1.127.815/SP, em 24.11.2010, Relator Ministro Luiz Fux, submetido à sistemática do art. 543-C do CPC, consolidou entendimento segundo o qual a insuficiência da penhora não impede o recebimento de embargos do devedor na execução fiscal. (...)

de se manifestar sobre esses temas pois ele deve guardar obediência é aos comandos constitucionais.

A defesa da matéria, assim, por meio da apresentação dos embargos à execução fiscal, acaba sendo, em diversos casos, a primeira oportunidade em que se irá realizar o efetivo controle de legalidade do crédito tributário e procedimento destinado à sua constituição.

Deveras, tal aspecto não passou despercebido na elaboração do Anteprojeto de Lei, formalizado no Projeto de Lei nº 5.080/2009, elaborado pela Procuradoria-Geral da Fazenda Nacional, Conselho da Justiça Federal e estudiosos do direito, inclusive, com menção expressa na exposição de motivos:

> 18. Para a defesa do executado adota-se o mesmo regime proposto na execução comum de título extrajudicial, onde os embargos podem ser deduzidos independentemente de garantia do juízo, não suspendendo, como regra geral, a execução.
>
> 19. Prestigia-se, assim, o princípio da ampla defesa, que fica viabilizado também ao executado que não disponha de bens penhoráveis. Desaparece, por conseguinte, a disciplina da prévia garantia do juízo como requisito indispensável à oposição da ação incidental[8].

Aliás, o referido pilar vem sendo reproduzido nos anteprojetos e projetos elaborados posteriormente, consoante pode ser observado no Projeto de Lei nº 1.575/2015 e na minuta do anteprojeto apresentada para a Comissão de Juristas no Senado Federal.

Na mesma linha dos projetos citados, portanto, entendemos que a garantia prévia não deve ser pressuposto para o recebimento e desenvolvimento válido dos embargos à execução fiscal.

## 2.2. Efeito suspensivo dos embargos à execução

A alteração promovida pela Lei nº 11.382/2006 também impactou o regime de concessão do efeito suspensivo dos embargos à execução fiscal. Ao passo que a legislação permitiu a oposição de embargos à execução sem penhora prévia, o efeito suspensivo automático deixou de existir com a revogação do art. 739 do CPC/1973.

[8] Projeto de Lei nº 5.080/2009. Exposição de Motivos Interministerial nº 186/2008 – MF/AGU.

Destarte, houve a inclusão do art. 739-A do CPC/1973 que delegou a atribuição de efeito suspensivo ao julgador quando presente os seguintes requisitos: i) relevantes fundamentos; ii) o prosseguimento da execução possa causar ao executado grave dano de difícil ou incerta reparação e iii) garantia da execução por penhora, depósito ou caução.

Importante destacar que o modelo também foi mantido no CPC/ /2015, consoante o art. 919, o qual possui redação semelhante ao art. 739-A do CPC/1973.

Mais uma vez, a quebra de simetria despertou inúmeros debates doutrinários[9]. A matéria foi levada ao Superior Tribunal de Justiça e despertou calorosos debates na Primeira Seção.

Finalmente, por meio do Recurso Especial nº 1.272.827-PE[10], julgado na sistemática dos recursos repetitivos, a Primeira Seção pacificou o entendimento e firmou a tese no sentido de que o efeito suspensivo na execução fiscal não é automático e depende do preenchimento dos requisitos do art. 739-A do CPC/1973 (atual art. 919 do CPC/2015).

Não obstante, entendemos que as particularidades da execução fiscal e alguns avanços trazidos no CPC/2015 exigem que o regime de efeito suspensivo dos embargos à execução fiscal seja aperfeiçoado.

Uma alternativa viável é a criação de um rol de hipóteses (taxativas), com modalidades de efeito suspensivo automático e modalidades que dependem de deferimento judicial, mediante o preenchimento de requisitos legais.

É importante refletir que nem toda execução fiscal contém crédito certo, líquido e exigível, pois, algumas vezes existem vícios e erros que contaminam o crédito tributário e que tornam a respectiva cobrança indevida. Daí porque deve haver cautela na constrição de bens do devedor, pois a cobrança pode se referir a débito inexistente ou indevido e, por isso, faz-se necessário o efeito suspensivo dos embargos. Tal constrição prévia poderá gerar danos irreparáveis para o suposto devedor caso, ao final, o débito seja considerado indevido.

[9] Cf. Cunha, Leonardo José Carneiro da. **Fazenda Pública em Juízo.** 6ª ed. São Paulo: Dialética, 2008. pp.341-358. Em sentido contrário: Machado, Hugo de Brito. **Embargos à execução fiscal: prazo para interposição e efeito suspensivo.** In: Revista Dialética de Direito Tributário nº 151. São Paulo: Dialética, 2008. pp.49-58.

[10] SUPERIOR TRIBUNAL DE JUSTIÇA. REsp 1272827/PE, Rel. Ministro Mauro Campbell Marques, PRIMEIRA SEÇÃO, julgado em 22/05/2013, DJe 31/05/2013.

Mary Elbe Queiroz defende a suspensão automática da execução diante da realidade atual em que são lavrados autos de infração com a constituição de supostos débitos de altos valores relativos a discutíveis planejamentos tributários abusivos, tendo em vista que hoje no Brasil não existe lei tributária disciplinando tal possibilidade e ainda não houve manifestação dos tribunais superiores sobre tal tema, bem assim estão havendo muitas acusações de grupos econômicos e um excesso de responsabilização de terceiros por alegados débitos tributários antes mesmo que estes terceiros sejam chamados a apresentar defesa. Para esta primeira autora deste trabalho, exigir previamente qualquer garantia, para que o Contribuinte possa se defender por meio de embargos é restringir o amplo direito de defesa mediante a prévia constrição de bens ou exigência de depósito do montante integral, seguro ou fiança bancária para assegurar esses supostos débitos que posteriormente poderão ser considerados indevidos. Porém, para que não haja perdas e a Fazenda fique impossibilitada de, ao final, ter seu crédito satisfeito no caso de ser vencedora, poderão ser exercidas os demais mecanismos legais de que dispõe a Fazenda como, por exemplo, a medida cautelar fiscal quando comprovados os seus requisitos.

Pensando, porém, na sistemática hoje já existente, as hipóteses de efeito suspensivo automático dos embargos seriam: i) a garantia integral do débito executado mediante depósito de dinheiro, fiança bancária, seguro garantia e nomeação de bens à penhora; b) nos embargos opostos pelo responsável tributário (qualquer modalidade prevista no CTN) quando não figurar como responsável desde o processo administrativo tributário ou não for instaurado o incidente de desconsideração da personalidade jurídica.

Já as hipóteses de efeito suspensivo que dependeriam de deferimento judicial, ficariam subdivididas em: i) quando presentes os requisitos para tutela de urgência; ii) quando presentes os requisitos para concessão da tutela de evidência.

As mencionadas modalidades de efeito suspensivo serão detalhadas e justificadas separadamente nos tópicos seguintes.

## 2.3. Efeito suspensivo automático no depósito em dinheiro, fiança bancária e no seguro garantia e nomeação de bens à penhora

A primeira modalidade de efeito suspensivo aos embargos à execução fiscal será automática e aplicável aos casos em que o embargante efetua o depósito em dinheiro do montante executado, apresenta fiança bancária, seguro garantia ou nomeia bens à penhora.[11]

A penhora deve recair sobre os bens previstos nos incisos II a XIII do art. 835 do CPC/2015.

Importante observar que, para o caso do depósito em dinheiro, o efeito suspensivo automático já possui respaldo normativo na legislação vigente. O art. 151, inciso II, do Código Tributário Nacional estabelece como hipótese de suspensão do crédito tributário o depósito do montante integral:

> Art. 151. Suspendem a exigibilidade do crédito tributário:
>
> (...)
>
> II – o depósito do seu montante integral;

Por conseguinte, basta o depósito em dinheiro da totalidade do crédito tributário cobrado para que haja a suspensão da exigibilidade do crédito tributário. Sobre o tema, Paulo de Barros Carvalho assevera que o

> implemento do depósito cumpre o papel de garantir ao administrado com relação à variação do poder aquisitivo da moeda e aos riscos da mora, revelando seu perfil assecuratório e não-satisfativo do débito. Enquanto isso, o sujeito pretensor aguardará a prestação jurisdicional do Estado, certo de que a arrecadação do tributo será realizada uma vez reconhecida a legitimidade do direito. Com o trânsito em julgado da decisão, tornando-se consolidada a manifestação da Justiça, a Fazenda Pública poderá tomar as providências legais cabíveis para a satisfação de seu crédito tributário, requerendo a conversão do depósito em renda[12].

Havendo a suspensão do crédito, a exigibilidade, que é um dos atributos do título executivo extrajudicial (art. 783 do CPC/2015), é sustada o que, naturalmente, impede o prosseguimento dos atos constritivos e executivos.

[11] Aqui novamente se ressalva a posição da primeira autora que defende ser necessário criar a possibilidade do efeito suspensivo dos embargos nos casos de execução de vultosos valores decorrentes de autos de infração em que se discutem temas como planejamentos tributários, responsabilização de terceiros e grupos econômicos, ressalvada a comprovação de fraude ou desvio de patrimônio que darão ensejo à medida cautelar fiscal.

[12] CARVALHO, Paulo de Barros. **Direito tributário, linguagem e método**. 3 ed. São Paulo: Noeses, 2009. p.529.

E mais, interpretando sistematicamente o art. 7º, inciso II, e o art. 32, §2º, da Lei nº 6.830/1980, podemos concluir que, em caso do depósito do montante em dinheiro, a satisfação do crédito (ato executório final) somente poderá ocorrer após o trânsito em julgado, o que claramente denota a sustação dos atos executórios:

> Lei nº 6.830/1980
> Art. 7º – O despacho do Juiz que deferir a inicial importa em ordem para:
> (...)
> II – penhora, se não for paga a dívida, nem garantida a execução, por meio de depósito, fiança ou seguro garantia;
> (...)
> Art. 32 – Os depósitos judiciais em dinheiro serão obrigatoriamente feitos:
> (...)
> § 2º – Após o trânsito em julgado da decisão, o depósito, monetariamente atualizado, será devolvido ao depositante ou entregue à Fazenda Pública, mediante ordem do Juízo competente.

Sendo assim, é salutar a existência de um dispositivo que contemple expressamente a suspensão automática no caso de depósito em montante integral do crédito tributário executado para que não restem quaisquer dúvidas.

Por outro lado, no caso da fiança bancária ou do seguro-garantia a suspensão automática também é salutar, haja vista o alto grau de liquidez da garantia. O art. 835, §2º, do CPC/2015 equiparou a dinheiro, para fins de substituição de penhora, as modalidades citadas:

> Art. 835. A penhora observará, preferencialmente, a seguinte ordem:
> (...)
> § 2º Para fins de substituição da penhora, equiparam-se a dinheiro a fiança bancária e o seguro garantia judicial, desde que em valor não inferior ao do débito constante da inicial, acrescido de trinta por cento.

No mesmo sentido é a redação do inciso II, do art. 7º da Lei nº 6.830/1980, dada pela Lei nº 13.043/2014:

> Art. 7º – O despacho do Juiz que deferir a inicial importa em ordem para:
> (...)
> II – penhora, se não for paga a dívida, nem garantida a execução, por meio de depósito, fiança ou seguro garantia;

Saliente-se que apesar de o art. 151, II, do CTN não fazer a expressa equiparação que existe na lei processual entre o depósito em dinheiro, o seguro-garantia e a fiança bancária, uma vez que são possibilidades trazidas por leis posteriores, deve-se adotar interpretação de que se equivalem e que todas essas garantias asseguram o mesmo efeito suspensivo. A interpretação judicial deverá acompanhar a evolução que existe no mundo real das empresas Contribuintes, pois, diante da exigência de débitos vultosos, especialmente com relação a temas ainda não examinados pelos tribunais judiciais, como os já referidos aqui, não se deve obstar a suspensão dos efeitos aos embargos em relação a débitos cuja existência ainda será apreciada no âmbito judicial e com isto evitar se criarem óbices à realização de negócios.

O Superior Tribunal de Justiça, contudo, no julgamento do Recurso Especial nº 1.156.668-DF (recurso repetitivo), entendeu que a fiança bancária não é equiparável ao depósito integral do débito para fins de suspensão da exigibilidade do crédito tributário, ante a taxatividade do art. 151 do Código Tributário Nacional[13].

Sob a óptica processual, no entanto, a equiparação é fundamental para efetividade da utilização desses instrumentos de garantia, haja vista que a possibilidade de conversão imediata em renda da garantia (seguro ou fiança bancária) praticamente a inviabiliza. Nenhuma instituição financeira ou seguradora irá prestar uma garantia com a possibilidade de conversão imediata ou em curto espaço de tempo.

Portanto, em razão do alto grau de liquidez (equiparável ao dinheiro), é recomendável que o seguro-garantia e a fiança bancária possuam o mesmo tratamento processual do depósito em dinheiro na execução fiscal.

### 2.4. Efeito suspensivo quando presentes os requisitos para concessão da tutela de evidência

A segunda hipótese de efeito suspensivo consiste em uma modalidade de concessão por meio de decisão judicial. O fundamento para o deferimento da medida seria a presença dos requisitos da tutela de evidência previsto no art. 311, inciso II, interpretado sistematicamente com o art. 927 e o parágrafo 4º do art. 496, todos do CPC/2015.

[13] SUPERIOR TRIBUNAL DE JUSTIÇA. REsp 1156668/DF, Rel. Ministro Luiz Fux, PRIMEIRA SEÇÃO, julgado em 24/11/2010, DJe 10/12/2010.

Não podemos afirmar que a tutela de evidência é uma novidade no sistema processual brasileiro, mas é inegável que o CPC/2015 ampliou o espectro de aplicação deste importante instrumento de defesa[14].

A tutela de evidência é "uma técnica processual que diferencia o procedimento em razão da evidência com que determinadas alegações se apresentam em juízo. Qualquer espécie de tutela jurisdicional, encarada como o resultado prático da decisão, pode, em tese, ser beneficiada por essa técnica[15]".

O legislador elencou, no art. 311 do CPC/2015, os dispositivos que tratam da concessão da tutela de evidência:

> Art. 311. A tutela da evidência será concedida, independentemente da demonstração de perigo de dano ou de risco ao resultado útil do processo, quando:
>
> I – ficar caracterizado o abuso do direito de defesa ou o manifesto propósito protelatório da parte;
>
> II – as alegações de fato puderem ser comprovadas apenas documentalmente e houver tese firmada em julgamento de casos repetitivos ou em súmula vinculante;
>
> III – se tratar de pedido reipersecutório fundado em prova documental adequada do contrato de depósito, caso em que será decretada a ordem de entrega do objeto custodiado, sob cominação de multa;
>
> IV – a petição inicial for instruída com prova documental suficiente dos fatos constitutivos do direito do autor, a que o réu não oponha prova capaz de gerar dúvida razoável.
>
> Parágrafo único. Nas hipóteses dos incisos II e III, o juiz poderá decidir liminarmente.

Em suma, dada a sua natureza, a demonstração do perigo da demora ou existência de risco no resultado útil do processo não constitui requisito necessário para a sua concessão, bastando a configuração da evidência.

[14] Sobre aspectos históricos da tutela de evidência: Cf. Gouveia, Lúcio Grassi. Souza Júnior, Antonio Carlos F. de. Alves, Luciana Dubeux Beltrão. **Breves considerações sobre a tutela de evidência no CPC/2015**. In: Tutela provisória. Mateus Pereira, Roberto Campos Gouveia, Eduardo José Fonseca Costa (Coordenadores). Salvador: Jus Podivm, 2016. p.433-436.

[15] Didier Júnior, Fredie. *et al.* **Tutela provisória de evidência**. In: Tutela provisória. Mateus Pereira, Roberto Campos Gouveia, Eduardo José Fonseca Costa (Coordenadores). Salvador: Jus Podivm, 2016. p.419.

Por outro lado, os enunciados normativos previstos no art. 311 não correspondem a um rol de hipóteses (taxativo). Na verdade, o texto normativo apresenta parâmetros oferecidos pelo legislador para construção do conceito de *evidência*, pressuposto para a concessão de medida antecipatória.

Tanto é assim que há previsão de concessão de tutela de evidência em outros dispositivos do CPC/2015, como, por exemplo, da tutela provisória satisfativa da ação possessória, prevista no art. 562, dos embargos de terceiro (art. 678) e da ação monitória (art. 700)[16].

O conceito de *evidência* está atrelado a uma qualificação, ou melhor, uma valoração da alegação deduzida em juízo, acompanhada de elementos probatórios documentais trazidos aos autos. A competência para a valoração, por óbvio, é do próprio magistrado que utilizará a técnica processual para identificar a presença e considerar configurada a *evidência*.

Neste sentido, a configuração da *evidência* "se caracteriza com a conjugação de dois pressupostos: prova da alegação de fato e probabilidade de acolhimento da pretensão processual"[17].

Sendo assim, a fórmula proposta para concessão do efeito suspensivo aos embargos à execução com base na evidência, parte da conjugação da hipótese do art. 311, inciso II, com os artigos 927 e parágrafo 1º do art. 496, ambos do CPC/2015.

No inciso II do art. 311, o texto contempla diretamente a configuração da *evidência* quando "as alegações de fato puderem ser comprovadas apenas documentalmente e houver tese firmada em julgamento de casos repetitivos ou em súmula vinculante". A primeira parte do texto estabelece a necessidade de que a alegação de fato seja comprovada por prova documental apresentada em conjunto com a petição, ou seja, a prova deve ser pré-constituída e suficiente para a formação de um juízo de probabilidade do fato alegado.

Além da alegação de fato precisar de prova documentável prévia, o inciso II determina que a questão deduzida em juízo esteja embasada

[16] Didier Júnior, Fredie. *et al*. **Tutela provisória de evidência**. In: Tutela provisória. Mateus Pereira, Roberto Campos Gouveia, Eduardo José Fonseca Costa (Coordenadores). Salvador: Jus Podivm, 2016. p.420.

[17] Didier Júnior, Fredie. *et al*. **Curso de direito processual civil: teoria da prova, direito probatório, ações probatórias, decisão, precedente, coisa julgada e tutela provisória**. Vol. 2. 10ª ed. Salvador: Jus Podivm, 2015. p.618.

em precedente firmado em casos repetitivos (recurso especial e recurso extraordinário, julgado nos moldes dos artigos 1.036 a 1.041) ou em súmulas vinculantes, aprovadas conforme o art. 103-A da Constituição Federal.

Tomando-se por base, porém, os pressupostos para a qualificação da alegação como *evidência*, enquanto valoração autorizativa para utilização de técnica processual específica, devemos percorrer os demais elementos textuais, contidos no sistema processual, o que permite a construção de outras hipóteses de utilização da tutela de evidência.

O primeiro ponto consiste na necessidade de agregar as hipóteses de plausibilidade da pretensão de direito alegada, previstas no inciso II, com aquelas previstas no art. 927 do CPC/2015:

> Art. 927. Os juízes e os tribunais observarão:
>
> I – as decisões do Supremo Tribunal Federal em controle concentrado de constitucionalidade;
>
> II – os enunciados de súmula vinculante;
>
> III – os acórdãos em incidente de assunção de competência ou de resolução de demandas repetitivas e em julgamento de recursos extraordinário e especial repetitivos;
>
> IV – os enunciados das súmulas do Supremo Tribunal Federal em matéria constitucional e do Superior Tribunal de Justiça em matéria infraconstitucional;
>
> V – a orientação do plenário ou do órgão especial aos quais estiverem vinculados.

Assim, a tutela de evidência também deverá ser concedida quando a questão estiver fundada em decisões proferidas pelo Supremo Tribunal Federal em controle concentrado de constitucionalidade (art. 927, inciso I); em enunciados das súmulas do Supremo Tribunal Federal em matéria constitucional e do Superior Tribunal de Justiça em matéria infraconstitucional (art. 927, inciso IV); em acórdãos em incidente de assunção de competência ou de resolução de demandas repetitivas (art. 927, inciso III) e na orientação do plenário ou do órgão especial aos quais estiverem vinculados o magistrado ou Tribunal (art. 927, inciso V).

Também, não podemos esquecer que, nas demandas envolvendo o Poder Público, a probabilidade de acolhimento da alegação de direito, para fins de configuração da evidência, pode ser extraída do parágrafo 4º do art. 496 do CPC-2015, que dispensa a obrigatoriedade do duplo grau de jurisdição.

Aqui, podemos acrescentar mais uma hipótese de evidência quando a sentença estiver fundamentada em entendimento coincidente com orientação vinculante firmada no âmbito administrativo do próprio ente público, consolidada em manifestação, parecer ou súmula administrativa (equiparando-se à hipótese do inciso IV do art. 927) como, por exemplo, entendimento pacificado no âmbito do Conselho Administrativo de Recursos Ficais e outros tribunais administrativos tributários dos estados e municípios.

Desta feita, será cabível a atribuição de efeito suspensivo aos embargos à execução baseado na evidência, quando a alegação deduzida na petição inicial estiver lastreada em prova documental pré-constituída e o direito alegado estiver fundado nas hipóteses contidas no art. 927 do CPC/2015 ou em entendimento coincidente com orientação vinculante firmada no âmbito administrativo do próprio ente público (art. 496, §4º, inciso IV).

Nos embargos à execução fiscal, a técnica de tutela de evidência funcionaria para suspender a execução fiscal, evitando a realização de atos expropriatórios que, posteriormente, terão grande probabilidade de serem desconstituídos com a procedência dos embargos à execução, bem como impedindo que o patrimônio do contribuinte seja afetado por um título executivo manifestamente improcedente.

## 2.5. Efeito suspensivo fundado na tutela de urgência

A terceira hipótese de concessão de efeito suspensivo será deferida pelo juiz quando houver a configuração dos elementos para concessão da tutela provisória de urgência.[18]

Os requisitos para concessão de tutela de urgência devem ser extraídos do *caput* do art. 300 do CPC/2015 que assim dispõe:

> Art. 300. A tutela de urgência será concedida quando houver elementos que evidenciem a probabilidade do direito e o perigo de dano ou o risco ao resultado útil do processo.

Verificada, portanto, a existência de probabilidade do direito alegado nos embargos à execução e perigo de dano ou resultado útil do pro-

[18] Para Mary Elbe Queiroz, esta hipótese é uma alternativa caso não seja acolhida a possibilidade de suspensão automática dos embargos nos casos por ela já apontados neste trabalho.

cesso, o juiz deve conceder efeito suspensivo aos embargos à execução, suspendendo a execução fiscal.

### 2.6. Efeito suspensivo automático para o responsável tributário não incluído na CDA ou que não figurou como parte no processo administrativo tributário e não houve a instauração do incidente de desconsideração da personalidade jurídica

Como sabido, as normas gerais e abstratas que tratam da responsabilização dos sócios (pessoal ou subsidiária), *ex vi* o CTN, impõem requisitos fáticos para que a nova relação jurídica vinculada à obrigação tributária se instaure. Isto é, sendo norma jurídica, os enunciados que tratam da responsabilidade possuem a estrutura hipotética condicional (H -> C), sendo a hipótese um fato previsto no mundo.

"A prática de algumas das infrações tipificadas nos artigos 134, inciso VII, 135 e 137 do CTN, pelo sócio ou administrador, é pressuposto para imputação de sua responsabilidade. Por isso, a prova focada, e descrita de maneira clara e suficiente, é fundamental para legitimar a cobrança".[19]

Por conseguinte, somente é possível estabelecer um vínculo de responsabilidade por meio de um intérprete credenciado pelo sistema normativo que irá realizar, mediante linguagem própria, a imputação normativa que resultará na norma individual e concreta de responsabilidade.

Obviamente essa atividade não pode ser realizada sem o devido procedimento estabelecido nas regras do processo administrativo ou até mesmo mediante atividade jurisdicional.

Até porque não basta apenas apontar o fato descrito na hipótese da regra de responsabilidade, mas sim fazer a correlação do fato com provas e fortes indícios existentes que estejam vinculados ao suposto responsável. A construção da norma individual e concreta de responsabilidade deve ser precedida de um processo, no qual uma autoridade competente irá valorar a prova da ocorrência do fato contido na hipótese da norma de responsabilidade e que seja assegurado o amplo direito de defesa ao terceiro.

[19] FERRAGUT, Maria Rita. **Reflexões de natureza material e processual sobre aspectos controvertidos da responsabilidade tributária.** In: Responsabilidade Tributária. Coord. Maria Rita Ferragut *et al.* São Paulo: Dialética, 2007. p.206.

O primeiro ponto que precisa ser demarcado é que os fatos descritos nas hipóteses das regras de responsabilidade dos sócios podem ocorrer tanto em momento anterior ao da constituição do próprio fato jurídico tributário quanto em momento posterior. Daí porque há dois procedimentos distintos para imputação da responsabilidade dos sócios.

Quando o fato ocorre antes da constituição do crédito tributário, a autoridade competente para examinar a ocorrência ou não do fato capaz de ensejar a imputação da responsabilidade tributária é a própria autoridade fiscal. Ora, o art. 145 da CFRB e o art. 142 do Código Tributário Nacional atribuem competência à autoridade administrativa para promover o lançamento de ofício, bem assim identificar a sujeição passiva que também alberga a existência ou não de vínculos de responsabilidade com a obrigação tributária.

Ocorrendo fatos que configurem hipótese de responsabilidade tributária dos sócios, portanto, é dever da autoridade fiscal relacionar as provas existentes e construir o vínculo de responsabilidade entre o sócio ou terceiro e determinada obrigação tributária. Entretanto, da mesma forma em que ocorre no lançamento de ofício, o interessado, no caso o sócio ou o terceiro responsabilizado, deve ser intimado para apresentar impugnação administrativa, discutindo eventual inconsciência na imputação de responsabilidade.

A existência de um processo administrativo tributário ou pelo menos a possibilidade da sua instauração, garante ao responsabilizado o contraditório e a ampla defesa, bem assim reforça a legitimidade da atividade administrativa em caso de manutenção da responsabilização.

Por outro lado, quando houver necessidade de ser apontada a responsabilidade de terceiro após o lançamento tributário, somente será possível constituir o vínculo de responsabilidade por meio da atividade jurisdicional. Não se mostra razoável que, após a constituição definitiva do crédito tributário, a Fazenda Pública, por meio das suas procuradorias, possa estabelecer o vínculo de responsabilidade, após o transcurso do processo administrativo e sem que surjam fatos ou provas novas, apenas no momento da inscrição do débito em Dívida Ativa e quando não há a possibilidade do exercício do contraditório e da ampla defesa por parte do terceiro nesta fase.

Após a constituição definitiva do crédito tributário, não há abertura procedimental ou competência legal de qualquer autoridade para que se promova a constituição do vínculo de responsabilidade tributária.

Caso fosse possível a imputação de responsabilidade de forma unilateral pelas procuradorias, haveria um claro cerceamento do direito de defesa do responsabilizado, bem assim a completa ausência de contraditório, o que, sem dúvida, não se coaduna com o nosso sistema jurídico e, sobretudo, o art. 5º, inciso LV, da Constituição Federal que preceitua: "aos litigantes, em processo judicial ou administrativo, e aos acusados em geral são assegurados o contraditório e ampla defesa, com os meios e recursos a ela inerentes".

Ademais, esta é a posição que vem sendo acolhida pelo Supremo Tribunal Federal, consoante pode ser observado no julgamento do Agravo de Regimental no Recurso Extraordinário nº 608.426/PR:

> AGRAVO REGIMENTAL. TRIBUTÁRIO. RESPONSABILIDADE TRIBUTÁRIA. AUSÊNCIA DE CORRETA CARACTERIZAÇÃO JURÍDICA POR ERRO DA AUTORIDADE FISCAL. VIOLAÇÃO DO CONTRADITÓRIO, DA AMPLA DEFESA E DO DEVIDO PROCESSO LEGAL. INEXISTÊNCIA NO CASO CONCRETO. Os princípios do contraditório e da ampla defesa aplicam-se plenamente à constituição do crédito tributário em desfavor de qualquer espécie de sujeito passivo, irrelevante sua nomenclatura legal (contribuintes, responsáveis, substitutos, devedores solidários etc). Porém, no caso em exame, houve oportunidade de impugnação integral da constituição do crédito tributário, não obstante os lapsos de linguagem da autoridade fiscal. Assim, embora o acórdão recorrido tenha errado ao afirmar ser o responsável tributário estranho ao processo administrativo (motivação e fundamentação são requisitos de validade de qualquer ato administrativo plenamente vinculado), bem como ao concluir ser possível redirecionar ao responsável tributário a ação de execução fiscal, independentemente de ele ter figurado no processo administrativo ou da inserção de seu nome na certidão de dívida ativa (Fls. 853), o lapso resume-se à declaração lateral (obiter dictum) completamente irrelevante ao desate do litígio. Agravo regimental ao qual se nega provimento[20].

Logo, nesta fase, a atividade da procuradoria consiste apenas em reunir elementos fáticos e jurídicos que indiquem a ocorrência do fato previsto na norma de responsabilidade. Contudo, para que aquelas autoridades executoras do crédito tributário não fiquem desarmadas e

[20] SUPREMO TRIBUNAL FEDERAL. **Ag no RE nº 608.426/PR**. Min. Joaquim Barbosa. Segunda Turma. Dje. 24/10/2011.

não haja qualquer prejuízo à identificação de possíveis sujeitos passivos, tais elementos irão fundamentar eventual pedido de imputação da responsabilidade tributária, pelas doutas procuradorias, que deverá ser dirigido ao órgão jurisdicional, seja em ação autônoma, seja no início ou no curso da execução fiscal.

O Superior Tribunal de Justiça, todavia, ao analisar a presente questão vem construindo posicionamento contrário ao nosso sistema jurídico. Inclusive, a Corte já possui entendimento firmado com base no rito dos recursos repetitivos, previsto no art. 543-C do CPC-1973:

> PROCESSUAL CIVIL. RECURSO ESPECIAL SUBMETIDO À SISTEMÁTICA PREVISTA NO ART. 543-C DO CPC. EXECUÇÃO FISCAL. INCLUSÃO DOS REPRESENTANTES DA PESSOA JURÍDICA, CUJOS NOMES CONSTAM DA CDA, NO PÓLO PASSIVO DA EXECUÇÃO FISCAL. POSSIBILIDADE. MATÉRIA DE DEFESA. NECESSIDADE DE DILAÇÃO PROBATÓRIA. EXCEÇÃO DE PRÉ-EXECUTIVIDADE. INVIABILIDADE. RECURSO ESPECIAL DESPROVIDO.
>
> 1. A orientação da Primeira Seção desta Corte firmou-se no sentido de que, se a execução foi ajuizada apenas contra a pessoa jurídica, mas o nome do sócio consta da CDA, a ele incumbe o ônus da prova de que não ficou caracterizada nenhuma das circunstâncias previstas no art. 135 do CTN, ou seja, não houve a prática de atos "com excesso de poderes ou infração de lei, contrato social ou estatutos".
>
> 2. Por outro lado, é certo que, malgrado serem os embargos à execução o meio de defesa próprio da execução fiscal, a orientação desta Corte firmou-se no sentido de admitir a exceção de pré-executividade nas situações em que não se faz necessária dilação probatória ou em que as questões possam ser conhecidas de ofício pelo magistrado, como as condições da ação, os pressupostos processuais, a decadência, a prescrição, entre outras.
>
> 3. Contudo, no caso concreto, como bem observado pelas instâncias ordinárias, o exame da responsabilidade dos representantes da empresa executada requer dilação probatória, razão pela qual a matéria de defesa deve ser aduzida na via própria (embargos à execução), e não por meio do incidente em comento.
>
> 4. Recurso especial desprovido. Acórdão sujeito à sistemática prevista no art. 543-C do CPC, c/c a Resolução 8/2008 – Presidência/STJ[21].

[21] SUPERIOR TRIBUNAL DE JUSTIÇA. **Recuso Especial nº 1.104.900/ES**. Ministra Denise Arruda. Dje: 01/04/2009.

Como visto, ao se deparar com a questão da inclusão do nome dos sócios como responsável tributário apenas na Certidão da Dívida Ativa – CDA, sem a prévia existência de processo administrativo no momento da constituição do crédito tributário, o Tribunal da Cidadania criou uma espécie de inversão do ônus da prova para desconstituição de responsabilidade tributária.

Isto é, o simples fato de a Fazenda Pública incluir o nome do sócio na CDA, mesmo sem a imputação da responsabilidade no momento da constituição do crédito tributário, criaria o vínculo da responsabilidade tributária, cabendo ao responsabilizado ingressar com embargos à execução ou, em excepcionais situações, exceção de pré-executividade para desconstituir o vínculo de responsabilidade.

Tal posicionamento é bastante criticável, pois o suposto responsável já estaria sujeito a atos constritivos e expropriatórios sem que tenha tido, ainda, oportunidade de se manifestar, bem assim retira do Poder Judiciário a competência para imputar a responsabilidade tributária quando ocorrida após a constituição do crédito tributário. E mais, também impõe ao responsável o dever de produzir uma prova negativa de um fato, *v.g.*, demonstrar que o fato apto para ensejar a responsabilidade não ocorreu.

E mais, o mesmo raciocínio legitimou a edição do enunciado nº 435 da Súmula do STJ, o qual cria uma presunção de dissolução irregular da sociedade e responsabilização automática do sócio-gerente:

> Presume-se dissolvida irregularmente a empresa que deixar de funcionar no seu domicílio fiscal, sem comunicação aos órgãos competentes, legitimando o redirecionamento da execução fiscal para o sócio-gerente.[22]

Todavia, com a criação do incidente de desconsideração da personalidade jurídica, previsto nos artigos 133 a 137 do CPC/2015, o tema ganhou novos contornos e a doutrina[23] passou a discutir a aplicação do

[22] SUPERIOR TRIBUNAL DE JUSTIÇA. **Súmula nº 435**. Dje: 14/04/2010.

[23] Cf. QUEIROZ, Mary Elbe; SOUZA JÚNIOR, Antonio Carlos F. de. **O incidente de desconsideração da personalidade jurídica no CPC-2015 e a responsabilidade tributária: primeiras impressões**. In: Novo CPC e o processo tributário. Antonio Carlos F. de Souza Júnior e Leonardo Carneiro da Cunha (coordenadores). São Paulo: FocoFiscal, 2015. p.255-278. Em sentido contrário: BRUSCHI, Gilberto Gomes; NOLASCO, Rita Dias e AMADEO, Rodolfo da Costa Manso Real. **Fraudes patrimoniais e a desconsideração da personalidade jurídica no Código de Processo Civil de 2015.** São Paulo: Editora Revistas dos Tribunais, 2015.

procedimento na execução fiscal. O tema também vem sendo debatido no âmbito dos Tribunais Regionais Federais[24] e, provavelmente, será levado ao Superior Tribunal de Justiça.

[24] A título exemplificativo, destaca-se a divergência interna no âmbito do Tribunal Regional Federal da 3ª Região: TRF 3ª Região, TERCEIRA TURMA, AI - AGRAVO DE INSTRUMENTO - 584331 - 0012070-68.2016.4.03.0000, Rel. DESEMBARGADOR FEDERAL CARLOS MUTA, julgado em 25/08/2016, e-DJF3 Judicial 1 DATA:02/09/2016. Ementa: DIREITO PROCESSUAL CIVIL E TRIBUTÁRIO. AÇÃO DE EXECUÇÃO FISCAL. RESPONSÁVEL TRIBUTÁRIO. SÓCIO-ADMINISTRADOR. ARTIGO 135, III, CTN. SÚMULA 435/STJ. INCIDENTE DE DESCONSIDERAÇÃO DA PERSONALIDADE JURÍDICA. ARTIGO 133, CPC/2015. 1. O pedido de redirecionamento da execução fiscal, em razão da Súmula 435/STJ e artigo 135, III, CTN, não se sujeita ao incidente de desconsideração da personalidade jurídica, de que trata o artigo 133 e seguintes do CPC/2015 e artigo 50 do CC/2002. 2. A regra geral do Código Civil, sujeita ao rito do Novo Código de Processo Civil, disciplina a responsabilidade patrimonial de bens particulares de administradores e sócios da pessoa jurídica, diante de certas e determinadas relações de obrigações, diferentemente do que se verifica na aplicação do artigo 135, III, CTN, que gera a situação legal e processual de redirecionamento, assim, portanto, a própria sujeição passiva tributária, a teor do artigo 121, II, CTN, do responsável, de acordo com as causas de responsabilidade tributária do artigo 135, III, CTN. 3. Configurando norma especial, sujeita a procedimento próprio no âmbito da legislação tributária, não se sujeita o exame de eventual responsabilidade tributária do artigo 135, III, CTN, ao incidente de desconsideração da personalidade jurídica, de que tratam os artigos 133 e seguintes do Código de Processo Civil de 2015.
TRF 3ª Região, PRIMEIRA TURMA, AI - AGRAVO DE INSTRUMENTO - 584076 - 0012123-49.2016.4.03.0000, Rel. DESEMBARGADOR FEDERAL WILSON ZAUHY, julgado em 27/09/2016, e-DJF3 Judicial 1 DATA:06/10/2016. Ementa: DIREITO TRIBUTÁRIO E PROCESSUAL CIVIL. AGRAVO DE INSTRUMENTO. EXECUÇÃO FISCAL. REDIRECIONAMENTO DO FEITO AO SÓCIO DA PESSOA JURÍDICA. INCIDENTE DE DESCONSIDERAÇÃO DA PERSONALIDADE JURÍDICA. NECESSIDADE. APLICAÇÃO À FAZENDA PÚBLICA. INSTAURAÇÃO DE OFÍCIO PELO JUÍZO. INADMISSIBILIDADE. PRINCÍPIOS DA INÉRCIA E DISPOSITIVO. AGRAVO DE INSTRUMENTO PARCIALMENTE PROVIDO. - O CPC/15 disciplinou em seus artigos 133 a 137 o incidente de desconsideração da personalidade jurídica, o qual passou a ser necessário para análise de eventual pretensão de redirecionamento da execução ao patrimônio dos sócios. A instauração do incidente exige a comprovação dos requisitos legais específicos previstos pelo art. 50 do Código Civil de 2002. - Esse incidente aplica-se, em toda sua extensão, à Fazenda Pública, por expressa disposição do artigo 4º. § 2º, da Lei de Execuções Fiscais, que prevê que "à dívida ativa da Fazenda Pública, de qualquer natureza, aplicam-se as normas relativas à responsabilidade prevista na legislação tributária, civil e comercial". - Registre-se que os atos direcionados à satisfação do crédito tributário foram estabelecidos entre a União Federal e a devedora (titular da relação contributiva) e não podem ser opostas indiscriminadamente aos sócios. Eventual modificação da situação econômico-patrimonial da empresa executada já no curso do processo não é motivo bastante para o redirecionamento da execução

A divergência interpretativa milita apenas em favor da insegurança jurídica e não é desejável nem para o contribuinte nem para a Fazenda Pública, pois procedimentos podem ser anulados no futuro em virtude do cerceamento do direito de defesa do redirecionado. Por isso, a solução mais harmônica, para resguardar a atuação do poder público em consonância com a Constituição Federal, é a criação de um procedimento prévio a qualquer constrição de bem para garantir o devido processo legal e o amplo direito de defesa ao redirecionado na execução fiscal.

Atualmente e no modelo proposto, o redirecionado, não incluído na Certidão de Dívida Ativa (CDA) ou que não figurar como responsável no processo administrativo tributário, somente poderá fazer parte em execução fiscal se houver a prévia instauração do incidente de desconsideração. Somente precedido deste incidente prévio é que se poderá admitir que o terceiro possa ser intimado para pagar ou discutir o crédito cobrado, mediante oposição dos embargos à execução.

No entanto, o modelo proposto também contempla a possibilidade de o redirecionado, não incluído na Certidão de Dívida Ativa (CDA) ou que não figurar como responsável no processo administrativo tributário, opor embargos à execução com efeito suspensivo automático.

Trata-se de medida residual para tutelar casos em que, por algum motivo, não é instaurado o procedimento do incidente de desconsideração da personalidade jurídica ou quando o terceiro redirecionado escolhe discutir a sua responsabilidade e a legitimidade da cobrança em uma única oportunidade.

Assim, os embargos à execução servirão para que o redirecionado apresente sua insurgência contra os fundamentos utilizados para sua responsabilização e, ao mesmo tempo, também poderá questionar a higidez do crédito tributário cobrado na execução fiscal.

Saliente-se que a atribuição de efeito suspensivo automático aos embargos à execução do redirecionado não prejudica a efetividade de

aos sócios; para se responsabilizar os sócios é necessário que se demonstre que os sócios contribuíram ilegalmente para a constituição da dívida tributária. – A disposição do artigo 133 do CPC/2015 está em consonância com o princípio da inércia que informa a atuação do Poder Judiciário, tendo em vista que não cabe ao juízo responsável por processar a execução fiscal se substituir à parte exequente e determinar de ofício a instauração de incidentes que seriam do seu interesse, aliado ao princípio dispositivo que confere à parte a iniciativa de requerer providências que entenda adequadas para a demonstração do seu direito.

eventuais medidas de urgência em desfavor do terceiro. Caso seja necessário, a Fazenda Pública poderá utilizar a Medida Cautelar Fiscal, prevista na Lei nº 8.397/1992, ou até mesmo pedido de indisponibilidade de bens com fundamento no art. 185-A do Código Tributário Nacional se atendidos os respectivos requisitos.

## 3. Proposta de embargos à execução fiscal

Delimitadas as premissas, passemos à exposição de sugestão de pontos a serem incluídos em fórmula legislativa necessária para introdução do modelo proposto ao ordenamento jurídico vigente. Advirta-se que, por questão de praticidade, aproveitamos quando possível a redação utilizada em projetos, anteprojetos pretéritos e no CPC/2015:

DOS EMBARGOS À EXECUÇÃO

Art. xx. O executado, independentemente de penhora, depósito ou caução, poderá se opor à execução por meio de embargos, no prazo de 30 (trinta) dias, contados da citação.

Parágrafo único. Os embargos à execução serão distribuídos por dependência, autuados em apartado e instruídos com cópias das peças processuais relevantes, que poderão ser declaradas autênticas pelo próprio advogado, sob sua responsabilidade pessoal.

Art. xx. Os embargos à execução terão efeito suspensivo, nos seguintes casos:

I – houver depósito em dinheiro do montante integral do débito, fiança bancária, seguro garantia ou penhora de bens;

II – o Juiz, a requerimento do embargante, verificar, independentemente da demonstração de perigo de dano ou de risco ao resultado útil do processo, que as alegações de fato podem ser comprovadas apenas documentalmente e houver tese firmada em julgamento vinculante previsto no art. 927 da Lei nº 13.105/2015;

III – o Juiz, a requerimento do embargante, verificar a existência de elementos que evidenciem a probabilidade do direito, o perigo de dano ou o risco ao resultado útil do processo;

IV – forem opostos por responsável tributário não incluído na Certidão de Dívida Ativa ou que não figurou como parte no processo administrativo tributário;

§1º O disposto no inciso II também se aplica quando a tese estiver fundada em entendimento coincidente com orientação vinculante firmada no

> âmbito administrativo do próprio ente público, consolidada em manifestação, parecer ou súmula administrativa.
>
> § 2º Cessando as circunstâncias que a motivaram, a decisão relativa aos efeitos dos embargos poderá, a requerimento da parte, ser modificada ou revogada a qualquer tempo, em decisão fundamentada.
>
> § 3º Quando o efeito suspensivo atribuído aos embargos disser respeito apenas a parte do objeto da execução, esta prosseguirá quanto à parte restante.
>
> § 4º A concessão de efeito suspensivo aos embargos oferecidos por um dos executados não suspenderá a execução contra os que não embargaram quando o respectivo fundamento disser respeito exclusivamente ao embargante.
>
> Art. xx. Recebidos os embargos:
>
> I – o exequente será ouvido no prazo de 30 (trinta) dias;
>
> II – a seguir, o juiz julgará imediatamente o pedido ou designará audiência;
>
> III – encerrada a instrução, o juiz proferirá sentença.
>
> Art. xx. O levantamento do depósito, liquidação da fiança bancária e do seguro garantia somente serão realizados após o trânsito em julgado dos embargos à execução.
>
> Art. xx. O redirecionamento da execução para sócio ou terceiros deverá ser precedido da instauração do incidente de desconsideração previsto nos artigos 133 a 137 da Lei nº 13.105/2015.

Para a primeira autora, ainda deverá haver um dispositivo específico em que se garanta o efeito suspensivo dos embargos quando decorrentes de suposto planejamento tributário abusivo:

> Art. xx. Será dado o efeito suspensivo automático aos embargos na hipótese de execução de crédito tributário decorrente de processo em que seja reconhecida a existência de planejamento tributário considerado abusivo.

## 4. Conclusão

A ausência de simetria entre o regime geral e o regime da execução fiscal vem causando insegurança e suscitando amplas discussões nos tribunais, o que atenta contra a efetividade e eficiência da própria execução e, em paralelo, impede o exercício da ampla defesa ao executado que não disponha bens suficientes para garantir a execução fiscal, bem assim tisna a celeridade.

Ademais, é desejável que o executado possa exercer a sua ampla defesa no âmbito da execução fiscal, haja vista que o título executado (ao contrário de outros títulos executivos extrajudicial) é produzido unilateralmente pela Fazenda Pública (sujeito ativo da execução).

Desta feita, a garantia prévia não deve ser pressuposto para o recebimento e desenvolvimento válido dos embargos à execução fiscal.

No tocante ao efeito suspensivo dos embargos à execução, entendemos que as particularidades da execução fiscal e alguns avanços trazidos no CPC/2015 demandam um aperfeiçoamento do modelo atual que deve constar em lei específica que trate do tema para evitar interpretações divergentes.

Uma alternativa viável, para que não restem dúvidas, é a criação de um rol de hipóteses (taxativas), com modalidades de efeito suspensivo automático e modalidades que dependem de deferimento judicial, mediante o preenchimento de requisitos legais.

As hipóteses de efeito suspensivo automático seriam: i) a garantia integral do débito executado mediante depósito de dinheiro, fiança bancária, seguro garantia e nomeação de bens à penhora; b) nos embargos opostos pelo responsável tributário (qualquer modalidade prevista no CTN) quando não figurar como responsável desde o processo administrativo tributário ou não for instaurado o incidente de desconsideração da personalidade jurídica. A primeira autora ainda defende a hipótese de suspensão automática dos embargos quando se tratar de execução relativa a débito decorrente de processo em que se verifique planejamento tributário abusivo.

Já as hipóteses de efeito suspensivo que dependem de deferimento judicial, ficariam subdivididas em: i) quando presentes os requisitos para tutela de urgência; ii) quando presentes os requisitos para concessão da tutela de evidência.

## Referências

Assis, Arakén de. **Manual da execução.** 11. ed. São Paulo: Editora Revista dos Tribunais, 2007.

Bruschi, Gilberto Gomes; Nolasco, Rita Dias e Amadeo, Rodolfo da Costa Manso Real. **Fraudes patrimoniais e a desconsideração da personalidade jurídica no Código de Processo Civil de 2015**. São Paulo: Editora Revistas dos Tribunais, 2015.

CARVALHO, Paulo de Barros. **Direito tributário, linguagem e método**. 3 ed. São Paulo: Noeses, 2009.

COSTA, Eduardo José da Fonseca. **O processo como instituição de garantia**. Revista Consultor Jurídico de 16/11/2016. Disponível em: http://www.conjur.com.br/2016-nov-16/eduardo-jose-costa-processo-instituicao-garantia

CUNHA, Leonardo José Carneiro da. **Novas reflexões sobre os embargos à execução fiscal: desnecessidade de prévia garantia do juízo e casos de efeito suspensivo automático**. In: Revista Dialética de Direito Processual, v. 62, p. 57-60, 2008.

______. **Fazenda Pública em Juízo**. 6ª ed. São Paulo: Dialética, 2008.

DIDIER JÚNIOR, Fredie. et al. **Tutela provisória de evidência**. In: Tutela provisória. Mateus Pereira, Roberto Campos Gouveia, Eduardo José Fonseca Costa (Coordenadores). Salvador: Jus Podivm, 2016.

______. **Curso de direito processual civil: teoria da prova, direito probatório, ações probatórias, decisão, precedente, coisa julgada e tutela provisória.** Vol. 2. 10ª ed. Salvador: Jus Podivm, 2015.

FERRAGUT, Maria Rita. **Reflexões de natureza material e processual sobre aspectos controvertidos da responsabilidade tributária**. In: Responsabilidade Tributária. Coord. Maria Rita Ferragut et al. São Paulo: Dialética, 2007.

GOUVEIA, Lúcio Grassi. SOUZA JÚNIOR, Antonio Carlos F. de. ALVES, Luciana Dubeux Beltrão. **Breves considerações sobre a tutela de evidência no CPC/2015**. In: Tutela provisória. Mateus Pereira, Roberto Campos Gouveia, Eduardo José Fonseca Costa (Coordenadores). Salvador: Jus Podivm, 2016.

MACHADO, Hugo de Brito. **Embargos à execução fiscal: prazo para interposição e efeito suspensivo**. In: Revista Dialética de Direito Tributário nº 151. São Paulo: Dialética, 2008.

QUEIROZ, Mary Elbe; SOUZA JÚNIOR, Antonio Carlos F. de. **O incidente de desconsideração da personalidade jurídica no CPC-2015 e a responsabilidade tributária: primeiras impressões**. In: Novo CPC e o processo tributário. Antonio Carlos F. de Souza Júnior e Leonardo Carneiro da Cunha (coordenadores). São Paulo: FocoFiscal, 2015.

# A Constituição da Certidão de Dívida Ativa e Alternativas de Redução do Contencioso

Rodrigo Santos Masset Lacombe*

## 1. Introdução

Com a edição do Código de Processo Civil de 2015 abriu-se inúmeras possibilidades de soluções pacíficas ou não litigiosas do contencioso tributário. Mais do que isso, com a importação do princípio da eficiência do Direito Administrativo, se impõe o dever de buscar soluções rápidas e menos onerosas sem descuidar da efetividade da prestação jurisdicional e das garantias e direitos fundamentais. Mas, antes de adentrarmos o nosso tema necessário se faz tecermos algumas considerações preliminares sobre o desempenho do atual modelo de ação executiva fiscal.

Em 2011 o Instituto de Pesquisa Econômica Aplicada – IPEA apresentou interessante trabalho sobre o custo e tempo do processo de exe-

* É Professor assistente de Direito Tributário, Administrativo e Econômico da Universidade Federal de Goiás – UFG, especialista em Direito Tributário pelo IBET/IBDT (2000) e em Ciências Jurídico-Políticas pela Faculdade de Direito da Universidade de Lisboa (2005), mestre em Ciências Jurídico-Políticas também pela Faculdade de Direito da Universidade de Lisboa (2009 – titulo revalidado pela UFU). Doutorando em Direito Constitucional e Processual Tributário pela Pontifícia Universidade Católica/SP, membro do Conselho editorial da Revista de Direito Tributário Internacional da qual é co-fundador. Foi Conselheiro Titular da 1a Turma Ordinária da 2a Câmara da 2a Seção do Conselho Administrativo de Recursos Fiscais do Ministério da Fazenda – CARF no triênio 2011-2014. Advogado Militante.

cução fiscal promovido pela Procuradoria Geral da Fazenda Nacional – PGFN. [1] De forma bem resumida o trabalho apresentado constatou que uma execução fiscal federal tem um custo médio de R$ 4.368,00 (quatro mil trezentos e sessenta e oito reais), um tempo de duração médio de 9 anos e um índice de recuperação de créditos de 33,9%. Contudo, ao considerarmos apenas as execuções fiscais promovidas pela PGFN o custo médio passa para R$ 5.606,67, com o mesmo tempo médio de tramitação e a probabilidade de recuperação integral do crédito fiscal passa a ser de míseros 25,8%.

Em Minas Gerais, onde a Procuradoria Geral do Estado – PGE realizou estudo semelhante, publicado em 2008, verificou-se que o custo das execuções fiscais é de R$ 8.959,76 e o tempo de duração médio de 10 anos e meio (Batista, 2008). Contudo, não foi apresentado qualquer dado sobre a eficiência do processo.

Por outro lado, os relatórios estatísticos elaborados pelo Conselho Nacional de Justiça – CNJ revelam que os processos de execução fiscal são o gargalo do Poder Judiciário. O relatório Justiça em Números de 2016 nos informa o que Poder Judiciário finalizou o ano de 2015 com quase 74 milhões de processos em tramitação. As execuções fiscais na esfera estadual totalizam 25.090.594 processos e na Esfera Federal 3.813.672 processos totalizando quase 30.000.000 de processos ativos. Demonstra-se, assim, que os processos de execução fiscal são os grandes responsáveis pela alta litigiosidade no Poder Judiciário brasileiro representando aproximadamente 39% do total de casos pendentes e 75% das execuções em andamento no Poder Judiciário. A atual disciplina dos executivos fiscais apresenta, ainda, altíssima taxa de congestionamento superando 91%.

Não poderíamos deixar de falar do custo total do nosso Poder Judiciário que segundo o estudo realizado pelo CNJ foi de 79,2 bilhões de reais ou 1,3% do Produto Interno Bruto – PIB, se não for o mais caro do mundo com certeza está bem próximo de ser. Apenas como exemplos podemos citar Espanha onde o Poder Judiciário custa 0,12% do PIB; Argentina, 0,13%; EUA, 0,14%; Inglaterra, 0,14%; Itália, 0,19%; Colômbia,

[1] http://www.ipea.gov.br/agencia/images/stories/PDFs/nota_tecnica/111230_notatecnicadiest1.pdf

0,21%; Chile, 0,22%; Portugal, 0,28%; Alemanha, 0,32% e Venezuela com um custe de 0,34% do PIB (DA ROS, 2015, p. 4).

Resta claro que temos um Poder Judiciário caro e moroso, principalmente quando falamos de recuperação de créditos tributários do poder público.

Outro dado muito interessante e sobre o qual iremos dedicar boa parte deste estudo refere-se aos motivos da extinção dos processos de execução fiscal. Como se pode ver no gráfico que se segue, mais de 35% das execuções fiscais federais são extintas pela prescrição ou decadência e 18,8% são extintas pelo cancelamento da inscrição do débito, totalizando mais de 55% das causas de extinção. Os motivos que levaram a Fazenda Nacional a cancelar as inscrições em dívida ativa não foram mapeados pelo IPEA e, por consequência, não abordaremos tais motivos e nem especularemos suas razões. Podemos apenas inferir que dentre tantos motivos alguma parcela indeterminada de cancelamento possa ter como fundamento outras nulidades de ordem pública.

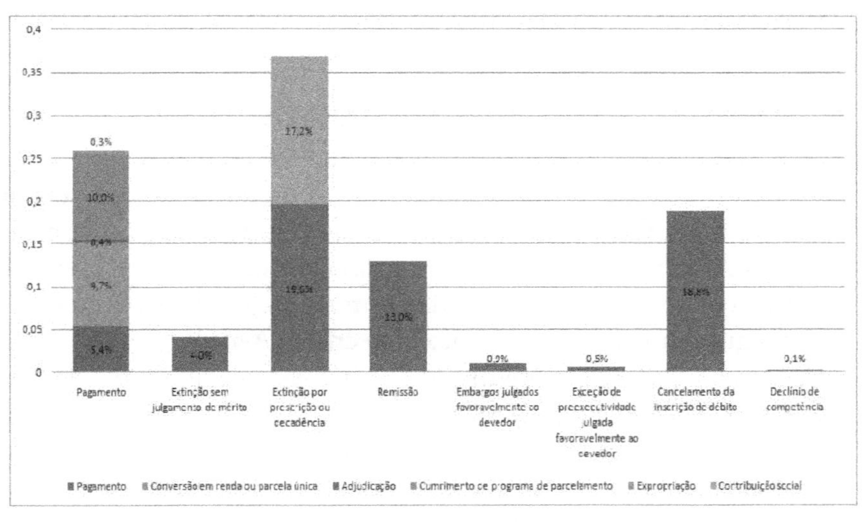


fonte: IPEA/2011

Infelizmente, não dispomos de dados estatísticos sobre os motivos de extinção dos executivos fiscais estaduais e municipais, o que nos permite apenas especular uma semelhança em relação aos dados levantados pelo IPEA.

Flagrantemente algo está errado em nosso sistema de contencioso tributário, tanto na esfera administrativa como judicial.

Acreditamos que algumas poucas e simples mudanças de comportamento por parte de nossos julgadores tanto administrativos como judiciais podem levar a uma redução considerável da litigiosidade no processo judicial.

É o que pretendemos demonstrar.

## 2. O Principio da Eficiência

Feitas estas considerações é importante salientar que o novo Código traz uma nova dinâmica, muito mais principiológica do que legalista, o que se vê com clareza luminar nos enunciados dos artigos 1º e 8º do NCPC, *in verbis:*

> *Art. 1º O processo civil será ordenado, disciplinado e interpretado conforme os valores e as normas fundamentais estabelecidos na Constituição da República Federativa do Brasil, observando-se as disposições deste Código.*
>
> *Art. 8º Ao aplicar o ordenamento jurídico, o juiz atenderá aos fins sociais e às exigências do bem comum, resguardando e promovendo a dignidade da pessoa humana e observando a proporcionalidade, a razoabilidade, a legalidade, a publicidade e a eficiência.*

Sendo o Novo CPC um diploma legal que expressamente reclama a aplicação de princípios constitucionalmente consagrados, não poderíamos deixar de tecer algumas linhas sobre a definição do que seja um princípio e a sua força cogente. Uma vez que pretendemos aplicar determinados princípios, em especial o princípio da eficiência, devemos estudar os conteúdos e o alcance dessas normas jurídicas e diferenciá-los das regras jurídicas, como muito bem ensina Ávila:

> *A busca de uma definição mais precisa de princípios jurídicos é necessária. Não tanto pela diferença da denominação, mas pela distinção estrutural entre os fenômenos jurídicos que se procura descrever mediante o emprego de diversas categorias jurídicas. Ora, tanto a doutrina como a jurisprudência são unânimes em afirmar que as normas jurídicas mais importantes de um ordenamento jurídico são os princípios. Do próprio ordenamento jurídico brasileiro constam normas positiva ou doutrinariamente denominadas de princípios, alguns fundamentais, outros gerais. Sua definição não pode, por isso, ser equívoca, antes deve ser de tal forma formulada, que a sua aplicação diante do caso concreto possa ser intersubjetivamente controlável. (ÁVILA, 1999, p. 155)*

BOBBIO ao discorrer sobre o problema das lacunas do direito posto diz que:

*Os princípios gerais são apenas, a meu ver, normas fundamentais ou generalíssimas do sistema, as normas mais gerais. A palavra princípios leva a engano, tanto que é velha a questão entre juristas se os princípios gerais são normas como todas as outras. E esta é também a tese sustentada por Crisafulli. Para sustentar que os princípios são normas, os argumentos são dois, e ambos válidos: antes de mais nada, se são normas aquelas das quais os princípios gerais são extraídos, através de um procedimento de generalização sucessiva, não se vê por que não devem ser normas também eles: se abstraio da espécie animal obtenho sempre animais, e não flores ou estrelas. Em segundo lugar a função para qual são extraídos e empregados é a mesma cumprida por todas as normas, isto é, a função de regular um caso. E com que finalidade são extraídos em caso de lacuna? Para regular um comportamento não-regulamentado: mas então servem ao mesmo escopo a que servem as normas expressas. E por que não deveriam ser normas? (BOBBIO, 1997,* p. 158/159)

É inegável que um princípio está situado hierarquicamente em uma posição superior em relação à regra. Neste sentido é a lição de MELLO (2009, p. 948/949) afirmando tratar-se alicerce, servindo de "critério para sua exata compreensão e inteligência exatamente por definir a lógica e a racionalidade do sistema normativo, no que lhe confere a tônica e lhe dá sentido harmônico".

É de se notar que a definição dada por MELLO caminha no sentido de que os princípios não definem condutas específicas, ao contrário das regras, mas sim valores.

Já DI PIETRO (2013, p 63), socorrendo-se na lição de Cretella Júnior, define princípios como a proposição básica, fundamental, típica que condicionam todas as estruturas subsequentes. O alicerce da ciência. Salienta, ainda, existirem quatro espécies de princípios, a saber: onivalentes, plurivalentes, monovalente e setoriais. Tais classes de princípios se distinguem em razão do grau de generalidade.

A saudosa professora e magistrada FIGUEIREDO citando Lalande, afirma que:

*Geralmente, denomina-se 'princípios' de uma ciência ao conjunto das proposições diretivas, características, às quais todo o desenvolvimento ulterior deve ser subordinado. Princípio, neste sentido, e principal despertam sobretudo a ideia do que é primeiro em importância, e, na ordem do consenso, do que é fundamental. (FIGUEIREDO, 2001. 35)*

Diferentemente, as regras tendem a ser mais precisas, menos valorativas, autorizando, proibindo ou determinando a obrigatoriedade de uma conduta como, por exemplo, pagar tributos. Por outro lado, princípios guardam generalidade, indeterminismo, e grande carga valorativa, como o princípio do não-confisco.

Pois bem, se analisarmos as normas contidas nos artigos 1º e 8º do CPC/15 veremos que se tratam de normas trazidas da Constituição Federal parte delas oriundas dos artigos 1º ao 4º e parte copiadas do artigo 37. De qualquer forma, vemos claramente que todas as normas veiculadas nos referidos artigos, sejam da CF/88 sejam do CPC/15, são normas de estrutura material. O Estado se manifesta por meio de atos normativos dos quais os atos administrativos e os atos judiciais, dos mais variados tipos são espécies. Desta forma, aquelas normas iniciais da nossa Lei Fundamental, bem como do CPC/15, são normas de estrutura que ditam direta ou indiretamente o conteúdo material dos atos legislativos, administrativos e até mesmo judiciais.

Ao contrário do particular, o agir do Estado sempre depende de uma norma de autorização, o Estado age nos limites da lei e sempre mediante atos jurídicos, normas individuais e concretas. Se o Estado quer comprar algo deve proceder tal qual determina o direito antes de realizar o pagamento.

O Artigo 8º trás para o direito processual o conceito de eficiência do direito administrativo. Mas não só ele, trouxe também a proporcionalidade, a razoabilidade, a legalidade e a publicidade. Repetimos que o que nos interessa neste momento é o princípio da eficiência, mas obviamente todos os princípios se interligam e se resolvem pela ponderação. O que se verifica então é uma mudança de foco do processo civil.

Se antes o processo judicial era pensado em termos de verdades formais, de uma segurança jurídica em que o mundo se limitava aos autos do processo (*"Quod non est in actis non est in mundo"*), com a expressa submissão do sistema processual aos princípios da dignidade da pessoa humana, aos fins sociais, à razoabilidade e à proporcionalidade, a rigidez da legalidade estrita dá lugar à uma legalidade humanista na qual o julgador deverá ponderar suas decisões em razão do fim social do processo sem abrir mão da legalidade, sempre que houver alguma margem de discricionariedade a escolha deverá ser razoável, eficaz, proporcional e legal. Ganham reforço princípios como da instrumentalidade das formas, *pas de nullité sans grief*, da execução menos onerosa ao devedor e muitos outros.

Ser eficiente é fazer mais com menos e melhor é dar primazia às soluções satisfativas. Em que pese tratar-se de conceito vago e impreciso, devemos ter em mente que no atual cenário o que temos no contencioso fiscal reflete inequívoca ineficiência, é o que revelam os dados estatísticos levantados pelo CNJ. Devemos ainda advertir, que apesar das semelhanças, o princípio da eficiência jurisdicional difere substancialmente do seu irmão gêmeo do direito administrativo na mesma medida em que a prestação administrativa difere da prestação jurisdicional. Isso significa dizer, ao contrário do que possa parecer em um primeiro momento, que ao processo administrativo fiscal se aplica o princípio da eficiência jurisdicional e não administrativa, como não poderia deixar de ser, uma vez que a Administração Pública também realiza a função judicante da qual é exemplo o processo administrativo fiscal.

Por outro lado, a função social do processo não é simplesmente a satisfação da prestação jurisdicional, para além disso há a busca pela paz social (Ferreira, 2016, p. 39). E neste aspecto a estabilidade das jurisprudências e dos precedentes revela-se como uma das facetas da eficiência jurisdicional uma vez que traz segurança jurídica. A eficiência é instrumento de segurança desde que as regras sejam bem conhecidas, já ensinava Geraldo Ataliba que:

> *O Direito é, por excelência, acima de tudo, instrumento de segurança. Ele é que assegura a governantes e governados os recíprocos direitos e deveres, tornando viável a vida social. Quanto mais segura uma sociedade, tanto mais civilizada. Seguras estão as pessoas que têm certeza de que o Direito é objetivamente um e que os comportamentos do Estado ou dos demais cidadãos não discreparão.* (Ataliba, 1998, p. 184)

Sendo conhecidas, as regras, são mais facilmente cumpridas o que reduz consideravelmente a litigiosidade.

Resta claro que, nos termos do artigo 8º do Novo Código de Processo Civil, bem como nos termos do artigo primeiro do mesmo diploma legal, devem os atos judiciais buscar dentre outras coisas a eficiência. Isso significa dizer que ao praticar qualquer ato o julgador administrativo ou judicial deve buscar a satisfatividade do direito em prazo razoável de duração, por meios menos onerosos sem descuidar das garantias e direitos fundamentais e respeitando os precedentes jurisprudenciais.

Muito embora não seja o tema deste estudo, o recente bônus de eficiência criado pelo Governo Federal em favor dos auditores fiscais, uma participação no produto da arrecadação das multas tributárias aplicadas, somente é admissível em favor do auditor fiscal que realiza a autuação. Ao estender a referida premiação aos julgadores administrativos a Administração Pública quebra a imparcialidade do julgador mediante o interesse financeiro direto no desfecho do processo. Sem imparcialidade não há eficiência jurisdicional!

Por fim, vale lembrar o princípio de que a execução judicial deve ser realizada pela forma menos onerosa ao devedor e sem sombra de dúvidas que evitando a litigiosidade chega-se muito próximo da realização dos novos princípios processuais. É o que procuramos propor.

## 3. A Decadência

Como é de conhecimento, a decadência é a perda do direito do Fisco de realizar o lançamento e assim constituir o crédito tributário, que uma vez inscrito em dívida ativa será levado à execução fiscal caso não seja adimplido em tempo e modo adequado.

Durante muito anos o tema da decadência, e por consequência a prescrição da qual falaremos mais a diante, foi o que hoje se chama de jurisprudência "banana boat", termo utilizado pelo ministro Humberto Gome de Barros em voto-vista no AgRg no Resp nº 382.736, ou seja, oscilante, derrubando o contribuinte e gerando profunda insegurança jurídica. Em 2001, no congresso brasileiro de direito tributário promovido pelo Instituto Geraldo Ataliba (IGA-IDEPE), o então Ministro do STJ Franciulli Neto, convidado a proferir uma conferência sobre o tema "prescrição e decadência na jurisprudência do Superior Tribunal de Justiça" iniciou a sua fala afirmando que trataria da jurisprudência da referida Corte daquela semana, pois os julgados da semana anterior eram outros e os da semana seguinte só Deus saberia.

Felizmente, com o advento da sistemática de recursos repetitivos a instabilidade da jurisprudência do STJ se arrefeceu, muito embora ainda oscile em alguns casos. Contudo, parece-nos que o tema prescrição e decadência finalmente se pacificou, primeiro com a prolação do acórdão no REsp 973733 / SC e depois no REsp 1138159 / SP ambos trataram do tema e foram julgados na sistemático imposta pelo artigo 543-C do CPC/73. O primeiro consignou que nos tributos sujeitos ao lançamento por homologação é "inadmissível a aplicação cumulativa/concorrente dos prazos previstos nos artigos 150, § 4º, e 173, do Codex Tributário". Já no segundo julgado, reafirmando a jurisprudência da Corte superior, ficou consignado que se aplica o prazo do artigo 150, § 4º somente se houver pagamento antecipado, ainda que parcial desde que não fique comprovada a ocorrência de dolo, fraude ou simulação, hipóteses que atrairiam a incidência da norma do artigo 173 do CTN.

Vale lembrar que os temas julgados são considerados precedentes vinculantes nos termos do artigo 927 do CPC/15. Seja para o bem ou para o mal, as disposições do referido artigo têm a virtude, ao menos em tese, de trazer ao sistema uma maior segurança jurídica.

Pois bem, a relação jurídico-tributária se desenvolve de forma processualizada, e não poderia ser de forma diferente uma vez que o Direito Tributário é ramo do Direito Público e por tanto submetido às regras de Direito Administrativo que impõe uma atuação transparente pautada na estrita legalidade de seus atos. Bandeira de Mello (2009. p. 481) ensina que um *"procedimento sempre haverá, pois o ato* (administrativo, legislativo ou judicial), *não surge do nada"*. O processo ou procedimento poderá ser *"mais ou menos amplo, mais ou menos formalizado, mais ou menos acessível aos administrados, mais ou menos respeitador de exigências inadversáveis do Estado de Direito ou de regras explícitas do ordenamento positivo"*. Contudo, o processo ou procedimento sempre antecederá o ato final pelo qual o Estado manifesta a sua vontade. Vale dizer que o Estado de Direito não existe sem processo e procedimento e que tais institutos não são exclusivos do exercício da jurisdição, mas acima de tudo, condição de validade dos atos administrativos, legislativos e principalmente judiciais.

Dentre tantos direitos fundamentais, a Constituição Federal garante ao Administrado e consequentemente ao contribuinte que os atos praticados pela administração pública, e isto inclui a administração fazendária, sejam motivados. O princípio da motivação, como ensina Bandeira de Mello (2009, p. 112), *"implica para a administração o dever de justificar seus atos, apontando-lhes os fundamentos de direito e de fato, assim como a correlação lógica entre os eventos e situações que deu por existentes e as providências tomadas, (...) devendo ser prévia ou contemporânea à expedição do ato"*. E como dissemos o respeito aos direitos e garantias fundamentais integram o conceito de eficiência jurisdicional.

No Direito Tributário não há diferença, apenas se potencializa uma vez que o CTN expressamente considera o lançamento como ato administrativo plenamente vinculado. A ocorrência do fato jurídico tributário somente pode ser presumida quando facultada ao contribuinte a escolha de tal regime de apuração. Como exemplo, podemos citar a lição de OLIVERIA (2008, p. 403) sobre o regime do lucro presumido para quem *"a validade da base de cálculo presumida assenta-se em que ela se apresenta apenas como uma opção para o próprio contribuinte usar ou não, à sua discrição, sem lhe ser imposta"*. Neste sentido também é a jurisprudência.[2]

Assim, é necessário na relação jurídico tributária, não só que se estabeleça e se comprove uma relação de causa e efeito, de vínculo pessoal e direto, entre o autor e o fato jurídico tributário como também a formalização e exteriorização de cada etapa do processo/procedimento de lançamento. Como ensinava Ataliba (2000, p. 68) *"em termos kelsenianos*

[2] TRIBUTÁRIO. LUCRO PRESUMIDO. OPÇÃO DO CONTRIBUINTE. ALTERAÇÃO PARA LUCRO REAL. OBSERVÂNCIA DOS REQUISITOS LEGAIS. ALTERAÇÃO RETROATIVA. INVIABILIDADE. 1. É de livre iniciativa do contribuinte a opção pelo regime tributário do lucro presumido, onde este pondera qual opção lhe será mais favorável, assumindo, em contraposição, os riscos inerentes a tal regime. 2. O art. 26 da Lei n. 9.430/96, ao tratar da opção pelo regime do lucro presumido, possibilitou a mudança para o lucro real, desde que preenchidos os requisitos legais, qual seja, até a entrega da declaração de rendimentos e antes do procedimento fiscal, o que não se amolda à hipótese dos autos, pois o contribuinte já havia promovido a entrega da declaração. 3. Inviável a migração de regime fora dos prazos estabelecidos, porquanto restringida não apenas pelos imperativos legais impostos na lei, mas também pelos imperativos de organização administrativa e orçamentária. 4. A alteração de regime produz efeitos bem mais amplos do que a simples forma de apuração, provocando revisão de valores de crédito aproveitado e, consequentemente, de tributos recolhidos. Certamente a opção é deixada à escolha do contribuinte, mas há regras de forma e de tempo para seu exercício, cabendo-lhe certificar-se de que a opção que vem a fazer é a mais benéfica. A opção por regime menos vantajoso não lhe confere direito à revisão, nem mesmo no exercício a que se refere, e menos ainda com efeitos retroativos. 5. A jurisprudência desta Corte firma-se no sentido de repelir a alteração de regimes tributários perpetrada ao livre anseio do contribuinte, em descompasso com a legislação de regência, pois não se pode conceber que somente o contribuinte seja beneficiado na relação jurídico-tributária sem que também se preserve os interesses do Fisco, especialmente quando já considerada a livre manifestação de vontade do optante. Recurso especial provido.
(STJ – REsp: 1266367 PE 2011/0166418-4, Relator: Ministro Humberto Martins, Data de Julgamento: 26/11/2013, T2 – SEGUNDA TURMA, Data de Publicação: DJe 09/12/2013)

*é um suposto a que a lei imputa a consequência de causar o nascimento do vínculo obrigacional tributário"*.

Sendo a atividade administrativa de constituição do crédito tributária vinculada (CTN, art.142), não podem prosperar motivações de conveniência ou de comodidade para serem desconsideradas as declarações apresentadas pelo contribuinte, deve o ato de lançamento ser amplamente motivado e formalizado, sendo inclusive exigência expressa da Lei Geral do Processo Administrativo Federal, de aplicação subsidiária ao Processo Administrativo Fiscal, sob pena de cerceamento de defesa.

Ademais, muitos princípios impõem à Administração Pública o dever de zelar pelos direitos dos administrados, ainda que exista aparente conflito com sua comodidade administrativa ou com seus "interesses arrecadatórios". É que na Carta de 1988 estão contemplados expressa ou implicitamente princípios como o da ampla defesa e o devido processo legal (art.5º, LIV e LV), mas, em especial devemos ressaltar os princípios da verdade material e do dever de investigação que implicitamente impõe o dever de fundamentar como corolário lógico do direito de ampla defesa, uma vez que somente após conhecer todos os motivos e fundamentos da exigência imposta pelo Fisco se pode dizer que materialmente foi garantida a ampla defesa.

Neste sentido é a lição de MARINS:

> "A exigência da *verdade material* corresponde à busca pela aproximação entre a realidade factual e sua representação formal; aproximação entre os eventos ocorridos na dinâmica econômica e o registro formal de sua existência; entre a materialidade do evento econômico (fato impossível) e a sua formalização através do lançamento tributário. A busca pela verdade material é princípio de observância indeclinável da Administração Tributária no âmbito de suas atividades procedimentais e processuais. Deve fiscalizar em busca da verdade material; deve apurar e lançar com base na verdade material". (2012, p. 154)

Resta claro que a constituição do crédito tributário poderá resultar infrutífera em razão da inobservância de precedentes jurisprudenciais, principalmente no que se refere ao prazo para constituição do crédito fiscal, mas também por outras razões de ordem pública como a adequada eleição do sujeito passivo a figurar na relação jurídico tributária.

Aqui encontramos duas situações muito interessantes do ponto de vista pragmático. A primeira como dissemos é a questão da decadência. No âmbito do Conselho Administrativo de Recursos Fiscais há uma jurisprudência que ao meu ver atenta contra o princípio da eficiência administrativa e judicial. De forma bem simplista a referida corte administrativa somente analisa impugnações e recursos, ainda que se mostrem decadentes ou portadores de vícios insanáveis, que condenam de antemão qualquer possibilidade de êxito do executivo fiscal, se forem tempestivos. Aliás, diga-se de passagem, o formalismo e o apego à tempestividade é tônica em nosso sistema jurídico.

Desta forma, nossa primeira proposta de redução da litigiosidade judicial passa por simples mudança na jurisprudência administrativa para que temas de ordem pública passem a ser analisados independentemente da tempestividade da impugnação ou recurso do contribuinte.

Somente com essa simples mudança de postura evitar-se-ia a chegada ao Poder Judiciária de considerável quantidade de processos natimortos. Alternativamente, uma alteração legislativa determinando que os tribunais administrativos apreciem questões de ordem pública independentemente da tempestividade da manifestação do contribuinte seria muito bem-vinda.

## 4. A Prescrição

Diferente da decadência a prescrição refere-se à perda do direito de demandar em juízo a cobrança do crédito tributário, em poucas palavras perde-se o direito de ação. Ao menos essa é a doutrina civilista.

Em direito tributário, no entanto, a prescrição acaba tendo os mesmos efeitos da decadência uma vez que por expressa disposição do Código Tributário Nacional, em seu artigo 156, a prescrição extingue o crédito tributário atingindo também o direito material. O prazo prescricional é, nos termos do artigo 174 do CTN, como sabemos de cinco anos contados da constituição definitiva do crédito tributário.

Contudo, nos termos do § 5º, do artigo 2º da lei de execuções fiscais, a data da constituição definitiva do crédito tributário não é elemento essencial do termo de inscrição em dívida ativa e, por conseguinte, não consta das Certidões de Divida Ativa – CDA, título executivo extrajudicial que instrui as respectivas execuções fiscais. A ausência deste elemento, vital ao processo executivo, impossibilita a extinção do executivo fiscal por decisão fundamentada do Juízo competente ante do aperfeiçoamento da relação processual.

O que pretendemos propor não é absurdo e nem depende de alteração legislativa, apenas pró-atividade, uma vez que nos termos do § 1º do artigo 332 do CPC/15 é possível o julgar liminarmente improcedente as execuções fiscais em casos de prescrição e decadência.

No entanto, a relação jurídica tributária – RJT é extremamente dinâmica. SABBAG[3] com toda a sua maestria didática elaborou claríssimo organograma colocando a RJT em uma linha do tempo o que facilita a compreensão dos inúmeros incidentes que influenciam na definição do termo inicial da prescrição e que não constam na CDA.

No desenrolar da RJT, muitos elementos podem interferir tanto na prescrição como na decadência. Como salientamos anteriormente prescrição é a perda do direito de ação. Ocorre que qualquer direito somente pode ser perdido se, e somente se, puder ser exercido e o seu titular deixar de fazê-lo. Em matéria tributária as hipóteses de suspensão do crédito fazendário estão elencadas no artigo 151 do CTN e são: I – moratória; II – o depósito do seu montante integral; III – as reclamações e os recursos, nos termos das leis reguladoras do processo tributário

[3] https://rsmartinsbauer.files.wordpress.com/2011/03/quadro_linha_do_tempo.pdf

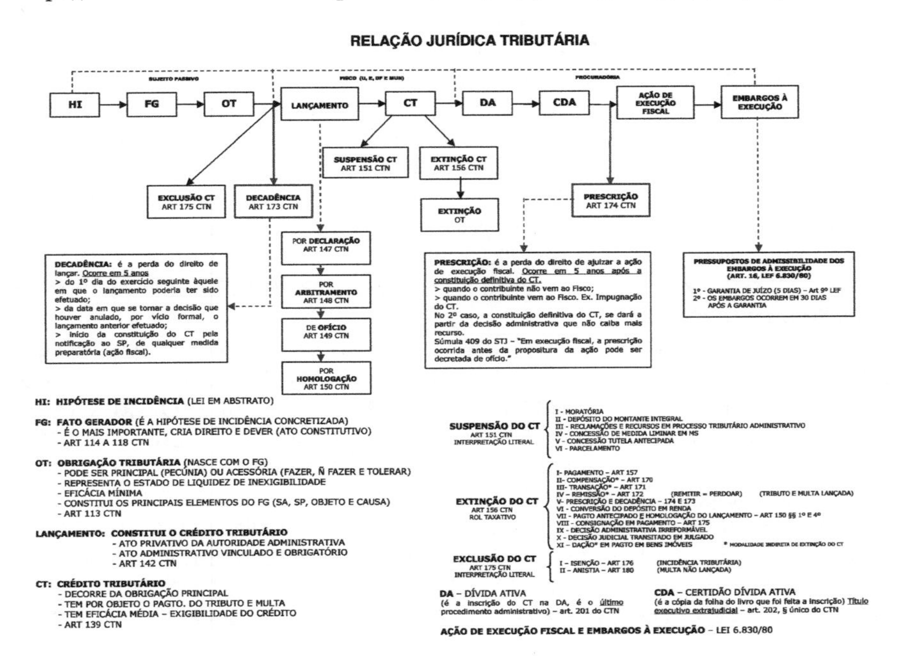

administrativo; IV – a concessão de medida liminar em mandado de segurança. V – a concessão de medida liminar ou de tutela antecipada, em outras espécies de ação judicial; (Incluído pela Lcp nº 104, de 2001); e VI – o parcelamento. Nenhuma das hipóteses supra relacionadas podem ser visualizadas de plano na CDA.

Nos lançamentos de ofício, conforme jurisprudência consolidada[4] o termo inicial do prazo prescricional conta-se da *"a cientificação do contribuinte para o recolhimento da exação, a qual pode ser realizada por qualquer meio idôneo, como o envio de carnê ou a publicação de calendário de pagamento, com instruções para a sua efetivação".*

Por sua vez, os lançamentos por homologação[5] têm como termo inicial do prazo prescricional a data limite para pagamento do tributo, ou,

[4] TRIBUTÁRIO. RECURSO ESPECIAL REPETITIVO. IPVA. DECADÊNCIA. LANÇAMENTO DE OFÍCIO. REGULARIDADE. PRESCRIÇÃO. PARÂMETROS.
1. O Imposto sobre a Propriedade de Veículos Automotores (IPVA) é lançado de ofício no início de cada exercício (art. 142 do CTN) e constituído definitivamente com a cientificação do contribuinte para o recolhimento da exação, a qual pode ser realizada por qualquer meio idôneo, como o envio de carnê ou a publicação de calendário de pagamento, com instruções para a sua efetivação. 2. Reconhecida a regular constituição do crédito tributário, não há mais que falar em prazo decadencial, mas sim em prescricional, cuja contagem deve se iniciar no dia seguinte à data do vencimento para o pagamento da exação, porquanto antes desse momento o crédito não é exigível do contribuinte. 3. Para o fim preconizado no art. 1.039 do CPC/2015, firma-se a seguinte tese: "A notificação do contribuinte para o recolhimento do IPVA perfectibiliza a constituição definitiva do crédito tributário, iniciando-se o prazo prescricional para a execução fiscal no dia seguinte à data estipulada para o vencimento da exação." 4. Recurso especial parcialmente provido. Julgamento proferido pelo rito dos recursos repetitivos (art. 1.039 do CPC/2015).
(REsp 1320825/RJ, Rel. Ministro GURGEL DE FARIA, PRIMEIRA SEÇÃO, julgado em 10/08/2016, DJe 17/08/2016)

[5] PROCESSUAL CIVIL. RECURSO ESPECIAL REPRESENTATIVO DE CONTROVÉRSIA. ARTIGO 543-C, DO CPC. TRIBUTÁRIO. EXECUÇÃO FISCAL. PRESCRIÇÃO DA PRETENSÃO DE O FISCO COBRAR JUDICIALMENTE O CRÉDITO TRIBUTÁRIO. TRIBUTO SUJEITO A LANÇAMENTO POR HOMOLOGAÇÃO. CRÉDITO TRIBUTÁRIO CONSTITUÍDO POR ATO DE FORMALIZAÇÃO PRATICADO PELO CONTRIBUINTE (IN CASU, DECLARAÇÃO DE RENDIMENTOS). PAGAMENTO DO TRIBUTO DECLARADO. INOCORRÊNCIA. TERMO INICIAL. VENCIMENTO DA OBRIGAÇÃO TRIBUTÁRIA DECLARADA. PECULIARIDADE: DECLARAÇÃO DE RENDIMENTOS QUE NÃO PREVÊ DATA POSTERIOR DE VENCIMENTO DA OBRIGAÇÃO PRINCIPAL, UMA VEZ JÁ DECORRIDO O PRAZO PARA PAGAMENTO. CONTAGEM DO PRAZO PRESCRICIONAL A PARTIR DA DATA DA ENTREGA DA DECLARAÇÃO.

1. O prazo prescricional quinquenal para o Fisco exercer a pretensão de cobrança judicial do crédito tributário conta-se da data estipulada como vencimento para o pagamento da obrigação tributária declarada (mediante DCTF, GIA, entre outros), nos casos de tributos sujeitos a lançamento por homologação, em que, não obstante cumprido o dever instrumental de declaração da exação devida, não restou adimplida a obrigação principal (pagamento antecipado), nem sobreveio quaisquer das causas suspensivas da exigibilidade do crédito ou interruptivas do prazo prescricional (Precedentes da Primeira Seção: EREsp 658.138/PR, Rel. Ministro José Delgado, Rel. p/ Acórdão Ministra Eliana Calmon, julgado em 14.10.2009, DJe 09.11.2009; REsp 850.423/SP, Rel. Ministro Castro Meira, julgado em 28.11.2007, DJ 07.02.2008; e AgRg nos EREsp 638.069/SC, Rel. Ministro Teori Albino Zavascki, julgado em 25.05.2005, DJ 13.06.2005). 2. A prescrição, causa extintiva do crédito tributário, resta assim regulada pelo artigo 174, do Código Tributário Nacional, verbis: "Art. 174. A ação para a cobrança do crédito tributário prescreve em cinco anos, contados da data da sua constituição definitiva. Parágrafo único. A prescrição se interrompe: I – pela citação pessoal feita ao devedor; I – pelo despacho do juiz que ordenar a citação em execução fiscal; (Redação dada pela Lcp nº 118, de 2005) II – pelo protesto judicial; III – por qualquer ato judicial que constitua em mora o devedor; IV – por qualquer ato inequívoco ainda que extrajudicial, que importe em reconhecimento do débito pelo devedor.» 3. A constituição definitiva do crédito tributário, sujeita à decadência, inaugura o decurso do prazo prescricional quinquenal para o Fisco exercer a pretensão de cobrança judicial do crédito tributário. 4. A entrega de Declaração de Débitos e Créditos Tributários Federais – DCTF, de Guia de Informação e Apuração do ICMS – GIA, ou de outra declaração dessa natureza prevista em lei (dever instrumental adstrito aos tributos sujeitos a lançamento por homologação), é modo de constituição do crédito tributário, dispensando a Fazenda Pública de qualquer outra providência conducente à formalização do valor declarado (Precedente da Primeira Seção submetido ao rito do artigo 543-C, do CPC: REsp 962.379/RS, Rel. Ministro Teori Albino Zavascki, julgado em 22.10.2008, DJe 28.10.2008). 5. O aludido entendimento jurisprudencial culminou na edição da Súmula 436/STJ, verbis: «A entrega de declaração pelo contribuinte, reconhecendo o débito fiscal, constitui o crédito tributário, dispensada qualquer outra providência por parte do Fisco.» 6. Consequentemente, o dies a quo do prazo prescricional para o Fisco exercer a pretensão de cobrança judicial do crédito tributário declarado, mas não pago, é a data do vencimento da obrigação tributária expressamente reconhecida. 7. In casu: (i) cuida-se de créditos tributários atinentes a IRPJ (tributo sujeito a lançamento por homologação) do ano-base de 1996, calculado com base no lucro presumido da pessoa jurídica; (ii) o contribuinte apresentou declaração de rendimentos em 30.04.1997, sem proceder aos pagamentos mensais do tributo no ano anterior; e (iii) a ação executiva fiscal foi proposta em 05.03.2002. 8. Deveras, o imposto sobre a renda das pessoas jurídicas, independentemente da forma de tributação (lucro real, presumido ou arbitrado), é devido mensalmente, à medida em que os lucros forem auferidos (Lei 8.541/92 e Regulamento do Imposto de Renda vigente à época – Decreto 1.041/94). 9. De acordo com a Lei 8.981/95, as pessoas jurídicas, para fins de imposto de renda, são obrigadas a apresentar, até o último dia útil do mês de março, declaração de rendimentos demonstrando os resultados auferidos no ano-calendário anterior (artigo 56). 10. Assim sendo, não procede a argumentação da empresa, no sentido

de que: (i) «a declaração de rendimentos ano-base de 1996 é entregue no ano de 1996, em cada mês que se realiza o pagamento, e não em 1997»; e (ii) «o que é entregue no ano seguinte, no caso, 1997, é a Declaração de Ajuste Anual, que não tem efeitos jurídicos para fins de início da contagem do prazo seja decadencial, seja prescricional», sendo certo que «o Ajuste Anual somente tem a função de apurar crédito ou débito em relação ao Fisco.» (fls. e-STJ 75/76). 11. Vislumbra-se, portanto, peculiaridade no caso sub examine, uma vez que a declaração de rendimentos entregue no final de abril de 1997 versa sobre tributo que já deveria ter sido pago no ano-calendário anterior, inexistindo obrigação legal de declaração prévia a cada mês de recolhimento, consoante se depreende do seguinte excerto do acórdão regional: «Assim, conforme se extrai dos autos, a formalização dos créditos tributários em questão se deu com a entrega da Declaração de Rendimentos pelo contribuinte que, apesar de declarar os débitos, não procedeu ao devido recolhimento dos mesmos, com vencimentos ocorridos entre fevereiro/1996 a janeiro/1997 (fls. 37/44).» 12. Consequentemente, o prazo prescricional para o Fisco exercer a pretensão de cobrança judicial da exação declarada, in casu, iniciou-se na data da apresentação do aludido documento, vale dizer, em 30.04.1997, escoando-se em 30.04.2002, não se revelando prescritos os créditos tributários na época em que ajuizada a ação (05.03.2002). 13. Outrossim, o exercício do direito de ação pelo Fisco, por intermédio de ajuizamento da execução fiscal, conjura a alegação de inação do credor, revelando-se incoerente a interpretação segundo a qual o fluxo do prazo prescricional continua a escoar-se, desde a constituição definitiva do crédito tributário, até a data em que se der o despacho ordenador da citação do devedor (ou até a data em que se der a citação válida do devedor, consoante a anterior redação do inciso I, do parágrafo único, do artigo 174, do CTN). 14. O Codex Processual, no § 1º, do artigo 219, estabelece que a interrupção da prescrição, pela citação, retroage à data da propositura da ação, o que, na seara tributária, após as alterações promovidas pela Lei Complementar 118/2005, conduz ao entendimento de que o marco interruptivo atinente à prolação do despacho que ordena a citação do executado retroage à data do ajuizamento do feito executivo, a qual deve ser empreendida no prazo prescricional. 15. A doutrina abalizada é no sentido de que: «Para CÂMARA LEAL, como a prescrição decorre do não exercício do direito de ação, o exercício da ação impõe a interrupção do prazo de prescrição e faz que a ação perca a ‹possibilidade de reviver›, pois não há sentido a priori em fazer reviver algo que já foi vivido (exercício da ação) e encontra-se em seu pleno exercício (processo). Ou seja, o exercício do direito de ação faz cessar a prescrição. Aliás, esse é também o diretivo do Código de Processo Civil: ‹Art. 219. A citação válida torna prevento o juízo, induz litispendência e faz litigiosa a coisa; e, ainda quando ordenada por juiz incompetente, constitui em mora o devedor e interrompe a prescrição. § 1º A interrupção da prescrição retroagirá à data da propositura da ação.' Se a interrupção retroage à data da propositura da ação, isso significa que é a propositura, e não a citação, que interrompe a prescrição. Nada mais coerente, posto que a propositura da ação representa a efetivação do direito de ação, cujo prazo prescricional perde sentido em razão do seu exercício, que será expressamente reconhecido pelo juiz no ato da citação. Nesse caso, o que ocorre é que o fator conduta, que é a omissão do direito de ação, é desqualificado pelo exercício da ação, fixando-se, assim, seu termo consumativo. Quando isso ocorre, o fator tempo torna-se irrelevante, deixando de haver um termo temporal da prescrição.» (Eurico Marcos Diniz de Santi, in «Decadência e Prescrição no Direito Tributário», 3ª ed., Ed. Max Limonad, São

se não houver prazo para pagamento posterior, a data da entrega da declaração, como ocorre com a DCTF. Só que nada disso aparece na CDA.

Obviamente que a raiz do problema reside não na legislação em si, mas no seu aplicador. O Tribunal Administrativo não aprecia as matérias de ordem pública se a manifestação for intempestiva relegando a análise para a procuradoria da fazenda que por sua vez presume que tudo foi devidamente analisado no contencioso administrativo e quase mecanicamente propõem os executivos fiscais.

Vale, ainda, lembrarmos a lição de Haidar:

> *O Fisco brasileiro, como já mencionamos várias vezes neste espaço, é um dos mais bem preparados do planeta. Não pode e nem precisa praticar o que não lhe permita a lei. Não se lhe permitem iniquidades, sejam elas quais forem, pois tais servidores são dignos do respeito que os cidadãos de bem lhes dedicam.*
>
> *Se o bom trabalho do fisco pode viabilizar um crescimento de nossa economia com adequada observância das leis vigentes, eventuais iniquidades podem gerar péssimas consequências. Monteiro Lobato, em sua obra Mundo da Lua, deixou-nos interessante recado:*
>
> *"A história da civilização cabe dentro da história do fisco. Grandes convulsões sociais, como a revolução francesa, tiveram como verdadeira causa as iniquidades do Fisco". (Haidar. 2014)*

Pois bem, no tópico anterior, propusemos uma alteração na jurisprudência administrativa e eventualmente da legislação. Novamente nenhuma alteração legislativa se faz necessária, muito embora seja bem-vinda. Para que o Poder Judiciário reduza consideravelmente o gargalo

Paulo, 2004, págs. 232/233) 16. Destarte, a propositura da ação constitui o dies ad quem do prazo prescricional e, simultaneamente, o termo inicial para sua recontagem sujeita às causas interruptivas previstas no artigo 174, parágrafo único, do CTN. 17. Outrossim, é certo que «incumbe à parte promover a citação do réu nos 10 (dez) dias subsequentes ao despacho que a ordenar, não ficando prejudicada pela demora imputável exclusivamente ao serviço judiciário» (artigo 219, § 2º, do CPC). 18. Consequentemente, tendo em vista que o exercício do direito de ação deu-se em 05.03.2002, antes de escoado o lapso quinquenal (30.04.2002), iniciado com a entrega da declaração de rendimentos (30.04.1997), não se revela prescrita a pretensão executiva fiscal, ainda que o despacho inicial e a citação do devedor tenham sobrevindo em junho de 2002. 19. Recurso especial provido, determinando-se o prosseguimento da execução fiscal. Acórdão submetido ao regime do artigo 543-C, do CPC, e da Resolução STJ 08/2008.
(REsp 1120295/SP, Rel. Ministro Luiz Fux, PRIMEIRA SEÇÃO, julgado em 12/05/2010, DJe 21/05/2010).

dos processos de execução fiscal basta que apliquem previamente, antes da citação do contribuinte, o artigo 41 da Lei de Execuções fiscais, determinando, de ofício, que o exequente apresente cópia integral do processo administrativo correspondente à CDA exequenda.

De posse do processo administrativo, o Juízo pode liminarmente aplicar os artigos 9º e 332 do CPC/15 extinguindo, se for o caso, o feito por prescrição ou decadência. Note-se que a solução proposta permite a verificação de matérias de ordem pública de toda sorte e, por conseguinte, a extinção do feito antes do aperfeiçoamento da relação processual evitando desta forma a litigiosidade.

Obviamente que uma alteração na Lei nº 6.830/76 além de bem-vinda mostra-se necessária para adequação da norma especial ao CPC/15, havendo na Câmara dos Deputados uma comissão de juristas[6] destinada a proferir parecer ao Projeto de Lei nº 2.412, de 2007, que dispõe sobre o processo executivo fiscal. Integram a comissão os professores Heleno Tavares Torres, Freddie Didier Jr., Luiz Henrique Volpe Camargo, Gustavo Amaral e Fernando Marcelo Mendes, Vice-Presidente da Associação dos Juízes Federais do Brasil – AJUFE.

## 5. Conclusão

Considerando os limites do preste estudo, podemos concluir que o princípio da eficiência jurisdicional reclama soluções criativas que, sem abrir mão da legalidade, proporcionalidade e razoabilidade, realizem o fim social do processo pacificando a sociedade mediante a prestação da tutela jurisdicional satisfativa.

A alteração da jurisprudência dos tribunais administrativos a permitir a apreciação de matérias de ordem pública, mesmo quando a manifestação do contribuinte é intempestiva, permitiria um alívio considerável nas taxas de congestionamento das execuções fiscais, tendo em vista que considerável quantidade de processos deixaria de ser proposta perante o Judiciário. Já a requisição de cópia dos processos administrativos antes da citação dos executados permitiria uma redução de aproximadamente 15% dos processos pendentes de julgamento evitando, assim, a condenação das entidades exequentes em honorários advocatícios.

[6] http://www.camara.gov.br/proposicoesWeb/fichadetramitacao?idProposicao=376419

## Referências


ATALIBA, GERALDO. *Hipótese de Incidência Tributária*, 6ª Edição, São Paulo: Malheiros, 2000.

____________________ República e Constituição. Malheiros Editores., São Paulo, 1998. 2ª ed. atualizada por Rosolea Miranda Folgosi.

ÁVILA, HUMBERTO. Revista de Direito Administrativo, (215): Rio de Janeiro, Renovar, jan./mar. 1999.

BOBBIO, NORBERTO. In, Teoria do ordenamento jurídico. Trad. Maria Celeste C. J. Santos; ver. téc. Cláudio de Cicco; apres. Tércio Sampaio Ferraz Júnior. – Brasília: Editora Universidade de Brasília, 10ª ed., 1997.

DA ROS, LUCIANO. 2015. O custo da Justiça no Brasil: uma análise comparativa exploratória. Newsletter. Observatório de elites políticas e sociais do Brasil. NUSP/UFPR, v.2, n. 9, julho. p. 1-15. ISSN 2359-2826

DI PIETRO, MARIA SYLVIA ZANELLA. In, Direito Administrativo. – 26ª ed. – São Paulo: Atlas, 2013.

FERREIRA. ANA PAULA DUARTE. "Das normas fundamentais do Novo CPC", *In:* SANTANA, ALEXANDRE ÁVALO; LACOMBE, RODRIGO SANTOS MASSET (coor). Novo CPC e o Processo Tributário: impactos da nova lei processual. 1ª ed. Campo Grande: Contemplar, 2016.

FIGUEIREDO, LÚCIA VALLE. Curso de Direito Administrativo. 3ª .ed. – São Paulo: Malheiros, 2001

HAIDAR, RAUL. In, Covardes e omissos não podem ingressar no serviço público! (http://www.conjur.com.br/2014-fev-10/justica-tributaria-covardes--omissos-nao-podem-ingressar-servico-publico)

Instituto de Pesquisa Econômica Aplicada – IPEA "O custo e tempo do processo de execução fiscal promovido pela Procuradoria Geral da Fazenda Nacional – PGFN". www.ipea.gov.br/agencia/images/stories/PDFs/nota.../111230_notatecnicadiest1.pdf

MARINS, JAMES. *In,* Direito processual tributário brasileiro, 6ª ed. – São Paulo: Dialética, 2012.

MELLO, CELSO ANTONIO BANDEIRA DE, *Curso de Direito Administrativo,* São Paulo, Malheiros, 2009, 26ª edição.

MORAIS, R. C.; BATISTA JÚNIOR O. A.; SILVA, P. G. C.; PALOTTI, P. L. M.; PAGANDO PARA RECEBER? Subsídios para uma política de cobrança da dívida ativa no setor público: resultados de pesquisa sobre o custo médio de cobrança de uma execução fiscal em Minas Gerais Direito Público: Revista Jurídica da Advocacia-Geral do Estado de Minas Gerais / Advocacia-Geral do Estado de Minas Gerais. – Vol. 5, n. 1/2, (Jna/./Dez. 2008). – Belo Horizonte: Imprensa Oficial de Minas Gerais, 2008

OLIVEIRA, RICARDO MARIZ. *In,* Fundamentos do Imposto de Renda. São Paulo: Quartier Latin, 2008.

# A Cessão de Créditos Tributários e os Reflexos no Contencioso Tributário: Análise dos Projetos em Trâmite e Impactos

Luciana Ibiapina Lira Aguiar*

Conforme informado no honroso convite para participação nesta obra, os pilares dos estudos desenvolvidos em seus diversos artigos deveriam ser (i) potenciais soluções de ordem prática que contribuam para a redução do contencioso tributário brasileiro, (ii) a isonomia e o equilíbrio entre fisco e contribuinte e (iii) a efetividade das soluções.

Sem perder de vista os pilares sobre os quais devem ser construídas as reflexões, este artigo tem por objetivo analisar os benefícios que a cessão de créditos tributários (ou outros arranjos) pode trazer para aumentar a eficiência na satisfação do crédito tributário e reduzir o contencioso correspondente, bem como analisar os projetos de lei, em trâmite no Congresso Nacional.

O estudo, portanto, tem por escopo tema essencial no contexto atual, no qual o Estado brasileiro e os entes federativos enfrentam desafios

* Mestre em Direito Tributário pela FGV. Bacharel em Ciências Econômicas e Ciências Contábeis. Professora nos cursos de pós-graduação da Escola de Direito de São Paulo da Fundação Getulio Vargas – FGV Direito SP. Professora Conferencista no IBET. Advogada em São Paulo.

relevantes para financiarem suas atividades, tornando urgente soluções jurídicas criativas que tragam eficiência e eficácia na cobrança de dívidas para com a Fazenda Pública.

## 1. Do contexto atual

É de notório conhecimento o insucesso do atual modelo de cobrança de créditos tributários no Brasil. Muitas podem ser as razões para esta conclusão e em relação a elas pode haver alguma controvérsia, contudo, a ineficiência é inconteste e comprovada por estatísticas do Conselho Nacional de Justiça (CNJ, 2016).

O principal instrumento de cobrança[1] do crédito tributário previsto em nosso ordenamento jurídico é a execução fiscal. Os procedimentos fiscais, administrativos ou judiciais, acumulam grandes estoques e uma análise acurada demonstra que o indicador de eficiência na satisfação do crédito é extremamente baixo. O gráfico a seguir traz um primeiro relevante indicador desta ineficiência: os dados do Poder Judiciário acerca do congestionamento processual na execução fiscal:

[1] A partir da Lei nº 12.767/2012 foi possibilitada a cobrança extrajudicial através do protesto da Certidão de Dívida Ativa, a constitucionalidade de tal medida foi reconhecida nos autos da Ação Direta de Inconstitucionalidade nº 5.135, relatoria do Ministro Roberto Barroso, julgado em 09/11/2016. Entre 2013 e 2015, foram protestadas 636.088 CDA, no montante de R$ 3,5 bilhões, com índice de 18,3% de recuperação (R$ 646,5 milhões), indicador que sugere haver potencial de melhoria na recuperação mediante execução fiscal (Silva, 2016, p. 6).

**Gráfico1: Dados Processuais do Poder Judiciário**

| | Processos baixados | Casos novos | Pendentes |
|---|---|---|---|
| Tribunais Superiores | 582.369 | 538.313 | 696.795 |
| 2º Grau | 3.416.090 | 3.460.666 | 3.250.546 |
| Turmas Recursais | 1.167.469 | 1.065.633 | 1.508.160 |
| Turmas Regionais de Uniformização | 3.777 | 3.918 | 5.080 |
| **Conhecimento** | | | |
| Criminal | 2.225.873 | 1.931.542 | 5.751.312 |
| Não criminal | 15.160.418 | 14.027.975 | 24.347.933 |
| Total Conhecimento | 17.386.291 | 15.959.517 | 30.099.245 |
| **Execução** | | | |
| Extrajudicial – Execução fiscal | 2.534.902 | 2.650.326 | 28.937.316 |
| Extrajudicial – Execução não fiscal | 619.817 | 732.953 | 2.555.626 |
| Total Execução Extrajudicial | 3.154.719 | 3.383.279 | 31.492.942 |
| Judicial – Pena privativa de liberdade | 169.850 | 281.007 | 831.196 |
| Judicial – Pena não privativa de liberdade | 154.390 | 165.810 | 343.893 |
| Judicial – Não criminal | 2.953.484 | 2.421.212 | 5.706.810 |
| Total Execução Judicial | 2.768.073 | 2.868.961 | 6.883.541 |
| Total Execução | 5.922.792 | 6.252.240 | 38.376.483 |

19.124.920 9.562.460 0 9.562.460 19.124.920 28.687.380 38.249.840

**Fonte:** Relatório Justiça em Números – CNJ, 2016

Os processos de execução fiscal representam, aproximadamente, 75% das execuções pendentes no Poder Judiciário. As soluções não vencem as novas entradas daí uma taxa de congestionamento da ordem de 91,9%!

Segundo estudo desenvolvido no Projeto Macrovisão do Crédito Tributário, da Fundação Getúlio Vargas (FGV), o perfil dos processos demonstra que há um enorme volume de ações de baixo valor e, por outro lado, uma concentração relevante de montantes exigíveis em menor volume de processos[2], mas não há qualquer diferenciação em termos de procedimentos ou normas processuais para estas causas. Do estoque

[2] O mesmo dado é confirmado em estudo desenvolvido por Jules Michelet Pereira Queiroz e Silva (SILVA, 2016, p.6).

de dívida ativa em seis capitais eleitas pela pesquisa, apenas **6,3%** está garantida. A mesma pesquisa indica que a Fazenda Nacional recuperou nos últimos cinco anos apenas **2,31%** do total ajuizado nesse período (CAMARA e FREIRE, 2016).

Em outras palavras, a Lei de Execuções Fiscais prevê apenas um rito processual para todos os perfis de créditos, independentemente de sua natureza, forma de constituição e valor. Ademais, por força da Portaria MF nº 75, de 22 de março de 2012, só podem deixar de ser ajuizados débitos cujos valores consolidados sejam iguais ou inferiores a R$ 20.000,00 (vinte mil reais), mas tal previsão não dispensa a propositura de execuções de valores superiores e nem exige a prévia estimativa das chances de êxito da cobrança.

Mais recentemente, a Procuradoria Geral da Fazenda Nacional (PGFN) editou a Portaria nº 396, de 30 de abril de 2016, instituindo o Regime Diferenciado de Cobrança de Crédito (RDCC) que, dentre outras providências, possibilitou a suspensão em massa das execuções fiscais de valor igual ou inferior a R$ 1.000.000,00 desde que não conste dos autos garantia útil à satisfação, integral ou parcial, do crédito executado. Essa medida administrativa veio com a intenção de selecionar as execuções em andamento e trazer um critério que determine eficiência à alocação dos recursos escassos da PGFN em seu trabalho. Mas muitas foram as controvérsias sobre a medida.

Primeiramente, antecipando-se aos eventuais questionamentos, houve a formulação de consulta prévia à edição do normativo, pela própria Diretoria de Gestão da Dívida Ativa da União (DGDAU), de forma a verificar a sua viabilidade jurídica. A conclusão foi por sua viabilidade, além de ser considerada uma medida plenamente justificável, uma vez que as execuções fiscais com o referido perfil representariam cerca de 97,5% dos processos fazendários em curso. O parecer também afirmou que seria "prudente a limitação ora referida, notadamente, levando-se em conta os atuais estágios e condições de gestão da Dívida Ativa da Fazenda Nacional"[3].

[3] Disponível em http://www.pgfn.fazenda.gov.br/arquivos-de-noticias/Portaria%20PGFN%20no%20396%20de%2020%20de%20abril%20de%202016.pdf. Acesso em 18 de janeiro de2017.

Na sequência, o Ministério Público[4] questionou a Portaria, alegando diversas ilegalidades, basicamente, em função de atos de improbidades pela renúncia fiscal que lesaria o erário sem as compensações financeiras correspondentes.

A nota emitida pela PGFN em resposta aos questionamentos trouxe informações relevantes para o entendimento do contexto ora apresentado, pano de fundo essencial para o tema em estudo. Segundo esta nota, o estoque de crédito tributário ajuizado era assim composto em 2015:

| Faixa de valor | Quantidade de Execuções | Em milhares de R$ |
|---|---|---|
| Até R$ 20.000,00 | 1.032.165 | R$ 10.026.810 |
| De R$ 20.000 a R$ 1.000.000 | 1.749.091 | R$ 197.630.400 |
| Acima de R$ 1.000.000 | 102.735 | R$ 866.520.167 |

Ainda segundo a resposta da PGFN, a estrutura de cobrança estatal está absolutamente saturada, trabalhando para cobrar créditos tributários, sem respostas eficientes nesse sentido, ainda que todos possam estar envidando seus melhores esforços. Apenas a título exemplificativo, é possível afirmar que em 46,2% dos casos de execução os devedores nem mesmo são encontrados e apenas 2,8% dos processos de execução resultam em leilão judicial, com ou sem êxito[5].

A PGFN afirma que, dos devedores que compõem a Dívida Ativa da União (DAU), há cerca de 3 mil com alta perspectiva de recuperação (R$ 283 bilhões ou 18% da DAU), mas há outros 7.117 (R$ 452 bilhões, 29% da DAU) com remota possibilidade de recuperação e 3.809 pessoas jurídicas (R$ 227 bilhões, 16% do estoque) sem indícios de faturamento, bens ou movimentação financeira nos últimos cinco anos (Silva, 2016, p.6).

Em relação ao processo de cobrança administrativa, o cenário não é tão mais favorável. Os dados de arrecadação em função dos esforços

[4] A representação do Ministério Público foi arquivada em 2016, conforme divulgado em notícia veiculada pela própria PGFN. Disponível em http://www.pgfn.fazenda.gov.br/noticias_carrossel/mpf-arquiva-representacao-contra-o-rdcc. Acesso em 18 de janeiro de 2017.

[5] Disponível em http://dados.pgfn.fazenda.gov.br/dataset/notas/resource/0005932016. Acesso em 18 de janeiro de 2017.

de cobrança administrativa são de difícil acesso, contudo, com base na Caderno Fato Gerador (RECEITA FEDERAL DO BRASIL, 2014, p. 2) é possível perceber que 40% dos valores lançados em procedimentos fiscais se tornam contencioso e, portanto, não se convertem em caixa no curto prazo. Quase 43% dos lançamentos exigem esforços de cobrança, como se constata pelo gráfico[6] abaixo:

**Gráfico 2: Estratificação dos procedimentos fiscais realizados em 2014.**

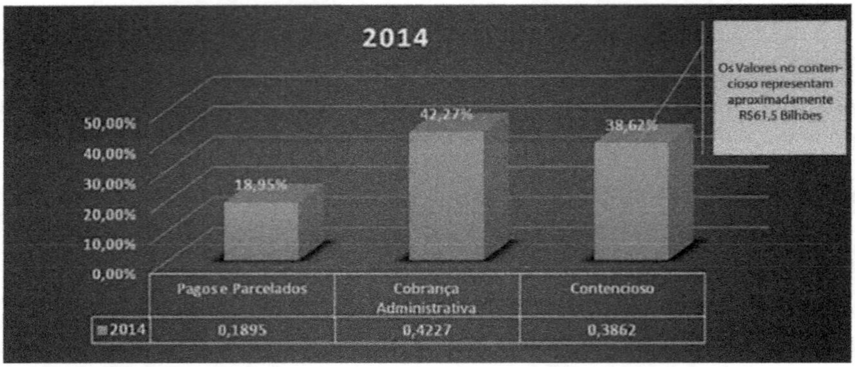

2014

Os Valores no contencioso representam aproximadamente R$61,5 Bilhões

| | Pagos e Parcelados | Cobrança Administrativa | Contencioso |
|---|---|---|---|
| 2014 | 0,1895 | 0,4227 | 0,3862 |

**Fonte:** Caderno Fato Gerador, 8ª Edição. 2014

Os órgãos demonstram estarem agindo no limite de suas competências para converterem estatísticas de arrecadação em efetivas entradas de caixa. Apenas o Grupo de Atuação Especial no Combate à Fraude à Cobrança Administrativa e à Execução Fiscal (GAEFIS)[7-8], formado a partir da edição da Portaria Conjunta nº 1.525, de 17 de outubro de 2016, está focado na cobrança administrativa de 1.537 grandes devedores da RFB, que são responsáveis por dívidas tributárias no montante

[6] Disponível em http://idg.receita.fazenda.gov.br/publicacoes/revista-fato-gerador/revista-fg-8edicao.pdf. Acesso em 18 de janeiro de 2017.

[7] O GAEFIS é composto por representantes da Receita Federal e da PGFN e visa identificar, prevenir e reprimir fraudes fiscais que ponham em risco a recuperação de créditos tributários constituídos e em cobrança administrativa ou inscritos em DAU.

[8] Segundo o art. 3, da Portaria Conjunta nº 1.525, as ações do GAEFIS levarão em consideração os critérios de potencialidade lesiva da fraude com objetivo de frustrar a realização do crédito tributário devido, do risco de ineficácia da cobrança ou da execução fiscal ordinárias do crédito tributário ou não tributário, e da necessidade de adoção de medidas urgentes de constrição judicial para assegurar a efetividade da cobrança do crédito constituído.

de R$ 69,2 bilhões[9]. Somente no estado de São Paulo há 5000[10] profissionais (funcionários públicos da Receita Federal do Brasil) alocados na função de cobrança.

Espera-se que todos estes esforços tornem o processo de cobrança administrativa e judicial mais eficaz, contudo, em paralelo, outras medidas seguem sendo propostas no âmbito do Poder Legislativo, como se verá a seguir.

## 2. Projetos de Lei em Tramitação no Congresso Nacional[11]

Atualmente podem ser localizados alguns projetos de lei em tramitação no Congresso Nacional que buscam otimizar a arrecadação tributária mediante melhorias no processo de cobrança. A seguir são brevemente resumidos os principais aspectos dos projetos considerados mais relevantes e seus estágios atuais[12] de tramitação.

### 2.1. Projeto de Lei nº 3.337, de 2015 e seu substitutivo (PL 3.337)

O PL 3.337 tem por escopo conferir à Fazenda Pública meio alternativo de cobrança da DAU com vistas a incrementar mecanismos de recuperação de créditos de difícil liquidação, conforme justificam os seus autores[13].

A proposta original prevê que a União, por intermédio da Advocacia-Geral da União, possa ceder a pessoas jurídicas de direito privado créditos referentes à DAU, mediante licitação, na modalidade leilão, considerado vencedor o licitante que oferecer o menor valor de deságio na cessão.

[9] Disponível em http://idg.receita.fazenda.gov.br/noticias/ascom/2016/outubro/receita-federal-e-pgfn-intensificam-combate-a-fraudes-na-cobranca-e-na-execucao-de-dividas. Acesso em 18 de janeiro de 2017. Além dos devedores em cobrança administrativa, o GAEFIS também estará focado em 2.000 grandes devedores da PGFN, correspondentes a dívidas no valor de R$ 100 bilhões.

[10] Disponível em http://idg.receita.fazenda.gov.br/noticias/ascom/2015/outubro/receita-federal-aperta-o-cerco-aos-devedores. Acesso em 19 de janeiro de 2017.

[11] Foram feitas pesquisas nos websites da Câmara dos Deputados e do Senado Federal utilizando-se as palavras "cessão de crédito tributário" e os filtros projetos de lei e projetos de lei complementar em tramitação, sendo encontrados os resultados resumidos neste artigo, contudo, não é possível afastar a possibilidade que uma pesquisa com argumentos mais abrangentes demonstre a existência de outros projetos.

[12] Pesquisa em janeiro/2017.

[13] Dep. Vicente Cândido (PT-SP), Jovair Arantes (PTB-GO), Sibá Machado (PT-AM) e outros.

Segundo o projeto, os encargos de cobrança ocorreriam por conta e risco da cessionária, cabendo à União apenas a responsabilidade pela existência e legalidade do crédito. Também seriam conferidas as mesmas garantias e privilégios assegurados à DAU, sendo fixado o valor máximo do deságio no próprio instrumento convocatório do leilão, considerados, para tanto, a classificação do crédito de acordo com sua qualidade, a viabilidade da execução e as características socioeconômicas do vendedor.

O relatório da Comissão de Finanças e Tributação analisou a matéria sob o aspecto de sua adequação e compatibilidade orçamentária e financeira e também em relação ao seu mérito. Neste documento, além de um bom relato das dificuldades de êxito na cobrança já comentadas, são abordados pontos que ressaltam a relevância e a polêmica do tema. O primeiro deles: a cessão de créditos tributários com deságio representaria renúncia, ainda que formal, de haveres do erário na percepção de dívidas já consolidadas e objeto de cobrança pela União. A conclusão do relator foi no sentido de que a proposição seria adequada e compatível com os vigentes diplomas legais que norteiam o Orçamento Público da União, o Plano Plurianual, a Lei de Diretrizes Orçamentárias e a Lei Orçamentária da União, contudo, foram apresentadas sugestões substanciais de modificação do projeto original, por meio de substitutivo, merecendo destaque:

(i) Alteração da figura jurídica de cessão para **novação**[14]. Entendeu-se que a novação de créditos seria juridicamente mais adequada à operação do que a cessão propriamente dita, já que possibilitaria a extinção da obrigação de Direito Público entre o contribuinte e a Fazenda Pública e o nascimento de nova obrigação de direito privado, entre o contribuinte (agora na condição de mero devedor) e o cessionário;

(ii) Previsão expressa do uso do leilão como forma de alienação dos créditos;

(iii) Restrição de inclusão de créditos com exigibilidade suspensa e discussão judicial pendente;

[14] Nos termos do Código Civil (art. 360 e seguintes) novação é uma operação jurídica que consiste em criar uma nova obrigação para substituir e extinguir a obrigação anterior e originária.

(iv) Litisconsórcio passivo necessário entre cessionário e Fazenda Pública na hipótese de questionamento judicial do crédito cedido;
(v) Dispensa de ajuizamento de execuções fiscais[15], por parte da PGFN, na hipótese de não localização de bens ou valores em nome do devedor ("ajuizamento inteligente"), com o objetivo de prevenir o abarrotamento de execuções infrutíferas no Poder Judiciário, a exemplo do que já fazem México, Chile, França e EUA;
(vi) Arrolamento de bens obrigatório e prévio à inscrição em DAU. Assim, quando remetido o crédito pela Receita Federal à PGFN, já haveria discriminação e acompanhamento do patrimônio do devedor a possibilitar penhora ou restrição cautelar.
(vii) Regulamentação da transação em matéria tributária, nos termos do art. 156, inciso III, do CTN, propondo mecanismos ágeis de composição entre a Fazenda e o contribuinte sem deixar de preservar o interesse público subjacente ao crédito tributário.

O último andamento do PL 3.337 ocorreu em outubro de 2016 com a devolução ao Relator, Dep. Alfredo Kaefer (PSL-PR), para manifestação sobre às emendas recebidas ao substitutivo.

## 2.2. Projeto de Lei Complementar n. 181, de 2015 (PLP 181)

O PLP 181, de mesma autoria do PL 3.337, busca adequar o Código Tributário Nacional (CTN), incluindo o artigo 204-A, para permitir que a União, os Estados, o Distrito Federal e os Municípios, mediante lei, cedessem créditos tributários de suas dívidas ativas consolidadas a pessoas jurídicas de direito privado, autorizando a operação inclusive com deságio. Da mesma forma, em setembro de 2016, este projeto teve uma versão de substitutivo apresentada para se alinhar ao substitutivo do PL 3.337, mencionado no item 2.1 retro.

Novamente foi sugerida a troca da figura jurídica da cessão pela novação, sob a mesma alegação de que a modificação do polo credor

[15] A dispensa do ajuizamento não significa dispensa de cobrança. Créditos não ajuizados poderão ser cobrados extrajudicialmente, por exemplo mediante protesto da CDA ou cessão de créditos. Se identificada movimentação patrimonial do devedor, poderia ser ajuizada a execução fiscal.

deve se dar conjuntamente com a extinção da obrigação tributária, evitando-se o surgimento de sistema híbrido, ou seja, a novação extinguiria o crédito tributário, dando lugar ao surgimento uma nova relação jurídica de crédito de natureza privada, o que estaria expressamente previsto o PLP 181, a partir da inclusão de um novo inciso no art. 156 do CTN.

Em outras palavras, operada a novação, ficaria extinto o crédito tributário possibilitando, inclusive, a emissão de certidão negativa de débitos fiscais, estabelecendo-se, a partir de então, uma nova relação jurídica, privada e totalmente independente da relação originalmente nascida em função da obrigação tributária, esta, satisfeita por meio dos recursos recebidos em função do negócio novado.

Importante alertar que, diferentemente do regime cível, a novação tributária prevista no substitutivo se daria independentemente do consentimento do devedor, isso porque o mais provável é que o instituto, uma vez aprovado, seja utilizado em relação a créditos de difícil recuperação, nos quais a localização do devedor (e a sua consequente anuência) possa ser um impeditivo ao prosseguimento da operação. Ademais, o substitutivo prevê que a Fazenda Pública mantenha cadastro nominal atualizado dos credores das dívidas novadas de modo a dar a conhecer ao devedor, o seu novo credor.

Por fim, foram estendidas as garantias e privilégios do crédito novado aplicáveis ao crédito tributário, tendo sido inserido dispositivo para dispor que os interesses da Fazenda Pública prevaleçam, em caso de concorrência de credores, sobre os do novo credor.

O último andamento do PLP 181 foi em dezembro de 2016, com o encaminhamento do projeto à Comissão de Constituição e Justiça e de Cidadania.

### 2.3. Projeto de Lei n. 2.412, de 2007 (apensos os projetos nº 5.080, 5.081 e 5.082, de 2009; 5.488, de 2013; e 1.575, de 2015) (PL 2.412)[16]

O PL 2.412 tem por objetivo transferir o processamento das execuções fiscais para a esfera administrativa do Poder Executivo, desjudicializando o processo de execução fiscal, que passaria a caber aos órgãos de advocacia pública dos entes federados. O objetivo é buscar melhores

[16] Para a análise do PL 2412 foi formada a Comissão Especial da Câmara dos Deputados.

resultados na cobrança da Dívida Ativa da União dos Estados, do Distrito Federal, dos Municípios e das respectivas autarquias e fundações de direito público[17].

O acesso do contribuinte às vias judiciais dar-se-ia por meio de embargos à execução fiscal, à adjudicação ou à arrematação. Assim, conforme a sua justificação, a um só tempo se promoveria a agilização do recebimento dos créditos e a redução do congestionamento do judiciário, mediante a transferência da atividade. Entre as propostas apresentadas merecem destaque:

(i) Execução Fiscal Administrativa: o crédito seria inscrito e executado na PGFN e os embargos à execução julgados pelo juízo do local onde funcionasse o órgão encarregado do seu processamento administrativo;

(ii) Acesso às informações: os agentes fiscais poderiam exigir todas as informações de bancos, dos órgãos auxiliares da justiça e de quaisquer outras entidades ou pessoas portadoras de informações necessárias à execução do crédito tributário, com relação a bens, rendas, negócios ou atividades de terceiros, mantendo-se o sigilo legal, sob pena de responsabilidade administrativa, civil e penal;

(iii) Penhora: a penhora de dinheiro e as averbações de penhoras de bens móveis e imóveis seriam realizadas por meios eletrônicos e os bens do executado poderiam ir à leilão por meio de processo eletrônico;

(iv) Limite para a Remessa Oficial: não haveria remessa oficial à 2ª instância para julgamento, da sentença favorável aos embargos de execução fiscal, quando o valor não excedesse a 240 salários mínimos ou quando a sentença estivesse fundada em jurisprudência pacífica dos tribunais superiores;

Ao PL 2.412 foram apensados vários projetos[18] os quais dispõem, respectivamente, sobre a (i) cobrança administrativa da dívida ativa (PL 5080/09), (ii) o oferecimento de garantias na cobrança (PL 5081/09) e

[17] Observe-se que, segundo o PL, a execução fiscal contra pessoa jurídica de direito público permaneceria regida pelo Código de Processo Civil.

[18] Além dos acima citados foram apensados os **PL 5015/2016 que** altera a Lei nº 6.830/80, para dispor sobre o protesto obrigatório da Certidão de Dívida Ativa antes da execução fiscal e o **PL 5591/2016 que** dispõe sobre a aplicação do art. 20 da Lei nº 10.522/02 (dispõe sobre

(iii) a transação em matéria tributária[19]-[20], visando a extinção do débito (PL 5082/09), este último inserido no contexto do II Pacto Republicano. A transação estaria limitada a multas, juros de mora, encargos de sucumbência e demais encargos de natureza pecuniária.

O projeto tem última ação legislativa datada de junho de 2015[21] e aguarda Parecer do Relator na Comissão Especial destinada a proferir parecer.

## 2.4. Projeto de Lei Complementar do Senado n. 204 de 2016 (PLS 204)

O PLS 204, de autoria do Senador José Serra dispõe sobre a cessão de direitos creditórios originados de créditos tributários e não tributários. O projeto visa permitir aos entes federativos, mediante autorização legislativa, a cessão a pessoas jurídicas de direito privado de créditos públicos de qualquer natureza, inscritos ou não em dívida ativa, desde que sejam objeto de parcelamentos administrativos ou judiciais.

De acordo com a proposta, para que possam ser efetuadas as cessões de direitos creditórios, deve haver a observância, em síntese, dos seguintes requisitos: 1) autorização legislativa na esfera de cada ente; 2) não modificação da natureza do crédito; 3) não alteração das condições de pagamento originais; 4) não transferência da competência para cobrança dos créditos; 5) realização de cessões definitivas, de sorte a não acarretarem ao cedente (União, Estado ou Município) a responsabilidade pelo pagamento ou a assunção de outros compromissos financeiros; 6) cessão de créditos reconhecidos pelo devedor e que sejam objeto de parcelamento. O PLS 204 prevê disposição expressa no sentido de que a alienação de créditos nos moldes referidos não caracteriza operação de crédito nos termos da Lei Complementar nº 101, de 4 de maio de 2000 (Lei de Responsabilidade Fiscal – LRF).

o Cadastro Informativo dos créditos não quitados de órgãos e entidades federais), às execuções fiscais ajuizadas pela Procuradoria-Geral Federal.

[19] O PL 5082 é considerado a mais relevante iniciativa em tramitação em relação à proposição da transação em matéria tributária. O projeto é analisado em detalhes na obra de Phelippe Toledo Pires de Oliveira (Oliveira, 2015, P. 192 e seguintes.)

[20] A transação está prevista no art. 840 do Código Civil como o negócio jurídico em que as partes com a intenção de terminar ou prevenir litígios fazem concessões mútuas.

[21] Conforme dados consultados em http://www.camara.gov.br/proposicoesWeb/fichadetramitacao?idProposicao=376419. Acesso em 30 de janeiro de 2017.

Trata-se de um projeto de lei em âmbito federal que visa regulamentar operações já entabuladas por alguns estados brasileiros, como ressaltado pelo próprio senador, autor do projeto, que o justifica como forma de conferir mais segurança jurídica e aperfeiçoar essas operações, cujo potencial de arrecadação é relevante. Algumas emendas foram propostas ao PLS original que continua em tramitação.

Nas experiências já vividas por estados e municípios, em que pese diferenças de cada modelo adotado, em comum todos eles apresentam a característica de o ente receber um determinado valor de um investidor privado que compra o fluxo de receitas advindas dos direitos creditórios. O que se negocia, portanto, é somente o fluxo de recebimentos que o crédito tributário gera e não o crédito *per si*, permanecendo no âmbito da responsabilidade do sujeito ativo da obrigação tributária a cobrança dos tributos. O fluxo de caixa "acelerado"[22] por este negócio, em tese viria com o tempo, a partir do pagamento por parte dos contribuintes.

É preciso notar que este projeto tem um escopo bastante distinto dos demais, uma vez que não pretende alterar a relação jurídica entre fisco e contribuinte ou a natureza do crédito tributário, mas apenas acelerar o fluxo financeiro que possa decorrer dos créditos devidos ao erário, por meio de estruturas financeiras comuns no mercado financeiro (ex. estruturação de Fundo de Investimento em Direitos Creditórios – FIDC).

Apesar de ser uma importante iniciativa para otimizar o fluxo de caixa para os entes públicos, o PLS 204 foge ao escopo proposto para o estudo (projetos que tratem da cessão do crédito tributário em si), razão pela qual, faz-se referência ao projeto de lei apenas para pontuar a distinção das operações de cessão de direitos creditórios em relação à cessão do próprio crédito tributário, sem, contudo, pormenorizar as proposições contidas neste PLS 204.

## 3. Comentários gerais sobre contratos fiscais

Vivemos tempos de mudanças sensíveis na relação entre o Fisco e o contribuinte. No início da década de 1970, estudos sobre *tax compliance behaviour*, defendiam que o comportamento do contribuinte resultava

[22] O termo acelerado não é preciso já que a operação ocorre sempre com créditos já vencidos, mas tem por referência o tempo que seria necessário para o recebimento em um processo de cobrança normal, sem considerar a operação de cessão.

de uma decisão racional decorrente, basicamente, do receio da fiscalização e suas consequências. Esta teoria, denominada paradigma da economia do crime no comportamento[23] demonstrou diversas dificuldades, entre elas a ineficácia do poder coercitivo das autoridades observada em longo prazo, como demonstrado por Guala e Mittone (2005 apud Alm et al, 2012, p.34).

A evolução dos estudos demonstrou que questões motivacionais também poderiam influenciar a decisão de observância e cumprimento das obrigações tributárias e que "as atividades combinadas de um governo responsável, das autoridades fiscais, dos assessores tributários e dos contribuintes estão mutuamente relacionadas" (Alm et. al., 2012, p. 34).

A dinâmica na interação dos agentes (autoridades de todas as instâncias e poderes e contribuintes) importa na decisão de observância das regras sociais, entre elas, as regras tributárias. Essa é uma teoria relativamente nova, encampada por estudiosos do tema e já posta em prática em alguns países, como a Austrália (Aguiar, 2015, p. 244).

Há, portanto, muitas formas de influenciar a decisão do contribuinte a cumprir voluntariamente suas obrigações tributárias ou a não descumpri-las de forma reiterada, após ser repreendido. Certamente a administração pública terá maior êxito nesta tarefa se obtiver informações estratégicas sobre os contribuintes e conhecer o seu potencial de arrecadação, bem como se puder concentrar seus esforços nas tarefas que tragam o maior retorno com o menor custo[24]. Andrea Lemgruber Viol comenta que várias administrações modernas (Austrália, Reino Unido, Dinamarca) investem em *analytics*[25], dentro do projeto maior do novo paradigma *costumer-friendly* e inovam por meio de incentivos para comportamentos positivos (Viol, 2015, p. 56).

Pouco a pouco se verificam, em diversos países, iniciativas voltadas a permitir uma maior participação do contribuinte e a obter arranjos consensuais com relação a elementos controversos da obrigação tributária e

[23] *Economics-of-crime paradigm of tax compliance behaviour.*

[24] É o que as Ciências Econômicas denominam de "eficiência", ou seja, a melhor relação possível entre os resultados obtidos e os recursos empregados para obtenção daquele resultado, considerando que os recursos são sempre escassos. (Mankiw, 2005, p. 5 e 148).

[25] Área multidisplinar que aplica estatística, matemática, computação e pesquisa pata descobrir e relacionar padrão de dados.

melhores formas para o seu cumprimento (Polizelli, 2013, p. 1). O contratualismo fiscal é entendido como uma tendência, reflexo da mudança de paradigma na relação fisco-contribuinte acima comentada[26].

Contrato é um negócio jurídico que pode criar, modificar ou extinguir direitos, obrigações, vínculos jurídicos, criando relação jurídica, por meio da constituição positiva, ou negativa (extinção) de direitos[27]. Segundo Victor Borges Polizelli contratos fiscais são acordos firmados com o consenso das partes, no caso, fisco e contribuinte, vinculando-as com relação a determinado elemento da obrigação tributária que seja, em razão de previsão legal, passível de negociação e convenção entre as partes (Polizelli, 2013, p. 33). Continua o autor afirmando que

> "É um negócio jurídico bilateral, pois pressupõe o acordo de duas vontades: a do fisco e a do contribuinte. Seu objeto enfoca elementos disponíveis da criação, modificação ou extinção de vínculo obrigacional pertinente a relações jurídicas de natureza tributária". (Polizelli, 2013, p. 281)

Segundo Oliveira os contratos fiscais podem ser divididos entre (i) contratos relativos à determinação da matéria tributável, cujo objeto é o próprio lançamento do tributo e seus acessórios (é o caso da transação); (ii) contratos relativos à cobrança de tributos em que se transfere as atribuições de arrecadação a terceiros; (iii) contratos relativos a benefícios fiscais (Oliveira, 2015, p. 51).

Os projetos de lei anteriormente mencionados, especialmente os PL 3.337, PLP 181 e o PL 5.082, apenso ao PL 2.412, tratam da segunda espécie de contratos fiscais e é sobre a viabilidade jurídica deles que este estudo se ocupa.

Antes, porém, importa ressaltar que para se enquadrar na condição de "contrato fiscal" ou "arranjos consensuais" ou outras formas alternativas de solução da relação jurídico-tributária estabelecida pela obrigação tributária, a vontade do contribuinte deve estar no plano da validade do negócio jurídico (Polizelli, 2013, p. 204). Assim, os projetos de lei analisados, só podem assim ser considerados se, e somente se: (i) tiverem por partes anuentes a Fazenda e (ii) o contribuinte, podendo ter um o terceiro interessado para quem o crédito seja transferido a título

[26] Nesse sentido é o entendimento de Lamarque, Jean; Negrin, Oliver; Ayrault, Ludovic em Droit Fiscal Géneral (2011, p. 436), conforme ressaltado por Oliveira (2015, p. 47).

[27] São os ensinamentos de Pontes de Miranda *in* Tratado de Direito Privado, tomo III. São Paulo: RT, 2012 e Arnaldo Rizzardo in Contratos Rio de Janeiro: Forense, 2004.

oneroso (cessão, novação ou outro formato que venha a ser aventado) a partir da anuência necessária dos sujeitos ativo e passivo da obrigação tributária.

### 3.1. Desafios Constitucionais para os arranjos consensuais ou contratos fiscais[28]

Há uma corrente tradicionalista que defende a impossibilidade de contratos fiscais, ainda que na modalidade ora sob análise. A posição é respaldada pela alegação de que este tipo de negócio feriria princípios jurídicos de Direito Público, incluindo princípios constitucionais como impessoalidade[29] (art. 37 CF) e isonomia (art. 5º, CF), além da indisponibilidade do crédito tributário.

A indisponibilidade do crédito tributário é tema que mereceu até hoje pouco aprofundamento da doutrina brasileira (Polizelli, 2013, p. 74), contudo, merece destaque estudo da lavra de Alberto Xavier (Xavier, 1997, p. 201 e seguintes) que explica que a disponibilidade de um direito consiste na modificação, por ato do seu titular, de qualquer elemento essencial do seu conteúdo, ou seja, dos poderes que constituem o núcleo fundamental do direito em causa (Xavier, 1997, p. 214). Continua o autor ensinando que a indisponibilidade é um princípio com respaldo constitucional, já que pode ser deduzido a partir do art. 150, inciso I, da Constituição Federal, quando lido em conjunto com o princípio da tipicidade tributária (Xavier, 1997, p. 216).

A concordar com esta tese, não haveria respaldo constitucional para nenhuma nova legislação que permita a cessão, a novação ou a transação do crédito tributário, mas também não haveria para as previsões legais já existentes em nosso CTN e recepcionadas por nossa constituição acerca da remissão, por exemplo (art. 172 do CTN) ou da concessão de benefícios fiscais, que também violariam a indisponibilidade do crédito tributário em última análise.

[28] Sobre os termos acima utilizados, análise minuciosa é feita por Polizelli em sua tese de Doutorado (2013).

[29] O princípio da impessoalidade pressupõe que o administrador público não atribua tratamento diferenciado a particulares em situações equivalentes. A impessoalidade remete ao interesse público e se justifica pela simples razão de que uma administração pública pessoal é incompatível como o Estado democrático de direito e com os princípios que lhe informam e lhe dão conteúdo (Gavião Filho, 2013).

A Emenda Constitucional n° 3/93 ao introduzir no art. 150, o parágrafo 6º[30] relativizou a indisponibilidade do crédito tributário, colocando limite ao princípio que não pode ser interpretado de forma isolada dos demais dispositivos constitucionais que guiam a atividade fazendária e o interesse público. Exigir que o princípio seja levado a cabo e a qualquer custo, colocando em cheque princípios de mesma envergadura constitucional, é criar um embaraço paradoxal que transforma o direito num óbice, subtraindo-lhe uma de suas principais funções, afinal, como ensina Tercio Sampaio Ferraz "**o direito é um fenômeno da vida humana e não um texto sem contexto**" (Ferraz, 2011).

Neste ponto é preciso inserir como elemento de análise a ponderação dos demais princípios que regem o Direito Público e circunscrevem o tema: discricionariedade, proporcionalidade, razoabilidade e eficiência.

O princípio da discricionariedade decorre do fato de a lei não conseguir prever todas as situações as quais a administração pública tem que enfrentar, cabendo a ela realizar escolhas juridicamente admissíveis, ou em outras palavras, exercer discricionariedade em sua atuação dentro dos limites da lei. A discricionariedade não representa atuação arbitrária, mas deve respeitar todos os princípios que respaldam a administração pública.

Já os princípios da proporcionalidade e razoabilidade, em linhas gerais, têm por principal função impor limites à atuação dos Poderes Executivo e Legislativo (Oliveira, 2015, p. 103) e são cada vez mais utilizados como balizas para decisões judiciais. Isto porque muitas vezes para se garantir um direito é preciso restringir outro, assim, em sentido estrito a aplicação desses princípios, diz respeito a um sistema de valoração, dentro de limites juridicamente aceitáveis, encontrados após análise teleológica e utilitarista na qual se conclua que o direito juridicamente protegido presenta conteúdo mais benéfico (ao interesse público) ao restringido. (Souza e Sampaio, s.d. e segundo a nossa interpretação)

Assim, nas palavras de Souza e Sampaio (2000, p. 38) "o juízo de proporcionalidade permite um perfeito equilíbrio entre o fim almejado e o

[30] Qualquer subsídio ou isenção, redução de base de cálculo, concessão de crédito presumido, anistia ou remissão, relativos a impostos, taxas ou contribuições, só poderá ser concedido mediante lei específica, federal, estadual ou municipal, que regule exclusivamente as matérias acima enumeradas ou o correspondente tributo ou contribuição, sem prejuízo do disposto no art. 155, § 2º, XII, g.

meio empregado, ou seja, o resultado obtido com a intervenção na esfera de direitos do particular deve ser proporcional à carga coativa da mesma."

Por outro lado, deve-se dar ênfase a outro princípio já mencionado neste estudo: a eficiência. Segundo Cristiane Fortes Nunes Martins (Martins, 2011) o conceito do princípio de eficiência é econômico e não jurídico, já que seu grande objetivo é que a administração pública alcance os melhores resultados a menor custo, utilizando os meios que dispõe. Assim, devem-se buscar os melhores benefícios a menor custo possível.

Com todo o respeito à autora, a sua assertiva merece apenas um reparo: o princípio da eficiência tem fundamentos econômicos, mas também jurídicos. Ele foi positivado em nossa CF, por meio da Emenda Constitucional nº 19/98 e é direcionado à atuação dos agentes públicos. Nesse contexto o princípio se traduz pelo dever da busca pela racionalidade e uso de meios expeditos, adequados e seguros para a promoção do pleno atingimento dos objetivos da legislação (Carrazza, 2010, p. 224).

Isto posto, considerando todo o exposto, conclui-se ser possível, em tese, vencer desafios constitucionais para aprovação de projetos que prevejam algum tipo de arranjo consensual ou contrato fiscal, desde que haja a ponderação dos princípios, demonstrando equilíbrio e respeito geral a todos eles.

## 3.2. Da questão da indisponibilidade do interesse público

Segundo Celso Antônio Bandeira de Mello a indisponibilidade dos interesses públicos, prevista na Lei 9.784, de 29 de janeiro de 1999, decorre do fato de se tratarem de interesses próprios da coletividade que não se encontram à livre disposição de quem quer que seja, inclusive do próprio órgão administrativo que os representa (Mello, 2005, p. 62 e 63). O titular do interesse público é o Estado e não a administração pública que age como mero preposto, tendo o dever de zelar por ele.

Sobre este aspecto indaga-se: do ponto de vista pragmático, o Estado estaria ferindo ou promovendo o interesse público ao propor arranjos consensuais que visem aumentar a arrecadação e reduzir o ônus financeiro da administração para as atividades que busquem a satisfação do crédito tributário?

Relembrando das estatísticas, menos de 3% dos créditos inscritos em DAU são recuperados efetivamente. Em recente publicação disponibilizada pelo instituto "Contas Abertas", por exemplo, a PGFN teria informado que a DAU alcançaria o montante R$ 1,5 trilhão em 2015. Tal monta representaria cerca de 50 vezes o déficit primário previsto para 2016, conforme consta do Projeto de Lei Orçamentária da União para 2016, da ordem de R$ 30,5 bilhões (PL 3.337, relatório, p.3).

Pois bem. Quais seriam as vantagens obtidas a partir dos contratos fiscais (seja novação, transação, cessão ou outros modelos previstos no direito privado) sob o ponto de vista do próprio interesse público? A princípio, (i) a redução do custo com a manutenção do serviço judiciário congestionado por processos que não parecem ter soluções satisfatórias, (ii) a melhoria nos percentuais de recuperação de créditos em relação aos percentuais atualmente obtidos, indicando a recuperação de créditos que não seriam recuperados de outra forma.

Demonstrado o atendimento a estes dois requisitos, em tese, estaria comprovado que soluções alternativas aos métodos atuais de cobrança atenderiam ao interesse público e não o afrontaria. Não por outro motivo soluções dessa natureza foram aprovadas em outros países, como é o caso dos Estados Unidos. Lá o IRS (*Internal Revenue Services*) pode perdoar parte do débito devido por contribuinte que demonstre a impossibilidade concreta de pagá-lo, desde que preenchidos certos requisitos (SILVA, 2016, p. 14). O órgão é dotado de discricionariedade para aceitar ou não a proposta oferecida pelo contribuinte, sendo um dos requisitos o compromisso, por parte também do contribuinte, com a conformidade voluntária futura em suas obrigações tributárias. Os objetivos declarados do programa estadunidense são:

> "efetivar a arrecadação de tributos na medida em que razoavelmente seria possível no menor período de tempo possível; alcançar uma solução que ***atenda ao interesse de todas as partes envolvidas; promover um "novo começo"*** (fresh start) ao contribuinte que comece pela conformidade voluntária de suas obrigações tributárias; **assegurar a coleta de tributos que não seriam arrecadados de outra forma**." (SILVA, 2016, p. 14. Sem grifos no original)

O que se pretende pontuar com esta citação é demonstrar, ainda que o Direito Americano não positive o princípio da mesma forma que o Direito Brasileiro, certamente lá, assim como aqui, o interesse público é indisponível, nem por isso deixa-se de buscar formas pragmáticas de promovê-lo, pensando de maneira prospectiva e trazendo todos os contribuintes para dentro do sistema. Promover arranjos que permitam o acerto de contas sem que isso promova o fim da fonte produtora da pessoa jurídica, este é o objetivo final da regra americana e parece ser bastante coerente com os princípios jurídicos vigentes no Brasil.

### 3.3. Pontos de atenção e críticas aos projetos em tramitação

No tópico anterior foram mencionados dois aspectos que deveriam ser demonstrados para que arranjos consensuais pudessem atender aos princípios constitucionais e ao interesse público, são eles: (i) a redução do custo com a manutenção do serviço judiciário congestionado por processos que não parecem ter soluções satisfatórias, (ii) a melhoria nos percentuais de recuperação de créditos em relação aos percentuais atualmente obtidos, indicando a recuperação de créditos que não seriam recuperados de outra forma.

Analisando os projetos em tramitação, é possível constatar alguns aspectos de atenção e críticas, a saber:

(i) Contrato fiscal e o necessário consentimento do contribuinte: a novação subjetiva ativa (art. 360, III do Código Civil) trata-se daquela em que o credor originário, por meio de nova obrigação, deixa a relação obrigacional e um outro o substitui, ficando o devedor quite para com o antigo credor. Para que essa espécie de novação, prevista no PL 3.337 e no PLP 181, seja válida, o consentimento do devedor se faz necessário. No entanto os projetos afastam esta necessidade. Esta parece ser uma falha jurídica insuperável que merece reparo nos projetos, haja vista que a novação muda completamente a relação jurídica, com diversos efeitos tanto para o ente tributante quanto para o contribuinte.

(ii) Limites legais ao deságio: para que a novação seja uma ideia factível sob o ponto de vista econômico, ela deve ter capacidade de atrair as instituições financeiras que assumam o polo ativo da obrigação e para isso o deságio deve ser calculado de modo a permitir que a recuperação de crédito esperada ainda seja maior do que o valor pago pela carteira adquirida por meio da novação. É assim que ocorre nas operações de cessão de créditos inadimplentes (conhecidos pelo jargão "créditos podres") entre instituições privadas. Estabelecer legalmente este limite de forma a preservar a efetividade da solução exige detalhado estudo financeiro prévio à aprovação da legislação e pode resultar em questionamentos em relação à indisponibilidade do crédito tributário. Ora, a vantagem econômica vislumbrada nesses estudos pode vir a ser o argumento para alegação de renúncia fiscal. Assim, é previsível que os projetos em tramitação encontrem fortes resistências ideológicas que os tornem inviáveis na prática. Ademais, superada a questão, os limites dos deságios deverão ser estabelecidos operação a operação, já que o perfil das dívidas e dos devedores pode influenciar substancialmente no retorno esperado e no resultado do leilão. Observe-se que o PL 3.337 já é alinhado a esta ideia ao prever que o valor máximo do deságio seja informado no edital do leilão da carteira.

(iii) Manutenção de garantias e privilégios assegurados ao crédito tributário após a novação: O PLP 181 propõe que o crédito de natureza privada decorrente da novação mantenha as garantias e privilégios assegurados ao crédito tributário. Parece incoerente esta proposta, uma vez que o interesse público estaria satisfeito, não havendo justificativa jurídica para esta diferenciação. Seria uma solução híbrida que fragilizaria o instituto (novação) e o equilíbrio da relação fisco e contribuinte, um dos pilares que embasam as soluções viáveis procuradas neste estudo. Esta é uma das críticas mais contundentes aos projetos porque evidencia a falta de compromisso com o equilíbrio na relação das partes e quebra o paradigma que alteraria o atual cenário e respaldaria (como pano de fundo) a celebração de contratos fiscais. Em outras palavras, os projetos de lei no sentido de aumentarem a eficiência na cobrança, propondo contratos fiscais (ou arranjos consensuais) que flexibilizem a atuação da Fazendo Pública, devem estar inseridos no contexto de outros esforços de aprimoramento da relação visando o cumprimento da obrigação tributária e a satisfação do crédito tributário, preferencialmente de forma voluntária. Nesse mesmo sentido, importante ressaltar que a legitimidade ativa para as ações de cobrança após a novação (ou outras soluções que contemplem a extinção da relação jurídico-tributária) deixaria de ser da Fazenda Pública, já que a obrigação original estaria extinta, estabelecendo-se a partir do novo negócio, uma relação jurídica completamente nova e independente da anterior. Nesse sentido, ao adotar instituto que extingue a obrigação anterior e constitui nova obrigação, com novos sujeitos, também devem ser consideradas novas prerrogativas, compatíveis com o perfil da nova relação jurídica.

(iv) Fenecimento ao direito de defesa[31]: a dispensa ao ajuizamento de ações judiciais deve ser prevista em novas legislações sempre como uma ferramenta à disposição da Fazenda para melhor escolher a quem e o que executar e assim poupar esforços do erário ou concentrá-los naquilo que mais provavelmente trará resultados positivos ao Estado e nunca como uma forma de tolher direitos e meios de defesa do contribuinte. Portanto, projetos de lei que limitem o acesso do contribuinte ao judiciário ou que lhe tragam implicações semelhantes às atualmente observadas em função de execuções fiscais (necessidade de garantias, por exemplo) em função de processos de execução na esfera administrativa denotam desarmonia com os paradigmas que sustentam os princípios dos contratos fiscais, além de se chocarem com garantias e direitos fundamentais consagrados no Direito Brasileiro.

(v) Contratos fiscais, concessões e a indução ao comportamento: ultrapassados todos os desafios jurídicos, restaria ainda uma questão que não pode ser minimizada: o fator indutor na decisão de cumprimento voluntário das normas tributárias por parte do contribuinte ou o desestímulo que as concessões advindas de arranjos jurídicos poderia trazer a este cumprimento voluntário. Apesar de não ser jurídico propriamente, este não é um aspecto menos importante e merece toda a atenção porque pode tornar todos os objetivos perseguidos pelas soluções em estudo inócuos. Explica-se. A exemplo das críticas aos reiterados parcelamentos, como defendem Alm e Torgler (2012), programas que aliviam obrigações dos contribuintes tendem a incentivar o descumprimento das regras tributárias na expectativa de uma oportunidade futura para quitação das obrigações em situação mais

[31] Termo utilizado em homenagem ao artigo publicado na Revista do Advogado: Direito das Empresas em Crise", São Paulo, n. 131, p.188-205, Outubro/2016, por Ricardo Mariz de Oliveira e Fernando Mazagão, o qual merece especial referência como respaldo ao tópico.

favorável e sem penalidades, ou com penalidades reduzidas. A novação com deságio e posterior acordo entre instituição financeira e o devedor (já não mais na condição de contribuinte) poderia provocar a longo prazo a percepção de que o pagamento das dívidas de natureza tributária a destempo poderia ser vantajosa. Nesse sentido, uma forma de compatibilizar os objetivos de otimizar a arrecadação decorrente dos débitos em cobrança e incentivar a governança corporativa tributária[32], seria a criação concomitante de mecanismos que incentivassem e diferenciassem o bom contribuinte, e que criassem compromissos futuros do agraciado pelo contrato fiscal, tal qual precedentes já conhecidos em outras áreas de Direito também regidas pelo princípio da legalidade e do interesse público. No Direito Ambiental, por exemplo, firmam-se termos de ajustamento de conduta[33] (TAC). De mais a mais, este já é um problema presente na realidade brasileira que desde 2000 editou mais de 15 dispositivos legais prevendo parcelamentos ou programas de pagamentos em condições especiais, com reduções de juros e multas. O estímulo ao cumprimento voluntário das obrigações deve, portanto, ser defendido e fomentado dentro de uma proposta de longo prazo que preveja ações prospectivas, enviando mensagens contundentes que demonstrem a quebra do atual paradigma[34]. Por esta razão, apesar de não negar a possibilidade concreta, de desestimulo à conformidade voluntária, o efeito negativo

[32] Governança Corporativa Tributária é o sistema pelo qual as organizações são dirigidas, monitoradas e incentivadas, no que tange ao planejamento, organização e cumprimento de obrigações principais e acessórias de natureza tributária, incluindo (i) as relações internas (intra-sociedade ou grupo) e as diretrizes emanadas pelos órgãos de gestão e controle, a Diretoria e o Conselho de Administração, bem como (ii) as relações externas entre a entidade empresarial e as autoridades competentes e outros *stakeholders*, respeitados os princípios básicos da Governança Corporativa. (Aguiar, 2015, p. 88).

[33] Segundo a Lei nº 7.347/85 o Termo de Ajustamento de Conduta é o ato jurídico pelo qual a pessoa, física ou jurídica, em regra reconhecendo implicitamente que sua conduta ofende ou pode ofender interesse difuso ou coletivo, assume, perante um órgão público legitimado, o compromisso de eliminar a ofensa ou o risco, através da adequação de seu comportamento às exigências legais, mediante a formalização de termo com força de título executivo extrajudicial. (Teixeira, 2014).

[34] Nesse sentido, vide Aguiar, 2015, cap. 6 – p. 243 e seguintes.

decorrente das concessões ora analisadas são apenas parte de uma questão muito mais ampla acerca da cidadania fiscal e da relação entre fisco e contribuinte e podem ser amenizados por instrumentos como o TAC, semelhante aos compromissos exigidos pelo órgão de administração tributária dos Estados Unidos, como já mencionado.

(vi) Outras consequências: o PL 3.337 ou o PLP181 pretendem novar créditos e alterar a sua natureza jurídica, contudo, não abordam a questão do sigilo fiscal e de como transfeririam as informações sobre os devedores às instituições financeiras. Nas situações de dívidas inscritas, a princípio não haveria problemas quanto a quebra de sigilo fiscal, já que de posse de informações sobre o número da CDA é possível obter dados sobre devedores inscritos em dívidas ativas e as respectivas dívidas, contudo, o mesmo não se pode dizer de dívidas em outras fases de cobrança. Ademais, a mudança na natureza jurídica da obrigação também traria por consequência a possibilidade de restrições de crédito para o devedor diferenciadas em relação às vivenciadas antes dessa alteração (inscrição no SERASA, SPC, alteração no *rating* de avaliação pela instituição, entre outros), portanto, os projetos em tramitação merecem aprimoramento nestes aspectos que podem repercussões relevantes.

Considerado os pontos acima, vislumbra-se um longo caminho legislativo com diversos desafios, não apenas jurídicos, para que arranjos fiscais possam passar a ser uma realidade que contribua para a melhoria nos indicadores de arrecadação de créditos tributários em cobrança.

O PLS 204 que prevê a cessão do recebível sem alterar a relação jurídico-tributária fisco-contribuinte tampouco parece ser uma solução para os créditos inscritos em dívida ativa com o perfil de maior dificuldade de recebimento, uma vez que se trata de um projeto que visa antecipar fluxo de caixa para o erário e não incrementar a arrecadação.

Por fim, uma solução intermediária, não prevista nos projetos mas que poderia somar a *expertise* das instituições financeiras em processos de negociação e cobrança, sem a necessidade de transferir a elas a titularidade do polo ativo da relação seria a contratação dessas instituições para a gestão da carteira de crédito tributário em cobrança, atribuindo a este processo ferramentas que o tornasse mais eficiente, aproveitando a capilaridade e a estrutura existente no setor privado.

Para tanto, o projeto, sem alterar a relação jurídico tributária, deveria estabelecer parâmetros de negociação (deságio, parcelamento ou outros), os quais seriam operacionalizados pelas instituições privadas, utilizando-se para tanto, o estabelecimento de perfis de credores e de créditos, resultando em prognósticos de recebimento (*rating*). Certamente a previsão de celebração de termos de ajustamento de conduta futura do contribuinte, de seus sócios e/ou administradores poderia contribuir para o ambiente de valorização da governança tributária e conformidade voluntária.

Apesar dos aprimoramentos necessários aos projetos atualmente em tramitação, certo é que dotar a Fazenda Nacional de mecanismos alternativos de recuperação de créditos que incluam a desjudicialização da execução fiscal é uma necessidade premente, não apenas para tornar mais eficaz a cobrança da dívida tributária para com a União, estados e municípios, mas porque esta eficácia permitirá que os demais princípios constitucionais que regem o Direito Público e o Direito Tributário possam ser vivenciados de forma plena.

## Referências

AGUIAR, Luciana Ibiapina Lira. **Governança Corporativa Tributária: Aspectos Essenciais**. Coleção Academia Empresa n. 18. São Paulo Ed. Quartier Latin, 2016.

ALM, James et. al. ***Rethinking the Research Paradigms for Analysing Tax Compliance Behavior***. Tulane University, Department of Economics, Jul. 2012 (Tulane Economics Working Paper Series 1210). Disponível em: <https://ideas.repec.org/p/tul/wpaper/1210.html>. Acesso em 1 de novembro de 2014.

CAMARA, Aristóteles de Queiroz e FREIRE, Rodrigo Veiga Freire e. **Projeto Macrovisão do Crédito Tributário: Diagnóstico da cobrança judicial da Dívida Ativa da União**. Núcleo de Estudos Fiscais – Fundação Getúlio Vargas – SP. Disponível em http://jota.info/artigos/projeto-macrovisao-credito-tributario-diagnostico-da-cobranca-judicia-da-divida-ativa-da-uniao-19102016. Acesso em 18 de janeiro de 2017.

CARRAZZA, Roque Antônio. **Reflexões sobre a obrigação tributária**. São Paulo: Noeses, 2010.

CONSELHO NACIONAL DE JUSTIÇA (CNJ). **Justiça em Números. 2016.** Disponível em http://www.cnj.jus.br/files/conteudo/arquivo/2016/10/b8f46be3dbbff344931a933579915488.pdf. Acesso em 18 de janeiro de 2017.

FERRAZ, Tercio Sampaio. **Remissão e Anistia Fiscais: sentido dos conceitos e forma constitucional de concessão** Disponível em http://www.terciosampaioferrazjr.com.br/?q=/publicacoes-cientificas/36. Acesso em 25 de janeiro de 2017.

GAVIÃO Filho, Anizio Pires. **O PRINCÍPIO DA IMPESSOALIDADE.** Disponível em http://www.direitodoestado.com/revista/REDE-33-JANEIRO-2013-ANIZIO-FILHO.pdf. Acesso em 25 de janeiro de 2017.

MANKIW, N. Gregory. **Introdução à Economia: edição compacta.** [Tradução Allan Vidigal Hasting]; revisão técnica Carlos Roberto Martins Passos. São Paulo: Pioneira Thomson Learning, 2005.

MARTINS, Cristiane Fortes Nunes. **O Princípio da Eficiência na Administração Pública. Março, 2011.** http://egov.ufsc.br/portal/sites/default/files/anexos/32602-39847-1-PB.pdf. Acesso em 19 de janeiro de 2017.

MELLO, Celso Antônio Bandeira de. **Curso de Direito Administrativo.** 19ª edição. Editora Malheiros. São Paulo, 2005, pag. 62-63.

OLIVEIRA, Ricardo Mariz de; MAZAGÃO, Fernando Mariz. **O FENECIMENTO DO DIREITO DE DEFESA – REFLEXÕES EM MATÉRIA TRIBUTÁRIA.** Revista do Advogado. "Direito das Empresas em Crise", São Paulo, n. 131, p.188-205, Outubro/2016.

OLIVEIRA, Phelippe Toledo Pires de A. **A Transação em Matéria Tributária.** Série Doutrina Tributária v. XVIII. São Paulo: Quartier latin, 2015.

POLIZELLI, Victor Borges. **CONTRATOS FISCAIS: VIABILIDADE E LIMITES NO CONTEXTO DO DIREITO TRIBUTÁRIO BRASILEIRO.** Disponível em https://edisciplinas.usp.br/pluginfile.php/2254664/mod_resource/content/0/Tese%20de%20doutorado%20-%20Contratos%20fiscais.pdf. Acesso em 19 de janeiro de 2017.

RECEITA FEDERAL DO BRASIL. **Caderno Fato Gerador.** nº 8. Resultados do 2º semestre de 2014. Disponível em http://idg.receita.fazenda.gov.br/publicacoes/revista-fato-gerador/revista-fg-8edicao.pdf. Acesso em 19 de janeiro de 2017.

SILVA, Jules Michelet Pereira Queiroz e. **EXECUÇÃO FISCAL: EFICIÊNCIA E EXPERIÊNCIA COMPARADA.** Disponível em http://www2.camara.leg.br/documentos-e-pesquisa/publicacoes/estnottec/areas-da-conle/tema20/2016_12023_execucao-fiscal-eficiencia-e-experiencia-comparada_jules-michelet. Acesso em 19 de janeiro de 2017.

SOUZA, Carlos Affonso Pereira de; SAMPAIO, Patrícia Regina Pinheiro. **O princípio da razoabilidade e o princípio da proporcionalidade: uma abordagem constitucional.** *Revista Forense*, Rio de Janeiro, v. 349, jan./mar. 2000.

SOUZA, Carlos Affonso Pereira ; SAMPAIO, Patrícia Regina Pinheiro. **O Princípio da Eficiência na Administração Pública.** Disponível em http://egov.

ufsc.br/portal/sites/default/files/anexos/32602-39847-1-PB.pdf. Acesso em 25 de janeiro de 2017.

TEIXEIRA, Danielle Felix. **Apontamentos sobre o Termo de Ajustamento de Conduta (TAC).** Conteudo Juridico, Brasilia-DF: 24 dez. 2014. Disponivel em: http://www.conteudojuridico.com.br/?artigos&ver=2.51738&seo=1. Acesso em: 30 jan. 2017.

VIOL, Andrea Lemgruber. A Administração Tributária Moderna e a Maximização do Cumprimento Tributário. **Revista da Receita Federal: Estudos tributários e aduaneiros**. Brasilia, DF, v. 1, n. 2. Jan/jul de 2015. P.p. 50-82. Disponível em http://www.revistadareceitafederal.receita.fazenda.gov.br/index.php/revistadareceitafederal/article/view/128. Acesso em 15 de janeiro de 2016.

XAVIER, Alberto. Do Lançamento: teoria geral do ato, do procedimento e do processo tributário – 2 ed. Totalmente reformulada e atualizada. Rio de Janeiro: Forense, 1997.

# Análise Comparativa dos Órgãos de Solução de Litígios em Matéria Tributária: Experiências Bem-Sucedidas

CAMILA ABRUNHOSA TAPIAS*

## 1. Introdução

Com a publicação da Lei 13.105, de 17 de março de 2015, que introduziu o Novo Código de Processo Civil ("NCPC") ao nosso ordenamento jurídico, o Brasil iniciou seu processo de convergência aos padrões de soluções de litígios adotados pelos países de *common law*, proporcionando um cenário processual com maior grau de segurança jurídica, celeridade e isonomia.

O novel CPC, que também rege as demandas de natureza tributária, modernizou-se ao privilegiar os precedentes, assegurar a adequada fundamentação das decisões, instituir instrumentos de resolução de demandas repetitivas no Judiciário, melhor disciplinar o incidente de desconsideração da personalidade jurídica, zelar pela razoável duração do processo, dar nova possibilidade de cooperação das partes nos atos

* Mestranda em Direito Tributário pela Escola de Direito de São Paulo da Fundação Getulio Vargas – FGV Direito SP. Pesquisadora do Núcleo de Estudos Fiscais da FGV Direito SP e Sócia da área tributária em escritório de advocacia em São Paulo.

processuais, prever critérios objetivos para cálculo dos honorários de sucumbência, dentre tantas outras alterações benéficas.

Com esses novos regramentos, tem-se claro que o objetivo do legislador foi inovar nosso modelo de solução de litígios, tornando o sistema processual civil brasileiro mais seguro, célere, uniforme e eficaz.

Embora tais recentes mudanças impactem tanto os processos judiciais quanto os administrativos tributários[1], a necessidade de harmonização das práticas eficientes e inovação do contencioso fiscal tem sido alvo de debates constantes entre os aplicadores do direito tributário. Em especial, o processo administrativo tributário restou defasado face às diversas alterações introduzidas pelo NCPC em nosso ordenamento.

Recente estudo realizado pelo Núcleo de Estudos Fiscais da Escola de Direito de São Paulo da Fundação Getúlio Vargas (FGV/SP)[2] demonstrou que o elevado grau de litigiosidade tributária decorrente da complexidade legislativa, a inexistência de instrumentos de composição prévios ao litígio, a ausência de procedimentos que confiram celeridade aos julgamentos e o enfraquecimento do papel institucional dos Tribunais, motivado pela desconfiança e falta de cooperação entre Fisco e contribuintes, são algumas das principais conclusões de que nosso sistema processual tributário é anacrônico e merece ser reformado[3].

A par disso, o objeto do presente ensaio é, sem pretensão de esgotar o tema, colaborar para os debates sobre inovações do sistema de solução de litígios tributários hoje existente, através da análise comparada de modelos bem-sucedidos adotados pelos seguintes países: Estados Unidos, Reino Unido, Canadá, Itália, Portugal, México e Argentina.

Para direcionar o estudo, nossas análises irão concentrar-se apenas no contencioso dos tributos federais dos países ora analisados.

[1] *"Art. 15. Na ausência de normas que regulem processos eleitorais, trabalhistas ou administrativos, as disposições deste Código lhes serão aplicadas supletiva e subsidiariamente".*

[2] O estudo foi encabeçado pelos Drs. Breno Vasconcelos e Daniel Santiago, no bojo do Projeto Macrovisão do Crédito Tributário, eixo de pesquisa: processo administrativo tributário, sob a coordenação dos Professores Eurico Diniz de Santi, Paulo Cesar Conrado, Roberto Vasconcelos e Renata Belmonte.

[3] http://jota.info/artigos/diagnostico-processo-administrativo-fiscal-federal-22082016

## 2. Direito comparado

A ideia de analisar os sistemas processuais tributários colhidos no direito comparado[4] tem por objetivo identificar as experiências bem-sucedidas constatadas nos países estudados, de modo a servirem como fonte de inspiração para a modernização do contencioso fiscal brasileiro.

Para que iniciemos a análise, elegemos 4 pilares a serem identificados no direito comparado, utilizados sem qualquer pretensão de abarcar todas as variáveis, que servirão de base para nosso estudo. São eles: (i) estrutura do contencioso fiscal, administrativo e judicial; (ii) existência de fase pré-contenciosa amigável: conciliação, mediação ou transação entre as partes; (iii) adoção de procedimento de rito sumário, em razão do valor envolvido na discussão; e (iv) existência de Tribunal específico para julgamento de demandas tributárias.

### 2.1. Contencioso Fiscal Brasileiro

O contencioso tributário no Brasil está calcado nos princípios constitucionais do contraditório e da ampla defesa, dispostos no art. 5º, LV[5], da Constituição Federal, que resguardam a possibilidade ao acesso à diversos graus de jurisdição, tanto na esfera administrativa, quanto na judicial.

De fato, além de prever inúmeros canais de defesa, o sistema processual brasileiro tributário conta com 3 instâncias recursais administrativas e 3 instâncias recursais judiciais.

O procedimento administrativo tributário, por exemplo, inicia-se com a lavratura de auto de infração pelas autoridades fiscais da Receita Federal do Brasil (RFB), objetivando exigir o pagamento de determinado tributo. O contribuinte, sem a necessidade de apresentação de qualquer garantia, impugna o lançamento, podendo ainda percorrer a esfera administrativa mediante a interposição dos Recursos Voluntário e Especial ao Conselho Administrativo de Recursos Fiscais (CARF) e Câmara Superior de Recursos Fiscais do CARF, respectivamente.

[4] Agradecimentos à Mariana Marçal Fragoso e Enrico Sarti, advogada e estagiário de Direito, respectivamente, pela colaboração na pesquisa comparada.

[5] *"Art. 5º Todos são iguais perante a lei, sem distinção de qualquer natureza, garantindo-se aos brasileiros e aos estrangeiros residentes no País a inviolabilidade do direito à vida, à liberdade, à igualdade, à segurança e à propriedade, nos termos seguintes: (...) LV - aos litigantes, em processo judicial ou administrativo, e aos acusados em geral são assegurados o contraditório e ampla defesa, com os meios e recursos a ela inerentes."*

Embora o CARF seja um tribunal paritário, composto tanto por representantes do Fisco, quanto por representantes dos contribuintes, fato é que a decisão final, em caso de empate, é resolvida através do voto de qualidade dado pelo presidente das Turmas, que é um representante do Fisco.

Findo o processo administrativo sem que haja o pagamento do débito, o contribuinte pode optar por iniciar a discussão da matéria ajuizando uma ação judicial ou aguardando o ajuizamento da Execução Fiscal para defender-se por meio de Embargos à Execução Fiscal. Em ambos os casos, há necessidade de garantia do débito para suspensão de sua exigibilidade[6].

Os contribuintes podem ainda recorrer aos Tribunais Regionais Federais (TRF) em 2ª instância judicial e aos Tribunais Superiores (Superior Tribunal de Justiça – STJ e Supremo Tribunal Federal – STF) em 3ª instância.

Importante notar que o contencioso administrativo não dispõe de instrumentos de autocomposição em lide tributária, o que tornaria a relação fisco-contribuinte mais célere, eficaz e menos conflituosa.

Além disso, as normas tributárias brasileiras não preveem qualquer procedimento sumário, que torne mais célere o trâmite processual de casos de menor valor e complexidade, tampouco Tribunais judiciais especializados em matéria tributária, que, além de mais eficientes, poderiam conferir melhor qualidade na prestação jurisdicional.

## 2.2. Contencioso Fiscal Americano

O processo administrativo tributário dos Estados Unidos tem início por meio da análise das declarações fiscais entregues periodicamente pelos contribuintes à *Internal Revenue Service* (IRS), podendo tal Órgão intimar o contribuinte a esclarecer as informações prestadas, que geraram falta de pagamento do imposto. Trata-se, em verdade, de um 'pré-contencioso', em que o contribuinte pode comparecer à IRS com ou sem advogado.

[6] Em geral, quando obtida liminar ou tutela antecipada, que suspendem a exigibilidade do débito, conforme artigo 151 do Código Tributário Nacional (CTN), não há necessidade de oferecimento de garantia.

Esse pré-contencioso envolve a interessante figura do *fast track* como instrumento de composição amigável. Seja por meio de acordo (*fast track settlement*), seja por meio de mediação (*fast track mediation*), a ideia é oferecer maneiras alternativas de solução de litígios, de modo a diminuir a litigiosidade entre fisco-contribuinte, acelerando a resolução da disputa.

Caso não haja opção pelo *fast track* e o agente fiscal não acate as explicações do contribuinte, há a abertura de prazo para apresentação de pedido de revisão administrativa ao *Administrative Appeals Office*, órgão vinculado à IRS.

Outro ponto interessante a se ressaltar é que há procedimento distinto em razão dos valores envolvidos: para débitos superiores à US$ 25.000,00, a revisão administrativa deverá ser feita por escrito; para débitos inferiores a esse montante, segue-se um procedimento hábil a oferecer solução mais célere à controvérsia fiscal, apenas com apresentação de defesa oral.

O 'julgamento' realizado pela *IRS Appeals Office* trata-se de mais uma possibilidade de acordo entre as partes. Nessas situações, o agente fiscal responsável (*appeals officer*) possui carta branca para transacionar com o contribuinte e solucionar administrativamente a disputa.

Após tal julgamento, a IRS ainda envia 2 cartas aos contribuintes (*30 day letter* e *90 day letter*), na tentativa de, finalmente, solucionar o caso de forma consensual. Quando não há acordo, a IRS lavra o auto de infração (*notice of deficiency*), dando a oportunidade de o contribuinte rediscutir a judicialmente matéria.

Na esfera judicial, o contribuinte pode ajuizar ação para a *Tax Court, District Court* ou *Court of Federal Claims*, todos tribunais de 1ª instância judicial. O primeiro tribunal é especializado em matérias tributárias e não exige garantia do débito para discussão judicial da demanda. Já os demais exigem garantia do débito e os julgadores não possuem necessariamente experiência tributária.

Ainda, caso haja decisão desfavorável, há a possibilidade de recurso à 2ª ou 3ª instâncias judiciais (*U.S. Court of Appeals* e *U.S. Supreme Court*, respectivamente).

Constituído definitivamente o crédito, seja pelo exaurimento da esfera administrativa, seja da judicial, o tributo ainda poderá ser exigido por meio de execução fiscal administrativa ou judicial. No primeiro caso, a cobrança por parte do governo americano é muito mais célere e eficaz. A execução fiscal judicial também é possível, mas pouco utilizada, considerando sua morosidade, além dos altos custos judiciais envolvidos no processo.

Tal como na esfera administrativa, no Judiciário também há procedimento distinto em razão dos valores envolvidos. Caso o débito seja inferior à US$ 50.000,00, ele poderá seguir procedimento de sumarização processual, em que a decisão proferida é definitiva e irrecorrível.

## 2.3. Contencioso Fiscal Britânico

O processo administrativo britânico também se inicia através da análise das declarações fiscais dos contribuintes pela *Her Majesty's Revenue and Customs* (HMRC), que poderá intimá-los para esclarecer pessoalmente as informações prestadas ao Fisco, acompanhados ou não de advogados, sob pena de multa.

Caso não haja composição pré-litigiosa entre as partes, o contribuinte recebe uma notificação fiscal de pagamento, momento em que poderá requerer a intermediação do *Alternative Dispute Resolution* (ADE). A novidade desse Órgão é justamente a possibilidade de mediação entre contribuinte e HMRC, promovendo encontros e telefonemas entre as partes, na tentativa de um acordo consensual ainda pré-litígio.

Interessante notar que, caso o contribuinte comprove a impossibilidade de quitar o débito junto a HMRC, há a possibilidade de transação entre as partes para que o valor seja parcelado e pago sem a cobrança de multa, contribuindo para o rápido desfecho da cobrança fiscal.

Ainda, o contribuinte poderá pedir revisão administrativa do débito, sem a necessidade de qualquer garantia, ou recorrer diretamente na esfera judicial para o *First-Tier Tribunal*, havendo a necessidade de apresentação de garantia para suspensão da exigibilidade do débito (pagamento integral).

O *First-tier Tribunal* possui sete câmaras estruturadas de acordo com o objeto da lide, sendo uma dessas câmaras especializada em matéria tributária. Esse Tribunal ainda segrega os recursos de acordo com sua complexidade (básico, médio ou complexo) e, para os casos básicos, há rito sumário para breve encerramento da demanda e cobrança diferenciada das custas processuais.

Caso a decisão do *First-tier Tribunal* seja desfavorável ao contribuinte, ele poderá ainda recorrer ao *Upper Tribunal* (*Tax and Chancery*), tribunal de 2ª instância também especializado em matéria tributária, ou à *Supreme Court*, tribunal de 3ª e última instância. Interessante notar que, em todas as instâncias, o contribuinte deve pedir permissão ao Tribunal *a quo* para recorrer de sua decisão.

Por fim, caso o débito não seja pago, as autoridades fiscais iniciam a *enforcement action*, muito semelhante à uma execução fiscal, buscando, junto ao patrimônio dos contribuintes, bens suficientes para o pagamento do débito que está sendo cobrado.

Vale mencionar que o contencioso fiscal do Reino Unido, seja na esfera administrativa, seja na judicial, não possui qualquer procedimento sumário, em razão do valor envolvido na discussão, mas apenas em virtude de sua complexidade.

## 2.4. Contencioso Fiscal Canadense

A impugnação ao auto de infração lavrado pelo *Canada Revenue Agency* (CRA) é a primeira etapa do contencioso fiscal administrativo canadense, tendo ainda o contribuinte a oportunidade de recorrer administrativamente para a *Appeals Branch of Revenue Canada.*

Em ambas as fases da esfera administrativa, há a possibilidade de composição amigável entre as partes, por meio de discussões e negociações com a CRA, inclusive para pagamento do débito sem juros e sem multa. Em geral, os acordos servem para resolução de questões de fato, não envolvendo interpretações legais.

Caso o acordo seja descumprido e o valor do débito não seja pago, os agentes fiscais darão início à ação de cobrança, através da execução fiscal, para constrição dos bens do contribuinte.

No entanto, caso não haja acordo e a decisão da *Appeals Branch of Revenue Canada* seja desfavorável, o contribuinte poderá recorrer judicialmente ao *Tax Court of Canada*, tribunal especializado em matéria tributária, por meio dos procedimentos geral (para débitos superiores à 25.000,00 dólares canadenses) ou informal (para débitos inferiores à 25.000,00 dólares canadenses).

O procedimento informal garante um rito bastante célere, sem a necessidade da presença de advogados, porém irrecorrível. Já o Procedimento Geral é mais formal, exige a presença de advogado e eventual decisão desfavorável proferida pode ser rediscutida por meio de recurso ao *Federal Court of Appeals* e, posteriormente, *à Supreme Court of Canada.*

Interessante notar que as normas fiscais canadenses não exigem garantia do débito para discussão da matéria na esfera judicial, entretanto os juros no Canadá são considerados altos e, não raras vezes, os contribuintes optam por depositar o montante discutido para cessar o cômputo dos respectivos juros.

### 2.5. Contencioso Fiscal Italiano

O processo administrativo tributário da Itália também se inicia através da abertura de fiscalização pela *Agenzia delle Entrate*, que analisa as declarações fiscais enviadas pelos contribuintes e os intima para prestar esclarecimentos acerca das informações apresentadas ao Fisco.

Vale apontar que *Agenzia delle Entrate*, órgão equivalente à Receita Federal do Brasil, propõe acordos com significativas reduções de multa em diversas fases do processo administrativo e também do judicial. Antes da lavratura de auto de infração, por exemplo, há a possibilidade de composição amigável entre as partes através da correção voluntária e pagamento do tributo com juros e multa reduzida (entre 20% e 25% da multa aplicável).

Lavrado o auto de infração, o contribuinte pode impugná-lo ou firmar acordo amigável para pagamento do tributo com juros e multa reduzida em 1/3, ou pagamento apenas da multa, caso ele decida recorrer do tributo.

As normas do processo administrativo italiano ainda preveem a figura da mediação, que é obrigatória para os autos de infração cujos valores envolvidos sejam inferiores à 20.000,00 euros.

Caso não haja acordo ou a decisão final do Tribunal Administrativo seja desfavorável, o contribuinte pode iniciar uma disputa na esfera judicial, ajuizando ação perante a *Commissione Tributaria Provinciale*, em 1ª instância, e recorrendo à *Commissione Tributaria Regionale*, em 2ª instância, e *Corte di Cassazione*, em 3ª e última instância. Interessante notar que as primeiras Cortes possuem jurisdição exclusiva para assuntos em matéria tributária.

Ainda, existe a possibilidade de realizar-se acordo com o Fisco antes da prolação de decisão pela *Commissione Tributaria Provinciale* ou *Commissione Tributaria Regionale*, o que permite a obtenção de redução de 40% a 50% das penalidades tributárias e compensação de despesas incorridas no processo.

## 2.6. Contencioso Fiscal Português

O sistema português de solução de litígios tributários é bastante diferenciado e confere ao tribunal administrativo características de tribunal judicial. Em verdade, as normas administrativas e judiciais foram unificadas no Código de Procedimento e de Processo Tributário (CPTT) e os Tribunais Administrativos e Fiscais passaram a integrar a jurisdição do Ministério da Justiça[7].

A fase administrativa é reduzida e implica requisitos menos formais que a fase judicial. Ela inicia-se através de um pedido de reconsideração à Administração Fiscal face à lavratura de auto de infração, podendo ainda o contribuinte recorrer uma única vez ao Ministério das Finanças.

Aqui, cumpre mencionar a interessante figura da chamada 'decisão negativa tácita' da Administração Fiscal. No caso de as autoridades julgadoras não analisarem e julgarem o processo em até 4 meses, o caso é tido como tacitamente desfavorável ao contribuinte, que já estará apto a socorrer-se da esfera judicial.

A fase judicial exige a garantia do débito para suspensão de sua exigibilidade e conta com 3 graus específicos de jurisdição em matéria tributária: os Tribunais Administrativos e Fiscais, em 1ª instância, o Tribunal Central Administrativo (Sul e Norte), em 2ª instância e o Supremo Tribunal Administrativo, em 3ª e última instância.

Caso não haja recurso na esfera judicial, as autoridades fiscais darão início à cobrança coercitiva, através da execução fiscal administrativa, que poderá ser suspensa através de recurso à esfera judicial, desde que precedido de garantia integral do débito.

Destaque-se que a legislação portuguesa prevê, como alternativa à justiça comum, a possibilidade de arbitragem tributária para solução célere de litígios, sendo o árbitro escolhido pelas partes ou designado pelo Centro de Arbitragem Administrativa (CAAD), associação privada sem fins lucrativos, cuja constituição foi promovida pelo Ministério da Justiça português[8].

[7] Fernandes, Dina. **Contencioso Tributário**, página 10.

[8] Campos, Ruy Fernando Campos de. **Novos Rumos do Contencioso Administrativo Federal e a Utilização da Arbitragem Como Método Alternativo De Solução Da Lide Tributária.**

## 2.7. Contencioso Fiscal Mexicano

Tal como nos países acima analisados, o procedimento administrativo tributário do México inicia-se através da abertura de fiscalização por parte do *Servicio de Administración Tributaria* (SAT), que intima o contribuinte para prestar informações previamente à lavratura de auto de infração.

Interessante mencionar que as normas mexicanas determinam que todos os documentos e informações devam ser entregues pelo contribuinte no curso da esfera administrativa, sob pena de preclusão do seu direito na esfera judicial.

Lavrado o auto, abre-se a oportunidade de interposição de recurso administrativo, sem a necessidade de garantia do débito. Caso o SAT não julgue o recurso em 3 meses, o contribuinte poderá, também sem a necessidade de garantia do débito, apresentar um pedido de anulação ao *Tribunal Federal de Justicia Fiscal y Administrativa*, tribunal específico para assuntos tributários.

Entretanto, caso a decisão do SAT seja desfavorável, o contribuinte poderá apresentar o mesmo pedido de anulação ao *Tribunal Federal de Justicia Fiscal y Administrativa*, mas, dessa vez, garantindo o débito discutido.

Outro ponto a se destacar é a possibilidade de realização de acordo com as autoridades fiscais, nos casos em que o contribuinte discordar do resultado da fiscalização ou da decisão administrativa proferida. Nessas situações, ele deverá ser apresentar petição por escrito, tendo a *Procuraduría de la Defensa del Contribuyente* como mediadora das partes.

A esfera judicial mexicana possui em sua estrutura o *Tribunal Tributário Federal*, tribunal específico para assuntos tributários em 1ª instância, o *Tribunal Colegiado de Circuito* em 2ª instância e a *Suprema Corte de Justicia de la Nación*, em 3ª e última instância.

Nesses casos, o contribuinte deve apresentar garantia do débito para discutir judicialmente a matéria. Caso contrário, as autoridades fiscais poderão iniciar a cobrança coercitiva do débito por meio da execução fiscal.

## 2.8. Contencioso Fiscal Argentino

A impugnação ao auto de infração lavrado pela *Administración Tributaria* é a primeira etapa do contencioso fiscal administrativo argentino, tendo ainda o contribuinte a oportunidade de recorrer administrativamente para o *Tribunal Fiscal de La Nación* (TFN), sem a necessidade de garantia do débito discutido.

Em ambas as fases da esfera administrativa, há a possibilidade de composição amigável pré-litígio entre as partes, por meio de discussões e negociações com a *Administración Tributaria*.

A fase judicial exige a garantia do débito para suspensão de sua exigibilidade e conta com 2 graus específicos de jurisdição em matéria tributária: os *Juzgados Nacionales de Primera Instancia em lo Contencioso Administrativo*, em 1ª instância, a *Cámara Nacional de Apelaciones en lo Contencioso Administrativo Federal*, em 2ª instância e a *Corte Suprema de Justicia de la Nación*, em 3ª e última instância.

Caso não haja recurso na esfera judicial, as autoridades fiscais darão início à execução fiscal administrativa, que poderá ainda ser discutida na esfera judicial.

## 3. Conclusão

O presente estudo buscou apontar, a partir da análise comparada de modelos de solução de litígios tributários bem-sucedidos no mundo, alternativas para o processo de inovação e harmonização das práticas contenciosas tributárias no Brasil, que possam conferir mais segurança, eficácia, agilidade e uniformidade no sistema processual hoje em vigor.

De início, demonstramos a complexa estrutura do contencioso fiscal brasileiro, a ausência de tribunais judiciais especializados em Direito Tributário, a falta de previsão legal para composição amigável entre as partes e a carência de procedimentos específicos que confiram celeridade aos julgamentos.

A par disso, através de uma breve análise daquilo que vem sendo praticado no direito comparado, foi possível verificar que todos os países selecionados possuem uma estrutura contenciosa fiscal mais enxuta e com menos possibilidades recursais, especialmente em relação aos processos administrativos tributários. Reino Unido e Portugal, por exemplo, preveem apenas uma possibilidade de recurso na esfera administrativa, o que confere bastante presteza e eficácia na resolução dos litígios.

Outro ponto a ser destacado é que, de todos os países analisados, o Brasil é o único que não possui Tribunal judicial especializado em matéria tributária, o que acarreta sérias consequências na eficiência/qualidade da prestação jurisdicional, dada a especificidade e complexidade da matéria fiscal.

Interessante notar também que, diferentemente das demais legislações estudadas no direito comparado, as normas brasileiras administrativas tributárias não preveem qualquer tipo de autocomposição como meio consensual de resolução de controvérsia. Como visto, a utilização desse tipo de fase pré-contenciosa amigável tem se demonstrado bastante positiva nos países, além de contribuir significativamente para a redução da litigiosidade tributária.

Por fim, mas não menos importante, constatou-se que alguns países adotam procedimentos distintos conforme complexidade e valor envolvidos nas disputas tributárias. Nesses casos, em geral, são adotados mecanismos capazes de oferecer uma solução mais célere às controvérsias, mediante a simplificação das formas processuais comumente adotadas.

De modo a sumarizar nosso estudo, confira-se abaixo a tabela elaborada a partir do direito comparado:

| País analisado | Estrutura do contencioso fiscal | Pré-contencioso amigável? | Há tribunal tributário específico? | Há rito sumário em razão do valor? |
|---|---|---|---|---|
| **Brasil** | 3 instâncias administrativas e 3 judiciais | Não | Não | Não |
| **Estados Unidos** | 2 instâncias administrativas e 3 judiciais | Sim | Sim | Sim |
| **Reino Unido** | 1 instância administrativa e 3 judiciais | Sim | Sim | Não em razão do valor, mas da complexidade do caso |
| **Canadá** | 2 instâncias administrativas e 3 judiciais | Sim | Sim | Sim |
| **Itália** | 2 instâncias administrativas e 3 judiciais | Sim | Sim | Sim |
| **Portugal** | 1 instância administrativa e 3 judiciais | Não, mas há a possibilidade de arbitragem | Sim | Não |
| **México** | 1 instância administrativa e 3 judiciais | Sim | Sim | Não |
| **Argentina** | 2 instâncias administrativas e 3 judiciais | Sim | Sim | Não |

Como visto, os países selecionados possuem modelos bastante interessantes de soluções de litígios, modelos esses que podem ser utilizados como fontes de inspiração e incorporados a nosso ordenamento jurídico tributário tão necessitado de inovações.

A redução do grau de litigiosidade tributária no Brasil através da criação de Tribunais e procedimentos específicos, que confiram celeridade aos julgamentos, e a retomada da confiança na relação fisco-contribuinte, por meio de instrumentos amigáveis de composição, são alguns dos pontos encontrados no direito comparado que se mostram bastante favoráveis ao modelo ideal de contencioso fiscal brasileiro tão discutido nos últimos tempos.

Como dito de início, a mudança no sistema processual tributário brasileiro é ingrediente necessário para transformar o cenário de solução de litígios hoje existente em um modelo mais seguro, célere, uniforme e eficaz.

## Referências

Benjamim Silva Rodrigues, **Sobre os tribunais fiscais e os tribunais arbitrais tributários**, Newsletter CAAD, novembro 2012, disponível em www.caad.pt.

Brito, Maria do Socorro Carvalho. **O processo administrativo tributário no sistema brasileiro e a sua eficácia**, página 19, disponível em http://egov.ufsc.br/portal/sites/default/files/anexos/30478-31873-1-PB.pdf.

Campos, Ruy Fernando Campos de. Novos Rumos do Contencioso Administrativo Federal e a Utilização da Arbitragem Como Método Alternativo De Solução Da Lide Tributária, disponível em http://www.fbtedu.com.br/blog/solucao-da-lide-tributaria/.

Fernandes, Dina. **Contencioso Tributário**, página 10, disponível em www.cije.up.pt/download-file/123.

Marins, James. Direito Processual Tributário brasileiro (Administrativo e Judicial). 4. ed. São Paulo: Dialética, 2005.

Sacco, Rodolfo. **Introdução ao direito comparado**/Rodolfo Sacco. São Paulo: Editora Revista dos Tribunais, 2001.

## Referências extraídas da internet:

cas-cdc-www02.cas-satj.gc.ca
info.portaldasfinancas.gov.pt
www.agenziaentrate.gov.it

www.cije.up.pt/download-file/123
www.sat.gob.mx
www.tcc-cci.gc.ca
www.uscourts.gov/
www.gov.uk/
www.irs.gov
www.judiciary.gov.uk/
www.ustaxcourt.gov/

# Adoção de Métodos de Solução Pacífica de Litígios em Matéria Tributária

# Possibilidades e Limites à Transigibilidade do Crédito Tributário no Âmbito do Processo Administrativo Tributário

EDUARDO PEREZ SALUSSE*

## 1. Introdução

O momento atual expõe uma grande fragilidade das nossas instituições responsáveis pela prestação jurisdicional, clamando por medidas que venham em seu socorro para impedir a completa paralisação institucional e interrupção dos relevantes serviços públicos.

Refiro-me à sobrecarga do Poder Judiciário, que indica aceleração crescente no número de processos em andamento, resultado da incapacidade de desvencilhar-se de processos com a mesma velocidade com que novas demandas são ajuizadas.

A resultante negativa é prenúncio da falência do sistema. É neste contexto que, de forma oportuna, significativa reforma foi introduzida na legislação processual com o advento do Novo Código de Processo Civil (NCPC), aprovado por força da edição da Lei nº 13.105, de 2015.

Dentre os valores declarados pela novel legislação, destaco dispositivo que bem resume os principais valores encampados pelo NCPC.

* Advogado graduado pela PUC/SP. Mestre em direito tributário pela FGV/SP. Doutorando em direito constitucional e processual tributário pela PUC/SP. Ex-Juiz do Tribunal de Impostos e Taxas (2000-2015). Professor palestrante na FGV Direito SP e no MBA da FGV/SP.

É a descrição contida em seu artigo 8º, que define que, ao aplicar o ordenamento jurídico, o juiz atenderá aos fins sociais e às exigências do bem comum, resguardando e promovendo a dignidade da pessoa humana e observando a proporcionalidade, a razoabilidade, a legalidade, a publicidade e a eficiência.

Tais primados, postulados ou princípios, seja lá como forem classificados, são escanteados pela incapacidade de prestação jurisdicional de mérito célere e com qualidade.

Nesta toada é que alterações vieram. Mas também há que de se reconhecer que, isoladas, não farão frente ao desafio de curar a enfermidade.

Este breve estudo não pretende abordar mecanismos existentes na legislação que rege o processo administrativo tributário em qualquer uma das suas esferas. Ao contrário, busca instar provocação para a revisão de dogmas que de antemão apresentam óbices a pretensões inovadoras à solução dos litígios tributários na fase contenciosa administrativa.

Esta é a conotação da temática central desta obra. E por aí tomarei o rumo que pode, sem pretensões utópicas, remeter a caminhos possíveis e aceitáveis em nosso ordenamento, contribuindo em alguma medida para a redução efetiva da litigiosidade.

É, portanto, uma tentativa de pavimentar novos caminhos e alternativas aptas a fortalecer as nossas instituições, reduzir a litigiosidade e, assim, não apenas atender à observância da legalidade, proporcionalidade, razoabilidade e a isonomia, mas sobretudo a eficiência na consecução dos fins sociais e do bem comum.

## 2. O processo administrativo tributário

Inicio por rememorar o conceito, a competência e a função do processo administrativo tributário.

O processo administrativo é, a meu ver, direito constitucionalmente assegurado a todos os cidadãos brasileiros.

Tal conclusão decorre do direito de petição constante no art. 5º, XXXIV, da Constituição Federal de 1988, segundo o qual são a todos assegurados, independentemente do pagamento de taxas, o direito de petição aos Poderes Públicos em defesa de direitos ou contra ilegalidade ou abuso de poder.

Na mesma toada está o devido processo previsto no art. 5º, LIV, da Constituição Federal de 1988, determinando que ninguém será privado da liberdade ou de seus bens sem o devido processo legal.

Há, ainda, menção expressa no art. 5º, LV, da Constituição Federal de 1988, definindo que aos litigantes, em processo judicial ou administrativo, e aos acusados em geral são assegurados o contraditório e ampla defesa, com os meios e recursos a ela inerentes.

O processo administrativo tributário não se confunde com o procedimento administrativo. Tem-se com elemento distintivo principal a lide ou o conflito de interesses entre a administração fazendária e o particular, a ser dirimido por um julgador dentro de um sistema de regras do devido processo legal.

O processo administrativo tributário tem início com a apresentação de resistência a um lançamento de ofício do crédito tributário em face do particular. Em outras palavras, constituído o crédito tributário no exercício do direito/dever estampado no artigo 142 do Código Tributário Nacional[1], segue-se o conformismo com constituição definitiva do crédito tributário ou o inconformismo com a impugnação do lançamento.

A partir da impugnação ao lançamento, tem-se definida a controvérsia a ser dirimida por órgão administrativo de julgamento, respeitando-se regras do devido processo legal, impulsionando-o à solução definitiva em prestação jurisdicional própria.

Os órgãos administrativos de julgamento, embora vinculados ao Poder Executivo, exercem função jurisdicional plena, dentro de suas respectivas competências legais. Sabe-se que jurisdição é de competência típica ou primária do Poder Judiciário, mas isso não exclui o exercício de funções jurisdicionais atípicas ou secundárias por órgãos ligados a outros Poderes da República.

A importância do processo administrativo tributário pode ser revelada pela própria presunção de liquidez e certeza atribuída à inscrição na dívida ativa pelo art. 3º da Lei no 6.830, de 22 de setembro de 1980[2].

[1] BRASIL. Código Tributário Nacional, art. 142. Compete privativamente à autoridade administrativa constituir o crédito tributário pelo lançamento, assim entendido o procedimento administrativo tendente a verificar a ocorrência do fato gerador da obrigação correspondente, determinar a matéria tributável, calcular o montante do tributo devido, identificar o sujeito passivo e, sendo caso, propor a aplicação da penalidade cabível. Disponível em: http://www.planalto.gov.br/ccivil_03/Leis/L5172.htm. Acesso em: 02.02.2017.

[2] BRASIL. Lei nº 6.830/80, art. 3º – A Dívida Ativa regularmente inscrita goza da presunção de certeza e liquidez. Disponível em: http://www.planalto.gov.br/ccivil_03/LEIS/L6830.htm. Acesso em: 02.02.2017.

É que o crédito tributário devidamente constituído, após confirmação em decisão proferida no âmbito de um processo administrativo tributário, será o alvo de inscrição em dívida ativa que, por sua vez, irá aparelhar a execução fiscal com vistas à constrição de bens do particular devedor.

## 3. O gargalo das execuções fiscais

Tem-se que o processo administrativo tributário antecede, portanto, grande parte das execuções fiscais, obviamente a totalidade daquelas decorrentes de lançamentos de ofício efetivamente impugnados, mantidos e não pagos. Excetua-se deste bloco, de outro lado, as execuções fiscais decorrentes de débitos declarados pelo próprio contribuinte e não pagos, assim como os créditos decorrentes de lançamentos de ofício não impugnados.

O "Relatório Justiça em Números" divulgado pelo Conselho Nacional de Justiça[3] destaca constantemente o impacto negativo das execuções nos dados de litigiosidade do Poder Judiciário. Dentre os "quase 74 milhões de processos pendentes no final do ano de 2015, mais da metade (51,9%) se referiam à fase de execução".

E dentre tais execuções, tem que "os processos de execução fiscal são os grandes responsáveis pela alta taxa de congestionamento do Poder Judiciário, tendo em vista que representam aproximadamente 39% do total de casos pendentes e apresentaram congestionamento de 91,9%, o maior dentre os tipos de processos analisados neste relatório".

Tais números são alarmantes e legitimam a preocupação. Se houver a implementação de medidas para a solução dos conflitos na fase do processo administrativo, menor será o número de execuções ajuizadas.

Há, também, os casos em que o conflito administrativo pode não ser solucionado, mas pode servir à prévia constituição amigável de garantia, facilitando o fluxo de execuções fiscais subsequentes em seu mais nevrálgico ponto, que é justamente a localização de bens do devedor para proceder à penhora ou garantia do juízo.

[3] BRASIL. Conselho Nacional de Justiça. Análise do Poder Judiciário. Justiça em Números, p. 61. Disponível em: http://www.cnj.jus.br/files/conteudo/arquivo/2016/10/b8f46be3dbbff344931a933579915488.pdf. Acesso em: 02.02.2017

Portanto, a evolução deste trabalho perseguirá possibilidades que almejem uma maior pacificação dos conflitos no âmbito do processo administrativo, bem como, em caso de não solução, uma possível antecipação de garantias que se prestarão a agilizar a fase de constrição de bens em sede de execução fiscal.

## 4. O crédito tributário em disputa e o conceito de indisponibilidade do bem público

O lançamento de oficio do crédito tributário levado a efeito pela autoridade administrativa pode contemplar o tributo devido, atualização monetária, acréscimos a título de juros e penalidades cabíveis. As penalidades, por sua vez, podem decorrer da falta de pagamento do imposto ou podem ser aplicadas isoladamente quando da infração não decorrer falta de pagamento do imposto. É o caso típico da penalização pela não observância de obrigações de natureza formal ou acessória.

Este conjunto de componentes do lançamento constituí, seja em conjunto ou isoladamente, o gênero crédito tributário, sem qualquer distinção por força da sua obrigação de origem.

É neste sentido que o artigo 113 do Código Tributário Nacional, ao tratar das obrigações tributárias principais ou acessórias define que em seu § 3º que a obrigação acessória, pelo simples fato da sua inobservância, converte-se em obrigação principal relativamente à penalidade pecuniária.

Esta unidade na classificação da natureza do crédito tributário pode parecer irrelevante para a definição de que estamos efetivamente tratando de um bem público. E, como tal, provoca perquirir, de antemão, o alcance de suas características jurídicas essenciais, em especial a da indisponibilidade.

O atributo da indisponibilidade é a base de sustentação argumentativa daqueles que repelem as iniciativas de instituir modalidades de transação, conciliação, oneração ou cessão de créditos tributários.

Recorde-se, neste sentido, o Parecer da Procuradoria Geral da Fazenda Nacional, Coordenação da Dívida Ativa (Parecer/PGFN/CDA) nº 1.505/2015[4], quando da tramitação do Projeto de Lei Complementar

[4] BRASIL. Procuradoria Geral da Fazenda Nacional. Disponível em: http://www.pgfn.fazenda.gov.br/arquivos-destaques/Parecer_PGFN_CDA_1505.pdf. Acesso em: 13.02.2017

n º 181, de 2015 e Projeto de Lei nº 3.777, de 2016, que dispunham sobre a cessão de créditos inscritos na dívida ativa da União a instituições de direito privado.

É fato que o Projeto de Lei Complementar nº 181, de 2015 tratava da permissão de cometer, a pessoas de direito privado, o encargo ou a função de arrecadar tributos. Este dispositivo dá a atual redação ao artigo 7º do Código Tributário Nacional, especialmente o disposto em seu parágrafo 3º[5].

Na mesma banda, o Projeto de Lei nº 3.777, de 2016, versava sobre a cessão de créditos da Dívida Ativa da União, por licitação na modalidade leilão.

Ambas as medidas apelavam, em suas justificativas, para as dificuldades de recuperação dos créditos, tornando mais econômica e eficiente a sua cobrança.

Invocando pareceres anteriores, sustentaram a inconstitucionalidade de tais iniciativas com respaldo ao princípio da igualdade, da capacidade contributiva, da repartição e vinculação de receitas tributárias e na competência exclusiva para cobrança de créditos tributários.

O Parecer/PGFN/CDA nº 1.505/2015 reputa violação ao princípio da igualdade, previsto no art. 150, II, da Constituição Federal[6], pelo fato de

[5] Art. 7º A competência tributária é indelegável, salvo atribuição das funções de arrecadar ou fiscalizar tributos, ou de executar leis, serviços, atos ou decisões administrativas em matéria tributária, conferida por uma pessoa jurídica de direito público a outra, nos termos do § 3º do artigo 18 da Constituição.
§ 1º A atribuição compreende as garantias e os privilégios processuais que competem à pessoa jurídica de direito público que a conferir.
§ 2º A atribuição pode ser revogada, a qualquer tempo, por ato unilateral da pessoa jurídica de direito público que a tenha conferido.
§ 3º Não constitui delegação de competência o cometimento, a pessoas de direito privado, do encargo ou da função de arrecadar tributos.
Art. 8º O não-exercício da competência tributária não a defere a pessoa jurídica de direito público diversa daquela a que a Constituição a tenha atribuído.

[6] Art. 150. Sem prejuízo de outras garantias asseguradas ao contribuinte, é vedado à União, aos Estados, ao Distrito Federal e aos Municípios:
I – exigir ou aumentar tributo sem lei que o estabeleça;
II – instituir tratamento desigual entre contribuintes que se encontrem em situação equivalente, proibida qualquer distinção em razão de ocupação profissional ou função por eles exercida, independentemente da denominação jurídica dos rendimentos, títulos ou direitos;
III – cobrar tributos.

que "a alienação do crédito tributário como titulo de livre circulação no mercado ou a permissão para a sua negociação discriminam devedores em situações idênticas (relação jurídica tributária idêntica) levando em consideração razões aleatórias, isto é, razões que obviamente não residem nos fatos, situações ou pessoas por tal modo desequiparadas e mais, a discriminação se dá por razões que não guardam qualquer relação de pertinência lógica com a disparidade de regimes outorgados[7]".

Aduz, ainda, que há violação ao principio da capacidade contributiva, respaldando o seu entendimento nos artigos art. 150, §6º[8] da CF/88 e 145, parágrafo 1º da CF. Neste tópico, conclui que "a cessão, a securitização e a livre negociação do crédito tributário violam o disposto no art. 150, II e §6º, bem como no art. 145, §1º[9] da Constituição Federal de 1988".

Por fim e no que toca à repartição e vinculação de receitas tributárias, sustenta-se na violação ao art. 157, 158 e 159 da CF/88, para concluir, com propriedade que: nem todos os recursos arrecadados através da cobrança de tributos serão destinados ao ente político que os instituiu e nem todo o montante destinado ao ente político instituidor será de sua livre disposição em políticas públicas.

[7] BRASIL. Procuradoria Geral da Fazenda Nacional. Op. cit., p. 7.

[8] BRASIL. Constituição Federal de 1988, art. 150, § 6º Qualquer subsídio ou isenção, redução de base de cálculo, concessão de crédito presumido, anistia ou remissão, relativos a impostos, taxas ou contribuições, só poderá ser concedido mediante lei específica, federal, estadual ou municipal, que regule exclusivamente as matérias acima enumeradas ou o correspondente tributo ou contribuição, sem prejuízo do disposto no art. 155, § 2.º, XII, g. Disponível em: http://www.planalto.gov.br/ccivil_03/Constituicao/Constituicao.htm. Acesso em: 02.02.2017.

[9] BRASIL. Constituição Federal de 1988, art. 145. A União, os Estados, o Distrito Federal e os Municípios poderão instituir os seguintes tributos: I – impostos; II – taxas, em razão do exercício do poder de polícia ou pela utilização, efetiva ou potencial, de serviços públicos específicos e divisíveis, prestados ao contribuinte ou postos a sua disposição;
III – contribuição de melhoria, decorrente de obras públicas.
§ 1º Sempre que possível, os impostos terão caráter pessoal e serão graduados segundo a capacidade econômica do contribuinte, facultado à administração tributária, especialmente para conferir efetividade a esses objetivos, identificar, respeitados os direitos individuais e nos termos da lei, o patrimônio, os rendimentos e as atividades econômicas do contribuinte.
§ 2º As taxas não poderão ter base de cálculo própria de impostos.
Disponível em: http://www.planalto.gov.br/ccivil_03/Constituicao/Constituicao.htm. Acesso em: 02.02.2017.

O Parecer Parecer/PGFN/CDA nº 1.505/2015, em conclusão, destaca que qualquer tentativa de alienar créditos inscritos em dívida ativa da União para entidades privadas esbarra frontalmente no superprincípio da indisponibilidade do interesse público.

A partir de tal conclusão avanço nas reflexões deste trabalho.

É inegável que os tributos ou crédito tributário enquadram-se no conceito de bens públicos, não sendo importante aferir, neste trabalho, a que categoria de bem público seriam enquadráveis à luz de variadas perspectivas trazidas pela legislação civil.

Há sim, de modo inconteste, a observância rigorosa, nas palavras da PGFN, ao superprincípio da indisponibilidade do interesse público.

O interesse público permeia todo o processo administrativo tributário, não apenas no seu critério instrumental, mas sobretudo na formação definitiva do crédito tributário constituído pela autoridade administrativa na sua atividade vinculada prescrita no art. 142 do Código Tributário Nacional. Há, sobretudo, dever de observância da legalidade.

Todavia, alinhando-se àqueles que entendem que o processo administrativo tributário tem como tarefa primordial o acertamento do crédito tributário, conferindo-lhe, apenas após o seu trânsito em julgado, a característica de definitividade, tem-se que a correta identificação dos fatos e do direito também correspondem em certa medida à atividade de lançamento, ainda que em sua fase contenciosa de acertamento.

Quero dizer que a atividade da autoridade administrativa que busca identificar a ocorrência do fato gerador da obrigação correspondente, a determinação a matéria tributável, o cálculo do montante do tributo devido, a identificação do sujeito passivo e a aplicação da penalidade cabível, não existe apenas na fase de lavratura do auto de infração, mas é de certa forma extensível à fase de prestação jurisdicional a respeito dos pontos controvertidos submetidos ao órgão de julgamento administrativo. Ao final desta fase, não decorrerá um novo lançamento, mas um lançamento aperfeiçoado, com exclusão de erros e ilegalidades.

Esta premissa é fundamental ao desenvolvimento do raciocínio ora empregado, pois a atividade jurisdicional havida no âmbito do processo administrativo percorre a necessidade de estabelecer a verdade material acerca dos fatos ocorridos, subsumindo-os, se for o caso, ao direito correspondente.

A atividade do julgador administrativo contempla a análise das provas e a extração dos fatos, seguindo-se da aplicação do direito.

A incidência tributária requer, a par do evento social, a constituição do fato jurídico por linguagem competente, ao lado do qual haverá de incidir a norma jurídica válida, vigente e eficaz. Alinho-me, ainda, com aqueles que entendem que o fato jurídico tributário não deixa de ser uma presunção de eventos passados, formada a partir da presunção humana "que é uma associação que nós fazemos em face de juízos de valor sobre elementos de prova"[10].

Ao tratar das infrações tributárias objetivas, Carvalho ensina que[11] "o único recurso de que dispõe o suposto autor do ilícito, para defender-se, é concentrar razões que demonstrem a inexistência material do fato acoimado de "antijurídico", descaracterizando-o em qualquer de seus elementos constituintes. Cabe-lhes a prova, com todas as dificuldades que lhe são inerentes".

Continua, ao tratar das infrações subjetivas, "em que penetra o dolo ou a culpa na compostura do enunciado prescritivo do fato ilícito, a coisa se inverte, competindo ao Fisco, com toda a gama instrumental de seus expedientes administrativos, exibir os fundamentos concretos que revelam a presença do dolo ou da culpa, com nexo entre a participação do agente e o resultado material que dessa forma se produziu".

Seja nas infrações objetivas ou subjetivas, "serve-se o legislador do apelo à presunção, que equipara, desatinadamente, as infrações subjetivas às objetivas".

Tais divagações não tem outro objetivo senão chegar ao singelo entendimento de que os fatos jurídicos tributários ou infracionais são revelados no contexto probatório, cuja formação dá-se a partir da mente humana, sempre de forma presumida – a despeito das críticas que esta conclusão possa atrair –, em decorrência de juízo de valor sobre o material probatório trazido ao debate.

Aqui pouco importa delimitar o ônus de provar, fato que muita embora ganhe relevantes implicações jurídicas, em nada afeta a conclusão de que as provas revelam os fatos sociais ocorridos, suscetíveis de tornarem-se relevantes ao mundo jurídico por ocasião de seu significado reconhecido por linguagem própria. Esta linguagem é de competência

[10] CARVALHO, Paulo de Barros. Direito Tributário – Linguagem e Método. 6ª ed. Editora Noeses: 2015, p. 977.
[11] CARVALHO, Paulo de Barros. Op. cit., p. 978.

da autoridade administrativa habilitada legalmente para efetuar o lançamento, assim como às autoridades administrativas responsáveis por julgar no âmbito de um processo administrativo tributário, naquilo que outrora se sugeriu chamar de acertamento do lançamento.

Cabe ao julgador, enfim, a partir dos meios de prova e da ação de provar, expedir a termo formal, em "fenômeno psicológico, a convicção acerca da existência ou não do evento descrito no fato. É assim, a crença, o convencimento a partir das proposições[12]".

Faço o gancho, neste ponto, para esclarecer a dinâmica inerente à atividade de moderação sancionatória constante no processo administrativo tributário, tentando demonstrar a plena capacidade de solução de conflitos que digam respeito à intensidade de sanções sob uma perspectiva conciliatória.

## 5. A conciliação no NCPC, a transação tributária e alguns limites na discricionariedade do julgador administrativo

O apelo que impulsionou a edição de um novo código de processo civil é o mesmo apelo que provoca as presentes reflexões, notadamente a já mencionada sobrecarga do Poder Judiciário e a consequente ineficiência na prestação jurisdicional.

A resolução de conflitos por meio de conciliações ou mediações foi significativamente incentivada. O novo código de processo civil disciplinou, em seu art. 3º, §§ 2º e 3º que o Estado promoverá, sempre que possível, a solução consensual dos conflitos e, ainda, que a conciliação, a mediação e outros métodos de solução consensual de conflitos deverão ser estimulados por juízes, advogados, defensores públicos e membros do Ministério Público, inclusive no curso do processo judicial.

Complementa no artigo 319, no sentido de que a petição inicial deveria apontar, dentre outros requisitos, a opção do autor pela realização ou não de audiência de conciliação ou de mediação.

Mas esta conciliação é bem definida no art. 165, 2º, a legislação processual civil, como um sistema viável nos casos em que o conciliador "em que não houver vínculo anterior entre as partes, poderá sugerir soluções para o litígio, sendo vedada a utilização de qualquer tipo de constrangimento ou intimidação para que as partes conciliem".

[12] Ferragut, Maria Rita. As Provas e o Direito Tributário. Saraiva: 2016, p. 29.

A mediação, por sua vez e de acordo com art. 165, 3º do NCPC, tem lugar "nos casos em que houver vínculo anterior entre as partes, auxiliará aos interessados a compreender as questões e os interesses em conflito, de modo que eles possam, pelo restabelecimento da comunicação, identificar, por si próprios, soluções consensuais que gerem benefícios mútuos".

Nas demandas entre particulares, há especial cuidado na opressão aos que se afigurarem com parte mais fraca, havendo justificada preocupação na capacidade do mediador equilibrar as forças nas tentativas conciliatórias, sob pena de consagrar efetiva injustiça. Lembre-se, de passagem, que o particular afigura-se como parte mais fraca na relação jurídica tributária disputada em um processo administrativo tributário.

A transação, por sua vez, tem arrimo conceitual no Código Civil Brasileiro, de onde se destacam os artigos 840 e 841, segundo os quais é lícito aos interessados prevenirem ou terminarem o litígio mediante concessões mútuas e, ainda, que só quanto a direitos patrimoniais de caráter privado se permite a transação.

Quer expressamente corroborar que, às avessas, direitos patrimoniais de caráter público não são passíveis de transação sob a sua égide normativa.

Exceção a essa regra deve ser conferida por lei, na exata acepção do artigo 171 do Código Tributário Nacional, que disciplina que "a lei pode facultar, nas condições que estabeleça, aos sujeitos ativo e passivo da obrigação tributária celebrar transação que, mediante concessões mútuas, importe em determinação de litígio e consequente extinção de crédito tributário." Define, ainda, que a lei indicará a autoridade competente para autorizar a transação em cada caso.

Mas a mesma lei que institui o tributo e cria o dever – atividade vinculada – da autoridade administrativa de exigi-lo, pode, de outra mão, atribuir a esta mesma autoridade administrativa o poder de flexibilizar, em benefício do interesse público, determinadas exigências.

Nas palavras de Aliomar Baleeiro "a autoridade só pode celebrá-la, com relativo discricionarismo administrativo, na apresentação das condições, conveniências e oportunidades, se a lei lhe faculta e dentro dos limites e requisitos por ela fixados"[13].

[13] Baleeiro, Aliomar. Direito tributário brasileiro. 11. ed. Rio de Janeiro: Forense, 2005.

Tal conceituação ganha especial relevância quando estamos diante de um crédito tributário em formação no âmbito do processo administrativo tributário apto a lhe conferir certeza e liquidez, cujas particularidades já viabilizam ao julgador certo grau de discricionariedade.

A atividade de julgar não se limita a interpretar a lei. Mais do que isso, atribui ao julgador a competência para interpretar os fatos sociais, atribuindo-lhe o sentido de fato jurídico a partir das provas analisadas. E sobre tais fatos jurídicos, advém a atividade de aplicação do direito.

É inegável, portanto, que o julgador, munido de competência legal para julgar, exerce certa atividade discricionária dentro de padrões juridicamente aceitos.

Já tive a oportunidade de lembrar[14] Dworkin, que reconhece o emprego da discricionariedade em sentidos fracos[15] e um sentido forte[16], a depender das características do contexto. O poder discricionário tradicional utilizado pelos positivistas aponta para a ideia de que, quando não há uma regra clara, o juiz deve usar o poder discricionário para julgar, o que Dworkin qualifica como uma interpretação do poder discricionário em seu sentido fraco.

A despeito de criticar os positivistas, Dworkin ressalta a posição de Hart que:

[14] SALUSSE, Eduardo Perez. Moderação sancionatória no processo administrativo tributário. Quartier Latin: 2016, p. 157.

[15] DWORKIN, Ronald. Levando os direitos a sério. Tradução de Nelson Boeira. São Paulo: Martins Fontes, 2011, p. 51-52. Diz Ronald Dworkin que "o significado exato de 'poder discricionário' é afetado pelas características do contexto. (...) Algumas vezes empregamos poder discricionário' em um sentido fraco, apenas para dizer que, por alguma razão, os padrões que uma autoridade pública deve aplicar não podemos ser aplicados mecanicamente, mas exigem o uso da capacidade de julgar. Usamos este sentido fraco quando o contexto não é por si só esclarecedor, quando os pressupostos de nosso publico não incluem este fragmento de informação." E, quanto ao segundo sentido fraco da discricionariedade, afirma que "Às vezes usamos a expressão em um segundo sentido fraco, apenas para dizer que algum funcionário público tem a autoridade para tomar uma decisão em última instância e que esta não pode ser revista e cancelada por nenhum outro funcionário. Falamos dessa maneira quando o funcionário faz parte de uma hierarquia de servidores, estruturada de tal modo que alguns têm maior autoridade, mas na qual os padrões de autoridade são diferentes para os diferentes tipos de decisão.(...) Chamo esses dois sentidos de fracos para diferenciá-los de um sentido mais forte".

[16] DWORKIN, Ronald. Op. cit., p. 52-53. Quanto ao sentido forte do poder discricionário, "O sentido forte do poder discricionário não é equivalente à licenciosidade e não exclui a crítica".

Afirma que, quando o poder discricionário do juiz está em jogo, não podemos mais dizer que ele está vinculado a padrões, mas devemos, em vez disso, falar sobre os padrões que ele 'tipicamente emprega'. Hart pensa que, quando os juízes possuem poder discricionário, os princípios que eles citam devem ser tratados de acordo com a nossa segunda alternativa, como aquilo que os tribunais 'tem por princípio' fazer. Portanto, parece que os positivistas, pelo menos algumas vezes, entendem a sua doutrina no terceiro sentido, o sentido forte de poder discricionário[17].

E, na mesma oportunidade, complemento que seja na aplicação de princípios tal como apregoado por Dworkin, seja nos padrões que tipicamente devem ser empregados pelo julgador ou que tem por princípio fazer, parece residir clareza no entendimento de que:

> O poder discricionário de um funcionário não significa que ele esteja livre para decidir sem recorrer a padrões de bom senso e equidade, mas apenas que sua decisão não é controlada por um padrão formulado pela autoridade particular que temos em mente quando colocamos a questão do poder discricionário. Sem dúvida, esse último tipo de liberdade é importante; é por isso que falamos de um sentido forte de poder discricionário[18].

E como conclusão parcial deste tópico, tem-se que a transação tributária ou a concliação, a despeito de exigirem lei prévia autorizativa, encontram maior aderência no curso de um processo administartivo tributário, onde os fatos jurídicos são construídos a partir de provas de acordo com convencimentos pessoais e invariavelmente dissonantes entre julgadores, sendo admissível, em algumas hipóteses, uma margem de discricionariedade do julgador no sentido forte apontado por Dworkin.

No processo administrativo tributário pende o conflito de interesses, a divergência de entendimentos entre partes e diferentes possíveis qualificações jurídicas de fatos, cujo sentido decorre da atividade humana de interpretação. Há, inegavelmente, certa dose de discricionariedade no julgar, mormente quando duas interpretações despontam-se cabíveis, evidenciadas, por vezes, em longos debates, decisões não unânimes e mudanças de entendimentos outrora firmados.

Se há a formação do fato jurídico por ato jurisdicional discricionário motivado, decorrente de competência legal outorgada por lei, pode-

[17] HART, H.L.A apud DWORKIN, op cit., p. 55.
[18] DWORKIN, Ronald. Op. cit., p. 53-54.

mos, talvez, entender que haveria certa disponibilidade psicológica nas razões de decidir. Tal fato ganha evidência quando, por exemplo, a lei atribui ao juiz, em certos casos, o poder de moderar penalidades à luz de elementos absolutamente subjetivos, como o porte econômico do infrator ou seu comportamento colaborativo.

Não há como negar que a lei, ao não definir patamares mínimos ou máximos para o julgador redimensionar as penalidades, confere-lhe certa discricionariedade, permitindo-lhe reduzi-las a patamares que julgar adequados, sem eximi-lo da obrigação de justificar. É neste contexto que ouso dizer que há, sim, a possibilidade de falar em conciliação no âmbito do processo administrativo tributário, o que será alvo dos tópicos seguintes.

## 6. Disponibilidade do julgador em moderar penalidades

Munido de certo grau de conservadorismo dogmático, questiono em que medida o órgão de julgamento administrativo poderia promover eventual conciliação entre o fisco e o contribuinte acerca do crédito tributário discutido no curso do processo administrativo.

Esta questão passa por outras respostas precedentes e delimitadoras do campo conciliatório possível. O primeiro deles, como já mencionado neste trabalho, seria a previsão legal expressa.

Parece inexistir grandes dificuldades se imaginarmos a situação atinente ao crédito decorrente de multas impostas por condutas infracionais que não caracterizarem dolo, fraude ou simulação e que, ao mesmo tempo, não implique na falta de pagamento de imposto.

Esta modalidade de crédito tributário de origem sancionatória exclusiva, usualmente decorre da imposição de multas pela ausência de cumprimento de determinadas obrigações acessórias, sem qualquer prejuízo direto ao fisco relacionado à falta de pagamento de imposto.

Já escrevi que moderação sancionatória é "a atividade jurisdicional plena exercida pelo órgão de julgamento no âmbito do processo administrativo tributário, notadamente quando da fixação da intensidade das penalidades nos limites dos poderes legalmente outorgados"[19].

Na mesma oportunidade, destaquei haver sensível diferença entre a atividade jurisdicional de exercer a dosimetria da sanção e a sua efetiva

[19] Salusse, Eduardo Perez. Op. cit., p. 25.

moderação. A primeira[20] consiste em considerar os aspectos agravantes ou atenuantes previstos na norma penal geral e abstrata como aptos para fazer com que o agente público aplicador primário da penalidade – juiz – defina a dose da penalidade aplicada concretamente em primeira jurisdição, podendo reduzi-la ou aumentá-la. A segunda, por sua vez, parte de uma penalidade fixa e determinada prevista em lei, já aplicada pelo agente público – a autoridade administrativa – por ocasião do lançamento tributário, sendo passível de temperamento na atividade jurisdicional administrativa para que atinja os reais objetivos da norma sancionatória, sempre no sentido de eventual redução da penalidade já imposta.

Há determinadas leis que regem processos administrativos tributários que outorgam poderes ao julgador para exercer o que chamamos de moderação sancionatória. A norma que autoriza a atividade de moderação sancionatória no âmbito do processo administrativo tributário no Estado de São Paulo está no artigo 92 da Lei n. 6.374/89.

Pude encontrar, na oportunidade em que escrevi referida obra, estruturas normativas similares à norma paulista sob a ótica da existência de requisitos para autorizar a moderação sancionatória pelo julgador no âmbito do processo administrativo nos Estados do Amapá, Bahia, Espírito Santo, Minas Gerais, Paraíba e Mato Grosso do Sul.

Na maioria destes ordenamentos, permite-se ao órgão de julgamento administrativo reduzir ou relevar a penalidade, desde que inexista a constatação de dolo, fraude ou simulação e tampouco falta de pagamento do imposto.

Vale dizer, na presença de determinados requisitos, invariavelmente a inexistência de dolo, fraude ou simulação, o órgão de julgamento pode reduzir ou até excluir integralmente a penalidade.

A atividade jurisdicional, neste caso, é afeita a conhecer, num primeiro momento, se o ato infracional efetivamente existiu. Havendo juízo de valor quanto ao ato infracional, percorre-se a identificação probatória de condutas dolosas, fraudulentas ou simulatórias e, ainda, a possível inexistência de prejuízo ao erário.

[20] BRASIL. Código Penal Brasileiro, artigo 68 – a pena base será fixada atendendo-se o critério do artigo 59 deste Código; em seguida serão consideradas as circunstâncias atenuantes e agravantes; por ultimo, as causas de diminuição e aumento. Disponível em: http://www.planalto.gov.br/ccivil_03/Decreto-Lei/Del2848.htm. Acesso em: 02.02.2017.

Presentes os requisitos pela lei respectiva autorizativos à atividade da moderação sancionatória, exerce-se um juízo de moderação, trazendo a sanção aplicada a patamares de razoabilidade, proporcionalidade, isonomia e, portanto, tornando-a eficiente.

A sanção eficiente é aquela apta a atingir os seus efetivos objetivos, sejam preventivos, reparadores, pedagógicos, punitivos ou quaisquer outros. Segundo Bobbio, "o critério que se refere ao momento da resposta à violação e que, portanto, acarreta na noção de sanção[21]".

Neste momento, outro exercício de convicção é outorgado ao órgão administrativo de julgamento, qual seja, o de aferir a intensidade da sanção à luz de fatos e elementos constantes dos autos, que podem ser desde o porte econômico por critérios específicos, antecedentes fiscais, cooperação, dentre outros.

O objetivo é, ao final, impor sanção em patamares adequados e fazer com que o infrator efetivamente efetue o seu pagamento, em estrito cumprimento da pena a ele imposta.

Este parece ser, em um primeiro momento, elemento passível de ser submetido a determinada tentativa conciliatória. O particular compareceria ao órgão de julgamento com os elementos probatórios já constantes nos autos e se disporia a pagar, à vista, o valor da sanção imposta com determinada redução ofertada pelo órgão de julgamento.

Tal valor poderia ser levado a debate entre as partes, intermediada pelos julgadores que, por sua vez, poderiam aceitá-lo condicionalmente ao pagamento, homologando os valores por eles arbitrados no âmbito da atividade de moderação sancionatória, como aquele que lhes possa parecer adequado, atendendo os postulados da razoabilidade, proporcionalidade, isonomia e eficiência.

Se o valor parecer justo à luz das particularidades da infração e daqueles demais elementos trazidos pela norma jurídica como parâmetros para fixação da intensidade da sanção, por qual razão não seria franqueado ao particular, corroborando com a sugestão do órgão, ofertá-lo a pagamento sob condição de ulterior homologação.

Em outras palavras, possuindo o órgão de julgamento a competência de reduzir ou relevar a penalidade em determinadas situações e desde

[21] Bobbio, Norberto. Teoria da norma jurídica. Tradução de Arianei Bueno Sudatti e Fernando Pavan Baptista. São Paulo: Edipro, 5ª. ed, 2014, p. 151-152

que presentes determinados requisitos legais, atribuindo-lhe nova intensidade que pode situar-se em qualquer patamar entre 0 e 100% da multa originariamente aplicada, porque não aceitar oferta do particular como ato de boa-fé, desde que por ele convincentemente demonstrada a conduta, a razoabilidade e a proporcionalidade do valor a ser pago?

O critério da isonomia pode e deve ser levado em consideração, sempre facultando ao particular a abordagem de precedentes com situações fáticas que o equiparem à solução confrontada, funcionando como forte elemento de persuasão ao termo conciliatório pretendido.

Este comportamento não seria propriamente uma transação sobre o direito ou sobre o bem. Poderíamos, talvez, entender que haveria uma presunção humana sobre as circunstâncias que orbitaram a conduta infracional, suas características, a situação econômica do particular, o grau de lesividade da infração ao bem jurídico tutelado e outros elementos de convicção pessoal que poderiam perfeitamente ser alvo de conciliação em formação de juízo coletivo.

Todos poderiam concordar e aceitar que a conduta demonstrada foi de boa-fé e que o patamar razoável da sanção seria diverso daquele originariamente aplicado, adequando-se à demonstração convincente da parte e aceita pelos julgadores, desde que, evidentemente, acompanhada do respectivo pagamento. Seria uma genuína conciliação.

A parte que tivesse interesse em tentar a conciliação poderia, a título de corroborar a boa-fé, manifestar seu interesse em audiência de conciliação, fazendo a sua oferta acompanhada dos seus elementos de prova e depositando o valor no processo. Seria uma adoção subsidiária do disposto no art. 319 do NCPC.

Havendo a concordância, o órgão administrativo de julgamento sentenciaria o feito, exercendo a sua atividade de moderação sancionatória e reduzindo a penalidade ao patamar depositado.

Em não sendo aceito, franquear-se-ia à parte o direito de levantar o valor e prosseguir na discussão.

Não há, neste caso, qualquer abalo ao principio da indisponibilidade do interesse público. Não há qualquer transação sobre o crédito tributário, mas somente sobre a qualificação dos fatos que justificaram a aplicação da sanção e que poderiam também justificar uma eventual redução. Há, portanto, uma espécie de homologação dos fatos, em um exercício de formação da convicção a partir de provas, fixando o fato presuntivo inerente a qualquer decisão de órgão jurisdicional.

Não há que se falar em disponibilidade do interesse público. Ao contrário, o interesse público em uma sanção não é arrecadatório. O interesse público na aplicação de uma sanção é atribuir-lhe efetividade no sentido de nortear o comportamento do particular, punindo-o pela violação ao ordenamento, inibindo reiteração da conduta e servindo de exemplo em caráter geral a toda a sociedade.

A punição inexistente é tão maléfica quanto a punição exagerada. A norma que confere ao julgador a competência para calibrar ou moderar a sanção imposta é, no final das contas, o poder atribuído ao julgador para segregar as situações diferentes, equalizando-a dentro dos desejáveis patamares de razoabilidade, proporcionalidade e isonomia.

A sanção eficiente é aquela que atinge os seus fins. Vale dizer, é aquela que é efetivamente cumprida, faz valer a força do Estado, serve de exemplo e reeduca o infrator. É este o interesse público.

No âmbito do processo administrativo tributário federal não há propriamente previsão para o julgador exercer atividade de moderação sancionatória. Ocorre apenas a adequada qualificação dos fatos às hipóteses que autorizam a aplicação de multa qualificada prevista no §1º, art. 44, Lei nº 9.430/96 ou da multa agravada prevista no §2º, art. 44, Lei nº 9.430/96.

Não raras vezes, a discussão travada no órgão administrativo de julgamento diz respeito às circunstâncias que resultaram na qualificação ou agravamento da penalidade.

Em trabalho desenvolvido pela Escola de Direito de São Paulo da Fundação Getúlio Vargas[22], os processos que debatem a qualificação da multa produzem decisões que, em sua maioria, encampam o entendimento "de que há uma ocorrência de fraude, justificadora da imposição da multa qualificada (150%), quando o contribuinte pratica condutas que configurem o evidente intuito de fraude".

De outro lado, atenta para casos em que o órgão de julgamento entende que "são necessárias provas específicas do intuito doloso do contribuinte".

Ora, como a prova é, em uma das suas classificações, um fato que causa convencimento do julgador acerca da verdade de outro fato, há o

[22] Fundação Getúlio Vargas. Repertório Analítico de Jurisprudência do CARF. Coord. Eurico de Santi e outros. Ed. Max Limonad: 2016, p. 94

fenômeno psicológico presente na formação desta crença. Quero dizer que, neste caso, inexistem os critérios de moderação presentes em algumas legislações estaduais, de modo que o fato doloso remete ou não remete à manutenção de multas em patamares ordinários ou qualificados, sem juízos de valor atinentes à razoabilidade ou proporcionalidade.

Em tal situação, imprescindível instrumento normativo outorgando competência e definindo regras para a atividade conciliatória envolvendo sanções legais.

## 7. Prazo de pagamento no processo administrativo

O processo administrativo tributário, em geral, é suscetível a medidas protelatórias, a andamentos retardados por nulidades e outras deficiências inerentes à sobrecarga administrativa. Pode demorar anos. De outro lado, seria possível requerer a suspensão do processo, sem que lhe retire qualquer direito de recorrer, ao particular que queria depositar o valor e efetuar o pagamento, sob a forma de depósito antecipado em garantia do valor nele discutido.

Tais depósitos poderiam ocorrer durante o prazo médio estimado de duração do processo, deixando-o suspenso até confirmação do depósito integral do valor discutido. A vantagem seria a garantia integral do crédito tributário e a não inscrição em dívida ativa, com a negativação do particular, desnecessidade de ajuizamento de execução fiscal, não oneração com encargos legais e uma expectativa efetiva de recebimento do crédito tributário.

Não raras vezes, o particular passa por períodos de dificuldade financeira, contratando advogados e assessores para protelar o andamento do processo. A conciliação quanto à concessão de prazo para pagar, sem atribuir a este comportamento qualquer consequência preclusiva do direito de prosseguir litigando no processo administrativo em caso de descumprimento do pagamento, em nada afeta o interesse público. Ao contrário, confere ao particular a possibilidade de depositar mensalmente os valores sugeridos e aceitos pelo órgão de julgamento, certo que de, se descumprir o ajuste, prossegue-se normalmente o processo tributário e os valores já depositados lá permanecem para garantia, ainda que parcial, do crédito que vier a ser mantido e executado.

## 8. Prestação de garantias na fase administrativa

Sabe-se que findo o processo administrativo, o crédito tributário resultante é imediatamente inscrito em divida ativa, aparelhando execução fiscal nos ditames da Lei nº 6.830/80 (lei de execuções fiscais).

Tenho que um dos pontos mais nevrálgicos em uma execução fiscal é a própria discussão da garantia ou da penhora dos bens do devedor, obrigando a Fazenda Pública a buscar bens do devedor, por vezes inexistentes, ocultados ou insuficientes.

Observam-se, nesta fase, as regras e o procedimento do artigo 11 da lei de execuções fiscais (LEF).

O devedor, por sua vez, tenta garantir o juízo sem observância da ordem do artigo 11 da LEF, invariavelmente tentando esquivar-se da penhora de ativos financeiros ou faturamento que, por via indireta, acaba por inviabilizar o próprio prosseguimento das atividades sociais.

Ora, este conflito poderia ser totalmente evitado se houvesse a possibilidade de, previamente à execução, ainda na fase do processo administrativo, houvesse a possibilidade das partes reunirem-se diante do órgão administrativo de julgamento, para transigir sobre a garantia a ser oferecida.

De um lado, a Fazenda pouparia incontáveis esforços para a localização e constrição de bens do devedor.

De outro lado, haveria maior tranquilidade e previsibilidade do particular quando do momento de proceder à penhora de bens em fase de execução fiscal, inexistindo a necessidade de observância do art. 11 da LEF.

Atribuir-se-ia a ele, por outro lado, eventual suspensão de juros moratórios ou outros encargos em decorrência de tal iniciativa, atuando como verdadeiro incentivo ao comportamento do devedor.

A Dívida Ativa Federal atual chega próxima a R$ 1.500.000,00 (um trilhão e quinhentos bilhões de reais)[23], sem contar outros cerca R$ 520 bilhões exigidos em processos administrativos tributários federais em andamento[24].

É, sem dúvida, medida que imprimiria significativa agilidade aos processos de execução fiscal.

[23] BRASIL. Advocacia Geral da União. Disponível em: www.agu.gov.br. Acesso em 11.02.2017;

[24] Jornal Valor Econômico. Disponível em: http://www.valor.com.br/politica/3977150/carf-tem-processos-de-r-520-bilhoes-diz-receita-federal. Acesso em 11.02.2017.

## 9. Conclusões

Este breve trabalho, longe de tentar submeter ao leitor soluções definitivas, ousa apontar elementos que seriam passíveis de submissão á atividade conciliatória no percurso do processo administrativo tributário.

A pacificação de crises decorrentes da aplicação de multas por descumprimento de obrigações formais sem qualquer omissão no pagamento de imposto, a possibilidade de pagar o crédito discutido em parcelas sem incorrer no ônus da preclusão lógica ou, ainda, a possibilidade de transigir sobre garantias antecipadas a uma futura execução fiscal, serviriam ao interesse público.

São ideias a serem exploradas, debatidas e aperfeiçoadas, apresentadas neste momento *de lege ferenda*, mas com valores alinhados às necessidades prementes que ampararam a edição do novo Código de Processo Civil.

## Referências

Baleeiro, Aliomar. Direito tributário brasileiro. 11. ed. Rio de Janeiro: Forense, 2005.

Bobbio, Norberto. Teoria da norma jurídica. Tradução de Arianei Bueno Sudatti e Fernando Pavan Baptista. São Paulo: Edipro, 5ª. ed, 2014.

BRASIL. Código Tributário Nacional. Disponível em: http://www.planalto.gov.br/ccivil_03/Leis/L5172.htm. Acesso em: 02.02.2017.

BRASIL. Código Penal Brasileiro. Disponível em: http://www.planalto.gov.br/ccivil_03/Decreto-Lei/Del2848.htm. Acesso em: 02.02.2017.

BRASIL. Conselho Nacional de Justiça. Análise do Poder Judiciário. Justiça em Números, p. 61. Disponível em: http://www.cnj.jus.br/files/conteudo/arquivo/2016/10/b8f46be3dbbff344931a933579915488.pdf. Acesso em: 02.02.2017.

BRASIL. Constituição Federal de 1988. Disponível em: http://www.planalto.gov.br/ccivil_03/Constituicao/Constituicao.htm. Acesso em: 02.02.2017.

BRASIL. Lei nº 6.830/80. Disponível em: http://www.planalto.gov.br/ccivil_03/LEIS/L6830.htm. Acesso em: 02.02.2017.

BRASIL. Procuradoria Geral da Fazenda Nacional. Disponível em: http://www.pgfn.fazenda.gov.br/arquivos-destaques/Parecer_PGFN_CDA_1505.pdf. Acesso em: 13.02.2017.

Carvalho, Paulo de Barros. Direito Tributário – Linguagem e Método. 6ª ed. Editora Noeses: 2015.

Dworkin, Ronald. Levando os direitos a sério. Tradução de Nelson Boeira. São Paulo: Martins Fontes, 2011.

FERRAGUT, Maria Rita. As Provas e o Direito Tributário. Saraiva: 2016.

FUNDAÇÃO GETÚLIO VARGAS. Repertório Analítico de Jurisprudência do CARF. Coord. Eurico de Santi e outros. Ed. Max Limonad: 2016.

SALUSSE, Eduardo Perez. Moderação sancionatória no processo administrativo tributário. Quartier Latin: 2016.

# "Transigibilidade" dos Créditos Tributários de Menor Potencial Econômico e dos Submissos aos arts. 20 e 21 da Portaria PGFN n. 396/2016 – Uma Proposta para o "Aprimoramento" do "RDCC"

Paulo Cesar Conrado*

## 1. Introdução

Três são as premissas normativas que nos inspiram neste trabalho, cada qual operando sobre realidades que, num primeiro olhar, não se cruzam.

São elas, tomadas em ordem cronológica:

**(i)** parágrafo único do art. 10 da Lei n. 10.259, de 12 de julho de 2001 (instituidora dos Juizados Especiais Cíveis e Criminais no âmbito da Justiça Federal – JEF's);

> *Art. 10. As partes poderão designar, por escrito, representantes para a causa, advogado ou não.*
>
> *Parágrafo único. Os representantes judiciais da União, autarquias, fundações e empresas públicas federais, bem como os indicados na forma do caput, ficam autorizados a conciliar, transigir ou desistir, nos processos da competência dos Juizados Especiais Federais.*

* Mestre e doutor em Direito Tributário pela PUC/SP, Juiz Federal em São Paulo, coordenador do grupo de estudos e do curso de extensão "Processo tributário analítico" do IBET (Instituto Brasileiro de Estudos Tributários), coordenador do projeto "Macrovisão do crédito tributário" (FGV Direito – SP).

**(ii)** inciso I do parágrafo 2º e parágrafo 3º do art. 55 da Lei n. 13.105, de 16 de março de 2015 (Código de Processo Civil);

*Art. 55. Reputam-se conexas 2 (duas) ou mais ações quando lhes for comum o pedido ou a causa de pedir.*

*(...)*

*§ 2º Aplica-se o disposto no caput:*

*I – à execução de título extrajudicial e à ação de conhecimento relativa ao mesmo ato jurídico;*

*II – às execuções fundadas no mesmo título executivo.*

*§ 3º Serão reunidos para julgamento conjunto os processos que possam gerar risco de prolação de decisões conflitantes ou contraditórias caso decididos separadamente, mesmo sem conexão entre eles.*

**(iii)** arts. 20 e 21 da Portaria PGFN (Procuradoria-Geral da Fazenda Nacional) n. 396, de 20 de abril de 2016 (instituidora do "regime diferenciado de cobrança de créditos" – RDCC).

*Art. 20. Serão suspensas, nos termos do art. 40, caput, da Lei nº 6.830, de 1980, as execuções fiscais cujo valor consolidado seja igual ou inferior a um milhão de reais, desde que não conste nos autos garantia útil à satisfação, integral ou parcial, do crédito executado.*

*§ 1º. Entende-se por garantia inútil aquela de difícil alienação, sem valor comercial ou irrisória.*

*§ 2º. O Procurador da Fazenda Nacional não requererá a suspensão de que trata o caput enquanto pendente causa de suspensão da exigibilidade do crédito, julgamento de exceção de pré-executividade, embargos ou outra ação ou recurso que infirme a certeza e liquidez do crédito e obste o prosseguimento, ainda que provisório, da cobrança judicial.*

*§ 3º. O disposto neste artigo não se aplica às execuções movidas contra pessoas jurídicas de direito público, às execuções movidas para cobrança da Dívida Ativa do FGTS, bem como às execuções nas quais constem, nos autos, informações de falência ou recuperação judicial da pessoa jurídica devedora.*

*Art. 21. A suspensão de que trata o art. 20 independe da efetiva citação do(s) réu(s) na execução fiscal, desde que tenha havido a interrupção da prescrição pelo despacho que determinou a citação do devedor principal ou eventuais corresponsáveis.*

*Parágrafo único. No caso de deferimento de redirecionamento a devedor não constante na Certidão da Dívida Ativa, a suspensão da execução fiscal deve ser precedida de determinação para inclusão do nome do corresponsável nos sistemas da Dívida Ativa.*

Partindo desses dados normativos, pretendemos demonstrar, primeiro de tudo, a interação de seus conteúdos, apresentando-os numa espécie de reescritura voltada ao contexto aqui explorado.

Com esse preliminar objetivo superado, seguiremos na direção de nossa principal intenção: demonstrar a necessidade de aprimoramento (pragmático) do sistema de recuperação do crédito tributário inscrito em Dívida Ativa definível como:

**(i)** de menor potencial econômico (assim entendido o de valor não excedente a sessenta salários mínimos) e

**(ii)** "ordinário" [assim denominamos o que, a um só tempo, tem valor (a) superior a sessenta salários mínimos, estando fora do primeiro conceito, e (b) inferior a R$ 1.000.000,00, submetendo-se, por isso, ao regime prescrito nos arts. 20 e 21 da Portaria PGFN n. 396/2016].

Por conveniência metodológica, cuidaremos de descrever, mesmo que panoramicamente, o inovador regime de cobrança instituído pela Portaria PGFN n. 396/2016, encaminhando-nos, na sequência, para a análise, em contexto com esse ato normativo, da Lei n. 10.259/2001, notadamente seu art. 10, parágrafo único, na intenção de "iniciar" o processo de "reescritura amalgamada" desses conteúdos, concluindo-o, ao final, com a inserção, no mesmo pacote, da(s) mensagem(ns) extraível(is) para além da literalidade do art. 55, parágrafo 2º, inciso I, e parágrafo 3º, Código de Processo Civil de 2015.

## 2. A Portaria PGFN n. 396/2016, o "RDCC" e as execuções fiscais de valores "ordinários"

A Portaria PGFN n. 396/2016 redefiniu o regime de cobrança de créditos tributários da União, sobrevalorizando, por um lado, as operações voltadas à recuperação de créditos economicamente mais expressivos, e pondo de lado, por outro, os que chamaríamos de "créditos ordinários", assim entendidos os que, menos relevantes, seriam contemplados por tratamento administrativo (naturalmente refletido no ambiente judicial) de tom mais pragmático.

Dos arts. 20 e 21 do referido ato normativo extrai-se, com efeito:

> *Art. 20. Serão suspensas, nos termos do art. 40, caput, da Lei nº 6.830, de 1980, as execuções fiscais cujo valor consolidado seja igual ou inferior a um milhão de reais, desde que não conste nos autos garantia útil à satisfação, integral ou parcial, do crédito executado.*

*§ 1º. Entende-se por garantia inútil aquela de difícil alienação, sem valor comercial ou irrisória.*

*§ 2º. O Procurador da Fazenda Nacional não requererá a suspensão de que trata o caput enquanto pendente causa de suspensão da exigibilidade do crédito, julgamento de exceção de pré-executividade, embargos ou outra ação ou recurso que infirme a certeza e liquidez do crédito e obste o prosseguimento, ainda que provisório, da cobrança judicial.*

*§ 3º. O disposto neste artigo não se aplica às execuções movidas contra pessoas jurídicas de direito público, às execuções movidas para cobrança da Dívida Ativa do FGTS, bem como às execuções nas quais constem, nos autos, informações de falência ou recuperação judicial da pessoa jurídica devedora.*

*Art. 21. A suspensão de que trata o art. 20 independe da efetiva citação do(s) réu(s) na execução fiscal, desde que tenha havido a interrupção da prescrição pelo despacho que determinou a citação do devedor principal ou eventuais corresponsáveis.*

*Parágrafo único. No caso de deferimento de redirecionamento a devedor não constante na Certidão da Dívida Ativa, a suspensão da execução fiscal deve ser precedida de determinação para inclusão do nome do corresponsável nos sistemas da Dívida Ativa.*

O sentido de tais proposições se integraliza quando se as coloca em contexto com outras tantas, integrantes da mesma portaria, em especial as que tratam:

**(i)** do "procedimento especial de diligenciamento patrimonial" – PEDP (destacados, nesse contexto, os arts. 2º a 4º),

**(ii)** do produto consolidado de tal procedimento, denominado "relatório de diligenciamento patrimonial" – RDP (arts. 5º e 6º),

**(iii)** das consequências derivadas da produção do aludido relatório (art. 7º),

**(iv)** do protesto extrajudicial por falta de pagamento de Certidões de Dívida Ativa relativas a créditos inclusos no "RDCC" (art. 10).

Embora cansativa em certa medida, a consulta à literalidade das disposições a que nos reportamos é, pensamos, crucial – por isso, as reproduzimos na sequência:

**(i)** sobre o "PEDP"

*Art. 2º. Os devedores com execuções não garantidas por depósito, seguro garantia ou carta de fiança serão submetidos a Procedimento Especial de Diligenciamento Patrimonial – PEDP, não se lhes aplicando o diligenciamento previsto no Manual de Procedimentos da PGFN para localização de Bens e Devedores.*

*Parágrafo único. A dispensa de que trata o caput não se aplica aos devedores com valor consolidado acima de 15 milhões de reais, que serão submetidos ao diligenciamento previsto no art. 7°, II, desta Portaria.*

*Art. 3º. O Procedimento Especial de Diligenciamento Patrimonial – PEDP constitui consulta sistemática e periódica às bases de dados patrimoniais dos devedores, com vistas à localização de bens e direitos passíveis de expropriação judicial ou identificação de eventuais hipóteses de responsabilidade tributária ou não tributária.*

*Art. 4º. Compete ao Procurador-Geral Adjunto de Gestão da Dívida Ativa da União definir as bases patrimoniais que serão objeto de consulta periódica.*

**(ii)** sobre o "RDP"

*Art. 5º. O resultado do Procedimento Especial de Diligenciamento Patrimonial – PEDP será consolidado em documento denominado Relatório de Diligenciamento Patrimonial – RDP.*

*Art. 6º. O Relatório de Diligenciamento Patrimonial – RDP conterá:*

*I – o nome da PRFN/PFN/PSFN responsável pelo devedor;*

*II – os dados cadastrais do devedor e dos eventuais corresponsáveis;*

*III – o valor consolidado dos débitos do devedor e sua respectiva faixa de valor;*

*IV – quadro resumo com indicativo de resposta positiva ou negativa das bases patrimoniais consultadas;*

*V – discriminação detalhada das diligências positivas localizadas, observados critérios de utilidade do bem/direito localizado;*

*VI – indicador de dissolução irregular da pessoa jurídica devedora;*

*VII- indicador de esvaziamento patrimonial da pessoa jurídica devedora.*

**(iii)** sobre as consequências derivadas da produção do "RDP"

*Art. 7º. Ao receber o Relatório de Diligenciamento Patrimonial – RDP, as unidades descentralizadas da PGFN deverão:*

*I – realizar as diligencias complementares necessárias à localização do devedor ou dos bens identificados no Relatório de Diligenciamento Patrimonial – RDP, para fins de subsidiar os pedidos de citação ou penhora nas execuções fiscais;*

*II – realizar as demais diligências previstas no Manual de Procedimentos da PGFN para localização de bens e devedores, quando o valor consolidado do devedor ultrapassar 15 milhões de reais;*

*III – propor, havendo indícios de esvaziamento ou dissolução irregular da pessoa jurídica, as medidas necessárias à garantia e satisfação dos créditos ajuizados.*

**(iv)** sobre o protesto

*Art. 10. As Certidões de Dívida Ativa dos devedores incluídos no Regime Diferenciado de Cobrança de Créditos poderão ser encaminhadas para protesto extrajudicial por falta de pagamento.*
*Parágrafo único. Não serão encaminhados a protesto os créditos cuja exigibilidade esteja suspensa, com garantia integral ou em processo de concessão de parcelamento.*

Com a complementar referência a esses dispositivos da Portaria PGFN n. 396/2016, cremos suficientemente demonstrado que as providências indicadas por seus arts. 20 e 21 (nosso foco), longe de importarem em renúncia, servem para reorganizar, em sede administrativa, o trabalho tendente à recuperação do crédito tributário inadimplido.

Ganha destaque, a esse propósito, o indiscutível fato de se preservar a necessária judicialização da lide derivada do inadimplemento – afinal, é mais do que sabido que, em nosso sistema, segue persistente a regra segundo a qual o "devido processo legal" para fins de expropriação patrimonial é o judicial. Serve a portaria, nessa medida, apenas para relativizar a indesejável intransigência até então reinante a respeito do (des) necessário exaurimento de uma série de passos, pragmaticamente pouco úteis, para se findar, sem êxito, o processo de cobrança.

Usando outros termos: sem afastar a judicialização do processo expropriatório, os arts. 20 e 21 tomam em conta o critério da recuperabilidade para determinar se a efetivação de certos atos inerentes ao processo de execução fiscal serão ou não requeridos pela Administração.

Daí a minuciosa descrição de uma série de providências (administrativas), como as apontadas nos dispositivos que transcrevemos.

Com isso, o ato normativo em tela retira do Judiciário o encargo de efetivar atos tendentes a localizar o devedor e seu patrimônio para, só depois de esgotados (e frustrados), aplicar o quanto prescrito no art. 40 e parágrafos da Lei n. 6.830/80.[1]

[1] *Art. 40. O Juiz suspenderá o curso da execução, enquanto não for localizado o devedor ou encontrados bens sobre os quais possa recair a penhora, e, nesses casos, não correrá o prazo de prescrição.*
*§ 1º. Suspenso o curso da execução, será aberta vista dos autos ao representante judicial da Fazenda Pública.*
*§ 2º. Decorrido o prazo máximo de 1 (um) ano, sem que seja localizado o devedor ou encontrados bens penhoráveis, o Juiz ordenará o arquivamento dos autos.*
*§ 3º. Encontrados que sejam, a qualquer tempo, o devedor ou os bens, serão desarquivados os autos para prosseguimento da execução.*

Outro efeito: em sua lógica, os arts. 20 e 21 da Portaria PGFN n. 396/2016 faz precipitar a contabilização do prazo prescricional intercorrente, que passa (ou deve passar) a ser compreendido, nas hipóteses ali abarcadas, como lapso de tempo de que dispõe a Administração para localizar devedor e/ou seu patrimônio, por meio de providências que toma em ambiente próprio (o administrativo, repise-se) e, com isso, (re)impulsionar a marcha executiva.

Não é demasiado repetir que, com essa opção firmada, a verificação dos sobreditos eventos – tentativa frustrada de localização (e consequente citação) do devedor e de seu patrimônio (com a subsequente penhora) – deixa de ser, nos casos arbitrados pela portaria, um ônus judicial, passando para a Administração.

E não há de haver dúvida, pensamos, de que essa metodologia é muito mais consentânea com a natural distinção das funções que qualificam o Judiciário e o Executivo, encaminhando as coisas para que se sejam finalmente colocadas cada qual em seu lugar.

Um ponto parece seguro, de todo modo: se é certo dizer as opções firmadas pela Portaria PGFN n. 396/2016 não podem (nem devem) ser vistas como renúncia a crédito tributário pendente, igualmente induvidoso que a Administração não é a única titular do interesse (na verdade, o "dever") de seguir apurando meios de satisfação, senão também o contribuinte.

Nada há de obstar, com efeito, que o sujeito passivo da obrigação a que aludem as disposições contidas nos arts. 20 e 21, mormente o que sofre os efeitos administrativos derivados do estado de pendência – como o protesto e o impedimento quanto à obtenção de certidão de regularidade fiscal – busque a solução desse indesejável estado.

Se instrumentos como os mencionados – o protesto, por exemplo – não representam, em si, meio de cobrança (à medida que não viabilizam a expropriação patrimonial), não há de haver dúvida de que os efeitos que disparam podem ser de tal forma perturbadores que venham a "convencer" o devedor sobre a necessidade de corrigir a patologia em que alojado.

*§ 4º. Se da decisão que ordenar o arquivamento tiver decorrido o prazo prescricional, o juiz, depois de ouvida a Fazenda Pública, poderá, de ofício, reconhecer a prescrição intercorrente e decretá-la de imediato.*
*§ 5º. A manifestação prévia da Fazenda Pública prevista no § 4º deste artigo será dispensada no caso de cobranças judiciais cujo valor seja inferior ao mínimo fixado por ato do Ministro de Estado da Fazenda.*

Guardadas essas possibilidades, seria muito importante que a Administração estivesse apta não apenas a rastrear o patrimônio do devedor, mas também a receber aquele que, posto na situação descrita, não ostenta condições econômicas para satisfação imediata de sua pendência, tendo, ainda assim, o desejo/necessidade de retrair aqueles efeitos.

Temos, por isso, que, além das medidas prescritas naquele normativo, outras deveriam ser consideradas, de modo a facilitar, pragmaticamente, a satisfação do crédito – afinal, por menor que seja, sua extinção por prescrição (intercorrente) deve ser encarada como patologia, não como remédio.

Tomado como referência o virtual interesse do devedor desprovido de patrimônio na liberação dos efeitos administrativos antes mencionados (protesto e impedimento de obtenção de certidão, por exemplo), seria de se pensar, então, na paralela tomada de medidas de estímulo à satisfação voluntária da obrigação pendente, assim entendida (como satisfação "voluntária", aclare-se) aquela que decorre da iniciativa do próprio sujeito passivo.

Pois um dos métodos certificadamente mais eficientes para fazer exortar a vontade do sujeito passivo em situações desse naipe tem sido os programas de parcelamento – preferencialmente os que contemplam o abatimento de frações adicionadas (como multa) para pagamento integral, tudo mediante prévia renúncia ao direito de confrontar, judicialmente, a licitude da exigência.

Nesse sentido, para além de seguir buscando a satisfação de seu crédito pelos meios ordinários (a envolver, fundamentalmente, o rastreamento do patrimônio do devedor), seria o caso de a Administração disponibilizar ao sujeito passivo posto sob os efeitos dos arts. 20 e 21 programas daquele timbre, na intenção de retirá-lo da sombra.

Insista-se, porém: não falamos, aqui, de parcelamento qualquer, como os que são disponibilizados a todos os contribuintes, senão de programa especificamente alinhado para atender aos casos submissos aos arts. 20 e 21, casos esses sabidamente judicializados e que, por isso mesmo, já importaram em considerável custo para o Estado (Administração e Judiciário) – reclamando, por menor que seja o conteúdo econômico da dívida, a extração de algum retorno.

Ademais disso, a disponibilização de alternativa dessa espécie, provocaria um virtuoso efeito: as execuções pendentes, em relação às quais o fluxo prescricional estaria deflagrado, sairiam dessa névoa patológica desde o momento em que efetivado, por hipótese, o parcelamento – sabe-se, com efeito, que, por suspender a exigibilidade do crédito, esse tipo de providência, impede o curso daquele prazo –, permitindo que do processo se extraia o que dele efetivamente se espera, e não a singela produção de sentença decretando prescrição.

Mais: a inclusão de alternativa como a que cogitamos, permitiria que a solução (efetiva) da pendência se processasse mediante a saudável participação do sujeito passivo, observando-se, assim, um mínimo de consensualidade.

## 3. A Lei n. 10.259/2001, os JEF's e o crédito tributário de menor potencial econômico

Como sinalizamos de início, devemos nos encaminhar, doravante, para a análise da Lei n. 10.259/2001, notadamente seu art. 10, parágrafo único, fazendo-o de modo a promover a "reescritura amalgamada" desse conteúdo normativo com o que se extrai da Portaria PGFN n. 396/2016.

Para introduzir essa outra perspectiva, parece interessante, de todo modo, que usemos uma alegoria.

Imagine-se, com efeito, um contribuinte pessoa física domiciliado em São Paulo e que foi autuado em razão de crédito tributário de imposto sobre a renda no valor de R$ 50.000,00.

Acaso esse contribuinte pretenda levar ao Judiciário o debate sobre a exigibilidade desse crédito, sabemos que se submeterá à regra de competência definível pela combinação dos arts. 3º e 6º da Lei n. 10.259/2001; eis seus termos:

> *Art. 3º. Compete ao Juizado Especial Federal Cível processar, conciliar e julgar causas de competência da Justiça Federal até o valor de sessenta salários mínimos, bem como executar as suas sentenças.*
>
> *§ 1º. Não se incluem na competência do Juizado Especial Cível as causas:*
>
> *I – referidas no art. 109, incisos II, III e XI, da Constituição Federal, as ações de mandado de segurança, de desapropriação, de divisão e demarcação, populares, execuções fiscais e por improbidade administrativa e as demandas sobre direitos ou interesses difusos, coletivos ou individuais homogêneos;*
>
> *II – sobre bens imóveis da União, autarquias e fundações públicas federais;*
>
> *III – para a anulação ou cancelamento de ato administrativo federal, salvo o de natureza previdenciária e o de lançamento fiscal;*

*IV – que tenham como objeto a impugnação da pena de demissão imposta a servidores públicos civis ou de sanções disciplinares aplicadas a militares.*

*§ 3º. No foro onde estiver instalada Vara do Juizado Especial, a sua competência é absoluta.*

*Art. 6º. Podem ser partes no Juizado Especial Federal Cível:*

*I – como autores, as pessoas físicas e as microempresas e empresas de pequeno porte, assim definidas na Lei nº 9.317, de 5 de dezembro de 1996;*

*II – como rés, a União, autarquias, fundações e empresas públicas federais.*

Sendo o crédito tributário, assim estipulamos, de R$ 50.000,00, cumprida está a fração da "equação competencial" de que trata o *caput* do art. 3º. Por outro lado, não se inclui o caso em qualquer das exceções apontadas nos incisos do parágrafo 1º do mesmo art. 3º (nem mesmo na do inciso III, posto que as causas voltadas à anulação de "ato administrativo federal", incluído o de "lançamento fiscal", estão ali ressalvadas) – cumprida, assim e da mesma forma, a segunda fração da fórmula. E assim também no que se refere ao art. 6º, dispositivo que afirma competente o JEF desde que a ação seja proposta pelas pessoas apontadas no inciso I (dentre elas, as físicas, exemplo que usamos), em desfavor das listadas no inciso II (exigência também cumprida no exemplo lançado). Ao final, partindo da premissa de que o "caso" se verifica em São Paulo (localidade em que há JEF instalado), concluir-se-ia, na forma do parágrafo 3º do art. 3º, que a competência do Juizado é do tipo "absoluta" – vale dizer, "excludente" da de quaisquer outros órgãos jurisdicionais.

Quando extraímos esse tipo conclusão, ademais do aspecto da competência, devemos grifar a inexorável repercussão procedimental daí derivada: os órgãos jurisdicionais a que nos referimos desempenham suas funções debaixo de um peculiar procedimento (o prescrito na mesma Lei n. 10.259/2001), procedimento esse, é bom que se lembre, utilizável apenas por aquele segmento do Judiciário Federal, numa clara relação de retro-implicação – a competência do JEF importa na necessária adoção do procedimento que lhe é correlato, sendo igualmente verdadeira a afirmação quando vista às avessas (esse procedimento só é manejável, *a priori*, pelos órgãos titulares da competência de que falamos, e não por outros).

Pois dentre as peculiaridades que caracterizariam o procedimento a que se vinculam os sobreditos órgãos está a descrita no art. 10, parágrafo único, da Lei n. 10.259/2001, dispositivo cuja literalidade vale recopiar:

*Art. 10. As partes poderão designar, por escrito, representantes para a causa, advogado ou não.*
*Parágrafo único. Os representantes judiciais da União, autarquias, fundações e empresas públicas federais, bem como os indicados na forma do caput, ficam autorizados a conciliar, transigir ou desistir, nos processos da competência dos Juizados Especiais Federais.*

Como se vê, é da essência do especial procedimento a que se vinculam os JEF's a noção de "transigibilidade", palavra que empregamos em sentido bem amplo, na intenção de abarcar quaisquer das condutas apontadas no indigitado dispositivo ("conciliar, transigir ou desistir").

Fosse tomada isoladamente, diríamos que a lei em questão teria reescrito a noção de (in)disponibilidade do interesse público (ou melhor, do direito material vinculado à Fazenda), fazendo disponível (por "transigibilidade") aquilo que, em princípio, não se reconhece como tal.

Esse isolamento, porém, não é acertado: muito além dos conteúdos sacados do diploma em questão, outras regras devem ser consideradas na composição do "problema", dentre elas destacando-se, por sua privilegiada posição constitucional, a que preordena o valor da impessoalidade.[2]

Por força desse cânone, necessário que o agente administrativo – inclusive o que atua no âmbito dos JEF's, como representante processual da Fazenda – opere debaixo de pautas uniformes, o que, no cenário descrito, significa obediência a parâmetros prévia e objetivamente fixados, parâmetros esses manejáveis em relação a todos os administrados que ostentem situação assemelhada e que, por isso mesmo, devem ser alvo de tratamento isonômico.

Com essa observação firmada, voltemos, pois, ao exemplo com o qual trabalhávamos: tendo deliberado pela propositura de ação visando à anulação do lançamento, o contribuinte o faria junto ao JEF, submetendo-se ao procedimento previsto na respectiva lei de regência, o que implicaria a virtual abertura de fase de conciliação/transação. Mas há como se falar, na prática, em conciliação à revelia de regra que, em nível administrativo, fixe os parâmetros correspondentes? Se negativa a resposta, frustra-se um dos pilares do procedimento especial a que se vin-

[2] *Art. 37. A administração pública direta e indireta de qualquer dos Poderes da União, dos Estados, do Distrito Federal e dos Municípios obedecerá aos princípios de legalidade, impessoalidade, moralidade, publicidade e eficiência e, também, ao seguinte:*
*(...)*

culam os JEF's; se positiva, o quadro muda por completo: a preexistência dos tais parâmetros assegura a possibilidade de conciliação/transação, assegurando, por conseguinte, um dos principais (senão o principal) elemento daquele rito.

Agora, pensemos em situação avessa: o mesmo contribuinte a que nos referimos, ao invés de propor ação anulatória, fica inerte, permitindo, com isso, a deflagração dos demais atos administrativos condutores da exigibilidade – inclusive (e principalmente) o de inscrição do crédito em Dívida Ativa –, com a subsequente propositura de execução fiscal, ação jungida a outro procedimento e que, por natural, está fora do âmbito competencial dos JEF's.

Ainda que postos, por normativo próprio, parâmetros definidores de impessoalidade para fins de transação/conciliação, seria possível, nesse segundo caso, supor presente a noção de "transigibilidade"? "Não", diríamos em princípio, uma vez que o dispositivo que nos inspira – art. 10, parágrafo único, da Lei n. 10.259/2001 – reflete uma peculiaridade do especial procedimento dos JEF's, sendo inaplicável, *a contrario sensu*, aos executivos fiscais.

Vale insistir, porém: mas, materialmente falando, a situação a que nos reportamos não é exatamente a mesma de antes? O crédito tributário – com todos seus atributos, inclusive o da exigibilidade – não é o mesmo? Sim, não temos dúvida, e, justamente por que não temos dúvida quanto à identidade material das situações descritas, é que concluiríamos: visto em sua literalidade, o sistema confere abissal diferença procedimental (ora autorizando "transigibilidade", ora recusando-a) de acordo com a iniciativa (ação anulatória, do contribuinte; execução fiscal, do Fisco) e com o órgão jurisdicional provocado (JEF ou Vara Federal de Execução Fiscal, onde houver), mesmo que o debate travado diga respeito à exigibilidade de um mesmo crédito tributário.

Por outros termos: a despeito da identidade material dos casos, a "transigibilidade" estaria submissa a critérios puramente processuais (iniciativa, competência, procedimento), algo que, reflitamos, talvez tenha que ser reelaborado.

Tomar critério de tom processual, ignorando o aspecto material subjacente, para fins de outorga de algo tão valioso (a "transigibilidade") parece, no mínimo, a negação da noção de instrumentalidade, resumidamente explicável pela parêmia consoante com a qual "o processo não é um fim em si mesmo, senão apenas um instrumento do direito de fundo".

Pois é com essa breve (e implícita) crítica a uma posição, digamos, "literalista" – negadora da possibilidade de aplicação estendida às execuções fiscais do raciocínio subjacente ao art. 10, parágrafo único, da Lei n. 10.259/2001 (desde que definidos, para asseguramento da impessoalidade, os parâmetros de atuação do agente administrativo, vale relembrar) – que se surge espaço para investirmos sobre a última fração normativa inspiradora deste estudo: o art. 55, parágrafo 2º, inciso I, e parágrafo 3º, Código de Processo Civil de 2015.

## 4. O Código de Processo Civil de 2015, a redefinição dos conceitos de "conexão" e de "prejudicialidade" e a prevalência do aspecto material sobre o processual

Instrumentalidade (no sentido antes proposto) é uma das tônicas do Código de Processo Civil de 2015.

Não queremos dizer, com essa afirmação, que o sistema processual revogado não contemplasse essa diretriz.

Quiçá por conta de indesejável experiência anterior, o que havia, no regime precedente, era, isso sim, um certo amesquinhamento pragmático daquele vetor – desde antes presente, de todo modo.

Reforça essa visão o fato de a obra legislativa (seja ela qual for, inclusive o Código de Processo Civil) funcionar como "sintoma" de um determinado estado de coisas, algo naturalíssimo – afinal de contas, só se investe na juridicização de um evento até então atípico quando ele mobiliza, positiva ou negativamente, as pessoas nele envolvidas.

Pois é nessa dimensão, parece, que a noção de instrumentalidade ganhou, com o Código de 2015, novo espaço: talvez porque maltratada no cenário normativo "velho", a ela se atribuiu, no novo *codex*, roupagem mais efetiva. E isso se deu, como seria de supor, por meio de ferramentas concretas, única forma de se conferir a um ideário abstrato, mormente em democracias juvenis, alguma efetividade pragmática.

E é aí, no amplo contexto das "ferramentas" que nos fazem lembrar que "processo não é um fim em si próprio", que se aloja o dispositivo a que devemos nos dedicar – o art. 55, parágrafo 2º, inciso I, e parágrafo 3º, repita-se.

Em seu primeiro fragmento (pertinente ao parágrafo 2º, inciso I), note-se que a disposição recria o conceito de conexão, indo além da definição tradicional (a que se encontra no *caput*).

Com efeito, ademais dos casos em que duas ou mais ações têm em comum pedido ou causa de pedir (*caput*), diz o decantado inciso I do parágrafo 2º que conexão haverá entre a execução de título extrajudicial (caso da execução fiscal) e a "ação de conhecimento relativa ao mesmo ato jurídico".

Por outros termos: sem prejuízo dos conceitos puramente processuais (aprisionados à definição de "pedido" e "causa de pedir"), o dispositivo "inova" ao afirmar conexas demandas que, materialmente, se mostrem convergentes. Insistimos: "materialmente" – e não por aspectos exclusivamente processuais.

Isso, pensamos, é "instrumentalidade" aplicada, com escusas pela redundância, em nível prático: se o processo (e respectivos conceitos, normas, técnicas, etc) não é um fim em si mesmo, senão um instrumento do direito material, é desejável que certos conceitos (como o de conexão) tomem em conta aspectos sabidamente relevantes do plano material, independentemente de "concordarem" com a definição processual tradicional.

Observado esse sentido, podemos (e devemos) entender, hoje, que entre uma ação anulatória de débito fiscal (aquela proponível no JEF, no exemplo que lançamos) e a execução fiscal relativa ao mesmo crédito tributário há, sim, conexão, conclusão que se reforça quando olhamos para a fração seguinte do dispositivo em comento, o parágrafo 3º do mesmo art. 55, posta, parece, na intenção de enfatizar a intensa preocupação com o aspecto material subjacente à lide (maior até do que com seu invólucro formal). Ali se lê, vale reiterar:

> *(...)*
>
> *§ 3º Serão reunidos para julgamento conjunto os processos que possam gerar risco de prolação de decisões conflitantes ou contraditórias caso decididos separadamente, mesmo sem conexão entre eles.*

A partir dessa disposição – geradora do amplo conceito de "prejudicialidade" –, é razoável admitir: mesmo que o inciso I do parágrafo 2º não tivesse sido trazido à luz, ainda assim seria de se considerar os mútuos reflexos advindos da simultaneidade de uma ação anulatória e de uma execução fiscal. E isso não por outro motivo, senão porque, versando sobre um mesmo crédito, referidas demandas estão potencialmente fadadas a oferecer soluções materialmente antagônicas – afinal, se uma serve para desconstituir a exigibilidade do crédito, a outra, na contramão, se presta à realização compulsória da mesmíssima exigibilidade.

A par dessas conclusões, é certo dizer que, por razões inerentes ao plano competencial, a reunião dos processos de que falamos, decorrência da conexão (inciso I do parágrafo 2º) ou da prejudicialidade (parágrafo 3º) constatadas, nem sempre é viável, situação que se verificaria no exemplo com o qual operávamos (anulatória no JEF *versus* execução fiscal na Vara Federal pertinente).

Requisitar-se-ia, nessas hipóteses, solução diversa da reunião, quiçá a definida no art. 313, inciso V, alínea *a*, do Código de Processo Civil,[3] suspendendo-se o feito "prejudicado" (execução) até a solução do "prejudicial" (anulatória), mas desde que prestada, na execução, garantia idônea do cumprimento da obrigação exequenda (pena de se transformar a mera propositura de anulatória em indevida causa de suspensão de exigibilidade).

Seja como for, o que nos importa destacar é que, mesmo tramitando por órgãos jurisdicionais diversos e sob ritos igualmente distintos, referidas ações, por operarem sobre o mesmo crédito tributário, devem ter, materialmente falando, tratamento processual convergente.

Regressamos, com isso, ao mesmo ponto de que nos ocupávamos: dada a reconhecida conexão e/ou prejudicialidade entre feitos como os que estamos conjecturando, fica ainda mais sem sentido a outorga de "transigibilidade" numa das esferas processuais (a da anulatória que tramita no JEF), sem que assim se coloque na outra (a da execução fiscal).

Por outro lado, engrossando o contexto com a adicional referência aos casos da Portaria PGFN n. 396/2015, uma outra certeza deve ser recobrada: créditos que, por opção administrativa, são considerados menos expressivos devem ser submetidos a uniforme sistema de estímulo à solução consensual, impondo-se a construção, em incremento às disposições já existentes, de modelo próprio de parcelamento/transação –

[3] *Art. 313. Suspende-se o processo:*
*(...)*
*V – quando a sentença de mérito:*
*a) depender do julgamento de outra causa ou da declaração de existência ou de inexistência de relação jurídica que constitua o objeto principal de outro processo pendente;*
*(...).*

o que, se acontecer para esses créditos, deve acontecer, de igual modo, para aqueles a que vínhamos nos referindo (os de valor não excedente a sessenta salários mínimos).

## 5. Conclusões

1) Critérios objetivos de "transigibilidade" devem ser fixados por ato normativo próprio, tomado como referência, para isso, o art. 10, parágrafo único, da Lei n. 10.259/2001.

2) A "transigibilidade" de que trata esse dispositivo, embora prevista, em princípio, como característica do procedimento a que os JEF's se vinculam, tem induvidosa eficácia material, impondo-se sua aplicação a todos os feitos que operam, materialmente falando, no mesmo plano.

3) Embora *a priori* associados aos feitos de competência dos JEF's, os critérios de "transigibilidade" instituídos *ex vi* do art. 10, parágrafo único, da Lei n. 10.259/2001 seriam aplicáveis às execuções fiscais relativas a créditos tributários da mesma alçada, ainda que não proposta ação qualquer pelo contribuinte.

4) Não pode ser vista como monopólio da Administração o interesse em resolver pendências tributárias submissas aos efeitos dos arts. 20 e 21 da Portaria PGFN n. 396/2016, impondo-se, por isso, a construção de meios de estímulo à integração do sujeito passivo, retirando-o da sombra.

5) A mesma "transigibilidade" de que trata o art. 10, parágrafo único, da Lei n. 10.259/2001 serviria de fundamento para exortar a voluntária quitação dos créditos tributários submissos aos arts. 20 e 21 da Portaria PGFN n. 396/2016.

6) Créditos tributários submetidos aos efeitos dos arts. 20 e 21 da Portaria PGFN n. 396/2016 teriam uma adicional chance de quitação se, associadas às providências apontadas por tal ato normativo, outras fossem tomadas, em especial a introdução, por ato normativo próprio, de meios (e respectivos critérios) de "transigibilidade" tudo assemelhado ao que se propõe no item 1.

7) O cumprimento dessas propostas permitiria a construção de desejável e coeso sistema de solução consensual para dissensos que, posto associados a procedimentos judiciais diversos, são materialmente convergentes.

## Referências

BRASIL. Procuradoria-Geral da Fazenda Nacional. Portaria n. 396, de 20 de abril de 2016. Diário Oficial da União, Brasília, DF, 22 abr. 2016.

BRASIL. Senado Federal. Código de Processo Civil. Lei n. 13.105, de 16 de março de 2015. Diário Oficial da União, Brasília, DF, 17 mar. 2015.

BRASIL. Senado Federal. Constituição da República Federativa do Brasil de 1988, de 5 de outubro de 1988. Diário Oficial da União, Brasília, DF, 5 out. 1988.

BRASIL. Senado Federal. Lei n. 6.830, de 22 de setembro de 1980. Diário Oficial da União, Brasília, DF, 24 set. 1980.

BRASIL. Senado Federal. Lei n. 10.259, de 12 de julho de 2001. Diário Oficial da União, Brasília, DF, 13 jul. 2001.

# Conciliação, Transação e Arbitragem em Matéria Tributária

HELENO TAVEIRA TORRES*

Como contribuição para os projetos de reforma do sistema tributário em curso no Congresso Nacional, além de modificação da legislação material dos tributos, é fundamental rever, com urgência, o modelo formal de solução de conflitos em matéria tributária, um dos mais custosos e complexos que existem em todo o mundo. Temos insistido há mais de uma década sobre a necessidade de substituir a Lei nº 6.830/80 e o Decreto-Lei nº 70.235/72 por regimes processuais mais céleres e simplificados, mas também com modelos de formas alternativas de soluções de controvérsias, como a mediação, a conciliação, a arbitragem ou mesmo a transação tributária. Foi com este espírito que contribuímos para a elaboração do PL 5082/2009, o qual se encontra parado na Câmara de Deputados desde o seu encaminhamento, como uma das propostas do chamado "II Pacto Republicano".

A conflitividade não é um problema social, mas resultado do estágio civilizatório da sociedade e da qualidade do seu sistema jurídico na prevenção ou solução dos conflitos. Busca-se, assim, a "normalidade",

* Professor Titular de Direito Financeiro da Faculdade de Direito da Universidade de São Paulo – USP. Mestre (UFPE), Doutor (PUC/SP) e Livre-Docente (USP) em Direito Tributário. Vice-Presidente da *International Fiscal Association* – IFA. Advogado.

que é o "estado de segurança" ou o "estado de confiança". E esta virá precipuamente quando o ordenamento for capaz de propiciar uma continuada prestação jurisdicional, sem demoras ou custos excessivos.

O devido processo legal não pode ser um ônus para o cidadão. A jurisdição é meio de estabilidade da democracia, pelo controle da ação dos poderes, não instrumento ou fonte estimuladora de litígios, ciente de que os recursos públicos são escassos para a extinção de toda a litigiosidade na sociedade. Ao contrário, o desafio posto é responder às demandas com rapidez, eficiência e custos coerentes com nossa realidade econômica.

No Judiciário, atualmente, estão em andamento cerca de 100 milhões de processos, cuja demanda crescente tem sido atendida por um grupo aproximado de 16.500 juízes. Nesta quadra, desde 1988, o STF recebeu 1.524.060 processos, que tramitaram ou ainda tramitam naquela Corte. Contudo, o volume é crescente e em 2014 foram distribuídos 78.110 processos e julgados 110.603 processos. A maioria de natureza tributária e previdenciária.

Apenas para evidenciar o quanto a Constituição de 1988 surtiu efeitos de expansão de acesso ao Judiciário, noticia Moreira Alves, em artigo sobre "O Poder Judiciário no Brasil e o papel do Supremo Tribunal Federal", que em 1984 tramitavam 28.078 processos, dos quais haviam sido julgados ao final do ano 24.523. E que, dos 15.964 que chegaram naquele ano, 14.043 era recursos extraordinários. A expansão do acesso à justiça não pode ser vista como um "problema". Ao contrário. Devemos celebrar que, finalmente, o povo brasileiro tenha confiança no seu Poder Judiciário para a solução dos seus litígios e, estimulado pelas leis em vigor, faça valer seus direitos.

A dificuldade está em concretizar justiça em matéria tributária onde a demora gera custos recíprocos, ao Estado e aos contribuintes, mediante combinação de rigor técnico, celeridade, certeza e segurança jurídica. E somente com a combinação de métodos adicionais de solução de controvérsias pode-se chegar a este resultado.

Sabe-se que o passivo tributário, no Brasil, é altíssimo. Somente no âmbito dos tributos federais, chega a uma cifra superior a 1,6 trilhão de reais. Não obstante os esforços louváveis dos advogados públicos, a verdade é que a recuperação deste passivo de dívidas tributárias ainda é muito aquém do esperado. Estima-se que não supere os 20 bilhões anuais. Culpa de uma lei superada e antiquada, que é a Lei nº 6.830, de 1980. Sozinha, ela não tem capacidade de oferta da celeridade que se deseja. Como verifica o Conselho Nacional de Justiça, somente em 3% de todas as execuções fiscais julgadas no ano de 2016, verificou-se alguma forma de "conciliação" judicial.

Por esse motivo, afora o processo administrativo e a execução fiscal, os únicos meios de solução de litígios hoje vigentes, ademais dos meios processuais ordinários (mandado de segurança e outros), algumas alternativas são importantes para serem refletidas, como a obrigação de conciliação judicial, a mediação, a transação e a arbitragem em matéria tributária.

Diversos países alcançaram bons êxitos na redução dos seus passivos tributários, acomodando os princípios de indisponibilidade do patrimônio público e segurança jurídica dos contribuintes, com aqueles da eficiência e simplificação fiscal. O êxito de Portugal com a arbitragem fiscal, que já soma mais de 3 mil processos julgados, e da Itália, com a mediação e com a conciliação judicial, são bons exemplos.

Cabe estabelecer, antes que uma cortina de preconceitos, os limites para a adoção desses regimes, como bem já o fizeram outros países de bases democráticas sólidas como França (*Conciliation; Transaction; Régler autrement les conflits*, de 1994), Alemanha, Itália (*accertamento con adesione* e *conciliazione giudiciale*), Inglaterra (*Alternative Dispute Resolution* – ADR) e Estados Unidos (*Alternative Dispute Act*, de 1990; *Closing Agreement*, Sec 7121, IRC), empregando-os de forma prévia à utilização da via judicial ou no seu curso, como nos casos de conciliação.

O princípio jurídico e técnico da *praticabilidade* da tributação impõe um verdadeiro dever ao Legislador de busca dos caminhos de maior economia, eficiência e celeridade para viabilizar a imposição tributária, o que poderá ser alcançado com intensificação da participação dos administrados na gestão tributária e possibilidade de solução extrajudicial de conflitos entre a Administração e os contribuintes.

Sabe-se, muitos são os obstáculos teóricos e culturais a superar, tendo em vista conceitos e valores que merecem novos sopesamentos, diante do atual quadro de evolução técnica dos ordenamentos e renovação científica da doutrina. Há sempre o temor da corrupção, assim como o medo das autoridades administrativas em decidirem conflitos e que mais tarde, pelo simples fato da participação e assinatura dos atos, sejam alvo de penosos processos penais ou de improbidade administrativa. Entretanto, essas ressalvas devem ser motivo para impor rigores e controles, e não para se afastar o dever do adequado exame do emprego das formas jurídicas de solução dos conflitos.

O que vem a ser, precisamente, "indisponibilidade do crédito tributário"? O princípio da indisponibilidade do patrimônio público e, no caso em apreço, do crédito tributário, desde a ocorrência do fato jurídico tributário, firmou-se como dogma quase absoluto do direito de estados ocidentais, indiscutível e absoluto na sua formulação, a tal ponto que sequer a própria legalidade, seu fundamento, poderia dispor em contrário. E como o conceito de tributo, até hoje não definido satisfatioriamente, acompanha também essa indeterminação conceitual da sua *indisponibilidade*, avolumam-se as dificuldades para que a doutrina encontre rumo seguro na discussão do problema.

Porquanto "tributo" e "indisponibilidade" não sejam conceitos lógicos, mas, sim, conceitos de direito positivo, variáveis segundo a cultura de cada nação, próprios de cada ordenamento. Será o direito positivo a dar os contornos do que queira denominar de "direito indisponível", inclusive suas exceções (direito inalienável *inter vivos*, direito intrasmitível *mortis causa*, direito irrenunciável, direito não penhorável etc). Tome-se como premissa a inexistência, no direito de todos os povos, de um tal princípio universal de "indisponibilidade do tributo".

Berliri tentou responder a esta indagação ao fazer a diferença entre "rapporto giuridico tributario" e "obrigação tributária", definindo como indisponível apenas o primeiro. No Brasil, onde a Constituição Federal discrimina competências prévias, prescrevendo os tributos que cada pessoa pode criar, isso permitiria vislumbrar uma indisponibilidade absoluta da competência tributária; mas não do "crédito tributário" – previsto em lei – que pode ser disponível para a Administração, segundo os limites estabelecidos pela própria lei, atendendo a critérios de interesse coletivo, ao isolar (a lei) os melhores critérios para constituição, modificação ou extinção do crédito tributário, bem como de resolução de conflitos, guardados os princípios fundamentais, mui especialmente aqueles da igualdade, da generalidade e da definição de capacidade contributiva. Eis o que merece grande acuidade, para alcançar respostas adequadas aos temas de conciliação, transação, arbitragem e outros pactos na relação tributária, tomando como premissa a inexistência, no direito, de um tal princípio universal de "indisponibilidade do tributo".

Assim, no campo da aplicação, nada impede que a lei possa qualificar, dentro de limites e no atendimento do interesse coletivo, os melhores critérios para constituição, modificação ou extinção do crédito tributário, inclusive os meios de resolução de conflitos, vinculativamente e com espaço para discricionariedade, no que couber, visando a atender a economicidade, celeridade e eficiência da administração tributária.

Temos para nós que o legislador detém, sim, liberdade constitucional para proceder à identificação de métodos alternativos para extinção do crédito tributário, mediante solução de controvérsias em matéria tributária, ao tempo em que, ao fazê-lo, deverá predispor, de modo claro, os limites que permitirão aos contribuintes e à Administração alcançarem bom êxito na resolução de conflitos que tenham como objeto matéria de fato de difícil delimitação ou cujas provas apresentadas não permitam a formação de um juízo consistente para identificar a proporção da ocorrência factual ou mesmo a correta quantificação da base de cálculo do tributo. Havendo dificuldades nesses processos lógicos de subsunção, poderia ser útil a utilização de algum desses mecanismos.

Basta pensar nos casos que impliquem inversão do ônus da prova, por presunções e similares, que geralmente garantem largo espaço de disponibilidade à Administração, relativamente aos direitos patrimoniais envolvidos, ao permitir que as autoridades cheguem a uma média ou a uma quantificação meramente presumida. É o que se vê nos casos de incidências com bases de cálculo presumidas ou dependentes de arbitramento, como "preço de mercado", "valor venal", valor da terra nua", pautas de valores, definição de preços de transferência, definição de mercadorias, na qualificação de produtos, mediante tabela ordenada segundo a seletividade e essencialidade, custos e valor de bens intangíveis, hipóteses de cabimento de analogia e equidade etc.

A *transação*, em qualquer segmento do direito, extingue as obrigações, mediante *concessões recíprocas*. E com tal efetividade que, mesmo que apenas a fins equiparativos, usava-se afirmar que o acordo obtido detinha os efeitos de *coisa julgada*. Esta equivalência entre os efeitos do *ato jurídico perfeito* alcançado e a coisa *julgada* é de notável relevo, pois sequer a "lei" poderá prejudicar um ou outro, por surgir, do acordo, direito subjetivo à sua manutenção e irrevisibilidade (*direito adquirido* pelo contribuinte).

O fundamento das transações tributárias é a confiança recíproca, amparada na boa-fé objetiva, no respeito ao *pacta sunt servanda* e no fundamento constitucional do ato jurídico perfeito (art. 5º, XXXVI – *a lei não prejudicará o direito adquirido, o ato jurídico perfeito e a coisa julgada*). Enquanto perdurar a Constituição em vigor, nenhuma autoridade administrativa poderá usar de ato administrativo episódico ou alegar lei dirigida materialmente contra a *coisa julgada*, o *direito adquirido* ou o *ato jurídico perfeito*. São, estes, de modo inequívoco, a razão de ser da existência do Estado em relação à sociedade civil.

O Código Tributário Nacional contempla a transação, no seu artigo 156, III, como meio de extinção do crédito tributário, aduzindo no art. 171, suas finalidades essenciais e requisitos:

> *"A lei pode facultar, nas condições que estabeleça, aos sujeitos ativo e passivo da obrigação tributária celebrar transação que, mediante concessões mútuas, importe em determinação de litígio e conseqüente extinção de crédito tributário.*
>
> *Parágrafo único. A lei indicará a autoridade competente para autorizar a transação em cada caso."*

Como se vê, essa disposição normativa não pôs qualquer limite material para o exercício da transação. Por isso, o modo lógico de alcançar a solução entre as partes será sempre aquele que se evidencia por aproximação consensual e bilateral, mediante concurso de vontade das partes, com mútuo sacrifício de expectativas. Diante dessa circunstância, não pode a Administração pretender rever atos tributários que foram objeto de controle pelas autoridades competentes e extintos no âmbito da transação, como parte do litígio. A bilateralidade de vontade e o custo da cessão de interesses e prejuízos pessoais o proíbe.

No ato decisional do procedimento não há "contrato" entre o contribuinte e a Administração. O que se verifica é tão-só a potência, no sistema jurídico, de uma norma individual e concreta, típico ato administrativo, por meio do qual o contribuinte chega à solução do litígio em concurso de vontade com a Administração.

Fartos são os exemplos nos quais elementos dos tributos são alcançados por composição que dependem da manifestação de vontade as partes. Ajustes de pautas de valores, definição de preços de mercado, quando não se tenha elementos convincentes para aferir sua quantificação, valor de intangíveis, hipóteses de cabimento de analogia e equidade, no espaço autorizado pelo ordenamento (art. 108, do CTN), dentre outros, demonstram que há espaço para decisões arbitrais, transações ou conciliações judiciais, a depender do estágio de interferência do procedimento.

Em nenhum desses casos estar-se-ia abandonando o espaço da legalidade. Ao contrário. Tudo em conformidade com a lei, caberia criar condições para alcançar uma posição de justiça sobre os elementos concretos da situação conflitiva, para constituição ou extinção do crédito tributário sem demoras ou excessos de procedimentos.

Deveras, é difícil aceitar que a transação ou a arbitragem se possam prestar para discutir situações jurídicas formais ou adequadamente provadas, como bem salienta José Osvaldo Casás. Contudo, preferível, em muitos litígios, soluções individuais, caso a caso, do que as modalidades generalistas de generosos parcelamentos, sem atenção à situação típica de cada contribuinte, ou concessões de isenções que se aplicam indistintamente a todos. São formas de gastos tributários que poderiam ser perfeitamente evitados, com maior economia de resultado para o erário.

Formas alternativas para resolução de conflitos em matéria tributária podem ser desenvolvidas e aplicadas tanto de um modo *preventivo*, para aquelas situações antecedentes a contenciosos formalmente qualificados, como para as que se encontrem já na forma de lides, de modo *incidental*, servindo de objeto para processos administrativos ou judiciais em curso. No primeiro caso, temos diversas modalidades de procedimentos, alguns dos quais já adotados com plena eficácia, como é o caso do parcelamento (art. 155A, CTN), denúncia espontânea (art. 138, CTN), consignação em pagamento (art. 164, CTN), anistia (180, CTN); bem como outras experiências, como é o caso da *arbitragem*, presente no nosso ordenamento, mas limitadamente para os chamados "direitos disponíveis" (art. 1º, da Lei nº 9307/96). No outro, como alternativa para a solução de conflitos em andamento, parece-nos que a conciliação judicial, a mediação e a transação (administrativa, art. 171, CTN) e outros pactos na relação tributária, seriam os instrumentos recomendáveis, dentro dos limites que a legislação possa impor.

O que importa é que, ao final, tenha-se um ato administrativo, unilateral, constitutivo de um direito de crédito para a Fazenda Pública, segundo as previsões legais, mas que fica ainda dependente de extinção por parte dos contribuintes. Nada que ver com hipóteses de negócios contratuais ou coisa do gênero, até porque não há qualquer definitividade no crédito cumprido ao final, porque a disponibilidade limita-se à Administração, cabendo a revisão do ato dentro do prazo de prescrição.

A *simplificação fiscal*, porém, vista como critério hermenêutico que se presta também a garantir os conteúdos axiológicos superiores do sistema tributário, especialmente para os fins da exigibilidade dos tributos, como elemento de influência sobre os procedimentos e técnicas de resolução de conflitos em matéria tributária, deve coincidir com o princípio da *indisponibilidade do patrimônio público* (crédito tributário), na tentativa de garantir compatibilização entre ambos, mas este não pode ser um obstáculo intransponível para a realização daquele valor. Seu fundamento é a garantia de segurança jurídica e a eficiência do patrimônio público, ao que formas alternativas de resolução de conflitos, empregadas à luz dos critérios democráticos de uma tributação justa, certa, rápida e econômica, podem contribuir adequadamente à ampliação dos seus efeitos.

Não se encontra em nenhum artigo da Constituição qualquer impedimento para a adoção de soluções pacíficas em matéria tributária, cabendo à Lei decidir fazê-lo, nos termos e limites que julgar satisfatórios.

Como diz Paulo de Barros Carvalho[1]:

> "Não creio possa existir comportamento da Administração destituído de apreciação subjetiva". (...) "*a vinculação que se predica diz respeito ao procedimento e não ao ato. O caráter de vinculado ou de discricionário mora na atividade procedimental, não no seu produto: o ato de lançamento.* Acaso nos deparássemos com dois documentos atestatórios de atos jurídicos administrativos, sendo um proveniente de atividade vinculada e outro oriundo de atividade discricionária, nenhum traço específico remanesceria para denunciar a vinculação ou discrição com que o expediente foi realizado, a não ser, é claro, que conheçamos as regras que presidiram sua celebração".

O procedimento de arbitragem aplicado em matéria tributária, para ser adotado na exigência de créditos tributários ou mesmo na solução de conflitos em geral, teria que atender a todos os ditames de legalidade, como: a) previsão por Lei, a definir a arbitragem como medida de extinção de obrigações tributárias e indicar seus pressupostos gerais, limites e condições; b) edição de lei ordinária pelas pessoas de direito público interno para regular, no âmbito formal, o procedimento de escolha dos árbitros, bem como a composição do tribunal arbitral, a tramitação de atos, e bem assim os efeitos da decisão e do laudo arbitral, além de outros (art. 37, da CF); e c) que ofereça, em termos materiais, os contornos dos conflitos que poderiam ser levados ao conhecimento

[1] Carvalho, Paulo de Barros. *Curso de direito tributário*, 24ª ed. SP: Saraiva, 2012, p. 372.

e decisão do tribunal arbitral (art. 150, CF). A legalidade deve perpassar todo o procedimento, reduzindo o campo de discricionariedade e garantindo plena segurança jurídica na sua condução. Como visto, esta é uma questão que só depende de esforço político.

Sobre seus limites materiais, no âmbito de relações tributárias, a arbitragem poderia ser adotada para hipóteses de litígios fundados em questões de fato, mesmo que envolvendo aplicação do direito material; simples dúvidas sobre a aplicação da legislação tributária restaria como âmbito próprio para ser resolvidas por consultas fiscais; do mesmo modo que assuntos vinculados a matérias típicas de sujeição a julgamento sobre o direito material, como controle de inconstitucionalidade ou de legalidade, aplicação de sanções pecuniárias, dentre outras, continuariam sujeitas a controle exclusivo dos órgãos do processo administrativo ou judicial.

A principal característica da arbitragem é a atribuição do dever de sujeição das partes à decisão dos árbitros ou tribunal arbitral, a quem se submetem voluntariamente. Por isso, ao se ter como parte do litígio um órgão da Administração, a vontade desta há de ser externada por órgão competente, legalmente estabelecido, preferencialmente de composição coletiva, de sorte a garantir plena legitimidade da decisão, pela composição dos valores persistentes na garantia dos princípios de legalidade, indisponibilidade do crédito tributário (patrimônio público), moralidade, eficiência administrativa e isonomia tributária.

Quanto aos efeitos, o "compromisso arbitral" geraria eficácia vinculante para a Administração, que ficaria obrigada ao quanto fosse acordado e decidido no laudo arbitral, para os fins de lançamento e cobrança do crédito tributário. Para o contribuinte, teríamos como único efeito aquele de afastar o direito ao processo administrativo, ao assumir o compromisso de renunciar a qualquer espécie de recurso administrativo visando a discutir o conteúdo material da resolução alcançada. A Constituição, ao garantir o monopólio da jurisdição judicial, nos termos do art. 5º, XXXV, não admitiria que tal impedimento pudesse ir além dos limites administrativos. Nenhuma espécie de auto-executoriedade tampouco poderia ser reclamada pela Administração, objetivando superar a execução judicial de créditos tributários, na medida que a arbitragem não substitui nem os atos de lançamento, nem os de cobrança ordinária do crédito tributário. Isso não impede, outrossim, que a lei defina o "laudo arbitral" como espécie de título executivo extrajudicial, para os fins de execução fiscal dos créditos ali definidos e liquidados.

Outro exemplo de arbitragem prevista em matéria tributária, pode ser encontrado nos tratados internacionais para evitar a dupla tributação internacional firmados pelo Brasil, mediante o chamado *procedimento amigável consultivo de eliminação de casos de bitributação,* inserto na segunda parte do parágrafo 3º do art. 25, predisposto para resolução dos casos de *dupla tributação* internacional não previstos no texto convencional, com a devida eliminação das lacunas deste, através de uma relação direta de consulta entre os Estados. Cuida-se de uma típica espécie de arbitragem em matéria tributária. Todavia, os Estados não estão obrigados a chegar a uma "conclusão", eles apenas devem *esforçar-se* para chegar ao acordo. E mesmo este acordo, quando alcançado, fica vinculado às faculdades discricionárias das Administrações, para os fins do seu cumprimento.

O procedimento para a *transação tributária* há de ser necessariamente conciliatório de conflito formalmente reconhecido, em curso de processo administrativo. Espécie de ato preparatório ou de revisão de lançamento tributário previamente praticado. O modo lógico de alcançar a decisão, por aproximação consensual e bilateral, mediante concurso de vontade das partes, com mútuo sacrifício de expectativas, não desnatura o resultado, qualificando-o como espécie de ato negocial.

Visto que a mediação e a arbitragem estão permitidas no direito brasileiro, ambas passíveis de serem adotadas como medidas de solução de conflitos em matéria tributária, no âmbito de procedimentos tipicamente administrativos, resta saber se haveria espaço para uma possível inserção de procedimento conciliatório preventivo no corpo do processo judicial, com idêntica finalidade, qual seja, resolver definitivamente o litígio de modo célere, prático, eficaz e econômico.

Uma alternativa que merece encômios, praticada atualmente no direito italiano como solução de controvérsia em matéria tributária, é a chamada *conciliação judicial* (Lei nº 656, de 30.11.94; D.L. nº 218, de 19.06.1997), à semelhança do que ocorre nos domínios de outras matérias, como a trabalhista ou de direito de família, que pode ser provocada no início de qualquer processo judicial, no âmbito de juízo singular, visando à composição da lide mediante acordo prévio, gerando efeitos vinculantes e definitivos para as partes, contribuinte e Administração, quando assim o confirme o recurso necessário. *Materialmente*, essa conciliação prévia não encontra qualquer restrição, podendo reportar-se a provas, matéria de fato ou de direito, bastando que se trate de tributos sobre os quais a "Comissione Tributaria" tenha domínio e o Juiz seja competente para julgar; e *formalmente*, constitui-se como instituto eminentemente processual, ao pressupor um processo judicial em curso. Seguindo uma espécie de "incidente processual", é oportunidade que a lei confere às partes para que ponham fim ao conflito, previamente ao procedimento judicial. Tanto a Administração como o contribuinte podem propor a conciliação, inclusive solicitando audiência própria para este fim. Alcançando bom êxito, a Administração expede um "decreto de extinção do processo", com eficácia provisória de 20 dias, dentro do qual o contribuinte poderá efetuar o pagamento e, consequentemente, promover a extinção da dívida tributária. Outro efeito adicional é reduzir a um terço o montante da sanção pecuniária eventualmente imposta ao contribuinte. Como fica demonstrado, não há maiores dificuldades para que se transponha para os demais processos existentes, em matéria tributária, essa rica experiência, aplicando-se critérios de transação ou conciliação para compor litígios em audiência própria para esse fim, alcançando, com isso, agilidade na percepção definitiva dos créditos tributários e evitando o desgaste de longos e morosos processos inúteis.

Por conta daqueles fundamentos, a revisibilidade do conteúdo de transações é peremptoriamente proibida, por serem, estas, causas de *extinção do crédito tributário* (art. 156, III, do CTN). Ora, dizer que a transação "extingue" o crédito tributário nada tem que ver com o "pagamento" desta eventualmente decorrente. Decerto que tal menção no rol das causas extintivas das obrigações tributárias só tem cabimento se entendermos a transação no contexto de extinção da pretensão tributária sobre o quanto foi *concedido* pela Administração tributária, com respeito às concessões (recíprocas) dos contribuintes. A legalidade constitucional (art. 150, I, da CF), aliada à impossibilidade de usar tributo com efeito de confisco (art. 150, IV, da CF), vedam que o procedimento de transação possa ser reaberto para qualquer tipo de revisão.

Há, sem dúvidas, para a Administração, um dever constitucional de proteção da confiança, como decorrência do seu dever de moralidade, como meio de concretização de justiça e formação de um ambiente de lealdade e certeza. Exemplo da proteção da confiança é a principiologia que atualmente se vê consagrada na Lei do Processo Administrativo, a

Lei nº 9.784, de 29 de janeiro de 1999, cujo art. 2º prevê como princípios informadores o da segurança jurídica e o da atuação segundo padrões éticos de probidade, decoro e boa-fé.

Não por menos, o Supremo Tribunal Federal – STF fez editar, como sua primeira *Súmula Vinculante*, única aprovada por unanimidade, exatamente sobre um acordo em matéria tributária, em relação à transação realizada no caso do Fundo de Garantia por Tempo de Serviço – FGTS. *In verbis:*

> *"Súmula Vinculante 1 (FGTS) – Ofende a garantia constitucional do ato jurídico perfeito a decisão que, sem ponderar as circunstâncias do caso concreto, desconsidera a validez e a eficácia de acordo constante de termo de adesão instituído pela Lei Complementar nº 110/2001."*

Neste, o *ato jurídico perfeito* (acordo do FGTS, conforme previsto na Lei Complementar nº 110/2006) foi alvo de diversas decisões judiciais editadas com o escopo de prejudicar sua manutenção, pelas mais desencontradas razões. A pacificação da jurisprudência, pelo STF, entretanto, não veio pela escolha entre uma ou outra, mas, sim, pelo banimento de qualquer ataque ao *pacta sunt servanda* e aos efeitos do Acordo, especialmente aquele de ser um típico "ato jurídico perfeito", após a adesão do contribuinte e cumprimento de todos os atos necessários perante a Administração e o Judiciário.

Não há dúvidas, a gestão e cobrança da "dívida ativa" precisa ser prioridade em todos os níveis das unidades federativas. A falência do modelo de contencioso tributário é uma realidade e 2016 trouxe à tona sua urgência. Segundo a LDO de 2017, por exemplo, o estoque da dívida ativa cresceu 14% em termos nominais e seu estoque em 2015 é de 1,6 trilhão (afora quase 600 bilhões de reais em cobrança administrativa). Não há paralelo no mundo de dívida ativa tão elevada. E vale observar que, na atividade de execução fiscal, foram recuperados R$ 28,6 bilhões, apenas.

A revogação e substituição da Lei nº 6.830/80 faz-se inadiável, bem como a redução e racionalização dos procedimentos do processo administrativo fiscal. Enquanto não se resolve com uma legislação mais adequada, porém, são feitos os "remendos" ou adotadas medidas de alta coercibilidade ou de quebra de isonomia, de duvidosa compatibilidade com direitos e liberdades fundamentais, como o protesto de CDA, securitização de dívidas, novo REFIS (esta "erva daninha" que se reproduz de tempos em tempos) e outros, sem cautelas de melhor sistematização.

Por fim, ao meu ver, a reforma do contencioso tributário ora em vigor será a maior revolução do nosso sistema tributário. É imperioso agilizar as dívidas tributárias, mas com segurança jurídica e cautelas, para evitar prejuízos ao Estado ou aos contribuintes.

No *processo administrativo*, a impugnação para as delegacias regionais de julgamento (DRJ) poderia ser modificada, para ser admitida a ampla defesa, transparência e sustentação oral, com o dever de participação de ofício da PFN. O recurso poderia ser feito nesta mesma instância regional para colegiados maiores, observada a uniformização definida por outro colegiado superior. Isso poderia ser conseguido com substitutivo do CARF, na forma de *conselho administrativo de uniformização das decisões tributárias*, como órgão recursal para matérias de direito. Ademais, em qualquer etapa do processo administrativo ou judicial, o contribuinte ou a Fazenda poderia ter poderes para pleitear *conciliação*, segundo os critérios estabelecidos em lei.

No *processo judicial*, urge eliminar a multiplicidade de contenciosos a partir de único litígio. Assim, cumpre avaliar a possibilidade de separar varas especializadas a cobrança do crédito tributário e constituir um único processo tributário. E dado que isso promoverá forte redução de procedimentos e tempo, seria válido adotar a *suspensão da exigibilidade do crédito tributário* até decisão final do TRF. Após esta etapa, então caberia empregar a *penhora administrativa* (se houver recursos para STF ou para o STJ) ou promover a imediata *execução administrativa*, segundo os critérios definidos unicamente por via judicial. Com isso, protege-se o direito do inciso LIV, segundo o qual "ninguém será privado da liberdade ou de seus bens sem o devido processo legal".

E, além destes, a introdução de meios alternativos de controvérsias tributárias pode servir como auspicioso meio de ampliação das receitas tributárias no financiamento das necessidades públicas, pela recuperação dos créditos estagnados em processos que se eternizam. Para afastar qualquer temor com vícios no procedimento, mister que o espaço de discricionariedade limite-se o mais que possível pelo texto legal, indicando precisamente o campo de atuação das autoridades competentes, as hipóteses de cabimento e outros elementos de mérito que mereçam demarcação prévia. Nenhuma quebra de legalidade ou de isonomia, por predeterminação normativa de conduta.

# A Arbitragem em Matéria Tributária e o Sistema Normativo Brasileiro

Priscila Faricelli de Mendonça*

## 1. Introdução

A crise do Judiciário é tema corrente não só nos trabalhos científicos[1] mas também na imprensa especializada.[2] Medidas vêm sendo adotadas pelo Conselho Nacional de Justiça para que os conflitos levados ao judiciário passem a receber tratamento adequado, como, por exemplo, se deu com a edição da Resolução No. 125, que prevê política para inserção de mediação e conciliação obrigatórias no âmbito do próprio Judiciário. O Novo Código de Processo Civil, seguindo a tendência, em

* Advogada em São Paulo. Mestre em Direito Processual Civil pela FDUSP. Especialista em Direito Tributário. Membro do Centro Brasileiro de Estudos e Pesquisas Judiciárias (CEBEPEJ), do Centro de Estudos Avançados de Processo (CEAPRO), do Comitê Brasileiro de Arbitragem (CBAR) e do Instituto Brasileiro de Direito Processual Civil (IBDP).

[1] Vale mencionar a análise feita por Rodolfo de Camargo Mancuso (*"A resolução dos conflitos e a função judicial no contemporâneo Estado de Direito"*,) sobre a crise do Judiciário, que teria vieses estruturais, organizacionais e conceituais, com o que se recomenda *"conscientização dos operadores do Direito e a corajosa mudança de mentalidade de parte dos órgãos e autoridade encarregados do planejamento e avaliação de desempenho da Justiça brasileira"* (p. 324).

[2] Pesquisa publicada semestralmente pela Fundação Getúlio Vargas mostra que, a despeito de a confiabilidade no Judiciário ser de 42% dos entrevistados, 93% das pessoas ouvidas buscam o Judiciário para solucionar conflitos decorrentes de relações com o Poder Público (Relatório IJC Brasil relativo ao 1º Trimestre de 2012).

diversas oportunidade prioriza soluções consensuais dos conflitos, como por exemplo ao definir que o réu passa a ser citado para comparecer à audiência de mediação/conciliação – e não mais para oferecer Contestação.

A crise enfrentada pelo Poder Judiciário Brasileiro corrobora a necessidade de que se instituam métodos distintos do judicial viabilizadores de solução (adjudicada consensual ou consensual) de conflitos, como forma de *(i)* afastar determinadas controvérsias do crivo do Poder Judiciário e, ainda, *(ii)* promover pacificação social, o que é verificado sobretudo quando se alcança solução consensual para determinada controvérsia.

E os processos fiscais representam parcela relevante das causas em andamento. Dados do Supremo Tribunal Federal mostram que as ações tributárias e previdenciárias representavam 15,47% do total dos recursos em andamento perante a Corte (dados de setembro de 2009). Já no ano de 2012, esse percentual alcançou 22,31% dos recursos autuados no Supremo Tribunal Federal e, em 2015, chegamos ao expressivo percentual de 25,1%.[3]

Em contrapartida ao relevante impacto das causas tributárias no Judiciário, vemos que sua efetividade não apresenta números satisfatórios. Impresso divulgado pela Procuradoria Geral da Fazenda Nacional mostra que durante o ano de 2011, recuperou-se via cobrança judicial 1,37% do valor total inscrito em dívida ativa, comemorando resultado que *"representa um aumento de 121,45% da efetividade da arrecadação da dívida ativa em relação ao ano anterior"*.[4]

Estudo do IPEA sobre o Custo Unitário do Processo de Execução Fiscal na Justiça Federal[5] aponta que o custo unitário do processo de Execução Fiscal federal, considerando tão somente a máquina judiciária (ou seja, excluindo-se a remuneração dos advogados públicos) chega a R$ 4.368,00 (custo ponderado da remuneração dos servidores em face do tempo operacional das atividades efetivamente realizadas, considerados o tempo que o caso fica parado e também a mão de obra indireta).

[3] Disponível em http://www.stf.jus.br/portal/cms/verTexto.asp?servico=estatistica&pagina=pesquisaRamoDireito, acesso em 19.2.2016.

[4] A PGFN em números, disponível em www.pgfn.gov.br/noticias/PGFN%20Em%20Numeros%20-%202011.pdf, acesso em 20.03.2012.

[5] Relatório publicado pelo IPEA e CNJ em Brasília, 2011.

No entanto, a despeito do custo unitário, a efetividade da solução através das ações executivas fiscais[6] não é satisfatória também seguindo os parâmetros apontados pelo IPEA/CNJ.

O percentual de ações executivas que deságuam no pagamento do débito é similar àquele relativo às decretações de prescrição da ação (33,9% e 27,7%, respectivamente). Ainda, em 17% dos casos a dívida é cancelada pelo próprio Exequente, o que torna evidente que a soma dos casos extintos por prescrição e cancelamento de dívida supera o percentual de casos que resultam em efetiva arrecadação ao Erário.

Considerando o orçamento da Procuradoria-Geral da Fazenda Nacional[7] e ainda as expensas estatais para manutenção dos fóruns e Varas especializados em ações de execução fiscal federal, verifica-se a baixa produtividade e ínfima efetividade na medida em que os resultados não se mostram satisfatórios se levado em contrapartida ao investimento da Sociedade para viabilizar a arrecadação.

É justamente nesse contexto que se propõe investigar se nosso sistema jurídico permite a adoção de arbitragem tributaria, bem como a necessidade de se investigar em que medida sua adoção poderia ser benéfica às relações tributárias entre fisco e contribuinte.[8]

A possibilidade de o poder público solucionar as controvérsias nas quais se envolve através de meios alternativos de solução de controvérsias, mais especificamente transação e arbitragem, vem sendo amplamente debatida e até mesmo conferida na prática, sobretudo em se tratando de relações contratuais da administração pública.[9] A própria lei da arbitragem foi recentemente alterada para, consolidando enten-

[6] Apenas três quintos dos processos de execução fiscal vencem a etapa de citação e, dos 2,6% de casos em que se chega a leilão para adjudicação de bens, somente em 0,2% dos casos há efetiva satisfação do crédito, segundo o IPEA/CNJ.

[7] O Relatório Gestacional da Procuradoria Geral da Fazenda Nacional aponta orçamento no valor de R$ 474.350.657,00 no ano de 2011 e, em contrapartida, a arrecadação de valores inscritos em dívida ativa alcançou R$ 13,6 bilhões (informação disponível em http://www.pgfn.fazenda.gov.br/institucional/relatorio-de-gestao, aceso em 09.10.2012).

[8] As idéias centrais do presente estudo foram desenvolvidas na obra "Arbitragem e transação tributárias".

[9] Sobre o tema envolvendo controvérsias da administração pública, vale mencionar as obras de Carlos Alberto de Salles (*Arbitragem em contratos administrativos*) e de Selma Ferreira Lemes (*Arbitragem na Administração Pública. Fundamentos Jurídicos e Eficiência Econômica*).

dimento jurisprudencial já sedimentado, permitir que poder público adote a arbitragem para solução de seus conflitos.

No entanto, a análise da viabilidade da adoção de meios alternativos para solução de controvérsias tributárias, a despeito de encontrar temas comuns às demais controvérsias da administração pública, possui nuances que demandam análise particularizada.[10]

A rigor, as controvérsias tributárias são notadamente solucionadas em contencioso administrativo ou em medidas judiciais, dentre as quais se destacam ações de execução fiscal, medidas propostas pelos contribuintes para anulação de crédito tributário ou preventivamente para reconhecimento do direito na adoção de determinada postura (ações anulatórias e declaratórias), medidas cautelares durante a vigência do CPC de 1973 (substituídas pelas atuais tutelas de urgência do CPC/2015), mandados de segurança e *habeas data*.

A própria legislação de regência do processo executivo fiscal é taxativa quanto às hipóteses de discussão judicial do crédito tributário já inscrito em dívida ativa, ou seja, já passível de cobrança judicial (Lei No. 6.830/1980, artigo 38).

Como se vê, à exceção do contencioso administrativo, a discussão judicial parece ser a única opção dos contribuintes que desejam questionar atos tributários. E necessariamente nessas situações as partes deparam-se com a morosidade do Judiciário em solucionar as controvérsias, o que agrava ainda mais a situação das demandas tributárias. Veja-se, por exemplo, a questão envolvendo a constitucionalidade do crédito-prêmio de IPI, discussão surgida com o advento da Constituição Federal de 1988 e somente em sessão plenária em junho de 2013[11] o Supremo Tribunal Federal pôs fim às questões controversas relativas à validade do benefício.

A efetividade da solução judicial dos conflitos tributários, portanto, não se mostra satisfatória nem tampouco efetiva. Ademais, frente à complexidade e especificidade dessas controvérsias, se sugere tratamento especializado e dedicado à sua solução, na medida em que a própria complexidade das relações tributárias atuais traz consequências

[10] Acerca da autonomia do direito tributário e do próprio processo tributário, confira-se nosso Coisa Julgada Tributária.

[11] RE 208.260.

pontuais e profundas nas relações de direito material que originam conflitos e controvérsias.

Ora, a arbitragem vem sendo tratada cada vez com mais ênfase e causas são levadas à opção alternativa (à adjudicada) para solução de controvérsias não só em razão da melhor qualidade técnica de decisões em casos de elevada complexidade, mas também por força da celeridade necessária à atual dinâmica das relações sociais, econômicas e até mesmo políticas.

No modelo de Estado contemporâneo não é recente a noção de que ao processo não basta disponibilizar acesso ao judiciário para que haja o adequado tratamento ao conflito. Os próprios princípios constitucionais garantem, além dos direitos inerentes ao processo justo e isonômico (o que se vê mediante a inafastabilidade da jurisdição, da garantia do devido processo legal, do contraditório, da ampla defesa e da coisa julgada – artigo 5º, incisos XXXV, XXXVI, LIV e LV), a diretriz por razoável duração do processo, com o que se conclui que além das garantias usuais é necessário que o processo sirva adequadamente como mecanismo de pacificação social (artigo 5º, inciso LXXVIII). E o Novo Código de Processo Civil positivou tais princípios constitucionais, de forma a buscar uma maior efetividade (arts. 4º, 6º, 9º e 10º, dentre outros).

É nesse contexto que se propõe a análise legislativa a configurar arbitrabilidade das controvérsias tributárias, como forma de fomentar a discussão acerca da possibilidade de os conflitos tributários passarem a ser solucionados por arbitragem.

## 2. A lei de arbitragem

Em se tratando de conflitos internos no Brasil, a Lei de Arbitragem[12], após sua recente alteração pela Lei 13.129/05, estabelece em seu artigo 1º, que *pessoas capazes de contratar, inclusive o Poder Público, podem* submeter seus *litígios relativos a direitos patrimoniais disponíveis* à solução arbitral.

Já o Código Civil admite compromisso judicial ou extrajudicial para solução de litígios entre pessoas *"que podem contratar"*,[13] veda a possibilidade de firmar-se compromisso para *"solução de questões de estado, de direito*

[12] LA – Lei n. 9.307/96.

[13] Lei 10.406/2002, artigo 851.

*pessoal de família e de outras que não tenham caráter estritamente patrimonial*"[14] e admite, em contratos, a cláusula compromissória.[15]

Ou seja, a *capacidade da pessoa* e a *disponibilidade do direito (patrimonial)* são os dois aspectos que, nos termos da legislação em vigor, definiriam ou não pela possibilidade de adoção da arbitragem para solucionar determinado conflito.[16] No entanto, o estudo ora realizado demanda análise de aspectos adicionais para se verificar se as controvérsias tributárias seriam ou não *arbitráveis*.

Carlos Alberto Carmona[17] salienta que *"são arbitráveis (...) as causas que tratem de matérias a respeito das quais o Estado não crie reserva específica por conta do resguardo dos interesses fundamentais da coletividade, e desde que as partes possam livremente dispor acerca do bem sobre que controvertem"*.

A possibilidade de as controvérsias tributárias serem ou não solucionáveis mediante arbitragem encontra, numa análise superficial, óbice em razão da suposta indisponibilidade do crédito tributário; de outro lado, caberia avaliar se o poder público seria ou não capaz de eleger a solução arbitral de conflitos. Mas aspectos adicionais devem ser avaliados para se verificar a possibilidade ou não de se solucionar controvérsia tributária por arbitragem[18] – ou para se concluir pela arbitrabilidade, ou não, das controvérsias tributárias no Brasil.

Quanto aos requisitos legais postos e também aos institutos intrínsecos à solução privada do conflito envolvendo o Poder Público, é necessária uma avaliação crítica para fins de se alcançar uma resposta que, nos termos da atual conjuntura, será satisfatória à conclusão que ora se procura.

[14] Artigo 852.

[15] Artigo 853.

[16] A doutrina trata dos aspectos objetivo e subjetivo da arbitragem.

[17] *Arbitragem e processo: um comentário à Lei n. 9.307/96*, p. 56.

[18] Carlos Alberto de Salles salienta a necessidade de que sejam avaliadas limitações decorrentes de normas vigentes no ordenamento, e não somente normas previstas na lei de arbitragem, para se concluir pela arbitrabilidade de determinado litígio. Como bem salienta, *"relativamente á Administração Pública, essa situação é patente, tendo em vista o dato de ela ter a sua atuação regida por diversos condicionantes jurídicos estranhos aos particulares. Mesmo constituindo um instrumento privado de solução de controvérsias, a arbitragem, quando aplicada a contratos administrativos, deve ser realizada com atenção a alguns condicionantes do regime de direito público e aplicar a essa modalidade contratual a disciplina jurídica que lhe é específica"* (A arbitragem na solução de controvérsias contratuais da administração pública, p. 215).

Assim, além da *disponibilidade do crédito tributário*, necessária à aferição do requisito da *patrimonialidade* necessária à possibilidade de o poder público adotar solução arbitral, será analisado se *o Estado pode renunciar à solução judicial (estatal)* para o fim que se avalia, sobretudo à luz da estrita legalidade tributária e, ao final, se as vantagens da arbitragem justificariam a sua adoção.

## 3. Disponibilidade do crédito tributário

Muito se discute na doutrina que se propõe a desafiar o assunto se seria viável a solução de controvérsia tributária por arbitragem por ser ou não o crédito tributário disponível, de forma que, a depender da conclusão a que se chegue, permitir-se-ia, ou não, arbitragem tributária. Questiona-se, no entanto, se a possibilidade de o poder público poder ou não dispor do crédito tributário seria relevante para o objeto do estudo, ou se seu caráter pecuniário bastaria ao atendimento da *disponibilidade do objeto* para fins de aceitação da arbitragem tributária.

Passa-se, desse modo, a analisar se o crédito tributário é ou não disponível sob a perspectiva do administrador público para, após, adentrar na questão acerca da essencialidade da *disponibilidade do crédito tributário* como condição viabilizadora da solução arbitral do conflito aqui examinado.

Para tanto, a primeira vertente a ser considerada é o texto constitucional, topo do ordenamento jurídico e ao qual todo o sistema legal tributário se sujeita. Não localizamos, na Constituição Federal, qualquer óbice objetivo à instauração de arbitragem tributária.[19]

Já o CTN traz a definição do tributo como sendo *"toda prestação pecuniária compulsória, em moeda ou cujo valor nela se possa exprimir, que não constitua sanção de ato ilícito, instituída em lei e cobrada mediante atividade administrativa plenamente vinculada"*, e justamente a partir de tal definição parte da doutrina repulsa a solução arbitral para controvérsias acerca do tributo diante da sua cobrança decorrer de exercício de atividade vinculada da administração pública.

[19] Heleno Taveira Torres (In Princípios da segurança jurídica e transação em matéria tributária. Os limites da revisão administrativa dos acordos tributários, p. 305), exatamente nesse sentido, salienta que a existência de métodos alternativos para solução de conflitos tributários não encontra óbice na Constituição Federal na medida em que não há dispositivo constitucional vedando a sua instituição.

O interesse público não é, em nosso entendimento, absolutamente indisponível na medida em que prevalece o interesse da sociedade em detrimento do interesse estatal absoluto.[20] O interesse público não necessariamente será o interesse privativo do Estado, na medida em que há vertentes no direito público que homenageiam o interesse coletivo em detrimento do interesse individual do ente Estatal. Trazendo tal concepção à seara tributária, é possível afirmar-se que não basta arrecadar o tributo; é necessário que a arrecadação se opere de forma justa e coerente com os anseios sociais e com as necessidades da máquina estatal.

Já a *atividade* de arrecadar o tributo, nos termos do artigo 3º do CTN, é indisponível na medida em que o administrador não pode abandonar, por caprichos, a função de fiscalizar, lançar e arrecadar o crédito tributário, sob pena de desvio de sua atividade funcional e também da atividade estatal.

Nos termos da definição do CTN acima transcrita, o que é indisponível, de fato, é a *atividade de cobrança* do crédito tributário, e não o crédito tributário *per si*. No âmbito constitucional e como salienta Heleno Taveira Torres,[21] a competência tributária constitucionalmente outorgada [22]é indisponível, mas isso não significa dizer que o crédito tributário seria igualmente indisponível.

Hugo de Brito Machado é contrário à arbitragem tributária justamente por entender que o direito da Fazenda Pública de arrecadar o tributo seria indisponível e, desse modo, não seria viável a solução das controvérsias tributárias pela via arbitral.[23]

[20] Ricardo Lobo Torres, (Transação, conciliação e processo tributário administrativo equitativo, p. 107), salienta que *"o princípio da supremacia do interesse público gerava a processualidade fundada na superioridade dos interesses da Fazenda Pública. A nova processualidade fiscal pressupõe a crítica vigorosa ao princípio da supremacia do interesse público. Hoje parte importante da doutrina brasileira repeliu a tese da superioridade do interesse público, separando o interesse da Fazenda Pública do interesse público. O interesse fiscal, na época do processo administrativo tributário equitativo, só pode ser o interesse de arrecadar o imposto justo, fundado na capacidade contributiva"*.

[21] Transação, arbitragem e conciliação judicial como medidas alternativas para resolução de conflitos entre administração e contribuintes – simplificação e eficiência administrativa, p. 56.

[22] Artigos 153, 155 e 156 da Constituição Federal.

[23] Transação, arbitragem e conciliação judicial como medidas alternativas para resolução de conflitos entre administração e contribuintes – simplificação e eficiência administrativa, p. 130-134.

Ousa-se discordar da conclusão acima, pois a plena vinculabilidade da atividade de arrecadação do tributo não significa supor que haja vedação para a disposição do crédito tributário.

Muito pelo contrário, o próprio CTN traz a possibilidade de o crédito tributário ser anistiado, transacionado, remido ou mesmo parcelado, consoante permissão expressa dos artigos 151, 156, 171 e 180. Ou seja, a possibilidade de dispor-se do crédito tributário se encontra prevista no CTN. O que se entende por requisito essencial, de fato, é a plena vinculação das hipóteses de renúncia/disposição ao crédito a criteriosos requisitos e critérios legais.

Não faria sentido a letra da lei permitir que o Estado renuncie ao recebimento do crédito tributário em determinadas situações e, em contrapartida, delinear o crédito fiscal como indisponível, ainda que nos termos da lei.

Assim, o aspecto *indisponível* mencionado no artigo 3º do CTN prescreve não haver possibilidade de a administração pública *dispor da fiscalização e arrecadação crédito tributário*. Na Constituição, o exercício da competência tributária é indisponível e indelegável. Não há menção à indisponibilidade do crédito tributário.

Importa destacar, ademais, que em se tratando do aspecto sobre o qual a administração tributária, nos termos da lei, poderá dispor, haverá manifestação de discricionariedade, dentro dos limites legais.[24]

[24] É muito tênue a linha entre aquilo que a administração tributária poderá dispor e o que é absolutamente indisponível em se tratando de tributação. Se a lei permite, por exemplo, renúncia ao crédito tributário, desde que preenchidos os requisitos legais a administração pública poderá conceder o benefício ao contribuinte que se adeque aos critérios definidos pelo legislador. Ou seja, haverá discricionariedade do agente público na medida em que, dentre tantos os contribuintes que possam ser remidos, alguns o serão, quer por iniciativa da administração, quer do próprio contribuinte. De outro lado, verificada a subsunção do fato à norma tributária, o agende público não poderá abrir mão do ato de lançamento tributário. Vale transcrever as observações de Alberto Xavier a este respeito:
*o que não pode é confundir-se, em qualquer caso, o problema da disponibilidade da obrigação tributária, no sentido de idoneidade para constituir objeto de negócios jurídicos, com o problema da discricionariedade administrativa: uma coisa é, na verdade, reconhecer que a obrigação tributária pode ser reduzida, diferida ou modificada pela Administração, outra é dizer que a Administração o pode fazer sempre que o considere oportuno e conveniente. Sento a instituição do imposto reservada à lei, não pode a Administração fiscal gozar de um poder discricionário relativamente aos elementos essenciais da obrigação tributária, cabendo-lhe apenas tais poderes no silêncio da lei, no que concerne aos outros aspectos daquela*

O caráter patrimonial do crédito tributário é inequívoco e decorre da sua função precípua, na medida em que se trata de fonte de custeio para a atividade Estatal e, como tal, propicia recursos financeiros para que o poder público possa exercer suas atividades institucionais.

O entendimento do Superior Tribunal de Justiça, ao julgar a possibilidade de determinada sociedade de economia mista da área portuária solucionar conflito por arbitragem, é justamente no sentido de que a indisponibilidade do interesse público não se confunde com seu caráter patrimonial.[25] *Mutatis mutandi,* o entendimento aplica-se integralmente ao crédito tributário, na medida em que seu caráter *patrimonial* permitirá que o Estado dele disponha, *nos termos da lei.* Como destaca a ementa do julgado e, questão, *"é assente na doutrina e na jurisprudência que indisponível é o interesse público, e não o interesse da administração".*

O que não se pode perder de vista, essencialmente, é a legalidade estrita que norteia toda e qualquer atuação do poder público, mormente em se tratando de aspectos tributários, nos termos dos artigos 5º e 150, I da Constituição Federal.

Em outras palavras, a indisponibilidade do crédito tributário, atendendo aos requisitos e premissas legais, estará sempre acompanhada de aspectos intrínsecos que lhe conferirão validade e efetividade.

A possibilidade de o poder público dispor do crédito tributário é efetiva, existente e real, na medida em que o CTN permite a anistia, remissão ou mesmo a transação. A disponibilidade e patrimonialidade necessárias à adoção da arbitragem para solução do conflito tributário, requisitos legais essenciais à definição da arbitrabilidade das controvérsias em exame, se encontram, portanto, presentes. Resta saber se a

*obrigação, como o modo e o prazo de pagamento (Do lançamento – teoria geral do ato do procedimento e do processo tributário,* p. 213).

[25] AgRg no MS 11308. Rel. Ministro LUIZ FUX. 1ª Seção. DJ 14/08/2006. No voto do Min. Luiz Fux, hoje membro do Supremo Tribunal Federal, extrai-se que *"a arbitragem se presta a dirimir litígios relativos a direitos patrimoniais disponíveis, o que não significa dizer disponibilidade do interesse público, pois não há qualquer relação ente disponibilidade ou indisponibilidade de direitos patrimoniais e disponibilidade ou indisponibilidade de interesse público. Ora, tratar de direitos disponíveis, ou seja, de direitos patrimoniais, significa valer-se da possibilidade de transferi-los a terceiros, porquanto alienáveis. Nesta esteira, saliente-se que dentre os diversos atos praticados pela Administração, para a realização do interesse público primário, destacam-se aqueles em que se dispõe de determinados direitos patrimoniais, pragmáticos, cuja disponibilidade, em nome do bem coletivo, justifica a convenção da cláusula de arbitragem em sede de contrato administrativo".*

opção pela solução arbitral acarretará ou não na disposição do crédito tributário, ou se consiste em atendimento do requisito legal.

## 4. A arbitragem representa disposição do crédito tributário?

A partir do caráter disponível do crédito tributário (o que o qualifica como arbitrável pelas diretrizes da lei de arbitragem), é importante investigar se a arbitragem tributária, de alguma forma, acarretaria na disposição do crédito tributário.

Ora, ao optarem por submeter a controvérsia tributária ao juízo arbitral, as partes não estariam *dispondo* do direito em discussão, mas somente *renunciando à solução jurisdicional estatal do conflito*. Ou seja, não se sabe se o resultado será no sentido de conferir o direito integralmente a um dos litigantes, ou parcialmente a ambos, nem há manifestação pela renúncia a parcela do direito em discussão. As partes definem, apenas, que a solução será conferida por uma corte não estatal e que a decisão será vinculante entre as partes.

Carlos Alberto Carmona[26] define a arbitragem como sendo *"meio alternativo de solução de controvérsia através da intervenção de uma ou mais pessoas que recebem seus poderes de uma convenção privada, decidindo com base nela, sem intervenção estatal, sendo a decisão destinada a assumir a mesma eficácia da sentença judicial – é colocada à disposição de quem quer que seja, para solução de conflitos relativos a direitos patrimoniais acerca dos quais os litigantes possam dispor. Trata-se de mecanismo privado de solução de litígios, através do qual um terceiro, escolhido pelos litigantes, impõe sua decisão, que deverá ser cumprida pelas partes"*.

Não há, na submissão da solução do conflito por arbitragem, entrega ou renúncia a qualquer direito, mas apenas e tão somente, como define Carmona, submissão do litígio à solução alternativa àquela provida pelo processo estatal.[27]

Desse modo, sob a perspectiva do agente público, não parece relevante ser ou não renunciável o crédito tributário para fins de viabilidade da solução arbitral da controvérsia tributária. De fato, o caráter *pecuniário* do crédito tributário é suficiente à sua admissibilidade *objetiva* para

[26] *In Arbitragem em processo*, p. 51.
[27] *In Arbitragem em processo*, p. 52.

fins de solução arbitral, na medida em que ao se optar pela solução arbitral não há renúncia ou disposição de direitos.

E a escolha pela via arbitral se justificaria, assim, por certas vantagens que podem ser aproveitadas e deverá, por certo, ser avaliada conforme as necessidades e premissas do caso concreto, haja vista que nem sempre corresponderá ao método mais benéfico para solução do determinado conflito.

Na opção pela solução por arbitragem, qualquer das partes envolvidas (poder público ou contribuinte) não estará abrindo mão de parcela do direito em disputa, mas sim estabelecendo que a decisão quanto ao julgamento controvérsia será tomada por tribunal distinto do judicial estatal e, da mesma forma, vinculará as partes tal como ocorreria com a solução adjudicada judicial.

Assim, afora ser o crédito tributário disponível, importante notar que a submissão de conflito tributário à solução arbitral não representará disposição do crédito tributário – o que demandaria lei regulamentadora. Nessa opção, a escolha é pela renúncia à jurisdição judicial estatal, e não pela disposição do crédito tributário.

## 5. Renúncia à jurisdição estatal

Ou seja, adotar a solução arbitral da controvérsia representará, de fato, a renúncia à solução judicial da lide, optando-se por uma solução imposta por um tribunal não estatal (privado), formado de acordo com critérios definidos pelas partes envolvidas nos termos da convenção da arbitragem, e que seguirá o procedimento que se determinar mediante tal convenção, sempre nos termos da lei.

A solução arbitral representa, assim, *opt out* da jurisdição estatal para fins de solução da controvérsia[28] mas, no entanto, não significa dizer que a exclusão da jurisdição estatal será absoluta na medida em que controvérsias surgidas no decorrer do julgamento arbitral podem – e são – comumente levadas ao Judiciário.[29]

A presença de métodos alternativos ao judicial para solução de controvérsias vem sendo cada vez mais adotada e a presença da jurisdição

[28] Carlos Alberto de Sales, *Arbitragem em contratos administrativos*, p. 85, salienta a divergência doutrinária acerca do caráter *contratual* ou *jurisdicional* da arbitragem.

[29] Nesse sentido, Sales, Carlos Alberto de, *Arbitragem em contratos administrativos*, p. 37-38.

na solução arbitral deve ser considerada, sobretudo diante do *poder* de a solução arbitral se *impor perante as partes*, sendo vinculativa no que diz respeito à controvérsia submetida a solução por tribunal privado, quer mediante cláusula compromissória, quer por compromisso arbitral.

Importa destacar que a opção pela renúncia à jurisdição estatal poderá determinar por vezes a escolha por um método mais qualificado em termos técnicos para solução do conflito, quer em razão de certa tradição do tribunal sobre o mérito a ser discutido, quer em razão da possibilidade de eleger técnicos no assunto para compor o tribunal arbitral.

Conclui-se, assim, que ao optar pela solução arbitral da controvérsia tributária o poder público não estará renunciando em caráter absoluto à jurisdição, mas somente à jurisdição estatal, adequada e mandatória na solução de determinados conflitos mas que, na atual conjuntura, como acima delineado, vem se mostrando morosa e ineficiente, o que enseja a busca por solução perante distinto âmbito jurisdicional.

## 6. Legalidade

Em tratando a presente investigação de aspecto material de direito tributário, imprescindível analisar a legalidade na seara tributária, com vistas a investigar se a estrita legalidade, prescrita no artigo 150, I, da Constituição Federal, afastaria a arbitrabilidade das controvérsias tributárias.

Na medida em que discorremos sobre direito tributário, não só a legalidade insculpida no artigo 5º, inc. II da Constituição Federal, nem tampouco a vertente legalidade para a administração pública, cf. artigo 37 da Lei Maior, hão de isoladamente intervir. O constituinte foi deveras cauteloso ao prescrever no artigo 150, I da Lei Maior vertente da legalidade aplicável exclusivamente ao direito tributário, determinando que as pessoas dotadas de competência tributária não podem *"exigir ou aumentar tributo sem lei que o estabeleça"*.

Sob esse enfoque, as regras do processo tributário devem cuidar de garantir que as determinações acerca do crédito tributário obedeçam à estrita legalidade, sendo inviável, por exemplo, que qualquer solução acerca dos aspectos materiais da regra matriz tributária seja tomada por modalidade processual desprovida de respaldo legal.

A roupagem legalista de toda e qualquer regra destinada a regular a solução de controvérsia tributária é, assim, inerente ao sistema tributário brasileiro. Com salienta James Marins, *"afigura-se de alto valor lógico o encadeamento no sistema tributário nacional dos princípios do plano material da estrita legalidade e tipicidade com os princípios do plano formal da legalidade objetiva e da vinculação, que galvanizam a esfera de proteção legal à relação jurídica tributária – estática e dinâmica – e consolidam seu regime de especial segurança constitucional. Nesse altamente coerente sistema de legalidade protege-se a um só tempo a relação jurídica tributária em sua forma, seu conteúdo e sua atuação".*[30]

De fato, havendo autorização e previsão legal,[31] a arbitragem tributária poderá ser adotada pela administração pública como forma de solucionar a controvérsia tributária, a depender da anuência do contribuinte quanto à sua adoção (o que decorre da própria natureza da arbitragem). Em assim sendo, não haverá ofensa a legalidade.

Nessa linha, vale destacar o entendimento acerca da viabilidade do procedimento arbitral desde que respeitada a legalidade, a exemplo do que decidiu a Câmara de Conciliação e Arbitragem (CCAF), criada pela Portaria 1.281/2007, a qual, nos termos exarados no Parecer AGU/SRG 01/2007,[32] é competente para solucionar controvérsias jurídicas tributárias existentes entre os órgãos da Administração Federal.

Nesse contexto, resta averiguar se a legislação que autorizará a adoção da arbitragem deve ser complementar.

Em seu artigo 146, a Constituição Federal determina que a lei complementar deve estabelecer privativamente sobre normas gerais em matéria de legislação tributária e, a despeito de promulgado como lei ordinária, o Código Tributário Nacional de 1966, lei 5.172, foi recepcionado com o *status* de lei complementar pela nova ordem constitucional.

O Código Tributário Nacional trata das normas gerais em matéria tributária, tais como aspectos da competência tributária, os tributos em espécie (impostos, taxas e contribuição de melhoria), a distribuição de receitas tributárias, a obrigação tributária, o crédito tributário e a administração tributária. O CTN não trata, como se vê e à exceção de

[30] *Direito processual tributário brasileiro*, p. 157.

[31] Nesse sentido, vale transcrever a posição de Heleno Taveira Torres: *"com a lei criando condições para que se alcance uma posição de justiça sobre os elementos concretos da situação conflitiva, regula-se o modo adequado para solução do conflito e consequente extinção do crédito tributário sem demoras ou excessos de procedimentos"* (in Transação, arbitragem e conciliação judicial como medidas alternativas para resolução de conflitos entre administração e contribuintes – simplificação e eficiência administrativa, p. 50).

[32] Emitido no processo n. 00407.001676/2007-22.

algumas normas esparsas que podem ser pinceladas numa leitura atenta do *codex*, do processo tributário nem tampouco das formas de solução das controvérsias tributárias.

Somando-se ao fato de inexistir na lei complementar regras sobre o processo tributário, constata-se que *(i)* o Código de Processo Civil, lei ordinária, regula as ações judiciais tributárias; *(ii)* a Execução Fiscal é regulada pela Lei n. 6.830/80, ordinária; *(iii)* o processo administrativo fiscal federal é delineado pelo Decreto 70.235/1972. Além disso, a Constituição Federal é expressa ao determinar que somente a *lei federal ordinária* pode dispor sobre normas processuais (artigo 22, I da Constituição Federal), havendo exceções pontuais de aspectos privativamente regulados por lei complementar.

Diante das constatações acima, conclui-se que no atual sistema vigente, não se faz necessário que formas de solução de controvérsias tributárias venham previstas em lei complementar para ter validade, na medida em que o processo tributário é comumente tratado em legislação ordinária.

Não obstante a constatação de que as regras que norteiam o processo tributário, à exceção de pontuais apontamentos contidos no CTN, podem e são veiculadas por legislação ordinária, resta investigar se a possibilidade de a solução do conflito ser tomada em processo arbitral depende ou não de autorização em lei complementar. Dito de outro modo, passemos a averiguar se seria ou não necessária a edição de lei complementar para viabilizar a arbitragem tributária.

As hipóteses de extinção do crédito tributário são taxativas e se encontram insculpidas no CTN, lei recepcionada pela Constituição Federal de 1988 com *status* de complementar; desse modo, caso venha a ser possível que o crédito tributário regularmente constituído pelo fisco seja desconstituído por sentença arbitral, tal hipótese deverá constar expressamente no CTN, prescindindo, portanto, da edição de legislação com *status* complementar.

Seria viável a adoção de arbitragem para solução de controvérsias tributárias sem possibilidade de a solução ser instrumento hábil a extinguir o crédito tributário? Como visto acima, a doutrina que se dedicou ao estudo da arbitragem tributária não é unânime acerca da possibilidade de a arbitragem se instaurar preventivamente à existência do débito tributário, ou seja, *arbitragem preventiva*.

Partindo da premissa de que a solução da controvérsia mediante arbitragem deve ser meio hábil para desconstituir o *objeto em litígio*, vislumbra-se que não seria aproveitável a adoção da arbitragem cuja decisão não tenha o condão de extinguir a obrigação tributária.

Tanto é assim que o mencionado artigo 156 do CTN[33] aponta como formas de extinção do crédito tributário tanto a decisão administrativa não mais passível de recursos quanto a decisão judicial transitada em julgado (incisos IX e X, respectivamente).

Haveria relevância na instituição da arbitragem apenas e tão-somente voltada a solucionar controvérsias tributárias anteriores à constituição do crédito tributário? Nesse caso, a decisão arbitral teria o condão de vincular ulterior discussão judicial ou administrativa acerca de eventual crédito tributário que venha a surgir em decorrência da controvérsia solucionada mediante julgamento arbitral?

Não prevaleceria, a nosso ver, a adoção de método voltado a prover solução a controvérsia tributária que não tenha o condão de extinguir o crédito tributário ou mesmo dispor sobre a suspensão da sua exigibilidade, na medida em que para o desenrolar das atividades dos contribuintes é crucial que a discussão tributária não obste a emissão de certidão negativa de débitos.

O artigo 151 do CTN prevê que a liminar em mandado de segurança ou em qualquer outra medida judicial, a discussão administrativa e a concessão de suspensão dos efeitos da tutela são condições suspensivas da exigibilidade do crédito tributário, ao que se equipara, para fins de emissão de certidões negativas, a penhora regularmente efetuada em ação executiva fiscal, fica clara a utilidade dos processos judicial e administrativo. Tal se verifica, também, com relação à consulta fiscal, na medida em que desde sua apresentação até 30 dias após a ciência da decisão administrativa, o contribuinte, por determinação legal,[34] está protegido de atos constritivos por parte da administração tributária federal que acarretem a aplicação de penalidades moratórias.

A adoção de qualquer método de solução de controvérsias que não tenha respaldo legal necessário a conferir autoridade para extinguir

[33] O Projeto de Lei Complementar 469/2009 inseriu, dentre as hipóteses do artigo e 156 do CTN, o laudo arbitral.

[34] Cf. artigo 161, parágrafo 2º do CTN.

ou suspender o crédito tributário, ou mesmo amparar o contribuinte de atos constritivos até que a solução seja definitivamente tomada, não será, portanto, eficaz. E para que a sentença arbitral seja dotada de tais predicados, imprescindível a edição de legislação com *status* complementar.

Importa, outrossim, destacar a importância de que a arbitragem, se possível aos contribuintes, interrompa o curso do prazo prescricional relativo à cobrança do crédito tributário, o que exige alteração do texto do artigo 174 do CTN.[35]

Outro aspecto a ser considerado refere-se à possibilidade de a sentença arbitral reconhecer o pagamento indevido feito pelo contribuinte e, nesse sentido, constituir um crédito em favor do sujeito passivo da relação jurídica tributária. O artigo 165 do CTN prevê que a decisão judicial passada em julgado poderá reconhecer o pagamento indevido do tributo, não atribuindo tal aspecto sequer à decisão administrativa. Assim, para que a arbitragem possa igualmente constituir crédito em favor do contribuinte, necessária será a reforma legislativa do CTN mediante edição de lei complementar.

Nos parece, enfim, que a instituição da arbitragem para solucionar apenas litígios preventivos à existência do crédito tributário não surtiria os esperados efeitos de proporcionar método de solução mais ágil, especializado e flexível em se tratando de assuntos tributários.

Assim, conclui-se pela necessidade de edição de lei complementar dispondo sobre a possibilidade de *(i)* a sentença arbitral extinguir o crédito tributário,[36] *(ii)* o processo arbitral suspender a exigibilidade do crédito tributário ou mesmo *(iii)* haver interrupção do prazo prescricional com a instauração do processo arbitral, sob pena de não ser adequada adoção do método de tal natureza para solução para controvérsias.

## 7. Conclusão

A possibilidade de o poder público dispor do crédito tributário é efetiva, existente e real, na medida em que o Código Tributário Nacional permite

[35] Tal alteração se encontra prevista no projeto de lei complementar 469/2009.

[36] Importa destacar que nem sempre a sentença arbitral extinguirá o crédito tributário, na medida em que tal prerrogativa ficará a cargo do pagamento, compensação ou outra forma já elencada no CTN.

a anistia, remissão ou mesmo a transação. A disponibilidade e patrimonialidade necessárias à adoção da arbitragem para solução do conflito tributário, requisitos legais essenciais à definição da arbitrabilidade das controvérsias em exame, se encontram, portanto, presentes.

Ademais, afora ser o crédito tributário disponível, importante notar que a submissão de conflito tributário à solução arbitral não representará disposição do crédito tributário – o que demandaria lei regulamentadora. Nessa opção, a escolha é pela renúncia à jurisdição judicial estatal, e não pela disposição do crédito tributário.

Desse modo e também pela inexistência de expresso óbice legal ou constitucional, entendemos que o ambiente legislativo brasileiro não afasta ou proíbe a adoção da arbitragem tributária.

Vale, no entanto, destacar que para que o método seja efetivo, seria necessária a alteração de dispositivos pontuais do Código Tributário Nacional. Isso porque no atual sistema vigente, não valeria a adoção de método voltado a prover solução a controvérsia tributária que não tenha o condão de extinguir o crédito tributário ou mesmo dispor sobre a suspensão da sua exigibilidade, na medida em que para o desenrolar das atividades dos contribuintes é crucial que a discussão tributária não obste a emissão de certidão negativa de débitos.

De todo o modo, é o momento de se reler a relação entre fisco e contribuinte, na medida em que os métodos de solução das controvérsias fiscais devem ser adequados e confiáveis para que a decisão técnica e juridicamente correta prevaleça – afinal, o crédito tributário é custeio estatal, mas seu ônus é arcado pelos contribuintes brasileiros. Deve haver, assim, uma tributação justa, legal e razoável. E os métodos alternativos ao jurisdicional estatal para solução de conflitos incentivam o diálogo e melhoram o ambiente que envolve os agentes envolvidos.

## Referências

CAMPOS, Diogo Leite de. “A arbitragem em direito tributário português e o estado-dos-cidadãos”, *Revista de Arbitragem e Mediação,* São Paulo: Revista dos Tribunais, v. 4, No. 12, 2007, p. 149-458.

CARMONA, Carlos Alberto de. ________________. *Arbitragem e processo: um comentário à Lei nº 9.307/96.* 2. ed. São Paulo: Atlas, 2006.

MACHADO, Hugo de Brito. Transação e arbitragem no âmbito tributário. *In* SARAIVA FILHO, Oswaldo Othon de; GUIMARÃES, Vasco Branco. (org.) *Tran-*

*sação e arbitragem no âmbito tributário. Homenagem ao jurista Carlos Mario da Silva Velloso.* São Paulo: São Paulo: Ed. Fórum, 2008.

MARINS, James. *Direito processual tributário brasileiro – administrativo e judicial.* São Paulo: Dialética, 2003.

MENDONÇA, Priscila Faricelli de. *Arbitragem e transação tributárias.* Gazeta Jurídica. São Paulo: 2014.

NABAIS, José Casalta, Reflexão sobre a introdução da arbitragem tributária, *Revista da Procuradoria Geral da Fazenda Nacional, ano I, No. 1,* p. 19-43.

SALLES, Carlos Alberto de. *A arbitragem na solução de controvérsias contratuais da administração pública.* Rio de Janeiro: Forense; São Paulo: Método, 2011.

TORRES, Heleno Taveira. Princípios de segurança jurídica e transação em matéria tributária. Os limites da revisão administrativa dos acordos tributários. *In* SARAIVA FILHO, Oswaldo Othon de; GUIMARÃES, Vasco Branco. (org.) *Transação e arbitragem no âmbito tributário. Homenagem ao jurista Carlos Mario da Silva Velloso.* São Paulo: São Paulo: Ed. Fórum, 2008, p. 299-330.

________. Arbitragem e transação em matéria tributária. *In* JOBIM, Eduardo; MACHADO, Rafael Bicca (coord.). *Arbitragem no Brasil:* aspectos jurídicos relevantes. São Paulo: Quartier Latin, 2008.

________. Transação, arbitragem e conciliação judicial como medidas alternativas para resolução de conflitos entre administração e contribuintes – simplificação e eficiência administrativa. *Revista Dialética de Direito Tributário.* São Paulo: Malheiros, No. 86, 2002, p. 40-64.

TORRES, Ricardo Lobo. Transação, conciliação e processo tributário administrativo equitativo. SARAIVA FILHO, Oswaldo Othon de; GUIMARÃES, Vasco Branco. (org.) *Transação e arbitragem no âmbito tributário. Homenagem ao jurista Carlos Mario da Silva Velloso.* São Paulo: São Paulo: Ed. Fórum, 2008.

XAVIER, Alberto. *Do lançamento* – teoria geral do ato do procedimento e do processo tributário. Rio de Janeiro: Forense, 1998.

# Arbitragem: Questões Controvertidas no Brasil e a Experiência Portuguesa

Mônica Pereira Coelho de Vasconcellos*
Roberto França de Vasconcellos**

## 1. Introdução

Este artigo, como muitos outros que se dispuseram a enfrentar a polêmica que cerca a aplicação da arbitragem no Direito Tributário, parte do reconhecimento de que o contencioso fiscal no Brasil – nas vertentes administrativa e judicial – tornou-se excessivamente burocrático, moroso, suscetível a toda sorte de manobras processuais procrastinatórias e repleto de decisões de duvidosa qualidade técnica.

E os prognósticos não são animadores. O acúmulo de processos aguardando julgamento nas instâncias superiores administrativas e judiciais aumenta em razão exponencial ano após ano, refletindo um imenso

* Bacharel em Direito pela Universidade Presbiteriana Mackenzie. Especialista em Direito Tributário e Mestre em Direito Econômico e Financeiro pela Faculdade de Direito da Universidade de São Paulo. Advogada em São Paulo.

** Professor do Programa de Pós-Graduação Lato Sensu (GVLaw) e do Stricto Sensu (Mestrado Profissional) da FGV Direito SP; professor da Escola de Administração de Empresas de São Paulo da Fundação Getulio Vargas (EAESP- FGV); mestre em Direito Tributário Internacional (LL.M.) pela Ludwig Maximillian Universität München, Alemanha; doutor em Direito pela Faculdade de Direito da Universidade de São Paulo (FDUSP); advogado em São Paulo.

descompasso entre o ingresso de novos processos e o julgamento e extinção dos antigos. Esta assimetria, além de obviamente intensificar a morosidade, compromete a qualidade técnica das decisões proferidas por julgadores sobrecarregados por um volume de trabalho sobre-humano.

Este cenário ficou ainda mais sombrio em função de um recente movimento amorfo de enfraquecimento do Conselho Administrativo de Recursos Fiscais (CARF), cujos objetivos finais, ao que parece, são a sua total subserviência aos interesses fazendários ou, então, a sua extinção definitiva.

Neste contexto, excetuados aqueles que se valem da morosidade para administrar o seu passivo tributário *ad eternum*, todos perdem: o poder público, os contribuintes e a sociedade em geral.

Oportuna a famosa frase atribuída a Albert Einstein, embora a sua verdadeira autoria não seja exata, segundo a qual "a definição de insanidade é fazer a mesma coisa repetidas vezes e esperar resultados diferentes".

É forçoso reconhecer: o contencioso fiscal, tanto na esfera administrativa quanto na judicial, não obstante a competência e o empenho dos agentes públicos e julgadores envolvidos, entrou em colapso, sem perspectiva de reversão deste quadro.

O ferramental legislativo vigente não dá conta dos crescentes conflitos entre os contribuintes e as autoridades fiscais. E, como já dito, as expectativas não são promissoras. Insistir neste modelo, parece-nos, apenas contribuirá para aprofundar a crise fiscal aguda que já vive o país.

Situações extraordinárias muitas vezes exigem soluções extraordinárias, quebra de paradigmas, medidas não convencionais. Evidentemente, desde que isto não implique ruptura do sistema constitucional ou dos princípios fundamentais de tributação.

Neste ponto, a arbitragem deve ser colocada na mesa como alternativa capaz de reduzir parte das distorções narradas linhas atrás.

Instituto prestigiado no âmbito do direito privado, a arbitragem sempre foi recebida com reservas na esfera do direito público, onde historicamente tem prevalecido a corrente que proclama a sua total incompatibilidade com questões tributárias, alicerçada no duvidoso argumento segundo o qual o tributo representaria direito indisponível, o que o tornaria impermeável à arbitragem.

Esta resistência à arbitragem não é exclusiva do direito tributário. Também no direito do trabalho a guerra pela admissibilidade do referido instituto vem sendo travada há tempos.

De maneira geral, na esfera pública a resistência à arbitragem é mais intensa do que no direito privado. Basta ver os debates que eclodiram com a edição da Medida Provisória nº 752/16 que prevê a aplicação da arbitragem para dirimir conflitos envolvendo o poder público. Somente muitos anos após a edição da Lei nº 9.307/96 (Lei de Arbitragem) é que se passou a admitir a possibilidade de a administração pública ser submetida à este instituto através de uma miríade de leis (Lei nº 10.233/01, Lei nº 11.079/04, Lei nº 12.815/13 e recentemente a Medida Provisória nº 752/16). Na essência, reside a questão de quais matérias poderiam ser submetidas à arbitragem, levando-se em consideração tratar-se ou não de direito disponível.

Frágil ou não, a objeção segundo a qual o tributo representaria um direito indisponível e, portanto, inatingível pela arbitragem, demanda uma resposta convincente. Não basta, pois, simplesmente editar o arcabouço legislativo infraconstitucional, uma vez que tal legislação poderá colidir com as balizas constitucionais e/ou com os fundamentos do sistema tributário brasileiro, o que, ao fim e ao cabo, inviabilizará a sua aplicação.

A arbitragem, não obstante o seu provável efeito redutor sobre o estoque de processos aguardando julgamento, deverá ser rejeitada se colidir com a ordem constitucional ou atentar flagrantemente contra os princípios que norteiam a tributação no Brasil. Por isso, é importante submeter este instituto ao teste de compatibilidade com as regras e princípios de Direito Tributário.

Uma primeira abordagem seria analisar a adequação da arbitragem como uma forma de extinção do, para usar a terminologia do Código Tributário Nacional (CTN), crédito tributário, não obstante não ter sido expressamente prevista no artigo 156 deste diploma. Por outro lado, é preciso reconhecer que, de certa forma, a arbitragem aproxima-se em seus efeitos da "decisão administrativa irreformável" e da "decisão judicial passada em julgado", previstas nos incisos IX e X do artigo 156.

Nos tópicos seguintes analisaremos se é possível reconhecer a arbitragem como uma modalidade válida de extinção do crédito tributário, ainda que não expressamente mencionada no artigo 156 do CTN.

## 2. Obrigação Tributária – Análise Crítica do artigo 156 do Código Tributário Nacional

Desde a edição do Código Tributário Nacional, o artigo 156 é certamente um dos seus dispositivos que mais duras críticas tem recebido dos doutrinadores brasileiros.

A gênese das críticas reside na estrutura dualista adotada pelo CTN que impôs a distinção entre "obrigação tributária", assim entendida aquela que tem por objeto o pagamento de tributo ou de penalidade pecuniária (considerando que estamos a falar da obrigação principal) do "crédito tributário" que, embora não tenha recebido uma definição expressa da lei, pode ser admitido como a própria obrigação tributária no estágio de lançamento.

Ao adotar o modelo dualista, o CTN assumiu o dogma de que todo tributo deve, para sua válida cobrança, ser submetido ao lançamento, ainda que sob a forma de lançamento por homologação, pressupondo que o objeto da extinção seria sempre o crédito tributário, ou seja, a obrigação tributária numa etapa mais avançada. Nesse sentido, a obrigação tributária da qual decorre o crédito extinguir-se-ia juntamente com ele "tal qual gêmeos xifópagos"[1]. Portanto pela estrutura adotada pelo CTN, desaparecido o crédito decompor-se-ia a obrigação tributária.

Contudo, a estrutura dualista da obrigação tributária tal como concebida pelo CTN, principalmente nos termos de dispositivos como os artigos 139 e 140, acaba por confirmar a autonomia do crédito em relação à obrigação tributária, uma vez que as circunstâncias que modificam o crédito tributário não afetam a obrigação que lhe deu origem. Em contrapartida, a extinção da obrigação tributária acarretará, inexoravelmente, a extinção do crédito que nela teve a sua origem e, neste sentido, pode-se afirmar que, a rigor, seria preferível que o CTN tivesse sistematizado a questão em torno do conceito da extinção da obrigação e não do crédito como o fez.

A crítica mais contundente à formulação do CTN decorre da evidência de que, por vezes, a obrigação tributária é extinta antes mesmo da constituição do crédito tributário, tal como se dá no caso da decadência que implica a perda do direito de lançar. Pode ser citada ainda a remissão, que dispensa o sujeito passivo do pagamento do tributo quando

[1] Amaro, Luciano. **Direito Tributário Brasileiro**. São Paulo: Saraiva. p. 361.

concedida antes de se efetivar o lançamento, que dará origem ao crédito tributário, situação plausível no caso de tributos sujeitos a lançamento por homologação, a remissão implicará a extinção da obrigação antes do surgimento do crédito tributário.

Américo Lacombe, ao analisar os institutos da prescrição e decadência como forma de extinção da obrigação tributária, é enfático:

*"Neste item, encontra-se um dos maiores equívocos do CTN, que contraria, inclusive, dispositivos seus. A decadência não exclui a obligatio (crédito tributário), conforme a sistemática do próprio CTN...não poderá a decadência extinguir o que ainda não foi constituído"*[2]

Luciano Amaro vai além das críticas convencionais da doutrina ao artigo 156 advertindo que, em determinados casos, nem sequer se poderia falar em obrigação, embora o CTN prescreva a extinção do crédito tributário. O autor cita os incisos IX e X do artigo sob análise, que relacionam as decisões definitivas na esfera administrativa ou judicial favoráveis ao contribuinte como modalidade de extinção do crédito tributário.

Como bem observa Amaro, caso essas decisões reconheçam a inexistência da obrigação tributária, não haveria que se falar em extinção da obrigação tributária, pois esta nunca existiu e, menos ainda, em extinção do crédito tributário, devendo-se salientar, por fim, que não cabe ao juiz extinguir a obrigação tributária, mas tão somente dizer o direito, de forma que a decisão definitiva em ação declaratória negativa ou num mandado de segurança seriam verdadeiras *"excrescências diante do artigo 156"*[3] já que não extinguiram nem obrigação nem crédito.

Sacha Calmon Navarro Côelho também se posicionou sobre o tema:

*"A decisão irrecorrível para a Fazenda que declara inexistir obrigação não extingue o crédito, di-lo impossível. A decisão judicial definitiva que reconhece inexistir o dever de pagar, tampouco extingue o crédito senão que o tem como um não ser. Se não há obrigação, crédito não haverá"*[4]

Estas lições são muito relevantes para o nosso estudo, na medida em que podem ser validamente aplicadas à arbitragem. Com efeito, é possível que a decisão arbitral, dando razão aos argumentos do contribuinte,

[2] Lacombe, Américo. **Obrigação Tributária**. São Paulo: Saraiva, 2ª edição, p. 106.

[3] **Op. cit.** (nota 1), p. 361.

[4] Coelho, Sacha Calmon Navarro. A Obrigação Tributária – Nascimento e Morte – A transação como Forma de Extinção do Crédito Tributário. *In* **Cadernos de Direito Tributário**, vol. 62, p. 70.

reconheça, por exemplo, não ter ocorrido o fato gerador de um determinado tributo. Ora, neste caso, a exemplo do que foi dito nos parágrafos anteriores, não seria possível falar em extinção da obrigação tributária, posto que nunca existiu e, menos ainda, do crédito tributário.

Ora, se não há obrigação tributária (e nem crédito tributário), indagamos se faz sentido sustentar a inaplicabilidade da arbitragem à matéria tributária sob o argumento de que estaria havendo renúncia ou alguma forma de disponibilidade de um direito indisponível. Se não há obrigação tributária, não há renúncia, não há disponibilidade de nenhum direito.

Além disso, confunde o CTN a extinção do direito material do Fisco em receber a prestação pecuniária (pelo pagamento, por exemplo) com a extinção da mera pretensão do Fisco, que poderá estar comprometida pela ausência de direito material, como no caso de decisão administrativa irreformável (inciso IX do artigo 156 do CTN) ou, ainda, como se daria na hipótese de decisão arbitral reconhecendo a inexistência da obrigação tributária.

Insistimos que não seria apropriado falar em renúncia ou disponibilidade na arbitragem, pois é possível que se reconheça que não há nem sequer obrigação tributária (e, portanto, menos ainda crédito tributário). Parece-nos, portanto, que o argumento segundo o qual o crédito tributário não poderia ser sujeito à arbitralidade por se tratar de direito indisponível deve ser considerado sob sérias ressalvas.

No sentido de avançarmos no teste de compatibilidade da arbitragem com os fundamentos da legislação tributária, analisaremos a natureza da obrigação tributária em relação à obrigação do direito privado para averiguar se as formas de extinção desta última (obrigação de direito privado) poderiam ser validamente aplicáveis àquelas (obrigação tributária).

## 3. Natureza da Relação Jurídica Tributária

O conceito de obrigação tributária, na sua concepção atual, é o resultado de um marcante desenvolvimento do pensamento doutrinário, sobretudo a partir do século XIX na Europa.

Em meados do século XIX, os incipientes estudos sobre direito tributário, ainda submetidos ao dogma do direito administrativo, viam na cobrança de tributos uma manifestação do poder do Estado perante o cidadão, poder este decorrente da própria soberania estatal.

Sob esta perspectiva, a relação tributária consistiria na expressão do poder superior do Estado, uma forma de manifestação deste poder, tendo Otto Mayer, um dos mais proeminentes administrativas daquela época, afirmado "*que o dever geral de pagar tributos é uma fórmula destituída de valor jurídico*", utilizando-se frequentemente do termo *Finanzgewalt*, denotativo justamente de "poder tributário" que se impunha na relação estabelecida entre Estado e contribuinte[5]. Foi sob este fundamento que se buscou, inicialmente, legitimar a cobrança de tributos.

Tal enfoque, baseado na manifestação de poder do Estado, acabou sendo, mediante lenta evolução da doutrina, substituído por uma visão que atribuía a origem do dever tributário ao vínculo obrigacional instituído pela lei. Ou seja, não mais se admitia a cobrança de tributos como um mero ato derivado do poder do Estado, mas de uma obrigação que tinha a sua gênese na própria lei.

Giannini na Itália, assim como Albert Hensel na Alemanha, dois autores cujos estudos repercutiram internacionalmente, pertenciam a denominada corrente de "glorificação do fato gerador", que defendia a natureza obrigacional da relação jurídica tributária.

Hensel sustentava que a relação fundamental do direito tributário consiste no vínculo obrigacional em decorrência do qual o Estado tem o direito de exigir a prestação jurídica consubstanciada no tributo, por força da realização do pressuposto do fato previsto pela lei. Admitia assim, o autor em comento, que a lei seria a essência desta obrigação de dar – a obrigação tributária.

Mas foi Giannini, na verdade, quem primeiro estabeleceu o conceito de relação jurídico-tributária (*rapporto giuridico d'imposta*), sustentando que das normas reguladoras das obrigações tributárias surgem entre o Estado e os contribuintes direitos e deveres recíprocos que formam o conteúdo de uma relação especial – a "relação jurídico tributária". Nesta linha, o dever de cumprir a prestação constitui o fundamento da relação jurídico-tributária e o fim último ao qual tende a instituição do tributo.

Portanto, a essência do pensamento de Giannini, relativamente ao assunto ora tratado residia no argumento de que, das normas que regu-

[5] Mayer, Otto. *Derecho Administrativo Alemán*, tomo II, Depalma: Buenos Aires, 1982, p. 85 – 196 – *in* Cunha Pontes, Helenilson. Revistando o Tema da Obrigação Tributária, *in* **Direito Tributário – Homenagem a Alcides Jorge Costa**, volume I. Editora Quarter Latin, p. 100.

lam as obrigações tributárias surgem direitos e deveres recíprocos entre o Estado e os contribuintes, constituindo-se uma relação especial que abrange o direito do Estado de exigir o tributo e o correspondente dever do contribuinte de pagá-lo[6].

Essa acabou sendo a linha de pensamento adotada por Rubens de Gomes Souza e perfilhada pelo Código Tributário Nacional, assim como por outros autores e sistemas, como é o caso da Alemanha, onde o professor emérito da Universidade de Colônia, Klaus Tipke, em seu clássico manual *Steuerrecht*, ensina ser a relação tributária uma relação legal, ou seja, que surge pela força da lei (*"Das Steurrechtsverhaltnis ist ein gesertzliches Rechtsverhaltnis (obligatio ex lege). Es entsteht ktaft Gerez"*[7]). Pontifica por fim Tipke que, justamente por ser uma obrigação que decorre da lei, não pode nascer de um ato administrativo ou por disposição contratual.

Porém, embora a obrigação tributária não possa nascer de um ato administrativo ou contratual, isto não significa necessariamente que não possa ser extinta por uma destas formas. Com isto estamos já refutando o argumento segundo o qual a arbitragem não seria aplicável à matéria tributária em decorrência da sua natureza contratual. Voltaremos a este assunto adiante.

Alcides Jorge Costa[8] citas as lições de Sainz de Bujanda que bem expõem a evolução do pensamento doutrinário ao qual nos referimos:

> *"O direito do Estado à percepção de um tributo é um direito subjetivo que em nada se diferencia, enquanto proteção de um interesse, do direito subjetivo de todo credor e que, correlativamente, a prestação tributária do sujeito passivo não é emanação de um ato de soberania do Estado, mas deriva, como direito do credor, da lei."*

Embora tenha prevalecido o entendimento que propugna pelo caráter obrigacional da relação tributária, há quem lamente a ausência de espírito crítico que marca alguns estudos que trilham essa linha. É o caso de Ricardo Lobo Torres para quem o apego excessivo ao aspecto formal do vínculo obrigacional, característico da concepção legalista, acaba por ocultar as profundas desigualdades existentes entre o Estado

[6] *I Concetti Fundamentali del Diritto Tributario*, UTET, Torino, 1956, p. 4 – In: Costa, Alcides Jorge. **Da Extinção das Obrigações Tributárias**. p. 3.
[7] Tipke, Klaus. **Steurerecht**. Editora Dr. Otto Schmidt: Colônia, 15ª edição, p. 166.
[8] **Op. cit.** (nota 6), p. 25.

e o contribuinte[9]. A despeito da crítica ofertada por este grande tributarista, acreditamos que, a partir da elaboração da lei (criada pelo próprio Estado), a relação que se estabelece entre Estado e o contribuinte, embora não se fixe exatamente no mesmo nível em função de algumas prerrogativas conferidas ao Estado, permite um relativo equilíbrio entre as partes, de tal forma que eventuais diferenciações não seriam suficientes para impugnar a tese defendida pela corrente legalista.

O mesmo Ricardo Lobo Torres[10] critica ainda o fato de a corrente da "glorificação do fato gerador" deixar de lado as modernas formas de recolhimento do tributo, nas quais não ocorre a extinção da obrigação e do crédito. Podemos citar a arbitragem como um instituto relativamente recente do direito privado brasileiro, onde tem sido aplicado com reconhecido sucesso.

No entanto, para que possamos efetivamente aplicar institutos concebidos ordinariamente no direito privado na esfera tributária, convém antes refletir sobre eventuais dissonâncias entre a obrigação de direito privado e as de direito tributário.

## 4. Identidade Entre a Obrigação Tributária e a de Direito Privado

A obrigação tributária é uma espécie pertencente a um gênero mais amplo do direito das obrigações (inserida no âmbito das relações jurídicas de natureza pessoal) – que abrange também a obrigação de direito privado, destacando-se que a relação jurídica da qual decorre a obrigação de pagar um tributo contém todos os elementos que caracterizam a relação jurídica obrigacional.

Na sua concepção original, proveniente do direito romano, entendia-se a obrigação como o vínculo jurídico em virtude do qual uma pessoa encontra-se adstrita a satisfazer uma prestação em proveito de outra (*obligatio est juris vinculum, quo necessitate adstringimur alicujus solvendae rei*).

Modernamente aponta-se a objetividade do vínculo obrigacional definindo a obrigação como a situação jurídica que tem por fim uma

[9] Torres, Ricardo Lobo. **Curso de Direito Financeiro e Tributário.** Renovar: Rio de Janeiro, 2002, 9ª edição, p. 208.

[10] Torres, Ricardo Lobo. Extinção da Obrigação Tributária – Comentários aos artigos 156 a 164 do CTN. *In*: Martins, Ives Gandra (Coord.). **Comentários ao CTN**. São Paulo: Saraiva, 1998, p. 317.

ação ou uma abstenção de valor econômico ou moral, cuja realização deve garantir certas pessoas.

A doutrina não diverge pelo fato de ser a obrigação tributária uma obrigação típica de direito público, mas não atinge o consenso relativamente à identidade da obrigação tributária com a obrigação de direito privado. Alcides Jorge Costa, no seu notável trabalho sobre a extinção da obrigação tributária, após compulsar obras nacionais e estrangeiras, afirma que o número de autores que aderem à tese da identidade estrutural supera o dos que têm ponto de vista contrário[11], citando Rubens de Gomes Sousa para quem não existe, na dogmática jurídica, um conceito de obrigação de direito público diverso do conceito de obrigação do direito privado.

Concordamos com os mestres citados, pois, a nosso ver, a obrigação de direito tributário e a obrigação de direito privado não apresentam distinção relativamente à sua estrutura jurídica, já que o ente público, na condição de credor, terá o direito de exigir, ao passo que ao devedor restará o dever de cumprir a prestação estabelecida na lei tributária, assumindo os sujeitos da relação obrigacional uma posição igualitária.

Alcides Jorge Costa julga estar na base do raciocínio daqueles que rejeitam a identidade estrutural entre as obrigações de direito tributário e as de direito privado, a supremacia do Estado ao editar a norma tributária para, num momento subsequente, exigir o tributo nos termos da norma por ele próprio estabelecida.

Neste sentido, citamos Albert Hensel:

*"Enquanto nas relações de direito privado o conteúdo e a medida da prestação em regra são determinados entre devedor e credor, através de um acordo bilateral de vontade, o conteúdo e a medida da prestação devida no bojo de uma relação tributária obrigatória são definidos pela lei.*

*(...)*

A fattispecie legal substitui no direito tributário obrigatório a vontade do direito privado."[12]

[11] **Op. cit.**, (nota 6), p. 20.

[12] MAYER, Otto. *Derecho Administrativo Alemán*. Buenos Aires: Depalma, tomo II, 1982, p. 85 – 196. *In*: PONTES, Helenilson Cunha. *Revisando o Tema da Obrigação Tributária*. *In*: **Direito Tributário – Homenagem a Alcides Jorge Costa**. São Paulo: Quartier Latin, v. I, p. 100.

Todavia, o argumento de Hensel deve ser aceito sob reservas, pois a soberania financeira esgota-se com o estabelecimento da lei e, a partir daí, tanto o Estado como o contribuinte, estariam a ela submetidos, não havendo razões outras que justifiquem negar-se a identidade estrutural das obrigações de direito privado e de direito tributário.

Concluímos não haver, do ponto de vista estrutural, distinção entre a obrigação tributária e a obrigação de direito privado, de tal forma que as regras estabelecidas na seara do direito privado versando sobre obrigações, podem ser validamente aplicadas à obrigação tributária, exceto nos casos em que houver disposição de lei expressa em sentido contrário ou, então, na hipótese de a aplicação daquelas regras mostrar-se incompatível com a função da obrigação tributária ou com a natureza do sujeito ativo.

Assumimos, portanto, neste estudo, a identidade estrutural das obrigações de direito privado e as de direito tributário, como bem demonstrado por Giannini em seu clássico estudo *Contributto allo Studio della Obbligazione Tributária*, identidade esta que permanece inalterada mesmo quando considerado a fonte da obrigação ou a diferente natureza dos interesses tutelados no direito civil e no direito tributário.

Neste mesmo sentido manifesta-se Andrade Martins ao reconhecer o fato de ter o Direito Tributário, no Brasil, se alinhado ao modelo obrigacional "*curvando-se à inescondível utilidade deste para estruturar os mais diversos plexos normativos, assim na área do direito privado como na do direito público*[13]."

Embora se reconheça a identidade estrutural da obrigação tributária e da de direito privado, não se pode negar que a primeira ganhou características próprias que a diferenciam do conceito geral de obrigações, em razão da função especial que tem para o direito tributário, ou seja, fazer cumprir o pagamento de tributo ao Estado.

Esta é também a opinião de Amélia Paz Mendes:

> "*Como há senãlado entre otros Vicente-Arche, el conepto de obligación há pasado del campo privado al público, de modo que adquiriendo la obligación tributaria unas características proprias, no pierde su naturaleza de instituición de Derecho privado.*

[13] MARTINS, Andrade. Demarcação de Fronteiras entre Vicissitudes da Obrigação Tributária: a Anistia em Face da Remissão, e Ambas em face da transação. *In*: SCHOUERI, Luís Eduardo (Coord.). **Direito tributário – Estudos em Homenagem a Alcides Jorge Costa**. São Paulo: Quarter Latin, p. 45.

*Estas características derivam, em ultima instancia, de los fines peculiares que el ordenamiento jurídico persigue com las normas reguladoras de estas obligaciones."*[14]

Da identidade entre a obrigação tributária e a de direito privado, permite-se concluir que os preceitos aplicáveis a esta última, podem ser também, salvo as ressalvas feitas acima (disposição de lei em contrário, incompatibilidade com a função da obrigação tributária ou com o sujeito ativo), aplicados à obrigação tributária. Na realidade, a teoria clássica do fato gerador da obrigação tributária, que teve desenvolvimento marcante a partir da década de 30 do século passado, já abordava a extinção da obrigação tributária subordinando-as às categorias do direito civil que tratavam da extinção da obrigação.

São, por fim, são bastante oportunas as palavras de Maria Sylvia Zanella Di Pietro[15]: *"Aplica-se o direito privado no silêncio do direito público"*.

Reconhecemos a identidade estrutural entre as obrigações de direito tributário e as de direito privado, admitindo que as disposições relativas à extinção das obrigações no âmbito privado são válidas, ainda que sob as ressalvas feitas anteriormente, também para a obrigação tributária.

## 5. Extinção da Obrigação Tributária

A obrigação corresponde a um vínculo jurídico que tem a sua existência limitada no tempo: sobressai-se, destarte, a transitoriedade que marca este vínculo obrigacional. Em outras palavras, é da essência da obrigação a sua própria extinção, tanto por parte do credor que pretende ver a obrigação cumprida, como por parte do devedor que busca liberar-se de seu estado de submissão, podendo-se afirmar que a própria razão da constituição da obrigação corresponde ao momento da sua consumação, ou seja, a sua extinção. Ruiz Gallardón resume a questão quando afirma que *"as obrigações nascem para morrer"*.[16]

As formas de extinção da obrigação tributária foram classificadas diferentemente pela doutrina. Ruy Barbosa Nogueira, tomando por base as causas de extinção da obrigação tributária, classificava dois grandes grupos: as causas de fato e causas de direito, admitindo que somente a

[14] MENDES, Amélia Paz. **El Pago de La Obligación Tributário.** p. 20.

[15] PIETRO, Maria Sylvia Zanella Di. **Direito Administrativo**. São Paulo: Atlas, 1996, 7ª edição, p. 57.

[16] GALLARDÓN, José M Ruiz. **Derecho Civil – Obligaciones**, Madrid, 1957, p. 253 – APUD – p. 21 da obra *El Pago de La Oblicacion Tributaria.*

decadência e a prescrição seriam causas de direito, enquanto as demais seriam causas de fato[17].

Esta orientação foi expressamente rejeitada por Paulo de Barros Carvalho[18] para quem as causas arroladas pelo CTN no artigo 156 seriam modalidades jurídicas no âmbito mais restrito que se possa dar à expressão, indicando que algumas delas são verdadeiros institutos jurídicos, como o pagamento, a compensação e a transação.

Alcides Jorge Costa, por seu turno, reconhece duas modalidades de extinção da obrigação tributária: as que envolvem a prática de um ato pelo sujeito passivo ou pela autoridade, e aquelas que resultam de fatos (decurso de tempo, por exemplo) a que a lei atribui certos efeitos[19].

Por fim, citamos Ricardo Lobo Torres que estabelece a seguinte classificação das formas de extinção da obrigação tributária:

(i) disciplinadas pelo CTN: pagamento (arts. 157 a 169), compensação (art. 170), transação (art. 171), remissão (art. 172), decadência (art. 173) e prescrição (art. 174);

(ii) apenas referidas pelo CTN: a conversão do depósito em renda (art. 156, VI), o pagamento antecipado e a homologação do lançamento nos termos do disposto no art. 150 e seus parágrafos 1 e 4, a decisão administrativa irreformável (art. 156, IX), a decisão judicial passada em julgado (art. 156, X);

(iii) não mencionadas pelo CTN: novação, confusão, impossibilidade de cumprimento da prestação e antecipação do pagamento sem a ocorrência do fato gerador[20].

Admitiremos neste estudo não ser o rol do artigo 156 do CTN taxativo, de forma a aceitar a aplicação de outras formas típicas do direito privado para extinção da obrigação também para o direito tributário como, por exemplo, a arbitragem.

Essa linha de análise é autorizada pela conclusão apresentada anteriormente segunda a qual a obrigação tributária não é estruturalmente diferente da obrigação de direito privado, aplicando-se àquelas as mesmas disposições de direito privado que versam sobre a obrigação,

[17] Apud, **op. cit** (nota 6) p. 33.

[18] Carvalho, Paulo de Barros. **Curso de Direito Tributário**. São Paulo: Saraiva, 8ª ed., p. 304.

[19] **Op. cit.**, (nota 6) p. 35.

[20] **Op. cit.**, (nota 10) p. 318.

desde que não se esteja ferindo lei expressa ou que não haja incompatibilidade com as características da obrigação tributária.

A questão da taxatividade da lei tributária relativamente às formas de extinção da obrigação tributária é tema que tem provocado manifestações de doutrinadores em todo o mundo. Na Espanha, por exemplo, a doutrina tende a negar o caráter taxativo, como vemos nas palavras de Amélia Paz Mendes[21].

> *"En segundo lugar, dejar em suspenso La afirmación del caráter exhaustivo de lãs causas previstas em la Ley general Tributaria como medio de poner fin a La obligación tributaria, a reserva del tratamiento que más adelante daremos a la cuestión de La admisibilidad de otras formas extintivas no mencionadas em La Ley."*

Obviamente, não se está aqui a afirmar que todas as formas previstas pelo direito privado para extinção da obrigação podem ser automaticamente aplicadas ao direito tributário, pois haverá restrições a esta aplicação por força do caráter publicístico inerente à área tributária. É neste sentido que citamos a observação de Andrade Martins para quem a migração de modelos dogmáticos demanda uma série de adaptações tantas mais quanto for a distância entre as áreas envolvidas, afirmando que "*provavelmente, ai está o porquê de haver o Código Tributário Nacional evitado a adoção – pelo menos adoção expressa – de algumas das conhecidas vicissitudes que soem influir na dinâmica das obrigações de direito privado*".[22]

Realmente, há autores segundo os quais a diversidade entre as obrigações privada e tributária residiria no enquadramento de cada uma num respectivo ramo do direito – privado ou público – o que influi na sua natureza, no interesse tutelado ou na posição jurídica dos sujeitos.

Este é um dos pontos centrais na argumentação daqueles que sustentam haver diferenças estruturais entre a obrigação de direito tributário e a de direito privado – a pertinência de uma e outra em ramos diferentes, do direito público e do direito privado, tendo esta ideia marcado fortemente parte da doutrina italiana. Todavia, a esta linha de pensamento pode-se contrapor o argumento de que, embora se tratem de ramos diversos do direito, as obrigações estabelecidas no campo do direito público não se distinguem formalmente daquelas surgidas no campo privado, considerando-se que em ambos os casos existe uma igualdade

[21] **Op. cit.**, (nota 14) p. 30.
[22] **Op. cit.**, (nota 13) p. 45.

dos sujeitos da obrigação, muito embora não se possa negar que no caso do primeiro, receba o interesse público uma maior atenção.

Rubens Gomes de Sousa assim se pronunciou sobre a questão:

*"Como já vimos que o conceito de obrigação não é específico ao direito tributário, mas comum a todos os ramos do direito que tenham conteúdo obrigacional, poderíamos pensar que todas as modalidades de extinção das obrigações, admissíveis em outros ramos do direito (especialmente no direito civil), sejam aplicáveis ao direito tributário. Entretanto, não é assim. Diversas modalidade de extinção das obrigações, reconhecidas em outros ramos do direito, não se aplicam no direito tributário, ou somente se aplicam em outros casos especiais, geralmente previstos de modo expresso em lei."*[23]

O autor defende a opinião expressa na transcrição acima arguindo que a inaplicabilidade ou aplicabilidade relativa das formas de extinção típicas de outras áreas do direito decorre das características peculiares do direito tributário.

Todavia, cremos que, a partir do momento em que o direito tributário admite um instituto do direito civil, levando em consideração determinadas modificações visando a moldá-lo ao interesse público, será plausível a aplicação de normas privadas à matéria de extinção da obrigação tributária. Assim, por exemplo, a arbitragem poderia ser adaptada para a área tributária.

A despeito das ressalvas apontadas, admitiremos a aplicação ao direito tributário de algumas (portanto, não de todas) formas extintivas da obrigação, típicas de outras áreas do direito, embora não tenham elas sido expressamente previstas pelo artigo 156 do CTN, sempre observando eventual incompatibilidade com o direito tributário ou disposição de lei em contrário.

Reitere-se, portanto, que embora admitamos a identidade estrutural entre as obrigações de direito civil e de direito tributário, neguemos ser o rol do artigo 156 exaustivo e, ainda, aceitemos a aplicação de determinados institutos do direito civil referentes à extinção das obrigações no direito tributário, deve-se deixar claro que isto não significa que estamos a aceitar a aplicação genérica de todas as formas de extinção da obrigação civil indistintamente ao direito tributário, justamente em virtude das peculiaridades da obrigação tributária.

[23] SOUZA, Rubens Gomes de. **Compêndio da Legislação Tributária**. São Paulo: Resenha, 1975, p. 114.

Neste sentido, na hipótese de haver uma causa de extinção da obrigação do direito privado, não contemplada no artigo 156 do CTN, deve-se perquirir sobre a sua aplicabilidade considerando-se as peculiaridades e princípios do direito tributário. A peculiaridade mais marcante da obrigação tributária, entendemos, além do fato de decorrer essencialmente de lei, desprezando-se por isso a vontade das partes, o compromisso moral ou a imposição pela força, pode ser evidenciada na "teoria do atendimento das necessidades públicas"[24], segundo a qual se justifica a razão de ser da obrigação tributária enquanto expressão do poder fiscal, para suprir aquilo que Wagner designara, ainda no século XIX, de "extensão crescente da atividade pública" ou "extensão crescente das necessidades financeiras".

Isto tem grande importância para a arbitragem já que se alega que ela teria caráter contratual inconciliável com a natureza *ex legge* da obrigação tributária e que implicaria renúncia do crédito tributário, afetando as finanças públicas.

A seguir, analisaremos a compatibilidade da arbitragem aos preceitos do Direito Tributário.

## 6. Aspectos Gerais da Arbitragem

A arbitragem consiste fundamentalmente num meio alternativo de solução de conflitos pelo qual os litigantes submetem-se à decisão proferida por alguém de fora dos círculos do Poder Judiciário ou da administração pública.

Como já adiantado, as duas maiores objeções à adoção da arbitragem no direito tributário estão apoiadas na ausência de previsão legal expressa e na propalada inarbitrabilidade do crédito tributário, consequência da suposta indisponibilidade que lhe é atribuída.

A mera inexistência de previsão legal expressa é um obstáculo facilmente contornável. Com efeito, através de lei complementar a arbitragem poderia ser integrada ao rol do artigo 156 do CTN como mais uma modalidade de extinção do crédito tributário, exatamente como sucedeu com a dação em pagamento em bens imóveis (inciso XI, inserido pela Lei Complementar nº 104/01). Evidentemente, como já exposto, a arbitragem não corresponderia exatamente à uma forma de extinção do

[24] **Op. cit.**, (nota 2) p. 9.

crédito tributário, pois no caso de a decisão arbitral reconhecer não ter se aperfeiçoado o fato gerador, não haveria nem sequer obrigação tributária a ser convertida, por lançamento, em crédito.

Ademais, é válido mencionar a existência de dois projetos de lei – Projeto de Lei nº 5.080/2009 e Projeto de Lei nº 5.081/2009 – que poderão, se aprovados, alicerçar a arbitragem na esfera tributária.

De toda sorte, entendemos que o ponto central não é haver ou não a base legal, pois esta pode ser instituída a qualquer momento, mas a eventual inadmissibilidade da arbitragem de litígios envolvendo a obrigação de pagar tributos.

Linhas acima sustentamos não haver diferenças estruturais significativas entre a obrigação de natureza privada e a tributária significativas o suficiente para refutar, aprioristicamente, a aplicação de formas de extinção da obrigação previstas no direito privado à área tributária. Em outras palavras, as formas de extinção da obrigação no âmbito do direito privado podem, se não apresentarem inconsistências ou incompatibilidade imanentes com a esfera tributária, ser empregadas como mecanismos de extinção da obrigação tributária, observada a necessária fundamentação legal.

Veja, por exemplo, que a dação em pagamento já vinha sendo utilizada como forma de extinção da obrigação tributária, antes mesmo de ser prevista no inciso XI do art. 156 do CTN. Tratava-se de um instituto tradicionalmente aceito no direito privado que se revelou compatível com os rigores do direito tributário conforme demonstram inúmeras decisões judiciais que a admitiram como forma válida de o contribuinte quitar as suas obrigações tributárias.

Isto nos leva ao teste da arbitragem na esfera tributária. Se houver inequívoca incompatibilidade da arbitragem com os preceitos constitucionais e infraconstitucionais afetos à matéria tributária, ela não poderá ser utilizada e a base legal porventura editada para este propósito estará irremediavelmente comprometida.

Um primeiro ponto que merece atenção é o fato de a cláusula compromissória ser estabelecida contratualmente no momento da celebração do negócio como instrumento de resolução de eventual impasse. Uma análise apressada poderia induzir à conclusão de se tratar de um impeditivo à aplicação da arbitragem à esfera tributária dada a sua natureza marcantemente contratual, enquanto a obrigação tributária seria *ex legge*.

No entanto, como já sustentamos anteriormente, o fato de a obrigação tributária ter a sua origem na lei, não impede que a sua extinção decorra de um arranjo contratual.

O ponto que nos parece mais delicado é estabelecer em que momento seria possível fixar a cláusula compromissória em questões envolvendo tributos. Isto porque, o contribuinte, ao realizar o fato gerador, não celebra previamente um contrato com o poder público no qual pudesse fixar referida cláusula.

Por outro lado, existe ainda o compromisso arbitral que é estabelecido após deflagrado o conflito/litígio, inclusive durante o trâmite de ação judicial já instaurada, independentemente de não ter sido previsto contratualmente. Este lado da arbitragem, nos parece, seria melhor amoldada à esfera tributária, embora não esteja completamente afastado o caráter contratual.

Portanto, a cláusula compromissória distingue-se do compromisso arbitral basicamente em função do aspecto cronológico, pois enquanto a primeira é pactuada antes do nascimento do litígio, o compromisso é firmado após o surgimento da controvérsia.[25]

Nota-se uma certa dissonância da arbitragem com o tradicional modelo de resolução de conflitos tradicional do direito tributário, sempre gravitando os tribunais administrativos ou judiciais como foro para dirimir as desavenças entre os contribuintes e o Fisco, enquanto a arbitragem delega a terceiro, fora da jurisdição estatal, o poder de decidir sobre o conflito.

Aqui nos deparamos com a seguinte questão: seria possível delegar à esfera privada o julgamento de matéria de ordem pública? Seria possível uma determinação de natureza contratual impactar no cumprimento de uma obrigação *ex legge*?

Especificamente no caso da arbitragem sobre questão tributária, estaria sendo delegado a entidade privada (assim nos referimos àqueles que não pertencem ao setor público) o poder de decidir sobre matéria de natureza eminentemente púbica (tributo), for força de uma convenção contratual.

[25] ESCOBAR, Marcelo Ricardo. **Arbitragem na Administração Pública como pressuposto da arbitrabilidade tributária.** São Paulo, 2016, p. 44. Tese de Doutorado, Faculdade de Direito da Universidade de São Paulo.

O fato de a Constituição Federal, em seu artigo 5º, inciso XXXV, assegurar que a lei não poderá excluir da apreciação do judiciário lesão ou ameaça a direito, não impede a solução de litígios por outros meios além do judicial.

Já defendemos no passado[26] que a arbitragem, como "extinção" da obrigação tributária não poderia ser validamente adotada na esfera tributária, pois à época compartilhávamos a visão, não muito bem fundamentada, reconhecemos, segundo a qual o litígio fiscal deveria necessariamente tramitar na esfera administrativa ou judicial, rejeitando a sua submissão ao juízo arbitral.

A inafastabilidade da apreciação da lesão ou ameaça de lesão a direito pelo poder judiciário, contudo, não significa a negação das formas alternativas de resolução de conflitos. Ou seja, não existe razão suficiente para sustentar a exclusividade das esferas administrativa e judicial como foro para resolução dos conflitos tributários, mesmo sendo a obrigação tributária *ex legge*.

Não há que se falar em exclusividade das instâncias administrativas e/ou judiciais. A ordem constitucional convive plenamente com formas alternativas de resolução de conflitos fora destas esferas. E isto vale inclusive para assuntos de ordem pública, como é o caso dos tributos.

Oportunas as palavras de Marcelo Ricardo Escobar em sua excelente tese de doutorado defendida na Faculdade de Direito da Pontifícia Universidade Católica de São Paulo:

> *"Atualmente, defender que haveria uma suposta inafastabilidade do controle jurisdicional do Estado não encontra atualmente qualquer sorte de sustentação, inclusive em razão de ausência de previsão constitucional ou estruturar neste sentido, posto que a Constituição Federal em momento algum indica qualquer monopólio do exercício da função jurisdicional pelo Judiciário".*[27]

Questão diversa, mas que merece resposta é saber se seria o crédito tributário indisponível, de forma a afastá-lo do âmbito da arbitragem, na medida em que a arbitragem, tal como concebida originariamente no ordenamento brasileiro, é um modelo de resolução de conflitos somente aplicável a direitos patrimoniais disponíveis.

[26] VASCONCELLOS, Roberto França de. *Extinção da Obrigação Tributária*. *In*: SANTI, Eurico Marcos Diniz de; ZILVETI, Fernando Aurelio; MOSQUERA, Roberto Quiroga (Coordenadores). **Tributação das Empresas**. São Paulo: Quartier Latin, 2006, p. 355 – 397.

[27] **Op. cit.**, (nota 25) p. 38.

Se admitirmos o tributo como um direito indisponível efetivamente, não haverá como negar a incompatibilidade da arbitragem com os temas fiscais, especialmente se estiver em discussão o cumprimento de obrigação principal.

Ainda hoje reverbera na nossa doutrina o entendimento de teses opostas à aplicação da arbitragem na esfera tributária. Vejamos os comentários de Hugo de Brito Machado:

*"Arbitragem não se mostra adequada para solução de conflitos na relação tributária. Embora se possa considerar que o direito do contribuinte, de somente ser compelido a pagar o tributo legalmente devido, é um direito disponível e de natureza patrimonial, não se pode esquecer que o direito da Fazenda de arrecadar o tributo é um direito indisponível, pelo menos quando como tal se considere o direito do qual o agente estatal não pode abrir mão, a não ser em condições excepcionais e pela forma especialmente para essa fim estabelecida".* [28]

Um contraponto frequentemente levantado à corrente que defende a inaplicabilidade da arbitragem à matéria tributária é o de que a indisponibilidade do crédito tributário restaria circunscrito às autoridades fiscais, não vinculando, contudo, o legislador.

Ou seja, não se aperfeiçoaria a renúncia ao crédito tributário por parte das autoridades fiscais, o que seria de fato problemático. Até porque a decisão arbitral pode reconhecer que não há obrigação tributária alguma.

Portanto, não nos parece correto estabelecer que o julgamento feito por um terceiro, o árbitro, fora do contexto da administração pública ou do judiciário, implique necessariamente renúncia ou disponibilidade do crédito tributário, pois a decisão pode se voltar contra o contribuinte, obrigando-o a pagar o crédito sem a possibilidade de recurso ao Judiciário.

Não se deve, pois, confundir renúncia ao crédito tributário, que, como temos sustentado, nem chega a ocorrer na arbitragem, com a delegação a entidade privada para julgar matéria de natureza fiscal.

Em interessante estudo sobre a questão, Fabio Brun Goldschmidt busca verificar a compatibilidade da Lei 9.307/96, que regula a arbitragem, com a matéria tributária, transcrevendo dispositivo daquela lei segundo o qual:

[28] MACHADO, Hugo de Brito. *Transação e Arbitragem no Âmbito Tributário. In*: **Revista Fórum de Direito Tributário**, p. 69.

*"As pessoas capazes de contratar poderão valer-se da arbitragem para dirimir litígio relativos a direitos patrimoniais disponíveis".*[29]

Embora reconheça o autor haver incompatibilidade da redação do artigo supra transcrito com a matéria tributária, posto que nesta esfera estão envolvidos direitos indisponíveis, ressalta ser este um obstáculo questionável quando defrontado com a possibilidade prevista pelo próprio CTN de realização de transação versando sobre matéria tributária.

Ou seja, essa indisponibilidade seria relativa, na medida que se admite exceção, tal como se dá no caso de transação realizada para extinguir um litígio de natureza tributária.

Para embasar o seu raciocínio, Goldschmidt cita opinião de Joel Dias Figueira Jr. para quem:

*"Significa dizer que a indisponibilidade dos bens da Fazenda Pública não necessariamente importa em total exclusão da viabilidade jurídica de transacionar sobre eles, desde que haja autorização legal para a Administração assim proceder, pelo menos, enquanto participe da relação jurídica de coordenação, hipótese em que não se investe de seu poder soberano, submetendo-se às normas de direito privado em igualdade de condições com as pessoas de direito privado"*[30]

Não vemos indisponibilidade do tributo como um obstáculo insuperável para a aplicação da arbitragem pelos argumentos já apresentados, ainda mais se considerarmos os casos de remissão e transação, ambas expressamente previstas no artigo 156 do CTN.

Vale lembrar, ainda quando se fala de renúncia, que a Constituição Federal, no artigo 150, parágrafo 6, apenas exige que a isenção, redução da base de cálculo, anistia ou remissão de tributos observe a edição de lei pelo ente da federação competente, enquanto o CTN prevê de forma expressa a transação, forma que, inequivocamente, envolve alguma renúncia.

É bastante significativa a redação do artigo 171 do Código Tributário Nacional, que dispõe:

*"A lei pode facultar, nas condições que estabeleça, aos sujeitos ativo e passivo da obrigação tributária celebrar transação que, mediante concessões mútuas, importe em determinação de litígio e consequente extinção do crédito tributário.*

[29] Goldschmidt, Fabio Brun. *Arbitragem e Transação Tributária – Verificação de Compatibilidade. In*: Revista Dialética de Direito Tributário. São Paulo, p. 48.
[30] **Ibidem**.

*Parágrafo único: A lei indicará a autoridade competente para autorizar a transação em cada caso."*

É possível extrair do artigo acima transcrito a inexistência de margem para discricionariedades por parte das autoridades fiscais, que ficam adstritas aos termos ajustados na lei. No entanto, ao legislador restará a prerrogativa de estabelecer as condições para operacionalização da transação, que, em maior ou menor grau, envolve renúncia do crédito tributário. Ou seja, a suposta indisponibilidade do crédito tributário restringe o agir do agente público, que estará adstrito ao disposto na lei, mas não tolhe o poder do legislador de abrir mão de parte (ou de todo) do crédito tributário.

E insistimos num ponto: não se trata de renúncia ao crédito tributário, mas um deslocamento da jurisdição em caso envolvendo crédito tributário.

Renúncia ao que não existe? Parece que estamos mais diante de um tabu do que de um argumento sólido a ser contestado.

Ademais, seria possível limitar a arbitragem a determinados parâmetros definidos pelo legislador como por exemplo o valor envolvido. Ou, então, como sugere Oswaldo Othon de Pontes Saraiva Filho:

*"(...) seria mais aceitável a utilização, com expressa previsão legal, de arbitragem para solucionar, apenas, dúvida sobre questão de fato de evidente indeterminação, verificada nos casos em que os textos normativos não permitam adequada exatidão sobre as hipóteses alcançadas ou sobre os procedimentos exigidos, e requeiram conhecimento técnico especializado para sua compreensão."*[31]

Entendemos, assim, que os argumentos que invocam a inarbitrabilidade do crédito tributário com base em sua suposta indisponibilidade, o caráter contratual da arbitragem como impeditivo da arbitragem como forma de extinguir uma obrigação *ex legge* e, por fim, a exclusividade jurisdicional não se sustentam e portanto não devem impedir a aplicação da arbitragem à matéria tributária.

## 7. Portugal – A Quebra de Paradigma

A arbitragem aplicada à matéria tributária não é uma questão nova em outros países.

[31] Filho, Oswaldo Othon de Pontes Saraiva. *A Transação e a arbitragem no direito constitucional-tributário brasileiro*. *In*: **Transação e Arbitragem no Âmbito Tributário – Homenagem ao jurista Carlos Mario da silva Veloso**. Belo Horizonte: Fórum, p. 409.

Embora não seja exatamente do que estamos falando aqui, é importante lembrar que a arbitragem já vem sendo admitida amplamente como forma de solucionar conflitos envolvendo a tributação de operações transnacionais, prevista nos acordos de bitributação.

Neste caso, a arbitragem contribui para definir o limite da jurisdição dos Estados signatários dos referidos acordos de bitributação.

A resistência à arbitragem internacional tem partido daquela já neste trabalho tantas vezes mencionada, visão dogmática segundo a qual haveria uma incompatibilidade insuperável entre este instituto e a matéria tributária, mas também de países em desenvolvimento que se preocupam com a parcialidade dos árbitros, que tenderiam a ser mais tendenciosos aos países desenvolvidos, uma vez que estes apresentariam um número muito maior de casos, como observa Luís Eduardo Schoueri no prefácio da excelente obra de Alexandre Luiz Moraes do Rêgo Monteiro – A Arbitragem nos Acordos de Bitributação Celebrados pelo Brasil[32].

Como não pretendemos nos aprofundar no tema da arbitragem envolvendo duas ou mais jurisdições, citaremos apenas o relatório *Adressing Base Erosion and Profit Shifting*, em que a OCDE e os países membros do G20 editaram 15 planos de ação (*Action Plans*), dos quais chamamos a atenção para o Action nº 14 (*Making Dispute Resolution Mechanisms More Effective*), que conclama os países a encontrarem formas mais rápidas e eficazes de resolução de seus conflitos. Há uma evidente intenção, expressa na coordenação dos países, de evitar que os litígios desemboquem no Judiciário, onde permanecerão por anos.

A arbitragem, portanto, já é uma realidade na resolução de conflitos decorrentes de operações transnacionais que envolvem duas ou mais jurisdições. Note-se que, internacional ou não a operação subjacente, o fato é que nestes casos se está discutindo matéria tributária nas resoluções arbitrais. Ou seja, a suposta indisponibilidade do crédito tributário valeria também aqui. Mas como se percebe, esta questão foi superada para permitir que os países avancem na resolução de casos concretos.

[32] Monteiro, Alexandre Luiz Moraes do Rêgo. *Direito Tributário Internacional – A Arbitragem nos Acordos de Bitributação Celebrados pelo Brasil. In*: **Série Doutrina Tributária**. São Paulo: Quartier Latin, v. XX, 2016.

É válido ainda lembrar que diversos países adotam a arbitragem em seus ordenamentos internos, como Alemanha, Itália e Portugal, sendo este último país possivelmente o caso mais ilustrativo e ao qual restringiremos a nossa breve análise.

A base jurídica da arbitragem tributária na Europa tem sede constitucional. Como informam Maria de Fátima Ribeiro e Aldo Aranha de Castro[33] nos termos como foi regulamentada na Europa, a arbitragem não poderá envolver litígios para os quais a Constituição Europeia estabeleça a necessidade de intervenção dos tribunais não arbitrais, ou questões que versem sobre matérias para as quais a lei (e a própria Constituição) exija uma solução vinculada. Os autores citam então trecho dos comentários de Nabais, que reproduzimos abaixo:

> "Quanto à base constitucional, ela é cristalina, pois o n. 2 do art. 209 da Constituição limita-se a prescrever que "podem existir tribunais arbitrais", não estabelecendo no quadro deste preceito quaisquer limites à sua instituição, os quais serão apenas os que resultarem de outras normas ou princípios constitucionais.
>
> (...)
>
> Isto significa que não se poderá recorrer à arbitragem para resolver litígios para os quais a Constituição imponha a intervenção dos tribunais não arbitrais...
>
> (...)
>
> Por isso, a Constituição não fecha a porta à existência de tribunais arbitrais para a solução de litígios de natureza tributária, nos quais se incluem designadamente, os litígios respeitantes aos actos de liquidação de tributos e a demais actos em matéria tributária".[34]

Como no Brasil, também em Portugal houve um intenso debate acerca da aplicabilidade da arbitragem às questões tributárias, ao final do qual foi criado o Centro de Arbitragem Administrativa (CAAD), que funciona como uma associação privada sem fins lucrativos com objetivo

[33] Ribero, Maria de Fátima; Castro, Aldo Aranha. *A Arbitragem Tributária como Forma de Acesso à Justiça: uma realidade ou instituto a ser desenvolvido no Brasil. In*: Couto, Mônica Bonetti; Espindola, Angela Araújo da Silveira; SILVA, Maria dos Remédios Fontes. **Acesso à Justiça I**. 2014, p. 49. Disponível em: <http://www.publicadireito.com.br/artigos/?cod=d12e9ce9949f610a>. Acesso em: 25/01/2017.

[34] Ibidem.

de promover a resolução de litígios através da mediação, conciliação e arbitragem.

A arbitragem foi inicialmente prevista no ordenamento português em 2010 através da Lei do Orçamento do Estado. Informativas as palavras de Ana Paula Olinto Yurgel:

> "Após a aprovação da Lei do Orçamento em 2010, que autorizou a arbitragem em matéria tributária, Portugal regulamentou a questão do Decreto Lei nº 10/2011, no qual se encontram os seus objetivos. São eles: reforçar a tutela eficaz dos direitos e dos interesses legalmente protegidos dos sujeitos passivos; imprimir uma maior celeridade na resolução de litígios que opõem a administração tributária ao sujeito passivo; e reduzir a pendência de processos nos tribunais administrativos e fiscais."[35]

Como nos ensina Marcelo Ricardo Escobar[36], a adoção da arbitragem em Portugal teve os seguintes objetivos: (i) reforçar a tutela eficaz dos direitos e interesses legalmente protegidos dos sujeitos passivos; (ii) imprimir maior celeridade na resolução de litígios que opõem a administração tributária ao sujeito passivo; e (iii) reduzir a pendência de processos nos tribunais administrativos e fiscais. O autor prossegue informando que a composição dos tribunais arbitrais pode variar desde um árbitro único, nos casos que não envolvam valores superiores ao dobro do valor de alçada do Tribunal Central Administrativo (60.000 Euros), ou, nos demais casos que ultrapassarem este valor, ou ainda por opção do contribuinte, haverá uma decisão tripartite.

Ainda segundo as lições do autor citado no parágrafo anterior[37], a legislação portuguesa estabeleceu uma relação exaustiva de temas tributários sujeitos à apreciação do CAAD, como (i) liquidação de tributos; (ii) autoliquidação; (iii) retenção na fonte; (iv) pagamentos por conta; (v) atos de determinação da matéria tributável; (vi) atos de determinação da "matéria colectável"; (vii) atos de fixação de valores patrimoniais.

As decisões arbitrais proferidas em matéria tributária são irrecorríveis, admitindo-se, no entanto, alguns recursos excepcionais ao Tribunal Constitucional em hipóteses bastante restritas como no caso de a

[35] Yurgel, Ana Paula Olinto. **Arbitragem Tributária em Portugal: Possibilidade de Inserção do Instituto no Direito Tributário Brasileiro.** Disponível em: <http://ie.org.br/site/ieadm/arquivos/cmanoticiaarquivo307.pdf>. Acesso em: 05/02/2017.

[36] **Op. cit.**, (nota 25) p. 190.

[37] **Ibidem**. p. 192.

sentença arbitral recusar a aplicação de uma norma em virtude de sua suposta inconstitucionalidade, ou para o Supremo Tribunal Administrativo quando, por exemplo, a decisão conflitar com a mesma questão de direito já decidida em acórdão exarado pelo referido tribunal.[38]

Conforme relatado por Escobar[39] desde a publicação da lei até março de 2013, cerca de 200 arbitragens tributárias tinham sido submetidas ao CAAD, dos quais mais da metade (58,8%) foi decidida favoravelmente aos contribuintes com um prazo médio de tramitação de quatro meses.

Fica o exemplo de Portugal para o Brasil.

## Referências

Amaro, Luciano. **Direito Tributário Brasileiro**. São Paulo: Saraiva.

Carvalho, Paulo de Barros. **Curso de Direito Tributário**. São Paulo: Saraiva, 8ª ed.

Coelho, Sacha Calmon Navarro. "A Obrigação Tributária – Nascimento e Morte – A transação como Forma de Extinção do Crédito Tributário". *In* **Cadernos de Direito Tributário**, vol. 62.

Costa, Alcides Jorge. **Da Extinção das Obrigações Tributárias**.

Escobar, Marcelo Ricardo. **Arbitragem na Administração Pública como pressuposto da arbitrabilidade tributária.** São Paulo, 2016, p. 44. Tese de Doutorado, Faculdade de Direito da Universidade de São Paulo.

Filho, Oswaldo Othon de Pontes Saraiva. "A Transação e a arbitragem no direito constitucional-tributário brasileiro". *In*: **Transação e Arbitragem no Âmbito Tributário – Homenagem ao jurista Carlos Mario da silva Veloso**. Belo Horizonte: Fórum.

Gallardón, José M Ruiz. **Derecho Civil – Obligaciones**, Madrid, 1957.

Goldschmidt, Fabio Brun. "Arbitragem e Transação Tributária – Verificação de Compatibilidade". *In*: **Revista Dialética de Direito Tributário**. São Paulo.

Lacombe, Américo. **Obrigação Tributária**. São Paulo: Saraiva, 2ª edição.

Machado, Hugo de Brito. "Transação e Arbitragem no Âmbito Tributário". *In*: **Revista Fórum de Direito Tributário**.

Martins, Andrade. "Demarcação de Fronteiras entre Vicissitudes da Obrigação Tributária: a Anistia em Face da Remissão, e Ambas em face da transação". *In*: Schoueri, Luís Eduardo (Coord.). **Direito tributário – Estudos em Homenagem a Alcides Jorge Costa**. São Paulo: Quarter Latin.

[38] **Op. cit.**, (nota 25) p. 193.
[39] **Ibidem.**

Mayer, Otto. "Derecho Administrativo Alemán", tomo II, Depalma: Buenos Aires, 1982, p. 85 – 196. *In*: Pontes, Helenilson Cunha. "Revistando o Tema da Obrigação Tributária". *In*: **Direito Tributário – Homenagem a Alcides Jorge Costa**. São Paulo, volume I, Quarter Latin.

Mendes, Amélia Paz. **El Pago de La Obligación Tributário.**

Monteiro, Alexandre Luiz Moraes do Rêgo. "Direito Tributário Internacional – A Arbitragem nos Acordos de Bitributação Celebrados pelo Brasil". *In*: **Série Doutrina Tributária**. São Paulo: Quartier Latin, v. XX, 2016.

Pietro, Maria Sylvia Zanella Di. **Direito Administrativo**. São Paulo: Atlas, 1996, 7ª edição.

Ribero, Maria de Fátima; Castro, Aldo Aranha. "A Arbitragem Tributária como Forma de Acesso à Justiça: uma realidade ou instituto a ser desenvolvido no Brasil". *In*: Couto, Mônica Bonetti; Espindola, Angela Araújo da Silveira; Silva, Maria dos Remédios Fontes. **Acesso à Justiça I**. 2014. Disponível em: <http://www.publicadireito.com.br/artigos/?cod=d12e9ce9949f610a>.

Souza, Rubens Gomes de. **Compêndio da Legislação Tributária**. São Paulo: Resenha, 1975.

Tipke, Klaus. **Steuerecht**. Editora Dr. Otto Schmidt: Colônia, 15ª edição.

Torres, Ricardo Lobo. **Curso de Direito Financeiro e Tributário**. Renovar: Rio de Janeiro, 2002, 9ª edição.

______. Extinção da Obrigação Tributária – Comentários aos artigos 156 a 164 do CTN. *In*: Martins, Ives Gandra (Coord.). **Comentários ao CTN**. São Paulo: Saraiva, 1998.

Vasconcellos, Roberto França de. "Extinção da Obrigação Tributária". *In*: Santi, Eurico Marcos Diniz de; Zilveti, Fernando Aurelio; Mosquera, Roberto Quiroga (Coordenadores). **Tributação das Empresas**. São Paulo: Quartier Latin, 2006.

Yurgel, Ana Paula Olinto. **Arbitragem Tributária em Portugal: Possibilidade de Inserção do Instituto no Direito Tributário Brasileiro**. Disponível em: <http://ie.org.br/site/ieadm/arquivos/cmanoticiaarquivo307.pdf>.

# Dados Empíricos da Arbitragem Doméstica e Internacional: Proposta para a Redução do Contencioso Tributário

Eduardo de Albuquerque Parente*

## 1. Introdução

Para aqueles que praticam o modelo arbitral de resolução de controvérsias tem sido rotineira a sensação de que se trata de um mecanismo com características próprias. Sob o ponto de vista teórico, apesar de válida a comparação com diferentes modos de procedimentos dialéticos com produção de decisões vinculativas (como, por exemplo, nos processos administrativos), o comparativo acaba sendo da arbitragem com o processo judicial. A arbitragem possui uma ordem jurídica própria, decorrente do seu modo de se desenvolver (ordem jurídica processual), da forma como o direito material nela se insere (aplicação da ordem jurídica material) e da criação de normas próprias (ordem jurídica material).

Evidente que não é esta a sede para exaurir o tema, pois o objetivo aqui, trazendo alguns subsídios empíricos e teóricos, é apenas fazer uma ponderação se esta realidade poderia de alguma forma contribuir com um cenário onde impera do interesse público (portanto, longe da dispo-

* Doutor e Mestre em Direito pela Faculdade de Direito da Universidade de São Paulo-USP. Advogado, sócio de Salusse, Marangoni, Parente, Jabur e Périllier Advogados.

nibilidade, premissa da ordem arbitral) mas no qual os modelos clássicos de resolução de controvérsias mostram-se esgotados. Vale dizer, será que a arbitragem poderia contribuir na resolução de conflitos tributários? Desnecessário dizer que este artigo navegará por águas de *lege ferenda*, utilizando alguns (raros) exemplos do direito estrangeiro, para ao final propositar em algum sentido. O tema é tão programático e pouco estudado que eventual interesse no desenvolvimento de melhores ideias já será bom resultado. Mas antes de ingressarmos na abordagem específica, necessárias considerações iniciais sobre o que entendemos ser uma teoria geral da arbitragem, com matriz constitucional. É que o passamos a tentar.

## 2. Jurisdição arbitral e teoria geral do processo

Jurisdição é atividade estatal exercitada *super partes* e transformadora da realidade, impondo a esta que passe a portar-se de acordo com uma ordem preestabelecida (*jurídica*, e não necessariamente *legal*[1]). O Estado impede que os interessados possam impor coercitivamente seus interesses (*autotutela*) e promete que situações conflitantes serão resolvidas por um representante. Este, quando invocado, atuará (ou deverá atuar) de forma imparcial na busca da composição mediante a *aplicação da lei ao caso*. *Lei*, reputamos, tem projeção potencial e deve significar não só o texto legislado, mas o direito em sentido amplo (o arcabouço jurídico disponível ao julgador). Desta forma existe uma premissa para o exercício da jurisdição: a preexistência de uma vontade geral, abstrata e impessoal, que direcione o caminho de quem vai julgar. E isso nada mais é do que uma limitação, uma barreira ao julgador que lhe força determinadas posturas. Essa limitação do poder do Estado, na origem, era vista como um dos dois lados mais importantes da jurisdição e (talvez mais evidente em tempos de regimes totalitários) o mais relevante.

Ao lado de ter a função de balizar a atuação do Estado (que, no Brasil, ganha feições especiais de se traduzir em *atos de governo*), jurisdição também é atuação de poder. Chega a ser um (*pseudo*) paradoxo: na medida em que a jurisdição é forma de controle dos atos do Estado, é

[1] Cappelletti fala de *virtudes processuais passivas* para expressar a importância de a jurisdição distinguir-se das demais formas de exercício do poder estatal por só iniciar-se quando previamente provocada pelo interessado (*Juízes legisladores...*, p. 79).

também uma das formas de que este se utiliza para expressar seu poder (cuja melhor tradução prática talvez seja o seu qualitativo de coerção), de fazer com que a situação concreta adapte-se ao *esquadro* traçado pelo sistema jurídico. Essa forma de expressão de poder do Estado, todavia, não se esgota apenas na mera aplicação coercitiva do direito ao caso concreto. Como corolário do próprio sentido tripartido da jurisdição (jurídico, político e, fundamentalmente, social), é também forma de pacificação da sociedade, exercida legítima e independentemente de qualquer moção de *referendum* dos demais poderes do Estado. Portanto, a jurisdição, nesse aspecto de exercício, de forma de expressão do poder estatal, é inegavelmente universal, indivisível, não havendo razão ontológica para qualquer tentativa de divisão entre os *ambientes processuais* em que ela se expressa. Esse é aspecto que importa (e ratifica) a pertinência de se falar de uma teoria geral do processo à luz do conceito de jurisdição, que nada mais é do que forma de pacificação social mediante a aplicação do direito em sentido amplíssimo. E isso traz, por outro lado, uma dicotomia prática quando se analisa a necessidade de um modelo de aplicação concreta do direito que seja eficiente, independentemente de qual direito material em questão.

Ao lado disso, podemos considerar que há uma categorização geral de aplicação do direito a situações concretas. Uma única teoria que contemple os fundamentos de todos os modelos processuais nos quais há o exercício de jurisdição (exemplo comum é a divisão clássica entre os processos *civil* e *penal*, ou, mais especificamente aqui, *processo tributário lato sensu*). Existem muito mais pontos em comum do que discrepantes entre as diversas formas de atuação do poder estatal. Pelo próprio conteúdo dos escopos dos métodos voltados a solucionar controvérsias podemos dizer que a jurisdição encerra fim de pacificação. Não é outro o maior objetivo da jurisdição, a partir de uma visão moderna e não apenas *legalista*, a quem a atuação de quem julga se restringiria a tão-somente dizer (ou implementar) o que está escrito na lei. Evidente que os objetivos jurídicos são importantes. Mas eles não podem ser considerados isoladamente, sem uma visão sociológica de resolução final de conflito e pacificação. Logo, pode-se dizer que dividir em espécies de jurisdição pelo prisma de onde ela se aplica é agir apenas sob o ponto de vista topológico (e raso), posto que a jurisdição é una.

Uma teoria processual geral, assim, informa os *modus operandi* mediante os quais as crises no plano do direito material são resolvidas.

Pode-se usar como exemplos comparativos os *processos* legislativo, administrativo, de controle direto de constitucionalidade, coletivo, juizados especiais, ou *processo fiscal*. Não se tratam apenas de conjunto de regras que pautam a normatização. Há um conjunto de atos e fatos que redundam na aceitação ou rejeição da demanda, possuem um esquadro fechado de instrumentos e institutos próprios que os distinguem dos demais campos de atuação jurisdicional.[2] *Processo* é tradicionalmente conhecido como uma relação jurídica pública e contínua, entre os atos que lhe dão corpo e entre estes e as pessoas a eles sujeitos. Relação que depende de certos pressupostos e que se desenvolve mediante um procedimento agitado pelo contraditório.

Pois bem; fazendo agora a migração disso tudo para o âmbito da arbitragem, é verdade que embora clara a relação entre o processo arbitral e o processo judicial (por exemplo, no regime de medidas de urgência pré-arbitrais), não existe um conceito legal de processo arbitral. A Lei de Arbitragem ora homenageada foi redigida de forma consciente de que não é dado ao legislador conceituar. Soube também o legislador arbitral reconhecer que os institutos *processo* e *procedimento* já estavam identificados e solidificados na referida teoria geral. Os princípios que informam o processo estatal também o fazem no arbitral. Daí não ter precisado a lei tratar da relação jurídica processual na arbitragem, o que seria, para alguns, uma demonstração clara de que haveria jurisdição arbitral. Não era necessário. Seria inadequado, na verdade.

Falar de processo arbitral significa equivaler as esferas estatal e arbitral como mecanismos jurisdicionais nos quais juiz e árbitro exercem mesmas funções: serem julgadores de fato e de direito, dizerem o direito, em movimento alinhado com a própria natureza jurídica da arbitragem. Uma jurisdicionalidade que advém dos próprios desígnios da Lei de Arbitragem, elaborada justamente para trazer um mecanismo

[2] Barbosa Moreira aceita haver *processo* legislativo, inclusive mencionando o fato de assim constar da Constituição (Privatização do processo?, p. 11). Canotilho diz que a jurisdição constitucional, embora órgão da jurisdição, possui "especificidades metódicas em relação à actividade jurisdicional desenvolvida por outros tribunais". Ele aponta um parâmetro de controle (princípios e regras constitucionais) com fortes "cambiantes políticas", assim como uma diferente rotina no tocante ao *poder de interpretação*, o que faz com que todos devam ter a mesma leitura que o Tribunal Constitucional (*Direito constitucional e teoria da Constituição*, p. 1305-1306).

que seja apto a resolver controvérsias com respaldo do Estado, pacificando situações, dizendo o direito como no processo judicial.[3] Outro motivo há para se referir a processo (como exercício de jurisdição) e não apenas a procedimento arbitral.[4] Trata-se de conclusão à luz dos princípios informativos do processo: (*i*) o econômico, voltado à produção do melhor resultado com menor dispêndio de recursos; (*ii*) o lógico, para a seleção dos meios eficazes à descoberta da verdade; (*iii*) o jurídico, para a igualdade no processo e fidelidade da conclusão ao direito material; e, por fim, (*iv*) o político, visando a garantia social. Não se pode negar que todos eles estão presentes na arbitragem.

Existe ainda uma preocupação com o chamado *custo de oportunidade* na utilização do processo arbitral se comparado com o estatal, preenchendo o primeiro princípio acima (econômico). Há toda uma construção de instrumentos internos que possibilitam a adequação do procedimento à necessidade do caso concreto, cumprindo o segundo (lógico). Há no processo arbitral a manutenção da igualdade das partes, até como matéria de ordem pública (LA, art. 21, § 2º), existindo busca pela compleição do direito material, seja no julgamento por direito, seja por equidade, nos termos do princípio terceiro *supra* (jurídico). Por fim, a estabilização dada pela lei à decisão arbitral final transfere ao processo arbitral o último princípio informativo do processo apontado (político), com a pacificação social.

Logo, ao se dizer "existe *processo* arbitral", está-se confirmando a existência de jurisdição, porém reduzida a um modelo específico, próprio, de funcionamento. Não se trata apenas do *procedimento.* Olhar o fenômeno apenas pelo lado do rito seria reduzir a questão a um aspecto raso. Haver processo arbitral redunda em pensar em quais seriam os elementos primordiais desse instituto que o caracterizam e, em certo sentido, o diferenciam do modelo estatal (além da ausência de *executio* e *coertio*). Falamos de características que costumam ser identificadas com as da

[3] Cf. Carmona, *Processo arbitral*, p. 22.

[4] "O procedimento é o elemento visível do processo", ao contrário da "relação jurídica processual, como ente puramente jurídico que é", não tendo existência perceptível aos sentidos, como é o exercício de faculdades ou poderes, ou em cumprimento a deveres ou ônus processuais (Dinamarco, *Instituições de direito processual civil*, v. 2, p. 26).

jurisdição arbitral.[5] Esse aspecto fica mais claro quando se entende o motivo pelo qual o seu modo de ser é diferente. Isso está relacionado ao conceito de devido processo, aqui em seu significado arbitral. Vejamos.

## 3. Devido processo arbitral

É constante o uso da expressão devido processo legal sem maiores preocupações. Melhor explicando, tornou-se lugar comum dizer que determinado ato ou fato *"viola o devido processo legal"*, como se num modelo de *apelo geral*. Em outros termos, quando não se tem o que dizer apela-se para a violação de uma sacra cláusula de devido processo que teria sido violada. Talvez isso seja fruto da crescente incidência de princípios constitucionais no processo estatal. Seja como for, no que se relaciona com o tema aqui proposto? Para responder a isso lançamos mão de mais uma pergunta prévia: afinal, o que é devido processo legal?

Consideramos que o conceito não se sustenta sozinho, não possui sentido concreto,[6] sendo abstrato *enquanto não preenchido* (primordialmente pela lei, mas não apenas por ela). Em outras palavras, o princí-

[5] O árbitro é dotado das faculdades de decisão e documentação, faltando-lhe a coerção em sentido estrito (ou *coertio/executio*). Isso não lhe retira o fato de ser detentor de jurisdição, na medida em que o poder coercitivo, por opção de política legislativa, é transferido para o juiz togado mediante técnica legislativa da competência funcional. Em suma, o árbitro apenas não possui *competência* para coagir, mas tem jurisdição para conhecer, julgar e documentar. E isso está formalmente reconhecido pelo legislador nos a arts. 22-A, 22-C e 32, que tratam respectivamente das medidas de urgência, da carta arbitral e da própria decisão do árbitro produzindo iguais efeitos da sentença estatal como título executivo judicial. Um bom paralelo comparativo para demonstrar essa característica, em sistemas como da Suécia a execução no processo estatal cabe a um órgão administrativo do Estado. Eles entendem que a essência da jurisdição está na definição do direito, restando à "execução" apenas a transferência forçada de bens. A doutrina espanhola já falava nisso há mais de 30 anos (cf. Medina-Merchán, *Tratado de arbitraje*, p.439).

[6] Na prática da arbitragem internacional essa alternância é ainda maior, como bem aponta Park: "like other elastic notions such as justice and equity, the term 'due process" has no sacramental value in itself, but takes meaning from usage. Since one person's delay is often another's due process, notions of arbitral fairness evolve as they are incarnated into flesh and blood responses to specific problems, whose merit often depends on culturally conditioned baseline expectations. A lawyer from New York might say that fundamental fairness requires the respondent to produce certain documents even if adverse to its defence, while a lawyer from Paris or Geneva, used to a quite different legal system, would reply that the claimant should have thought about its proof before filing the claim." (The Procedural soft law of International arbitration: non-governmental instruments, p.145).

pio[7] do devido processo legal deve ser integrado por regras e princípios processuais que lhe deem sentido objetivo. Se por um lado podemos dizer que os princípios constitucionais da ampla defesa e do contraditório fazem parte de um conceito largo de devido processo legal, conforme a Constituição Federal, por outro, cremos ser na lei que o princípio do devido processo legal atinge seu alcance efetivo. Isso significa que o processo é regrado por institutos que dão concretude também à própria ideia de ampla defesa e contraditório e, assim, consequentemente, de devido processo legal. A título de exemplo, ainda que a Constituição traga tais conceitos, ela não menciona qual o meio, forma ou prazo para exercer a ampla defesa, para contraditar, para produzir a prova. Esse papel será desempenhado por elementos advindos da lei integralizadores do que seja devido processo legal para cada sistema processual. A nosso ver, portanto, o devido processo legal é necessariamente construído pelas garantias que *a lei*, e não a Constituição, traz para o ambiente processual voltadas à comprovação dos fatos ligados às alegações das partes.[8]

Mas o que pretendemos não é ver o devido processo legal do processo estatal. A ideia é usar o paradigma para identificar onde está a diferença do processo arbitral nesse tocante. Superar o paradigma, em

[7] Como ensina Ávila, "princípios são normas imediatamente finalísticas", que "estabelecem um fim a ser atingido", e para cuja aplicação "se demanda uma avaliação da correlação entre o estado de coisas a ser promovido e os efeitos decorrentes da conduta havida como necessárias à sua promoção" (*Teoria dos princípios*, p. 78-79).

[8] Assim entende o STF, como mostra o julgamento do caso Têxtil União S.A. *versus* L'Aiglon S.A. (AI 650743-DF, Rel. Celso de Mello, j. 27.05.2009), em que assim se posicionou: "É que, com relação à alegada violação ao art. 5º, inciso LV, da Constituição, a orientação jurisprudencial emanada desta Suprema Corte, firmada na análise desse particular aspecto no qual se fundamenta o recurso extraordinário em causa, tem salientado – considerado o princípio do devido processo legal (neste compreendida a cláusula inerente à plenitude de defesa) – que a suposta ofensa ao texto constitucional, caso existente, apresentar-se-ia por via reflexa, eis que a sua constatação reclamaria, para que se configurasse, a formulação de juízo prévio de legalidade, fundado na vulneração e infringência de dispositivos de ordem meramente legal. [...]. Daí revelar-se inteiramente ajustável, ao caso ora em exame, o entendimento jurisprudencial desta Corte Suprema, no sentido de que '*O devido processo legal – CF, art. 5º, LV – exerce-se de conformidade com a lei*' (AI 192.995-AgR/PE, Rel. Min. Carlos Velloso – grifei), razão pela qual a alegação de desrespeito à cláusula do devido processo legal, por traduzir transgressão 'indireta, reflexa, dado que a ofensa direta seria a normas processuais' (AI 215.885-AgR/SP, Rel. Min. Moreira Alves – AI 414.167/RS, Rel. Min. Cezar Peluso – RE 257.533-AgR/RS, Rel. Min. Carlos Velloso), não autoriza o acesso à via recursal extraordinária (AI 447.774-AgR/CE, Rel. Min. Ellen Gracie)".

termos. Numa primeira análise, mais ampla tanto no processo estatal com o arbitral é a lei que preenche o conceito. No caso do último, primordialmente a Lei de Arbitragem ora homenageada. Aspecto que torna possível, em certa medida, identificar a forma com que isso ocorre no processo arbitral é justamente o fato de que a lei arbitral, ao contrário do Código de Processo Civil, não contém regras procedimentais suficientes para integrar o conceito de devido processo legal. Na verdade, praticamente regra processual nenhuma ela traz. Poder-se-ia então perguntar: o processo arbitral busca essa integralização no Código de Processo Civil? A resposta é negativa. Regras ou dispositivos do ordenamento estatal não integram o devido processo legal arbitral, salvo se partes e árbitros assim o quiserem.[9] Mas ele é integrado, sim, por *princípios* oriundos do diploma processual. Daí uma característica distinta do processo arbitral no tocante à integralização do que seja devido processo legal.

É bom lembrar que existem princípios do processo arbitral decorrentes da própria Lei de Arbitragem que também contribuem na identificação do que seja devido processo legal na arbitragem. Princípios que, por serem constitucionais, formam o núcleo duro do conceito tradicional de devido processo legal, que têm o condão de trazer uma garantia mínima para um julgamento justo, informando tanto o processo arbitral quanto o estatal, embora sem equipará-los no que respeita ao que seja devido processo legal. São princípios que se refletem e se expandem em normas processuais preestabelecidas, no caso do processo estatal, ou criadas pelas partes e árbitros, no processo arbitral.[10] Referimo-nos ao

[9] Em artigo publicado na *Harvard Business Review*, Todd Carver e Albert Vondra apresentam dados empíricos que demonstram o fracasso do processo arbitral quando *(i)* as partes e seus advogados não têm a exata dimensão de *como o processo arbitral é distinto do judicial*, *(ii)* as partes pensam ser a total vitória contra a contraparte como a única alternativa possível e *(iii)* quando contratam advogados excessivamente litigiosos (Alternative dispute resolution: why it doesn´t work and why it does – destaques nossos).

[10] "O modelo institucional do processo arbitral é representado pelo conjunto de características emergentes das garantias constitucionais, das normas gerais de processo que a ele se aplicam e, finalmente, dos preceitos aderentes às suas peculiaridades" (Dinamarco, Limites da sentença arbitral, p. 31).

contraditório, à igualdade de partes, ao seu livre convencimento e á imparcialidade do árbitro (art. 21, § 2º).[11]

É dizer, então, que no processo arbitral o que preencherá os princípios tecidos pela Lei de Arbitragem será o seu próprio mecanismo. Em outros termos, o conjunto de instrumentos/elementos que integram e que lhe conferem operacionalidade (preenchimento do conceito abstrato de devido processo legal em algo concreto), será composto não apenas pela lei arbitral e sua natureza processual, mas acrescido dos regulamentos e da possibilidade ampla de que o procedimento seja construído pelas partes e árbitros. Nota-se aqui o quão presente é o princípio da autonomia da vontade, ao se expandir para o procedimento, ditando e integralizando o próprio conceito de devido processo legal.[12] Exemplificando, na falta de estipulação na convenção arbitral, pode-se definir no termo de arbitragem o lugar em que serão praticados os atos processuais, a língua, as provas que poderão ser produzidas (testemunhal, documental, oral) e de que forma, a mudança de regras previamente acordadas, o modo de distribuição da sucumbência, a possibilidade ou não da interposição de recurso, além dos esclarecimentos previstos na lei (art. 30) e de que maneira ele será apreciado etc.

Ao lado da integração desse conceito mediante seus elementos, o processo arbitral exerce também um movimento de interface (que por vezes pode ser constante) com o método do processo estatal. Em monografia defendemos que isso se chama *abertura cognitiva* entre os dois sistemas de resolução de conflitos, o meio pelo qual eles se comunicam e se influem mutuamente.[13] Evitando repetir o que falamos no tocante à concretização do princípio do devido processo legal, é verdadeiro que essa interface entre os sistemas de direito poderá fazer com que elementos do direito processual estatal acabem por contribuir de alguma

[11] Mais um ingrediente a se considerar quanto à tipicidade da forma com que a arbitragem: a imparcialidade compõe o núcleo do devido processo legal arbitral (art. 22, § 3º), porém está ela sujeita à autonomia da vontade. Em termos práticos, testemunha impedida absolutamente no processo judicial pode até a ser árbitro se houver anuência das partes, deixando clara a dimensão da autonomia da vontade.

[12] Como diz Faustino Cordón Moreno, "la norma básica aplicable al procedimiento arbitral es el principio de autonomía de la voluntad...", sendo ainda complementada pelas normas dos regulamentos, a lei de arbitragem espanhola e pela direção do procedimento pelo árbitro (*El arbitraje de derecho privado*, p. 168-169).

[13] Parente, Eduardo de Albuquerque. Processo arbitral e sistema.

forma para que o princípio do devido processo legal seja integrado ao ambiente arbitral. Isso, involuntariamente, mediante princípios, e, voluntariamente, com regras ou dispositivos, quando do interesse de partes e árbitros.[14] Mas esse modo de ser da arbitragem não se encerra em si mesmo. Existem influências externas no seu modo de funcionamento, que a despeito disso não o desfiguram, mas apenas mostram que ele tem uma *singularidade sem autismo*. Ele se comunica bem, influi e é influenciado por outros métodos de resolução. Ao fim do dia, isso acaba também por impactar o seu próprio jeito de ser. É o que veremos a seguir, no caminho de se identificar se existe ou não possível uma "ordem jurídica arbitral".

## 4. Ordem jurídica arbitral

Por tudo o que se disse acima fica claro que entendemos *ordem jurídica* não como arcabouço de textos legais de certa forma organizados e seguindo uma sectária hierarquia. Uma tal visão, dita por alguns clássica,[15] não cabe mais no universo prático do direito atual, muito menos da arbitragem. Pensamos que ordem jurídica vai além, abrangendo não com o que se julga, mas também com o que se aparamenta para julgar. Resta claro então que não nos parece bastante dizer que uma ordem se restringiria ao que se aplica ao caso, seja em termos de direito material, seja em termos de direito processual. Tampouco apenas o produto deste movimento dialético. Ordem jurídica, para nós, abrange o ambiente no qual haverá um julgamento, o aparato instrumental para este julgamento (nisso incluídos direito processual e material) e o resultado deste julgamento, porque é mediante ele que se obtém os escopos (jurídicos, políticos e sociais) do exercício de poder ao implementar jurisdição arbitral.

Conforme ponderamos antes, quando se fala que "na arbitragem é diferente", claro que o paradigma do que seja diferente a ela é o do processo estatal, judicial. Diferente na sua formação, na sua tramitação e na

[14] Institutos de outros ordenamentos podem integrar o devido processo de uma arbitragem em especial (e isso diuturnamente ocorre), a depender do interesse/conveniência de partes e árbitros. Podemos citar o exemplo da distribuição da prova nos moldes semelhantes ao *discovery* do *common law* (Cf. Hanessian, Discovery in international arbitration; Neumann-Hannessian, *International arbitration checklists...*, p. 92-107).

[15] Tal qual Engisch preconizava (Introdução ao pensamento jurídico).

sua conclusão. Mas para que assim seja a arbitragem conta com elementos vindos da sua própria realidade, panorama este formado pela lei de regência, ora objeto de homenagem, mas também por outros influxos especialmente vindos da vontade das partes e árbitros.

Esse *exercício típico de jurisdição* sofre por um lado as mesmas influências, quanto às suas matrizes principais de aplicação de poder estatal (neste caso, delegado por lei ao árbitro). *Bebe da mesma água* do processo judicial, que é a raiz constitucional. Integram os dois modelos, assim, uma mesma ordem de processo, uma mesma teoria geral de rito dialético (procedimento agitado pelo contraditório). É o que falamos acima sobre a relação entre o exercício de jurisdição arbitral e a teoria geral do processo. Então, ao mesmo tempo em que é diferente no modo de ser e de se comportar inclusive para a sociedade como forma de resolução de conflitos, a arbitragem e o processo judicial apresentam uma mesma raiz que, de maneira geral, preza por um procedimento hígido, com respeito às garantias constitucionais de ampla defesa e contraditório. Diferentes no modo de ser, ambos legitimam-se mediante sua aplicação (pelo procedimento) com amparo em princípios constitucionais que lhes pautam e que basicamente trazem uma ideia de devido processo. Esta é, portanto, a grosso modo, a relação entre a arbitragem, a teoria geral do processo e o devido processo legal.

Em contrapartida a tais semelhanças, as diferenças da arbitragem com o processo judicial surgem no momento em que aproximamos a lupa e enxergamos o seu procedimento. Ou melhor, o modelo pelo qual este procedimento se executa. Veremos que a vontade, da parte e dos árbitros, é viga mestre nesse quesito. Vontade essa que é ampliada, *per relationem*, ao papel que os regulamentos das câmaras exercem. Vontade essa que é hipertrofiada pela ampla gama de poderes instrutórios que o árbitro detém. Confia-se na vontade. E essa confiança traz frutos. Tanto é verdade que é comum se dizer que nenhuma arbitragem é igual a outra. Pura verdade. Este ingrediente, a vontade, entra na arbitragem de forma totalmente diversa do que ocorre no processo estatal. Apenas este elemento já altera a sua forma de ser. Suposto ser verdadeiro que não se pode falar num sentido concreto para o conceito de devido processo legal, como visto acima, temos diferentes elementos que preenchem esse conceito quando se fala de arbitragem e processo judicial. Neste, basicamente, o ordenamento processual de regência. Naquela, longe disso, estarão a vontade (de partes e árbitros) e a lei de arbitragem homenageada. E é uma enorme diferença. Mas não apenas isso deixa evidente a diversidade da arbitragem. O resultado deste modelo diverso de entrega de prestação jurisdicional vem geralmente elogiado nos louros ditos das chamadas vantagens[16] da arbitragem.

O modelo arbitral de resolução de conflitos, a par da convergência de matriz constitucional (principiológica) que detém com o modelo estatal e da divergência da forma com que integra do seu modo (devido processo) também quanto a ele, estabelece uma relação de duplo sentido com o direito processual. Este é um elemento que demonstra a sua diferença e, ao contrário de sugerir subordinação, é linha de destaque no quão diverso é o seu modo de agir.[17] A arbitragem recebe influência deste direito processual formal e de decisões judiciais. Quanto ao primeiro, conforme falamos acima, trata-se de viés nitidamente principio lógico e voltado a preencher conceitos propositalmente abertos trazidos na Lei de Arbitragem. Quanto ao segundo aspecto, esta própria lei apresenta momentos diversos nos quais a interface entre arbitragem e Judiciário se faz necessária (relembrando, por exemplo, nas medidas de urgência, coercitivas, na carta arbitral, no cumprimento ou anulação da sentença arbitral). Some-se a isso o ingresso cada vez maior de elementos da chamada *soft law* que, por eleição das partes, influenciam nos rumos da prática arbitral, ditando orientações e, com isso, constituindo um feixe processual totalmente diferente do que se vê no aparato judicial.[18]

[16] Paulsson faz curioso apontamento ao dizer que as pessoas " should also consider that the availability of international arbitration also has the salutary effect of what sociologists call "compliance pull", as public officials consider the consequences of the fact that their conduct may be examined by neutral decision-makers [arbitrators] who cannot be swayed by patronage, clientilism, or worse – and thus contributes to the rule of law in the national environment as a whole 9 (The Tipping Point, p. 95).

[17] Para Gary Born, "an international arbitration is in vital respects an autonomous legal mechanism governed by international, not merely national, law. The international arbitration agreement is given effect by the New York Convention and by national laws, but decisions regarding the arbitration agreement by the courts of one state are not automatically binding on either courts in other states or the arbitral tribunal." (International commercial arbitration, p. 3803).

[18] "It is here that procedural soft law presents its potential to foster a sense of equal treatment, by promoting the perception that procedure is "regular" and according to a "rule of law" principle. Indeed, one of the essential elements of law as it has been known in the

Paralelamente à relação que a arbitragem tem com o direto processual em sentido lato, há também a sua ligação com o modelo de direito material em sentido amplo. De forma mais adequada para a realidade arbitral, os diferentes influxos materiais que ingressam na realidade dos julgamentos das arbitragens. Falamos aqui do direito material incindível à espécie,[19] que pode variar de acordo com o modelo de negócio jurídico, com a realidade de determinado país ou mesmo de acordo com a ampla escolha das partes na convenção de arbitragem. Agregados a isso estão dois elementos importantes na composição do mecanismo, que é a posição cada vez maior de elementos que para integram uma visão ampla de direito, como a prática reiterada de determinadas posturas comerciais em certos contratos típicos e que recebe uma gama decisões especializadas uniformes (a chamada *lex mercatoria*).[20] Ao redor de tudo isso está a presença de elementos de ordem pública, que variam entre espécies nacionais, internacionais e transnacionais.

Dito tudo isso, não se pode negar que o arcabouço que no entorno e no núcleo da arbitragem é bem diferente do que está no processo estatal, o paradigma clássico utilizado para efeito de comparação. Não se está diante de uma singela operação de aplicar um ditame frio de lei a uma crise jurídica. A complexidade do ato de julgar no modelo arbitral, com todos os ingredientes acima, aponta para um feixe típico. A concatenação da vontade (como pressuposto) de arbitrar com a vontade para direcionar o procedimento (partes e árbitros) junto da influência de ditames processuais constitucionais e decisões judiciais,

Western world is that similar cases should be treated in a similar fashion. By contrast, when arbitrators invent procedural norms as cases unfold, choosing their procedural standards after knowing who will receive the rough end of a rule, one side may perceive application of different sets of weights and measures" (Park, The Procedural Soft Law of International Arbitration: Non-Governmental Instruments, p. 146).

[19] "The arbitral process is anchored to the legal system of the seat of the arbitration, but the arbitrator has a special status, which implies that many rules applicable before the court at the place of the seat will not be applicable to private arbitrators. The arbitral process remains, however, regulated by the law of the seat of the arbitration and subject to the supervision of the courts of the seat." (Besson, Is There a Real Need for Transcending National Legal Orders in International Arbitration? Some Reflections Concerning Abusive Interference from the Courts at the Seat of the Arbitration, p. 381).

[20] Cf. Draetta, U. The Transnational Procedural Rules for Arbitration and the Risks of Overregulation and Bureaucratization, p. 330). Ainda sobre o tema, entre outros, cf. Kock (The Enforcement of Awards Annulled in their Place of Origin, p. 275).

assim como da forma *tailor made* com que o direito material ingressa nesse modelo, leva a uma conclusão que somente pode ser de especificidade. Com todos estes elementos, e ainda que esta reflexão mereça necessário aprofundamento, podemos dizer que existe uma *sui generis* ordem jurídica arbitral.

Feitas tais considerações que reputarmos necessária para contextualizar sob o ponto de vista conceitual o instituto da arbitragem, passamos a tratar o ponto específico deste estudo, que como dito antes navegará por turvas águas da tentativa de *lege ferenda*, ao final sugerindo alguma iniciativa de cunho normativo. Antes, porém, necessários alguns dados práticos da experiência arbitral no âmbito nacional e internacional.

## 5. Dados empíricos da arbitragem doméstica e internacional

Em estudo realizado em 2015 pela Universidade *Queen Mary* de Londres a arbitragem desponta como método favorito de resolução de controvérsia para 90% dos entrevistados[21] – entre eles advogados, acadêmicos, peritos técnicos e departamentos jurídicos corporativos. Em estudo brasileiro equivalente de 2013, 92% se afirmaram satisfeitos[22]. A predileção no estudo estrangeiro foi justificada com base em uma série de atributos desejáveis: flexibilidade, possibilidade de escolher o árbitro, confidencialidade, entre outras. Entretanto, as duas principais características apontadas no estudo se referem diretamente a conflitos de cunho internacional: o alto grau de execução das sentenças arbitrais[23] e a possibilidade de evitar os tribunais e/ou leis de certos países[24]. Por outro lado,

[21] QUEEN MARY UNIVERSITY OF LONDON. 2015 International Arbitration Survey. 2016, p. 5. Disponível em: http://www.arbitration.qmul.ac.uk/docs/164761.pdf. Consulta feita pelo pesquisador Klaus Rilke mediante acesso em 08 de fevereiro de 2017.

[22] COMITÊ BRASILEIRO DE ARBITRAGEM; IPSOS. Pesquisa CBAr-Ipsos. 2013, p. 15. Disponível em: http://www.cbar.org.br/PDF/Pesquisa_CBAr-Ipsos-final.pdf. Consulta feita pelo pesquisador Klaus Rilke mediante acesso em 08 de fevereiro de 2017.

[23] Graças à Convenção de Nova Iorque de 1958, os 156 países signatários em regra devem reconhecer sentenças arbitrais ainda que tenham sido prolatadas em países estrangeiros ou com base em leis diversas. O instrumento equivalente para sentenças judiciais, a Convenção de Haia de 1971, foi ratificado apenas por Portugal, Holanda, Chipre e Albânia – resultando em menor segurança jurídica quanto ao eventual reconhecimento e execução.

[24] Idem, p. 6. Em tese e considerando a possibilidade de livre escolha da lei material aplicável para a solução da controvérsia, a evasão de leis e/ou jurisprudência brasileira poderiam ser vistas como incentivos para a arbitragem. Entretanto, é importante frisar que tentativas de abuso do sistema e/ou fraude já são consideradas no art. 2º, §1º, da Lei de Brasileira de

o estudo brasileiro revelou preocupações diferentes. Os principais diferenciais da arbitragem seriam celeridade, qualidade técnica de decisões e flexibilidade do procedimento, com menção em quantia quase idêntica à da participação na escolha do árbitro[25]. Ainda que haja certa identidade entre as vantagens apontadas em ambos os estudos, os principais incentivos enxergados são diversos.

Revela-se desta forma certa maturidade do instituto. As discussões clássicas sobre prós e contras genéricos da arbitragem em relação ao sistema judiciário se encontram em grande parte superadas, dando lugar a questionamentos sobre a adequação da arbitragem em consideração às necessidades específicas de cada contexto. A confidencialidade (que pode ser essencial a um conflito comercial internacional) é ao mesmo tempo vedada em disputa envolvendo o Estado, enquanto a finalidade da sentença é menos desejável em arbitragens de investimento internacional do que as que lidam com comércio[26].

Em decorrência da ampla (e bem-sucedida) experiência prática, não há mais a necessidade de defesa nem espaço para condenação da arbitragem enquanto sistema próprio. Como natural a todo instituto social ou área do conhecimento, há gradual processo de ramificação e especialização que se possibilita com base justamente na alta flexibilidade inerente ao processo arbitral. Ou seja, a questão não é mais *se* arbitragem deve ser utilizada, mas *quando* e *como*.

Evidência deste processo é a proliferação de câmaras arbitrais com os mais variados enfoques. Ainda que o papel da câmara não seja de forma alguma o julgamento em si, mas a mera administração burocrática do procedimento, a própria opção de tais instituições em se apresentarem como especializadas já indica a percepção de certa demanda neste sentido. Além disso, atividades paralelas de câmaras arbitrais (como a organização de eventos, congressos, publicações ou a simples edição de listas de árbitros recomendados) podem de uma maneira ou de outra se direcionarem para mercados específicos.

Esta "especialização" pode ocorrer em diferentes planos. A subdivisão pode se dar tanto com base nas matérias em disputa, partes envol-

Arbitragem: *"poderão as partes escolher, livremente, as regras de direito que serão aplicadas na arbitragem, desde que não haja violação aos bons costumes e à ordem pública"*.

[25] Pesquisa CBAr-Ipsos, p. 12.

[26] 2015 International Arbitration Survey, p. 8.

vidas, nacionalidade do conflito ou partes e até mesmo tratados específicos. De fato, entre as principais câmaras do mundo pode-se notar grau de diversidade em propósito e abordagem. Da mesma forma, os principais temas em voga se demonstram cada vez mais específicos. No plano internacional, as principais discussões se dão sobre como lidar com corrupção, táticas advocatícias hostis e o financiamento de custas por terceiros[27]. No Brasil o que se discute mais atualmente são questões como a relativização de confidencialidade de arbitragens envolvendo empresas no Novo Mercado, se cláusulas arbitrais em contratos de franquia devem seguir regras atinentes a contratos de adesão, a imposição de cláusulas arbitrais padronizadas em PPPs envolvendo o estado, entre outras. Estas e outras questões de maior ou menor pertinência e atualidade foram apreciadas pelo judiciário em 11.938 decisões proferidas em segundo grau de jurisdição e outras instâncias superiores entre 23 de novembro de 1996, data em que entrou em vigor a lei de arbitragem, e 13 de maio de 2014[28].

Em convergência ao disposto até então, a imensa quantia de decisões é mais um indicador de certa sofisticação e até mesmo segurança do instituto, uma vez que há extensa jurisprudência referente aos mais diversos momentos de uma arbitragem – do reconhecimento de validade de uma cláusula à possibilidade de anulação de sentença por erro material do árbitro. Entre os assuntos em voga se encontram as interfaces da arbitragem com áreas do direito até então supostas incompatíveis: direito consumerista, trabalhista, tributário, etc. A partir do momento que se

[27] Estes três foram aliás alguns dos principais temas discutidos em painéis do III Congresso Pan-Americano de Arbitragem, sediado em 24 e 25 de outubro de 2016 em São Paulo.

[28] O número foi extraído em conjunto das pesquisas realizadas em 2007 e 2014 pelo CBAr – Comitê Brasileiro de Arbitragem, respectivamente em conjunto com a Escola de Direito de São Paulo da Fundação Getulio Vargas e com a Associação Brasileira de Estudantes de Arbitragem. Há ressalva neste de que parte dos 11000 casos levantados pode estar duplicada, devido à metodologia utilizada e o estágio incipiente do estudo. COMITÊ BRASILEIRO DE ARBITRAGEM; ESCOLA DE DIREITO DE SÃO PAULO DA FUNDAÇÃO GETULIO VARGAS. Arbitragem e Poder Judiciário. 2007. Disponível em http://cbar.org.br/site/pesquisa-cbar-fgv-2007. Consulta feita pelo pesquisador Klaus Rilke mediante acesso em 08 de fevereiro de 2017. COMITÊ BRASILEIRO DE ARBITRAGEM; ASSOCIAÇÃO BRASILEIRA DE ESTUDANTES DE ARBITRAGEM. Arbitragem e Poder Judiciário. 2ª Edição, 2014. Disponível em http://cbar.org.br/site/pesquisa-cbar-abearb-2014. Consulta feita pelo pesquisador Klaus Rilke mediante acesso em 08 de fevereiro de 2017.

consolida o instituto e se passa a versar sobre os limites de sua transformação e adaptação, é no mínimo natural que se revise a possibilidade de confeccionar procedimentos que atendam a demandas envolvendo tais matérias.

Finalmente, no que se refere à arbitragem em matéria tributária existe alguma experiência internacional e nenhuma nacional, pois, como sabido, hoje temos um cenário legislativo que impede a prática. Logo, para que possamos pensar num possível e futuro cenário de arbitragens com matérias fiscais o melhor caminho nos parece ser analisar primeiro o que ocorre em outros países e contextos.

## 6. Arbitragem tributária?

O receio (ou ceticismo) vindo em relação à ideia de arbitragem tributária é compreensível. Entretanto, ainda que esparsa e iniciante, existe no plano internacional prática do instituto. Quando se fala em arbitragem e direito tributário há de se considerar a existência de quatro diferentes vertentes de contato entre ambos os sistemas de direito[29].

### 6.1. Visão geral

Em sentido amplo, há *resolução* de controvérsias tributárias decorrentes de relações negociais entre entes privados. Trata-se, por exemplo, da discussão sobre a responsabilidade de vendedores ou compradores por passivo tributário supostamente oculto ou excessivo após a aquisição de uma empresa. É comum que a devida análise da controvérsia demande a interpretação não apenas de disposições contratuais, mas do passivo em si – se determinada autuação era previsível ou razoável, se determinada alteração na forma de realizar lançamentos impactou a carga tributária desnecessariamente ou não, e assim em diante. Esta modalidade é comum em arbitragens comerciais e não possui qualquer vedação – justamente por lidar com reflexos da matéria tributária, ao invés da matéria em si. Não se discute se o imposto será ou não pago, mas simplesmente

[29] Utiliza-se aqui a classificação apresentada por William Park em MISTELIS, Loukas A. & BREKOULAKIS S. Arbitrability in International Arbitration. Wolters Kluwer Law & Business, 2008. P. 181. Adiciona-se aqui uma quarta "face", que seria justamente a arbitragem tributária doméstica entre Estado e sujeito passivo. A ideia de sistema, aqui, é a utilizada por nós em se de doutoramento, como o sistema do processo arbitral sendo um microssistema jurídico (PARENTE, Processo Arbitral e sistema...).

quem o pagará e em qual proporção e o que ele representa em termos negociais.

Em segundo lugar há disputas relacionadas à competência tributária concorrente de dois países sobre a mesma transação. Diferenças nos elementos de conexão e interpretações contábeis de determinados valores remetidos ou recebidos são os principais responsáveis por este tipo de situação, cujo combate é um dos principais objetivos de acordos internacionais para evitar bitributação. Uma série de tratados bilaterais já prevê arbitragem em casos deste tipo, não havendo qualquer espécie de estranhamento ou novidade.[30] Em terceiro lugar há conflitos tributários entre investidores estrangeiros e os países em que aplicaram seus recursos.[31]A quarta e mais polêmica interface é a arbitragem entre ente privado e Estado sobre tributos domésticos. A bem da verdade, o único país que de fato implementou essa vertente em seu sentido mais amplo foi Portugal, por meio do Decreto-Lei nº 10/2011. O decreto cria uma câmara específica, o Centro de Arbitragem Administrativa – CAAD, para lidar com controvérsias relacionadas a:[32]

> "a) A declaração de ilegalidade de actos de liquidação de tributos, de autoliquidação, de retenção na fonte e de pagamento por conta;
> b) A declaração de ilegalidade de actos de determinação da matéria tributável, de actos de determinação da matéria colectável e de actos de fixação de valores patrimoniais;

[30] Por exemplo, em 2016 aditou-se o item 6(c)(aa) do art. 25 do tratado vigente entre EUA e Alemanha para incluir arbitragem mandatória em hipóteses como o decurso de dois anos após o início de tratativas para MAP. Cf. EUA. U.S./Germany Tax Treaty Modified to Include Mandatory Arbitration in Certain Circumstances Background. 26 de fevereiro de 2016. Disponível em http://goo.gl/2KKSDT. Consulta feita pelo pesquisador Klaus Rilke mediante acesso em 08 de fevereiro de 2017.

[31] É uma hipótese comum de conflitos resultantes de BITs e analisados pelo ICSID – no próprio ano passado a Shell instaurou arbitragem contra o governo das Filipinas por cobrança supostamente indevida de US$1.2 bi de impostos não pagos. Cf. KOENIG, Bryan. Shell, Philippines' $1.2B Tax Dispute Heads To World Bank. 21 de julho de 2016. Disponível em: https://www.law360.com/articles/819999/shell-philippines-1-2b-tax-dispute-heads-to-world-bank. Consulta feita pelo pesquisador Klaus Rilke mediante acesso em 08 de fevereiro de 2017.

[32] PORTUGAL. Decreto-Lei nº 10/2011, de 20 de janeiro. Art. 2º, nº 1. Disponível em: http://www.pgdlisboa.pt/leis/lei_mostra_articulado.php?nid=1414&tabela=leis. Consulta feita pelo pesquisador Klaus Rilke mediante acesso em 08 de fevereiro de 2017.

c) A apreciação de qualquer questão, de facto ou de direito, relativa ao projecto de decisão de liquidação, sempre que a lei não assegure a faculdade de deduzir a pretensão referida na alínea anterior".

É importante notar que para viabilizar tal instituto, o governo português customizou o processo aplicável de forma a tornar o desenho da forma de resolução de disputa o mais adequado para salvaguardar certos valores. Há três principais peculiaridades dispostas em lei, referentes à (i) finalidade da sentença, (ii) escolha dos árbitros e (iii) lei aplicável.

Em primeiro lugar, o art. 25º, nº 2, dispõe hipótese de revisão de sentença arbitral pelo Supremo Tribunal Administrativo quando a sentença arbitral contradisser acórdão de Tribunal Central Administrativo ou do próprio Supremo Tribunal Administrativo. Da mesma forma, o art. 25º, nº1, prevê possibilidade de revisão pelo Tribunal Constitucional se a decisão aplicar lei cuja inconstitucionalidade tenha sido suscitada, ou se recusar a aplicar lei por inconstitucionalidade. Trata-se de relativização de uma das principais e mais comuns características de qualquer arbitragem: a irrecorribilidade da sentença. Baseada na Lei Modelo da UNCITRAL, a maioria das leis de arbitragem não permite a revisão de qualquer sentença, especialmente por questões materiais. Por outro lado, universalidade e impessoalidade são características basilares do direito tributário em geral, justificando medidas que visem à uniformização da tributação de cidadãos, não interessando a forma de resolução de disputas que adotem.

Em segundo lugar, o art. 7º dispõe uma série de critérios para a seleção do árbitro:

"1 – Os árbitros são escolhidos de entre pessoas de comprovada capacidade técnica, idoneidade moral e sentido de interesse público.

2 – Os árbitros devem ser juristas com pelo menos 10 anos de comprovada experiência profissional na área do direito tributário, designadamente através do exercício de funções públicas, da magistratura, da advocacia, da consultoria e jurisconsultoria, da docência no ensino superior ou da investigação, de serviço na administração tributária, ou de trabalhos científicos relevantes nesse domínio.

3 – Sem prejuízo do disposto no número anterior, nas questões que exijam um conhecimento especializado de outras áreas, pode ser designado como árbitro não presidente um licenciado em Economia ou Gestão, observando-se, com as necessárias adaptações, o disposto nos n.os 1 e 2.

4 – A lista dos árbitros que compõem o Centro de Arbitragem Administrativa é elaborada nos termos do presente decreto-lei e dos Estatutos e Regulamento do Centro de Arbitragem Administrativa."

A mera confecção de lista exclusiva por uma câmara é um tema polêmico em decorrência da limitação à autonomia das partes e dificuldade em estabelecer critérios objetivos que justifiquem a seleção de árbitros para todo e qualquer caso. O governo português não só determina a existência de lista como ainda demanda formação acadêmica específica e experiência profissional mínima – além de apontar no nº 1 uma série de critérios absolutamente subjetivos. A lógica da medida: para que seja possível delegar a privado atividade jurisdicional de forma justificável e para garantir maior uniformidade nas decisões, aumenta-se a quantia de critérios objetivos, além de se estabelecerem válvulas de escape na forma de critérios subjetivos. Assim é possível justificar o bloqueio de uma nomeação caso um profissional preencha os requisitos, mas de alguma forma seja ainda indesejável – mas jamais será possível justificar a nomeação de um profissional que não os preencha. Por fim, o art. 2º, nº 2, veda expressamente o julgamento por equidade, garantindo assim a aplicação das leis portuguesas em qualquer hipótese – o que faz pleno sentido.

Desta forma, nota-se na prática a ideia a que se aludiu no item anterior: ao invés da manutenção do debate sobre arbitragem em si o que se viu em Portugal foi o estudo e aplicação de um processo modelado para atender às necessidades específicas que o direito tributário local possuía. De fato, até então o CAAD tem funcionado e a demanda por arbitragens tributárias – em geral resolvidas dentro de 4 meses – tem aumentado a cada ano.[33] Logo, sendo factível a implementação de arbitragem tributária, ao menos em tese, devemos então identificar os possíveis entraves para sua introdução no Brasil.

## 6.2. Arbitragem tributária no Brasil: condições e desafios

Para que seja viável a arbitragem tributária no Brasil devemos identificar primeiro os pontos que demandam adaptação da forma mais genérica

[33] Foram 35 casos em 2011, 150 em 2012, 311 em 2013 e 370 em 2014 (cf. CENTRO DE ARBITRAGEM ADMINISTRATIVA. CAAD Notícias – Maio 2014. Disponível em: https://www.caad.org.pt/noticias/newsletter/389-caad-noticias-mai-2014. Consulta feita pelo pesquisador Klaus Rilke mediante acesso em 08 de fevereiro de 2017.

do processo. Assim como visto no exemplo português, a atitude correta não é de enxergar distorções no sistema arbitral, mas sim de aproveitar sua flexibilidade para auxiliar o sistema tributário já existente. A preocupação inicial em qualquer discussão sobre formas de resolução de controvérsias tributárias fora do Judiciário é, obviamente, a indisponibilidade o direito (ou interesse público). O art. 1º da Lei Brasileira de Arbitragem deixa clara a limitação do seu escopo a "litígios relativos a direitos patrimoniais disponíveis". Embora inquestionavelmente patrimonial, seria o tributo disponível? A reação automática e costumeira é a negativa. O mesmo ocorre em discussões sobre direito trabalhista, consumerista e afins. Há certos direitos e deveres que são fundamentais e/ou prerrogativas do Estado, não sendo assim passíveis de transação ou negociação. Entretanto, no Direito Tributário em específico já existe provisão permitindo transação – ainda que careça de lei específica para regulamentá-la. O art. 171 do Código Tributário Nacional prevê a possibilidade de que o Estado e o sujeito passivo realizem *"transação que, mediante concessões mútuas, importe em determinação de litígio e conseqüente extinção de crédito tributário"*.

Não sugerimos simplesmente que a arbitragem seja a forma pela qual se realize tal transação,[34] mas sim fazer um contraposto de que matéria tributária não é inerentemente indisponível, nos termos do que se entende por arbitrabilidade objetiva. Não negamos a indisponibilidade do interesse público de maneira abstrata, da competência para arrecadação ou mesmo que a decisão sobre matéria tributária deva considerar aspectos coletivos que raramente são sequer lembrados em casos comerciais. A questão é que uma arbitragem que leve em conta tais fatores pode ser viável diante da transigibilidade de manifestações concretas da conjugação e ponderação de uma pluralidade de interesses.[35]

[34] Embora este tenha sido exatamente o teor do PLP 469/2009, arts. 156, XII, 171-A e 174, V.

[35] "O interesse público não se confunde com o interesse da pessoa estatal nem constitui um monopólio do Estado. O interesse público não se coloca *a priori*, como um dado absoluto e imutável. Vai ser identificado no caso concreto, levando-se em consideração inclusive os interesses particulares dos sujeitos que possam influenciar na tomada de decisão. A noção de interesse público não prescinde desse intercâmbio – e até mesmo interdependência – entre público e privado. É o resultado do confronto entre os diversos interesses a serem tutelados pelo Estado e objetiva o equilíbrio entre as posições individuais contrapostas" (Talamini, Eduardo, Pereira, Cesar A. G. (Coord.). Arbitragem e o Poder Público 3ª ed. São Paulo: Saraiva, 2010, pp. 65-66).

Uma segunda questão que poderia ser levantada é a possibilidade de participação do Estado em arbitragens – também em decorrência de indisponibilidade do interesse público. Tratava-se de questão pacificada, especialmente após a edição da Lei nº 8.987/95, que afirma em seu art. 23, XV que "*são cláusulas essenciais do contrato de concessão as relativas [...] ao foro e ao modo amigável de solução das divergências contratuais*". Diante porém de decisões aleatórias,[36] procedeu-se ao aditamento da Lei Brasileira de Arbitragem, por meio da qual a questão foi posta de vez por terra:

> "Art. 1º, § 1o A administração pública direta e indireta poderá utilizar-se da arbitragem para dirimir conflitos relativos a direitos patrimoniais disponíveis".

Tampouco há conflito entre a arbitragem e os diversos princípios delineados no art. 37 da Constituição Federal. No que tange à legalidade, é incontroverso que "enquanto na administração particular é lícito fazer tudo o que a lei não proíbe, na Administração Pública só é permitido fazer o que a lei autoriza"[37]. Uma vez que se realizasse alteração legislativa ou edição de lei específica permitindo ao sujeito passivo ou determinando em hipóteses específicas ao sujeito ativo a adoção de arbitragem, o uso da via alternativa em nada geraria arbitrariedade administrativa. Aliás, a Lei Brasileira de Arbitragem já indica a possibilidade de contratação por parte da administração pública. Além do art. 1º, §1º, acima, relevante ainda o parágrafo seguinte:

> "§ 2º A autoridade ou o órgão competente da administração pública direta para a celebração de convenção de arbitragem é a mesma para a realização de acordos ou transações."

Existe assim disposição expressa de que (i) a administração pública pode celebrar a convenção de arbitragem, (ii) de forma análoga àquela em que realizaria transação. Considerando que o parágrafo único do art. 171 do Código Tributário Nacional determina que "a lei indicará a autoridade competente para autorizar a transação em cada caso", em tese seria possível concluir que a mesma autoridade ou órgão que fosse capacitado para realizar transação tributária também estaria legalmente

[36] Como reportadas, por exemplo, em Nunes Pinto, José E. A Arbitrabilidade de Controvérsias nos Contratos com o Estado e Empresas Estatais. Revista Brasileira de Arbitragem, vol. 1, 2004, pp. 9-26.

[37] Meirelles, Hely L. Direito administrativo brasileiro. 26. ed. São Paulo: Malheiros, 2000. p. 82.

capacitado para tornar o Estado parte de eventual arbitragem tributária. A bem da verdade, em duas situações específicas seria necessária maior cautela ao desenhar o processo arbitral: (i) seleção de câmara arbitral e (ii) seleção de árbitro. Afinal, em ambos os casos existe dificuldade no estabelecimento de critérios objetivos de qualidade e questionamento sobre a exigibilidade de licitação[38].

Há diversas formas de lidar com esta dificuldade. Uma primeira hipótese seria a criação de uma câmara nova, específica para a administração de processos arbitrais, exatamente como feito em Portugal. Inicialmente haveria um custo aos cofres públicos, mas uma precificação adequada permitiria sua autossuficiência dentro de pouco tempo, potencialmente gerando até mesmo lucro ao Estado – especialmente se houvesse a abertura da Câmara para arbitragens privadas de naturezas diversas. Seria viável também realizar o problema da decisão determinando que o próprio sujeito passivo realize a escolha. Para garantir um mínimo de controle sobre o procedimento, seria necessário que o Estado mantivesse uma lista de câmaras e árbitros passíveis de escolha, com consequente alteração legislativa atribuindo tal função a algum de seus órgãos.

Quanto à impessoalidade, havendo critérios objetivos e efeitos universais para todas as sentenças de arbitragens tributárias, inexistiria privilégio ou discriminação indevidas. Da mesma forma, caso eventuais listas de árbitros e câmaras possuíssem critérios razoáveis, seria mitigada a possibilidade de violação a este princípio. Inexiste qualquer semblante de imoralidade na utilização de via arbitral pelo poder público ou sobre a matéria tributária. Ao contrário, pode ser prática comum justamente por trazer benefícios práticos e claros. A primeira vista o dever de publicidade da administração entraria em choque com a confidencialidade

[38] Teoricamente seria possível aplicar em ambas as hipóteses o art. 25, II da Lei 8.666/93 ("*É inexigível a licitação quando houver inviabilidade de competição, em especial [...] para a contratação de serviços técnicos enumerados no art. 13 desta Lei, de natureza singular, com profissionais ou empresas de notória especialização, vedada a inexigibilidade para serviços de publicidade e divulgação*"), com referência ao art. 13, IV – ou, por analogia, 13, V, ou ainda inciso novo a ser adicionado por alteração legislativa. A atividade de árbitro em especial se adequa à definição contida no §1º do art. 25: "*Considera-se de notória especialização o profissional ou empresa cujo conceito no campo de sua especialidade, decorrente de desempenho anterior, estudos, experiências, publicações, organização, aparelhamento, equipe técnica, ou de outros requisitos relacionados com suas atividades, permita inferir que o seu trabalho é essencial e indiscutivelmente o mais adequado à plena satisfação do objeto do contrato.*

de processos arbitrais. Entretanto, a confidencialidade tanto não é um elemento necessário que é mencionada uma única vez na Lei Brasileira de Arbitragem, da seguinte forma:

> "Art. 22-C, parágrafo único. No cumprimento da carta arbitral será observado o segredo de justiça, desde que comprovada a confidencialidade estipulada na arbitragem".

Ou seja, a única disposição que se refere a confidencialidade indica ser necessário que se comprove que esta foi pactuada entre as partes em convenção de arbitragem. Inclusive, durante a VI Conferência Bienal da Society of Construction Law em São Paulo, em 2016, representante do governo canadense reportou as experiências estrangeiras com arbitragens públicas. De fato "publicidade" é um termo que esconde uma série de questões: as audiências devem ser públicas? Todos os documentos serão públicos ou é lícito às partes realizar marcações para esconder informações sensíveis? Quem decide sobre a sensibilidade dos documentos? Onde os documentos ficarão disponíveis? Em via física ou digital? Quem arca com os custos? A sentença deve ser ativamente publicada ou permanecer simplesmente disponível para consulta pública? Tais considerações são necessárias, entretanto, para um segundo momento e em nada alteram um fato simples: arbitragens podem ser públicas, especialmente quando a natureza das partes e do conflito assim o demandam.

Por fim, o princípio da eficiência não só não é violado, como pode ser muito melhor servido caso se adotem arbitragens públicas. Afinal, o uso de arbitragem em litígios que envolvem Estado e privados é defendido justamente por aqueles que acreditam que a celeridade e eficiência do procedimento, bem como a maior especialidade dos árbitros, contribuem de modo essencial para a solução da controvérsia e consequentemente para o atendimento ao interesse tanto das partes quando da sociedade.[39] Inexistindo assim impedimento efetivo para a confecção de um processo de arbitragem tributária, discute-se a seguir em termos práticos de que forma ela poderia se dar no contexto do ordenamento jurídico brasileiro.

[39] LEMES, Selma. *Arbitragem na Administração Pública: Fundamentos Jurídicos e Eficiência Econômica*, 2007, op. cit., pp. 149-150.

### 6.3. Arbitragem tributária no Brasil: sugestão legislativa

Fazendo um paralelo com o processo de desenvolvimento de um produto, deve-se iniciar pela demanda, seja existente ou prevista. Logo, a ideia não é copiar o modelo português ou sugerir um genérico. É fato notório que o inchaço do judiciário ganha ênfase no meio tributário, especialmente quando se considera em conjunto a esfera administrativa. Todavia, a simples estipulação da arbitragem como forma de resolução de tais controvérsias seria certamente polêmica e enxergada com suspeita. Talvez seja mais benéfico que se busque prevenir o conflito resolvendo controvérsias existentes antes de qualquer lançamento ou autuação. O processo de consulta sobre interpretação legislativa é atualmente fundamentado em: arts. 46-58 do Decreto nº 70.235/72; arts. 48-50 da Lei nº 9.430/96; arts. 88-102 do Decreto nº 7.574/11; ato declaratório normativo cosit nº 26/99, e instrução normativa RFB nº 1.396/13.

O mecanismo e seu funcionamento são conhecidos. Quando em dúvida quanto à classificação fiscal de uma operação envolvendo tributo federal o sujeito passivo ou entidade representativa de sua categoria econômica formula um pedido à RFB para que se pronuncie sobre sua interpretação. Uma vez recebida a solução de consulta a parte se encontra vinculada a realizar o pagamento em conformidade com a solução, ao passo em que a RFB se compromete a manter sua interpretação no que se refere a fatos geradores anteriores à consulta. A realidade, como bem se sabe, é o frequente abuso deste instrumento por ambas as partes. Anos após o lançamento surgem autuações alegando alteração de interpretação ou generalidade da consulta ou ainda que o fato gerador não corresponderia efetivamente ao que havia sido apresentado; por outro lado, há consulentes que de fato buscam realizar pedidos genéricos ou abrangentes o suficiente para poderem se vincular apenas caso conveniente. Ou que simplesmente desejam suspensão de eventual multa em caso de delonga da solução.

Entretanto, certamente existem consulentes que de fato desejam maior segurança jurídica, ao passo em que a RFB poderia se beneficiar em diversas hipóteses por já ter um título executável ao invés de ter que iniciar a *via crucis* da autuação e processo administrativo. É com base nesta necessidade que se propõe então uma "consulta por arbitragem tributária". O objetivo é simples: fornecer uma nova alternativa de consulta que se encontre a mais próxima possível da segurança jurídica no espectro existente. Assim, o sujeito passivo poderia decidir entre (i) risco máximo realizando mero lançamento, (ii) risco médio formulando consulta, ou (iii) risco mínimo por meio de arbitragem.

Quanto ao processo em si, há certos pontos a serem definidos. Quanto à administração do processo, não é efetivamente necessária a presença de uma câmara. Considerando a necessidade de celeridade e eficiência, o próprio árbitro ou seu secretário poderiam realizar as tarefas burocráticas envolvidas: envio de notificações, agendamento de audiências, e assim por diante. Desta forma se reduzem os custos e se evita a discussão exposta anteriormente sobre a seleção de câmara arbitral. Quanto à seleção de árbitros, é inevitável. A designação de membros da administração pública colocaria em claro risco o dever de imparcialidade dos árbitros, disposto no art. 13. §6º, da Lei Brasileira de Arbitragem. Assim, é importante em primeiro lugar que se definam critérios objetivos. A princípio, os requisitos dispostos na lei portuguesa não são de todo mal. Sugere-se remover a necessidade de graduação específica, uma vez que não será ela o indicador relevante de qualidade técnica e experiência. Talvez baste a condição de que tenha no mínimo 10 anos de experiência, tendo atuado no mínimo 3 anos no setor público e 3 anos no setor privado. Assim, aumenta a possibilidade de que o árbitro possua capacidade de analisar a questão por todos os aspectos necessários. Quanto aos critérios subjetivos, podem ser substituídos por um simples "notório saber jurídico". Tendo renome e experiência na área por ambas perspectivas, não serão requisitos como "senso coletivo" ou "moral ilibada" que o tornarão um árbitro capaz de produzir melhores decisões técnicas. Quanto à forma de escolha, é importante que ambas as partes participem do processo, mas que não exista a possibilidade de abuso protelatório – especialmente na ausência de uma câmara para administrar o procedimento. Assim, seria ideal que o Ministério da Fazenda mantivesse lista de selecionados previamente como possíveis árbitros. Caberia ao consulente, portanto, enviar junto com seu formulário de consulta o termo de aceitação e de independência do árbitro.

Pode existir certo desconforto em se permitir a uma das partes que entre em contato com o árbitro sem a presença da outra. Entretanto, é importante reparar que já existem mecanismos que geram incentivos contrários à eventual parcialidade do árbitro. Em primeiro lugar, caso ele seja de fato parcial trata-se de clara hipótese de nulidade da sentença, nos termos do art. 32, VI ou VIII, da Lei Brasileira de Arbitragem.

Além disso, o que lhe permite ser árbitro em casos de arbitragem tributária é justamente a seleção por parte do ministério da fazenda – caso se demonstre parcial, certamente será removido da lista. Por fim, o árbitro possui sua própria reputação em jogo. Considerando a necessária publicidade do processo, caso aja de maneira improba será negativamente afetado.

Por outro lado, caso o árbitro em questão consistentemente se demonstre parcial à administração pública, sujeitos passivos simplesmente passarão a ignorar seu nome no momento de seleção, escolhendo outros profissionais. O mesmo dano reputacional ocorrerá. Quanto aos custos processuais, lógico que o consulente os cubra integralmente. Por um lado, é o maior interessado; por outro, a promulgação de lei estabelecendo arbitragem tributária custeada pelo erário certamente seria muito mais combatida. Em relação ao procedimento, alguns pontos devem ser realizados. Em primeiro lugar, a arbitragem deve ser pública. Não no sentido de permitir acesso da população geral a audiências ou documentos sigilosos, mas de disponibilizar autos e sentença/solução em via digital. Documentos que eventualmente contenham material sensível podem ter trechos grifados de preto, conforme se comprove ao árbitro a necessidade.

Da mesma forma, a princípio nada impediria que demais órgãos da União assistissem às audiências ou acompanhassem o processo como um todo. No polo passivo, a princípio, estariam o Cosit e a Procuradoria-Geral da Fazenda Nacional. Para garantir máxima celeridade, o prazo para sentença poderia ser estabelecido em um mês após o recebimento pela RFB do pedido de consulta por arbitragem. Os prazos internos para manifestações ou audiências ficariam a encargo do árbitro, como normalmente ocorre em arbitragens.

Da mesma forma e para evitar invenções jurídicas, o ideal seria que a arbitragem ocorresse na modalidade por oferta final:

> "[...] O tribunal arbitral deve limitar-se a escolher apenas uma das ofertas finais submetida pelas partes. É importante ressaltar que as ofertas finais das partes devem consistir em um montante expresso em dinheiro, o qual incluirá todo inadimplemento, controvérsia ou pedido resultante do contrato ou relação jurídica em questão."[40]

[40] GUANDALINI, Bruno. Arbitragem de Ofertas Finais no Brasil. Revista Brasileira de Arbitragem, vol. 48, ano XII, 2015. P. 10.

Ou seja, ambas as partes apresentam em suas alegações iniciais uma interpretação da lei e o cálculo líquido de tributo a ser pago. Ao árbitro caberá simplesmente decidir por uma ou outra, não podendo criar sentenças salomônicas ou interpretações diversas. A interpretação que mais se aproximar daquilo que o árbitro entende ser o valor correto será a concedida em sentença. Esta modalidade de sentença se originou em discussões nos EUA sobre salários de jogadores de *baseball* e possui como objetivo gerar incentivos para que as alegações e pedidos das partes sejam razoáveis. Afinal, ou se ganha tudo ou não se ganha tudo. Considerando que grande parte do problema na interação entre sujeito passivo e ativo é o claro incentivo econômico para que ambos sejam o mais antagônicos o possível, a arbitragem por oferta final estimularia ambas as partes a ponderarem com cuidado os seus pedidos ao invés de litigarem de forma frívola.

Um efeito colateral interessante é a tendência de que os pedidos das partes convirjam, ou ao menos se aproximem de um meio termo razoável para ambas. Aumenta-se assim a chance de que ambos desistam do processo e optem por transação – que apesar de preventiva, tecnicamente se encaixaria na hipótese do *caput* do art. 171 do CTN: "*celebrar transação que, mediante concessões mútuas, importe em determinação de litígio e consequente extinção de crédito tributário*". A lei material aplicável seria sem dúvida alguma a brasileira, sendo proibido o julgamento por equidade ou leis estrangeiras. Por fim, a sentença arbitral seria definitiva e irrecorrível, produzindo efeito apenas entre as partes, como de costume e em detrimento do art. 9º da Instrução Normativa RFB nº 1.396/13:

> "Solução de Consulta Cosit e a Solução de Divergência, a partir da data de sua publicação, têm efeito vinculante no âmbito da RFB, respaldam o sujeito passivo que as aplicar, independentemente de ser o consulente, desde que se enquadre na hipótese por elas abrangida, sem prejuízo de que a autoridade fiscal, em procedimento de fiscalização, verifique seu efetivo enquadramento."

Por outro lado, caso o consulente seja entidade representativa de categoria econômica ou profissional de âmbito nacional – parte legítima para realização de consultas – nada impediria a vinculação de sujeitos passivos que pertencessem à categoria. Em suma, a proposta de "consulta por arbitragem" não violaria princípios de natureza alguma, não importaria custo adicional ao erário, talvez inclusive gerasse receita e certamente reduziria a carga litigiosa em esfera administrativa e judicial, aumentaria a segurança jurídica para ambas as partes, aumentaria a velocidade e imparcialidade de processos de consultas, geraria incentivos para que as partes buscassem transação e tudo isso sem agredir o sistema tributário nacional. Seria uma alternativa, não um substituto.

Logo, como visto, antes de sugerir alteração legislativa é importante ratificar que não existe relação de incompatibilidade entre o sistema arbitral e o tributário. Ao contrário, existe ampla oportunidade que aos poucos começa a se transformar em boas práticas na esfera nacional e internacional. As indicações de texto legal para comportar o acima seriam as seguintes (chamadas abaixo "inclusões"):

> DECRETO Nº 7.482, DE 16 DE MAIO DE 2011
> "Art. 1º O Ministério da Fazenda, órgão da administração federal direta, tem como área de competência os seguintes assuntos:
> XII – Elaboração anual de lista de árbitros para o processo de consulta por arbitragem, com base em seleção de 10 indivíduos com notório saber jurídico e experiência de no mínimo 10 anos em direito tributário, sendo ao menos 3 na esfera pública e 3 na privada (*inclusão*).
> XIII – Elaboração de tabela de custas processuais para o processo de consulta por arbitragem." (inclusão)
>
> CÓDIGO TRIBUTÁRIO NACIONAL
> "Art. 171. A lei pode facultar, nas condições que estabeleça, aos sujeitos ativo e passivo da obrigação tributária celebrar transação que, mediante concessões mútuas, importe em determinação de litígio e conseqüente extinção de crédito tributário.
> §1º A lei indicará a autoridade competente para autorizar a transação em cada caso.(*inclusão*)
> §2º Na hipótese de transação que determine processo de consulta por arbitragem, caberá ao Coordenador-Geral do Sistema de Tributação a autorização de transação." (*inclusão*)
>
> DECRETO Nº 70.235, DE 6 DE MARÇO DE 1972
> "Art. 47. A consulta deverá ser apresentada por escrito, no domicílio tributário do consulente, ao órgão local da entidade incumbida de administrar o tributo sobre que versa.

Parágrafo único. A consulta por arbitragem deverá ser acompanhada de termo de aceitação e termo de independência devidamente preenchidos e assinados por um dos árbitros constantes em lista formulada nos termos do art. 1º, XII, do Decreto nº 7.482, de 16 de maio de 2011" (*inclusão*)

"Art. 52. Não produzirá efeito a consulta formulada:

IX – sem cálculo detalhado e final do valor que o consulente interpreta ser devido, nos casos de consulta por arbitragem." (*inclusão*)

"Art. 54. O julgamento compete:

IV – A árbitro, quanto às consultas por arbitragem." (*inclusão*)

LEI Nº 9.430, DE 27 DE DEZEMBRO DE 1996

"Art. 48. No âmbito da Secretaria da Receita Federal, os processos administrativos de consulta serão solucionados em instância única.

§ 1º A competência para solucionar a consulta ou declarar sua ineficácia, na forma disciplinada pela Secretaria da Receita Federal do Brasil, poderá ser atribuída:

III – a árbitro constante em lista formulada nos termos art. 1º, XII, do Decreto nº 7.482, de 16 de maio de 2011. (*inclusão*)

§ 16 A sentença resultante de consulta por arbitragem é final e irrecorrível, não se aplicando o disposto nos §§ 5º-12º deste artigo." (*inclusão*)

"Art. 50. Aplicam-se aos processos de consulta relativos à classificação de mercadorias as disposições dos arts. 46 a 53 do Decreto nº 70.235, de 6 de março de 1972 e do art. 48 desta Lei.

§ 1º O órgão de que trata o inciso I do § 1º do art. 48 poderá alterar ou reformar, de ofício, as decisões proferidas nos processos relativos à classificação de mercadorias, desde que não resultem de consulta por arbitragem." (*inclusão*)

DECRETO Nº 7.574, DE 29 DE SETEMBRO DE 2011

"Art. 92. A competência para solucionar a consulta ou declarar sua ineficácia, na forma disciplinada pela Secretaria da Receita Federal do Brasil, poderá ser atribuída:

III – a árbitro constante em lista formulada nos termos art. 1º, XII, do Decreto nº 7.482, de 16 de maio de 2011" (*inclusão*)

"Art. 94. Não produzirá qualquer efeito a consulta formulada:

IX – sem cálculo detalhado e final do valor que o consulente interpreta ser devido, nos casos de consulta por arbitragem." (*inclusão*)

"Seção X (*inclusão*)

Da Consulta por Arbitragem (*inclusão*)

Art. 103. O processo de consulta pode ser realizado por meio de arbitragem conduzida e administrada por árbitro único

I – O árbitro deve ser selecionado pelo consulente dentre os nomes disponíveis em lista formulada nos termos art. 1º, XII, do Decreto nº 7.482, de 16 de maio de 2011.

II – Sem prejuízo do disposto nos incisos do art. 94 desta Lei e do parágrafo único do art. 47 do Decreto nº 70.235, de 6 de março de 1972, o pedido de consulta por arbitragem deve conter e/ou estar acompanhado de:

a) Detalhamento da interpretação defendida pelo consulente

b) Guia provando o pagamento de custas arbitrais

c) Especificação de provas e/ou documentos que o consulente pretenda produzir

III – A sentença deve ser prolatada em até 30 dias corridos, a contar da data de recebimento do pedido de consulta pela Secretaria da Receita Federal

IV – A lei material aplicável à consulta por arbitragem é a brasileira, sendo vedado o julgamento por equidade.

V – O procedimento a ser seguido será determinado pelo árbitro, visando garantir a máxima eficiência e celeridade.

VI – A sentença deve ser motivada e se limitar a deferir integralmente o pedido de apenas uma das partes.

VII – A sentença produz efeito apenas entre as partes, salvo na hipótese em que o consulente seja entidade representativa de categoria econômica ou profissional de âmbito nacional.

VIII – As Partes podem a qualquer momento abandonar o processo caso acordem em realizar transação nos termos do art. 171 do Código Tributário Nacional."

## Referências

Ávila, Humberto. *Teoria dos princípios*: da definição à aplicação dos princípios jurídicos. 6. ed. São Paulo: Malheiros, 2006.

Barbosa Moreira, José Carlos. *La nuova legge brasiliana sull'arbitrato.* Rivista dell'Arbitrato, ano VII, p. 1, 1997. *Temas de direito processual* – 6ª série. São Paulo: Saraiva, 1997.

—————. *Privatização do processo?* Temas de direito processual – 7ª série. São Paulo: Saraiva, 2001.

BESSON, S. *Is there a real need for transcending national legal orders in international arbitration? Some reflections concerning abusive interference from the courts at the seat of the arbitration.* In DEN BERG, A. J. (ed). *International Arbitration: The Coming of a New Age?* ICCA Congress Series, Vol. 17.

BORN, G. B. *International commercial arbitration.* 2a ed. Kluwer Law International: Kluwer Law International, 2014.

CANOTILHO, José Joaquim Gomes. *Direito constitucional e teoria da constituição.* 7. ed. Coimbra: Almedina, 2003.

CAPPELLETTI, Mauro. *Juízes legisladores?* Porto Alegre: Fabris, 1993.

CARMONA, Carlos Alberto. *Arbitragem e processo.* 3. ed. São Paulo: Atlas, 2009.

DRAETTA, U. *The Transnational Procedural Rules for Arbitration and the Risks of Overregulation and Bureaucratization.* ASA Bulletin, 2015, Vol 33, No 2. p. 327-342

DINAMARCO, Cândido Rangel. *Instituições de direito processual civil.* São Paulo: Malheiros, 2001. 2. v.

——. *Limites da sentença arbitral e seu controle jurisdicional.* In: MARTINS, Pedro Batista; GARCEZ, José Maria (Coord.). *Reflexões sobre arbitragem: in memoriam do desembargador Cláudio Vianna de Lima.* São Paulo: LTr, 2002.

ENGISCH, Karl. *Introdução ao pensamento jurídico.* 8. ed. Lisboa: Fundação Calouste Gulbenkian, 2001.

GUANDALINI, Bruno. *Arbitragem de Ofertas Finais no Brasil.* Revista Brasileira de Arbitragem, vol. 48, ano XII, 2015. P. 10.

HANESSIAN, Grant. *Discovery in international arbitration.* Revista de Arbitragem e Mediação, São Paulo: RT, n. 7, p. 154, 2005.

LEMES, Selma. *Arbitragem na Administração Pública: Fundamentos Jurídicos e Eficiência Econômica*, 2007, op. cit., pp. 149-150.

MEDINA, José M. Chillón. *Tratado de arbitraje privado interno e internacional.* Madrid: Civitas, 1978.

MEIRELLES, Hely L. *Direito administrativo brasileiro.* 26. ed. São Paulo: Malheiros, 2000.

MERCHAN, José F. Merino. *Tratado de arbitraje privado interno e internacional.* Madrid: Civitas, 1978.

MORENO, Faustino Cordón. *El arbitraje de derecho privado.* Navarra: Editorial Aranzadi, 2005.

NUNES PINTO, José Emilio. *A arbitrabilidade de controvérsias nos contratos com o Estado e empresas estatais.* Revista Brasileira de Arbitragem, Porto Alegre: Síntese,

PARENTE, Eduardo de Albuquerque. *Processo arbitral e sistema.* São Paulo: Atlas, 2012.

PARK, W. W. *Chapter 7: The Procedural Soft Law of International Arbitration: Non-Governmental Instruments.* In LEW, J. D. M. and MISTELIS, L. A. (eds).

*Pervasive Problems in International Arbitration*. International Arbitration Law Library, Volume 15. Kluwer Law International: Kluwer Law International, 2006. p. 141 – 154

PARK, W. W. *Chapter 10: Tax and Arbitrability*. In: MISTELIS, Loukas A. & BREKOULAKIS S. *Arbitrability in International Arbitration*. Wolters Kluwer Law & Business, 2008.

PAULSSON, J. *Chapter 7: The Tipping Point*. . In: KINNEAR, M. N; FISCHER, G. R. et al. (eds). *Building International Investment Law: The First 50 Years of ICSID*. Kluwer Law International: Kluwer Law International, 2015. p. 85-96.

PEREIRA, Cesar A. G. (Coord.). *Arbitragem e o Poder Público*. 3ª ed. São Paulo: Saraiva, 2010.

TALAMINI, Eduardo, PEREIRA, Cesar A. G. (Coord.). *Arbitragem e o Poder Público*. 3ª ed. São Paulo: Saraiva, 2010.

# Meios Alternativos de Resolução de Conflitos na Interpretação e Aplicação de Acordos de Bitributação: O Procedimento Amigável e a Arbitragem Internacional

Luís Flávio Neto*

## 1. Introdução

Há conhecidos problemas no contencioso brasileiro, como aqueles relacionados à enorme quantidade de processos em andamento, à razoável duração do processo, aos elevados custos para os litigantes e para a sociedade, à instabilidade jurisprudencial etc.

Parte considerável do problema pode ser atribuída às ações tributárias que congestionam o Poder Judiciário. Mas quando se cogita de ações relacionadas à tributação internacional, logo se percebe que o seu volume não chega a influenciar esse congestionamento.

A recente experiência brasileira de tributação da renda em bases universais e a quantidade modesta de acordos de bitributação celebrados pelo Brasil pode explicar a reduzida quantidade de processos em trâmite sobre o tema e a incipiente jurisprudência daí decorrente.

* Professor de Direito Tributário e Financeiro da USJT. Doutor e Mestre em Direito Econômico, Financeiro e Tributário pela USP. Especialista em Direito Tributário pelo IBET.

Contudo, as contendas surgidas a respeito dessa matéria, que tendem a aumentar, percorrem o mesmo caminho e são impulsionadas pela mesma marcha da generalidade dos casos submetidos aos tribunais brasileiros. Na hipótese de haver recurso aos Tribunais Administrativos e, depois, ao Poder Judiciário, o trâmite processual pode chegar facilmente a quinze anos, com todos os custos e incertezas daí decorrentes. Trata-se de um problema presente também em sistemas jurídicos de outros países.

Por essa via convencional, a ausência de comunicação ou mesmo conhecimento das decisões adotadas pelos tribunais de outros Estados contratantes pode fazer com que esse processo redunde, ainda assim, em interpretação divergente entre estes. Como os tribunais nacionais de ambos os Estados contratantes têm jurisdição para a aplicação do tratado em âmbito interno, sem comunicação, há elevado risco de que não alcancem a *interpretação harmônica* tão almejada pela doutrina.

Diante de todos esses desafios, os meios alternativos de resolução de conflitos adquirem enorme importância.

Como alternativa à tutela dos Tribunais nacionais (administrativos e judiciais), o "procedimento amigável" (*mutual agreement procedure*) é vocacionado à promoção do efeito útil e à interpretação harmônica dos acordos de dupla tributação: vivificando a cooperação, coordenação e reciprocidade que animam as relações internacionais, os Estados devem procurar chegar a um consenso sobre o sentido dos termos do acordo celebrado e do seu sucesso decorrerá a satisfação de propósitos e objetivos do acordo, como evitar a dupla tributação da renda.

Empiricamente, contudo, mesmo esse instrumento alternativo tem apresentado baixa eficiência, o que impulsionou o debate quanto à potencialização de seus propósitos com o recurso à arbitragem internacional.

Este artigo se dedica à análise dessa problemática.

No tópico **"1"**, serão analisados traços fundamentais dos procedimentos amigáveis, os seus desafios e a evolução que experimentaram com o recurso à arbitragem internacional, investigada no tópico **"2"**. Por sua vez, o tópico **"3"** se dedica à Instrução Normativa RFB n. 1669, de 09.11.2016, que regulamentou o procedimento amigável individual em âmbito nacional. No tópico **"4"**, serão apresentadas considerações de como esse instrumento, aliado à arbitragem internacional, poderia, ou não, colaborar para a redução do contencioso tributário.

## 2. Métodos alternativos de resolução de conflitos: vantagens e frustrações do procedimento amigável (*mutual agreement procedure*)

Perspectivas diversas e entendimentos conflitantes podem levar à degradação das relações. Para evitar ou impedir que o pior aconteça, é recomendável discutir o relacionamento. Imbuído de boa-fé, cada uma das partes deve empenhar os seus melhores esforços para a resolução do conflito e a edificação de interpretações harmônicas.

Ultimados os esforços diplomáticos para a celebração de um acordo internacional para evitar a dupla tributação da renda e prevenir a evasão fiscal, é razoável que os países estabeleçam expressamente a manutenção de um canal de comunicação, para que alinhem entendimentos divergentes que possam frustrar os propósitos do tratado, agravar conflitos ou mesmo conduzir à denúncia do tratado.

Desde o capítulo de introdução[1], os Comentários à Convenção Modelo da Organização para a Cooperação e Desenvolvimento Econômico ("CM-OCDE") assumem que o procedimento amigável é o meio adequado para que questões quanto à interpretação dos acordos sejam solucionadas diretamente pelas "autoridades competentes" dos Estados contratantes.

De fato, os acordos de dupla tributação em geral, nos moldes da CM-OCDE, contêm cláusulas que regulam como as autoridades fiscais dos Estados contratantes devem promover procedimentos amigáveis para dirimir conflitos de interpretação e outras causas que possam conduzir à dupla tributação. Trata-se da orientação contida no art. art. 25 da CM-OCDE, adotada também pela Convenção Modelo da Organização das Nações Unidas ("CM-ONU"), com algumas distinções.

O art. 25 da CM-OCDE cuida basicamente de quatro questões inerentes aos procedimentos amigáveis: *(i)* sujeitos competentes para a sua instauração e condução (questão subjetiva); *(ii)* as causas para a sua instauração (questão substantiva); *(iii)* o modo de sua condução (questão adjetiva) e; *(iv)* os seus propósitos (questão finalística).

Em relação aos seus sujeitos (questão subjetiva), os procedimentos amigáveis podem ser instaurados pelo contribuinte ou de ofício pelas autoridades competentes de um dos Estados contratantes. O parágrafo

[1] OECD. MODEL TAX CONVENTION (FULL VERSION), 2012, Introduction, par. 33, p. I.10.

1º, do art. 25, da CM-OCDE, presente em todos os acordos de bitributação assinados pelo Brasil[2], assegura ao contribuinte dirigir-se ao seu Estado de residência e reclamar da exigência de tributos em desacordo com a convenção fiscal celebrada com o Estado da fonte de seus rendimentos. O parágrafo 3º, do art. 25, da CM-OCDE, por sua vez, atribui às "autoridades competentes" dos Estados contratantes a prerrogativa (ou dever) de dar início ao procedimento amigável independentemente do requerimento de particulares.

Quanto à sua questão substantiva (*o que justifica a sua instauração*), os procedimentos amigáveis previstos pela CM-OCDE podem ser segregados em: *(a)* individuais; *(b)* interpretativos e; *(c)* integrativos[3].

Os procedimentos amigáveis individuais (*"specific case provision"*), conforme a sugestão constante no art. 25(1) e (2) da CM-OCDE, seriam aqueles instaurados pelo contribuinte em seu Estado de residência (ou, em certos casos, de nacionalidade) para prevenir ou reprimir[4] a cobrança de tributos sem a observância de normas da convenção fiscal por um ou por ambos os Estados contratantes, ainda que não haja efetiva dupla tributação.

A primeira parte do art. 25(3) da CM-OCDE tutela os chamados procedimentos amigáveis interpretativos, os quais são instaurados por um dos Estados contratantes a fim de solucionar dúvidas e dificuldades na melhor interpretação e aplicação da convenção internacional celebrada. É o que se observa no Acordo Brasil-Peru[5], que em seu art. 24(3) dispõe que "as autoridades competentes dos Estados Contratantes farão o possível para resolver as dificuldades ou para dirimir as dúvidas que possam dar lugar a interpretação ou a aplicação da Convenção mediante acordo amigável".

Por sua vez, a segunda parte do art. 25(3) da CM-OCDE dispõe que as autoridades competentes dos Estados contratantes poderiam consul-

[2] Vide, por exemplo, BRASIL, Decreto nº 7.020, de 27/11/2009 (TRATADO BRASIL-PERU), art. 24.

[3] A classificação não é unânime. Roy Rohatgi os segrega apenas em duas categorias: "interpretative to avoid doubts or difficulties" e "legislative to avoid double taxation". (Rohatgi, Roy. Basic International taxation. Volume 1: principles. Nova Deli : Taxmann, 2005, p. 47).

[4] OECD, *Model Tax Convention on Income and on Capital 2014 (Full Version)*, OECD Publishing, 2014. Comentário n. 14 e 39 do art. 25.

[5] BRASIL. Decreto nº 7.020, de 27/11/2009 (TRATADO BRASIL-PERU).

tar-se para eliminar hipóteses de bitributação não previstas na convenção fiscal celebrada. Como exemplo de dispositivo com a previsão desse procedimento amigável integrativo, pode-se observar que, no Acordo Brasil-Espanha[6], a segunda oração do art. 25(3) dispõe que as autoridades administrativas de ambos os Estados "poderão, também, consultar-se mutuamente com vistas a eliminar a dupla tributação nos casos não previstos na presente Convenção". ALBERTO XAVIER[7] noticiou que essa espécie de procedimento sequer consta em quaisquer das convenções fiscais celebradas pelo Reino Unido, como reflexo de vedações no sistema jurídico doméstico daquele Estado para que as autoridades administrativas celebrem acordos que alarguem o âmbito de um tratado sem que haja nova participação do Parlamento.

O modo pelo qual os procedimentos amigáveis devem ser conduzidos (questão adjetiva) é distinto em relação aos procedimentos amigáveis individuais e àqueles instaurados pelas autoridades competentes dos Estados contratantes independentemente de requerimento do contribuinte (interpretativo e integrativo). O parágrafo 2º do art. 25 da CM-OCDE, também presente em todos os acordos de dupla tributação celebrados pelo Brasil[8], estabelece os dois passos que devem ser manejados nos procedimentos amigáveis individuais pelo Estado de residência diante da reclamação do contribuinte quanto à exigência de tributo sem a observância das disposições da Convenção: *(i)* diante da reclamação proposta por seu residente (ou nacional), o Estado deve tentar solucioná-la por si só; *(ii)* caso não haja êxito na solução da questão domesticamente, deverá o Estado de residência se comunicar com o outro Estado contratante, a fim de que se empenhem na solução da questão.

Em relação aos procedimentos amigáveis instaurados diretamente por um dos Estados contratantes (interpretativo ou integrativo), prevalece o caráter informal[9], podendo as autoridades competentes ajustarem

[6] BRASIL. Decreto nº 76.975, de 2/01/1976 (TRATADO BRASIL-ESPANHA).

[7] XAVIER, Alberto. Direito Tributário Internacional do Brasil. Rio de Janeiro: Forense, 2010, p. 168-169.

[8] Vide, por exemplo: BRASIL. Decreto nº 7.020, de 27/11/2009 (TRATADO BRASIL-PERU), artigo 24 (2).

[9] XAVIER, Alberto. Direito Tributário Internacional do Brasil. Rio de Janeiro: Forense, 2010, p. 164-166.

a forma de sua condução, inclusive com vistas às exigências de sua legislação doméstica.

A OCDE divulga relatórios sobre o número de procedimentos amigáveis iniciados e concluídos por Estados membros, bem como por alguns outros países. Em 2011, por exemplo, a Alemanha teria dado início a 306 e concluído 702 procedimentos amigáveis, enquanto os Estados Unidos teriam iniciado 279 e concluído 686. Naquele ano, entre os referidos Estados membros, no total 1624 procedimentos amigáveis teriam tido início e 3838 teriam sido concluídos, embora não necessariamente alguma solução tenha sido alcançada. Nesse relatório, a OCDE noticia, ainda, o considerável aumento do número de procedimentos amigáveis nos anos subsequentes[10].

Não obstante o refinamento teórico da matéria, o fato é que esse instrumento alternativo para resolução de conflitos jamais conseguiu cumprir com êxito a sua vocação, frustrando expectativas da obtenção de soluções harmônicas.

No Brasil, a questão é ainda anterior. As autoridades administrativas brasileiras parecem não ter tradição em promover tais acordos com os seus parceiros internacionais. A recusa das autoridades administrativas brasileiras para a condução de procedimentos amigáveis sobre a interpretação e aplicação do acordo Brasil-Alemanha foi inclusive indicada por GERD W. ROTHMANN[11] como uma das justificativas para a denúncia alemã daquela convenção.

Esse cenário nada animador impôs aos países e aos organismos internacionais a busca por novas instrumentos para resolução de conflitos de interpretação e aplicação dos acordos de bitributação. Seria necessário conceber um novo instituto; ou realizar melhorias e tornar mais eficiente o velho procedimento amigável.

[10] OCDE. Mutual Agreement Procedure Statistics for 2013. Disponível em: http://www.oecd.org/ctp/dispute/map-statistics-2013.htm. Acesso em 20.01.2017.

[11] ROTHMANN, Gerd W. A denúncia do acordo de bitributação Brasil-Alemanha e suas consequências, *in* Grandes Questões Atuais do Direito Tributário vol. 9 (Coord. Valdir de Oliveira Rocha). Dialética : São Paulo, 2005, p. 147-148.A

## 3. Uma segunda chance ao procedimento amigável: a arbitragem como instrumento para a efetiva interpretação harmônica dos acordos de bitributação

Conversar nem sempre é suficiente. Algumas vezes, é preciso pedir ajuda a alguém de fora. Melhor que seja a alguém independente e imparcial, que não esteja sujeito à interferência de nenhuma das partes.

O procedimento amigável, em sua formulação original, não impunha aos Estados contratantes chegar a um consenso quanto à interpretação e aplicação do acordo de bitributação. Incumbiria às autoridades competentes (apenas) empenhar esforços para essa harmonização.

Contudo, desde a versão de 2008, a CM-OCDE passou a conter regras de arbitragem no parágrafo 5º de seu art. 25. Sugere-se que, se for instaurado procedimento amigável e "as autoridades competentes não consigam chegar a um acordo para solucionar o caso (...) dentro de dois anos a contar da apresentação do caso à autoridade competente do outro Estado Contratante", então deve haver o recurso à arbitragem, "se a pessoa assim o solicitar". Observa RAMON TOMAZELA SANTOS[12] que essa "cláusula compulsória de arbitragem para resolver os casos de dupla tributação (...) tem sido incluída com certa celeridade pelos países membros em seus acordos de bitributação".

Note-se que a arbitragem não surge como um meio autônomo de resolução de conflitos de interpretação de tratados, mas como parte integrante, complementar e subsidiária ao já tradicional procedimento amigável[13]. Assim, caso não seja instaurado o procedimento amigável e este mostrar-se infrutífero, o recurso à arbitragem não entra em cena[14].

O art. 25, parágrafo 5º, da CM-OCDE, prevê basicamente cinco etapas para o recurso à arbitragem: (1) o requerimento do contribuinte; (2)

[12] SANTOS, Ramon Tomazela. Os Acordos de Bitributação e os Mecanismos de Solução de Conflitos – A Ação 14 do Projeto BEPS e a Necessidade de Aprimoramento do Procedimento Amigável. In: ROCHA, Sérgio André; TORRES, Heleno. Direito Tributário Internacional: Homenagem ao Prof. Alberto Xavier. São Paulo: Quartier Latin, 2016. p. 655 e seg.

[13] Nesse sentido, vide: ERI, Luís Eduardo. Arbitragem no Direito Tributário Internacional. Revista de Direito Tributário Atual, n. 23, São Paulo, 2009, p. 305 e seg.

[14] Nesse sentido, vide: LIEB, Jean-Pierre. Taking the Debate Forward. In: Michael Lang; Jeffrey Owens. (Org.). International Arbitration in Tax Matters. 1 ed. Amsterdam: IBFD, 2016, v. 2. Disponível em: < https://online.ibfd.org/kbase/#topic=doc&url=/collections/iatm/html/iatm_c01.html&q=arbitration%20arbitrations&WT.z_nav=outline&hash=iatm_c01>. Acesso em: 29 de janeiro de 2017.

o acordo sobre os seus termos; (3) a eleição dos árbitros; (4) a decisão arbitral; e (5) a acordo mútuo de implementação da decisão arbitral.[15]

Quanto ao requerimento do contribuinte, algumas observações são relevantes. Primeiro, será legitimado para requerer a arbitragem o contribuinte que houver efetivamente experimentado a tributação por um dos Estados contratantes considerada em desacordo com os termos do acordo de bitributação. Nos moldes propostos pelo CAF-OCDE, a arbitragem não socorreria pretensões preventivas.[16]

Por sua vez, a instauração da arbitragem não dependeria necessariamente de autorização das autoridades fiscais. Ocorre que, satisfeitos os requisitos previstos no tratado, as questões não resolvidas pelo procedimento amigável devem ser submetidas à arbitragem[17].

A ONU já vinha sugerindo, em seus Comentários ao artigo 25 de sua Convenção Modelo, que os Estados negociassem a inclusão de cláusula arbitral em seus acordos de bitributação.[18]Em 2012, então, dispositivo semelhante ao da CM-OCDE foi introduzido no parágrafo 5º do art. 25 da CM-ONU, com algumas distinções em relação àquele: *i)* ao invés de dois anos, a arbitragem poderia ser requerida após o decurso de três anos da instauração do procedimento amigável; *ii)* as autoridades fiscais, ao invés do contribuinte, seriam competentes para a instauração do procedimento arbitral e; *iii)* no prazo de seis meses, as autoridades fiscais poderiam acordar solução diversa daquela alcançada pelos árbitros.[19]

[15] Nesse sentido, vide: GARBARINO, Carlo; LOMBARDO, Marina. Arbitration of Unresolved Issues in Mutual Agreement Cases: The New Para. 5, Art. 25 of the OECD Model Convention, a Multi-Tiered Dispute Resolution Clause. In: LANG, Michael et al. Tax Treaties: Building Bridges between Law and Economics. Amsterdã: IBFD, 2010. p. 468 e seg.

[16] Nesse sentido, vide: ISMER, Roland. Article 25. Mutual Agreement Procedure. In: REIMER, Ekkehart; RUST, Alexander. Klaus Vogel on Double Taxation Conventions. Amsterdã: Kluwer Law International, 2015, p. 1.735

[17] Nesse sentido, vide: ISMER, Roland. Article 25. Mutual Agreement Procedure. In: REIMER, Ekkehart; RUST, Alexander. Klaus Vogel on Double Taxation Conventions. Amsterdã: Kluwer Law International, 2015, p. 1.735

[18] Sobre o tema, vide: SCHOUERI, Luís Eduardo. Arbitragem no Direito Tributário Internacional. Revista de Direito Tributário Atual, n. 23, São Paulo, 2009, p. 305 e seg.

[19] Nesse sentido, vide: LIEB, Jean-Pierre. Taking the Debate Forward. In: Michael Lang; Jeffrey Owens. (Org.). International Arbitration in Tax Matters. 1 ed. Amsterdam: IBFD, 2016, v. 2. Disponível em: < https://online.ibfd.org/kbase/#topic=doc&url=/collections/iatm/html/iatm_c01.html&q=arbitration%20arbitrations&WT.z_nav=outline&hash=iatm_c01>. Acesso em: 29 de janeiro de 2017.

Note-se que solução diversa foi adotada pela Convenção de Arbitragem da União Europeia. Nesta, o procedimento de arbitragem deve ser adotado sempre que os Estados membros não alcançarem conclusão capaz de eliminar dupla tributação dentro do período de dois anos, contados da data em que o caso tenha sido submetido a uma das autoridades competentes.[20]

Essa repaginação do procedimento amigável, com o recurso à arbitragem, ganhou ainda mais fôlego com as medidas discutidas no âmbito do "Projeto BEPS" (*Base Erosion and Profit Shifting*), especialmente em sua Ação n. 14 ("*Proposed Discussion Draft on Action 14: Make Dispute Resolution Mechanisms More Effective*")[21].

A OCDE propõe sejam adotados *padrões mínimos* ("*minimum standards*") capazes de conduzir à efetiva resolução dos conflitos em um tempo adequado, bem como boas práticas ("*best practices*"), que complementariam os primeiros. A proposta indica alguns objetivos que devem ser perseguidos pelos Estados na implementação de tais medidas, quais sejam: i) os procedimentos amigáveis devem ser conduzidos com boa-fé e celeridade; ii) os trâmites administrativos de cada país devem conferir celeridade ao procedimento amigável, com a prevenção de conflitos interpretativos e a resolução destes em prazo razoável; iii) deve ser oportunizada ao contribuinte efetiva participação no procedimento amigável.[22]

Em grande medida, a proposta da OCDE atende a um antigo reclamo: embora o contribuinte possua legitimidade para requerer a instauração do procedimento amigável, não costuma lhe ser garantida efetiva participação. O contribuinte geralmente é mero expectador ou

[20] Schoueri, Luís Eduardo. Arbitragem no Direito Tributário Internacional. Revista de Direito Tributário Atual, n. 23, p. São Paulo, 2009, p. 305 e seg.

[21] OECD. Base Erosion and Profit Shifting Project Making Dispute Resolution Mechanisms More Effective ACTION 14. 2015 (Final Report).

[22] Sobre o tema, vide: Monteiro, Alexandre Luiz Moraes do Rêgo. Direito Tributário Internacional : A Arbitragem nos Acordos de Bitributação Celebrados pelo Brasil – Série Doutrina Tributária. vol. XX. São Paulo : Quartier Latin, 2016, p. 123 e seg.; SANTOS, Ramon Tomazela. Os Acordos de Bitributação e os Mecanismos de Solução de Conflitos – A Ação 14 do Projeto BEPS e a Necessidade de Aprimoramento do Procedimento Amigável. In: Rocha, Sérgio André; Torres, Heleno. Direito Tributário Internacional: Homenagem ao Prof. Alberto Xavier. São Paulo: Quartier Latin, 2016. p. 629-659

sequer isso. No Congresso da IFA de 1960[23], ERNST FRITSCH e PAUL SIBILLE, respectivamente relatores da Áustria e Bélgica, sugeriram que o contribuinte afetado pelo procedimento amigável conduzido pelas autoridades fiscais dos Estados contratantes deveria ser sempre chamado a colaborar, como ocorria em algumas jurisdições. Também GERD W. ROTHMANN[24], já em 1978, concluiu que deficiências do procedimento amigável reclamavam pelo seu aperfeiçoamento, para que se permitisse que o contribuinte alcançado pelas pretensões fiscais concorrentes tivesse garantida a possibilidade de participar e, logo, colaborar para a solução das questões.

A OCDE prevê, ainda, a implementação de rotinas para o monitoramento das medidas adotadas (*"monitoring process"*), com a avaliação dos relatórios elaborados por pares de outras jurisdições[25] e a criação de um fórum de discussões e avaliação de condutas.[26]

A Ação BEPS n. 14 analisa uma série de outras questões consideradas relevantes para o sucesso do procedimento amigável. A OCDE sugere ser uma boa prática a suspensão da exigibilidade do correspondente crédito tributário durante o seu transcurso[27], bem como exprimiu a necessidade da discussão quanto aos juros e multas incidentes nessa hipótese[28].

[23] LENZ, Raoul. General Report. Cahiers de Droit Fiscal International by the International Fiscal Association (studies on international tax law), volume XLII – Subject II: The interpretation of the Double Taxation Convention. / IFA : Roterdã, 1960, p. 305.

[24] ROTHMANN, Gerd W. Interpretação e aplicação dos acordos internacionais contra a bitributação. Tese de doutorado. São Paulo : Faculdade de Direito da Universidade de São Paulo (USP), 1978, p. 187.

[25] OECD. Base Erosion and Profit Shifting Project Making Dispute Resolution Mechanisms More Effective ACTION 14. 2015 (Final Report). 1.7. Countries should commit to have their compliance with the minimum standard reviewed by their peers in the context of the FTA MAP Forum.

[26] "Best practice 3: Countries should develop the "global awareness" of the audit/examination functions involved in international matters through the delivery of the Forum on Tax Administration's "Global Awareness Training Module" to appropriate personnel". OECD. Base Erosion and Profit Shifting Project Making Dispute Resolution Mechanisms More Effective ACTION 14. 2015 (Final Report).

[27] "Best practice 6: Countries should take appropriate measures to provide for a suspension of collections procedures during the period a MAP case is pending. Such a suspension of collections should be available, at a minimum, under the same conditions as apply to a person pursuing a domestic administrative or judicial remedy." OECD. Base Erosion and Profit Shifting Project Making Dispute Resolution Mechanisms More Effective ACTION 14. 2015 (Final Report).

Mas a principal proposta da Ação BEPS n. 14 para imprimir maior celeridade e eficiência aos procedimentos amigável é, sem dúvida, a adoção da arbitragem pelos Estados contratantes.

A OCDE dá destaque que países como Austrália, Áustria, Bélgica, Canada, França, Alemanha, Irlanda, Itália, Japão, Luxemburgo, Holanda, Nova Zelândia, Noruega, Polônia, Eslovênia, Espanha, Suécia, Suíça, Inglaterra e Estados Unidos estariam dispostos a manter cláusula de arbitragem compulsória e vinculante em seus acordos de bitributação.

No caso do Brasil, nenhum dos acordos de bitributação celebrados que se tem notícia apresenta previsão para o recurso à arbitragem.

## 4. A IN SRF n. 1.669/2016: a regulamentação brasileira do procedimento amigável individual

Embora não seja membro da OCDE, o Brasil tem acompanhado o Projeto BEPS e algumas medidas já foram inclusive tentadas, em território nacional, sob a justificativa do suposto alinhamento às ações propostas naquele projeto[29].

Poder-se-ia imaginar que a Instrução Normativa RFB n. 1669, de 09.11.2016, então, buscaria implementar os padrões mínimos ou boas práticas sugeridas pela Ação n. 14 do BEPS. Não é, contudo, que se verifica por completo.

É certo que a referida norma infralegal confere transparência quanto aos trâmites burocráticos que devem ser percorridos por particulares e pelas autoridades administrativas para a condução de procedimentos amigáveis. Saber como proceder tende a conferir celeridade aos atos administrativos, impedindo a estagnação de procedimentos amigáveis.

Em geral, o requerimento para a sua instauração de procedimento amigável poderá ser apresentado por sujeito passivo residente no Brasil ou que, à época dos fatos que ensejaram o conflito, era residente no Brasil. Pode, ainda, ser apresentado pelo nacional brasileiro, independente-

[28] "Best practice 10: Countries' published MAP guidance should provide guidance on the consideration of interest and penalties in the mutual agreement procedure". OECD. Base Erosion and Profit Shifting Project Making Dispute Resolution Mechanisms More Effective ACTION 14. 2015 (Final Report).

[29] Vide, por exemplo, a MP 685/2015.

mente de seu local de residência, conforme, relativamente aos dispositivos que o alcance[30].

Os Comentários à CM-OCDE sugerem que, para dar início ao procedimento amigável, o contribuinte deve demonstrar que: *(i)* atos ou decisões adotados por um ou por ambos os Estados contratantes, de natureza legislativa ou regulatória, de aplicação geral ou individual; *(ii)* figuram como "um risco não meramente possível, mas provável", da cobrança de tributos contra o reclamante sem a observância das normas da convenção fiscal.[31] Em linha com isso, a IN SRF n. 1.669/2016 exige do requerente a demonstração de "medidas tomadas por um ou ambos os Estados Contratantes, bem como a demonstração de que estas conduziram ou podem conduzir a tributação em desacordo" com o tratado, tornando claro, portanto, que o "procedimento amigável não será instaurado para apuração de situação em tese"[32].

No entanto, uma série de outras sugestões da Ação n. 14 do BEPS não encontram eco na IN RFB n. 1669/2016, como a garantia de efetiva participação no procedimento amigável aos particulares diretamente interessados. Após a instauração do procedimento amigável, em que são "partes as autoridades competentes dos Estados Contratantes", a IN prevê apenas a possibilidade do sujeito passivo "ser notificado pela RFB a apresentar informações ou documentos complementares"[33].

Na Ação n. 14 do BEPS, a OCDE considerou adequada a suspensão da exigibilidade do correspondente crédito tributário durante o transcurso do procedimento amigável, bem como exprimiu a necessidade da discussão quanto aos juros e multas incidentes nessa hipótese. Contudo, não há traços dessas questões na IN RFB n. 1669/2016.

Na verdade, ao explicitar que o "procedimento amigável não tem natureza contenciosa", o art. 2º da IN RFB n. 1669/2016 pode conduzir à ideia de sua exclusão do âmbito do art. 151, III, do Código Tributário Nacional ("CTN"), que suspende a exigibilidade do crédito tributário em face de "reclamações e os recursos, nos termos das leis reguladoras

[30] IN RFB n. 1669, de 09.11.2016, art. 4º.

[31] OCDE. Modelo de Convenção Tributária sobre o Rendimento e o Capital. Versão Condensada, de 22 de julho de 2010. Tradução: Demarest & Almeida Advogados, p. 369-372, parágrafo 13 e 14 dos comentários ao art. 25.

[32] IN RFB n. 1669, de 09.11.2016, art. 5º.

[33] IN RFB n. 1669, de 09.11.2016, art. 2º e 9.º

do processo tributário administrativo". Note-se, entretanto, que o pedido de restituição apresentado pelo contribuinte, que possa ser afetado pelo resultado do procedimento amigável, deve ser sobrestado até o seu deslinde.[34]

A Ação BEPS n. 14[35] propõe, como boa prática, que os Estados implementem medidas administrativas para facilitar o acesso ao procedimento amigável, sob a diretriz de que cabe ao contribuinte a escolha por esse ou por outros meios processuais que compreenda mais adequado.

A IN RFB n. 1669/2016 filia-se à não vinculação imediata do contribuinte à solução obtida pelo procedimento amigável. Não se exige antecipadamente a anuência do contribuinte ao contribuinte ou a renúncia à insurgência perante o Poder Judiciário. Apenas após a obtenção da solução e a sua comunicação ao particular é que este deverá comprometer-se ou não com a sua adoção.

Dispõe o art. art. 11 da IN RFB n. 1669/2016 que "a implementação da solução deve ser precedida de (...) concordância do requerente e das pessoas relacionadas domiciliadas no exterior envolvidas na solução" e, ainda, da "comprovação de desistência expressa e irrevogável das impugnações ou dos recursos administrativos e das ações judiciais que tenham o mesmo objeto do procedimento amigável e renuncia a qualquer alegação de direito sobre as quais se fundem as referidas impugnações e recursos ou ações".

Nos estreitos lindes deste artigo, duas últimas observações podem ser apresentadas. Primeiro, a IN RFB n. 1669/2016 não tem o escopo de tutelar apenas os procedimentos amigáveis individuais, que têm início com o requerimento do contribuinte. No entanto, não se cuidou da hipótese em que as autoridades fiscais conduzem de ofício tal iniciativa, o que teria sido auspicioso.

Por fim, na hipótese de conflito entre a IN RFB n. 1669/2016 e algum tratado celebrado pelo Brasil, naturalmente deve prevalecer o acordo internacional.

[34] IN RFB n. 1669, de 09.11.2016, art. 7º.

[35] "Best practice 7: Countries should implement appropriate administrative measures to facilitate recourse to the MAP to resolve treaty-related disputes, recognizing the general principle that the choice of remedies should remain with the taxpayer". OECD. Base Erosion and Profit Shifting Project Making Dispute Resolution Mechanisms More Effective ACTION 14. 2015 (Final Report).

## 5. Como a arbitragem internacional pode colaborar para a redução do contencioso?

Os procedimentos amigáveis, bem como o seu desfecho arbitral, podem colaborar tanto de forma imediata quanto mediata para a resolução de conflitos de interpretação e aplicação de acordos de bitributação. Mas ainda há muitos desafios em ambos os casos.

### 5.1. A vinculação da solução construída pelo procedimento amigável

A aptidão dos procedimentos amigáveis para firmar uma interpretação harmônica de acordos de bitributação em relação a casos concretos, bem como das decisões arbitrais que venham a ser adotadas em seu bojo, depende da vinculação dos contribuintes, agentes fiscais e juízes em relação às suas conclusões.

São variadas as posições a respeito do tema. Para uma primeira corrente, considerando-se o sistema constitucional de uma série de países, faltaria às decisões obtidas por meio do procedimento amigável eficácia para vincular contribuintes e juízes. Para que o procedimento amigável se tornasse vinculante, seria necessária a sua ratificação pelo Poder Legislativo[36]. Sequer no Direito Internacional haveria tal autorização. A Convenção de Viena sobre o Direito dos Tratados ("CVDT") não permitem que agentes administrativos modifiquem tratados por meio de procedimentos amigáveis, ainda que esses sejam considerados sob o escopo do art. 31(3) "a". Ocorre que essa convenção multilateral distingue modificação (arts. 39-41) de interpretação (art. 31-33)[37].

Por sua vez, uma segunda corrente sustenta a validade *a priori* dos procedimentos amigáveis, que seriam vinculantes independentemente de peculiaridades da Constituição dos Estados contratantes. É o que sugerem os Comentários à CM-OCDE.

O Comentário nº 27 ao art. 25 da CM-OCDE (2014), aponta que "o princípio geral reconhecido em relação aos tratados tributários e de outros tipos é que a legislação interna, mesmo de direito constitucional interno, não justifica, contudo, o descumprimento de objeções do tra-

[36] Nesse sentido, vide: LANG, Michael. Introduction to the law of double taxation conventions. Vienna: Linde, 2013, p. 55.

[37] Nesse sentido, vide: LANG, Michael. Introduction to the law of double taxation conventions. Vienna: Linde, 2013, p. 42.

tado." Caso os referidos impedimentos fossem pré-existentes, deveriam constar do texto do tratado; se tais impedimentos surgissem após a assinatura do acordo, o outro Estado contratante deveria ser notificado quanto às razões que conduzissem a tal conclusão.

Para uma terceira corrente, bastante difundida atualmente, os procedimentos amigáveis podem se mostrar válidos tanto perante Direito Internacional quanto diante das ordens jurídicas internas com tradição no princípio da legalidade. As normas Constitucionais dos Estados contratantes seriam relevantes, mas em geral não apresentariam obstáculos aos procedimentos amigáveis.

O argumento de que a Constituição de cada um dos Estados contratantes é relevante para a aplicação de um acordo de bitributação é considerado inderrogável para boa parte da doutrina[38]. Sem oposição a esse critério, então, alguns autores consideram que, com a aprovação do art. 25(3) de um acordo de dupla tributação pelo Poder Legislativo dos Estados contratantes, o princípio da legalidade restaria plenamente cumprido e os procedimentos amigáveis firmados seriam, então, vinculantes[39]. Não seriam exigidas, então, novas manifestações do Poder Legislativo para expressar a sua concordância quanto às posições assumidas em futuros procedimentos amigáveis celebrados pelas autoridades administrativas.

Nesse seguir, SERGIO ANDRÉ ROCHA[40] sustenta que tratados interpretativos estariam sob a "competência técnica do Poder Executivo", prescindindo de aprovação do Poder Legislativo. Para esse autor, no Direito Tributário Internacional brasileiro, a competência para a solução de controvérsias interpretativas, que corresponderia à tarefa de concretização da convenção fiscal, pertenceria exclusivamente ao Poder Executivo, "de forma que a interpretação autêntica acordada entre o Estado brasileiro e a outra parte se impõe aos tribunais judiciais do

[38] Cf. REIMER, Ekkehart. Interpretation of tax treaties – Germany. European Taxation. IBFD, 1999 (December).

[39] Vide: SCHOUERI, Luís Eduardo. Arbitragem no Direito Tributário Internacional, *in* Revista de Direito Tributário Atual n. 23. São Paulo : IBDT/Dialética, 2009, p. 315-317; ROCHA, Sergio André. Interpretação dos tratados para evitar a dupla tributação. São Paulo : Quartier Latin, 2013, p. 166-169; ENGELEN, Frank. *Interpretation of Tax Treaties under International Law*. Doctoral series n. 7. IBFD : Amsterdam, 2004, p. 150.

[40] ROCHA, Sergio André. Interpretação dos tratados para evitar a dupla tributação. São Paulo : Quartier Latin, 2013, p. 166-169.

país, não podendo estes discordarem das conclusões a que chegaram as partes". Traços de tal posicionamento podem ser também identificados em trabalhos de autores do Direito Internacional público como Francisco Rezek[41].

Com vistas ao Brasil, Luís Eduardo Schoueri[42] conclui que, diante de variadas soluções igualmente "corretas", não haveria ofensas à legalidade quando autoridades fiscais de dois Estados contratantes, previamente autorizadas pelo Poder Legislativo mediante a ratificação do art. 25 do Acordo de Dupla Tributação, escolhessem uma delas como a mais adequada ao caso concreto. A autoridade fiscal brasileira, acrescenta o professor, atuaria na qualidade de "agente internacional, por delegação do próprio tratado internacional", representando o Estado na solução de controvérsias.

Por fim, a revisão doutrinária do tema conduz ainda a uma quarta perspectiva. Nos anos de 1960, Raoul Lenz[43] suscitou que o valor jurídico das conclusões obtidas por meio de procedimentos amigáveis poderia variar. Se estivesse em jogo a coordenação das administrações fiscais do exercício do poder discricionário que lhes coubesse em vista de uma situação concreta, as conclusões obtidas por meio do procedimento não vinculariam os tribunais. No entanto, caso as autoridades fiscais conduzissem o procedimento amigável com o propósito de suplementar o acordo (procedimentos amigáveis integrativos), por agirem com delegação de poderes do Poder Legislativo, tal ato vincularia inclusive os juízes de ambos os Estados. A referida delegação de poderes decorreria da própria cláusula do acordo internacional que autorizaria as autoridades competentes a se consultarem nos casos em que a dupla tributação não houvesse sido evitada ou, ainda, a fim de suplementar o acordo ou atribuir-lhe uma interpretação autêntica. Para Lenz, apenas quando a autoridade administrativa excedesse os poderes que lhe foram delegados poderia um Tribunal recusar a eficácia do procedimento amigável em questão.

[41] Rezek, José Francisco. Direito internacional público. São Paulo : Saraiva, 2000, p. 90.

[42] Schoueri, Luís Eduardo. Arbitragem no Direito Tributário Internacional, *in* Revista de Direito Tributário Atual n. 23. São Paulo : IBDT/Dialética, 2009, p. 315-319.

[43] Lenz, Raoul. General Report. Cahiers de Droit Fiscal International by the International Fiscal Association (studies on international tax law), volume XLII – Subject II: The interpretation of the Double Taxation Convention. / IFA : Rotterdam, 1960, p. 294.

Diante de todas essas perspectivas, parece acertado aderir à seguinte formulação: **a interpretação ultimada pelo procedimento amigável, inclusive com recurso à arbitragem, sempre vincula as autoridades fiscais, mas nem sempre os contribuinte e, raramente, o Poder Judiciário.**

A vinculação da administração fiscal às definições resultantes do procedimento amigável ecoa na doutrina. Como sustenta SÉRGIO ANDRÉ ROCHA[44], acompanhando IGOR MAULER SANTIAGO, "o Estado perdedor encontra-se efetivamente vinculado à decisão, de forma que o descumprimento da mesma será não apenas um ilícito internacional, mas também (...) pode ensejar para o contribuinte prejudicado a utilização das cortes domésticas deste país com vistas a obrigá-lo a cumprir a decisão ou a obter o justo ressarcimento pelo ilícito cometido".

Note-se que, tratando-se de procedimentos amigáveis interpretativos, não cabe alegar ofensa à legalidade quando as autoridades administrativas acordam que, entre diversas interpretações igualmente possíveis e plausíveis, uma delas será adotada de forma harmônica, a fim de garantir que a dupla tributação da renda seja evitada. No entanto, a mesma conclusão não é imediata em face da possibilidade do particular reclamar aos Tribunais interpretação diversa daquela obtida pelo procedimento amigável[45]. É controvertido que se retire do Poder Judiciário brasileiro a função de decidir se a interpretação conduzida pelas autoridades administrativas seria ou não "correta"[46].

Mas nada impede que a jurisprudência, ao verificar que o procedimento amigável conduziu a uma interpretação plausível, embora outras sejam igualmente possíveis, privilegie a versão da norma formulada bilateralmente pelas "autoridades competentes", para a promoção da interpretação harmônica e efeito útil da convenção fiscal.

Por sua vez, ao menos no sistema jurídico brasileiro, os procedimentos amigáveis integrativos parecem sujeitos a maiores questionamentos, pois exigem a aceitação da tese da delegação de competência atribuída ao Poder Legislativo às autoridades administrativas. Ocorre que a cele-

[44] ROCHA, Sergio André. Interpretação dos Tratados para Evitar a Bitributação da Renda. 2. ed. São Paulo: Quartier Latin, 2013, p. 285 e seg.

[45] Nesse sentido, vide: ROCHA, Sergio André. Interpretação dos Tratados para Evitar a Bitributação da Renda. 2. ed. São Paulo: Quartier Latin, 2013, p. 285 e seg.

[46] Constituição Federal, art. 5.

bração de um acordo de bitributação, contendo cláusula equivalente à segunda parte do art. 25(3) da CM-OCDE, não atribui às autoridades administrativas um cheque em branco para comprometerem o País em situações muito diversas àquelas que contaram com a aprovação do Congresso Nacional (dupla tributação jurídica).

Nas lições de VOGEL[47], aceitar que as autoridades fiscais possuem competência para delimitar a interpretação dos acordos ou, ainda, suplementá-los, é aceitar como válida a delegação de poderes, ato que não seria suportado pela Constituição de diversos Estados. Note-se que, embora o professor tradicionalmente tenha considerado os procedimentos amigáveis apenas como "*opinion by administrative experts*", em meados de 2000 passou a considerá-los como elementos aptos a obrigar as respectivas administrações, ainda que não vinculassem os contribuintes.

### 5.2. Evitar conflitos de interpretação e prevenir o contencioso tributário

Quando se cogita formas para a redução do contencioso tributário, quem sabe uma das melhores soluções seja evitar que os conflitos se instaurem. Sob essa perspectiva, sobretudo no ambiente de tributação massificada em que vivemos, passa a ser importante considerar qual a relevância da conclusão obtida em um determinado procedimento amigável, ainda que via solução arbitral, não apenas para o próprio caso contribuinte que o ensejou, mas também *(i)* para casos subsequentes que envolvam outros residentes dos mesmos Estados e, ainda, *(ii)* perante terceiros Estados.

Como se viu, para muitos autores, a anuência às cláusulas arbitrais e a renúncia expressa do particular ao Poder Judiciário é argumento considerado suficiente para tornar a decisão arbitral vinculante ao contribuinte que ensejou o procedimento amigável. Esse foi o caminho adotado pela IN RFB n. 1669, de 09.11.2016.

Após a conclusão do longo procedimento amigável entre os dois Estados contratantes, que finalmente deu ensejo à arbitragem interna-

[47] VOGEL, Klaus. The influence of the OECD Commentaries on Treaty Interpretation, *in* Bulletin – Tax Treaty Monitor – December 2000. IBFD : Amsterdã, 2000, p. 613 e seg. Como exceção à exigência de aprovação do Congresso ou do Senado que o *mutual agreement* vincule inclusive o Tribunal, Prof. Klaus Vogel cita decisão da Suprema Corte da Noruega (*Høyesterett*).

cional, seria compreensível que as respectivas autoridades fiscais passassem a adotar o mesmo entendimento à pluralidade dos contribuintes em situação equivalente. Em relação a estes, os referidos argumentos de anuência e renúncia expressas não poderiam ser invocados. Tais contribuintes, portanto, sem dúvida poderiam reclamar à administração ou ao Poder Judiciário interpretação diversa da decisão arbitral.

Qual seria, então, a relevância da solução construída em um procedimento amigável, inclusive por meio de decisão arbitral, para a multiplicidade de residentes desses dois Estados contratantes?

Certamente o resultado obtido em um procedimento amigável individual pode gerar expectativas de cumprimento em terceiros, que se deparem com situações semelhantes perante um ou ambos os Estados em questão. Contudo, alguns fatores reduzem o potencial desse instrumento para evitar que conflitos de interpretação se multipliquem.

A ausência de publicidade dos procedimentos amigáveis, para Wim Wijnen[48], torna frágil a sua contribuição em relação a outros casos subsequentes entre os mesmos Estados. Justamente por essa razão, a Ação BEPS n. 14 sugere como *padrão mínimo* que as autoridades fiscais tornem público o conteúdo desses procedimentos[49].

Note-se que o art. 10 da IN SRF 1669/2016 prevê que, "na hipótese de se chegar a uma solução, ainda que parcial, a RFB emitirá despacho de implementação conferindo validade à solução encontrada". No caso, não há disposições quanto à publicidade que deve ser atribuída a tais despachos.

Mas ainda que seja ultrapassada a questão da publicidade dos procedimentos amigáveis. Kees van Raad[50] observa que tais mecanismos muitas vezes não buscam construir o melhor sentido contextualizado

[48] Wijnen, Wim. Some Thoughts on Convergence and Tax Treaty Interpretation, in Tax Treaty Monitor – Bulletin for International Taxation (November 2013). IBFD: Amsterdã, 2013, p. 576.

[49] "Countries should publish their country MAP profiles on a shared public platform (pursuant to an agreed template to be developed in co-ordination with the FTA MAP Forum)". OECD. Base Erosion and Profit Shifting Project Making Dispute Resolution Mechanisms More Effective ACTION 14. 2015 (Final Report).

[50] Raad, Kees van. International coordination of tax treaty interpretation and application, *in* International and comparative taxation – essays in honour of Klaus Vogel. Kirchhof, Paul et. al. eds London : Kluwer, 2002.

para o tratado internacional, mas encontrar uma solução prática para colocar fim a um específico caso em disputa.

A plausividade da solução construída pelo procedimento amigável parece ser fator determinante para que seja observada na generalidade dos casos, inclusive por Tribunais nacionais. A participação de árbitros especializados e imparciais pode contribuir substancialmente para a evolução qualitativa da aplicação dos acordos de bitributação, conferindo-lhes interpretação plausível e de difícil superação.

## 6. Considerações finais

Ainda temos muito o que trabalhar em matéria de interpretação e aplicação de acordos de bitributação. Em especial, deve ser rotineira a comunicação com os outros países para a resolução dos conflitos, com franco recurso ao procedimento amigável.

A edição da IN SRF n. 1669/2016 constitui um avanço, mas está longe de viabilizar, por si só, a concretização desse meio alternativo de resolução de conflitos.

O referido ato infralegal deve representar um novo marco para a intensificação das discussões sobre essa problemática no Brasil, inclusive no que diz respeito à adoção da arbitragem nos acordos de bitributação e às demais propostas da OCDE.

Em última instância, seria importante a sensibilização do legislador competente, a fim de que garantias, padrões mínimos e boas práticas sugeridas no bojo da Ação BEPS n. 14 adquirissem indiscutível eficácia em território nacional.

## Referências

ENGELEN, Frank. *Interpretation of Tax Treaties under International Law*. Doctoral series n. 7. IBFD : Amsterdam, 2004.

GARBARINO, Carlo; LOMBARDO, Marina. Arbitration of Unresolved Issues in Mutual Agreement Cases: The New Para. 5, Art. 25 of the OECD Model Convention, a Multi-Tiered Dispute Resolution Clause. In: LANG, Michael et al. Tax Treaties: Building Bridges between Law and Economics. Amsterdã: IBFD, 2010.

ISMER, Roland. Article 25. Mutual Agreement Procedure. In: REIMER, Ekkehart; RUST, Alexander. Klaus Vogel on Double Taxation Conventions. Amsterdã: Kluwer Law International, 2015.

LANG, Michael. Introduction to the law of double taxation conventions. Vienna: Linde, 2013.

LENZ, Raoul. General Report. Cahiers de Droit Fiscal International by the International Fiscal Association (studies on international tax law), volume XLII – Subject II: The interpretation of the Double Taxation Convention. / IFA : Roterdã, 1960.

LIEB, Jean-Pierre. Taking the Debate Forward. In: Michael Lang; Jeffrey Owens. (Org.). International Arbitration in Tax Matters. 1 ed. Amsterdam: IBFD, 2016, v. 2.

MONTEIRO, Alexandre Luiz Moraes do Rêgo. Direito Tributário Internacional: A Arbitragem nos Acordos de Bitributação Celebrados pelo Brasil – Série Doutrina Tributária. vol. XX. São Paulo : Quartier Latin, 2016.

OCDE. Modelo de Convenção Tributária sobre o Rendimento e o Capital. Versão Condensada, de 22 de julho de 2010. Tradução: Demarest & Almeida Advogados.

OCDE. Mutual Agreement Procedure Statistics for 2013. Disponível em: http://www.oecd.org/ctp/dispute/map-statistics-2013.htm. Acesso em 20.01.2017.

OECD. Base Erosion and Profit Shifting Project Making Dispute Resolution Mechanisms More Effective ACTION 14. 2015 (Final Report).

RAAD, Kees van. International coordination of tax treaty interpretation and application, *in* International and comparative taxation – essays in honour of Klaus Vogel. KIRCHHOF, Paul et. al. eds London : Kluwer, 2002.

REIMER, Ekkehart. Interpretation of tax treaties – Germany. European Taxation. IBFD, 1999 (December).

REZEK, José Francisco. Direito internacional público. São Paulo : Saraiva, 2000, p. 90.

ROCHA, Sergio André. Interpretação dos Tratados para Evitar a Bitributação da Renda. 2. ed. São Paulo: Quartier Latin, 2013.

ROHATGI, Roy. Basic International taxation. Volume 1: principles. Nova Deli : Taxmann, 2005.

ROTHMANN, Gerd W. A denúncia do acordo de bitributação Brasil-Alemanha e suas consequências, *in* Grandes Questões Atuais do Direito Tributário vol. 9 (Coord. Valdir de Oliveira Rocha). Dialética : São Paulo, 2005.

ROTHMANN, Gerd W. Interpretação e aplicação dos acordos internacionais contra a bitributação. Tese de doutorado. São Paulo : Faculdade de Direito da Universidade de São Paulo (USP), 1978.

SANTOS, Ramon Tomazela. Os Acordos de Bitributação e os Mecanismos de Solução de Conflitos – A Ação 14 do Projeto BEPS e a Necessidade de

Aprimoramento do Procedimento Amigável. In: ROCHA, Sérgio André; TORRES, Heleno. Direito Tributário Internacional: Homenagem ao Prof. Alberto Xavier. São Paulo: Quartier Latin, 2016.

Schoueri, Luís Eduardo. Arbitragem no Direito Tributário Internacional. Revista de Direito Tributário Atual, n. 23, São Paulo, 2009.

Vogel, Klaus. The influence of the OECD Commentaries on Treaty Interpretation, *in* Bulletin – Tax Treaty Monitor – December 2000. IBFD : Amsterdã, 2000.

Wijnen, Wim. Some Thoughts on Convergence and Tax Treaty Interpretation, in Tax Treaty Monitor – Bulletin for International Taxation (November 2013). IBFD: Amsterdã, 2013.

Xavier, Alberto. Direito Tributário Internacional do Brasil. Rio de Janeiro : Forense, 2010.

# Adoção dos Mecanismos de Uniformização de Decisões no Processo Administrativo e Judicial Tributário

# O Incidente de Demandas Repetitivas e o Processo Administrativo Tributário: A Aproximação Sistemática do Novo CPC ao "Leading Case" ou ao "Common Law"

Júlio M. de Oliveira*
Eduardo Amirabile de Melo**

## 1. Introdução

O tema que será abordado no presente artigo, evidentemente sem o intuito de exauri-lo, além de muito atual em razão da recente entrada em vigor do novo Código de Processo Civil, comumente fomenta debates no meio jurídico, notadamente para os operadores do direito que atuam na área do chamado contencioso tributário.

Preocupações frequentes envolvendo demandas tributárias geralmente estão ligadas à célere solução dos litígios, à preservação da segurança jurídica e à garantia da previsibilidade e do tratamento equânime aos contribuintes que discutem semelhantes teses de direito.

Contudo, ao longo dos anos temos observado críticas constantes ao nosso sistema processual, tanto no âmbito judicial quanto no admi-

* Advogado em São Paulo. Mestre e Doutor pela PUC/SP. Professor do IBET, COGEAE (PUC/SP) e da FGV (GvLaw).
** Advogado em São Paulo. Especialista em Direito Tributário e em Direito Processual Civil pela PUC/SP.

nistrativo. Isso porque, se por um lado muitos clamam pela rápida e efetiva prestação jurisdicional, não podemos deixar de considerar o elevadíssimo volume de processos e a dificuldade prática de julgá-los em tempo razoável, sem que haja prejuízo de todas as garantias constitucionalmente asseguradas e da efetiva e justa prestação jurisdicional.

Em meio a esse cenário, inegável que o novo Código de Processo Civil trouxe um notável avanço no que tange à valorização dos precedentes judiciais, com a introdução de novos instrumentos buscando a otimização da solução dos litígios, como a criação do incidente de resolução de demanda repetitiva e a manutenção do mecanismo do recurso repetitivo, este aplicável no âmbito do Supremo Tribunal Federal e do Superior Tribunal de Justiça, procurando simplificar a tramitação dos processos e uniformizar discussões geralmente envolvendo teses de direito, tornando, ao menos em tese, confiável a nossa jurisprudência.

Evidentemente, ainda que as inovações processuais tenham louváveis intenções na busca de vantagens aos jurisdicionados, importante pontuar, com bem ponderado pelo Professor Hugo de Brito Machado, também as desvantagens por quem vivencia sua aplicação[1].

Realmente, os institutos processuais que buscam otimizar a solução dos conflitos também podem inibir, de certa forma, a criatividade dos julgadores, além do risco de determinado processo, ainda que rapidamente resolvido, não entregue satisfatoriamente a prestação jurisdicional.

Diante deste atual contexto de prestigiamento das decisões judiciais, com a consequente intensificação daquilo que podemos denominar *commonlawlização* do direito, entendemos ser importante que a Administração Tributária também reproduza a jurisprudência firmada nos Tribunais Superiores, principalmente após as inovações veiculadas pelo novo Código de Processo Civil, ainda que resistências por parte das autoridades administrativas possam surgir, em razão da sua vinculação ao princípio da legalidade.

Portanto, ao desenvolver este estudo, nosso objetivo será abordar a importância da Administração Tributária observar a jurisprudência dos Tribunais Superiores firmada a partir dos mecanismos modernos veiculados pelo novo Código de Processo Civil, sem, contudo, deixar de

[1] Machado, Hugo de Brito. "O Novo CPC". Jornal O Povo, de 30/6/2010. Disponível em: <http://qiscombr.winconnection.net/icet/paginas/interna.asp?pag=artigoslista>.

lado a importância de se considerar as particularidades e nuanças de cada processo em concreto.

## 2. O incidente de demandas repetitivas

Inicialmente, cumpre-nos descrever, de forma objetiva, as hipóteses de cabimento do incidente de resolução de demandas repetitivas à luz do novo Código de Processo Civil.

Com efeito, de acordo com o art. 976 do novo Código de Processo Civil, é cabível a instauração do incidente de resolução de demandas repetitivas quando houver, simultaneamente:

*"I – efetiva repetição de processos que contenham controvérsia sobre a mesma questão unicamente de direito;*

*II – risco de ofensa à isonomia e à segurança jurídica".*

De fato, sempre que determinada controvérsia, envolvendo questão unicamente de direito, puder gerar multiplicidade de processos semelhantes, caberá a instauração do referido incidente, ocasião em que a questão será submetida ao Tribunal de Justiça ou Tribunal Regional Federal de determinada jurisdição para a fixação do precedente, evitando insegurança e decisões conflitantes.

Aliás, o objetivo do novo Código de Processo Civil, como se observa da exegese do seu art. 926, é justamente impedir que determinada tese de direito sofra diferentes leituras e interpretações no âmbito do mesmo tribunal.

Cabe a um dos legitimados (juiz ou relator por ofício, partes e Ministério Público ou Defensoria Pública mediante petição), requerer a uniformização do entendimento.

Confira-se a redação do art. 977 do CPC:

*"Art. 977. O pedido de instauração do incidente será dirigido ao presidente de tribunal:*

*I – pelo juiz ou relator, por ofício;*

*II – pelas partes, por petição;*

*III – pelo Ministério Público ou pela Defensoria Pública, por petição.*

*Parágrafo único. O ofício ou a petição será instruído com os documentos necessários à demonstração do preenchimento dos pressupostos para a instauração do incidente".*

Após cumpridas as formalidades processuais exigidas no novo Código de Processo Covil, será proferido acórdão que fixará a tese e que *"abrangerá a análise de todos os fundamentos suscitados concernentes à tese jurídica discutida, sejam favoráveis ou contrários"* (art. 984, § 2º).

Segundo o art. 985, incisos I e II, a tese será aplicável a todos os processos individuais ou coletivos que versem sobre idêntica questão de direito e que tramitem na área de jurisdição do respectivo tribunal, inclusive àqueles que tramitem nos juizados especiais do respectivo Estado ou região e aos casos futuros que versem idêntica questão de direito e que venham a tramitar no território de competência do tribunal, salvo quando houver revisão da tese jurídica na forma do art. 986.

Da decisão do órgão colegiado do Tribunal local que apreciar o mérito do incidente, caberá recurso especial ou extraordinário, presumindo-se, na hipótese deste último, a repercussão geral de questão constitucional eventualmente discutida (art. 987, § 1º). Apreciado o mérito pela Corte Superior, a decisão tomada, então, passará a vigorar em todo o território nacional.

Adotado o posicionamento, sua inobservância enseja reclamação (art. 985, § 1º) ao tribunal competente. Como todo precedente, sua revisão é possibilitada pelo mesmo tribunal, de ofício ou mediante requerimento dos legitimados mencionados no art. 977, inciso II.

Nos termos do art. 932, IV, "c", poderá o relator negar seguimento a recurso que vá de encontro ao entendimento firmado em incidente de resolução de demandas repetitivas ou de assunção de competência.

Conforme se observa pelas disposições do novo Código de Processo Civil, referido incidente consiste em mais uma técnica processual, agora no âmbito do segundo grau de jurisdição, buscando isonomia e celeridade aos jurisdicionados.

Este instituto de direito processual, prestigiando a força do precedente, além de dar maior credibilidade à jurisprudência, também desestimula a litigiosidade, pois o entendimento firmado, nesta sistemática, pelo Tribunal, será posteriormente aplicado em casos análogos.

De fato, o incidente de resolução de demandas repetitivas representa uma interessante proposta de uniformização no âmbito do processo civil brasileiro, muitas vezes criticado em razão da imprevisibilidade de desfecho de processos semelhantes.

Na luta pela efetividade da jurisdição, Cesar Asfor Rocha (apud Janele L. R de Barros), ex-ministro do Superior Tribunal de Justiça, assevera que "*[...] após a EC 45/2004 ter tornado explícita a garantia de que o processo ocorra em razoável período de tempo, várias providencias foram tomadas para solucionar o problema de acúmulo de processos no STJ, na seara de matéria infraconstitucional, e no STF, de matéria constitucional, e, consequentemente, uniformizar a jurisprudência nacional, afastando-se da famigerada conduta da jurisprudência defensiva. Espelhando essa tendência, a proposta do NCPC é a de que nas questões de direito material com potencial de multiplicação e com relevância social, os legitimados deverão suscitar ao órgão especial ou ao tribunal pleno, instaurando-se procedimento próprio, uma decisão única para a matéria. Todos os processos que versarem sobre a matéria suscitada ficarão suspensos [...] a decisão terá efeito vinculante."* [2]

Esta tendência de uniformização, ao nosso sentir, é muito bem-vinda, pois não há como admitir interpretações contraditórias na aplicação da mesma norma legal.

Com a fixação do precedente para a mesma questão de direito, a construção da jurisprudência passa a ser mais rápida, estabilizando o sistema processual e trazendo mais confiança ao jurisdicionado, que poderá, efetivamente, acreditar na capacidade do Poder Judiciário de proferir decisões realmente justas.

## 2.1 O alcance dos recursos repetivios no novo CPC

Outra importante inovação do novo Código de Processo Civil foi trazer ainda mais peso para os julgamentos realizados na sistemática dos recursos repetitivos (no âmbito dos recursos especial e extraordinário), assim como simplificar a tramitação dos processos que versem sobre a mesma questão de direito.

De acordo com seu art. 1.036, sempre que houver multiplicidade de recursos extraordinários ou especiais com fundamento em idêntica questão de direito, haverá afetação para julgamento, observado o disposto no Regimento Interno do Supremo Tribunal Federal e no do Superior Tribunal de Justiça.

O presidente ou o vice-presidente de Tribunal de Justiça ou de Tribunal Regional Federal selecionará 2 (dois) ou mais recursos representativos da controvérsia, que serão encaminhados ao Supremo Tribunal Federal ou ao Superior Tribunal de Justiça para fins de afetação, determinando a suspensão do trâmite de todos os processos pendentes, indi-

[2] Barros, Janete R. L de. "A busca da solução para as demandas repetitivas no primeiro grau de jurisdição e o pretendido efeito vinculante no NCPC".

viduais ou coletivos, que tramitem no Estado ou na região, conforme o caso (§ 1º do art. 1036).

Conforme se observa, trata-se de procedimento até então não previsto no *códex* anterior, pois agora o novo Código de Processo Civil determina que, afetada a matéria para julgamento do recurso repetitivo, todos os processos que versem sobre a mesma tese, ainda que não estejam na fase de recurso especial ou extraordinário, deverão ter seu curso suspenso.

Somente após apreciação da tese pelos Tribunais Superiores, os processos que até estão se encontravam suspensos terão seu recurso retomado, mas com a necessária aplicação da tese firmada na sistemática dos recursos repetitivos. Nesse sentido, julgada a tese de direito pelos Tribunais Superiores, a tendência é que os demais processos que versem sobre a mesma matéria tenham desfecho rápido, inclusive sem incursionar pelos Tribunais Superiores.

Vale destacar que os §1º do artigo 1.040 do novo Código de Processo Civil, faculta à parte, após publicado o acórdão paradigma, desistir da ação, antes de proferida a sentença, se a questão nela discutida for idêntica à resolvida pelo recurso representativo da controvérsia, inclusive isentando do pagamento das custas e dos honorários de sucumbência se a desistência ocorrer antes de oferecida a contestação (§2º do art. 1.040).

Ou seja, o legislador do novo *códex* se preocupou em evitar a tramitação desnecessária de processos já decididos na sistemática de demandas repetitivas, facultando seu rápido encerramento, ainda em primeira instância.

Nesse sentido, o interessado poderá ajuizar determinada ação judicial para resguardar seu direito, havendo uma tendência para sobrestamento do processo enquanto não definida a tese de direito nos Tribunais Superiores. Definida, não será necessária a prestação jurisdicional, podendo a parte, espontaneamente, desistir e contribuir com o Poder Judiciário.

Fica clara a intenção do legislador, portanto, de evitar decisões conflitantes e também de otimizar o trabalha dos magistrados, que terão, ao menos em tese, mais tempo para se debruçar em teses ainda controvertidas.

A sistemática também é saudável às partes, pois haverá previsibilidade e celeridade no despacho das demandas semelhantes.

## 3. Os precedentes à luz no novo cpc e sua salutar observância no processo administrativo tributário

Inovando em relação ao código anterior, o novo Código de Processo Civil se fez claro quanto à sua aplicação (supletiva e subsidiária) aos processos eleitorais, trabalhistas e também aos administrativos. Observe-se:

> *"Art. 15. Na ausência de normas que regulem processos eleitorais, trabalhistas ou administrativos, as disposições deste Código lhes serão aplicadas supletiva e subsidiariamente".*

Referido dispositivo, prevendo a aplicação subsidiária e supletiva no novo Código aos processos administrativos, vai de encontro à ideia que será mais à frente explorada, no sentido da "continuidade do ordenamento jurídico", pois, em nosso sentir, houve uma intenção do legislador de que os novos institutos processuais, principalmente àqueles que contribuam para a célere solução dos litígios, também sejam observados também no âmbito administrativo.

Sobre a questão, pertinentes são as observações de Teresa Arruda Alvim Wambier, Maria Lúcia Lins Conceição, Leonardo Ferres da Silva Ribeiro e Rogério Licastro Torres de Mello: *"O legislador disse menos do que queria. Não se trata somente de aplicar as normas processuais aos processos administrativos, trabalhistas e eleitorais quando não houver normas, nestes ramos do direito, que resolvam a situação. A aplicação subsidiária ocorre também em situações nas quais não há omissão. Trata-se, como sugere a expressão 'subsidiária', de uma possibilidade de enriquecimento, de leitura de um dispositivo sob outro viés, de extrair-se da norma processual eleitoral, trabalhista ou administrativa um sentido diferente, iluminado pelos princípios fundamentais do processo civil. A aplicação supletiva é que supõe omissão. Aliás, o legislador, deixando de lado a preocupação com a própria expressão, precisão da linguagem, serve-se das duas expressões. Não deve ter suposto que significam a mesma coisa, se não, não teria usado as duas. Mas como empregou também a mais rica, mais abrangente, deve o intérprete entender que é disso que se trata*[3]*".*

Sendo de aplicação subsidiária e supletiva, as regras do novo Código de Processo Civil devem ser aproveitadas não apenas na ausência de

[3] "Primeiros comentários ao Novo Código de Processo Civil. Artigo por artigo. São Paulo: RT, 2015, p. 75".

norma do processo administrativo, mas também para complementação de matérias já previstas.

Essa nova previsão, tornando expressa a aplicação subsidiária e supletiva do novo Código de Processo Civil aos processos administrativos, positiva uma tendência que já vinha sendo observada, inclusive no âmbito do processo administrativo fiscal.

De fato, diversos são os casos julgados pelo Conselho Administrativo de Recursos Fiscais (CARF) em que houve aplicação do CPC. Confira-se, exemplificativamente, as seguintes ementas:

> *"FALHA NA INTIMAÇÃO – COMPARECIMENTO ESPONTÂNEO AO PROCESSO. O comparecimento espontâneo do interessado ao processo, do qual obteve cópia integral, supre qualquer eventual falha na intimação da decisão de primeira instância. Considera-se ocorrida a ciência na data do recebimento das cópias, contando a partir daí o prazo para interposição de recurso voluntário. Aplicação subsidiária do art. 214, § 1º, do CPC e do art. 26, § 5º, da Lei nº 9.784/1999".* (Processo no 10930.005369/2003-12, Relator Waldir Veiga Rocha, Acórdão no 105-17274, Sessão de 16 de outubro de 2013).

> *"IRRF – ÔNUS DA PROVA – CPC ARTIGO 333 – APLICAÇÃO SUBSIDIÁRIA. A regra contida no artigo 333 do CPC é de aplicação subsidiária ao PAF. Cabe ao contribuinte a prova quanto à existência de fato impeditivo, modificativo ou extintivo do direito do fisco. Não comprovada a retenção pela fonte pagadora, tampouco o recolhimento por parte do beneficiário dos rendimentos, incabível o aproveitamento do respectivo valor na Declaração de Ajuste Anual".* (Processo no 11030.001431/2008-18, Relator Rodrigo Santos Masset Lacombe, Acórdão no 2201-001.980, Sessão de 23 de janeiro de 2013).

Parece-nos relevante, agora à luz do novo Código de Processo Civil, trazer algumas considerações sobre sua aplicabilidade ao processo administrativo tributário, sob o enfoque da devida motivação das decisões administrativas e da aplicação dos precedentes dos Tribunais Superiores, proferidos em demandas repetitivas.

Com efeito, uma das inovações mais impactantes veiculadas pelo novo *Codex* foi o estabelecimento de requisitos para que uma decisão (seja ela sentença, acórdão ou decisão interlocutória) seja considerada fundamentada (artigo 489).

Referido dispositivo, por exemplo, dispõe que não se considera fundamentada a decisão que se limitar a invocar precedente ou enunciado de súmula, sem identificar seus fundamentos determinantes nem demonstrar que o caso sob julgamento se ajusta àqueles fundamentos (inciso V).

O mesmo artigo também considera não fundamentada a decisão que deixar de seguir enunciado de súmula, jurisprudência ou precedente invocado pela parte, sem demonstrar a existência de distinção no caso em julgamento ou a superação do entendimento (inciso VI).

Conforme se observa, ao mesmo tempo em que o novo Código de Processo Civil deu ainda mais "força" aos precedentes, evitando que a mesma questão de direito tenha desfechos diferentes no âmbito do Poder Judiciário, por outro lado teve o cuidado de garantir sua adequada aplicação nos casos concretos, por meio da demonstração dos elementos que ensejaram a aplicação do precedente ao caso concreto.

E, no âmbito do processo administrativo tributário, entendemos que essas novas diretrizes, inclusive por estarem previstas em lei, igualmente devem ser observadas. Nada obstante, a celeuma não é nova e frequentemente enseja debates no meio jurídico.

Há ainda quem defenda, por exemplo, que enquanto a norma jurídica não for declarada inconstitucional e expurgada do ordenamento jurídico, sua aplicação é obrigatória pela administração tributária, com base no princípio da legalidade.

De fato, conforme lesiona Robson Maia Lins[4], as normas, por pertencerem ao sistema de direito positivo, presumem-se válidas até que eventual vício formal ou material seja declarado pelo Poder Judiciário. Nesse sentido, afirma:

> "*Assim é a validade das normas jurídicas. Postas no sistema, mesmo que por órgão incompetente e em desacordo com procedimento previsto, ou, violando cláusula pétrea, somente quando retirada do ordenamento é que podemos dizer, em juízo jurídico de valor, que a norma é inválida. Quando o Legislativo produz norma jurídica geral e abstrata, criando tributo, por mais absurdo que seja a norma, por mais que qualquer estudante de direito com parcos conhecimentos jurídicos possa apontar vários vícios de inconstitucionalidade, é o sistema jurídico que aponta órgão e procedimento de constituição e declaração de inconstitucionalidade da norma 'jurídica'.*"

Contudo, com a nova tendência de se privilegiar os precedentes proferidos pelos Tribunais Superiores, entendemos que não há mais razão,

[4] LINS, Robson Maia. *Controle de Constitucionalidade da Norma Tributária*: decadência e prescrição. São Paulo: Quartier Latin, 2005, p. 80.

tanto lógica quanto jurídica, para a Administração Tributária continuar a defender a aplicabilidade de determinada norma jurídica (contrária ao entendimento dos Tribunais Superiores) sob o argumento de que estaria atendendo ao princípio da legalidade.

Isso porque, com os recentes institutos processuais, como o incidente de resolução de demandas repetitivas, sempre que uma determinada tese de direito passar a ser discutida por um grande número de contribuintes, naturalmente acabará sendo afetada e submetida ao crivo dos Tribunais Superiores, sendo recomendável e salutar que o entendimento lá firmado seja observado também pela Administração Tributária e seus órgãos de julgamento.

Até porque, eventual resistência da Administração Tributária em aplicar a jurisprudência dos Tribunais Superiores, obrigará que o contribuinte incursione no Poder Judiciário, onde muito provavelmente se sagrará vitorioso, gerando um custo (desnecessário) ao Estado com o pagamento de honorários de sucumbência.

Essa tendência, da qual somos adeptos, sem dúvida irá contribuir com o fim das discussões, administrativas e judiciais, sobre questões cujo desfecho já se encontra definido.

Realmente, a sistematização dos precedentes consubstancia um dos grandes destaques do novo Código de Processo Civil. Como bem pontuou Fredie Didier Jr.[5], o novo *Codex* será o *"primeiro regramento da história sobre o que é um precedente, quais são seus efeitos, quem se vincula a ele, como se interpreta, além de regular o direito a demonstrar que um caso não se encaixa no precedente"*.

Sem dúvida, esses institutos processuais pretenderam tornar a jurisprudência pátria mais confiável, evitando insegurança jurídica e indesejáveis surpresas para diferentes contribuintes que litigam sobre a mesma tese de direito.

Não se desconhece, evidentemente, a dificuldade em se definir quando a jurisprudência se tornaria pacífica de forma a autorizar, por exemplo, que não se efetue a atividade plenamente vinculada (art. 142

[5] Didier Junior, Fredie. "Reconhecimento de precedente judicial é principal mudança do Novo Código de Processo Civil". 2013. Disponível em: <http://www.amcham.com.br/comites/regionais/amcham-sao-paulo/noticias/2013/reconhecimento-de-precedente-judicial-e-principal-mudanca-do-novo-codigo-de-processo-civil>.

do CTN) diante de um entendimento consolidado no âmbito dos Tribunais Superiores.

Contudo, com os novos institutos processuais, a tendência é que essa celeuma perca força, devendo cada vez mais prevalecer a autoridade dos precedentes, inclusive com observância também no âmbito do contencioso administrativo.

Em que pese a necessário respeito ao princípio da legalidade, este deve ser considerado em conjunto com outros princípios, também importantes, como o da moralidade e da eficiência, assegurando aos contribuintes de que as decisões do Poder Judiciário, quando efetivamente decidem em caráter definitivo determinado tema, sejam observadas.

E essa salutar observância da autoridade das decisões judiciais, notadamente quando firmadas em demandas repetitivas, deverá valer tanto para a administração tributária (que, em nosso sentir, não deverá exigir tributos já repudiados pelo Poder Judiciário), quanto para os próprios contribuintes, que devem evitar questionamentos protelatórios.

Sobre o tema, Ricardo Lobo Torres[6] entende que:

*"Conclui-se, portanto, que a solução depende da análise de cada caso, para que a Administração, em nome da moralidade, recepcione o julgado quando entender que há expressiva convicção de que a jurisprudência já se tornou mansa e pacífica. Necessita-se da prévia ponderação de valores para que se possa afastar princípio de natureza constitucional diante de outro, da mesma hierarquia, que no caso específico se tenha tornado mais importante".*

Não podemos deixar de pontuar que, recentemente, temos percebido uma tendência por parte da própria administração pública em preservar a unidade do ordenamento jurídico, com o respeito das decisões firmadas pelos Tribunais Superiores, o que é de se elogiar, sobretudo porque preserva a isonomia, equiparando contribuintes em situação semelhantes, independentemente se litigando perante o Poder Judiciário ou no contencioso administrativo.

E essa tendência, cabe reforçar, é de fato uma grande evolução do nosso sistema processual, pois os contribuintes, historicamente, encontravam (e de certa forma, ainda encontram) considerável resistência

[6] Torres, Ricardo Lobo. "Processo Administrativo Tributário". In: MARTINS, Ives Gandra da Silva (Coord.). Processo Administrativo Tributário. São Paulo: Editora Revista dos Tribunais: Centro de Extensão Universitária, 1999, p. 167.

quando litigavam na via administrativa, não apenas pelo entendimento de que a administração pública deve observar a legalidade, mas também pelo fato das autoridades do Poder Executivo terem a incumbência de, ao mesmo tempo, lançar o crédito tributário e também decidir a validade e legitimidade desse ato.

Em que pese essa tendência de privilegiar os precedentes proferidos pelos Tribunais Superiores, por nós chancelada, não podemos deixar de registrar a importância de que cada processo administrativo seja apreciado levando em conta as suas particularidades.

Isso porque, as discussões administrativas, além das teses de direito, em significativa parte das vezes, exigem conhecimentos técnicos e experiência em direito tributário, como apuração de tributos, análise aprofundada de documentos fiscais e contábeis etc., questões essas que nem sempre estão relacionadas à jurisprudência dos Tribunais Superiores.

O que queremos dizer é que os Tribunais Administrativos, como, por exemplo, o Conselho Administrativo de Recursos Fiscais, o Tribunal de Impostos e Taxas do Estado de São Paulo, o Conselho Municipal de Tributos etc, em nossa avaliação, sempre terão enorme importância em demandas tributárias, pois além de representarem uma garantia adicional que o Estado oferece ao contribuinte na solução de lides dessa natureza e funcionarem para o autocontrole dos seus atos, permitem que a discussão das questões tributárias alcance um elevado grau técnico.

A importância da discussão técnica de questões tributárias, ainda na esfera administrativa, de fato, é uma garantia ao contribuinte, pois nem sempre o Poder Judiciário, dada a sua competência para apreciar uma gama muito maior de temas, estará plenamente preparado para enfrentar tais questões, além de contribuir consideravelmente para a diminuição da litigiosidade tributária no âmbito do Poder Judiciário.

## 3.1. Considerações sobre o regramento dos tribunais administrativos

No tópico anterior, fizemos algumas considerações sobre a "força" dos precedentes à luz do novo Código de Processo Civil e a sua salutar aplicação também no âmbito do processo administro fiscal.

Com efeito, já tínhamos o entendimento de que a jurisprudência dos Tribunais Superiores, via de regra, também deveria ser aplicada no âmbito do processo administrativo fiscal. E esse entendimento, evidentemente, passou a ser ainda mais atual com o advento do novo Código de Processo Civil.

Não há mais justificativa para a administração tributária, de qualquer ente tributante ou nível federativo, furtar-se ao dever de aplicar os precedentes proferidos pelos Tribunais Superiores.

É bom registrar que, no âmbito do Conselho Administrativo de Recursos Fiscais, a determinação para aplicação dos precedentes firmados em demandas repetitivas se encontra expressamente prevista no seu Regimento Interno.

De fato, destacamos o § 2º do artigo 62 do Regimento do CARF, no sentido de que *"as decisões definitivas de mérito, proferidas pelo Supremo Tribunal Federal e pelo Superior Tribunal de Justiça em matéria infraconstitucional, na sistemática dos arts. 543-B e 543-C da Lei nº 5.869, de 1973, ou dos arts. 1.036 a 1.041 da Lei nº 13.105, de 2015 – Código de Processo Civil, deverão ser reproduzidas pelos conselheiros no julgamento dos recursos no âmbito do CARF"*. (Redação dada pela Portaria MF nº 152, de 2016).

Em nosso sentir, essa adequação do Regimento Interno do CARF ao novo Código de Processo Civil, passando a prestigiar a autoridade dos precedentes firmados em demandas repetitivas, contribuiu consideravelmente para que haja uma coerência entre as instâncias judiciais e administrativas, assegurando previsibilidade aos contribuintes.

A observância da jurisprudência dos Tribunais Superiores, agora positivada no próprio Regimento Interno do CARF, exigindo que seus julgadores reproduzam o entendimento do Poder Judiciário, representa a mudança de um antigo paradigma muitas vezes presente naquele Tribunal Administrativo que, como órgão pertencente à Administração Pública, tinha como regra não afastar a aplicação de leis, tratados, acordos ou decretos, sob o argumento de inconstitucionalidade.

Por outro lado, no âmbito dos Tribunais Administrativos Estaduais e Municipais, essa adequação legislativa ainda não se mostra presente, o que, em nossa avaliação, representa um retrocesso.

Com efeito, a Lei nº 13.457/2009, que dispõe sobre o processo administrativo tributário no âmbito do Estado de São Paulo, ainda não se encontra harmônica com as diretrizes do novo Código de Processo Civil.

Deveras, até o momento, referida legislação não foi adequada de modo a exigir que os Conselheiros do Tribunal de Impostos de Taxas do Estado de São Paulo reproduzam o entendimento dos Tribunais Superiores firmado em demandas repetitivas.

O que se vê, ainda, é a previsão inserta no artigo 28 da Lei nº 13.457/ /2009, impondo que *"no julgamento é vedado afastar a aplicação de lei sob alegação de inconstitucionalidade, ressalvadas as hipóteses em que a inconstitucionalidade tenha sido proclamada (i) em ação direta de inconstitucionalidade; e (ii) por decisão definitiva do Supremo Tribunal Federal, em via incidental, desde que o Senado Federal tenha suspendido a execução do ato normativo"*.

De fato, é possível notar que no âmbito do processo administrativo bandeirante, ainda há resistência em privilegiar os precedentes judiciais, o que, de certa forma, reflete uma mentalidade obsoleta e contrária a tudo que temos defendido neste arrazoado.

No que tange ao contencioso administrativo municipal, o desprestígio às novas diretrizes do novo Código Civil, assim como dos precedentes, também ainda é presente.

A Lei nº 14.107/2005, que dispõe sobre o processo administrativo fiscal no Município de São Paulo, em seu arrigo 50, assim prevê:

*"Art. 50. Cabe pedido de reforma da decisão contrária à Fazenda Municipal, proferida em recurso ordinário, que:*

*I – afastar a aplicação da legislação tributária por inconstitucionalidade ou ilegalidade; ou*

*II – adotar interpretação da legislação tributária divergente da adotada pela jurisprudência firmada nos tribunais judiciários.*

*§ 1º O pedido de reforma, observado, no que couber, o disposto no art. 42 desta lei, deverá ser formulado pelo Representante Fiscal no prazo de 30 (trinta) dias, contados da data da intimação da decisão reformanda, e será dirigido ao Presidente do Conselho.*

Conforme se observa, no âmbito municipal, além de não haver determinação para aplicar o entendimento firmado em demandas repetitivas pelos seus Conselheiras, é facultado à Fazenda Municipal (e não ao contribuinte) a interposição de pedido de revisão quando a decisão reformanda adotar interpretação da legislação tributária divergente da adotada pela jurisprudência firmada nos tribunais judiciários.

Referida legislação, em nosso sentir, viola a isonomia, pois aos contribuintes não é facultado o mesmo pedido de revisão em caso de lançamento fiscal mantido, ainda que a decisão administrativa seja contrária ao entendimento do Poder Judiciário.

Realmente, é de se lamentar que ainda exista resistência em diversos órgãos administrativos de julgamento tributário de Municípios e Estados à aplicação de entendimentos emanados dos Tribunais Superiores.

Essa resistência, em nossa avaliação, é conflituosa com a proteção da confiança e, como lesiona Misabel Derzi[7], com a *"continuidade da ordem jurídica"*. Ainda de acordo com a doutrinadora, referida expressão tem como sinônimos a *"inviolabilidade do ordenamento legal", "confiabilidade", "previsibilidade", "diagnóstico precoce" e "segurança de orientação"*, valores estes que tem intrínseca relação com o princípio da segurança jurídica, consistente em um dos pilares do Estado de Direito.

Como defendemos, a valorização aos precedentes judiciais no âmbito administrativo é de salutar importância, pois tal conduta é consentânea com princípios constitucionais, como o da moralidade e da eficiência da administração, gera confiança ao administrado, além de integrar sistematicamente o ordenamento jurídico, compatibilizando a legislação de regência dos Tribunais Administrativos com as novas diretrizes do novo Código de Processo Civil.

A importância desses princípios constitucionais serem efetivamente respeitados, não apenas em tese, é grande, pois somente assim haverá uma relação de confiabilidade entre a administração pública e o contribuinte, inclusive favorecendo a diminuição da litigiosidade ainda bastante presente.

## 4. Conclusões

Ao longo deste breve arrazoado, procuramos demonstrar a salutar importância de que os precedentes judiciais proferidos em demandas repetitivas também sejam considerados no âmbito do processo administrativo fiscal.

Sem dúvida, com a vigência do novo Código de Processo Civil, inclusive trazendo dispositivo expresso (art. 15) quanto a sua aplicação subsidiária e supletiva também nos processos administrativos, há uma forte tendência de cada vez mais serem prestigiados os precedentes judiciais também no âmbito administrativo.

Essa uniformização, em nosso entender, se faz necessária para prestigiar o processo tributário administrativo, que não pode ser visto como uma mera instância a ser percorrida, sempre direcionada à manutenção

[7] Derzi, Misabel Abreu Machado. Modificações da jurisprudência: proteção da confiança, boa-fé objetiva e irretroatividade como limitações constitucionais ao poder judicial de tributar, São Paulo: Noeses, 2009, p.

da exigência fiscal, mas como um instrumento de defesa do contribuinte e da pacificação social.

Evidentemente, não podemos deixar de reforçar a importância dos Tribunais Administrativos, pois demandas tributárias geralmente demandam conhecimentos técnicos e contêm diversas particularidades, muitas vezes não atrelados unicamente a teses de direito.

Portanto, o que procuramos defender aqui, sem qualquer pretensão, é claro, de esgotar o tema, é a continuidade do ordenamento jurídico também no âmbito administrativo, com a observância dos precedentes firmados em demandas repetitivas, de modo que o contribuinte possa confiar na Administração Tributária, com a certeza de que receberá um tratamento isonômico, o que inclusive poderá contribuir para a diminuição do alto volume de litígios.

## Referências

MACHADO, Hugo de Brito. "O Novo CPC". Jornal O Povo, de 30/6/2010. Disponível em: <http://qiscombr.winconnection.net/icet/paginas/interna.asp?pag=artigoslista>.

BARROS, Janete R. L de. "A busca da solução para as demandas repetitivas no primeiro grau de jurisdição e o pretendido efeito vinculante no NCPC".

"Primeiros comentários ao Novo Código de Processo Civil. Artigo por artigo. São Paulo: RT, 2015, p. 75".

LINS, Robson Maia. *Controle de Constitucionalidade da Norma Tributária*: decadência e prescrição. São Paulo: Quartier Latin, 2005, p. 80.

DIDIER JUNIOR, Fredie. "Reconhecimento de precedente judicial é principal mudança do Novo Código de Processo Civil". 2013. Disponível em: <http://www.amcham.com.br/comites/regionais/amcham-sao-paulo/noticias/2013/reconhecimento-de-precedente-judicial-e-principal-mudanca-do-novo-codigo-de-processo-civil>.

TORRES, Ricardo Lobo. "Processo Administrativo Tributário". In: MARTINS, Ives Gandra da Silva (Coord.). *Processo Administrativo Tributário*. São Paulo: Editora Revista dos Tribunais: Centro de Extensão Universitária, 1999, p. 167.

DERZI, Misabel Abreu Machado. *Modificações da jurisprudência: proteção da confiança, boa-fé objetiva e irretroatividade como limitações constitucionais ao poder judicial de tributar*, São Paulo: Noeses, 2009, p. 407.

# Precedentes Obrigatórios dos Tribunais Superiores e o Processo Administrativo Tributário

Karem Jureidini Dias*
Victor de Luna Paes**

## 1. Introdução

O Novo Código de Processo Civil, doravante denominado NCPC, impacta consideravelmente no Processo Administrativo Fiscal, a exemplo da maximização do princípio do contraditório[1], do dever de fundamentação das decisões, ali incluídos os elementos essenciais da sentença[2], do direito de obter em prazo razoável a solução satisfativa do pleito[3], bem como do dever de observância dos precedentes judiciais.

Quer nos parecer que um dos principais impactos do processo civil no âmbito dos processos administrativos tributários está na força atribuída aos precedentes, buscando a eficiência e a isonomia por meio da uniformização jurisprudencial.

* Mestre e Doutora pela PUC-SP. Ex-Conselheira e Membro da CSRF/MF. Professora do IBET e dos cursos de especialização da FGV/GV-Law. Advogada.
** Especialista em Direito Material Tributário pelo Instituto de Estudos Tributários – IBET. Ex-Juiz do Tribunal de Impostos e Taxas/SP. Advogado.

[1] Artigos 7º, 9º e 10 do NCPC.

[2] Artigo 489 e 927, § 4º, do NCPC.

[3] Artigo 4º do NCPC.

Notamos que, com a novel sistemática, a subsunção de determinado caso à norma geral e abstrata, dela decorrendo o comando individual e concreto, no âmbito do controle difuso de constitucionalidade e legalidade, cedeu espaço à coletivização das demandas, com o julgamento dos processos a partir de um comando de cunho geral.

Os precedentes obrigatórios dos tribunais superiores, nos termos do artigo 927 do NCPC são: (i) as decisões do Supremo Tribunal Federal em controle concentrado de constitucionalidade; (ii) os enunciados de súmula vinculante; (iii) os acórdãos em incidente de assunção de competência; (iii) os acórdãos em julgamento de recursos extraordinário e especial repetitivos; e (iv) os enunciados das súmulas do Supremo Tribunal Federal e do Superior Tribunal de Justiça, em matéria constitucional e infraconstitucional, respectivamente.

Tais precedentes são vinculantes quanto ao seu conteúdo. Só duas hipóteses afastam a vinculação, quais sejam: a superação e a distinção.

A superação ("overruling") é técnica por meio da qual resta demonstrado que o precedente tido por qualificado não mais reflete a posição do Poder Judiciário em determinada matéria; ao passo que, na distinção ("distinguishing"), deve haver a demonstração de que o caso fático julgado difere, ainda que parcialmente, daquele apontado como paradigmático. Tanto a superação quanto a distinção obviamente devem ser motivadas, caso se pretenda a desvinculação do conteúdo do precedente qualificado.

Procuramos aqui demonstrar que o tratamento vinculante atribuído ao precedente não se opera apenas no âmbito do Poder Judiciário, aplicando-se, do mesmo modo, aos processos administrativos fiscais – federais, estaduais ou municipais. Ressalvamos que tratamos da vinculação ao processo administrativo fiscal, porquanto neste se desenvolve atividade jurisdicional, e não à atividade administrativa de um modo geral, posto que, para esta, a norma processual não se lhe aplica automaticamente.

Retornando à vinculação dos precedentes ao processo administrativo fiscal, sintaticamente, é evidente que as disposições do NCPC são aplicadas não apenas subsidiariamente, mas também supletivamente ao processo administrativo fiscal[4]. Não olvidamos que o processo adminis-

[4] O artigo 15 do NCPC preceitua que "Na ausência de normas que regulem processos eleitorais, trabalhistas ou administrativos, as disposições deste Código lhes serão aplicadas supletiva e subsidiariamente.".

trativo possui jurisdição, ainda que atípica, e, ao exercer atividade jurisdicional, a ele também são vinculantes, semanticamente, as razões de decidir dos precedentes qualificados, a teor do artigo 503, § 1º e incisos (naquelas hipóteses específicas dos incisos do § 1º)[5], c/c o artigo 1.038, § 3º[6], ambos do NCPC.

Não bastasse, em análise pragmática, também se confirma a vinculação dos precedentes qualificados ao processo administrativo, na medida em que favorece a realização do princípio da eficiência pelo Poder Público e atribui eficácia social ao crédito tributário.

## 2. Os precedentes atribuem eficácia social ao crédito tributário

O crédito tributário pode ter sido constituído unilateralmente, sem a participação do contribuinte ou responsável legal, como no caso do lançamento de ofício. Ainda que não seja lançamento de ofício, válido lembrar que se trata sempre de uma imposição ("ex lege"), e não de norma "ex voluntate". Justamente por se tratar de imposição "ex lege", e, mais ainda, no lançamento de ofício, unilateralmente constituído, tem-se por necessário o controle de legalidade "interna corporis". Esse controle é exercido pelos respectivos órgãos de julgamentos[7].

O grande volume de processos que existe no Poder Judiciário decorre, especialmente, da alta complexidade das normas em matéria tributária, normas estas que, justamente por gerarem uma série de debates

[5] Art. 503. A decisão que julgar total ou parcialmente o mérito tem força de lei nos limites da questão principal expressamente decidida.

§ 1º O disposto no caput aplica-se à resolução de questão prejudicial, decidida expressa e incidentemente no processo, se:

I – dessa resolução depender o julgamento do mérito;

II – a seu respeito tiver havido contraditório prévio e efetivo, não se aplicando no caso de revelia;

III – o juízo tiver competência em razão da matéria e da pessoa para resolvê-la como questão principal.

[6] Art. 1.038. O relator poderá:

§ 3º O conteúdo do acórdão abrangerá a análise dos fundamentos relevantes da tese jurídica discutida.

[7] A exemplo da DTJ (Delegacia Tributária de Julgamento) e do TIT (Tribunal de Impostos e Taxas), na Secretaria da Fazenda em São Paulo, e da DRJ (Delegacia de Julgamento) e do Conselho Administrativo de Recursos Fiscais (CARF), no âmbito da Receita Federal do Brasil.

no que tange à sua correta intepretação, levam as partes interessadas a litigar em Juízo ou na esfera administrativa.

Com a evolução da legislação processual pátria, especialmente com a pacificação dos precedentes, aumenta-se o grau de confiança dos contribuintes em relação ao ente estatal, gerando a diminuição das demandas em andamento, o que, por conseguinte, acaba por minimizar custos a todas as partes envolvidas.

Na premissa de que os precedentes passem a, de fato, servir de supedâneo para novos julgamentos, propiciado está um ambiente de confiança. Quando há confiança, menor é a rejeição do administrado em se curvar àquela obrigação confirmada pelo Poder Judiciário. Na pragmática tem-se, então, maior eficácia social para o crédito tributário.

Como escrevemos outrora[8], o crédito tributário tem maior aceitação – eficácia social – quanto mais a obrigação tributária constituída esteja em conformidade com o ordenamento jurídico. Desde logo nos vem à mente sugestão de critério que não precisaria estar expresso, mas que a pragmática nos indica que seria salutar fosse determinado como regra geral, com o fim de visar não só à constituição do crédito tributário pautada na legalidade, como também a sua eficácia.

Esse critério corresponde à observância, pelas autoridades administrativas dos diversos entes federados, de constituição de obrigação tributária que corresponda integralmente à apuração determinada em Lei e/ou Constituição Federal, tal qual interpretada pelos Tribunais Superiores em precedentes qualificados, eliminando-se, por exemplo, a possibilidade de cobrança isolada de ilícito por meio de tributo.

Neste sentido, o advento do NCPC solidificou as bases de um sistema processual fincado nos valores da eficiência, da isonomia e da segurança jurídica, prestigiando os precedentes, os quais devem, por isso, servir de supedâneo para novos julgamentos, tornando viável prever os resultados das decisões futuras, bem como propiciando um ambiente de confiança e de maior eficácia na realização do crédito tributário.

A proteção da confiança e da isonomia foi consagrada expressamente no § 4º do artigo 927 do NCPC, na medida em que a não adoção ou

[8] Dias, Karem Jureidini. A Eficácia Social do Crédito Tributário. In: De Santi, Eurico Marcos Diniz (COORDENADOR). **Tributação e Desenvolvimento – Homenagem ao Professor Aires Barreto** – São Paulo: Quartier Latin, p. 416/417, 2011.

modificação de jurisprudência pacificada, Súmula ou tese adotada em julgamentos repetitivos deve ser devidamente fundamentada, porquanto devem ser considerados, nos termos da norma, "os princípios da segurança jurídica, da proteção da confiança e da isonomia."[9].

O administrado precisa da confiança, e ela depende da boa-fé objetiva da Administração Pública para orientar, sob o manto do princípio da legalidade, os contribuintes, seja em relação a aspectos operacionais (a exemplo do cumprimento de obrigações acessórias ao crédito tributário), seja com referência à própria incidência tributária ou à apuração do crédito decorrente. Neste sentido, a observância, pela Administração Pública, dos precedentes qualificados emanados pelos Tribunais Superiores, é condição "sine qua non", já que é deles que se extrai a melhor interpretação da lei.

Essa orientação é tão necessária para o exercício dos direitos e deveres dos administrados, quanto essencial para que se alcance cada vez mais transparência na atuação da fiscalização e proteção dos contribuintes acerca das orientações baixadas pela Administração Tributária.

[9] As questões atinentes à redução da litigiosidade, a qual somente poder ser proveniente da confiança, imparcialidade e celeridade na solução dos litígios tributários, foi muito bem desenvolvida por Gisele Barra Bossa, Bruno Nepomuceno de Souza e Guilherme Saraiva Grava, em estudo realizado no âmbito do Núcleo de Estudos Fiscais – NEF (FGV), quando da análise do funcionamento do CARF sob a perspectiva da prolação de suas decisões em cotejo com as decisões prolatadas no âmbito do Poder Judiciário: "Outro aspecto relevante diz respeito à legitimação das decisões perante o Judiciário. Quanto a este ponto, tem-se presente que o Ministério da Fazenda não pode decidir pela insubsistência do auto de infração em um momento (via CARF/PGFN) e, na sequência, questionar sua própria decisão no Judiciário (via PGFN). Trata-se de situação institucional bipolar que revela confusão entre aplicar a legalidade do sistema ou apegar-se à precária presunção de legalidade do auto de infração. Com efeito, deve ser afastada a percepção de que quando o CARF decide desfavoravelmente aos precários autos de infração está agindo contra a Receita Federal. Na verdade, quando isso acontece, é sinal de que o órgão está assumindo e cumprindo sua derradeira missão institucional: atuar com imparcialidade e celeridade na solução dos litígios tributários. Nesse sentido, coopera com a Receita Federal, com a PGFN e mesmo com o Poder Judiciário, estancando problemas com critérios técnicos, reduzindo a indústria do contencioso e tornando o fisco mais célere e eficiente. Alimentar esta "disputa" entre órgãos do próprio Ministério da Fazenda contraria justamente a premissa do desenvolvimento através do fortalecimento das instituições (**Conselho administrativo de recursos fiscais: segurança jurídica e redução do contencioso.** Disponível em http://www.nucleodeestudosfiscais.com.br/files/upload/2015/03/20/projeto-carf-versao-preliminar.pdf. Último acesso em 30.01.2017, p. 6-7).

Os contribuintes precisam estar, ao máximo, cientes dos parâmetros que devem ser utilizados pela fiscalização para a apuração do crédito tributário. Quanto mais o contribuinte conhecer os critérios determinados pelo Poder Executivo, e não rechaçados pelo Poder Judiciário, mais ele estará apto ao exercício de sua tarefa de fiscalização e apuração do crédito tributário – colaboração com a Administração Pública – ou, no limite, estará ciente dos riscos envolvidos e, nessa medida, apto a demandar, ainda que do Poder Judiciário, a proteção do seu direito[10].

Nessa toada, de suma importância, como fonte de orientação fiscal e de fortalecimento da segurança jurídica, a teoria dos precedentes, coletivizando as decisões judiciais. Assim, bem-vinda a novel sistemática dos Recursos Repetitivos ou Representativos de Controvérsia, além dos demais precedentes qualificados, alargando a previsibilidade jurisprudencial, antes mais restrita às Súmulas Vinculantes, às decisões em controle concentrado de constitucionalidade, ou, ainda, às hipóteses em que havia a edição de Resolução do Senado Federal, nos casos de decisão em controle difuso que afastassem normas do ordenamento jurídico.

E, seguindo essa linha, mais bem-vinda ainda a alteração, em 2015, no Regimento Interno do Conselho Administrativo de Recursos Fiscais, que estende a observância das decisões tomadas em sede de Recursos Repetitivos ou Representativos de Controvérsia aos julgamentos administrativos[11].

Bem verdade que nem todos os Tribunais Administrativos seguiram imediatamente nessa toada, omitindo-se, por enquanto, acerca da obrigatoriedade da observância dos precedentes. Tal omissão não impede, "per si", a aplicação do precedente, porquanto a previsão do processo

[10] No que tange à proteção do contribuinte em face das orientações da administração tributária, o ordenamento jurídico enfaticamente protege a confiança do administrado na boa-fé objetiva da Administração Pública. Como bem lembra Misabel Abreu Machado Derzi, o Brasil tem "a ordem positiva mais forte em segurança jurídica e em direitos e garantias dos contribuintes" (**Modificações da Jurisprudência no Direito Tributário**. São Paulo: Noeses, 2009, p. 320). Não por outro motivo que o parágrafo único do artigo 100 do Código Tributário Nacional dispõe que a observância das normas complementares pelo contribuinte exclui a imposição de penalidades, a cobrança de juros de mora e a atualização do valor monetário da base de cálculo do tributo.

[11] Conforme artigo 62 do Regimento Interno do Conselho Administrativo de Recursos Fiscais (Portaria MF nº 343/2015).

civil se lhe aplica supletivamente[12]. Contudo, a orientação regimental é um importante instrumento a conferir segurança jurídica, tanto aos contribuintes quanto aos Representantes Fazendários e aos próprios julgadores.

Apoiando-nos no escólio de PAULO CÉSAR CONRADO e de RODRIGO DALLA PRIA[13], a jurisdição é atividade exercida no âmbito das normas processuais, a teor do artigo 13 do NCPC. O Tribunal Administrativo exerce jurisdição, ainda que atípica e, enquanto jurisdição, sua atividade é regida pelas normas processuais, inclusive, subsidiária e supletivamente, pelo Novo CPC.

Os Tribunais Administrativos Fiscais exercem jurisdição para efetivar, ao final e ao cabo, um controle de legalidade "interna corporis". A revogação é atividade que incumbe apenas à Administração Pública, enquanto que a anulação incumbe tanto ao Poder Executivo quanto ao Judiciário. Para que haja a anulação do ato, ou a sua invalidação, deve ele mesmo possuir vícios em relação aos seus elementos. Noutras palavras, ao Poder Executivo também cabe a anulação do ato no caso de superveniência de vício em sua constituição, vício esse que pode ser identificado devido à alteração da ordem jurídica promovida pela publicação de um precedente de aplicação obrigatória.

Neste sentido o artigo 37 da Constituição Federal. Ora, o Estado só pode tributar aquilo que é devido, posto que a movimentação da máquina estatal para a cobrança de um objeto que não será alcançado, por indevido, torna ineficiente a sua atuação, sempre tão cara à sociedade. Exponenciando o prejuízo, uma atuação ineficiente tende a redundar numa futura condenação em verbas sucumbenciais, caso inevitável o processo judicial. As verbas sucumbenciais, comparativamente com o antigo CPC, tornaram-se mais gravosas para a Fazenda Pública.

Importante, por isso, que os Tribunais Administrativos, melhor dizendo, os órgãos julgadores do contencioso administrativo fiscal, atentos ao fato de que a não observância de determinados precedentes tende a resultar no ajuizamento de medidas judiciais que seriam desnecessárias e, ao final, onerosas à própria Fazenda, observem tais pre-

[12] Artigo 15 do NCPC.

[13] Aplicação do Código de Processo Civil ao processo administrativo tributário. In: CONRADO, Paulo César – ARAÚJO, Juliana Furtado Costa (COORDENADORES). **CPC e seu impacto no Direito Tributário**, São Paulo: Fiscosoft / Thomson Reuters, p. 254/255.

cedentes qualificados, ainda que não haja previsão regimental expressa, em cumprimento à aplicação supletiva do processo civil ao processo administrativo fiscal.

O mesmo não se pode esperar da Administração Tributária, cuja vinculação ao Executivo se lhe subjuga, sendo, nessa toada, de todo aconselhável que a Administração Tributária dos entes federados manifeste-se no sentido de observar os procedentes obrigatórios dos Tribunais Superiores.

Destaque-se que impera para a Administração Pública, na constituição originária, ou em ato de revisão do fato jurídico tributário, o princípio da legalidade estrita quanto à subsunção do fato à norma geral de conduta imediatamente implicante; além dos princípios específicos procedimentais; e daqueles relacionados à execução de ato administrativo, a exemplo dos princípios da impessoalidade, da moralidade administrativa, da publicidade e da proporcionalidade do ato para o cumprimento do interesse público.

Neste tocante, é necessário que exista uma norma determinando que a autoridade fiscal, quando da lavratura de um Auto de Infração, ou quando do pronunciamento em qualquer procedimento fiscal, se curve aos precedentes. Do contrário, tais autoridades não estarão protegidas para legalmente deixar de praticar atos que seriam incompatíveis com os precedentes qualificados. Caso não haja tal norma, o administrado será compelido, no mais das vezes, a ter que se socorrer do Poder Judiciário ou do Tribunal Administrativo, para dirimir questões que seriam facilmente resolvidas, de forma até mesmo procedimental, no âmbito do Poder Executivo.

Embora não haja imposição que vincule as decisões reiteradamente adotadas pelas cortes máximas julgadoras ao Poder Executivo de uma forma geral, o que só resta expresso em caso de Súmula Vinculante, cujos enunciados são de observância obrigatória pela Administração Publica, a teor do disposto na Emenda Constitucional nº 45/04, já podemos verificar exemplos de moralidade administrativa e busca pela maior eficiência fiscal. É o caso das orientações que determinam o respeito às decisões dos Recursos Representativos de Controvérsia, inclusive por iniciativa da própria Procuradoria-Geral da Fazenda Nacional – PGFN.

Ilustramos essa boa conduta citando a Portaria PGFN 502/16, que elenca, em seu artigo 2º, uma série de situações em que a PGFN recomenda o não prosseguimento dos feitos, e dentre eles cita os julgados em sede de recursos repetitivos, bem como cita Súmulas do CARF. Chama-nos a atenção o seu inciso IX, segundo o qual não há porque prosseguir com feitos "quando for possível antever, fundamentadamente, que o ato processual resultaria em prejuízo aos interesses da Fazenda Nacional.". Seu parágrafo 5º ainda possibilita a aplicação da dita regra para outras decisões, que não aquelas mencionadas no rol do artigo 927 do NCPC, desde que não haja orientação em sentido diverso por parte da CRJ, CASTF ou CASTJ[14].

Antes mesmo da Portaria PGFN 502/16, a Lei nº 10.522/02, na redação dada pela Lei nº 12.844/13, ainda vigente, em seu artigo 19, já tratava das hipóteses em que a PGFN ficava autorizada a não contestar, a não interpor recurso ou a desistir do que tivesse sido interposto, desde que inexistisse outro fundamento relevante. No mesmo sentido, autorizava a Secretaria da Receita Federal, a teor do seu artigo 19, § 4º, a não constituir determinados créditos tributários (i.e., julgamentos de repetitivos contrários à Fazenda Nacional).

## 3. Problemáticas na aplicação dos precedentes pelo processo administrativo tributário

O administrado confia no Estado e dele merece obter proteção. O Estado, por seu turno, deve assumir a responsabilidade pela confiança gerada. Tal confiança, no mais das vezes, não se furta à aplicação, pelos órgãos julgadores administrativos, da melhor interpretação das leis, expressa nas decisões uniformizadas no âmbito do NCPC. A aplicação ao caso concreto, todavia, demanda o conhecimento das suas especificidades, sob pena de não termos o almejado tratamento equânime e não alcançarmos a desejada eficácia social da norma.

[14] No mesmo diapasão, o NCPC privilegia a adoção de tal conduta em razão do disposto o seu artigo 77, inciso I, segundo o qual constitui dever das partes e dos seus procuradores não formular em juízo pretensão, ou apresentar defesa, quanto cientes de que a **demanda posta em Juízo é destituída de fundamento**. Aliás, tal disposição decorre do próprio artigo 5º do NCPC, segundo o qual "Aquele que de qualquer forma participa do processo deve comportar-se de acordo com a boa-fé.".

Como defende Hart[15], a aplicação de uma regra a uma pessoa em particular demanda atenção para a subsunção de seu caso à regra, porquanto as regras têm uma combinação de conduta regular, sem afastar a possibilidade de existir uma situação tal que distinga essa conduta como padrão. Com alguma restrição, já tomamos esse postulado em nosso socorro[16], justamente para defender que é devida especial atenção ao caso concreto, mormente ao aspecto distintivo da conduta padrão, prescrita ou esperada.

Na análise acerca da aplicabilidade de um precedente a um caso concreto, deve ser avaliado se foi abordada a situação fática similar à do caso concreto, não permitindo distinção daquela situação cuja decisão vinculante pode vir a irradiar efeitos. Para tanto, necessário que tenha havido, no julgamento do repetitivo, a precisa delimitação no âmbito do próprio pressuposto fático.

Outros elementos sistêmicos também afetam a aplicação do precedente, e, acreditamos, influenciam a revisão do fato jurídico tributário, mormente quanto à amplitude cognitiva. No processo administrativo, a cognição factual é muito mais ampla do que no processo judicial, de modo que é muito importante verificar se o caso concreto pode se subsumir ou não ao precedente qualificado. O próprio Tribunal Administrativo Federal, que tem a previsão de aplicar obrigatoriamente as decisões dos Recursos Representativos de Controvérsia, muitas vezes se depara com a falta de parâmetros para aplicá-las aos casos concretos[17]. Poderíamos ter decisões mais céleres e uniformes se houvesse uma forma de orientação acerca da extensão e aplicação dos julgados referenciados.

Ilustramos o problema com o exemplo do julgamento administrativo acerca do prazo decadencial para os tributos sujeitos ao lançamento por

[15] Hart, Herbert Lionel Adolphus. **O conceito de direito**. Trad. A. Ribeiro Mendes. 3ª Ed. Lisboa: Fundação Caloustre Gulbenkian, 1994, p. 95.

[16] Dias, Karem Jureidini. **Fato Tributário: Revisão e efeitos jurídicos**. São Paulo: Noeses, 2013, p. 306.

[17] Quando o Regimento Interno do CARF cita que deve haver a reprodução do precedente, não se deve olvidar da dificuldade da dita reprodução, no mais das vezes, no processo administrativo, porquanto a competência do julgador administrativo é diferente daquela exercida no processo do judicial. Como dito, no processo judicial, há menos abertura para a valoração de um fato, sendo possível que determinado elemento fático conduziria, se considerado, a conclusão diversa.

homologação. Por meio do Recurso Especial nº 973.733/SC[18], submetido à sistemática do Recurso Repetitivo, o Superior Tribunal de Justiça definiu a contagem do prazo da seguinte forma: caso não haja acusação de dolo e havendo pagamento parcial, de se aplicar o "dies a quo" do artigo 150, § 4º do Código Tributário Nacional; de outra parte, não se verificando o pagamento parcial, ou nos casos em que houver dolo, deve ser aplicado o "dies a quo" do artigo 173, inciso I, do mesmo diploma legal[19].

Ocorre que, no confronto das peculiaridades de tantos casos concretos, urge orientar acerca da extensão da regra ou do conceito mesmo de pagamento parcial. Essa regra se aplicaria aos casos em que o contribuinte não efetuou pagamento parcial, porque apurou prejuízo fiscal? Uma significativa quitação por meio de compensação não demandaria o mesmo tratamento que um ínfimo pagamento parcial? As retenções na fonte não se equiparam a um pagamento parcial? Acertadamente, neste caso, o Tribunal Administrativo Federal equiparou as compensações e as retenções na fonte, porquanto formas de quitação, ao pagamento[20].

De fato, a flexibilização na análise de provas – tão privilegiada pela tarefa jurisdicional atípica do Tribunal Administrativo – não impera no exercício da competência jurisdicional típica, mormente no âmbito dos Tribunais Judiciais Superiores. Daí se infere que o órgão julgador administrativo, enquanto no exercício da função jurisdicional atípica, justamente por possuir maior amplitude cognitiva, inclusive no que concerne à valoração das provas, deve apreciar com parcimônia os efeitos do precedente qualificado trazido à baila no bojo de dado processo administrativo.

No processo administrativo, é mais significativa a valoração sobre o fato, enquanto processo de conhecimento da ocorrência no mundo

[18] Superior Tribunal de Justiça, Primeira Seção, Relator Ministro Luiz Fux, sessão de 12/08/2009.

[19] "PROCESSUAL CIVIL. RECURSO ESPECIAL REPRESENTATIVO DE CONTROVÉRSIA. ARTIGO 543-C, DO CPC. TRIBUTÁRIO. TRIBUTO SUJEITO A LANÇAMENTO POR HOMOLOGAÇÃO. CONTRIBUIÇÃO PREVIDENCIÁRIA. INEXISTÊNCIA DE PAGAMENTO ANTECIPADO. DECADÊNCIA DO DIREITO DE O FISCO CONSTITUIR O CRÉDITO TRIBUTÁRIO. TERMO INICIAL. ARTIGO 173, I, DO CTN. APLICAÇÃO CUMULATIVA DOS PRAZOS PREVISTOS NOS ARTIGOS 150, § 4º, e 173, do CTN. IMPOSSIBILIDADE".

[20] Excepcionou-se da quitação apenas a utilização de prejuízo fiscal, já que este participa mesmo da formação da base de cálculo.

fenomênico, sendo possível que eventuais elementos do fato sejam suficientes a distinguir o caso concreto para efeito de afastar ou não a aplicação do precedente qualificado.

Aliando a força do precedente e a necessidade de sua observância pelo Tribunal Administrativo ao fato de que o processo administrativo tem por finalidade o controle de legalidade "interna corporis", defendemos o interesse da Administração Pública na análise de provas, inclusive trazidas no curso do processo administrativo, por quaisquer das partes. Os limites para o conhecimento das provas posteriormente trazidas dependem, contudo, de motivação e desde que estas possibilitem, nos termos do nosso escopo, a verificação ou não da subsunção do caso concreto à aplicação do precedente, bem como não reflitam tentativa de tumulto processual.

Sobre a produção das provas, e nesse aparte, também se aplicam ao processo administrativo as orientações do processo civil, relativas aos princípios da cooperação[21] e da boa-fé[22], além da inserção da figura da distribuição dinâmica do ônus da prova (artigo 373, § 1º), que tende a resolver diversas lides, em juízo ou na esfera administrativa[23], possibilitando inclusive a determinação para que a Fazenda traga aos autos prova de difícil produção pelo contribuinte. A validade das provas juntadas no curso do processo administrativo depende da faculdade conferida à outra parte de se manifestar, respeitando-se o contraditório.

Justamente em razão da necessária cognição factual para a subsunção de um caso concreto ao precedente qualificado é que destacamos a necessidade de que o julgamento do precedente pelo Poder Judiciário tenha o condão de delimitar precisamente o alcance de sua aplicação.

Para tanto, de um lado precisa estar delimitado o objeto de abrangência que pode ser alcançado pelo precedente e, por outro lado, o pre-

[21] Art. 6º Todos os sujeitos do processo devem cooperar entre si para que se obtenha, em tempo razoável, decisão de mérito justa e efetiva.

[22] Art. 5º Aquele que de qualquer forma participa do processo deve comportar-se de acordo com a boa-fé.

[23] Isto se dará especialmente nos casos em que haja impossibilidade ou excessiva dificuldade de cumprir o encargo, ou mesmo em casos de maior facilidade de obtenção da prova do fato contrário, como narra o próprio § 1º. Faz-se, contudo, a ressalva de que, a teor do seu § 3º, "A distribuição diversa do ônus da prova também pode ocorrer por convenção das partes, salvo quando: I – recair sobre direito indisponível da parte; II – tornar excessivamente difícil a uma parte o exercício do direito.".

cedente deve ser completo o suficiente para permitir a sua não aplicação – ou o esclarecimento acerca da sua necessária aplicação – nos casos que possuem o mesmo comando geral em discussão, mas têm peculiaridades que lhe retiram do lugar comum daqueles outros idênticos ao do "leading case".

Noutras palavras, é imperioso admitir que a especificidade de um caso concreto, julgado no âmbito dos precedentes vinculantes, refere-se a alguma conduta padrão, cuja decisão reportar-se-á a uma ideia, que deverá ser reproduzida para um grupo, como previsto para as decisões proferidas na sistemática dos precedentes qualificados. Não por outra razão ser absolutamente defensável que, nas decisões proferidas sob tal sistemática, considerações sejam feitas em relação a especificidades não necessariamente aplicadas àquele caso tratado no julgado emblemático.

Com a sistemática da repercussão geral e do recurso representativo da controvérsia, por exemplo, a questão principal a ser julgada não é mais aquela individual presente no recurso, mas sim a própria tese sob discussão. A título ilustrativo, no âmbito do STF, a configuração do recurso extraordinário transformou-se e o seu objeto primordial, antes referido ao julgamento do direito individual envolvido, passou a ser a solução de questões constitucionais de interesse de toda a coletividade, conferindo-lhe eficácia "erga omnes".

Daí a possibilidade, senão a necessidade, de o Supremo Tribunal Federal e do Superior Tribunal de Justiça conhecerem de fundamentos além dos expostos nos recurso excepcionais repetitivos e apreciarem, de forma tão completa e aprofundada quanto possível, as questões constitucional e legal subjacentes. É o que a Ministra Ellen Gracie dispôs na análise da Repercussão Geral nos Recursos Extraordinários nº 614.232/ /RS[24] e 614.406/RS[25]: "Isso porque presente a repercussão jurídica a revelar que a matéria ultrapassa os interesses subjetivos da causa, nos termos do art. 543-A, parágrafo primeiro, do CPC.".

[24] BRASIL. Supremo Tribunal Federal. Repercussão Geral na Questão de Ordem no AgRg no Recurso Extraordinário nº 614.232/RS. Relatora Ministra Ellen Gracie Julgamento em 20/10/2010.

[25] BRASIL. Supremo Tribunal Federal. Repercussão Geral na Questão de Ordem no AgRg no Recurso Extraordinário nº 614.406/RS. Relatora Ministra Ellen Gracie. Julgamento em 20/10/2010.

Nessa toada, absolutamente defensável que sejam analisadas as consequências da (i) legitimidade da norma, considerando o maior campo possível, ou, ao menos, que sejam especificados, de forma clara, os limites de aplicação da decisão proferida no recurso representativo da controvérsia.

Atualmente, calorosos debates são travados na formação do precedente vinculante, mormente sobre a necessidade de apreciação de elementos e argumentos não debatidos desde a origem naquele feito, muitas vezes determinados "extra causa". Consideramos ser bastante relevante, quando da análise acerca da aplicabilidade ou não de um precedente a um caso concreto, a verificação do que está "fora da causa.

Sobre este aspecto, outras discussões tomam relevo, como a adoção do "amicus curiae". Não à toa, o NCPC prevê que, em caso de multiplicidade de recursos excepcionais com fundamento em idêntica questão de direito, o Presidente ou o Vice-Presidente do Tribunal "a quo" deve selecionar dois ou mais recursos representativos da controvérsia, com a consequente suspensão dos demais processos pendentes.

Assim, tem-se que, na medida em que houver a eleição dos "processos-modelo", deve ser permitido, nestes julgamentos, não só o ingresso de "amicus curiae", como também o amplo debate acerca de todas as causas de pedir que possam ser importantes para o devido deslinde da questão posta em Juízo, mesmo que em detrimento do prequestionamento, outrora tão importante (na sistemática dos processos individuais). Vale dizer, flexibiliza-se até mesmo a regra do prequestionamento para viabilizar a subsunção do julgado ao maior número de causas possíveis ou de possibilitar a motivação de sua não aplicação a determinado caso concreto.

E toda essa discussão torna-se ainda mais importante com a expressa determinação, no NCPC, da vinculação das razões de decidir, vale dizer, os fundamentos determinantes da decisão são expressamente vinculantes[26]. Nessa esteira, é necessária também especial atenção ao relatório do acórdão, no qual se estabelecerá o pressuposto fático sobre o qual se repetirá a eficácia da decisão qualificada como precedente de observância obrigatória.

[26] Tanto assim que o artigo 1.038 do NCPC estabelece que o Relator do repetitivo poderá até solicitar ou admitir manifestações de pessoas ou entidades com interesse na controvérsia, além de poder realizar audiências públicas.

## 4. Conclusão

O Processo Administrativo Fiscal, assim entendido como o meio pelo qual se exerce jurisdição atípica para positivar o direito sob litígio, deve observar os precedentes obrigatórios dos Tribunais Judiciais Superiores.

Sua vinculação a tais precedentes independe de previsão específica nas normas que regem os processos administrativos, porquanto as disposições do novo CPC ao processo administrativo fiscal se aplicam, inclusive de forma supletiva (artigo 15 do NCPC). Nada obstante, a existência de previsão legal pode dirimir dúvidas e trazer maior segurança jurídica para o Representante da Fazenda Pública e para o contribuinte, seja confortando o não oferecimento de eventual recurso, seja conferindo maior eficiência e isonomia ao processo.

Diferentemente do que ocorre no âmbito da jurisdição processual administrativa, a Administração Tributária, de um modo geral, está submetida de forma vinculada às normas e determinações do Poder Executivo, não lhe sendo possível a aplicação "ipso facto" das normas processuais previstas no NCPC. Necessário, neste caso, que o Poder Executivo expressamente autorize e oriente as autoridades administrativas a praticar os atos de forma compatível com os precedentes qualificados, como se verifica da Portaria PGFN 502/16.

Aconselhável que os entes federados assim prossigam, provendo orientação "interna corporis", dado o benefício que representa a convergência dos Poderes no tratamento e na melhor interpretação conferida à lei tributária.

É notória a complexidade da legislação fiscal em nosso País e a consequência que dela decorre, seja no custo Brasil, majorado pela insegurança jurídica, seja no volume de processos e na decorrente morosidade na solução de litígios que assola o Poder Judiciário.

O atual processo civil privilegiou o precedente, atribuindo-lhe força vinculante, a fim de concretizar os princípios da isonomia, da eficiência e da segurança jurídica. A uniformização jurisprudencial reduz a litigiosidade no âmbito fiscal, propiciando orientação sobre a melhor interpretação da lei, positivando "erga omnes" a sua aplicação. A teoria dos precedentes também afasta a quase loteria nas decisões tributárias, oriundas especialmente das divergências na interpretação da lei, além de possibilitar maior eficácia no controle dos atos da Administração Pública.

Acreditamos que a coletivização das decisões também tenha beneficiado a própria realização do crédito tributário. O crédito tributário tem maior eficácia social, quanto mais a obrigação tributária constituída esteja em conformidade com o ordenamento jurídico. Para tanto, deve haver a observância, pelas autoridades administrativas dos diversos entes federados, de constituição de obrigação tributária que corresponda integralmente à apuração determinada em Lei e/ou Constituição Federal, tal qual interpretada pelos Tribunais Superiores em precedentes qualificados.

Nada obstante, a aplicação do precedente merece atenção. Em primeiro lugar, mister verificar se há superação ou não do precedente. Ultrapassada a primeira verificação, há que se averiguar se não é o caso de escolher o melhor precedente, hipótese em que mais de um potencialmente se aplique.

Ainda, a aplicação do precedente depende da análise da subsunção do caso concreto. Para a subsunção do caso concreto ao precedente, os elementos fáticos do caso concreto devem ser apreciados em face dos relevantes fundamentos da decisão proferida no precedente qualificado. Nesse mister, privilegiada deve ser a tarefa jurisdicional atípica do Tribunal Administrativo na análise de provas e na flexibilização que possibilita a amplitude cognitiva.

Para a melhor aplicação da determinação normativa contida no precedente qualificado ao caso concreto, importante também que esteja expressamente delimitado, no precedente vinculante, o alcance da sua aplicação. Relevante que fique, ao mesmo tempo, delimitado o objeto de abrangência que pode ser alcançado pelo julgado com força vinculante e, que tal decisão seja completa o suficiente a viabilizar a sua não aplicação – ou o esclarecimento acerca da sua necessária aplicação – nos casos que possuem o mesmo comando geral em discussão, mas têm peculiaridades que lhe retiram do lugar comum daqueles outros idênticos ao de "leading case".

Nessa toada, especial atenção é conferida ao relatório do acórdão, no qual se estabelece a qual pressuposto fático se deve repetir a eficácia daquela decisão qualificada.

## Referências

Bossa, Gisele Barra – Souza, Bruno Nepomuceno – Grava, Guilherme Saraiva. **Conselho administrativo de recursos fiscais: segurança jurídica**

**e redução do contencioso**. Versão preliminar. Disponível em http://www.nucleodeestudosfiscais.com.br/files/upload/2015/03/20/projeto-carf-versao-preliminar.pdf. Último acesso em 30.01.2017.

CONRADO, Paulo César; PRIA, Rodrigo Dalla. Aplicação do Código de Processo Civil ao processo administrativo tributário. In: CONRADO, Paulo César – ARAÚJO, Juliana Furtado Costa (COORDENADORES). **CPC e seu impacto no Direito Tributário**. São Paulo: Fiscosoft / Thomson Reuters.

CURY, Renato José. Arts. 85 a 87. In TUCCI – José Rogério Cruz – FILHO – Manoel Caetano Ferreira, APRIGLIANO, Ricardo de Carvalho – DOTTI, Rogéria Fagundes – MARTINS, Sandro Gilbert (coordenadores). **Código de Processo Civil Anotado**. São Paulo: AASP – Associação dos Advogados de São Paulo e OAB Paraná, 2015.

DERZI, Misabel Abreu Machado. **Modificações da Jurisprudência no Direito Tributário**. São Paulo: Noeses, 2009.

DIAS, Karem Jureidini. **Fato Tributário: Revisão e efeitos jurídicos**. São Paulo: Noeses, 2013.

_____. A Eficácia Social do Crédito Tributário. In: DE SANTI, Eurico Marcos Diniz (COORDENADOR). **Tributação e Desenvolvimento – Homenagem ao Professor Aires Barreto** – São Paulo: Quartier Latin.

FERNANDES, Luis Eduardo Simardi. Arts. 926 a 928. In TUCCI – José Rogério Cruz – FILHO – Manoel Caetano Ferreira, APRIGLIANO, Ricardo de Carvalho – DOTTI, Rogéria Fagundes – MARTINS, Sandro Gilbert (coordenadores). **Código de Processo Civil Anotado**. São Paulo: AASP – Associação dos Advogados de São Paulo e OAB Paraná, 2015.

GAMA, Tácio Lacerda. A Sanção pelo Exercício Irregular de Competências Jurídicas: uma análise estrutural. **Congresso Nacional de Estudos Tributários VI – Sistema Tributário Brasileiro e a Crise Atual**. São Paulo, Noeses, 2009.

HART, Herbert Lionel Adolphus. **O conceito de direito**. Trad. A. Ribeiro Mendes. 3ª Ed. Lisboa: Fundação Caloustre Gulbenkian, 1994.

LOSANO, Mario G. **Sistema e estrutura no direito**, vol. 02: o século XX. Trad. Lucas Limberti, São Paulo: WMF Martins Fontes, 2010.

MELLO, Marcos Bernardes de. Contribuição ao Estudo da Incidência da Norma Jurídica Tributária. In: BORGES, José Souto Maior, **Direito Tributário Moderno**, São Paulo, José Bushatsky, 1977.

# Análise da Escolha dos Precedentes nos Processos Judicial e Administrativo: Redução do Contencioso Tributário

[27]Isabela Bonfá de Jesus*

## 1. Introdução

O cenário enfrentado pelo ordenamento jurídico brasileiro na última década tem sido a concentração de ações em torno de alguns litigantes, seja no setor público ou privado.

Tem-se como exemplo os bancos, as empresas de telefonias, operadoras de cartões de crédito, etc. *É o* chamado *reapt player versus* posição fragilizada do indivíduo. Assim, para os bons e velhos estudantes de direito, saímos do famoso exemplo do *Caio x Tício* e entramos na coletividade das ações judiciais.

Tecnicamente pode-se definir como a ofensa ao direito individual ou coletivo, atingindo uma gama enorme de pessoas de forma análoga e ensejando o ajuizamento de milhares de ações com o mesmo objeto.

* Doutora e Mestre em Direito Tributário pela PUC/SP. Professora da Graduação e Pós-Graduação (Mestrado/Doutorado) em Direito Tributário e Processo Tributário da PUC/SP, COGEAE, Escola Paulista de Direito, Damásio, FEI. Ex-juíza do Tribunal de Impostos e Taxas (TIT/SP) por 3 mandatos. Advogada e economista. Sócia titular do escritório Bonfá de Jesus Advogados.

O que, todavia, muitas vezes acontece diante dos milhares de processos que possuem o mesmo objeto é se deparar com resultados diferentes ocasionando uma sensação de injustiça. Isso tem gerando um dos maiores problemas enfrentados pelo Poder Judiciário, já que ao contrário do que se vê no dia-a-dia, pessoas e situações semelhantes têm o direito de obter resultados semelhantes.

O Código de Processo Civil de 2015 (CPC/2015) aparece dentro desse contexto, onde o espírito é descongestionar o Poder Judiciário e resgatar a isonomia e segurança jurídica, institutos tão almejados pela sociedade.

A fim de implementar tal objetivo, o CPC/2015 traz em seus 12 (doze) primeiros artigos as suas vigas essenciais (normas fundamentais do CPC/2015).

Destacam-se os princípios previstos nos arts. 5º e 6º, que tratam da cooperação e colaboração entre os sujeitos do processo, a saber:

> "Art. 5º – Aquele que de qualquer forma participa do processo deve comportar-se de acordo com a boa-fé."
>
> "Art. 6º – Todos os sujeitos do processo devem cooperar entre si para que se obtenha, em tempo razoável, decisão de mérito justa e efetiva."

Após leitura dos artigos supra, o leitor pode estar se questionando: como vou cooperar com a pessoa que estou litigando?

Mas não é exatamente isso que se propõe, expliquemos: não é imaginar que as partes se ajudarão para vencer a demanda, mas dialogar a cooperação com a boa-fé objetiva. É a aplicação de um modelo colaborativo e cooperativo de processo que irá orientar as atividades dos sujeitos do processo.

Na verdade, o espírito que o CPC/2015 quer trazer com a menção desses dois artigos é compreender o conjunto de atos processuais e o dever de dispor em juízo sobre fatos verdadeiros.

Cremos que exemplos ajudam a clarear a aplicação de tais princípios que devem nortear a conduta não só das partes, mas também do juiz. Listamos exemplificativamente alguns itens que demonstram a atuação cooperativa e colaborativa que o juiz deve adotar na condução dos processos:

1) *Inquisitórios/Poderes Instrutórios:* o juiz não deve se limitar as provas apresentadas;

2) *Dever de prevenção/advertência:* avisar as partes para corrigirem vícios. Exemplos: arts. 317 e 139, IX, ambos do CPC/2015;
3) *Dever de esclarecimento:* juiz que dialoga com as partes;
4) *Dever de consultar as partes:* o juiz não pode decidir, em grau algum de jurisdição, com base em fundamento a respeito do qual não se tenha dado às partes oportunidade de se manifestar, ainda que se trate de matéria sobre a qual deva decidir de ofício (art. 10 do CPC/2015); e
5) *Dever de auxílio das partes.*

Já no tocante a atuação das partes de maneira colaborativa e cooperativa, identificamos alguns exemplos:

1) Versando o processo sobre direitos que admitam autocomposição, é lícito às partes plenamente capazes estipular mudanças no procedimento para ajustá-lo às especificidades da causa e convencionar sobre os seus ônus, poderes, faculdades e deveres processuais, antes ou durante o processo (art. 190 do CPC/2015);
2) as partes podem indicar o perito de comum acordo;
3) delimitação consensual das questões de fato e de direito, a qual, se homologada, vincula as partes e o juiz (art. 357, § 2º, do CPC/2015).

Seguem agora exemplos de atuação colaborativa e cooperativa das partes com atuação no âmbito tributário:

1) Reconhecimento pelo *procurador da Fazenda Pública* que o débito já prescreveu ou decaiu e não ajuizar ações indevidas. Nesse caso, o juiz pode reconhecer de plano (art. 332, § 1º, do CPC/2015);
2) O *procurador da Fazenda Pública deve* exercer o controle de legalidade dos atos administrativos. Exemplo: não inscrever em dívida ativa, nem redirecionar execução fiscal em face de sócios e gestores, sem a devida comprovação de sua responsabilidade tributária.

Ademais, o CPC/2015 também se preocupou com a solução conferida ao caso concreto pelas instâncias ordinárias, repetindo e trazendo uma série de institutos que têm por finalidade assegurar que a Lei Federal e a Constituição Federal, por serem leis que devam ter o mesmo teor e a mesma aplicabilidade em todo o território nacional, sejam uniformes em todos os casos que necessitam de sua incidência.

Dentro desse espírito, o CPC/2015:

**(i)** reafirma mecanismos que já existiam e permitiam uma aplicação uniforme das decisões (Exemplos: Repercussão Geral, Recurso Repetitivo);

**(ii)** cria mecanismos novos (Exemplo: Incidente de Resolução de Demandas Repetitivas (IRDR); e

**(iii)** resolve problemas para quem milita e não encontrava solução no Código de Processo Civil de 1973 (CPC/73).

Esse assunto é tão relevante que no art. 926 do CPC/2015 está consignado:

> "Art. 926 – Os tribunais devem uniformizar sua jurisprudência e mantê-la *estável*, íntegra e coerente." (grifos nossos)

Não precisaria de previsão expressa acerca da estabilidade e coerência de nossa jurisprudência, deveria ser natural. Mas nos deparamos com diversas decisões contraditórias e que não observam o entendimento dos Tribunais Superiores, assim, agora está expresso.

O CPC/2015, portanto, reafirma o papel que a jurisprudência deve ter hoje em nosso sistema jurídico, a fim de trazer celeridade e efetividade da prestação jurisdicional; bem como uniformizar a jurisprudência (técnicas de valorização dos precedentes equânimes).

Dessa maneira, o que se propõe é a positivação de mecanismos que tornam obrigatória a observância às decisões judiciais que revestirem a condição de um precedente.

Daí o objetivo do presente artigo em analisar a importância da escolha dos precedentes não só no processo judicial, como também no processo administrativo.

## 2. Do Precedente formado no processo judicial

Como se inicia o processo de identificação e formação dos precedentes?

Estabelecem-se 5 (cinco) etapas fundamentais para afetação e definição dos precedentes[1], a saber:

**1ª)** Seleção do recurso como representativo de controvérsia;

**2ª)** Afetação do tema;

**3ª)** Instrução;

**4ª)** Decisão; e

**5ª)** Efeitos da decisão.

[1] BONFÁ DE JESUS, Isabela, Fernando e Ricardo. *Manual de Direito e Processo Tributário.* 3ª ed. São Paulo. Revista dos Tribunais, 2016, pág. 450.

Vejamos de maneira pormenorizada cada uma delas:

**1ª) Seleção do recurso como representativo de controvérsia:**

a) Atividade entregue fundamentalmente aos Tribunais de 2º grau (identificação das demandas);

b) Feita a escolha, os recursos são remetidos aos Tribunais Superiores;

c) Não impede que os próprios Tribunais Superiores também façam as suas escolhas, desde que sejam demandas maduras que não tenham chegado a um consenso entre as turmas;

d) Assim, diante da multiplicidade de recursos (centenas/milhares que tratem da mesma matéria), com idêntica questão de direito, pode-se afetar um ou mais recursos;

e) A escolha será feita pelo presidente ou vice-presidente do Tribunal de 2º grau (Tribunal de Justiça ou Tribunal Regional Federal, por exemplo, a depender da matéria que está sendo discutida) ou do relator do Tribunal Superior (a escolha feita pelo Tribunal de 2º grau não vinculará o Tribunal Superior, que poderá selecionar outros recursos representativos da controvérsia);

Mas quais são os requisitos para a escolha como representativo de controvérsia?

São *recursos admissíveis* que contenham *abrangente argumentação e discussão* a respeito da questão a ser decidida.

**2ª) Afetação do tema:**

a) A afetação do tema será feita pelo relator;

b) O relator deverá transformar a questão controvertida em tema (afasta-se a subjetividade da causa para delimitar com precisão o tema, para fins de suspensão dos demais processos);

c) O Conselho Nacional de Justiça (CNJ) orientou a criação de núcleos de Recurso Repetitivo e Repercussão Geral em todos os Tribunais do país;

d) O tema afetado deverá ser amplamente divulgado no *site* do Tribunal;

e) Se o recurso veio afetado pelo Tribunal de Origem, o ministro-relator pode ampliar a afetação para todo território nacional;

f) E, dentro dessa fase, determina-se a suspensão do processamento de todos os processos pendentes, individuais ou coletivos, que versem sobre a questão e tramitem no território nacional.

Se houver distinção entre a questão a ser decidida no processo e aquela a ser julgada no caso repetitivo afetado, a parte poderá requerer o prosseguimento do seu processo. A outra parte deverá ser ouvida sobre o requerimento no prazo de 5 (cinco) dias.

**3ª) Instrução:**

a) Como é um recurso que irá atingir centenas/milhares de pessoas, permite-se a manifestação dos interessados;
b) Solicita-se ou admite-se manifestação de pessoas, órgãos ou entidades com interesse na controvérsia, considerando a relevância da matéria;
c) Fixa-se data para, em audiência pública, ouvir depoimentos de pessoas com experiência e conhecimento na matéria, com a finalidade de instruir o procedimento;
d) Julgamento no prazo de 1 (um) ano, salvo decisão fundamentada do relator em sentido contrário;
e) Nos termos do art. 138 do CPC/2015 é também admitida a participação do *amicus curiae*, uma vez que o juiz/relator, considerando a relevância da matéria, a especificidade do tema objeto da demanda ou a repercussão social da controvérsia, poderá, por decisão irrecorrível, de ofício ou a requerimento das partes ou de quem pretenda manifestar-se, solicitar ou admitir a participação de pessoa natural ou jurídica, órgão ou entidade especializada, com representatividade adequada;
f) O recorrente poderá, a qualquer tempo, sem a anuência do recorrido ou dos litisconsortes, desistir do recurso. A desistência do recurso não impede a análise de questão cuja repercussão geral já tenha sido reconhecida e daquela objeto de julgamento de recursos extraordinários ou especiais repetitivos.

**4ª) Decisão:**

a) O julgamento terá preferência, salvo nas hipóteses de *habeas corpus* e réu preso;
b) O conteúdo do acórdão abrangerá a análise dos fundamentos relevantes da tese jurídica discutida; e
c) Vedação da apreciação de questão não identificada na afetação. Pode-se fazer uma nova afetação, mas naquele processo não pode avançar (debate delimitado).

**5ª) Efeitos da decisão:**

a) Preocupação em aplicar a decisão aos casos idênticos que ficaram suspensos;
b) Publicação do acórdão (momento no qual começa a produzir os efeitos);
c) Os processos suspensos em 1° e 2° graus de jurisdição retomarão o curso para julgamento e aplicação da tese firmada pelo Tribunal Superior (efeito vinculante com aplicação conjunta dos arts. 1040, III e 927, ambos do CPC/2015);
d) Retratação ou manutenção do acórdão divergente pelo Tribunal de origem;
e) Realizado o juízo de retratação, com alteração do acórdão divergente, o Tribunal de origem, se for o caso, decidirá as demais questões ainda não decididas cujo enfrentamento se tornou necessário em decorrência da alteração;
f) A parte poderá desistir da ação em curso no 1° grau, antes de proferida a sentença, se a questão nela discutida for idêntica à resolvida pelo recurso representativo da controvérsia. Se a desistência ocorrer antes de oferecida contestação, a parte não pagará honorários. A desistência apresentada independe de consentimento do réu, ainda que apresentada contestação;
g) O CPC/2015, em seu art. 932, incisos IV e V, permite nas decisões monocráticas dos relatores de 2° grau: (i) a negativa de seguimento se a decisão recorrida estiver em consonância com o caso repetitivo, ou (ii) provimento monocrático quando a decisão é contrária ao decidido em sede de caso repetitivo;
h) A orientação também é que haja uma ampla divulgação do caso repetitivo (publicidade nos *sites*). O STJ, por exemplo, tem em seu *site* o ícone *Jurisprudência em Teses*, que é a publicação temática dos casos e tem por objetivo facilitar a consulta sobre os diversos entendimentos existentes na Corte a respeito de temas específicos.

Dentro desse cenário, o CPC/15 se preocupou que a solução conferida ao caso concreto pelas instâncias ordinárias tenha por finalidade assegurar que as decisões sejam uniformes em todos os casos que necessitam de sua incidência.

O que se pretende, portanto, com a formação do precedente e sua aplicação é que a sensação de injustiça gerada por resultados diferentes em lide com pessoas que estejam em situações semelhantes seja aos poucos extinta. Há uma grande preocupação em garantir julgamentos equânimes.

A intenção é atingir a isonomia, a segurança jurídica e evitar o congestionamento do Poder Judiciário, o que, por conseqüência, traduz na redução do contencioso tributário. A evolução dos julgamentos demonstra que as teses tributárias são realmente definidas pelo STJ e STF, vale dizer, Cortes que julgam teses muito além dos aspectos subjetivos da causa.

As técnicas até então expostas possibilitarão ao julgador o exercício de um papel diferente, pois terá que saber enquadrar o caso concreto que está sob sua análise ao precedente proferido.

A previsão de vinculação da aplicação dos precedentes disposta no art. 927 do CPC/2015 traduz tal comando, a saber:

"Art. 927. Os juízes e os tribunais observarão:

I – as decisões do Supremo Tribunal Federal em controle concentrado de constitucionalidade;

II – os enunciados de súmula vinculante;

III – os acórdãos em incidente de assunção de competência ou de resolução de demandas repetitivas e em julgamento de recursos extraordinário e especial repetitivos;

IV – os enunciados das súmulas do Supremo Tribunal Federal em matéria constitucional e do Superior Tribunal de Justiça em matéria infraconstitucional;

V – a orientação do plenário ou do órgão especial aos quais estiverem vinculados."

A vinculação dos precedentes agora é automática. Vejam o comando estabelecido no art. 927 do CPC/2015 supra transcrito: "*observarão*"!

Esse papel também caberá ao advogado, pois deverá ter conhecimento dos precedentes, estar atualizado e saber dos reflexos ao propor uma ação judicial ou opinar ao seu cliente se é devido ou não o recolhimento de determinado tributo.

As peculiaridades de cada caso devem ser expostas e observadas para que se adeque corretamente o caso concreto ao precedente.

Assim, para a boa condução de um processo deverá haver:

**(a)** A identificação do precedente, ou, mais precisamente, da tese jurídica nele consagrada, seu sentido e sua extensão;

**(b)** Correlacionar o caso apreciado ao(s) caso(s) julgado(s) na formação do precedente, para, então:

**(c)** Aplicar o precedente; ou

**(d)** Afastar o precedente por:

**(d.1)** haver alguma peculiaridade no caso apreciado que o diferencie daqueles apreciados na formação dos precedentes (*distinguishing*) – art. 1.037 do CPC/2015; ou

**(d.2)** deixar de aplicar o precedente, haja vista sua superação por força de modificações jurídicas, políticas ou sociais entre o período de sua formação e sua aplicação (*overruling*) – art. 927 do CPC/2015.

Obviamente que os mecanismos de uniformização de jurisprudência só resultarão em redução concreta do contencioso tributário se: (i) o advogado avaliar a real necessidade de ingresso da medida judicial; e (ii) conhecer profundamente os precedentes de todos os Tribunais.

Esclarece-se que a importância de saber sobre as inovações do CPC/15 no tocante a formação do precedente não deve ser somente uma preocupação do advogado que milita no contencioso tributário, mas também do advogado que milita nas questões tributárias preventivas (consultoria tributária), uma vez que no momento que tiver que responder uma consulta deverá avaliar os precedentes já firmados pelos Tribunais para analisar se há ou não risco de contingência tributária.

Imaginem ainda o advogado que atua em questões relativas aos tributos indiretos, como o ICMS (imposto sobre operações relativas à circulação de mercadorias e sobre prestações de serviços de transporte interestadual e intermunicipal e de comunicação), por exemplo. Tais profissionais deverão se atentar aos precedentes formados em todos os Tribunais de Justiça do país (Tribunais Estaduais de 2° Grau de Jurisdição competentes para apreciar os tributos estaduais), já que estes Tribunais estão habilitados a também formarem precedentes em face do Incidente de Resolução de Demandas Repetitivas (IRDR).

Vale esclarecer que o IRDR possui o mesmo procedimento para instauração e formação de precedente, só que em 2° grau de jurisdição. Isso demonstra que o CPC/15 preocupou-se com a uniformização da jurisprudência também no próprio Tribunal de 2ª Instância.

Assim, em havendo repetição de processos com a mesma controvérsia e risco de ofensa à isonomia e segurança jurídica, o próprio Tribunal de 2° grau pode instaurar o IRDR, podendo ser proposto pelas partes (por petição), pelo juiz ou relator (de ofício) ou pelo Ministério Público ou Defensoria Pública (por petição).

O entendimento firmado será aplicado a todos os processos individuais ou coletivos que versem sobre idêntica questão de direito e que tramitem na área de jurisdição do respectivo Tribunal, inclusive àqueles que tramitem nos juizados especiais do respectivo Estado ou região; bem como aos casos futuros que versem idêntica questão de direito e que venham a tramitar no território de competência do Tribunal.

Do julgamento do mérito do IRDR caberão recursos especial e extraordinário (recursos com efeito suspensivo, presumindo-se a repercussão geral de questão constitucional eventualmente discutida).

Apreciado o mérito do recurso, a tese jurídica adotada pelo STJ ou pelo STF será aplicada no território nacional a todos os processos individuais ou coletivos que versem sobre idêntica questão de direito.

## 3. Do Precedente formado no processo administrativo tributário

A fim de que o presente artigo atinja um número maior de leitores e não fique restrito a uma análise regional do Tribunal Administrativo do Estado X ou do Estado Y, opta-se por analisar a formação do precedente no processo administrativo federal.

Assim, passa-se a análise das considerações a respeito dos §§ 1º, 2º e 3º do art. 47 do Regimento Interno do Conselho Administrativo de Recursos Fiscais – CARF (Tribunal Administrativo Federal).

Veja, nesse sentido, o quadro abaixo, que compara a redação do art. 47 do antigo Regimento Interno do CARF (RICARF) com a redação do art. 47 do atual RICARF (destaques):

| **Redação ANTERIOR do art. 47 do RICARF (Portaria n° 256/2009)** | **Redação ATUAL do art. 47 do RICARF (Portaria n° 343/2015)** |
|---|---|
| Art. 47. Os processos serão distribuídos aleatoriamente às Câmaras para sorteio, juntamente com os processos conexos e, preferencialmente, organizados em lotes por matéria ou concentração temática, observando-se a competência e a tramitação prevista no art. 46.<br>§ 1º Quando houver multiplicidade de recursos com fundamento em idêntica questão de direito, ***cuja solução já tenha jurisprudência firmada na CSRF***, poderá o presidente da Câmara escolher dentre aqueles um processo para sorteio e julgamento.<br>§ 2º Decidido o processo de que trata o § 1º, o presidente do colegiado submeterá a julgamento, na sessão seguinte, os demais recursos de mesma matéria que estejam em pauta, aplicando-se-lhes o resultado do caso paradigma. | Art. 47. Os processos serão sorteados eletronicamente às Turmas e destas, também eletronicamente, para os conselheiros, organizados em lotes, formados, preferencialmente, por processos conexos, decorrentes ou reflexos, de mesma matéria ou concentração temática, observando-se a competência e a tramitação prevista no art. 46.<br>§ 1º Quando houver multiplicidade de recursos com fundamento em idêntica questão de direito, ***o Presidente de Turma para o qual os processos forem sorteados poderá sortear 1 (um) processo para defini-lo como paradigma***, ficando os demais na carga da Turma.<br>§ 2º Quando o processo a que se refere o § 1º for sorteado e incluído em pauta, deverá haver indicação deste paradigma e, em nome do Presidente da Turma, dos demais processos aos quais será aplicado o mesmo resultado de julgamento. |

Da leitura dos dois artigos 47 do Regimento Interno do CARF (RICARF) (anterior e atual) supratranscritos, observa-se que já existia na vigência do Regimento Interno anterior um procedimento semelhante ao art. 47 do RICARF atual, com a diferença – fundamental, a nosso ver – de que somente tinha cabimento o *julgamento em bloco* em hipótese de jurisprudência firmada pela Câmara Superior de Recursos Fiscais – CSRF (última instância de julgamento na fase administrativa).

Ressaltamos que nos parece bastante negativa a ampliação da hipótese de cabimento do que se denomina como *julgamento em bloco* para toda e qualquer idêntica questão de direito (sem necessidade de existir jurisprudência consolidada pela CSRF).

Isso porque estaríamos diante de um procedimento claramente voltado para uniformização da jurisprudência, função que pela própria natureza é do órgão compete à CSRF e não às câmaras baixas do CARF.

Além do que, faz-se nesse momento referência ao exposto no item 2 desse presente artigo para relembrarmos a descrição de todo o procedimento trazido pelo CPC/15 de como vem a ser escolhido o recurso representativo de controvérsia no processo judicial, para que haja uma comparação da forma eleita pelo art. 47 do RICARF, que estabelece o rito de "sorteio" como forma de julgamento.

Conforme exposto, no CPC/15 fica claro que os requisitos para a escolha do recurso como representativo de controvérsia são os *recursos admissíveis* que contenham *abrangente argumentação e discussão* a respeito da idêntica questão de direito a ser decidida.

Ora, não se pode deixar que um recurso seja eleito por sorteio como pretende o art. 47 do RICARF. Tal procedimento demonstra-se equivocado e contrário ao que dispõe o CPC/15.

Não se trata aqui de *julgamento em bloco* já que o art. 47 do RICARF deixa claro que o julgamento ocorrerá pelas câmaras baixas do CARF e não pela CSRF.

Diferente seria se as câmaras baixas do CARF estivessem apenas aplicando a jurisprudência já firmada pela CSRF. Nesse caso, não haveria óbice ao *julgamento em bloco* para se aplicar o entendimento já firmado na CSRF.

Ocorre que da forma como dispõe o art. 47 do RICARF, a eleição do recurso ocorrerá por sorteio, sem haver entendimento prévio da CSRF, e, após o julgamento, tal entendimento será aplicado aos demais processos que tenha mesma questão de direito.

Sorteio decorre de sorte e, infelizmente, não podemos confiar na sorte para eleição de um recurso que será julgado e, tamanha a sua importância, tenha sua aplicação estendida aos demais processos que tratem da mesma matéria.

Tal como indica o CPC/15, e não por sorteio, faz-se necessário escolher o recurso que contenha abrangente argumentação. Somente assim os princípios básicos como o devido processo legal, contraditório, ampla defesa e legalidade serão observados.

Ocorre que, diferente de um *julgamento em bloco*, o art. 47 do RICARF está a formar um precedente que por ser eleito por sorteio fere flagrantemente os princípios mais essenciais de proteção dos contribuintes.

Quanto à legalidade propriamente dita do art. 47 do RICARF, destacamos que o art. 37 do Decreto nº 70.235/72 delega ao Poder Executivo competência para dispor sobre o julgamento no CARF, veja *in verbis*: *"O julgamento no Conselho Administrativo de Recursos Fiscais far-se-á conforme dispuser o regimento interno"*.

A despeito da suposta legalidade da delegação, o Regimento Interno do CARF, ao nosso ver, continua tendo natureza jurídico de regulamento, com fundamento no inciso II do art. 87 da Constituição Federal/88, isto é, serve para dar cumprimento à lei, não podendo criar ou reduzir direitos, sob pena de extrapolar e ferir a legalidade. Todavia, essa regulamentação evidentemente não pode violar as disposições constitucionais que asseguram a ampla defesa, contraditório e devido processo legal.

Relevante, portanto, refere-se ao risco de pontos essenciais para o julgamento não serem analisados no paradigma que é eleito por sorteio e não por análise de sua abrangente argumentação. Disso decorre a negativa de tutela jurisdicional, aplicando-se, subsidiariamente, o art. 489, parágrafo 1º, inciso IV, do CPC/15.

Dentro desse contexto, abrir-se-ia a possibilidade de o contribuinte questionar o suposto *julgamento em bloco* no CARF?

Apesar de nossas considerações já indicarem a resposta para tal indagação, faz-se necessário esclarecer que o instituto do julgamento em bloco é completamente diferente da formação de um precedente para aplicação aos demais processos que tratem da mesma matéria de direito.

O que a previsão do art. 47 do RICARF está a fazer é misturar os dois institutos, o que resulta na ofensa dos direitos dos contribuintes.

## 4. Conclusão

Conclui-se, portanto, que:

a) o CPC/2015 se apresenta com o espírito de trazer celeridade e efetividade da prestação jurisdicional, bem como uniformizar a jurisprudência;
b) pessoas e situações semelhantes têm o direito de terem resultados semelhantes;
c) o que se propõe é a positivação de mecanismos que tornam obrigatória a observância às decisões judiciais que revestirem a condição de precedente;
d) daí a importância em se analisar a escolha dos precedentes não só no processo judicial, como também no processo administrativo;
e) a intenção no processo judicial é atingir a isonomia, segurança jurídica e evitar o congestionamento do Poder Judiciário, o que, por conseqüência, traduz na redução do contencioso tributário;
f) já no âmbito do processo administrativo federal, o procedimento dos §§ 1º, 2º e 3º do art. 47 do RICARF que estabelece o sorteio como forma de eleição do precedente encontra-se equivocada;

g) o que era previsto no Regimento Interno anterior do CARF de 2009 servia apenas para casos em que havia jurisprudência consolidada perante a CSRF. A possibilidade de se aplicar esse procedimento nas câmaras baixas viola a competência da CSRF de uniformizar a jurisprudência do órgão; e
h) o art. 37 do Decreto nº 70.235/72 delegou ao Poder Executivo competência para regular o julgamento no CARF, todavia, é evidente que essa regulamentação não pode violar as disposições constitucionais que asseguram a ampla defesa, contraditório e o devido processo legal.

## Referências

ATALIBA, Geraldo. *Hipótese de Incidência Tributária.* 6ª ed. São Paulo: Malheiros, 2012.

BECHO, Renato Lopes. *Lições de Direito Tributário: Teoria Geral e Constitucional.* 3ª ed. São Paulo: Saraiva, 2015.

BONFÁ DE JESUS, Fernando. *ICMS-Aspectos Pontuais.* 1ª ed. São Paulo: Quartier Latin, 2007.

BONFÁ DE JESUS, Isabela, Fernando e Ricardo. *Manual de Direito e Processo Tributário.* 3ª ed. São Paulo: Revista dos Tribunais, 2016.

CARRAZZA, Roque Antonio. *Curso de Direito Constitucional Tributário.* 30ª ed. São Paulo: Malheiros, 2015.

CARVALHO, Paulo de Barros. Direito *Tributário: Fundamentos Jurídicos da Incidência.* 10ª ed., São Paulo: Saraiva, 2015.

CONRADO, Paulo César. Execução Fiscal. 2ª ed. São Paulo: Noeses, 2015.

______; ARAUJO, Juliana Furtado Costa. *O Novo CPC e seu Impacto no Direito Tributário.* 2ª ed. São Paulo: Revista dos Tribunais, 2016.

COSTA, Regina Helena. *Curso de Direito Tributário: Constituição e Código Tributário Nacional.* 6ª ed. São Paulo: Saraiva, 2016.

SOARES DE MELO, José Eduardo. *Curso de Direito Tributário.* 10ª ed. São Paulo: Dialética, 2012.

# Os Recursos Especiais Repetitivos e a Redução de Litigiosidade em Matéria Tributária

Regina Helena Costa*

## 1. Introdução

A superação da insatisfatória atuação do Poder Judiciário nas últimas décadas, concernente a vários aspectos – morosidade, elevado custo e pouca efetividade – persiste como um dos grandes desafios do Estado Brasileiro, porquanto seu enfrentamento demanda o emprego de soluções em diversos domínios, a par de uma mudança de mentalidade.

A judicialização de praticamente todas as espécies de conflitos, bem como a banalização da intervenção judicial para sua solução, estão arraigadas em nossa sociedade, com repercussões várias na operacionalização do ordenamento jurídico. O elevado grau de litigiosidade que as alimenta conduz a um ambiente de imensas dificuldades de gestão, elevando a sensação de injustiça.

Por outro lado, a jurisprudência vem deixando de ostentar a natureza de fonte secundária do direito que sempre revestiu, qualificação consentânea com o sistema de *civil law* tradicionalmente por nós adotado,

* Livre-docente em Direito Tributário, Doutora e Mestre em Direito do Estado pela PUC/SP. Professora de Direito Tributário dos cursos de graduação e pós-graduação em Direito da PUC/SP. Ministra do Superior Tribunal de Justiça.

para firmar-se, paulatinamente, como autêntica fonte imediata do direito, num movimento de aproximação ao sistema de *common law*.

Emergiu, assim, a necessidade da coletivização de julgamentos, voltada à adoção de soluções isonômicas e à uniformização de jurisprudência, realidade já estampada em nosso direito positivo mediante múltiplos instrumentos, mas ainda carente de aperfeiçoamento para sua adequada efetivação.

Nesse cenário, oportuno efetuar uma reflexão sobre a redução de litigiosidade, autêntica diretriz do direito positivo, especialmente no que toca aos conflitos de índole tributária.

No Superior Tribunal de Justiça, o regime dos recursos especiais repetitivos representa o mais importante instrumento para a redução da litigiosidade e alcance da isonomia na solução de casos que envolvem milhares de jurisdicionados igualmente, tais como os de natureza tributária.

Este singelo estudo pretende contribuir para essa reflexão.

## 2. Jurisprudência e segurança jurídica

Ao proceder análises a respeito do processo judicial, quer em palestras, quer em textos doutrinários, temos insistido em destacar a relação existente entre *jurisprudência e segurança jurídica*, por a reputarmos de grande importância para a compreensão de muitos temas.

A jurisprudência consiste na reiterada manifestação dos órgãos jurisdicionais, construindo pensamento hábil à orientação da conduta dos jurisdicionados, bem como da atuação dos legisladores e administradores públicos.

A segurança jurídica, por sua vez, lastreia-se em valores fundamentais que são *isonomia* e *legalidade*, constituindo autêntico sobreprincípio, como as melhores lições doutrinárias ensinam.

E a conexão entre jurisprudência e segurança jurídica, revela-se, a nosso ver, mediante três ideias: *estabilidade, irretroatividade* e *uniformidade*.

*Estabilidade*, na hipótese, significa que a jurisprudência deve sinalizar aquilo que será o entendimento a vigorar para o futuro, configurando um indicativo dos comportamentos que devem ser adotados, que serão considerados legítimos. O objetivo é evitar oscilações, especialmente as abruptas, na orientação adotada pelos órgãos jurisdicionais.[1]

[1] Nesse sentido, o Código de Processo Civil de 2015 estatui em seu art. 926: "Os tribunais devem uniformizar sua jurisprudência e mantê-la *estável*, íntegra e coerente. § 1º Na forma

A *irretroatividade* da jurisprudência, em homenagem ao princípio geral hospedado no art. 5º, XXXVI, CR, significa que não somente a lei não pode prejudicar o direito adquirido, o ato jurídico perfeito e a coisa julgada, mas também os atos decorrentes de sua aplicação, como é o caso das decisões judiciais.

Desse modo, leis, atos administrativos e decisões judiciais devem projetar seus efeitos para o futuro. O pretérito, em consequência, há de ser resguardado por uma questão de segurança.

Nessa direção, o novo Código de Processo Civil contempla expressamente o mecanismo da modulação dos efeitos na hipótese de alteração da jurisprudência dominante do Supremo Tribunal Federal e dos tribunais superiores.[2]

*Uniformidade*, por sua vez, **é qualidade que induvidosamente** remete à isonomia, à preocupação de tratar igualmente aqueles que se situam em situações equivalentes. Entende-se que a solução uniforme é a solução isonômica, traduzindo o tratamento justo a ser aplicado.

Vale recordar que em passado recente promoveu-se, gradualmente, uma reforma no regramento processual civil, mediante alterações no texto constitucional e edição de dezenas de leis que modificaram significativamente o Código de 1973.

Cuidou-se de mudança que refletiu a inquietação da sociedade e do meio jurídico com a questão da ausência de uniformidade das decisões judiciais em situações equivalentes.

Como o nosso ordenamento jurídico sempre ensejou a prolação de decisões de distinto teor para a solução de casos iguais, tal proceder, após décadas de prática, levou **à constatação de que a** ausência de uni-

estabelecida e segundo os pressupostos fixados no regimento interno, os tribunais editarão enunciados de súmula correspondentes a sua jurisprudência dominante. § 2º Ao editar enunciados de súmula, os tribunais devem ater-se às circunstâncias fáticas dos precedentes que motivaram sua criação". E o art. 927, § 4º, por sua vez, preceitua: "§ 4º A modificação de enunciado de súmula, de jurisprudência pacificada ou de tese adotada em julgamento de casos repetitivos observará a necessidade de fundamentação adequada e específica, *considerando os princípios da segurança jurídica, da proteção da confiança e da isonomia*" (destaques nossos).

[2] "Art. 927, § 3º : "Na hipótese de alteração de jurisprudência dominante do Supremo Tribunal Federal e dos tribunais superiores ou daquela oriunda de julgamento de casos repetitivos, pode haver modulação dos efeitos da alteração no interesse social e no da segurança jurídica".

formidade estaria inviabilizando a realização da própria isonomia, propiciando novos conflitos.

Uma das tônicas dessa reforma legislativa foi, exatamente, promover a uniformização jurisprudencial. Vários institutos foram adotados com essa finalidade, dos quais lembramos alguns: a possibilidade de decisão monocrática de recursos, a **súmula vinculante,** o regime jurídico dos recursos repetitivos e, com preeminência, o mecanismo da repercussão geral.

O novo Código de Processo Civil (Lei n. 3.015, de 2015) vem coroar essa transição normativa, prestigiando a jurisprudência reiterada dos tribunais superiores e impondo a uniformização das orientações adotadas, inclusive mediante a adoção de novos mecanismos, fundados valorização dos precedentes[3].

## 3. Judicialização e banalização da solução judicial de litígios

A grande visibilidade alcançada pela jurisprudência, face à elevada litigiosidade judicial sobre os mais diversos temas, manifesta-se, primeiramente, naquilo que se convencionou chamar de *judicialização.*

Luís Roberto Barroso explica, didaticamente, o significado do conceito:

> "Judicialização *significa que algumas questões de larga repercussão política e social estão sendo decididas por órgãos do Poder Judiciário, e não pelas instâncias políticas tradicionais: o Congresso Nacional e o Poder Executivo – em cujo âmbito se encontram o Presidente da República, seus ministérios e a administração pública em geral. Como intuitivo, a judicialização envolve uma transferência de poder para juízes e tribunais, com alterações significativas na linguagem, na argumentação e no modo de participação da sociedade*"[4].

[3] O Código de Processo Civil de 2015 contempla a eficácia vinculante da orientação jurisprudencial uniformizada: "Art. 927. Os juízes e os tribunais observarão: I – as decisões do Supremo Tribunal Federal em controle concentrado de constitucionalidade; II – os enunciados de súmula vinculante; III – os acórdãos em incidente de assunção de competência ou de resolução de demandas repetitivas e em julgamento de recursos extraordinário e especial repetitivos; IV – os enunciados das súmulas do Supremo Tribunal Federal em matéria constitucional e do Superior Tribunal de Justiça em matéria infraconstitucional; V – a orientação do plenário ou do órgão especial aos quais estiverem vinculados. (...)".

[4] *Judicialização, Ativismo Judicial e Legitimidade Democrática,* artigo disponível no sítio da OAB na *internet* (www.oab.org.br/editora/revista/users/.../1235066670174218181901.pdf), em consulta realizada em 14.11.2016, destaque do original.

O fenômeno resulta de várias causas, das quais sobrelevam, por serem peculiares a nossa realidade, o *modelo de Constituição* e o amplo *sistema de controle de constitucionalidade* adotados.

A Constituição de 1988 é ainda mais analítica do que as que lhe antecederam, cuidando, extensivamente, de uma série de assuntos que outrora eram disciplinados unicamente pela legislação infraconstitucional.

E, assim sendo, constata-se facilmente que, com tantos assuntos "constitucionalizados", maior a possibilidade de submeter-se uma pretensão a controle jurisdicional sob fundamento de ofensa à Constituição.

Tal possibilidade potencializa-se no contexto de um sistema de controle de constitucionalidade bastante abrangente, que permite a qualquer juiz ou tribunal pronunciar a inconstitucionalidade da lei num caso concreto, no controle por via de exceção, além de contemplar o controle mediante ação direta, exercido pelo Supremo Tribunal Federal, e cuja provocação pode ser efetuada por múltiplos legitimados (art. 103, CR).

Cabe observar, todavia, que a intensa busca da intervenção judicial para a solução de conflitos não se cinge aos temas constitucionalizados.

Mesmo em temas normatizados precipuamente em nível infraconstitucional verifica-se a banalização da busca da solução judicial de litígios para a implementação de direitos assegurados pelo ordenamento jurídico.

Com efeito, nas últimas décadas, entendeu-se que certos direitos, para serem exercidos, teriam de passar, necessariamente, pela prévia discussão judicial. Em outras palavras, a prática mostrou que o acesso a certos direitos somente poderia ser viabilizado mediante a intervenção do Judiciário, como ocorreu com o reconhecimento dos direitos dos consumidores e dos segurados da previdência social, situações que poderiam ter sido resolvidas sem a intervenção do Poder Judiciário.

Tal banalização foi reforçada pela *insuficiência de meios alternativos de solução de conflitos* previstos em nosso direito positivo. No contexto das relações de direito público, no qual se inserem os conflitos entre o Estado e o particular, são ainda mais escassas as possibilidades de composição.

Cabe pontuar, ademais, que o recurso ao Poder Judiciário deveria ficar reservado às discussões de maior complexidade, que não pudessem ser resolvidas por meios consensuais, propiciando, assim, o melhor funcionamento de seus serviços e a entrega de uma prestação jurisdicional de qualidade.

Desse modo, não constituindo tradição do direito brasileiro contemplar expedientes alternativos ao processo judicial, como ocorre há muito em países mais desenvolvidos, há grande expectativa de que, com o novo Código de Processo Civil, venha a ser alterada essa realidade, o que exigirá, também, uma mudança de mentalidade.

## 4. A litigiosidade judicial no âmbito tributário e os meios alternativos de solução de conflitos

No campo tributário, a solução dos litígios quase sempre se dá em sede judicial.

O Código de Processo Civil de 2015, ao aperfeiçoar o regime jurídico de instrumentos de coletivização de julgamentos, provocará grande impacto na solução das lides tributárias. As ações tributárias individuais, cada vez mais, sujeitar-se-ão aos efeitos desses mecanismos.

A densa disciplina constitucional da tributação, o elevado grau de litigiosidade nessa seara – propiciado, dentre outros fatores, por uma legislação complexa produzida num sistema federativo de tríplice ordem jurídico-política –, bem como a insuficiência de meios alternativos de solução de conflitos fiscais, acarretam imenso congestionamento de causas dessa natureza nos órgãos jurisdicionais, tanto na Justiça Federal, quanto no Poder Judiciário dos Estados-Membros.

Vale relembrar que a rigidez do sistema tributário nacional e a diminuta liberdade conferida aos legisladores e aplicadores da lei tributária encerram uma série limitações, dentre as quais se destacam as cláusulas pétreas, as imunidades e os princípios constitucionais tributários (arts. 60, § 4º e 150, CR).

Tais limitações, por vezes não observadas por legisladores e administradores tributários, dão margem a um elevado grau de litigiosidade entre Fisco e contribuinte acentuado pela *complexidade da legislação infraconstitucional tributária*, que se revela num emaranhado de atos normativos legais e infralegais, emitidos pelas diversas pessoas políticas.

Para a deslinde de conflitos tributários, o direito pátrio consigna, até há pouco, uma única opção ao processo judicial, qual seja, o *processo administrativo*.

No entanto, o processo administrativo, conquanto deva funcionar como instrumento de realização de justiça, tal qual o processo judicial, na prática ainda não atingiu satisfatoriamente esse resultado.

Tal se explica, inicialmente, pelo fato de o nosso sistema contemplar a *jurisdição única*, segundo o qual a *definitividade* é atributo das decisões proferidas pelo Poder Judiciário tão somente (art. 5º, inciso XXXV, CR).

Sendo assim, na maioria das vezes, as lides são submetidas diretamente à apreciação judicial, sem a tentativa de composição do conflito na esfera administrativa. Ou então, ainda que percorrida inicialmente a via administrativa, vencido o contribuinte, o litígio será, quase sempre, encaminhado à apreciação judicial.

Aspecto igualmente relevante diz com o fato de que o *processo administrativo tributário* tem servido, tão somente, à solução de conflitos que não envolvam questionamento de constitucionalidade, o que afasta a possibilidade de solução na instância administrativa para um grande número de litígios tributários, dada a assinalada disciplina constitucional da tributação.[5]

Infelizmente, outros meios alternativos de solução de conflitos fiscais ou não conduziram a resultados adequados, diante da disciplina normativa que se lhes imprimiu, ou ainda aguardam efetiva aplicação.

Ilustre-se o afirmado, por primeiro, com a *compensação tributária* (arts. 170 e 170-A, CTN).

Embora expediente revestido de inegável praticidade, a legislação federal a ela aplicável[6], complexa e confusa diante das múltiplas modificações que sofreu no decorrer do tempo, minimizou severamente o potencial de sua eficácia, dando margem a um impressionante número de ações judiciais para a discussão de critérios e limites para a realização da compensação pelos contribuintes. Em consequência, ao invés de funcionar como meio alternativo de solução de conflitos fiscais, seu regramento, lamentavelmente, veio a gerar novos conflitos, buscando-se, para sua pacificação, uma vez mais, a intervenção do Poder Judiciário.

No que tange ao instituto da *transação*, por sua vez, recorde-se que sua aplicação às obrigações tributárias sempre deu margem à polêmica, diante do entendimento, algo generalizado, de que o instituto é incompatível com o regime de direito público, no qual exsurge, como princípio de grande importância, a *supremacia do interesse público sobre o particular* e seu desdobramento – a *indisponibilidade do interesse público*. Assim, segundo o entendimento de muitos, estaria o Poder Público,

[5] O entendimento corrente é de que não cabe aos tribunais administrativos pronunciar-se sobre alegação de inconstitucionalidade. A propósito, a Súmula nº 2 do Conselho Administrativo de Recursos Fiscais – CARF : "O CARF não é competente para se pronunciar sobre a inconstitucionalidade de lei tributária".

[6] O principal texto normativo é a Lei n. 8.383/91, art. 66.

singelamente, impedido de fazer concessões com vista à composição de um conflito.

Instrumento de *praticabilidade tributária*, a transação, por vezes, revelar-se-á mais vantajosa ao interesse público do que o prolongamento ou a eternização do conflito[7].

Daí porque a objeção apontada nunca nos pareceu válida, uma vez que a transação, nesse contexto, somente poderá ser efetuada se observados os parâmetros fixados na Constituição e na lei, em consonância com o aludido princípio.

## 5. Inovações na ordem processual e a redução da litigiosidade judicial

Diante desse quadro, cabe saudar a recente edição de disciplina normativa que representa significativa evolução nas possibilidades de solução consensual de conflitos.

Imbuído de espírito inovador, o Código de Processo Civil de 2015, ao declarar ser "permitida a arbitragem, na forma da lei", bem como que "o Estado promoverá, sempre que possível, a solução consensual dos conflitos", exorta os operadores do Direito a estimular a adoção da conciliação, da mediação e de outros métodos para o alcance desse objetivo (art. 3º, §§ 1º, 2º e 3º), representando o marco inicial de uma nova cultura na busca da pacificação social.

O mesmo diploma legal prescreve, ainda, em seu art. 334, *caput* e § 4º, I, a obrigatoriedade da audiência conciliação ou de mediação no procedimento comum.

Dessa forma, o novo estatuto incentiva o emprego de meios alternativos de solução de conflitos, indicando verdadeiro objetivo da nova ordem processual: a *redução da litigiosidade*.

Com efeito, tendo o Código de Processo Civil de 2015 escolhido da *uniformidade da jurisprudência* como uma das tônicas das inovações introduzidas, a *prestação jurisdicional isonômica* e a *redução da litigiosidade* consubstanciam efeitos inafastáveis.

[7] Para maior desenvolvimento da aplicação desse princípio e suas manifestações, veja-se o nosso *Praticabilidade e Justiça Tributária – Exequibilidade de Lei Tributária e Direitos do Contribuinte*, São Paulo, Malheiros Editores, 2007.

Secundando a legislação codificada, a Lei n. 13.140, de 26 de junho de 2015, dispõe sobre a *mediação* entre particulares como meio de solução de controvérsias e sobre a *autocomposição de conflitos* no âmbito da Administração Pública.

Inicialmente, ao cuidar da autocomposição de conflitos em que for parte pessoa jurídica de direito público, a lei estabelece que "a União, os Estados, o Distrito Federal e os Municípios poderão criar câmaras de prevenção e resolução de conflitos, no âmbito dos respectivos órgãos da Advocacia Pública, onde houver, com competência para: I – dirimir conflitos entre órgãos e entidades da administração pública; II – avaliar a admissibilidade dos pedidos de resolução de conflitos, por meio de composição, no caso de controvérsia entre particular e pessoa jurídica de direito público; e III – promover, quando couber, a celebração de termo de ajustamento de conduta" (art. 32, *caput* e incisos I, II e III).

Em sequência, preceitua que "a instauração de procedimento administrativo para a resolução consensual de conflito no âmbito da administração pública suspende a prescrição", mas adverte que, "em se tratando de matéria tributária, a suspensão da prescrição deverá observar o disposto na Lei n. 5.172, de 25 de outubro de 1966 – Código Tributário Nacional" (art. 34, *caput* e § 2º). Saliente-se que a dicção legal não poderia ser outra, uma vez que a disciplina da prescrição tributária é reservada à lei complementar (art. 146, III, *b*, CR).

No capítulo dedicado aos conflitos envolvendo a Administração Pública Federal Direta, suas autarquias e fundações, por seu turno, estatui que as controvérsias jurídicas poderão ser objeto de *transação por adesão* (art. 35).

Tal texto normativo tem aplicação, inclusive, à autocomposição de conflitos tributários.

No entanto, ao cuidar dos conflitos relativos a tributos administrados pela Secretaria da Receita Federal do Brasil ou a créditos inscritos em dívida ativa da União, contempla disciplina de autocomposição bem mais restritiva, pois afasta a aplicação das disposições contidas nos incisos II e III do *caput* do art. 32, bem como estabelece procedimento mais complexo para a solução dos conflitos nessa seara (art. 38, I, II e III).

À primeira vista nos parece que, no ponto, o passo dado foi tímido. A impossibilidade de utilização do termo de ajustamento de conduta como meio de encerramento do litígio (arts. 32, III e 38, I), bem como a imposição de que "a submissão do conflito à composição extrajudicial pela Advocacia-Geral da União implica renúncia do direito de recorrer ao Conselho Administrativo de Recursos Fiscais" (art. 38, III, *a*) constituem óbices bastante sensíveis à autocomposição de conflitos fiscais.

## 6. Instrumentos de coletivização de julgamentos no novo Código de Processo Civil

Neste tópico, indicaremos brevemente algumas novidades concernentes aos instrumentos de coletivização de julgamentos, com foco na sua utilização no âmbito tributário para, finalmente, encaminharmos nossa análise acerca do emprego do regime dos recursos repetitivos visando a redução da litigiosidade.

O Código de Processo Civil de 2015 contempla três principais institutos de coletivização e julgamentos, com potencial de grande impacto no julgamento das lides tributárias: 1) o Incidente de Resolução de Demandas Repetitivas – IRDR; 2) os Recursos Repetitivos (especiais e extraordinários); e 3) a Repercussão Geral. Os dois últimos itens, ganharam aperfeiçoamento em relação ao regime jurídico anterior.[8]

O Incidente de Resolução de Demandas Repetitivas constitui novidade e poderá significar o alcance de uniformidade de entendimento já em segunda instância. Assemelha-se ao regime de recursos especiais repetitivos, só que circunscrito ao nível estadual (Justiça Estadual) ou regional (Justiça Federal).

Sua ampla aplicação às demandas tributárias evidencia-se a partir dos requisitos para o seu cabimento, exigidos simultaneamente: I) efetiva repetição de processos que contenham controvérsia sobre a mesma questão unicamente de direito; e II) risco de ofensa à isonomia e à segurança jurídica (art. 976).[9]

[8] Art. 928. Para os fins deste Código, considera-se julgamento de casos repetitivos a decisão proferida em: I – incidente de resolução de demandas repetitivas; II – recursos especial e extraordinário repetitivos. Parágrafo único. O julgamento de casos repetitivos tem por objeto questão de direito material ou processual.

[9] Destaque-se, ainda, o disposto nos arts. 980, que prevê prazo de um ano para julgamento e preferência sobre os demais feitos, ressalvados os que envolvam réu preso e os pedidos de *habeas corpus* e o 982, que prescreve que "admitido o incidente pelo Relator, este suspenderá os processos pendentes, individuais ou coletivos, que tramitam no Estado ou Região".

Como as lides tributárias, usualmente, não envolvem questões de fato e, revelam multiplicidade de vínculos de idêntica natureza, com configuração de obrigações *ex lege*, o risco de ofensa à isonomia e à segurança jurídica é expressivo.

A disciplina dos recursos especiais repetitivos já existia, mas o novo estatuto processual prevê também os recursos extraordinários repetitivos.

Dentre as principais inovações, vale sublinhar sua conexão com o Incidente de Resolução de Demandas Repetitivas, estampada no art. 1.029, § 4º: "quando, por ocasião do processamento desse incidente, o presidente do Supremo Tribunal Federal ou do Superior Tribunal de Justiça receber requerimento de suspensão de processos em que se discuta questão federal constitucional ou infraconstitucional, poderá, considerando razões de segurança jurídica ou de excepcional interesse social, estender a suspensão a todo o território nacional, até ulterior decisão do recurso extraordinário ou do recurso especial a ser interposto".

Também, importante destacar a obrigatoriedade de afetação ao regime de recursos repetitivos sempre que houver multiplicidade de recursos extraordinários ou especiais com fundamento em idêntica questão de direito, ora contemplada no art. 1.036.

Ainda, o art. 1037, abriga, em § 4º, importantíssima norma, introduzida em virtude das críticas à demora no julgamento dos recursos submetidos à sistemática dos repetitivos: a fixação de prazo para o julgamento desses recursos. Preceitua que os recursos afetados deverão ser julgados no prazo de um ano e terão preferência sobre os demais feitos, ressalvados os que envolvam réu preso e os pedidos de *habeas corpus*, sob pena de cessação automática da afetação e a suspensão dos processos, em todo o território nacional.

Essa determinação deve acarretar maior atenção das Cortes superiores à tramitação dos recursos repetitivos. Em matéria tributária, esse proceder impactará expressivamente a elaboração de jurisprudência uniforme, dada a existência de grande quantidade de temas afetados a esse regime processual atualmente. Ademais, as questões tributárias devem ser julgadas com celeridade, porque o tributo suprime parcela do patrimônio dos cidadãos.

## 7. Os recursos especiais repetitivos e a redução da litigiosidade em matéria tributária: perspectivas

Como salientado, a jurisprudência, especialmente a elaborada pelas Cortes Superiores, vem ostentando relevância ainda maior, condição reconhecida, expressamente, pelo **Código de Processo Civil de 2015.**[10]

A partir desse marco normativo, não existe mais nenhuma justificativa para que os entes federativos deixem de observar os precedentes decorrentes da jurisprudência uniforme. Há que se buscar a redução da litigiosidade, bem como a isonomia na solução dos litígios.

A solução judicial uniforme de conflitos em matéria tributária tem, como seu primeiro protagonista, o Supremo Tribunal Federal.

Guardião de uma Constituição dedicada minudentemente à disciplina da tributação, o Supremo Tribunal Federal tem expressiva parte de sua atividade voltada ao julgamento de casos envolvendo matéria tributária, sendo grande a vocação desta para ensejar casos de reconhecimento de *repercussão geral* em recurso extraordinário[11].

Por seu turno, a jurisdição exercida pelo Superior Tribunal de Justiça, referente à uniformização da interpretação e da aplicação da legislação federal (art. 105, III, *c*, C.R.) propicia grande contribuição à segurança jurídica, destinada que é à construção de jurisprudência consolidada a ser observada pelos órgãos da Justiça Comum, Federal e Estadual.

Como guardião da legislação federal, detém larga competência tributária, por incumbir-lhe a uniformização da interpretação e aplicação do Código Tributário Nacional, assim como da vasta legislação tributária federal esparsa.

Sendo assim, emerge igualmente a vocação dos temas tributários para ensejar a aplicação da disciplina dos recursos repetitivos.[12] Tal justifica-se, primeiramente, por estarmos num âmbito de relações jurídicas

[10] Cf. art. 927 do CPC/2015.

[11] A respeito do emprego do instituto da repercussão geral em matéria tributária, veja-se o nosso "Repercussão Geral em Matéria Tributária : Primeiras Reflexões" *in Repercussão Geral no Recurso Extraordinário – Estudos em Homenagem à Ministra Ellen Gracie,* Coord. Leandro Paulsen, Porto Alegre, Livraria do Advogado Editora, 2011, pp. 109-117 e também nosso *Curso de Direito Tributário, Constituição e Código Tributário Nacional,* 6ª ed., São Paulo, Saraiva, pp. 463-470.

[12] A conclusão alcançada é facilmente extraída dos dados contidos no sítio eletrônico do Superior Tribunal de Justiça – www.stj.jus.br, jurisprudência, recursos repetitivos, repetitivos organizados por assunto, direito tributário).

deflagradas diretamente pela lei, de obrigações *ex lege*, e mais, de obrigações *ex lege* submetidas ao *princípio da generalidade da tributação*, segundo o qual todos devem pagar tributos se realizam as situações descritas na lei, bastando a concretização de uma dessas situações para que a respectiva obrigação seja deflagrada.

Tratando-se, portanto, de relações de massa, envolvendo *direitos individuais de origem homogênea*, evidente o campo fértil para o reconhecimento de temas de repercussão geral, como daqueles que se amoldam à aplicação do regime de recursos repetitivos.

Cioso de sua relevante missão uniformizadora da jurisprudência, o Superior Tribunal de Justiça introduziu, recentemente, alterações em seu regimento, interno no intuito de aprimorar o processamento dos recursos especiais repetitivos.

Nesse sentido, a Emenda Regimental n. 24/2016 procedeu a adequação das disposições do regimento interno ao novo Código de Processo Civil, além de ter criado ferramentas eletrônicas que darão maior publicidade e celeridade ao trâmite dos precedentes de competência da Corte.

Significativa alteração diz com modo de realização da afetação dos recursos especiais ao regramento dos repetitivos. Antes, as afetações eram feitas pelo próprio Relator, de forma monocrática; a partir dessa emenda, toda afetação deve ser efetuada mediante decisão colegiada (art. 256-I).

Outra novidade a destacar respeita à afetação eletrônica que, em futuro breve, será efetuada mediante plenário virtual (art. 257). A proposta de afetação do recurso especial será submetida, em meio eletrônico, a todos os ministros que compõem o órgão julgador competente, os quais terão o prazo de sete dias corridos para se manifestar. A ausência de manifestação do ministro, sem justificativa, acarretará adesão à posição apresentada pelo relator.

Não obstante tais aperfeiçoamentos, precisamos avançar.

É sabido que o gigantesco volume de recursos distribuídos ao Superior Tribunal de Justiça, em número crescente a cada ano, inviabiliza possa a Corte exercer sua missão constitucional de uniformizar a aplicação e a interpretação do direito federal.

O exercício de sua competência recursal para o julgamento de casos individuais não se justifica: de um lado, esvazia a competência própria dos tribunais de apelação, integrantes que são do duplo grau de jurisdição, garantido constitucionalmente; de outro, o coloca em desvio de função, comprometendo sua destacada capacidade de pacificação social como tribunal superior.

Buscando a correção dessa distorção, a Proposta de Emenda Constitucional n. 209/2012, em tramitação perante a Câmara dos Deputados, que introduz a relevância da questão de direito federal infraconstitucional como requisito de admissibilidade do recurso especial, do seguinte teor:

*"Art. 1º. Insere o § 1º ao art. 105, da Constituição Federal, renumerando o parágrafo único, da mesma norma constitucional, que passa a vigorar com a seguinte redação :*
*"Art. 105......*
*§ 1º No recurso especial, o recorrente deverá demonstrar a relevância das questões de direito federal infraconstitucional discutidas no caso, nos termos da lei, a fim de que o Tribunal examine a admissão do recurso, somente podendo recusá-lo pela manifestação de dois terços dos membros do órgão competente para o julgamento.*
*(...)".*

Sua aprovação será de inegável valia para o aprimoramento da jurisdição do Superior Tribunal de Justiça, bem como para a redução da litigiosidade judicial, com destaque para as lides tributárias, que consubstanciam significativa porção de seu acervo processual.

Com a introdução desse mecanismo, o tribunal, após 27 anos de existência, terá condições de, efetivamente, funcionar como verdadeira Corte de precedentes, totalmente afinada ao espírito do novo Código de Processo Civil.

## Referências

**Barroso**, Luís Roberto. *Judicialização, Ativismo Judicial e Legitimidade Democrática*, artigo disponível no sítio da OAB na *internet* – (www.oab.org.br/editora/revista/users/.../1235066670174218181901.pdf), em consulta realizada em 14.11.2016.

**Costa,** Regina Helena.

— *Curso de Direito Tributário – Constituição e Código Tributário Nacional*, 6ª ed., São Paulo, Saraiva, 2016.

— "Repercussão Geral em Matéria Tributária : Primeiras Reflexões" *in Repercussão Geral no Recurso Extraordinário – Estudos em Homenagem à Ministra Ellen Gracie,* Coord. Leandro Paulsen, Porto Alegre, Livraria do Advogado Editora, 2011, pp. 109-117.

— *Praticabilidade e Justiça Tributária – Exequibilidade de Lei Tributária e Direitos do Contribuinte*, São Paulo, Malheiros Editores, 2007.

# Acessibilidade e Qualidade das Decisões Judiciais num Sistema de Precedentes: Como se Comportam os Ministros do Supremo Tribunal Federal no Exame da Repercussão Geral das Questões Constitucionais em Matéria Tributária?

Marciano Seabra de Godoi*
Júlia Ferreira Gonçalves Prado**

## 1. Introdução

O presente estudo tem como tema a atividade jurisdicional do Supremo Tribunal Federal relativa ao exame da repercussão geral das questões constitucionais debatidas nos recursos extraordinários envolvendo matéria tributária.

O problema a ser investigado no artigo pode ser assim formulado: O modo pelo qual os Ministros do STF vêm decidindo sobre a presença/ausência de repercussão geral das questões constitucionais discutidas em recursos extraordinários, especialmente os que envolvem matéria

* Doutor e Mestre em Direito Tributário. Professor da PUC Minas. Diretor do Instituto de Estudos Fiscais.
** Bacharel em Direito. Membro do Grupo de Pesquisa Observatório da Jurisprudência Tributária.

tributária, atende as exigências de previsibilidade e racionalidade discursiva/argumentativa dos provimentos jurisdicionais num sistema de precedentes?

Em outras palavras, o presente artigo se pergunta se, ao longo dos quase dez anos de vigência do instituto da repercussão geral, cristalizou-se ou não, na jurisprudência do STF, especialmente em matéria tributária, um conjunto de critérios aptos a aplicar com razoável grau de objetividade o conceito jurídico indeterminado de "questões relevantes do ponto de vista econômico, político, social ou jurídico, que ultrapassem os interesses subjetivos da causa" (norma da legislação ordinária que procurou regulamentar o conceito constitucional de "repercussão geral das questões discutidas no caso" – art. 102, § 3º da Constituição, na redação dada pela EC 45/2004).

A metodologia do estudo envolveu, em primeiro lugar, a revisão bibliográfica da doutrina constitucional e processual sobre os aspectos teóricos do instituto da repercussão geral e sua concreta utilização prática pelo Supremo Tribunal Federal. Em segundo lugar, foram examinadas e avaliadas as informações contidas nas tabelas, gráficos e demais levantamentos numéricos sobre o instituto da repercussão geral disponíveis no sítio eletrônico do STF. Finalmente, num exame qualitativo, efetuaram-se a classificação e a leitura de grande parte dos acórdãos do STF que examinaram a repercussão geral das questões constitucionais presentes em recursos extraordinários envolvendo matéria tributária.

## 2. O instituto da repercussão geral: natureza jurídica, objetivos práticos, precedentes históricos e regulamentação pela legislação ordinária (Lei 11.418/2006; CPC 2015) e pelo Regimento Interno do STF

A "repercussão geral das questões constitucionais discutidas no caso", na expressão contida no § 3.º do art. 102 da Constituição, consiste num requisito de admissibilidade do recurso extraordinário[1]. Esse requisito de admissibilidade foi engendrado pelo poder constituinte derivado (EC 45/2004) no bojo da chamada "Reforma do Judiciário", com o pro-

[1] Cf. Freitas Júnior, 2015, 120 e a doutrina aí citada neste sentido. Há processualistas (p.ex. Mancuso, 2007) que entendem que o exame da repercussão geral seria algo prévio e inconfundível com o exame de admissibilidade propriamente dito. Para os propósitos do presente artigo, essa polêmica específica não se mostra relevante.

pósito de criar um potente filtro processual de modo a restringir o acesso ao STF e acelerar a tramitação e o trânsito em julgado das ações judiciais em nosso país. Ainda segundo a Constituição (art. 103, § 2.º), para recusar a existência de repercussão geral é necessária a manifestação de pelo menos dois terços dos membros do STF, ou seja, 8 ministros.

Filtros processuais da mesma índole que o da repercussão geral são conhecidos de longa data no direito comparado[2], sendo o *writ of certiorari* do direito estadunidense o caso mais emblemático. É já um tópico afirmar-se na doutrina que, enquanto o *certiorari* estadunidense é um mecanismo discricionário da Suprema Corte para selecionar os casos politicamente mais sensíveis dos quais conhecerá, o exame da repercussão geral pelo STF não tem caráter discricionário e deve ser justificado e fundamentado da mesma forma que qualquer outra decisão judicial[3]. Contudo, na prática, conforme se constatará no presente estudo, o exame pelo STF da repercussão geral das questões constitucionais discutidas nos recursos extraordinários apresenta alto grau de discricionariedade política e sensível déficit de fundamentação racional-discursiva.

Na história do direito brasileiro, a repercussão geral encontra um antecedente próximo na figura da chamada "arguição de relevância". A Carta de 1967, na redação dada pela Emenda n.º 1 de 1969 e após as alterações da Emenda n.º 7/1977, estabelecia que cabia ao STF indicar em seu regimento interno os casos de cabimento de recurso extraordinário por contrariedade à Constituição, tratado ou lei federal, bem como em virtude de divergência jurisprudencial sobre lei federal, levando em conta "sua natureza, espécie, valor pecuniário *e relevância da questão federal*" (art. 119, § 1.º).

Num primeiro momento (Emenda Regimental 3/1975, numa altura em que o texto constitucional não dispunha expressamente sobre a questão), o Regimento Interno do STF arrolava hipóteses de inadmissibilidade do recurso extraordinário, "salvo nos casos de ofensa à Constituição ou relevância da questão federal" (art. 308). Num segundo momento (Emenda Regimental 2/1985), o Regimento Interno passou a arrolar os casos de admissibilidade do recurso extraordinário, aduzindo que, "em todos os demais feitos", o recurso somente seria cabível

[2] Cf. Madruga, 2015, 18-41 e CAVALCANTI, 2011, 20-29.

[3] Cf. Freitas Júnior, 2015, 121-133.

"quando reconhecida relevância da questão federal" (art. 325, XI), daí porque o instituto passou a ser considerado como uma excludente da inadmissibilidade do recurso extraordinário[4].

Também constitui já um tópico afirmar-se na doutrina que, enquanto a antiga arguição de relevância era julgada pelos ministros em sessão secreta e não necessitava ser motivada[5], o exame da repercussão geral é público e deve ser motivado como qualquer outro provimento judicial[6]. Também aqui é necessário relativizar a afirmação, visto que a grande maioria das decisões tomadas pelos ministros quanto ao exame da repercussão geral ocorre não no plenário físico e sim no plenário virtual, em que a regra é que a divergência quanto ao voto do relator não seja motivada, mesmo quando seja vencedora[7], sendo que, em não poucos casos, os acórdãos carecem de qualquer fundamentação[8].

A EC 45/2004 introduziu no ordenamento jurídico o requisito da repercussão geral como requisito de admissibilidade do recurso extraordinário, mas não determinou em que consiste a demonstração da "repercussão geral das questões constitucionais discutidas no caso", deixando tal tarefa para o legislador ordinário ("nos termos da lei"). Em 2006 (Lei 11.418) e, posteriormente, em 2015 (Lei 13.105 - CPC/2015), o legislador ordinário se desincumbiu da tarefa. Segundo o CPC atual (art. 1.035, § 1.º), por repercussão geral entende-se a "existência de questões relevantes do ponto de vista econômico, político, social ou jurídico que ultrapassem os interesses subjetivos do processo"[9].

Trata-se claramente de um conceito jurídico indeterminado[10], que deixa vasta margem de configuração para a jurisprudência do STF. Mais delimitados conceitualmente são os casos de repercussão geral presumida definidos no art. 1.035, § 3.º do CPC (casos em que o acórdão recor-

[4] Alvim, 1988, 21-26.

[5] Madruga, 2015, 52.

[6] Freitas Júnior, 2015, 112.

[7] Cf. Medina, 2016, 154-160.

[8] Vide, por exemplo, o acórdão do RE 628.624 RG (tema 393), Relator Marco Aurélio, DJ 16.8.2011, em que não há relatório da controvérsia ou fundamentação, ainda que lacônica, dos votos num sentindo ou no outro.

[9] No CPC anterior, a única diferença era a referência, no final da redação, aos interesses subjetivos da "causa", e não do "processo". Para os fins do presente estudo, essa diferença não se mostra relevante.

[10] Cf. Didier Jr. & Cunha, 2016, 365-366.

rido contrarie súmula ou jurisprudência dominante do STF, ou reconheça a inconstitucionalidade de tratado ou lei federal).

Conceitos jurídicos indeterminados não são um problema em si mesmos. São naturais e mesmo inexoráveis na contemporaneidade jurídica. O problema ocorre quando os órgãos jurisdicionais não desenvolvem, ao longo do tempo, critérios razoavelmente objetivos e discursivamente fundamentados para sua aplicação. Trabalhos acadêmicos recentes que procuraram estudar a realidade efetiva do exame da repercussão geral pelos ministros do STF constataram um quadro alarmante: aproximadamente metade das decisões "não mencionaram quaisquer dos critérios indicados pelo legislador" e foram determinadas pelas manifestações iniciais dos relatores, os quais "consideraram aspectos subjetivos para valorar a matéria"[11]; os acórdãos do plenário virtual, responsáveis pela quase totalidade dos julgamentos sobre repercussão geral, "carecem de fundamentação, sendo que a grande maioria deles não possui a divergência fundamentada, até mesmo quando ela forma a corrente vencedora"[12].

Após a regulamentação do tema pela legislação ordinária, o Regimento Interno do STF disciplinou o processamento dos julgamentos relativos à repercussão geral. Num primeiro momento, que vigorou de 2007 até 2009, a sistemática previa que, no plenário virtual, após a manifestação inicial do relator, a falta de manifestação expressa dos ministros no prazo comum de vinte dias valeria sempre como voto tácito pelo reconhecimento da repercussão geral (art. 324, § 1.º do RISTF). Essa disposição contribui para aumentar a proporção de recursos com repercussão geral reconhecida, dado o alto grau de absenteísmo dos ministros nos julgamentos do plenário virtual[13].

Em 2009, o Regimento Interno sofreu uma alteração bastante criticada pela doutrina. Com a Emenda Regimental 31/2009, o exame da repercussão geral passou a incluir o exame do caráter eventualmente infraconstitucional da matéria (violação meramente reflexa à Constituição), determinando-se que, caso o relator vote no sentido de a matéria ter caráter infraconstitucional, então o silêncio dos demais ministros

[11] Cavalcanti, 2011, 132.
[12] Medina, 2016, 220.
[13] Medina, 2016, 184-189.

contará como voto tácito pela recusa da repercussão geral, valendo a decisão para todos os recursos sobre matéria idêntica, que serão indeferidos liminarmente (art. 324, § 2.º do RISTF).

Essa alteração regimental apresenta dois aspectos criticáveis. Em primeiro lugar, traz para o exame da repercussão geral algo conceitualmente alheio a esse exame. Saber se a matéria é ou não constitucional nada tem a ver com aplicar o requisito da repercussão geral. Como afirmam Fredie Didier Jr. e Leonardo Carneiro da Cunha, "não faz qualquer sentido dogmático a frase: "a ofensa à legislação infraconstitucional não tem repercussão geral"[14].

Em segundo lugar, a alteração regimental provoca no relator um comportamento estratégico, levando-o a "preferir" uma via a outra: é muito mais provável que o voto do relator prevaleça caso negue a existência de questão constitucional, do que caso considere que existe questão constitucional, mas a mesma não tem repercussão geral. No primeiro caso, as omissões dos demais ministros no plenário virtual contarão como confirmação de seu voto; no segundo, como divergência do seu voto.

Exatamente por esse motivo é que, após a referida alteração regimental, praticamente todas as negativas de repercussão geral decorrem, na verdade, de o tema não ter sido considerado constitucional, algo que, em si mesmo, nada tem a ver com o exame de repercussão geral. Com efeito, na planilha "Decisão pela inexistência de RG – desde 2008", disponível no sítio eletrônico do STF[15], vê-se que, após 2009, em apenas 4% dos casos em que a repercussão geral foi negada o motivo foi, realmente, a ausência de repercussão geral: em 96% dos casos, o que ocorreu foi uma decisão no sentido de que a matéria é infraconstitucional.

Quando vigorava a arguição de relevância, o filtro processual somente incidia sobre questões federais, não sobre questões constitucionais. A partir de 2007, com a repercussão geral, o filtro processual foi engendrado para incidir tão somente sobre questões constitucionais, e não sobre questões federais[16]. Contudo, desde 2009, após a alteração do regimento interno do STF acima explicada, a filtragem consiste, na prática, em rechaçar os recursos sobre questões pretensamente não consti-

[14] Didier Jr. & Cunha, 2016, 372.

[15] http://www.stf.jus.br/portal/cms/verTexto.asp?servico=jurisprudenciaRepercussaoGeral&pagina=listas_rg. Acesso em 27 jan. 2017.

[16] Alvim, 2005.

tucionais, sendo ínfimos (2%) os casos em que se reconhece a questão constitucional e se lhe nega repercussão geral[17]. Com a entrada em vigor do CPC 2015, essa distorcida filtragem exercida pelo STF perderá sua almejada *eficácia*, pois provocará, tão somente, o deslocamento dos recursos extraordinários para julgamento no STJ como recursos especiais, nos termos do art. 1.033 do novo diploma processual.

## 3. Apresentação e análise crítica dos grandes números[18] sobre a repercussão geral na jurisprudência do STF, especialmente em matéria tributária

Até dezembro de 2016, foram examinados pelo STF 928 temas de repercussão geral. Com exame ainda em julgamento e sem resultado, encontram-se 3 temas[19].

Dos 928 casos já examinados, houve negativa de repercussão geral em 302, e reconhecimento de repercussão geral em 626[20]. Portanto, dos temas já examinados até 2016, tem-se 67,45% de casos com repercussão geral reconhecida e 32,55% com repercussão geral negada. Nos últimos três anos, vem crescendo paulatinamente a proporção de repercussões negadas. Levantamentos realizados em 2012 (Almeida, 2013) e 2013 (Medina, 2016) indicavam uma proporção de 30% de casos com repercussão geral negada.

Dentre os casos de repercussão geral reconhecida (626), aproximadamente a metade ainda se encontra sem julgamento do mérito[21], o que é preocupante e indica que o instituto, tal como vem sendo operaciona-

[17] De 2009 a 2016, houve – segundo as planilhas disponíveis no sítio eletrônico do STF – 522 casos em que se reputou presente a questão constitucional. Desses casos, em somente 11 deles se julgou ausente a repercussão geral, ou seja, 2%. Em 98% dos casos, decidiu-se que a questão constitucional tinha repercussão geral.

[18] Todos os números abaixo indicados e analisados foram obtidos a partir das planilhas (data-base 9.12.2016) sobre os resultados da repercussão geral disponibilizadas no sítio eletrônico do STF – vide http://www.stf.jus.br/portal/cms/verTexto.asp?servico=jurisprudenciaRepercussaoGeral&pagina=listas_rg. Acesso em 27 jan. 2017. Há algumas inconsistências entre as tabelas, algumas das quais não estão completamente atualizadas. Contudo, essas inconsistências são de pouca monta e não prejudicam o sentido de nossa análise.

[19] Cfr. planilha "temasrg" – "relação completa dos temas de repercussão geral".

[20] Cfr. planilhas "rg_negada" e "rg_reconhecida".

[21] Cfr. planilhas "mérito_julgado", "Reconhecida a Repercussão Geral e julgado o mérito – desde 2008" e "mérito_pendente".

lizado pelo STF, não vem conseguindo desempenhar satisfatoriamente o papel de desafogar e descongestionar um poder judiciário desbordado pelo crescente número de processos em tramitação.

Na verdade, como observa criticamente Fábio Almeida (Almeida, 2013), a justificativa inicial – e razoável – do filtro da repercussão geral era a de assegurar maior celeridade na tramitação de feitos em todo o sistema judiciário. Contudo, na prática, seu resultado concreto foi amenizar a "crise numérica" de apenas um órgão judicante – o STF. Com efeito, o filtro da repercussão geral e seu poder de sobrestar todos os processos idênticos provocou uma sensível diminuição de recursos extraordinários e agravos de instrumento distribuídos aos ministros do STF[22]. Mas a contrapartida foi um aumento exponencial do número de recursos sobrestados nos tribunais inferiores: no final de 2012, havia 425 mil processos sobrestados[23], número que se elevou para mais de 1,5 milhão no final de 2016[24].

Vejamos mais de perto os números sobre o congestionamento de casos de repercussão geral no próprio STF. De 2007 a 2016, a média anual de repercussões gerais reconhecidas foi de 62,6 casos. Talvez por influência das posições publicamente manifestadas pelo ministro Luís Roberto Barroso[25], essa média anual de novos casos de repercussão geral vem caindo sensivelmente nos dois últimos anos: em 2015, foram reconhecidos 53 novos casos de repercussão geral; em 2016, 28 novos casos. Já o número de repercussões gerais negadas anualmente vem se mantendo constante, numa média aproximada de 33 casos anuais.

O congestionamento fica claro quando se compara a média anual (entre 2007 e 2016) de novos casos de repercussão geral reconhecida (62,6) com a média anual de méritos julgados (35). Em todo o período de 2007 a 2016, somente no último ano o número de julgamentos de mérito (37) foi superior ao número de reconhecimentos de novos casos

[22] Ocorre que esse fenômeno não se fez acompanhar por uma prestação jurisdicional mais expedita por parte do STF. Ao contrário. Segundo estudo da Fundação Getúlio Vargas realizado em 2014, a média em anos para o trânsito em julgado das ações e recursos no STF cresceu entre 2007 e 2013 – Falcão, Hartmann & Chaves, 2014, 87.

[23] Cf. Almeida, 2013.

[24] Cf. planilha "Total de Processos Sobrestados da Repercussão Geral", disponível no sítio eletrônico do STF. Acesso em 27 jan. 2017.

[25] Cf. Barroso, 2014 e Barroso & Barbosa, 2016.

de repercussão geral (28). Isso pode indicar que os ministros do STF, já cientes do problema do congestionamento dos casos de repercussão geral[26], começam a alterar sua conduta.

Façamos agora algumas comparações entre os resultados da repercussão geral no âmbito do direito tributário e no âmbito dos demais ramos do ordenamento. Na área do direito tributário, o percentual de reconhecimento de repercussão geral é muito maior do que a média: 82% contra 67,45% na média geral. Já em áreas como o direito do trabalho e o direito do consumidor, é maior o volume de negativas de repercussão geral do que o volume de reconhecimentos (trabalho: 63,7% de negativas; consumidor: 58,7% de negativas).

Na área do direito tributário, a média anual (2007 a 2016) de reconhecimentos de novos temas com repercussão geral é de 20,5, sendo que 2016 foi, como nos outros ramos, um ano de queda nesse número (10 novos temas com repercussão reconhecida).

O congestionamento mencionado acima também se manifesta na área do direito tributário, em que a média anual de julgamentos de mérito (9,33 casos por ano entre 2008 e 2016) é bastante inferior à média de reconhecimento de novos temas com repercussão geral (20,5 casos), o que faz aumentar ano a ano o estoque de méritos pendentes. Em 2016, reconheceram-se 10 novos temas de repercussão geral e se julgou o mérito de 9 temas.

Segundo uma projeção do próprio ministro Luís Roberto Barroso, levando em conta o estoque atual de recursos com repercussão geral reconhecida, caso o STF resolvesse o mérito de pelo menos um tema de direito tributário por semana e não reconhecesse a repercussão geral de mais nenhum caso de direito tributário, ainda assim tardaria cerca de quatro anos para julgar todo o estoque pendente[27].

Há outro dado preocupante. É que na área do direito tributário, a relação entre o estoque de temas com mérito ainda por julgar (121) e o total de casos com repercussão já reconhecida (205) é de 59%, proporção bem maior do que a média geral (51%), o que demonstra que a demora para julgamento do mérito dos casos de direito tributário é

[26] Cf. Barroso, 2014.

[27] Barroso & Barbosa, 2016, 13.

maior do que a demora verificada em outras áreas – fenômeno identificado por estudo da Fundação Getúlio Vargas realizado em 2014[28].

## 4. Temas de direito tributário em que o STF vislumbrou uma questão constitucional e lhe negou repercussão geral

Na presente seção, busca-se responder às seguintes indagações: Com que frequência o STF vislumbrou uma questão constitucional em matéria tributária e lhe negou repercussão geral? Esses julgamentos foram devidamente fundamentados? Os critérios aí estabelecidos foram posteriormente utilizados com coerência/consistência no exame de outros casos?

Na seção II acima, destacamos um dado que não parece ter sido ainda devidamente registrado pela doutrina: a partir da Emenda Regimental 31/2009, a quase totalidade (96%) dos casos de repercussão geral negada pelos ministros do STF não se referiu, de fato, à ausência de repercussão geral, e sim a uma alegada natureza infraconstitucional da matéria. No âmbito do direito tributário, o fenômeno é ainda mais acusado: após a Emenda Regimental 31/2009, das 39 negativas de repercussão geral em matéria tributária, 38 negativas tiveram como fundamento a natureza pretensamente infraconstitucional da matéria. Apenas o tema 175, examinado em 2009 logo após a entrada em vigor da ER 31/2009, foi considerado de natureza constitucional, mas sem repercussão geral.

Portanto, é preciso relativizar a afirmação de que, na área do direito tributário, o percentual de reconhecimento de repercussão geral é de 82%, contra 18% de negativas de repercussão geral. A partir de 2009, se excluirmos da análise os casos em que o STF na verdade reputou o caso infraconstitucional, e tomarmos tão somente os temas em que se identificou uma questão verdadeiramente constitucional, a conclusão é de que é ínfima, inferior a 1%, a proporção de casos em que se negou a repercussão geral.

É certo que, na matéria tributária, o mais comum é que a questão debatida no caso tenha aptidão para atingir milhares ou milhões de contribuintes que se encontram em situação idêntica ou semelhante ao do recorrente/recorrido, o que indica que a *regra* natural será mesmo a

[28] Cf. Falcão, Hartmann & Chaves, 2014, 82.

existência de repercussão geral[29]. Contudo, chama a atenção que, após 2009, a proporção de questões constitucionais consideradas sem repercussão geral pelo STF seja tão pequena. Analisemos então, mais de perto, esses acórdãos com negativa de repercussão geral, indagando especialmente de que maneira os mesmos foram fundamentados e se sua orientação foi posteriormente seguida em casos subsequentes.

### 4.1. Temas com matéria constitucional considerada sem repercussão geral no período anterior à Emenda Regimental 31/2009 (Temas 14, 85, 99, 108, 120, 133 e 164)

Quando os ministros iniciaram em 2007/2008 o exame sobre a repercussão geral das questões constitucionais debatidas nos recursos extraordinários, houve uma proporção considerável de negativas em matéria tributária, com a utilização de critérios bastante restritivos.

No tema 14 (RGRE 568.657, Relatora Ministra Cármen Lúcia, DJ 1.º.2.2008), a relatora negou a repercussão geral por se tratar de uma questão restrita à legislação de um único município (Campo Grande-MS). O único ministro a fundamentar seu voto foi o ministro Marco Aurélio, que defendeu a repercussão geral pela relevância especial da questão jurídica posta no recurso (acesso ao poder judiciário). Ainda que pobre do ponto de vista discursivo, esse primeiro julgamento indicou um critério restritivo razoavelmente claro: em se tratando de um problema restrito à legislação de um único município, não há *prima facie* repercussão geral.

No tema 85 (RGRE 559.994, Relator Ministro Marco Aurélio, DJ 22.8.2008), o acórdão recorrido considerara inconstitucional dispositivo da legislação do IPI (art. 3.º do Decreto-lei 1.437/1975) que concedia poderes ao ministro da Fazenda para exigir das empresas o ressarcimento de custos incorridos no fornecimento de selo especial para recolhimento e fiscalização do imposto. O relator reconheceu a repercussão geral pela relevância da questão jurídica (princípio da legalidade tributária) e pelo fato de que "a situação concreta pode repetir-se em inúmeros processos" (fl.661). No único voto divergente, que prevaleceu contra o do relator, o ministro Menezes Direito afirmou que não existia repercussão geral porque a questão estava "restrita ao interesse

[29] Vide Godoi, 2015, 64-68.

patrimonial de um grupo limitado de empresas contribuintes", e não era suficiente para afetar a "sociedade como um todo", para "repercutir na arrecadação tributária do país" (fl.661-A). Ora, esses critérios ultrarrestritivos adotados pelo ministro Menezes Direito, caso generalizados, provocariam uma sistemática negativa de repercussão geral, pois é natural que, no direito tributário, as normas de incidência tenham por destinatário "um grupo limitado de empresas contribuintes" (prestadoras de serviço, industriais, comerciantes, instituições financeiras) e não "a sociedade como um todo". Além de excessivamente restritivo, o voto do ministro Menezes Direito parece não ter percebido que a União Federal alegou, em favor da repercussão geral, que estava em questão no recurso o mecanismo adotado para fiscalização do IPI, com "reflexo sobre toda a distribuição de bebidas no país". Nada disseram os ministros sobre essa alegação. Nossa conclusão sobre esse caso é que se adotou um critério extremamente restritivo e não se examinaram, efetivamente, as alegações de existência de repercussão geral formuladas pelo recorrente.

Os critérios rigidamente restritivos dos temas 14 e 85 continuaram a ser aplicados no exame do tema 99 (RGRE 585.740, Relator Ministro Menezes Direito, DJ 22.8.2008). O caso se referia à legislação do PIS/COFINS e tratava de um pleito de uma empresa industrial a buscar isonomia de tratamento (quanto à base de cálculo do tributo) com relação a empresas revendedoras de veículos usados. O voto do relator nega a repercussão geral nos mesmos lacônicos termos com que a negara no tema 14: a solução do caso "não repercutirá política, econômica, social e, muito menos, juridicamente na sociedade como um todo, limitando-se, no máximo, ao âmbito da atividade da recorrente" (682). Restou vencida a posição do ministro Marco Aurélio, que registrou que se estava "diante de situação concreta passível de repetir-se em um sem-número de processos". A postura do relator nos parece arbitrária: Como se pode razoavelmente afirmar que um conflito relativo à tributação federal de todas as empresas industriais não "ultrapassa os interesses subjetivos do processo"? Acaso o relator não se deu conta de que todas as exigências de tributos delimitam seu sujeito passivo e nunca se tem uma imposição sobre a "sociedade como um todo"? É lamentável que os ministros em geral não levem em conta, em suas decisões, a necessidade de sua universalização, como condição para sua aceitabilidade racional-discursiva[30].

[30] Vide MacCormick, 2008, 129-133.

A postura restritiva do Ministro Menezes Direito voltou a prevalecer no exame do tema 108 (RGRE 578.635, Relator Ministro Menezes Direito, DJ 17.10.2008). Estava em questão a legitimidade constitucional da cobrança da contribuição do Instituto Nacional de Colonização e Reforma Agrária em relação às empresas urbanas, tendo alegado o recorrente que a repercussão geral se devia a que "a matéria discutida nos autos afeta todas as empresas urbanas do país" (fl.2654). Num único parágrafo, mais parecido a um carimbo, dada a total similitude com o parágrafo que decidiu os demais casos citados acima, o relator negou a repercussão geral, alegando que a questão "está restrita ao interesse das empresas urbanas eventualmente contribuintes da referida exação" e não atinge a "sociedade como um todo" (fl. 2654). Ora, sob esses critérios aplicativos, somente haveria repercussão geral num recurso extraordinário em matéria tributária caso se tratasse de um tributo cujo sujeito passivo fosse "a sociedade como um todo", o que não parece plausível.

No caso do tema 133 (RGRE 592.211, Relator Ministro Menezes Direito, DJ 21.11.2008), a postura ultrarrestritiva do ministro relator atingiu níveis assustadores e, também de modo assustadoramente estranho, prevaleceu contra o voto isolado de apenas dois ministros. Estava em questão a conhecida tese do caráter inconstitucional da exigência de IRPF, pelo regime de caixa, em relação às verbas recebidas acumuladamente em razão de pagamentos extemporâneos de benefícios previdenciários e trabalhistas[31]. Mesmo diante de evidências concretas de que o problema era vivido por dezenas de milhares de pessoas físicas com demandas rigorosamente idênticas, o relator asseverou de forma totalmente dissociada da realidade que "a questão está restrita à ocorrência de fatos excepcionais e está limitada ao interesse de um pequeno grupo do universo dos contribuintes do Imposto de Renda de Pessoa Física" (fl.4.147). É lamentável que nenhum dos ministros tenha reparado e registrado que, se um conflito constitucional no bojo do imposto geral e universal por excelência (o IRPF) que levou dezenas de milhares de contribuintes a ajuizar ações espalhadas por diversos tribunais do país não apresentar repercussão geral, então será difícil imaginar em que situações um recurso de natureza tributária apresentaria repercussão geral.

[31] Posteriormente, o STF reconheceu em outro recurso a repercussão geral do tema, e no mérito deu ganho de causa aos contribuintes (cf. RE 614.406, Pleno, Redator do acórdão o Ministro Marco Aurélio, DJ 27.11.2014).

No exame do tema 120 (RGRE 571.184, Relatora Ministra Cármen Lúcia, DJ 31.10.2008), também se adotou, a nosso ver, uma postura indevidamente restritiva no exame da repercussão geral. Tratava-se da conhecida polêmica sobre a possível inconstitucionalidade da contribuição social criada pela LC 110/2001 para custear o pagamento, pela Caixa Econômica Federal, das complementações de correção monetária das contas do Fundo de Garantia do Tempo de Serviço – FGTS. A exação atinge virtualmente todas as empresas do país que possuem empregados, daí o recorrente ter defendido a repercussão geral da questão. A relatora negou a repercussão geral com um argumento surpreendente: a existência de diversas decisões do STF, inclusive em controle abstrato (medida cautelar), considerando constitucional a exação, decisões que segundo a relatora chegariam a "centenas (talvez milhares) de processos" (fl. 1.824). Ora, parece claro que a existência dessas decisões é fator que deveria levar ao reconhecimento, e não à negativa da repercussão geral da questão. O Ministro Marco Aurélio, mais uma vez voto vencido, observou que o pronunciamento do STF sobre esse tema na ADI 2.556 era, à época, provisório, sem decisão de mérito. Mesmo assim, prevaleceu a negativa de repercussão geral.

No tema 164 (RGRE 593.919, Relator Ministro Ricardo Lewandowski, DJ 29.5.2009), estava em questão a possível inconstitucionalidade da contribuição previdenciária a cargo das cooperativas de trabalho criada pela LC 84/96. O relator negou repercussão geral sob o argumento de que os contribuintes eram somente as cooperativas de trabalho e a exação fora revogada em 1999, citando como precedente a decisão que negara repercussão ao tema 108, acima criticada, "que teria uma amplitude ainda maior do que a tratada nestes autos". O relator tinha razão ao afirmar que seguir o critério assentado no exame do tema 108 levava à negativa da repercussão geral no caso concreto. Contudo, como defendemos acima, os critérios assentados no exame no tema 108 são excessivamente restritivos e não resistem ao teste de universalização. Mais uma vez em voto vencido, o Ministro Marco Aurélio observou – a nosso ver corretamente – que "mesmo tendo sido revogada a lei de regência da matéria, há período coberto que merece a atenção ante a existência de diversos processos versando o tema" (fl.1.622).

Em conclusão, adotou-se nos casos acima uma postura indevidamente ultrarrestritiva quanto ao reconhecimento de repercussão geral em matéria tributária, liderada pelo Ministro Menezes Direito, cujos votos não foram devidamente fundamentados (parágrafos-padrão, petições de princípio) e não responderam efetivamente as alegações dos recorrentes. Ao mesmo tempo, ainda nos idos de 2007 e 2008, os ministros proferiram dezenas de decisões com orientações totalmente opostas, reconhecendo a repercussão geral em situações nas quais os critérios acima apresentados a negariam por completo. Um exemplo dessa postura permissiva, que conviveu lado a lado com a postura restritiva comentada acima, é o decidido no tema 125 (exigência de ISSQN sobre atividade de leasing – RGRE 592.905, Relator Ministro Eros Grau, DJ 7.11.2008). Aí também se tratava de uma questão de interesse de uma categoria específica de contribuintes, mas, ao contrário do que ocorreu no tema 85, isso em nada prejudicou o reconhecimento da repercussão geral, a qual foi declarada, aliás, sem uma linha sequer para fundamentar sua presença, limitando-se o relator a afirmar que "a questão constitucional suscitada nitidamente ultrapassa os limites subjetivos da causa" (fl.1.463).

### 4.2. O único tema com matéria constitucional considerada sem repercussão geral no período posterior à Emenda Regimental 31/2009

Após a ER 31/2009, pelos motivos que indicamos na seção II acima, a repercussão geral passou a ser recusada sob o argumento de ausência de matéria constitucional. Nas mais de 150 vezes em que se reconheceu a presença de uma questão constitucional em matéria tributária, somente em uma delas foi negada a repercussão geral. Mesmo assim, essa negativa ocorreu nos primeiros dias após a aprovação da ER 31/2009.

Tratava-se do tema 175 (RGRE 592.321, Relator Ministro Cezar Peluso, DJ 9.10.2009), em que o município do Rio de Janeiro pleiteava que a decisão do TJRJ pela inconstitucionalidade de diversas exigências tributárias (IPTU progressivo, taxa de iluminação e limpeza pública) tivesse somente efeito prospectivo, com o que não haveria dever de o município devolver as quantias recolhidas indevidamente pelos contribuintes. O relator negou a presença de repercussão geral com argumentos similares aos utilizados no julgamento do tema 120, comentado acima. Já havia, segundo o relator, diversos precedentes de ambas as turmas negando o pedido de efeitos prospectivos requerido pelo município do Rio de Janeiro. A nosso ver, a existência dessas dezenas de casos julgados pelas turmas não constituía argumento para negar a repercussão geral e sim para reconhecê-la e, ato contínuo, julgar o mérito da questão no plenário.

De outra parte, não nos parece correto o argumento do relator no sentido de que "a matéria não transcende os limites subjetivos da causa, pois o único interesse existente na espécie é o do município recorrente" (fl. 1.407). Em primeiro lugar, o interesse não era somente do município, mas também de milhares de contribuintes que nele residem. Em segundo lugar, trata-se de pleito passível de ser realizado por diversos outros municípios em situação similar, visto que as exigências tributárias em causa foram também feitas pela generalidade das capitais brasileiras (IPTU progressivo antes da EC 29/2000, taxa de iluminação e limpeza pública).

O acórdão relativo ao tema 175 apresenta um aspecto interessante. Em muitas ocasiões, o Ministro Marco Aurélio afirma em seus votos favoráveis à existência de repercussão geral que se deve "resistir à tentação, no exame, de formar juízo sobre a procedência ou a improcedência do que revelado nas razões do extraordinário"[32]. Pois bem. No exame do tema 175, o voto do Ministro Marco Aurélio não resistiu à tentação e negou a repercussão geral oferecendo exclusivamente argumentos dirigidos à improcedência, no mérito, do pleito do recorrente (fls. 1.409-1.412).

### 4.3. Temas em que os critérios restritivos fixados nos casos acima não foram aplicados, nem sequer considerados pelos ministros. Acórdãos que afirmaram a presença de repercussão geral sem apresentar qualquer fundamentação

No período de 2007 a 2009, como afirmamos *supra*, uma postura restritiva conviveu com uma postura permissiva no reconhecimento de repercussões gerais em matérias constitucionais tributárias, em claro prejuízo à segurança jurídica. Após a Emenda Regimental 31/2009, apenas uma das mais de 150 questões constitucionais reconhecidas em direito tributário foi considerada sem repercussão geral, revelando uma completa

[32] Voto do Ministro Marco Aurélio no RGRE 592.211.

supremacia da posição permissiva em detrimento da posição restritiva estudada acima. Vejamos os exemplos mais ilustrativos desse fenômeno.

O decidido no tema 744 (RGRE 633.345, Relator Ministro Marco Aurélio, DJ 22.09.2014) está em clara contradição com o que decidido no tema 99, já comentado acima. Em ambos os casos estava em questão um pleito de isonomia entre categorias de contribuintes no âmbito da legislação das contribuições do PIS/COFINS. Enquanto no tema 99 decidiu-se que não havia repercussão geral porque se tratava de um pleito de uma categoria específica de contribuintes, no acórdão do tema 744 essa questão nem chegou a ser ventilada. O mesmo pode ser dito com relação ao decidido no tema 573 (RGRE 640.905, Relator Ministro Luiz Fux, DJ 18.2.2013). Aliás, no acórdão do tema 744 não há sequer uma linha de fundamentação sobre o porquê de se ter considerado presente a repercussão geral.

O decidido no tema 684 (RE 659.412, Relator o Ministro Marco Aurélio, DJ 29.10.2013) está em clara contradição com o que restou decidido no tema 85. Em ambos os casos se tratava de uma pretensa inconstitucionalidade presente em exação federal relativa a uma categoria específica de contribuintes (tema 85 – empresas industriais; tema 684 – locadoras de máquinas e equipamentos). Num caso, negou-se repercussão por se tratar de um problema localizado e restrito a uma categoria específica; noutro caso, isso nem sequer foi aventado. O mesmo se pode dizer com relação à aceitação da repercussão geral no tema 581 (exigência de ISSQN sobre atividades de planos de saúde – RGRE 651.703, Relator Ministro Luiz Fux, DJ 18.9.2012). Registre-se que o acórdão do tema 684 não contém uma linha sequer para fundamentar a presença de repercussão geral.

Em conclusão, no período de 2009 em diante, passou a prevalecer de modo quase absoluto o argumento de que existe repercussão geral em matéria tributária sempre que o conflito constitucional puder ser verificado em relação a diversos contribuintes, sendo bastante comum a existência de acórdãos em que a declaração de presença da repercussão geral não apresenta qualquer fundamentação à luz dos dispositivos legais e constitucionais aplicáveis.

## 5. A declaração de ausência de questão constitucional ("violação reflexa") como o verdadeiro filtro no exame de recursos extraordinários

Segundo as planilhas disponíveis no sítio eletrônico do STF, de 2009 a 2016 houve 522 temas em que se reputou presente a questão constitucional, mas somente em 11 deles[33] se julgou ausente a repercussão geral, ou seja, apenas 2%, um índice muito baixo em se tratando de um filtro que pretende ter alguma relevância quantitativa. Por isso se deve ler com cuidado a afirmação de que o STF nega, em aproximadamente 30% dos temas examinados, a presença da repercussão geral. De fato, o que se nega não é a presença de repercussão geral e sim a presença de uma questão constitucional. Se o relator realiza essa negativa no plenário virtual, aumentam as chances de o recurso ser rechaçado, já que os ministros que não se manifestarem serão considerados votos contrários à admissão do recurso.

A repercussão geral da questão constitucional foi uma novidade trazida pela EC 45/2004, mas a violação meramente reflexa ou indireta da Constituição como causa de inadmissibilidade dos recursos extraordinários não é novidade alguma, já existindo de longa data na jurisprudência do STF e largamente criticada pela doutrina como um dos carros-chefes da jurisprudência defensiva. O que é novidade, a partir de 2009, é que a inadmissão do recurso por violação meramente reflexa ocorre no plenário virtual, em que, como se viu neste artigo, o grau de fundamentação discursiva das decisões é muito mais baixo, e se aplica em massa pelo presidente ou vice-presidente dos tribunais de origem em recursos que nem chegam a serem distribuídos no STF.

Em nossa opinião, o caráter direto ou indireto da pretensa violação constitucional alegada num recurso extraordinário depende do que houver decidido cada acórdão recorrido, não se podendo julgar em massa a questão. Um crédito controverso de ICMS pode ser aceito por um tribunal de justiça num acórdão que afirma que sua negativa viola a LC 87/1996 e o mesmo crédito, nas mesmas circunstâncias fáticas, pode ser aceito por outro tribunal de justiça num acórdão que afirma que sua negativa viola a noção constitucional de não-cumulatividade.

[33] Cf. planilha "Decisão pela inexistência de RG – desde 2008".

Os próprios ministros do STF revelam publicamente que o argumento da violação reflexa é muitas vezes uma simples "válvula de escape" utilizada para manter o resultado de mérito no tribunal de origem e evitar a análise da verdadeira repercussão geral do caso. Pela sinceridade e crueza das palavras, transcreva-se o seguinte trecho de voto do ministro Gilmar Mendes (RE 614.406 AgR-QO-RG, Relatora Ministra Ellen Gracie, DJ 4.3.2011, fl. 270):

> Talvez seja um vezo, uma fórmula tradicional de escape (...). Às vezes não se trata de matéria infraconstitucional, mas estamos tentando conformar apenas o resultado, nós estamos acomodados com o resultado e, portanto, dizemos alguma coisa para justificar. Outras vezes lançamos mão do artifício da discussão sobre matéria fático-probatória, e, aí, invocamos também, ou se trata de direito local.

A situação é constrangedora: o verdadeiro filtro processual não é o da repercussão geral e sim o da afirmação da violação meramente reflexa, e essa afirmação, assim o reconhece um dos mais antigos ministros da corte, é em muitos casos um simples artifício ou desculpa para manter um resultado de mérito com o qual os ministros concordam.

Não temos espaço, neste estudo, para analisar criticamente, um a um, os casos em que aos temas tributários foi negada repercussão geral com o argumento de que se tratava de matéria infraconstitucional. Mas basta um exemplo para demonstrar que as palavras acima, do ministro Gilmar Mendes, infelizmente descrevem de modo fiel a realidade da jurisprudência.

No tema 263, o Estado de MG requereu a reforma de acórdão no qual se decidira que o serviço de acesso à internet não se encaixava no âmbito de incidência do ICMS, visto que não configurava serviço de comunicação. Alegou, o recorrente, violação do art. 155, II da Constituição, defendendo-se que o serviço de acesso à internet configurava serviço de comunicação. O STF decidiu que a questão era infraconstitucional (RGRE 583.327, Relator Ministro Ayres Britto, DJ 30.4.2010). No tema 827, também se tratava de acórdão recorrido que considerara que determinada remuneração (assinatura básica mensal) paga às companhias telefônicas não dizia respeito a verdadeiros serviços de comunicação, defendendo o recorrente (Estado do RS) que o acórdão violara o art. 155, II da Constituição, visto que havia *in casu* a prestação de serviço de comunicação que podia ser tributado pelo ICMS. Ao contrário do que se decidiu no tema 263, no tema 827 decidiu-se que a matéria tinha natureza constitucional "evidente" (RG ARE 782.749, Relator Ministro Teori Zavascki, DJ 3.8.2015). Uma decisão encontra-se em franca contradição com a outra, e, o que é pior, no julgamento da segunda nem se cogitou a existência da primeira.

Mesmo neste contexto de insegurança, pode-se dizer que, num exame de conjunto da jurisprudência, reduz-se bastante o *risco* de inadmissão do recurso extraordinário com base no argumento da violação meramente reflexa ou indireta nas seguintes situações: conflitos envolvendo aplicação de emendas constitucionais; acórdãos recorridos que declaram inconstitucionalidade de normas; conflitos entre leis locais e leis complementares nacionais; temas pendentes de decisão no controle concentrado.

Ultrapassada a questão da violação meramente reflexa, o reconhecimento da repercussão geral da questão tributária é atualmente quase certo, e muitas vezes completamente desprovido de fundamentação específica[34].

## 6. Conclusão

O filtro processual engendrado pela EC 45/2004 foi distorcido por força de uma alteração do Regimento Interno do STF (Emenda Regimental 31/2009). Os cerca de 30% de temas (de todos os ramos) cuja repercussão geral é negada pelo STF decorrem quase sempre de uma alegada ausência de questão constitucional, e não de uma verdadeira análise sobre a presença de questões relevantes do ponto de vista econômico, político, social ou jurídico que ultrapassem os interesses subjetivos do processo.

[34] A imensa maioria dos acórdãos do plenário virtual dedica 95% de seu conteúdo (voto do relator) a relatar a controvérsia e a transcrever a ementa do acórdão recorrido e as alegações das partes, utilizando simples circunlóquios para justificar a presença de repercussão geral, do tipo: "A questão transcende os limites subjetivos da causa, tendo em vista que é capaz de se reproduzir em inúmeros processos por todo o país, além de envolver matéria de relevante cunho político e jurídico, de modo que sua decisão produzirá inevitável repercussão de ordem geral" (RG ARE 638.484, Relator Ministro Cezar Peluso, DJ 31.8.2011, voto do relator, fl.204). O único que se manifesta por escrito em todos os casos do plenário virtual é o ministro Marco Aurélio, mas seus pronunciamentos sobre a existência de repercussão geral são, não raro, desprovidos de qualquer fundamentação, tal como ocorreu no acórdão mencionado acima.

A jurisprudência do STF em matéria tributária apresenta dois períodos distintos: de 2007 até a ER 31/2009, encontram-se acórdãos extremamente restritivos (geralmente liderados pelo ministro Menezes Direito) e acórdãos (os mais numerosos) bem mais permissivos quanto à existência de repercussão geral, sendo que as duas tendências conviveram sem qualquer diálogo, como se uma não existisse para a outra; a partir de 2009, deixam de existir verdadeiras negativas de repercussão geral, e o filtro passa a ser exclusivamente o da ausência de questão constitucional, filtro que já existia na jurisprudência da corte, mas não era operacionalizado em massa e por meio do plenário virtual, reconhecidamente falho do ponto de vista de efetiva interação argumentativa entre os julgadores.

Quanto ao exame da natureza constitucional ou infraconstitucional da questão em matéria tributária, há casos de flagrante inconsistência aplicativa e chama a atenção que um dos ministros mais antigos da Corte reconheça o frequente uso desse filtro como simples *artifício* para manter ou alterar entendimentos de mérito alcançados no tribunal de origem. Ultrapassada a barreira do juízo sobre a existência de questão constitucional em matéria tributária, o reconhecimento da repercussão geral é praticamente certo, e em muitos casos desprovido de qualquer fundamentação.

A resposta ao problema investigado no artigo é, portanto, negativa: o modo pelo qual o STF vem decidindo sobre a presença de repercussão geral nas questões constitucionais discutidas em recursos extraordinários, especialmente em matéria tributária, não atende as exigências de previsibilidade e racionalidade discursiva/argumentativa dos provimentos jurisdicionais num sistema de precedentes.

## Referências

ALMEIDA, Fábio Portela Lopes de. **Repercussão geral: quando a busca pela eficiência paralisa o Judiciário**, Consultor Jurídico, 28.1.2013, disponível em http://www.conjur.com.br/2013-jan-28/fabio-portela-quando-busca-eficiencia-paralisa-poder-judiciario. Acesso em 24 dez. 2016.

ALVIM, José Manuel de Arruda. **A arguição de relevância no recurso extraordinário**, São Paulo: RT, 1988.

_______. A EC nº 45 e o instituto da repercussão geral. In: WAMBIER, Teresa Arruda Alvim et al (Coords.). **Reforma do Judiciário: primeiras reflexões sobre a emenda constitucional n. 45/2004,** São Paulo: RT, 2005.

ARAÚJO, Jorge Antônio Cavalcanti. **A repercussão geral no direito brasileiro e os critérios adotados pelo Supremo Tribunal Federal para selecionar as matérias de acordo com a lei n. 11.418/2006**, Dissertação de Mestrado – Universidade Católica de Pernambuco, Curso de Mestrado em Direito, Recife, 2011.

BARROSO, Luís Roberto & BARBOSA, Marcus Vinicius Cardoso. Direito Tributário e o Supremo Tribunal Federal: passado, presente e futuro. **Universitas Jus**, v. 27, p. 1-20, 2016.

BARROSO, Luís Roberto. **Reflexões sobre as competências e o funcionamento do Supremo Tribunal Federal.** Colóquio promovido pela Associação dos Advogados de São Paulo. 2014. Disponível em: <http://s.conjur.com.br/dl/palestra-ivnl-reflexoes-stf-25ago2014.pdf>. Acesso em 25 de outubro de 2015.

BRASIL. Supremo Tribunal Federal. **Repercussão Geral no Recurso Extraordinário 568.657/MS.** Relatora Ministra Carmén Lúcia. DJ 2.2008 Disponível em: <http://redir.stf.jus.br/paginadorpub/paginador.jsp?docTP=AC&docID=507359>. Acesso em: 12 de novembro de 2016

BRASIL. Supremo Tribunal Federal. **Repercussão Geral no Recurso Extraordinário 559.994/RS.** Relator Ministro Marco Aurélio. DJ 22.8.2008. Disponível em: < http://redir.stf.jus.br/paginadorpub/paginador.jsp?docTP=AC&docID=542971>. Acesso em: 12 de novembro de 2016.

BRASIL. Supremo Tribunal Federal. **Repercussão Geral no Recurso Extraordinário 585.740/RJ**. Relator Ministro Menezes de Direito. DJ 22.8.2008. Disponível em: <http://redir.stf.jus.br/paginadorpub/paginador.jsp?docTP=AC&docID=542981>. Acesso em: 12 de novembro de 2016.

BRASIL. Supremo Tribunal Federal. **Repercussão Geral no Recurso Extraordinário 578.635/RS**. Relator Ministro Menezes de Direto. DJ 17.10.2008. Disponível em: <http://redir.stf.jus.br/paginadorpub/paginador.jsp?docTP=AC&docID=556077>. Acesso em 12 de novembro de 2016.

BRASIL. Supremo Tribunal Federal. **Repercussão Geral no Recurso Extraordinário 571.184/SP.** Relatora Ministra Carmén Lúcia. DJ 31.10.2008. Disponível em: <http://redir.stf.jus.br/paginadorpub/paginador.jsp?docTP=AC&docID=558919>.
Acesso em: 12 de novembro de 2016.

BRASIL. Supremo Tribunal Federal. **Repercussão Geral no Recurso Extraordinário 592.211/RJ.** Relator Ministro Menezes de Direito. DJ 21.11.2008. Disponível em: <http://redir.stf.jus.br/paginadorpub/paginador.jsp?docTP=AC&docID=564553 >.
Acesso em: 12 de novembro de 2016.

BRASIL. Supremo Tribunal Federal. **Repercussão Geral no Recurso Extraordinário 593.919/RJ.** Relator Ministro Ricardo Lewandowski. DJ

29.5.2009. Disponível em: <http://redir.stf.jus.br/paginadorpub/paginador.jsp?docTP=AC&docID=594734>. Acesso em: 28 de dezembro de 2016.

BRASIL. Supremo Tribunal Federal. **Repercussão Geral no Recurso Extraordinário 592.321/RJ.** Relator Ministro Cezar Peluso, DJ 9.10.2009. Disponível em: < http://redir.stf.jus.br/paginadorpub/paginador.jsp?docTP=AC&docID=603765>. Acesso em 28 de dezembro de 2016.

BRASIL. Supremo Tribunal Federal. **Repercussão Geral no Recurso Extraordinário 583.327/MG.** Relator Ministro Ayres Britto, DJ 30.4.2010. Disponível em < http://redir.stf.jus.br/paginadorpub/paginador.jsp?docTP=AC&docID=610392>. Acesso em 28 de dezembro de 2016.

BRASIL. Supremo Tribunal Federal. **Repercussão Geral no Recurso Extraordinário 614.406/RS AgR-QO-RG**. Relatora Ministra Ellen Gracie. DJ 4.3.2011. Disponível em <http://redir.stf.jus.br/paginadorpub/paginador.jsp?docTP=AC&docID=620127>. Acesso em 28 de dezembro de 2016.

BRASIL. Supremo Tribunal Federal. **Repercussão Geral no Recurso Extraordinário com Agravo 638.484/RS.** Relator Ministro Cezar Peluso. DJ 31.8.2011. Disponível em: <http://redir.stf.jus.br/paginadorpub/paginador.jsp?docTP=AC&docID=626889>. Acesso em 28 de dezembro de 2016.

BRASIL. Supremo Tribunal Federal. **Repercussão Geral no Recurso Extraordinário 651.703/PR.** Relator Ministro Luiz Fux. DJ 18.9.2012. Disponível em: < http://redir.stf.jus.br/paginadorpub/paginador.jsp?docTP=TP&docID=2774106>. Acesso em 28 de dezembro de 2016.

BRASIL. Supremo Tribunal Federal. **Repercussão Geral no Recurso Extraordinário 640.905/SP.** Relator Ministro Luiz Fux. DJ 18.2.2013. Disponível em: < http://redir.stf.jus.br/paginadorpub/paginador.jsp?docTP=TP&docID=4013936>. Acesso em 28 de dezembro de 2016.

BRASIL. Supremo Tribunal Federal. **Repercussão Geral no Recurso Extraordinário 659.412/RJ.** Relator Ministro Marco Aurélio. DJ 29.10.2013. Disponível em: < http://redir.stf.jus.br/paginadorpub/paginador.jsp?docTP=TP&docID=4773121>. Acesso em 28 de dezembro de 2016.

BRASIL. Supremo Tribunal Federal. **Repercussão Geral no Recurso Extraordinário 633.345/ES.** Relator Ministro Marco Aurélio. DJ 22.09.2014. Disponível em: < http://redir.stf.jus.br/paginadorpub/paginador.jsp?docTP=TP&docID=6780749>. Acesso em 28 de dezembro de 2016.

BRASIL. Supremo Tribunal Federal. **Repercussão Geral no Recurso Extraordinário 782.749/RS.** Relator Ministro Teori Zavascki. DJ 3.8.2015. Disponível em: < http://redir.stf.jus.br/paginadorpub/paginador.jsp?docTP=TP&docID=9003000>. Acesso em 28 de dezembro de 2016.

DIDIER JR., Fredie & CUNHA, Leonardo Carneiro da. **Curso de Direito Processual Civil**, v.3, 13.ª edição, Salvador: JusPodivm, 2016.

FALCÃO, Joaquim; HARTMANN, Ivar A. & CHAVES, Vitor P. **III Relatório Supremo em Números: o Supremo e o tempo,** Rio de Janeiro: Escola de Direito do Rio de Janeiro da Fundação Getúlio Vargas, 2014.

FREITAS JÚNIOR, Horival Marques. **Repercussão geral das questões constitucionais – Sua aplicação pelo Supremo Tribunal Federal**, São Paulo: Malheiros, 2015.

GODOI, Marciano Seabra de. Novo Código de Processo Civil e sua normatização sobre precedentes judiciais: possíveis impactos no âmbito das lides tributárias, In: HENRIQUES, Guilherme de Almeida *et alii* (Coords.). **Os Impactos do Novo CPC sobre o Processo Judicial Tributário**, Belo Horizonte: D'Plácido, 2015, 45-71.

MACCORMICK, Neil. **Retórica e o Estado de Direito**, Rio de Janeiro: Elsevier, 2008.

MADRUGA, Tatiana Cláudia Santos Aquino. **O filtro da repercussão geral nos recursos extraordinários por meio da análise dos temas julgados pelo Supremo Tribunal Federal**, Dissertação de Mestrado – Universidade Federal do Espírito Santo, Curso de Mestrado em Direito, Vitória, 2015.

MANCUSO, Rodolfo de Camargo. **Recurso Extraordinário e Recurso Especial**, 10.ª edição, São Paulo: RT, 2007.

MEDINA, Damares. **A repercussão geral no Supremo Tribunal Federal**, São Paulo: Saraiva, 2016.

# O Papel do *Amicus Curiae* nas Demandas Tributárias

Diego Diniz Ribeiro*

## 1. Introdução

### 1.1. CPC 2015: um novo mundo ou um mundo velho com novas roupas?

O advento de um novo Código, assim como a chegada de um novo ano ou de um novo amor, é sempre fonte de esperanças de mudanças positivas o que, no caso do CPC/2015, implica a expectativa de ver um processo civil mais efetivo, célere e dotado de segurança jurídica, em especial para aqueles que (ainda) acreditam na legislação como mecanismo de transformações sociais, tal como a criança que ainda crê em super-heróis.

Infelizmente (ou não, parafraseando Caetano), com o passar dos anos e com a experiência prática adquirida, deixei de acreditar em heróis[1] e também no poder divinal-transformador da legislação o que, todavia, não significa afirmar que perdi as esperanças no Direito

* Mestre em Direito Tributário pela Pontifícia Universidade Católica de São Paulo – PUC/SP. Pós-graduado em Direito Tributário pelo Instituto Brasileiro de Estudos Tributários – IBET. Conselheiro representante dos contribuintes na 3ª Seção do Conselho Administrativo de Recursos Fiscais – CARF. Advogado licenciado com *expertise* na área tributária. Professor de direito tributário, processo tributário e processo civil em cursos de graduação e pós-graduação (IBET, IMESB, FDSM e GV *Law*).

[1] Inclusive em super-juízes ou o chamado juiz Hércules, de Dworkin.

enquanto instrumento de realização dos problemas de convivência humana, até porque, segundo a mundividência jurídica que comungo, o Direito[2] vai para muito além da lei[3].

Acredito, pois, em um modelo jurídico que tem seu acento tônico no caso a ser decidido, haja vista que "o juízo (o juízo jurídico) é o 'punctum crucis' da metodologia jurídica, é o seu problemático objecto intencional."[4] E, para que este modelo jurisprudencialista do direito vingue, tal como professado pelo professor Castanheira Neves[5], o que propriamente importa não são alterações legislativas, mas sim mudanças estruturais e, acima de tudo, de caráter sociocultural.

De forma muito sintética[6] e ignorando aqui outras medidas essenciais, é indispensável *(i)* repensar o ensino jurídico brasileiro, o qual não pode mais se limitar a ensinar o direito legislado, olvidando-se, todavia, da força normativa das decisões de caráter judicativo e, por conseguinte, da *responsabilidade* daí decorrente para aqueles que serão os operadores do direito no universo jurídico nacional.

Também é necessário *(ii)* mudar a forma de admissão dos juízes brasileiros, uma vez que o modelo atual, marcado pelos concursos públicos, tem se mostrado razoavelmente bom na admissão de tecnicistas, mas péssimo na escolha de juízes dotados da principal virtude de um julgador: a prudência[7].

[2] O direito é um valor construído histórico-culturalmente e que tem por objetivo resolver o necessário problema de convivência humana. Referido valor é extraído do diálogo promovido entre o caso a ser resolvido e o sistema-fundamento, com especial ênfase para o caso decidendo.

[3] Já não é de hoje que se constatou que a estrutura deôntica mínima da lei é insuficiente para realizar, com justiça, as máximas complexidades de um mundo cada vez mais plural e heterogêneo.

[4] NEVES, Antônio Castanheira. *Metodologia jurídica – problemas fundamentais.* Coimbra: Coimbra Editora, 1993. p. 33.

[5] *Op. cit.*

[6] Tive a oportunidade de me aprofundar um pouco mais nessa temática em outro trabalho científico publicado: *Precedentes em matéria tributária e o novo CPC. In:* CONRADO, Paulo César (org.). **Processo tributário analítico – vol. III.** São Paulo: Noeses, 2016.

[7] A prudência, i.e., a capacidade de bem julgar em concreto, pressupõe anos de experiência prática no âmbito jurídico, período esse que não é suprido com o curto período de dois ou três anos de experiência exigido pelos concursos para a magistratura e que, não raramente, é pretensamente demonstrado pela simples assinatura de petições elaboradas, todavia, por terceiros.

Por fim, *(iii)* é indispensável alterar a forma de composição dos Ministros do Supremo Tribunal Federal, bem como a função do Pretório Excelso. Há a necessidade de que a indicação de tais Ministros não se dê pelo caminho político-ideológico-partidário e, ainda, que o STF tenha a aptidão para escolher o que vai ou não julgar[8], ou seja, o que é ou não relevante para os valores jurídicos consagrados constitucionalmente, de modo a evitar que referido tribunal, em um ano, julgue (quantitativamente, mas não qualitativamente) aproximadamente cem mil processos[9].

Faço essas ressalvas já no prólogo do presente trabalho para que *(i)* o meu leitor tenha plena ciência das premissas aqui adotadas e *(ii)* para que ele saiba que, embora o escopo do trabalho seja abordar a importância do *amicus curiae* na redução do contencioso tributário, não acredito que o seu tratamento legislativo pelo CPC/2015 seja, *per se*, suficiente para alcançar este propósito.

O novo Código de Processo Civil poderá contribuir para proporcionar um "novo mundo" se de fato for conjugado com algumas mudanças estruturais aqui tratadas e, ainda, se assim for *efetivamente* tratado pelos operadores do direito. Caso contrário, será apenas um "velho mundo com novas roupas" a perpetuar antigas práticas no seio do processo tributário.

Em síntese, alerto aqui para o risco de *a nova lei ser aplicada* ***com os olhos no retrovisor****, abstraindo-se dela um raciocínio meramente formal, desprovido de conteúdo, desconectado da realidade cotidiana e sem sintonia com o Estado Democrático de Direito*[10].

Feitas essas considerações iniciais, já é possível seguir adiante.

[8] Este corte a ser realizado pelo STF poderia ser materializado com um melhor uso do instituto da repercussão geral, o qual poderia eventualmente cumprir a finalidade aqui indicada.

[9] Como ocorreu no ano de 2015, em que os 11 (onze) Ministros do Tribunal julgaram aproximadamente 85.000,00 (oitenta e cinco mil) processos.

[10] PEREIRA, Paulo Sérgio Velten. *Por um processo civil comunicativo e dialógico. In:* FREIRE, Alexandre. MACÊDO, Lucas Buril de. PEIXOTO, Ravi. (orgs.). **Coleção Novo CPC: doutrina selecionada – parte geral (vol. 1).** Salvador: JusPodivm, 2015. p. 397. (grifos nosso).

## 2. Desenvolvimento

### 2.1. A unidade material das decisões judicativas como valor no NCPC

A análise de um determinado instituto de um Código não pode ser feita de forma cirúrgica, ou seja, recortando o citado instituto do todo para então lhe dar um tratamento aparentemente "técnico". Dessa forma, a análise da figura do *amicus curiae* – objeto do presente trabalho – não pode se restringir às disposições do art. 138 do CPC/2015, mas deve ser feita de forma holística, i.e., levando em consideração o contexto em que tal norma está inserida e, em especial, a sua capacidade de potencializar os valores irredutíveis para a material existência de um efetivamente **novo** Estatuto Processual Civil, valores esses expressos no capítulo I da parte geral do CPC/2015 (artigos 1º a 12).

Pois bem. A análise de tais vetores valorativos, conjugada com a Exposição de Motivos do CPC/2015, deixa muito claro dois propósitos fundamentais da novel legislação: qualificar a decisão judicial[11] para garantir a sua unidade. Daí a preocupação do legislador em sublinhar os princípios constitucionais do processo, bem como criar e aparentemente aprimorar técnicas de uniformização[12] das decisões judiciais[13].

[11] Não é por acaso que um dos objetivos do CPC/2015 externado em sua Exposição de Motivo seja o de *criar condições para que o juiz possa proferir decisão de forma mais rente à realidade fática subjacente à causa*, de modo que a decisão a ser produzida seja apta a atingir o mister fundamental de toda e qualquer relação processual: **realizar** em concreto e de forma substancial (aspecto qualitativo de uma decisão judicativa) um direito material conflituoso, i.e., **resolver** *no mundo fático* um dado problema de convivência humana.

[12] Tenho uma visão bastante crítica a respeito desta pretensa aproximação do direito brasileiro de um modelo de *stare decisis*, aproximação essa que não é uma novidade trazida pelo CPC/2015, mas é por ele tocada e aparentemente aprimorada. Partilho da opinião que, em verdade, as chamadas técnicas de uniformização da jurisprudência (súmulas, súmulas vinculantes, repercussão geral, recursos repetitivos, incidente de resolução de demandas repetitivas, dentre outras) não promovem uma aproximação do nosso modelo com um sistema de *Common Law*, mas, em verdade, implica a criação de uma "jabuticaba" jurídica, o que tenho chamado de *Macunaíma Law*, expressão essa cunhada no seguinte trabalho: RIBEIRO, Diego Diniz. *O incidente de resolução de demandas repetitivas: uma busca pela "common law" ou mais um instituto para a codificação das decisões judiciais In:* ARAÚJO, Juliana Costa Furtado. CONRADO, Paulo César (Orgs.). **O novo CPC e seu impacto no direito tributário.** São Paulo: Fiscosoft, 2015. p. 96.
Para maior detalhamento desta postura crítica aqui noticiada remeto o leitor interessado no assunto aos seguintes textos: RIBEIRO, Diego Diniz. *Coisa julgada, direito judicial e ação resci-*

Aparentemente, o legislador percebeu que a incessante busca pela celeridade processual e duração razoável do processo[14], ambas pautadas por mecanismos dotados de uma racionalidade tipicamente neoliberal, preponderantemente preocupada, pois, com quantidade (vide as metas CNJ) de julgamentos em detrimento da qualidade judicativa, implicou em sérios problemas para o processo enquanto realizador de direitos materiais conflituosos.

Esta ânsia demasiada por uma jurisdição *drive-thru* contribuiu para fomentar uma vertiginosa queda qualitativa das decisões judiciais, o que, ao que tudo indica, motivou o legislador a vitaminar os princípios constitucionais do processo civil no CPC/2015, em especial os seguintes

*sória em matéria tributária. In* **Processo Tributário Analítico II.** São Paulo: Noeses. 2013; Ribeiro, Diego Diniz. *Súmula vinculante e a codificação das decisões judiciais no Brasil.* http://www.ibet.com.br/download/Diego%20Diniz%20Ribeiro.pdf. Acessado em 17/01/2016; e Ribeiro, Diego Diniz. *Precedentes em matéria tributária e o novo CPC. In* **Processo Tributário Analítico III.** São Paulo: Noeses. 2016.

[13] É o que denota o seguinte trecho da Exposição de Motivos do CPC/2015:
*...talvez as alterações mais expressivas do sistema processual ligadas ao objetivo de harmonizá-lo com o espírito da Constituição Federal, sejam as que dizem respeito a regras que induzem à uniformidade e à estabilidade da jurisprudência.*
*O novo Código prestigia o princípio da segurança jurídica, obviamente de índole constitucional, pois que se hospeda nas dobras do Estado Democrático de Direito e visa a proteger e a preservar as justas expectativas das pessoas.*
*Todas as normas jurídicas devem tender a dar efetividade às garantias constitucionais, tornando "segura" a vida dos jurisdicionados, de modo a que estes sejam poupados de "surpresas", podendo sempre prever, em alto grau, as consequências jurídicas de sua conduta.*
*(...).*

[14] *Para muita gente, na matéria, a rapidez constitui o valor por excelência, quiçá o único. Seria fácil invocar aqui um rol de citações de autores famosos, apostados em estigmatizar a morosidade processual. Não deixam de ter razão, sem que isso implique – nem mesmo, quero crer, no pensamento desses próprios autores – hierarquização rígida que não reconheça como imprescindível, aqui e ali, ceder o passo a outros valores. Se uma justiça lenta demais é decerto uma justiça má, daí não se segue que uma justiça muito rápida seja necessariamente uma justiça boa. O que todos devemos querer é que a prestação jurisdicional venha ser melhor do que é. Se para torná-la melhor é preciso acelerá-la, muito bem: não, contudo, a qualquer preço.* (Barbosa Moreira, José Carlos. *O futuro da justiça: alguns mitos.* **Revista de Processo**, v. 102, p. 228-237, abr.-jun. 2001, p. 232).

valores: cooperação[15], vedação à decisão-surpresa[16] e efetiva motivação[17] das decisões de caráter judicativo[18]. Tenho para mim que os citados valores são as vigas-mestras do novo Código e, por conseguinte, tocam, decisivamente, toda e qualquer disposição do aludido *Codex*, inclusive, e de forma particularmente especial, o seu art. 138, veiculador da figura do *amicus curiae*.

Partindo, pois, da premissa que decisões judiciais apresentam natureza de fonte material do direito, o que os sobreditos valores em suma estabelecem é um rompimento com a velha e autocrática ideia de um protagonismo do juiz na relação processual. Afasta-se, com isso, do embolorado modelo do *iura novit curia* para, em contrapartida, prestigiar e estimular a substancial participação também das partes litigantes (e não só do magistrado) no democrático[19] caminho a ser trilhado para a construção em concreto de decisões de natureza judicativa. Em outros termos:

[15] *Art. 6º Todos os sujeitos do processo devem cooperar entre si para que se obtenha, em tempo razoável, decisão de mérito justa e efetiva.*

[16] *Art. 10. O juiz não pode decidir, em grau algum de jurisdição, com base em fundamento a respeito do qual não se tenha dado às partes oportunidade de se manifestar, ainda que se trate de matéria sobre a qual deva decidir de ofício.*

[17] *Art. 489. São elementos essenciais da sentença:*
*(...).*
*§ 1º Não se considera fundamentada qualquer decisão judicial, seja ela interlocutória, sentença ou acórdão, que:*
*I – se limitar à indicação, à reprodução ou à paráfrase de ato normativo, sem explicar sua relação com a causa ou a questão decidida;*
*II – empregar conceitos jurídicos indeterminados, sem explicar o motivo concreto de sua incidência no caso;*
*III – invocar motivos que se prestariam a justificar qualquer outra decisão;*
*IV – não enfrentar todos os argumentos deduzidos no processo capazes de, em tese, infirmar a conclusão adotada pelo julgador;*
*V – se limitar a invocar precedente ou enunciado de súmula, sem identificar seus fundamentos determinantes nem demonstrar que o caso sob julgamento se ajusta àqueles fundamentos;*
*VI – deixar de seguir enunciado de súmula, jurisprudência ou precedente invocado pela parte, sem demonstrar a existência de distinção no caso em julgamento ou a superação do entendimento.*

[18] Faço questão de empregar o termo "judicativo" e não "judicial" para não limitar o seu uso às decisões proferidas pelo Poder Judiciário. Assim, sempre que o aludido termo for aqui empregado, o objetivo é demonstrar que as considerações então feitas não estão presas às decisões judiciais, mas também se estendem àquelas decisões proferidas em processos administrativos, o que é particularmente importante no âmbito do contencioso tributário.

[19] *O processo, na perspectiva de um modelo constitucional, **"inaugura uma visão garantística"** dos direitos fundamentais, limitando a atuação daqueles que dele (do processo) participam de forma equivo-*

*Os artigos 6º, 9º e 10 do NCPC acima referidos trazem à superfície o importante princípio da cooperação, o qual prestigia a participação efetiva (substancial) das partes no processo e, acima disso, a* ***responsabilidade*** *dos atores processuais na construção da melhor decisão judicial possível para o caso em julgamento. A partir dessa perspectiva, as partes não podem mais se limitar a narrar fatos e realizar pedidos para, em contrapartida, receberem jurisdição (*da mihi factum, dabo tibi jus*). Pelo contrário! Devem em suas manifestações trazer todos os fundamentos fático-jurídicos-probatórios para contribuir materialmente com a melhor decisão possível a ser realizada pelo órgão julgador. É com base nesta ideia que nos deparamos, v.g., com o disposto no art. 378 do NCPC.*

*(...)..*

*Logo, a conteudística prestação da atividade jurisdicional não está mais adstrita à exclusiva atividade do magistrado na qualidade de protagonista do processo, mas também depende de uma atuação efetiva das partes litigantes, no sentido de se valer da relação processual para tentar esgotar o debate a respeito do caso, analisando-se todos os ângulos da questão* sub judice.[20]

Imbuída do mesmo propósito é a regra prevista no art. 489, §1º do CPC/2015, responsável por pormenorizar (sem esgotar) o conteúdo semântico do princípio constitucional da motivação das decisões judicativas (art. 93, IX da CF[21]). Tal dispositivo reforça a preocupação do legislador em qualificar as decisões judicativas, o que reflexamente deveria repercutir de duas formas no âmbito prático: *(i)* a formação de uma resposta/decisão mais adequada (justa) ao caso concreto posto em juízo o que *(ii)* permite o advento de decisões maias qualificadas para posteriormente serem convocadas como precedentes para a resolução de casos análogos.

*cada e inaugurando uma hermenêutica processual condicionada à Constituição e à ideia de Estado Democrático de Direito, à luz da comparticipação e do policentrismo.* (Horta, André Frederico. Nunes, Dierle. *Aplicação de precedentes e "distinguishing" no CPC/2015: uma breve introdução. In* Precedentes Judiciais no NCPC. Salvador: JUSPODIVM, 2015.) (grifos dos Autores).

[20] Ribeiro, Diego Diniz. *Precedentes em matéria tributária e o novo CPC.* pp. 131/133.

[21] *Art. 93. Lei complementar, de iniciativa do Supremo Tribunal Federal, disporá sobre o Estatuto da Magistratura, observados os seguintes princípios:*

*(...).*

*IX todos os julgamentos dos órgãos do Poder Judiciário serão públicos, e fundamentadas todas as decisões, sob pena de nulidade, podendo a lei limitar a presença, em determinados atos, às próprias partes e a seus advogados, ou somente a estes, em casos nos quais a preservação do direito à intimidade do interessado no sigilo não prejudique o interesse público à informação;*

*(...).*

Quanto maior e mais qualificada for a participação dos envolvidos na relação processual, melhor será o seu resultado, i.e., melhor será a decisão do órgão judicante a realizar o caso em concreto e que, ulteriormente, poderá ser eventualmente convocada como precedente para o julgamento de um caso análogo.

Com isso, há a tendência de uma maior unidade das decisões de caráter judicativo, unidade essa que não se daria apenas em um plano formal[22], como pretende o art. 927 do CPC/2015[23], mas apresentaria uma índole conteudística e, consequentemente, mais estável.

## 2.2. A relevância do *amicus curiae* para um processo cooperativo

A figura do *amicus curiae* não é algo novo no cenário jurídico nacional. Segundo pesquisa elaborada por Fredie Didier Júnior[24], essa figura já teria sido esboçada no cenário jurídico nacional no ano de 1876, por intermédio do Decreto n. 6.142 que previa, no âmbito do então Supremo Tribunal de Justiça, a possibilidade de intervenção do Instituto da Ordem dos Advogados, dos Tribunais do Comércio e dos "jurisconsultos de melhor nota", nos procedimentos de tomada de assentos sobre a interpretação de leis de relevante conteúdo.

Além deste Decreto Imperial, é possível constatar a existência de inúmeros dispositivos legais que, ao longo dos anos, previram, em certa medida, a figura do *amicus curiae*[25], até que finalmente esse instituto fosse inserido no bojo do CPC/2015, em seu art. 138[26].

[22] É uma grande ingenuidade acreditar que apenas o tipo formal de um juízo decisório (repercussão geral, repetitivo, súmula vinculante, etc.) é suficiente para apresentar força vinculante.

[23] Referido dispositivo prevê os tipos formais de decisões que aprioristicamente apresentam um caráter vinculante e que, por isso, atuariam como precedentes. Segundo tal dispositivo uma decisão já nasce com o *status* de precedente pelo simples fato de se enquadrar em uma das hipóteses ali capituladas.

[24] *In: Formação do precedente e 'amicus curiae' no direito imperial brasileiro: o interessante Dec. 6.142/1876.* **Revista de Processo.** V. 220, 2013.

[25] Fazendo esta análise histórica sugiro a leitura dos seguintes trabalhos: PATRIOTA, Marta Valéria C. B. *A natrureza jurídica do 'amicus curiae' no novo Código de Processo Civil. In:* FREIRE, Alexandre. MACÊDO, Lucas Buril de. PEIXOTO, Ravi. (orgs.). **Coleção Novo CPC: doutrina selecionada – parte geral (vol. 1).** Salvador: JusPodivm, 2015.; e, ainda, CAETANO, Marcelo Miranda. *A sistematização do 'amicus curiae' no novo Código de Processo Civil brasileiro.* FREIRE, Alexandre. MACÊDO, Lucas Buril de. PEIXOTO, Ravi. (orgs.). **Coleção Novo CPC: doutrina selecionada – parte geral (vol. 1).** Salvador: JusPodivm, 2015.

Segundo a posição topológica do referido dispositivo legal no CPC/2015 o *amicus curiae* passa a ser tratado como espécie de intervenção de terceiro[27] que, diante da *relevância da matéria, especificidade do tema objeto da demanda ou repercussão social da controvérsia,* poderá atuar com o escopo de contribuir no processo de construção da decisão de caráter judicativo.

Não pretendo aqui debater a natureza jurídica deste terceiro interveniente, nem outras questões de ordem dogmática e que podem ser construídas a partir da interpretação do citado art. 138 do CPC/2015[28]. Em verdade, pretendo aqui me ater estritamente à proposta da presente obra coletânea, i.e., responder como o *amicus curiae* pode contribuir para a redução do contencioso tributário.

Nesse sentido, antes de falar do *amicus curiae* propriamente dito, é importante situar o contexto de direito material no qual este terceiro interveniente está inserido: o direito tributário. E isso porque, levando em consideração a ideia de instrumentalidade do processo, é natural que uma disposição normativa de caráter processual apresente diferentes tons em razão da particularidade do direito material que o processo pretende realizar.

Pois bem. De forma muito simplória, as prescrições legais próprias do direito tributário acabam por implicar a existência de obrigações (principais e acessórias) que usualmente coloca em polos distintos o Estado *latu*

[26] *Art. 138. O juiz ou o relator, considerando a relevância da matéria, a especificidade do tema objeto da demanda ou a repercussão social da controvérsia, poderá, por decisão irrecorrível, de ofício ou a requerimento das partes ou de quem pretenda manifestar-se, solicitar ou admitir a participação de pessoa natural ou jurídica, órgão ou entidade especializada, com representatividade adequada, no prazo de 15 (quinze) dias de sua intimação.*

*§ 1º A intervenção de que trata o* caput *não implica alteração de competência nem autoriza a interposição de recursos, ressalvadas a oposição de embargos de declaração e a hipótese do § 3º.*

*§ 2º Caberá ao juiz ou ao relator, na decisão que solicitar ou admitir a intervenção, definir os poderes do* amicus curiae.

*§ 3º O* amicus curiae *pode recorrer da decisão que julgar o incidente de resolução de demandas repetitivas.*

[27] O CPC Buzaid não abarcava a figura do *amicus curiae* no seu texto, o qual encontrava previsão legal em legislações especiais e que não lhe atribuíam natureza jurídica de uma modalidade de intervenção de terceiros. Esta qualificação jurídica é uma novidade do CPC/2015.

[28] Para maior aprofundamento na temática sugiro a leitura da seguinte obra: BUENO, Cássio Scarpinella, *'Amicus curiae' no processo civil brasileiro: um terceiro enigmático.* São Paulo: Saraiva, 2012.

*sensu* e o contribuinte. Tendo em vista a natureza pública deste nicho do Direito, tais obrigações decorrem de relações jurídicas que, embora de caráter individual, apresentam uma feição de homogeneidade.

Logo, *(i)* em um país continental como o nosso, *(ii)* com o acesso ao Judiciário franqueado aos jurisdicionados em geral e, ainda, *(iii)* em um modelo que pretende – ainda que por vias tortas – valorizar os precedentes judiciais (em especial dos Tribunais Superiores) como fonte do Direito, é natural que a existência de uma determinada lide tributária não diga mais respeito apenas àqueles que compõem o polo subjetivo da relação processual daí decorrente, mas que acabe por apresentar um interesse transubjetivo. Trata-se do que tenho chamado de uma *conectividade processual*, na medida em que uma decisão proferida em um determinado caso tributário pode vir a originar um precedente vinculante (art. 927 do CPC/2015) que, por sua vez, irá espraiar efeitos em outros inúmeros casos análogos, com eles se conectando.

Nesse sentido, a presença ativa do *amicus curiae* no âmbito do contencioso tributário é de vital importância, na medida em que a sua atuação em um caso subjetivamente formado poderá substancialmente contribuir para a formação da melhor decisão judicial possível, decisão esta que, futuramente, poderá ser convocada para realizar outros tantos direitos subjetivos análogos. É o que também observa Cássio Scarpinella Bueno:

> *Em um Código que aceita a força criativa da interpretação judicial (arts. 8º e 140) e o caráter normativo dos precedentes (...) a* ***prévia*** *oitiva do 'amicus curiae' para viabilizar um maior controle da qualidade e da valoração dos fatos e das normas jurídicas a serem aplicadas é de rigor. O 'amicus curiae' é o agente que quer viabilizar isto,* ***legitimando*** *e* ***democratizando*** *as decisões jurisdicionais.*[29]

Logo, já é possível afirmar que a atuação do *amicus curiae* tende a contribuir para a qualificação das decisões de caráter judicativo[30], de modo

[29] Bueno, Cássio Scarpinella. *Manual de direito processual civil.* 2ª ed. São Paulo, Saraiva, 2016. p. 179. (grifos constantes no original).

[30] Em especial quando se leva em conta que, em regra, aquele que atua como *amici* em um determinado processo usualmente apresenta um valioso e profundo conhecimento técnico e, sobretudo, fático a respeito da lide, o que permite, nos termos da Exposição de Motivos do CPC/2015, que *o juiz possa proferir decisão de forma mais rente à realidade* ***fática*** *subjacente à causa* (g.n.).

a se obter do processo o máximo rendimento possível[31], o que, sem dúvida, fomentará outro valor tutelado pelo CPC/2015: a primazia das decisões de mérito[32].

Como já abordado no presente trabalho, o processo é instrumento de realização de um direito material conflituoso, realização essa que só ocorre na prática com o advento de decisões que julguem o mérito de uma determinada demanda. É por isso que o CPC/2015 visa prestigiar decisões deste jaez, pois dessa forma estará contribuindo para o resgate do caráter instrumental do processo. Daí a importância do *amicus curiae* que, mediante suas manifestações em um dado processo, contribuirá no fomento de decisões meritórias e no resgate da ideia de instrumentalidade do processo.

Ainda em relação ao contributo do *amicus curiae* para o fortalecimento do princípio da primazia da decisão de mérito, o art. 138 do CPC/2015 tem um especial acerto, na medida em que permite a atuação de um *amici* desde a 1ª instância judicativa, onde, inúmeras vezes, se promovem debates que não são passíveis de serem arguidos nas instâncias especiais[33]. Se uma qualificada atuação do *amici* já tem início desde a 1ª instância judicativa, a demanda chega muito mais madura nos Tribunais e, em particular, nos Tribunais Superiores, o que tende não só a facilitar o trabalho das nossas cortes, mas também suscitar um debate em um nível de discussão ainda mais elevado.

Com o advento de uma maior quantidade de decisões de mérito nas lides tributárias e cada vez mais qualificadas pela atuação do *amicus curiae*, a tendência é que o precedente formado implique um (quase) esgotamento da discussão então travada[34], impedindo, por conseguinte, que questões já decididas no âmbito tributário sejam revisitadas em

[31] O que também está em perfeita sintonia com uma das principais intenções do CPC/2015 e assim retratada em sua Exposição de Motivos: *dar todo o rendimento possível a cada processo em si mesmo considerado.*

[32] O CPC/2015 é farto de dispositivos no sentido de se prestigiar a decisão de mérito, em detrimento de decisões sem análise de mérito em razão de questões de ordem formal. Nesse sentido destaco os seguintes prescritivos: arts. 4º, 139, inciso III, IV e IX, 282, §2º, 317, 321, 488, 932, parágrafo único, 1.007, §§2º, 4º e 7º, 1.029, §3º, e, ainda, 1.032, todos do novo *Codex*.

[33] Haja vista, *v.g.*, o teor da súmula 279 do STF e da súmula 7 do STJ.

[34] Não se busca uma resposta jurídica perfeita, já que esta sempre será fruto de uma construção promovida pelo ser-humano, ou seja, por um ser naturalmente falível e limitado. Dessa

razão, por exemplo, da simples mudança da composição dos Tribunais ou pelo surgimento de supostos "novos" fundamentos não abordados no precedente então formado. Logo, isso implicará em maior unidade e estabilização da jurisprudência[35], diminuindo, em contrapartida, a quantidade de demandas tributárias.

Assim, a partir do instante em que casos semelhantes passarem a ser substancialmente realizados (respondidos) da mesma forma, i.e., com base na mesma *ratio decidendi*, haverá uma maior confiança na atividade judicativa, que deixará ser acusada de ser fruto de arbítrios ou ativismos, o que aumentará a confiança institucional que se deve ter pelos órgãos judicantes. Em outros termos e para empregar expressão utilizada por Streck e Abboud, essa unidade judicativa faz com que o jurisdicionado tenha a sensação de estar participando de um "jogo limpo"[36].

Tal fato, por sua vez, incrementará a *legitimidade democrática*[37] das decisões judicativas, com a participação de todos os interessados – partes ou não – na discussão, como exemplarmente colocado pelo Ministro Celso de Mello, quando do julgamento do Recurso Extraordinário n. 659.424/RS:

feita, o que se busca é a resposta historicamente mais adequada (justa) para um determinado caso concreto.

[35] A estabilização da jurisprudência, inclusive a de natureza tributária, não é sinônimo da sua imutabilidade ou engessamento. O Direito não só pode como deve evoluir, desde que esta evolução seja feita com segurança e esteja em sintonia com a realidade que o circunda em uma dada comunidade histórica. Daí a existência de institutos como o da distinção (*distinguishing*) e o da superação de um precedente (overruling), devidamente contemplados nos artigos 489, § 1º, VI, 927, §§ 3º e 4º e 1.037, §§ 9º, 10 e 12, todos do CPC/2015.

[36] *Exigir coerência e integridade quer dizer que o aplicador* ***não pode dar o drible da vaca hermenêutico*** *na causa ou no recurso, do tipo "segundo minha consciência, decido de outro modo". O julgador não pode tirar da manga do colete um argumento que seja incoerente com aquilo que antes se decidiu. Também o julgador não pode quebrar a cadeia discursiva "porque quer" (ou "porque sim").* (*in O NCPC e os precedentes – afinal, do que estamos falando?. In* **Precedentes.** Salvador: Juspodivm, 2015. p. 176.).

[37] Nesse sentido é a lição de Peter Häberle:

"*Povo não é apenas um referencial quantitativo que se manifesta no dia da eleição e que, enquanto tal, confere legitimidade democrática ao processo de decisão. Povo é também um elemento pluralista para interpretação que se faz presente de forma legitimadora no processo constitucional: como partido político, como opinião científica, como grupo de interesse, como cidadão.* (Häberle, Peter. *Hermenêutica Constitucional. A Sociedade Aberta dos Interpretes da Constituição: Contribuição para a Interpretação Pluralista e Procedimental da Constituição.* Porto Alegre: Sérgio Antônio Fabris Editor, 2002. p.37.).

*Tenho enfatizado, em diversas decisões proferidas nesta Suprema Corte, que a intervenção processual do "amicus curiae"* ***tem por objetivo essencial pluralizar o debate constitucional,*** *permitindo que o Supremo Tribunal Federal venha a* ***dispor de todos os elementos informativos possíveis e necessários à resolução da controvérsia,*** *visando-se, ainda, com tal abertura procedimental,* ***superar a grave questão pertinente à legitimidade democrática das decisões*** *emanadas desta Corte (...)"* (grifos nosso).

Percebe-se, pois, que a atuação do *amicus curiae* em uma demanda tributária poderá reduzir a quantidade casos tributários julgados pelas instâncias judiciais e administrativas, redução essa que, com certeza, não se dará no atacado, mas sim de forma lenta e gradual.

### 2.3. A figura do *amicus curiae* no processo administrativo tributário

Por fim, quando se fala em contencioso tributário deve ter-se em mente que demandas deste jaez tramitam não só perante o Poder Judiciário, mas também no âmbito do administrativo fiscal. Nesse sentido, fica a dúvida: é possível haver a intervenção do *amicus curiae* neste tipo de processo administrativo?

Antes de responder esta indagação, convém lembrar que, na hipótese de inexistir previsão legal tratando da matéria no âmbito dos processos administrativos tributários, o CPC/2015 prevê a sua aplicação subsidiária e supletiva, conforme estabelece seu art. 15[38]. Em outros termos, uma vez verificada a lacuna legal acerca de determinado tema, as disposições do Estatuto Processual Civil passam a ter eficácia direta naquele microssistema procedimental[39].

Pois bem. Na mesma linha do que já se tem visto no âmbito judicial, alguns tribunais administrativos também têm criado técnicas para a uniformização de jurisprudência. No CARF, por exemplo, há previsão de julgamento de recursos paradigmáticos, cuja decisão é replicada nos

[38] *Art. 15. Na ausência de normas que regulem processos eleitorais, trabalhistas ou administrativos, as disposições deste Código lhes serão aplicadas supletiva e subsidiariamente.*

[39] A respeito da atuação subsidiária e supletiva do NCPC nos processos administrativos, sugerimos a leitura do seguinte texto: Conrado, Paulo César. Pria, Rodrigo Dalla. *Aplicação do Código de Processo Civil ao processo administrativo tributário. In:* Araújo, Juliana Costa Furtado. Conrado, Paulo César (Orgs.). **O novo CPC e seu impacto no direito tributário.** São Paulo: Fiscosoft, 2015.

casos previamente vinculados ao processo paradigma[40]. É o que prevê o art. 47, §§ 1º e 2º da Portaria MF nº 256/2009, atualizada pela Portaria MF nº 343/2015:

*Art. 47. Os processos serão sorteados eletronicamente às Turmas e destas, também eletronicamente, para os conselheiros, organizados em lotes, formados, preferencialmente, por processos conexos, decorrentes ou reflexos, de mesma matéria ou concentração temática, observando- se a competência e a tramitação prevista no art. 46.*

*§1º Quando houver* ***multiplicidade de recursos com fundamento em idêntica questão de direito****, o Presidente de Turma para o qual os processos forem sorteados* ***poderá sortear 1 (um) processo para defini-lo como paradigma, ficando os demais na carga da Turma.***

*§ 2º Quando o processo a que se refere o § 1º for sorteado e incluído em pauta, deverá haver indicação deste paradigma e, em nome do Presidente da Turma, dos demais processos aos quais será aplicado o mesmo resultado de julgamento.* (g.n.).

O art. 58, §12 da citada Portaria MF assim dispõe:

*Art. 58. (...)*

*§ 12. Na hipótese de julgamento na forma dos §§ 1º e 2º do art. 47, as partes dos demais processos, que não o sorteado como paradigma, terão direito a realizar sustentação oral complementar quando do julgamento do recurso do processo paradigma, no prazo máximo de 30 (trinta) minutos, a ser dividido entre elas, observando-se a ordem dos incisos II e III do* caput.

Percebe-se do sobredito dispositivo que as partes dos demais casos vinculados ao paradigmático, além das próprias intervenções processuais no *seu* caso em específico, terão, no dia do julgamento do processo paradigmático, a oportunidade de realizar sustentação oral, o que garante o devido processo legal e também redunda na cooperação do envolvidos com a atividade judicativa ali realizada. Todavia, ainda remanesce uma dúvida: e aquele que não é parte, mas tem interesse na lide, como ocorre no caso do *amicus curiae*, poderá também intervir em tais processos (paradigmático ou vinculados)?

Tendo em vista tudo o que fora até aqui exposto, tenho que a resposta mais adequada para o questionamento acima é: sim, é possível a intervenção do *amicus curiae* em processos tidos como paradigmáticos no

[40] No Estado de São Paulo, por exemplo, o Tribunal de Impostos e Taxas – TIT marca sessões temáticas de julgamentos, onde vários recursos acerca de uma mesma discussão tributária são julgados em uma única oportunidade.

âmbito da instância administrativa. Em trabalho escrito conjuntamente com Carlos Augusto Daniel Neto, já tive a oportunidade de assim me manifestar a respeito desta temática:

> *Não obstante, retomando o exame da* ***habilitação de interessados****, parece que o critério mais adequado é aquele bem descrito pelo Min. Teori Zavascki no RE 606.199/ /PR, referindo-se expressamente à admissão de terceiros na condição de* amicus curiae*:*
>
> "A jurisprudência do Supremo Tribunal Federal consolidou entendimento de que, a exemplo do que acontece com a intervenção de 'amicus curiae' nas ações de controle concentrado, **a admissão de terceiros nos processos submetidos à sistemática da repercussão geral há de ser aferida, pelo Ministro Relator, de maneira concreta e em consonância com os fatos e argumentos apresentados pelo órgão ou entidade, a partir de 2 (duas) pré-condições 'cumulativas', a saber: (a) a relevância da matéria e (b) a representatividade do postulante**.
>
> (...)." (g.n.).
>
> *Bem por isso é que a simples invocação de interesse no deslinde do debate constitucional travado no julgamento de casos com repercussão geral não é fundamento apto a ensejar, por si só, a habilitação automática de pessoas físicas ou jurídicas. Fosse isso possível, ficaria inviabilizado o processamento racional dos casos com repercussão geral reconhecida, ante a proliferação de pedidos de habilitação dessa natureza.*
>
> *Na linha consolidada no Supremo Tribunal Federal, a habilitação estaria condicionada à verificação, pelo Conselheiro Relator, da relevância da matéria objeto da sistemática das demandas repetitivas e da representatividade do postulante em relação aos setores ou coletividade afetados pelo julgamento.* (grifos constantes no original).

Em suma, não é qualquer interesse que habilita a atuação do *amicus curiae* no processo administrativo tributário, sob pena de haver uma indevida aproximação deste instituto ao da assistência[41].

Reconhecido, entretanto, o interesse apto a habilitar a intervenção do *amicus curiae* no processo administrativo tributário, este poderá manifestar-se nos autos no prazo de 15 (quinze) dias após a intimação do despacho que deferir sua habilitação ou da intimação para a sua mani-

[41] Fazendo uma precisa distinção entre os interesses do assistente e do *amicus curiae*, sugiro mais uma vez a leitura do já citado trabalho de Marta Valéria C. B. Patriota: *A natrureza jurídica do 'amicus curiae' no novo Código de Processo Civil. In:* Freire, Alexandre. Macêdo, Lucas Buril de. Peixoto, Ravi. (orgs.). **Coleção Novo CPC: doutrina selecionada – parte geral (vol. 1).** Salvador: JusPodivm, 2015.

festação nesta específica condição de terceiro interveniente[42]. Referido interveniente também terá direito à sustentação oral na sessão de julgamento correlata.

Como já escrevi anteriormente em parceria com Carlos Augusto Daniel Neto:

> *...tal medida não é mero preciosismo ou capricho procedimental, mas elemento essencial do devido processo legal em sua dimensão substancial, o qual é consagrado pela Constituição Federal em seu art. 5º, LIV, na medida em que a proibição da participação do interessado na condição de* amicus curiae *configuraria tolhimento no pleno contraditório consagrado no art. 5º, LV, expressamente aplicável aos processos administrativos.*
>
> *Como já destacado anteriormente, as decisões proferidas em casos paradigmáticos, tal como ocorre no caso de recursos repetitivos, tem um notório efeito transubjetivo, na medida em que não afeta apenas as partes explicitamente indicadas em uma determinada demanda. Por sua vez, também como já exposto alhures, o* amicus curiae *apresenta um interesse **jurídico** em (com)participar (materialmente) de uma lide que possa afetá-lo. Logo, impedir a sua atuação em uma dada demanda em que provado o seu interesse é, s.m.j., apequenar o consagrado princípio do* substantive due process.
>
> *A consequência jurídica do desrespeito dessa aplicação supletiva do Código de Processo Civil à luz dos dispositivos da Lei 9.784/99 que reconhecem o interesse de determinados sujeitos é, fatalmente, a **nulidade dos processos decididos sob a sistemática do art. 47 do RICARF**.* (grifos constantes no original).

Não obstante, novamente voltando-se para o objetivo da presente obra coletânea (redução do contencioso tributário), tudo aquilo que já foi dito a respeito da autuação do *amicus curiae* na seara judicial serve aqui. Logo, referida atuação contribui para a efetivação de um processo administrativo verdadeiramente democrático, além de promover uma maior qualificação dos debates e das decisões egressas das instâncias administrativas.

Este aprimoramento, por sua vez, indubitavelmente repercutirá em uma queda na quantidade de demandas administrativas que, uma vez encerrada nesta fase, ganham sobrevida na esfera judicial. Quanto melhor for a decisão administrativa, menor será o estímulo para o con-

[42] Na impede que, diante da particularidade do caso paradigmático, o Relator do processo administrativo, de ofício, reconheça a importância da participação de um determinado ente ou pessoa na qualidade de *amicus curiae*, o que resultará na sua intimação para, querendo, manifestar-se nos autos na qualidade de terceiro interveniente.

tribuinte perseguir uma nova decisão para a mesma questão no âmbito judicial.

## 3. Conclusões

Diante de tudo o que foi exposto, é possível concluir que a figura do *amicus curiae*, se devidamente utilizada em concreto, pode trazer inúmeros benefícios para a atividade judicativa.

Como visto, além de promover uma democrática construção da resposta a ser dada ao caso, aumenta a qualificação dos debates e, consequentemente, da decisão a ser proferida, a qual, posteriormente, poderá ser convocada como precedente para a resolução de casos análogos, o que contribui para a formação de uma unidade material das decisões e, consequentemente, confiança do jurisdicionado na atividade judicativa e segurança jurídica.

A existência desta unidade e confiança impede que uma mesma questão seja rediscutida com base em questões menores, como, *v.g.*, a alteração da composição dos Tribunais ou a existência de um pretenso "fundamento" não abordado no precedente então formado.

Tudo isso também vale para as discussões tributárias nas instâncias administrativas que, com a participação do *amicus curiae* e consequente qualificação das suas decisões judicativas, proporcionará uma diminuição da quantidade de lides tributárias que, depois de encerrada a fase administrativa, ganham sobrevida no âmbito judicial.

Ressalte-se, por fim, que tudo isto que foi aqui ponderado de nada servirá se, concomitantemente, não se promover uma mudança de paradigmas no universo do processo civil brasileiro e, acima de tudo, na atividade jurisdicional como um todo, o que demanda o advento de mudanças estruturais e culturais em nosso país[43], bem como um novo olhar do operador do direito para velhas questões que há anos nos atormentam.

Em suma, o CPC/2015 não tem o poder mágico de mudar realidades incômodas. Tais mudanças dependem de reformas estruturais, bem como em novas condutas e ideias dos operadores do direito, as quais deverão estar sincronizadas com os valores essenciais da novel legislação.

[43] Algumas delas referidas no início do presente trabalho.

## Referências

ABBOUD, Geoges. STRECK, Lênio *O NCPC e os precedentes – afinal, do que estamos falando?*. *In* **Precedentes.** Salvador: Juspodivm, 2015.

BARBOSA MOREIRA, José Carlos. *O futuro da justiça: alguns mitos*. **Revista de Processo**, v. 102, p. 228-237, abr.-jun. 2001.

BUENO, Cássio Scarpinella, *'Amicus curiae' no processo civil brasileiro: um terceiro enigmático*. São Paulo: Saraiva, 2012.

________. *Manual de direito processual civil*. 2ª ed. São Paulo, Saraiva, 2016.

CAETANO, Marcelo Miranda. *A sistematização do 'amicus curiae' no novo Código de Processo Civil brasileiro*. FREIRE, Alexandre. MACÊDO, Lucas Buril de. PEIXOTO, Ravi. (orgs.). **Coleção Novo CPC: doutrina selecionada – parte geral (vol. 1).** Salvador: JusPodivm, 2015.

CONRADO, Paulo César. PRIA, Rodrigo Dalla. *Aplicação do Código de Processo Civil ao processo administrativo tributário. In:* ARAÚJO, Juliana Costa Furtado. CONRADO, Paulo César (Orgs.). **O novo CPC e seu impacto no direito tributário.** São Paulo: Fiscosoft, 2015.

DANIEL NETO, Carlos Augusto. RIBEIRO, Diego Diniz. *Recursos repetitivos no âmbito do CARF e a figura do 'amicus curiae'. In:* CONRADO, Paulo César (org.). **Processo tributário analítico – vol. III.** São Paulo: Noeses, 2016.

DIDIER JÚNIOR, Fredie. *Formação do precedente e 'amicus curiae' no direito imperial brasileiro: o interessante Dec. 6.142/1876*. **Revista de Processo.** V. 220, 2013.

HÄBERLE, Peter. ***Hermenêutica Constitucional. A Sociedade Aberta dos Interpretes da Constituição: Contribuição para a Interpretação Pluralista e Procedimental da Constituição***. Porto Alegre: Sergio Antonio Fabris Editor, 2002.

HORTA, André Frederico. NUNES, Dierle. *Aplicação de precedentes e "distinguishing" no CPC/2015: uma breve introdução. In* **Precedentes Judiciais no NCPC.** Salvador: JUSPODIVM, 2015.) (grifos dos Autores).

NEVES, Antônio Castanheira. *Metodologia jurídica – problemas fundamentais*. Coimbra: Coimbra Editora, 1993.

PATRIOTA, Marta Valéria C. B. *A natrureza jurídica do 'amicus curiae' no novo Código de Processo Civil. In:* FREIRE, Alexandre. MACÊDO, Lucas Buril de. PEIXOTO, Ravi. (orgs.). **Coleção Novo CPC: doutrina selecionada – parte geral (vol. 1).** Salvador: JusPodivm, 2015.

PEREIRA, Paulo Sérgio Velten. *Por um processo civil comunicativo e dialógico. In:* FREIRE, Alexandre. MACÊDO, Lucas Buril de. PEIXOTO, Ravi. (orgs.). **Coleção Novo CPC: doutrina selecionada – parte geral (vol. 1).** Salvador: JusPodivm, 2015.

RIBEIRO, Diego Diniz. *Precedentes em matéria tributária e o novo CPC. In:* CONRADO, Paulo César (org.). **Processo tributário analítico – vol. III.** São Paulo: Noeses, 2016.

_________. *O incidente de resolução de demandas repetitivas: uma busca pela "common law" ou mais um instituto para a codificação das decisões judiciais. In:* ARAÚJO, Juliana Costa Furtado. CONRADO, Paulo César (Orgs.). **O novo CPC e seu impacto no direito tributário.** São Paulo: Fiscosoft, 2015.

_________. *Coisa julgada, direito judicial e ação rescisória em matéria tributária. In:* CONRADO, Paulo César (org.). **Processo Tributário Analítico II.** São Paulo: Noeses. 2013.

_________. *Súmula vinculante e a codificação das decisões judiciais no Brasil.* http://www.ibet.com.br/download/Diego%20Diniz%20Ribeiro.pdf. Acessado em 17/01/2016.

# Novos Instrumentos e Diretrizes Processuais Previstos no CPC/2015 e seus Impactos em Matéria Tributária

# Motivação e Fundamentação Decisões Judiciais em Matéria Tributária e o NCPC

Tathiane Piscitelli*

A publicação do novo Código de Processo Civil surge no contexto de consolidar a importância da estabilização da jurisprudência, privilegiando a celeridade processual e a cooperação entre as partes, sem olvidar da realização máxima do contraditório. Conforme se vê da exposição de motivos e das determinações normativas agora vigentes, o desiderato geral foi a modernização e simplificação do processo[1].

Nesse sentido, o artigo 489 traz uma modificação relevante: após prescrever quais seriam os elementos essenciais da sentença, estabelece, pela negativa, no parágrafo 1º, quando uma decisão se considera fundamentada: os diversos incisos impõem aos juízes o dever de enfrentamento de todos argumentos trazidos pelas partes, além do detalhamento específico das razões normativas da decisão. De outro lado, o parágrafo 2º determina que, na hipótese de colisão entre normas, o juiz tem o dever de "justificar o objeto e os critérios gerais da ponderação efetuada, enunciando as razões que autorizam a interferência na norma afastada e as premissas fáticas que fundamentam a conclusão".

* Doutora em direito pela USP. Professora da Escola de Direito de São Paulo da Fundação Getulio Vargas – FGV Direito SP.

[1] Cf. https://www.senado.gov.br/senado/novocpc/pdf/Anteprojeto.pdf, acesso em 15/02/2017.

O presente artigo irá desenvolver o argumento de que a pretensão desses parágrafos foi a de qualificar a fundamentação para elevá-la à categoria de justificação. Essa interpretação decorre do fato de que tanto os incisos do parágrafo 1º quanto a determinação do parágrafo 2º criam deveres para os juízes que são próprios da tarefa de *justificar* algo, dimensão que supera a mera fundamentação normativa.

Diante disso, há duas questões fundamentais que se colocam: (i) em que medida uma determinação como essa é salutar e mesmo necessária ao nosso contencioso e (ii) quais são as implicações diretas do tema no processo tributário, especialmente em vista dos problemas centrais que hoje permeiam as discussões tributárias relevantes.

Não raro, em ações judiciais tributárias, contribuintes e Fazenda apresentam argumentos relacionados às consequências econômicas da decisão judicial: de um lado, contribuintes ressaltam a inviabilidade de eventual garantia integral do crédito, pois tal providência resultaria no colapso financeiro da empresa; de outro, a Fazenda pondera sobre os impactos negativos que uma decisão pelo não pagamento de tributos pode gerar nos cofres públicos. Tais argumentos podem ser classificados como consequencialistas e o ponto é saber em que medida os deveres impostos pelo artigo 489, parágrafos 1º e 2º do CPC/2015 contribuem para esse debate.

As perguntas acima apresentadas serão respondidas pela adoção do seguinte percurso: em primeiro lugar, faz-se necessário uma breve incursão teórica para estabelecer a diferença fundamental que existe entre fundamentação e justificação de uma decisão. Conforme será tratado nas linhas a seguir, a justificação supera a dimensão da validade da norma e tem o papel de apresentar as razões pelas quais a decisão tomada está correta. Enquanto a mera fundamentação, como simples indicação de dispositivos normativos que amparam a decisão tomada, diz respeito à condição de validade da decisão, a justificação a qualifica: seu papel é mostrar, entre todas as possíveis decisões que seriam de alguma forma fundamentáveis por referência a uma norma jurídica válida, por qual razão aquela ao final escolhida pelo juízo é a melhor e a mais correta, em detrimento de todas as outras. Justificação é, portanto, uma espécie de fundamentação de segunda ordem, que necessariamente extrapola as considerações da mera validade formal do ato decisório.

Superado esse passo, devemos identificar tanto o lugar da fundamentação e da justificação no próprio artigo 489 como forma de testar a afirmação feita acima, quanto ao fato de que esse dispositivo teria qualificado a fundamentação para elevá-la à categoria de justificação.

O objetivo dos dois itens iniciais será, então, o de delimitar de modo preciso o alcance e significado dos parágrafos 1º e 2º do artigo 489 do CPC/2015. Feito isso, passaremos a enfrentar a forma como os argumentos consequencialistas têm sido tratados nas decisões e ações judiciais e o papel que os deveres impostos pelo artigo 489 pode exercer na solução de demandas que suscitem tais argumentos. Por meio da distinção entre fundamentação e justificação, este artigo pretende qualificar o debate suscitado pelo artigo 489 do CPC/2015 para responder, com melhores subsídios analíticos, às dúvidas quanto à efetividade de referido dispositivo para cumprir as tarefas a que se propõe.

## 1. Fundamentação *versus* Justificação: validade material e razões do ato de decidir

O contexto geral no qual surge o contencioso judicial pode ser descrito de maneira bastante simples: uma parte entende ter um dado direito ou dever perante outrem e apresenta tal pretensão ao Poder Judiciário. A outra parte, por sua vez, se opõe à referida demanda, apresentando as razões jurídicas para tanto. Essa oposição é representativa do conflito judicial, cuja solução será dada pelo juiz da causa.

Entre a decisão final e ajuizamento da ação, etapas diversas podem ocorrer. A depender das particularidades da demanda ajuizada, haverá a apresentação de provas técnicas, testemunhais, tentativa de conciliação, execução provisória de decisão, suspensão de ato administrativo, etc. As possibilidades são muitas e dependem do tema e objeto sob discussão.

Independentemente, porém, do tipo de ação e da matéria *sub judice*, algo é certo: o processo de construção de uma decisão judicial pressupõe que o juiz interprete as provas e fatos trazidos ao seu conhecimento, em cotejo com a legislação aplicável e em atenção aos precedentes pertinentes. Diante disso, o juiz deve produzir uma norma individual e concreta que apresente uma solução para o problema jurídico que lhe foi apresentado.

Fala-se em "processo de construção" exatamente para se afastar da posição de que a interpretação seria atividade lógica e mecânica, limitada à subsunção do fato à norma. A adoção dessa premissa pressuporia considerar que os juízes apenas aplicam o direito existente, cujo sentido já está dado e independe de construções que eventualmente considerem elementos externos à norma. Um exemplar dessa linha de pensamento na doutrina tributária nacional foi Alfredo Augusto Becker, para quem os juízes nada criam ou aplicam; realizam atividade puramente mecânica de constatação da incidência tributária[2]:

> A interpretação jurídica é ciência porque o órgão de função judiciária nada cria nem "aplica" a lei. O órgão judiciário, apenas:
> a) analisa a estrutura lógica (regra e hipótese de incidência) da regra jurídica;
> b) investiga os fatos acontecidos a fim de saber se houve (ou não) a realização da hipótese de incidência;
> c) constata a incidência infalível (automática) da regra jurídica sobre sua hipótese de incidência realizada;
> d) constata e analisa as consequências (efeitos jurídicos) daquela incidência;
> e) constata se houve (ou não) respeitabilidade àqueles efeitos jurídicos.

A escolha dos verbos "analisar, investigar e constatar" pelo autor não é aleatória; trata-se de ressaltar a ausência de qualquer atividade de construção no ato de interpretar: o sentido da norma é dado pelo ordenamento jurídico e compete aos juízes apenas reconhecer esse sentido e solucionar o caso concreto. Apenas na hipótese de indeterminação normativa, é que caberá ao intérprete, dentro de uma moldura um tanto flexível, dizer o direito aplicável à situação objeto de contenda judicial. É nessa linha o pensamento de uma parte importante do positivismo jurídico do século XX. Mais explicitamente, Hans Kelsen, com sua proposta de livre atuação do juiz dentro dos quadros da moldura de validade da decisão judicial[3]. E também H. L. A. Hart, que, embora tenha reconhecido o valor da argumentação jurídica como prática normativa regida por padrões intersubjetivamente compartilhados, ainda é enfático ao salientar os poderes criativos do Judiciário na interpretação legal[4].

A premissa aqui adotada é um pouco diversa. Não se nega que a atividade de subsunção seja absolutamente relevante no contexto de uma decisão judicial. Contudo, ela é resultado de um processo muito mais

[2] Becker, Alfredo Augusto. *Teoria Geral do Direito Tributário*. São Paulo: Lejus, 2002. P. 67.
[3] Kelsen, Hans. *Teoria Pura do Direito*. São Paulo: Martins Fontes, 2009. Cap. 07.
[4] Hart, H. L. A. *The Concept of Law*. Oxford: OUP, 2nd edition, 1997.

amplo, que pressupõe não apenas a interpretação da norma de uma outra perspectiva teórica mas, também, a consideração do papel da teoria da argumentação nesse processo. Com isso se pretende afirmar que a subsunção do fato à norma é o ato final do processo de tomada de decisão e, assim, o produto de um percurso substancialmente mais complexo do que a mera "constatação" da norma aplicável ao caso concreto.

O argumento lógico-dedutivo que se mostra como sendo o dispositivo final da decisão ("Se A, logo B") é relevante para externalizar o fundamento de validade da norma individual e concreta ora produzida e, portanto, para atestar a validade material da sentença ou decisão judicial em análise. Ainda que relevante e absolutamente fundamental, a subsunção por si só não é capaz de indicar as razões do ato de decidir. Tal se mostra apenas possível pela análise do processo como um todo, o que envolve a avaliação das escolhas interpretativas realizadas pelo juiz, à luz de critérios normativos capazes de externalizar o ato de justificar a decisão judicial. Trata-se, portanto, de analisar a decisão à luz da teoria da argumentação. Para isso, o referencial teórico adotado será o de Neil MacCormick, cuja passagem transcrita abaixo ilustra bem o raciocínio aqui desenvolvido:

> "as regras podem ser ambíguas em determinados contextos, e podem ser aplicadas de uma forma ou de outra apenas depois que a ambigüidade foi resolvida. Mas resolver a ambigüidade de fato envolve a escolha entre versões rivais da regra (se p' então q, ou se p" então q); uma vez que a escolha é feita, uma simples justificação dedutiva de uma decisão particular se segue. Mas a justificação completa da decisão deve depender, então, de como a escolha entre as versões rivais da regra está justificada [...]"[5].

[5] MacCormick, Neil. *Legal Reasoning and Legal Theory*. Oxford: Clarendon Press, 1978, Pp. 67-8. No original: "[...] rules can be ambiguous in given contexts, and can be applied one way or the other only after the ambiguity is resolved. But resolving the ambiguity in effect involves choosing between rival versions of the rule (*if p' then q*, or *if p" then q*); once that choice is made, a simple deductive justification of a particular decision follows. But a complet justification of that decision must hinge then on how the choice between the competing versions of the rule is justified". Há outros problemas levantados pelo autor, além da ambiguidade, que que geram a necessidade de escolha entre razões rivais: problemas de classificação, relevância e prova. Contudo, dadas as limitações de escopo deste artigo, esses pontos não serão tratados aqui. Para maior aprofundamento, confira: MacCormick, Neil. *Rhetoric and the Rule of Law: a theory of legal reasoning*. New York: OUP, 2005. Pp. 43 e ss.

Segundo MacCormick, o processo de justificação é interno ao sistema jurídico e intrínseco ao processo de tomada de decisão[6]. A escolha entre as interpretações rivais acerca da regra em disputa pressupõe a externalização das razões segundo as quais aquela é a solução mais adequada e correta para o caso concreto e nenhuma outra. Tais razões, porém, não são resultado de escolhas individuais e intrasubjetivas por parte do julgador; se a interpretação pressupõe a consideração do contexto histórico no qual a norma está inserida e dos sentidos intersubjetivamente compartilhados, o processo de justificação deve ser, igualmente, regrado. O objeto da teoria da argumentação atual tem sido o de estabelecer critérios definir o que são "boas razões" aptas a justificar uma decisão[7]. Para esse autor, esses critérios estão nos testes da coesão, coerência e aceitabilidade das consequências normativas logicamente impostas pela decisão.

A coesão é corolário do dever judicial implícito de respeitar as normas vigentes no ordenamento, e do mandamento de eficiência de não prolação de decisões contraditórias. A razão de uma decisão não pode violar um preceito jurídico válido e nem deve ignorar o que já foi de-

[6] Nesse sentido, MacCormick, Neil. *Legal Reasoning...*, cit., pp. 63.

[7] Sobre o mesmo tema, Chaim Perelman já afirmava: "O raciocínio prático que justifica uma decisão é raramente uma conclusão simples de um silogismo. Se os homens se opõem mutuamente em função de uma decisão a ser tomada, isto não ocorre porque algum deles cometeu um erro de lógica ou cálculo. Eles discutem sobre a regra aplicável, sobre os fins a serem considerados, sobre o sentido a ser dado a valores, sobre a interpretação e caracterização dos fatos. Quando envolvidos em uma controvérsia sobre um desses pontos, eles raciocinam e seu raciocínio merece tanto análise quanto o raciocínio do matemático. [...] A coisa importante não é a passagem das premissas à conclusão, mas a forma pela qual o juiz justifica suas premissas, tanto nos fatos quanto no direito. Essa justificação não consiste em uma demonstração formalmente correta, mas em um argumento guiado pelas regras de aplicação jurídica". Perelman, Chaïm. *Justice, Law and Argument: Essays on Moral and Legal Reasoning*. Trad. vários. Netherlands: D. Reidel Publishing Company, 1980. P. 150. No original: "Practical reasoning that j ustifies a decision is rarely the simple conclusion of a syllogism. If men oppose each other concerning a decision to be taken, it is not because some commit an error of logic or calculation. They discuss apropos the applicable rule, the ends to be considered, the meaning to be given to values, the interpretation and the characterization of facts. When engaged in a controversy on each of these points they reason, and their reasoning deserves as much analysis as the reasoning of the mathematician. [...] The important thing is not the passage from premises to conclusion, but the way the judge justifies his premises both in fact and in law. This justification does not consist in a formally correct demonstration, but in an argument guided by rules of legal application".

cidido sobre a matéria, ainda que não haja vinculação sumular em sentido estrito. Advogados bem conhecem esse limite, e não por acaso uma das tarefas importantes na defesa de uma causa patrocinada é fugir da incidência de normas que, à primeira vista, desautorizam o provimento requerido, criando uma distinção que mostre que o seu caso difere, num ponto legalmente relevante, daqueles outros para os quais as normas abstratas, ou os precedentes concretos, são desfavoráveis.

De outro lado, o teste da coerência se relaciona com o fato de a decisão "fazer sentido", seja do ponto de vista do ordenamento como um todo, seja a partir da consideração das provas trazidas aos autos. Sob essa perspectiva comum, MacCormick destaca o dever de a decisão apresentar coerência normativa e coerência narrativa[8].

A primeira se relaciona com um dever interpretativo *a priori* pelo qual se supõe que o ordenamento jurídico é isto mesmo – um ordenamento, com ordem, e não um conjunto desconexo e normas contraditórias e sem sentidos inter-relacionais. Tal tarefa envolve compatibilizações lógicas e conceituais entre normas distintas, às vezes de distintos ramos do direito: o conceito de "doação", por exemplo, transborda do Direito Civil para o Direito Tributário e para o Direito Administrativo. Seu significado deve idealmente ser homogêneo nas três áreas. Se não o for, é necessário que haja uma boa razão para distinção entre umas e outras, o que usualmente se fará pela referência a um princípio que uma área do Direito tenha dever qualificado de promover[9]. Já a coerência narrativa está relacionada com o dever de o juiz justificar uma decisão sobre matéria de fato nas provas apresentadas nos autos e produzir uma decisão que reflita a consideração dessas provas – ou, então, justifique as razões da sua não aceitação/consideração.

Por fim, a avaliação consequencialista não é exercício de adivinhação futura por parte do Judiciário[10], nem uma licença para que ele faça juízos

[8] MACORMICK, Neil. *Rhetoric...*, cit., Caps. 10 e 11.

[9] O artigo 110 do Código Tributário Nacional corrobora essas afirmações ao limitar a liberdade do legislador tributário em alargar o sentido de conceitos de direito privado utilizados pela Constituição para definir a competência tributária dos entes da Federação. E o mesmo se diga do artigo 109, que permite o uso de princípios gerais de direito privado para a pesquisa da definição, conteúdo e alcance de seus institutos, conceitos e formas, mas não para a definição dos efeitos tributários respectivos.

[10] MACORMICK, Neil. "On legal decisions and their consequences: from Dewey to Dworkin". *New York University Law Review*, v. 58, n. 2, p. 239-258, 1983.

de oportunidade que cabem aos órgãos técnicos do Poder Executivo. É, isto sim, uma ordem prudencial para que o magistrado, ao decidir, não seja, em um sentido bem estrito, um inconsequente. O julgador deve ter clareza de todas as possíveis decisões ao caso que se lhe apresenta e considerar as consequências lógicas e normativas de cada uma delas. Dado que existe um constrangimento de justiça formal para que casos semelhantes sejam julgados da mesma maneira, o juiz há que considerar que a decisão que tomar naquela situação não será *ad hoc*, mas deverá ser aplicada, por coerência, a todos os casos semelhantes[11]. Por essa razão, a universalização do julgado deve ser capaz de realizar os valores inerentes à área do direito em questão ou, ao menos, de não subverter tais valores.

Uma decisão judicial cujas razões enfrentem esses três testes é uma decisão que pode ser considerada justificada. O resultado do processo será a construção de uma norma individual e concreta que impõe uma dada solução ao problema jurídico objeto de demanda judicial e, assim, um raciocínio lógico-dedutivo. Mas, reitere-se, isso não implica que a decisão judicial se resuma a esse raciocínio: o percurso para se chegar até ele é muito mais complexo e passa, necessariamente, pela escolha da melhor interpretação da norma; escolha essa que deve ser justificada nos exatos limites do direito.

Portanto, diante dessa breve incursão teórica, fica claro que, do ponto de vista teórico, fundamentação e justificação não se confundem. Resta saber se o regime do CPC/2015 aproximou essas figuras, a ponto de exigir dos juízes que, para além da fundamentação, tenham o dever de apresentar as razões que justificam a interpretação dada a norma e, assim, enfrentar os testes acima detalhados. Essa análise depende de uma leitura atenta do artigo 489 do CPC, em comparação com o Código anterior – isso será feito no próximo item.

## 2. A fundamentação no CPC/2015 e o dever de enfrentamento dos argumentos

O artigo 458 do CPC/1973 estabelecia os requisitos essenciais da sentença: relatório, fundamentos e dispositivo. Especificamente quanto à fundamentação, não havia qualquer delimitação material detalhada

[11] MACORMICK, Neil. *Rhetoric...*, cit., Cap. 06.

quanto ao conteúdo desse tópico. Nos termos do inciso II, seria na fundamentação que o juiz analisaria as questões de fato e de direito. O dispositivo representaria a solução da contenda e, assim, o próprio ato de subsunção[12].

O novo Código, no artigo 489, mantém as partes básicas da sentença; permanecem necessários relatório, fundamentos e dispositivo. As alterações relevantes para o presente tema situam-se nos parágrafos 1º e 2º, que estabelecem:

> Art. 489. [...]
>
> § 1º Não se considera fundamentada qualquer decisão judicial, seja ela interlocutória, sentença ou acórdão, que:
>
> I – se limitar à indicação, à reprodução ou à paráfrase de ato normativo, sem explicar sua relação com a causa ou a questão decidida;
>
> II – empregar conceitos jurídicos indeterminados, sem explicar o motivo concreto de sua incidência no caso;
>
> III – invocar motivos que se prestariam a justificar qualquer outra decisão;
>
> IV – não enfrentar todos os argumentos deduzidos no processo capazes de, em tese, infirmar a conclusão adotada pelo julgador;
>
> V – se limitar a invocar precedente ou enunciado de súmula, sem identificar seus fundamentos determinantes nem demonstrar que o caso sob julgamento se ajusta àqueles fundamentos;
>
> VI – deixar de seguir enunciado de súmula, jurisprudência ou precedente invocado pela parte, sem demonstrar a existência de distinção no caso em julgamento ou a superação do entendimento.
>
> § 2º No caso de colisão entre normas, o juiz deve justificar o objeto e os critérios gerais da ponderação efetuada, enunciando as razões que autorizam a interferência na norma afastada e as premissas fáticas que fundamentam a conclusão.

Deve-se notar, em primeiro lugar, que parágrafo 1º se aplica a toda e qualquer decisão judicial, "interlocutória, sentença ou acórdão", o que, de plano, já é capaz de provocar reflexões sobre a intenção do legislador de alterar os paradigmas relativos ao ato de decidir: independentemente

[12] Art. 458. São requisitos essenciais da sentença:
I – o relatório, que conterá os nomes das partes, a suma do pedido e da resposta do réu, bem como o registro das principais ocorrências havidas no andamento do processo;
II – os fundamentos, em que o juiz analisará as questões de fato e de direito;
III – o dispositivo, em que o juiz resolverá as questões, que as partes lhe submeterem.

do nível da decisão proferida, possui o juiz o dever de explicitar o porquê do comando normativo exarado.

Os incisos I, II e III reforçam essa conclusão ao combaterem, respectivamente, a invocação preguiçosa de princípios e a fundamentação genérica: o ato normativo indicado, reproduzido ou parafraseado deve estar claramente relacionado à causa ou à questão decidida; os motivos do ato decisório devem ser específicos para a solução daquela causa, não sendo admitidos princípios genéricos e fluídos; e o uso de conceitos jurídicos indeterminados somente se faz possível mediante o esclarecimento do motivo concreto de sua incidência no caso.

De outro lado, os incisos V e VI visivelmente se relacionam com o espírito geral do Código de estabilização de precedentes, mas sem deixar de impor limites bastante claros para tanto, e que possuem evidente relação com a externalização das razões do julgado: nos termos do inciso V, não basta a simples invocação do precedente. O juiz tem o dever de demonstrar a perfeita consonância da decisão anterior com o caso concreto, no que se refere aos fundamentos jurídicos da decisão. Em complemento, ao afastar ou não aplicar precedente invocado pela parte, deve expor as razões pelas quais a regra anterior não se aplica ao caso presente.

Por fim, o inciso IV considera não fundamentada a decisão que não enfrente todos os argumentos deduzidos no processo, desde que sejam capazes de, em tese, "infirmar a conclusão adotada pelo julgador". Pretende-se, com isso, que o juiz refute os argumentos trazidos pelas partes e explicite as razões pelas quais não adere a uma ou outra interpretação.

Tendo-se em conta as premissas estabelecidas linhas acima acerca do processo de construção de uma decisão judicial, parece claro que o artigo 489, parágrafo 1º estabelece deveres ao magistrado que superam a fundamentação da decisão como mera indicação do fundamento material de validade da norma individual e concreta produzida. O que o dispositivo exige é que o juiz apresente as razões pelas quais considera aquela decisão a mais acertada possível, em observância à consistência e coerência necessária que o julgado deve guardar com o ordenamento jurídico. É evidente, contudo, que esse dever já existia, na medida em que a justificação é um processo intrínseco à tomada de decisão. Isso, porém, não afastava a possibilidade da produção de decisões ruins, mal justificadas e fracas do ponto de vista do enfrentamento dos argumentos.

Com a redação do CPC/2015, a consequência de uma decisão não justificada passa a ser mais grave: será ela considerada não fundamentada, com a perda de sua autoridade. Não há dúvidas, portanto, que o CPC/2015 qualificou a fundamentação das decisões judiciais, como forma de tornar melhores as decisões proferidas pelo Poder Judiciário.

Quanto ao teor do parágrafo 2º, é evidente a correlação de seu conteúdo com as considerações feitas acima, acerca do dever de a decisão judicial mostrar-se, normativa e faticamente, tanto consistente quanto coerente. Na hipótese de o juiz se deparar com a possibilidade de resolver a demanda com fundamento em mais de uma norma jurídica, a escolha deve estar justificada em critérios gerais de consistência e coerência, inclusive do ponto de vista narrativo. O dever de enunciar as razões conecta esse mandamento com a teoria da argumentação e com o dever explícito de produção de decisões que sejam além de válidas, qualitativamente melhores.

A despeito disso tudo e da evidente incorporação dos critérios de coerência e consistência na tarefa de fundamentar as decisões judiciais, essa mesma correlação imediata não pode ser feita com o teste das consequências. Nos termos em que destacado acima, essa é uma dimensão importante do processo de justificação e não pode ser descartada. As consequências relevantes a serem consideradas são aquelas que se relacionam com as implicações lógicas da decisão, e, portanto, com sua universalidade. Reitere-se: serão aceitáveis as consequências que realizarem ou não subverterem os valores da área do direito em questão. O ponto é saber em que medida as alterações trazidas pelo CPC/2015 contribuem para o enfrentamento normativo dessa questão. A resposta a essa questão parece estar no inciso III do parágrafo 1º do artigo 489.

## 3. Os argumentos pelas consequências e o dever de enfrentamento pelo juiz

Nas causas tributárias mais recentemente ajuizadas perante o Poder Judiciário, há clara tendência de as partes (contribuintes e Fazenda) se apropriarem de argumentos que dão relevo às consequências econômicas advindas da decisão judicial. Esse movimento parece ter explicação em dois pontos distintos: no instituto da modulação de efeitos, que é largamente utilizado em matéria tributária, e na crise econômica que o país vem enfrentando desde o segundo trimestre de 2014, que colocou as empresas em situação financeira dificultosa.

A modulação de efeitos de decisões judiciais está prevista no artigo 27 da Lei nº 9.868/1999 e, originalmente, cuidava-se de conferir ao Supremo Tribunal Federal competência de definir a eficácia temporal da decisão que declarasse, em controle concentrado, a inconstitucionalidade de ato normativo, "em vista de razões de segurança jurídica ou de excepcional interesse social". Em matéria tributária, é atualmente pacífica a possibilidade de modulação de efeitos, inclusive em controle difuso de constitucionalidade. Essa orientação foi firmada em 2008, no contexto do julgamento que reconheceu, em controle difuso, a inconstitucionalidade dos prazos de decadência e prescrição estabelecidos nos artigos 41 e 42 da Lei nº 8.212/1991[13].

[13] PRESCRIÇÃO E DECADÊNCIA TRIBUTÁRIAS. MATÉRIAS RESERVADAS A LEI COMPLEMENTAR. DISCIPLINA NO CÓDIGO TRIBUTÁRIO NACIONAL. NATUREZA TRIBUTÁRIA DAS CONTRIBUIÇÕES PARA A SEGURIDADE SOCIAL. INCONSTITUCIONALIDADE DOS ARTS. 45 E 46 DA LEI 8.212/91 E DO PARÁGRAFO ÚNICO DO ART. 5º DO DECRETO-LEI 1.569/77. RECURSO EXTRAORDINÁRIO NÃO PROVIDO. MODULAÇÃO DOS EFEITOS DA DECLARAÇÃO DE INCONSTITUCIONALIDADE. I. PRESCRIÇÃO E DECADÊNCIA TRIBUTÁRIAS. RESERVA DE LEI COMPLEMENTAR. As normas relativas à prescrição e à decadência tributárias têm natureza de normas gerais de direito tributário, cuja disciplina é reservada a lei complementar, tanto sob a Constituição pretérita (art. 18, § 1º, da CF de 1967/69) quanto sob a Constituição atual (art. 146, III, b, da CF de 1988). Interpretação que preserva a força normativa da Constituição, que prevê disciplina homogênea, em âmbito nacional, da prescrição, decadência, obrigação e crédito tributários. Permitir regulação distinta sobre esses temas, pelos diversos entes da federação, implicaria prejuízo à vedação de tratamento desigual entre contribuintes em situação equivalente e à segurança jurídica. II. DISCIPLINA PREVISTA NO CÓDIGO TRIBUTÁRIO NACIONAL. O Código Tributário Nacional (Lei 5.172/1966), promulgado como lei ordinária e recebido como lei complementar pelas Constituições de 1967/69 e 1988, disciplina a prescrição e a decadência tributárias. III. NATUREZA TRIBUTÁRIA DAS CONTRIBUIÇÕES. As contribuições, inclusive as previdenciárias, têm natureza tributária e se submetem ao regime jurídico-tributário previsto na Constituição. Interpretação do art. 149 da CF de 1988. Precedentes. IV. RECURSO EXTRAORDINÁRIO NÃO PROVIDO. Inconstitucionalidade dos arts. 45 e 46 da Lei 8.212/91, por violação do art. 146, III, b, da Constituição de 1988, e do parágrafo único do art. 5º do Decreto-lei 1.569/77, em face do § 1º do art. 18 da Constituição de 1967/69. V. MODULAÇÃO DOS EFEITOS DA DECISÃO. SEGURANÇA JURÍDICA. São legítimos os recolhimentos efetuados nos prazos previstos nos arts. 45 e 46 da Lei 8.212/91 e não impugnados antes da data de conclusão deste julgamento. (RE 560626, Relator(a): Min. GILMAR MENDES, Tribunal Pleno, julgado em 12/06/2008, REPERCUSSÃO GERAL – MÉRITO DJe-232 DIVULG 04-12-2008 PUBLIC 05-12-2008 EMENT VOL-02344-05 PP-00868 RSJADV jan., 2009, p. 35-47).

Naquela ocasião, a questão de ordem relativa à modulação de efeitos foi levantada pelo então Presidente do Tribunal, Ministro Gilmar Mendes, em face da possibilidade de ofensa ao princípio da segurança jurídica. Ocorre que o tema em debate (possibilidade de previsão de prazos de decadência e prescrição em lei ordinária) já era há muito conhecido do Supremo Tribunal Federal e a orientação uníssona e consolidada era no sentido de reconhecer que a matéria era limitada à disciplina de lei complementar[14].

Não obstante, "razões de segurança jurídica" motivaram a modulação da eficácia temporal do julgado, para reconhecer o direito de repetição de indébito de valores eventualmente pagos sob o prazo declarado inconstitucional apenas para os contribuintes que, na data da declaração de inconstitucionalidade, já tivessem impugnado o pagamento anteriormente realizado. Essa limitação em si não seria um problema se a decisão sobre a modulação de efeitos não tivesse sido dada no dia seguinte àquele em que se reconheceu a inconstitucionalidade dos dispositivos. Como resultado, muitos ficaram sem o direito à restituição.

Esse caso é exemplar da consideração das consequências negativas que a decisão pode gerar nos cofres públicos, sem que haja a explicitação clara da razão de decidir. Em nenhum momento, cogitou-se da possibilidade de a restituição ampla e geral resultar em severo impacto negativo nas contas da Previdência Pública ou mesmo sequer se ponderou se tal impacto seria concreto e de fato grave. A razão central do julgado é a "segurança jurídica" – típico caso de invocação genérica de princípio, sem a devida justificação. No contexto do CPC/2015, uma decisão como essa não poderia ser considerada válida, dada a ausência de fundamentação. Para ilustrar este ponto, vale transcrever trecho do voto do Ministro Gilmar Mendes:

> Estou acolhendo parcialmente o pedido de modulação de efeitos, tendo em vista a repercussão e a insegurança jurídica que se pode ter na hipótese; mas estou tentando delimitar esse quadro de modo a afastar a possibilidade de repetição de indébito de valores recolhidos nestas condições, com exceção das ações propostas antes da conclusão do julgamento[15].

[14] Nesse sentido, confira-se o voto do Ministro Marco Aurélio no julgamento desse mesmo recurso extraordinário.

[15] Em resposta, o Ministro Marco Aurélio, em voto dissidente, destaca: "Ora, Presidente, neste caso concreto, em que a jurisprudência do Supremo, desde 1969, sempre foi no sen-

Após a decisão relativa à Lei nº 8.212/1991, diversas outras se seguiram[16]. Em todos os casos em que houve modulação de efeitos em favor da Fazenda, o argumento relativo ao impacto da decisão nos cofres públicos não foi claramente enfrentado. Optou o Tribunal por ancorar-se em suposta segurança jurídica sem indagar sobre os riscos reais às contas públicas. Importante dizer que essa avaliação mais concreta seria facilmente realizada pela análise da lei de diretrizes orçamentárias e respectivos anexos, que têm por dever estabelecer não apenas as metas de arrecadação, mas, também, os riscos fiscais contingentes[17]. Dessa forma, não se trata de juízo que envolve a dimensão política quanto à realização do gasto público. A avaliação do impacto real de uma decisão judicial sobre as contas públicas situa-se no nível normativo e pode ser realizada por qualquer juiz que se permita enfrentar a questão.

Mais recentemente, o caso mais emblemático em que as repercussões financeiras de eventual decisão pela inconstitucionalidade têm sido suscitadas situa-se no debate relativo à inclusão do ICMS na base de cálculo do PIS e da COFINS. O julgamento do tema pelo Plenário do Supremo foi iniciado há mais de dezesseis anos, no Recurso Extraordinário nº 240.768, sem que haja, até o presente momento, solução definitiva acerca da tese[18].

tido de se ter como indispensável o trato da matéria mediante lei complementar – e a Lei nº 8.212, repito, é de 1991 –, não há premissa que leve o Tribunal a quase sinalizar no sentido de que vale a pena editar normas inconstitucionais porque, posteriormente, ante a morosidade da Justiça, se acaba chegando a um meio termo que, em última análise – em vez de homenagear a Constituição, de torná-la realmente observada por todos, amada por todos –, passa a mitigá-la, solapá-la, feri-la praticamente de morte".

[16] ADI 4628, Relator Min. Luiz Fux, Tribunal Pleno, julgado em 17/09/2014, PROCESSO ELETRÔNICO DJe-230 DIVULG 21-11-2014 PUBLIC 24-11-2014, ADI 4481, Relator Min. Roberto Barroso, Tribunal Pleno, julgado em 11/03/2015, PROCESSO ELETRÔNICO DJe-092 DIVULG 18-05-2015 PUBLIC 19-05-2015, ADI 4171, Relatora Min. Ellen Gracie, Relator p/ Acórdão: Min. RICARDO LEWANDOWSKI, Tribunal Pleno, julgado em 20/05/2015, ACÓRDÃO ELETRÔNICO DJe-164 DIVULG 20-08-2015 PUBLIC 21-08-2015, RE 593849 RG, Relator Min. Ricardo Lewandowski, julgado em 17/09/2009, DJe-191 DIVULG 08-10-2009 PUBLIC 09-10-2009 EMENT VOL-02377-07 PP-01413 LEXSTF v. 31, n. 370, 2009, p. 284-288 LEXSTF v. 31, n. 371, 2009, p. 288-292.

[17] Nesse sentido, são as determinações do artigo 165, parágrafo 2º da Constituição e do artigo 4º da LC 101/2000.

[18] Em que pese ter havido, em outubro de 2014, o julgamento do RE 240.768 pelo Plenário do Supremo, no sentido da inconstitucionalidade da inclusão do ICMS na base de cálculo do PIS e da COFINS, tal decisão não foi capaz de colocar fim na discussão jurídica, em face

No final de 2014, a Fazenda, que inicialmente estimava o impacto negativo de eventual decisão pela inconstitucionalidade em R$ 60 bilhões, substituiu tal estimativa por quantia superior a R$ 254 bilhões[19]. Evidente que valores dessa monta não devem ser ignorados no ato de julgar mas, igualmente, não devem ser assumidos como verdades absolutas. A consideração de argumentos como esses como verdadeiramente jurídicos possibilitaria a incorporação de razões concretas para sua aceitação ou rejeição no bojo da decisão judicial, afastando-se a invocação genérica à "segurança jurídica".

Some-se a esse cenário a crise econômica instaurada no país desde o segundo trimestre de 2014. Em situações de contenção fiscal, aumenta-se a pressão sobre o Judiciário por decisões que não prejudiquem ainda mais os caixas públicos. Ao lado disso, a deflagração da operação Zelotes em 2014 e a consequente fragilização institucional do CARF, o Conselho Administrativo de Recursos Fiscais, resultaram no aumento de decisões administrativas desfavoráveis aos contribuintes. A discussão judicial de tais processos, contudo, muitas vezes depende da apresentação de garantias ao juízo, seja por meio de depósito integral, seja por carta de fiança bancária. Não raro, os contribuintes não possuem meios de garantir os créditos – muitas vezes milionários – e se veem tolhidos de seu direito constitucional de acesso ao Judiciário. Nesse contexto, outros argumentos econômicos surgem: faz sentido a garantia integral se essa providência resultar na inviabilidade financeira da empresa?

Diante disso tudo, a pergunta que se coloca é: argumentos desse tipo são válidos? Pois, nos termos do inciso IV do parágrafo 1º do artigo 489 do CPC/2015, apenas na hipótese de serem capazes de infirmar a conclusão adotada pelo julgador é que devem ser enfrentados.

A resposta à questão é positiva. Em outra ocasião[20], já defendi a possibilidade de os argumentos quanto aos impactos orçamentários de uma

da pendência de análise de dois casos cujos efeitos são *erga omnes*: a ADC 18 e o RE 574.706. Daí a relevância de a Fazenda insistir no impacto financeiro negativo de decisão contrária a seus interesses.

[19] Nota PGFN/CASTF nº 637/2014, disponível em: https://idg.receita.fazenda.gov.br/acesso-rapido/legislacao/decisoes-vinculantes-do-stf-e-do-stj-repercussao-geral-e-recursos-repetitivos/arquivos-e-imagens/nota_pgfn_castf_n_637_2014.pdf, acesso em 15/02/2017.

[20] Piscitelli, Tathiane dos Santos. *Argumentando pelas Consequências no Direito Tributário*. São Paulo: Noeses, 2011.

decisão judicial serem considerados jurídicos e, assim, passíveis de serem tomados como razões para a decisão. Isso decorre da teoria da argumentação brevemente exposta nas linhas acima. No processo de justificação, o teste da aceitabilidade das consequências deve levar em consideração os efeitos da universalização do julgado e, portanto, deve ser capaz de responder se aquela dada decisão, aplicável a todos os outros casos semelhantes, realiza ou desvirtua valores relevantes para a área do direito na qual o debate se estabelece.

A avaliação quanto à realização ou desvirtuamento dos valores relevantes depende da construção de uma concepção de direito tributário que revele os valores que estão na base dessa prática. Considerando que o exercício da tributação nasce da necessidade de financiamento estatal e que o próprio Direito Tributário, como disciplina autônoma, emerge do direito financeiro e do detalhamento da discriminação constitucional de rendas, não seria possível negar que a manutenção material do Estado pelas mãos das receitas provenientes dos tributos é um valor fundamental a essa área. Isso não implica, porém, que o exercício da tributação pode ser realizado sem constrangimentos. A pretensão arrecadatória encontra limites formais e materiais no detalhamento da competência tributária, seja pelas bases impositivas constantes da Constituição, seja pela necessária observância dos princípios constitucionais tributários no exercício concreto do poder de tributar.

Com isso, pretende-se afirmar que a ideia do tributo como mantenedor do Estado está na base dessa concepção de direito tributário tanto quanto os limites constitucionais existentes para a efetivação do exercício da competência tributária; são dois lados da mesma moeda. Por essa razão, argumentos pela arrecadação são juridicamente válidos e devem ser enfrentados pelo magistrado no ato de julgar. Esse enfrentamento, porém, vai muito além da fundamentação da decisão na segurança jurídica. Trata-se de analisar as provas concretas do impacto negativo na arrecadação e, ainda, a inviabilidade fática de a administração adotar medidas que possam mitigar tal impacto.

Não é demasiado lembrar que a Lei de Responsabilidade Fiscal (LC 101/2000) estabelece, em seu artigo 5º, o dever de a lei orçamentária anual prever reserva de contingência para fazer frente a imprevistos de ordem financeira, especialmente os relacionados com a concretização de contingências judiciais, previstas em anexo próprio na lei de diretrizes orçamentárias. Ou seja, ainda que a decisão resulte em impacto financeiro significativo, faz-se necessário considerar os valores acumulados em reserva de contingência, fundo destinado exatamente a essa finalidade. Caso a reserva não possa ser utilizada, deve-se cogitar do impacto real das restituições ou falta de arrecadação futura do tributo nas contas públicas. Para isso, deve o julgador se perguntar quais as previsões e projeções de médio prazo constantes na lei de diretrizes orçamentárias – tudo nos termos da Lei de Responsabilidade Fiscal.

O mesmo se diga de alegações relativas à situação financeira do contribuinte, especialmente nos casos de oferecimento de garantias. A viabilidade econômica de um empreendimento privado não pode ser prejudicada pela exigência de apresentação de uma garantia desproporcional ao dano que a discussão em juízo gera para a Fazenda. Nesse ponto, deve o juiz ponderar entre o direito de acesso ao Judiciário e o risco real que uma garantia parcial traz à administração. Mas, também aqui, os argumentos devem ser desenvolvidos com base em provas concretas, capazes de demonstrar a falta de coerência normativa da exigência apresentada com o debate da questão jurídica.

Em um ou outro caso, estamos diante de argumentos jurídicos, cuja construção se dá pela avaliação das consequências lógicas da decisão. O mérito do CPC/2015 nesse ponto específico é o de exigir esse enfrentamento por parte dos juízes. Não serão mais aceitas por fundamentadas decisões que se baseiem, genericamente, na segurança jurídica, com vistas a preservar suposto dano ao Erário. O dano deve ser efetivamente demonstrado e, conforme visto, há meios para isso, de parte a parte. As leis orçamentárias proveem material farto para essa análise, que pode ser realizada de forma bastante técnica e objetiva. Na mesma linha é o raciocínio para os impactos negativos das garantias judiciais. Trata-se de debater tecnicamente e em bases reais, deixando de lado elucubrações principiológicas e genéricas que apenas contribuem para a menor transparência do julgado porque não externalizam as reais motivações do ato de decidir.

A conclusão disso tudo é a de que o CPC/2015 viabiliza um ganho argumentativo relevante: as partes se esforçarão para produzir provas em um e outro sentido e como consequência teremos um ganho substancial na qualidade da decisão prolatada, já que os juízes passam a ter o dever de enfrentar verdadeiramente o argumento em jogo.

## 4. Conclusões

Por todo o exposto nas linhas acima, pode-se concluir que o artigo 489 do CPC/2015 qualifica a fundamentação, para distanciá-la da simples indicação normativa como base da decisão. O novo regime estabelece que a validade de toda e qualquer decisão judicial depende da capacidade do juiz de apresentar as razões pelas quais a interpretação prevalecente é a melhor e a mais adequada para o caso. Positiva, portanto, o dever de justificar a decisão tomada, combatendo a invocação genérica de princípios e as decisões que, a despeito de válidas no regime anterior, figuravam como ruins do ponto de vista de sua justificação.

Tal fato, por si só, não garante melhores decisões. A qualidade das decisões depende de os juízes incorporarem essa racionalidade às suas decisões e, ainda, desses padrões serem reconhecidos pelos tribunais. O que o novo artigo faz, por si só, é criar o dever de os juízes elevarem o padrão da fundamentação em relação àquilo que antes podiam praticar.

Os benefícios são inegáveis, na medida em que explicitam o dever de as partes e o Poder Judiciário trazerem para o centro do debate jurídico os argumentos de natureza empírica e econômica de que se valem com frequência, e de os enfrentarem sob o ponto de vista de suas consequências normativas, dos dispositivos legais pertinentes e da medida em que realizam ou promovem princípios jurídicos reconhecidos em nosso ordenamento.

## Referências

Becker, Alfredo Augusto. *Teoria Geral do Direito Tributário*. São Paulo: Lejus, 2002. P. 67.

Hart, H. L. A. *The Concept of Law*. Oxford: OUP, XXX. Cap. XX.

Kelsen, Hans. *Teoria Pura do Direito*. São Paulo: Martins Fontes, 2009. Cap. 07.

MacCormick, Neil. *Legal Reasoning and Legal Theory*. Oxford: Clarendon Press, 1978.

____. "On legal decisions and their consequences: from Dewey to Dworkin". *New York University Law Review*, v. 58, n. 2, p. 239-258, 1983.

____. *Rhetoric and the Rule of Law: a theory of legal reasoning*. New York: OUP, 2005.

Perelman, Chaïm. *Justice, Law and Argument: Essays on Moral and Legal Reasoning*. Trad. vários. Netherlands: D. Reidel Publishing Company, 1980.

# O Ônus da Prova no CPC e seus Reflexos nas Demandas Tributárias

Maria Rita Ferragut*

## 1. Introdução

Se é certo que às partes compete provar os fatos que alegam, não é menos certo, de acordo com o Código de Processo Civil de 2015 (CPC), que esse ônus não pode ser distribuído de forma inflexível, sob pena de restar comprometido o equilíbrio entre as partes, a efetividade do processo e a necessária redução do contencioso tributário.

Seja em função do art. 6º, que prevê o dever de *cooperação*, seja em virtude do art. 373, § 1º, que positivou a *teoria da distribuição dinâmica da prova*, o juiz poderá redistribuir o ônus da prova entre os integrantes da lide, quando for comprovada a excessiva dificuldade de uma das partes de produzir o necessário enunciado probatório, ao passo que, para a outra parte, tal encargo revelaria-se mais fácil no caso concreto.

Assim, embora o ônus da prova continue sendo de quem alega (art. 373, I e II do CPC), a dinâmica da comprovação dos fatos assumiu novos contornos, podendo inclusive provocar a revisitação das Súmulas 397 e 393 do Egrégio Superior Tribunal de Justiça.

* Livre-docente pela USP. Mestre e Doutora pela PUC/SP. Autora dos livros *Reponsabilidade tributária e o Código Civil de 2002* e *Presunções no direito tributário*. Professora do IBET, PUC/COGEAE e FGV. Advogada em São Paulo.

É sobre essas e outras relevantes questões que passaremos a discorrer.

## 2. O direito e as provas

A prova é condição necessária para o controle da legalidade, é reforço à segurança jurídica e à primazia da lei. Só há estabilidade social por meio da estabilidade das leis que, por sua vez, só é atingida se o próprio direito puder assegurar, de alguma maneira, a existência de um método de cotejo entre os fatos alegados e as previsões legais.

De absolutamente nada adiantaria a Constituição Federal ter previsto os princípios da legalidade e da segurança jurídica, se eles não fossem realizáveis, factíveis. E esses princípios só alcançam os foros da concretude porque é possível comprovar a ocorrência ou a inocorrência dos fatos típicos.

Ora, se a mera alegação desprovida de provas bastasse, a realização do fato seria prescindível. A linguagem que afirmasse sua ocorrência se constituiria na condição necessária e suficiente a desencadear a incidência tributária, em inconteste violação aos princípios da legalidade e da segurança jurídica.

Nessa medida, o sistema jurídico deve buscar conhecer a realidade fenomênica. O fato ocorreu ou não ocorreu: quem decide é o direito, segundo regras que lhe são próprias. Se ocorreu, a norma incide e nasce a obrigação; se não ocorreu, a norma não incide, não nasce a obrigação. A decisão compete ao destinatário da prova, que é quem efetivamente anuncia que o fato existiu, que é verdadeiro e quais as suas características; ou que é falso. E essa decisão deve se fundar na análise do *conjunto probatório*, em que texto e contexto estão presentes.

Constituem o objeto da prova as *alegações que se quer ou precisa provar*, ou seja, critérios do antecedente e do consequente das normas individuais e concretas, condições para fruição de imunidade e isenção, extinção do crédito, erro no cumprimento de deveres instrumentais etc.

Dentro de todo esse rol de fatos passíveis de prova, em esfera tributária os fatos encontram-se normalmente descritos no ato de lançamento e nas decisões administrativas; e nas manifestações do sujeito passivo, quando da apresentação de defesa ou em qualquer outra oportunidade em que for possível manifestar-se. Por isso, o Decreto n. 70.235/72 relaciona a descrição do fato como um dos requisitos do auto de infração (art. 10, III), prescrevendo também que, na impugnação à exigência tributária, constem os pontos em relação aos quais o sujeito passivo discorda (art. 16, III).

Por fim, não poderíamos deixar de tratar da finalidade da prova (bem jurídico objetivado pelo ato), a fim de que mais adiante melhor compreendamos sua relação com o ônus probatório, em regra facultativo.

A finalidade da prova é demonstrar a existência ou a inexistência dos fatos afirmados pelas partes. Não pode ser considerada um fim em si mesma, e sim *instrumento para construir a verdade no processo*: a prova é sempre prova de algo. Por isso, não obstante sua função seja persuasiva, a tarefa de convencer o julgador visa a atingir determinada finalidade, orientada à constituição ou desconstituição do fato jurídico em sentido estrito.[1]

## 3. Sujeitos competentes para a produção do enunciado probatório

As provas, como proposições jurídicas que são, sujeitam-se às regras de criação, introdução, alteração e retirada das normas do sistema. Submetem-se a um método. E como cada meio de prova impõe um procedimento próprio de produção (linguagem competente, procedimento, tempo, sujeitos e espaço), só será prova se o enunciado tiver sido produzido segundo as regras previstas pelo sistema. É o direito regulando o que nele ingressa.

Dada a limitação do tema desse artigo, trataremos somente do limite subjetivo, relativo aos sujeitos competentes para a produção do enunciado probatório (emissores), bem como o julgador *lato sensu* (destinatário da mensagem), entendido como sendo a pessoa habilitada para decidir sobre o caso concreto, em esfera administrativa ou judicial.

Nesse contexto, importantes são as palavras de Moacyr Amaral Santos[2]: *enquanto as partes atuam por meio de afirmações e proposições, alegando fatos e propondo sua prova, ao juiz cumpre a tarefa de conhecê-los e tornar-los reproduzidos no processo. As partes, porém, interferem na atuação judicial, facilitando-lhe o conhecimento e a demonstração dos fatos; o juiz intervém na atuação dos litigantes, pedindo ou forçando esclarecimentos das afirmações feitas, sugerindo ou ordenando provas por ele propostas.*

[1] Cf. Fabiana Del Padre Tomé (*A prova no direito tributário. São Paulo: Noeses, 2005*, p. 176-177).

[2] Santos, Moacyr Amaral. *Prova judiciária no cível e comercial.* 5. ed., v. 1. São Paulo: Saraiva, 1983, p. 260.

Assim, no sistema comunicacional às partes compete (i) afirmar os fatos; (ii) confirmá-los fazendo uso da linguagem das provas; e (iii) refutar aqueles alegados pela parte contrária. Já ao julgador compete dirimir a controvérsia, mediante interpretação dos fatos alegados e das provas que lhe dão suporte, para, finalmente, aplicar o direito ao caso concreto. São atuações diferentes, mas igualmente importantes na dinâmica probatória.

O sujeito competente para produzir o enunciado probatório é todo aquele também competente para introduzir no sistema norma individual e concreta que constitua o fato jurídico (sujeitos ativo e passivo), bem como a pessoa que, de alguma forma, participe e presencie o ato ou o negócio jurídico típico (adquirente do bem ou serviço, consumidor, testemunha). Nessa medida, será competente aquele que integrar a relação jurídica ou aquele que tiver conhecimento técnico ou factual sobre o fato que se quer provar ou sobre os sujeitos a ele relacionados.

A identificação do sujeito emissor do enunciado probatório, cujo suporte físico seja um documento, é feita pela subscrição manual ou eletrônica do autor, geralmente no final do documento. Já nas provas eletrônicas, o sujeito emissor é identificado por meio da assinatura eletrônica ou digital, constante de um certificado emitido pela autoridade certificadora credenciada.

Já no que diz respeito ao receptor da mensagem, também é ele imprescindível na dinâmica da prova. Sem o receptor, a controvérsia não seria decidida, não haveria a quem convencer, tornando inútil todo o esforço persuasivo realizado pelas partes. É por isso que João Batista Lopes[3] afirma que "o juiz é o destinatário da prova, de modo que toda a atividade instrutória deve ser perante ele exercida."

O art. 131 do CPC estabelece que "O juiz apreciará livremente a prova, atendendo aos fatos e circunstâncias constantes dos autos, ainda que não alegados pelas partes; mas deverá indicar, na sentença, os motivos que lhe formaram o convencimento."

[3] LOPES, João Batista. *A prova no direito processual civil*. 2. ed. São Paulo: Revista dos Tribunais, 2002, p. 63. Afirma também o autor (op. cit., p. 53): "um fato só se considera provado no momento em que o juiz o admite como existente ou verdadeiro, isto é, o juiz, como destinatário da prova, é quem diz a última palavra sobre a existência ou veracidade do fato."

A valoração dos fatos constantes dos autos é feita livremente pelo julgador (entenda-se livre convencimento *motivado*), não havendo vinculação a critérios prefixados de hierarquia de provas, já que não há enunciado prescritivo que determine quais as provas devem ter maior ou menor peso no julgamento da lide; tudo dependerá da singularidade do caso concreto e dos valores ínsitos ao julgador.

O livre convencimento motivado não permite, também, que o julgador discorde das alegações das partes sem apresentar qualquer justificativa, nem permite indeferir de forma imotivada a produção e apresentação de provas.

Os motivos são os seguintes: primeiro porque a ausência de motivação impediria que a parte prejudicada dela recorresse de forma plena, pois desconheceria os motivos que levaram o julgador a decidir contrariamente aos seus argumentos; segundo porque tanto a legislação quanto a jurisprudência e a doutrina caminham na mesma direção, ao prescrever e afirmar que somente poderão ser recusadas as provas ilícitas, impertinentes, desnecessárias ou protelatórias. Confira-se, como exemplo, o art. 38, § 2º, da Lei 9.784/99.[4]

Mas não é só. Embora ao julgador não caiba produzir provas em substituição à inércia das partes, ele está autorizado a determiná-las nas hipóteses em que for necessária para a formação do seu convencimento. É o que prescreve o art. 130 do CPC: "Caberá ao juiz, de ofício ou a requerimento das partes, determinar as provas necessárias à instrução do processo, indeferindo as diligências inúteis ou meramente protelatórias."

É possível concluir, a partir desse dispositivo, que a produção probatória independente do requerimento dos litigantes só tem lugar quando as provas devidamente trazidas aos autos não dirimirem a dúvida do destinatário, que não se sente em condições de julgar. Aqui não há inércia das partes, e sim situação excepcional em que o julgador considera que as proposições probatórias já existentes são insuficientes para formar a sua convicção.

[4] "Somente poderão ser recusadas, mediante decisão fundamentada, as provas propostas pelos interessados quando sejam ilícitas, impertinentes, desnecessárias ou protelatórias."

## 4. Ônus e dever jurídico

Conforme se pode inferir das precisas lições de Carnelutti[5], o ônus se diferencia de um dever na seguinte medida:

> *(1) quando alguém deixa de adimplir um dever seu lesiona o direito de alguém, sendo-lhe imputável uma sanção, enquanto que a não-realização de um ônus apenas faz com que a parte não alcance os efeitos úteis que o mesmo lhe traria, sujeitando-se, inclusive, a efeitos negativos advindos de tal abstenção; e (2) o dever tutela um direito alheio, enquanto o ônus refere-se ao exercício de um direito da própria parte.*

Assim, ônus é diferente de dever. O primeiro consiste no encargo ou responsabilidade por determinado comportamento, que pode ou não ser exercido. Não obriga o sujeito, apenas submete-o às consequências inerentes à ausência de seu ato, sendo as principais, no campo probatório, o reconhecimento da veracidade do fato alegado por terceiro ou da falsidade do fato alegado por quem se omitiu. Já dever (ou obrigação, a depender) é relação jurídica regulada pelos modais deônticos *permitido*, *obrigatório* ou *proibido*, cujo descumprimento submete o sujeito passivo à sanção.

Arruda Alvim[6] distingue o ônus perfeito do ônus imperfeito. Na primeira modalidade o ônus implica uma tarefa que o titular do direito subjetivo disponível tem de exercitar caso pretenda obter efeito favorável. Em tal hipótese, o descumprimento da atividade exigida acarreta, necessariamente, consequência jurídica danosa. Quanto ao ônus imperfeito, o resultado prejudicial em razão da ausência de efetivação do ato envolvido na relação de ônus é possível, mas não necessário.

Nessa segunda espécie é que se enquadra a figura do ônus da prova, pois a omissão não implica, isoladamente, a perda do direito que se pretende ver tutelado, pois ainda que a parte não tenha se desincumbido do ônus da prova, o julgador pode dar-lhe ganho de causa em virtude de motivos outros.

Assim, mesmo que a parte tenha realizado o ato exigido em decorrência do seu ônus probatório, isso não é suficiente para que lhe seja atribuído efeito favorável, visto que o juiz, ao analisar os fatos e valorar as provas, pode decidir a favor da outra parte. Evidentemente por isso,

[5] CARNELUTTI, Francesco. *A prova civil*. Tradução de Lisa Pary Scarpa. Campinas: Bookseller, 2001, p. 255.

[6] Manual de direito processual civil, 5ª ed., São Paulo: Revista dos Tribunais, v. 2, p. 430-431.

não basta produzir prova e desincumbir-se do respectivo ônus, é necessário que a prova resultante seja suficientemente persuasiva para convencer o seu destinatário.

## 5. Limite subjetivo e o ônus da prova

Na lição de Giuseppe Chiovenda[7], assim como não existe um dever de contestar, igualmente não há que falar em dever de provar. Por isso, denomina-se ônus da prova a relação jurídica que estabelece a atividade de carrear provas aos autos, já que, nas suas palavras, "é uma condição para se obter a vitória, não um dever jurídico".

Aquele que alega o fato tem direito de produzir provas diretas ou indiretas que sustentem sua alegação. Tem, também, o dever de produzi-las, a menos que aceite sujeitar-se às consequências jurídicas advindas de sua inércia. É, por isso, um ônus.

Sustenta-se que, no direito tributário, ao sujeito ativo da relação jurídica é permitido alegar a ocorrência do fato sem que apresente provas acerca desse acontecimento, já que, sobre os atos por ele expedidos, recairia a presunção de legitimidade.[8] Em claro exemplo de inversão do ônus da prova, é o sujeito passivo quem deveria provar que a prática do fato que lhe está sendo imputado não corresponde ao que se sabe da realidade.

Não podemos concordar com esse entendimento. Os atos administrativos apresentam características que objetivam, simultaneamente, conferir garantia aos administrados e prerrogativas à Administração. Dentre elas, releva destacar a presunção de validade, que não exime a Administração do dever de comprovar a ocorrência do fato jurídico: nem a presunção de validade dos atos administrativos, nem a falta de estrutura e pessoal, são razões que autorizam a prática, ainda comum, de transferir ao particular o dever de provar.

O art. 9º do Decreto n. 70.235/72, segundo o qual o Fisco Federal tem o dever de provar o fato constitutivo do seu direito de exigir o crédito tributário, vai de encontro com o que defendemos, e é só mais uma razão para criticar o entendimento de que competiria à autoridade administrativa apenas refutar as provas juntadas pelo contribuinte aos

[7] Principii di diritto processuale civile, 4a ed., Nápoles: Jovena, 1928, p. 48.
[8] *Vide* REsp 1080319/SP, Min. Benedito Gonçalves, Primeira Turma do STJ, jul. 23/4/09.

autos do processo instaurado, fossem elas negativas da ocorrência do fato ou fossem baseadas em fato impeditivo, modificativo ou extintivo do direito da Fazenda.

Se alguma obrigação tributária foi pretensamente descumprida, há de se reconhecer o dever de o Fisco demonstrar que o fato jurídico tributário ocorreu, já que tal demonstração é pressuposto necessário à fenomenologia da incidência. Não podendo ocorrer, em virtude da comprovada impossibilidade de prova direta acerca da ocorrência do fato, a Administração deverá utilizar-se das presunções legais, enunciados que não estabelecem a inversão do ônus da prova, mas se constituem em meios indiretos de prova e pressupõem a comprovação dos indícios.

Assim, se o Fisco não puder fiscalizar adequadamente, por culpa do contribuinte que se recusa a colaborar, deverá comprovar a existência da não cooperação e dos indícios pertinentes à constituição do fato jurídico tributário; ao passo que o sujeito passivo deve provar, alternativa ou conjuntamente, a inocorrência dos indícios, do fato indiciado, a existência de diversos indícios em sentido contrário ou, ainda, questionar a razoabilidade da relação jurídica de implicação.

O que pode ocorrer, apenas, é a transferência do objeto da prova, já que o fato principal não necessita ser provado de forma direta, se isso não for possível. A inversão do ônus da prova somente pode ser entendida neste sentido: se impossível ao Fisco provar a ocorrência do fato, deverá limitar-se a provar a ocorrência dos fatos indiciários; se ausente essa situação excepcional, deverá necessariamente comprovar a ocorrência do fato jurídico.[9]

Isto posto, vejamos agora as regras processuais veiculadas no art. 373 do CPC, que traduzem a necessidade de que cada uma das partes prove, no processo, os fatos alegados, posto que a mera afirmação não implica, por si só, a veracidade da proposição.

[9] Sobre a garantia de que a documentação regular faz prova em favor do contribuinte, e que caso a fiscalização acredite que a mesma não é apta a traduzir os fatos juridicamente relevantes deverá provar seu entendimento, dispõem os artigos 9º, § 1º, do Decreto-lei n. 1.598/77 ("A escrituração mantida com observância das disposições legais faz prova a favor do contribuinte dos fatos nela registrados e comprovados por documentos hábeis, segundo sua natureza, ou assim definidos em preceitos legais.") e 9º, § 2º, do Decreto-lei n. 1.598/77 ("Cabe à autoridade administrativa a prova da inveracidade dos fatos registrados com observância do disposto no artigo anterior.").

Confira-se a redação de referido enunciado:

*Art. 373. O ônus da prova incumbe:*

*I – ao autor, quanto ao fato constitutivo de seu direito;*

*II – ao réu, quanto à existência de fato impeditivo, modificativo ou extintivo do direito do autor.*

*§ 1º Nos casos previstos em lei ou diante de peculiaridades da causa relacionadas à impossibilidade ou à excessiva dificuldade de cumprir o encargo nos termos do caput ou à maior facilidade de obtenção da prova do fato contrário, poderá o juiz atribuir o ônus da prova de modo diverso, desde que o faça por decisão fundamentada, caso em que deverá dar à parte a oportunidade de se desincumbir do ônus que lhe foi atribuído.*

*§ 2º A decisão prevista no § 1º deste artigo não pode gerar situação em que a desincumbência do encargo pela parte seja impossível ou excessivamente difícil.*

*§ 3º A distribuição diversa do ônus da prova também pode ocorrer por convenção das partes, salvo quando:*

*I – recair sobre direito indisponível da parte;*

*II – tornar excessivamente difícil a uma parte o exercício do direito.*

*§ 4º A convenção de que trata o § 3º pode ser celebrada antes ou durante o processo.*

Analisando a norma acima, podemos concluir o seguinte:

1. O inciso I estipula que o ônus da prova cabe ao autor, quanto ao fato constitutivo do seu direito;
2. No inciso II, tem-se a atribuição ao réu do ônus da prova dos fatos por ele alegados, impeditivos, modificativos ou extintivos do direito do autor;
3. O § 1º prevê hipóteses de nova atribuição do ônus da prova, mediante demonstração de fatos atinentes (i) às peculiaridades da causa ou (ii) à impossibilidade ou excessiva dificuldade de produção probatória pelo sujeito a quem inicialmente era atribuído o ônus; e
4. O § 2º, contudo, dispõe sobre o mecanismo para desconstituir-se a atribuição do ônus da prova posto nos termos do § 1º, o que se dá com suporte na prova da dificuldade excessiva ou impossibilidade de desincumbência do ônus probatório que lhe tenha sido imposto pelo julgador.

Com efeito, a "carga dinâmica da prova" veiculada pelo art. 373 do CPC não implica mera inversão do ônus da prova, com sua dispensa a quaisquer das partes. Somente *se demonstrado o fato da maior facilidade de obtenção da prova por parte processual diferente da que alegou o fato, ou impossibilidade de o sujeito que fez a alegação prová-la, tem lugar a conferência do encargo à parte adversa.*

Desloca-se, assim, o objeto da prova, que deixa de ser o fato alegado constitutivo, impeditivo, modificativo ou extintivo do direito (art. 373, I e II), passando a consistir no fato alegado da impossibilidade probatória ou da maior facilidade alheia (art. 373, § 1º).

A presença de tal requisito é indispensável para que se atribua a carga da prova a quem não tenha alegado o fato, cabendo, por isso mesmo, a alegação de fato contrário e respectiva contraprova, nos termos do art. 373, § 2º, do CPC.

## 6. Distribuição do ônus da prova

O direito à prova implica a existência de ônus, segundo o qual determinado sujeito do processo tem a incumbência de comprovar os fatos por ele alegados, sob pena de, não o fazendo, ver frustrada a pretendida aplicação do direito material.

Existem, nesse sentido, normas que determinam a quem incumbe o ônus de provar, denominadas *regras de distribuição do ônus da prova.* São três as principais teorias:

(i) Do fato afirmativo, em que o ônus da prova cabe a quem alega;
(ii) Da iniciativa, segundo a qual é sempre do autor o encargo de provar os fatos por ele afirmados; e
(iii) Dos fatos constitutivos, impeditivos e extintivos, nos termos dos quais àquele que demanda compete provar os fatos constitutivos do seu direito, enquanto ao demandado cabe provar fatos impeditivos ou extintivos de sua obrigação.

Primeiramente, tal teoria não pode ser admitida como regra geral absoluta, de modo que ao autor caiba provar os fatos constitutivos e, ao demandado, os fatos extintivos, modificativos ou impeditivos. Mais apropriado seria adaptar a assertiva de forma que esta seja independente da posição processual das partes.

Nessa medida, a prova dos fatos constitutivos cabe a quem pretenda o nascimento da relação jurídica, e a dos extintivos, impeditivos ou modificativos, a quem os alegue, independentemente de ser autor ou réu.

## 7. Inversão do ônus da prova e o dever de cooperação

De acordo com os §§ 1º e 2º do art. 373 acima transcritos, o CPC positivou, nos estritos termos lá previstos, a inversão de ônus da prova, pautada na necessidade do juiz de se convencer e de proferir uma decisão, bem como no dever de cooperação positivado pelo art. 6º do CPC[10].

Como já tivemos oportunidade de analisar a questão da inversão do ônus da prova, vejamos agora o dever de cooperação, que prevê a necessidade de que todos os sujeitos do processo cooperem entre si para que se obtenha, em tempo razoável, decisão de mérito justa e efetiva.

A cooperação prevista no CPC não desconsidera que em regra as partes possuem interesses antagônicos, e a cooperação mútua não pode ser isso mesmo esperada. Parece-nos que a correta interpretação e aplicação do dispositivo, entretanto, considera a cooperação com sendo um limite imposto ao exercício dos direitos processuais, especialmente, ao contraditório. Em outras palavras, por meio da cooperação o processo haverá de se desenvolver adequadamente, sendo conferido à parte condições reais de reagir e de influenciar o julgador.

Além das vedações à litigância de má-fé (boa-fé subjetiva), a cooperação exige comportamento pautado nos padrões razoáveis de conduta, à luz do homem médio, que levem em consideração as legítimas expectativas estabelecidas em relação aos demais sujeitos processuais (boa-fé objetiva).

O juiz, do mesmo modo, tem deveres a observar em sua participação no contraditório. Decerto, tem o poder-dever de impulsionar o processo, de proferir e de efetivar uma decisão, mas, ao fazê-lo, deve privilegiar uma comunicação clara com os litigantes e usar de modo racional o formalismo processual.

Nessa medida, a inversão do ônus da prova deve ocorrer quando o juiz identificar a facilidade de uma parte produzir determinada prova, e a impossibilidade da outra (que originalmente a produziria). A cooperação exige que, mesmo não sendo a protagonista de determinada alegação de fato, a parte assuma a incumbência de levar aos autos os enunciados probatórios que seu adversário alega e que não tem condições de produzir.

[10] "Art. 6º. Todos os sujeitos do processo devem cooperar entre si para que se obtenha, em tempo razoável, decisão de mérito justa e efetiva."

Vejamos a seguir a dimensão da inversão da inversão do ônus da prova e do dever de cooperação, a partir de três exemplos.

## 8. O ônus da prova no NCPC e seus reflexos nas demandas tributárias

Passaremos agora a tratar de três situações fáticas, em que o impacto das novas regras do CPC pode ser facilmente identificado.

### 8.1. Prova de fatos negativos

O enunciado probatório negativo é uma proposição que afirma a inocorrência ou a inexistência de algo.

Com propriedade Fabiana Del Padre Tomé[11] defende que é possível a existência de fatos negativos, pois fatos são enunciados linguísticos, afirmativos ou negativos. O que não se pode conceber é um evento negativo, pois, sendo o evento um acontecimento, é ele necessariamente positivo.

Paulo de Barros Carvalho[12], por sua vez, entende que as provas negativas absolutas não são, sequer, fatos. O enunciado relevante para o desencadeamento dos correspondentes efeitos de direito apresenta-se orientado por coordenadas de espaço e tempo. Isso faz com que o fato negativo, no direito, seja sempre passível de prova. Uma das possibilidades consiste na demonstração do fato positivo contrário; outra, na ausência de prova do fato positivo apto a ilidir a negação.

Já para João Batista Lopes[13], apenas as provas negativas absolutas – jamais estive em tal lugar – seriam de impossível produção probatória, ao passo que aquelas delimitadas no tempo e no espaço – não estive em tal lugar no dia X, às Y horas – sujeitar-se-iam à comprovação. No primeiro caso, a impossibilidade da prova não advém do caráter negativo da alegação, mas da sua propriedade indefinida, indeterminada.

A prova negativa é prova e, com exceção das absolutas, pode ser produzida pelo sujeito interessado. Já as afirmações indefinidas não são

[11] Tomé, Fabiana Del Padre. *A prova no direito tributário. São Paulo: Noeses, 2005*, p. 167.

[12] Carvalho, Paulo de Barros. Teoria da prova e o fato jurídico tributário. *Apostila de Filosofia do Direito I* (Lógica Jurídica), do Programa de Pós-Graduação em Direito (Mestrado e Doutorado) da USP e PUC-SP, 1999, não paginado.

[13] Lopes, João Batista. *A prova no direito processual civil.* 2. ed. São Paulo: Revista dos Tribunais, 2002, p. 34.

passíveis de comprovação, tendo em vista que a linguagem objeto – fato a ser provado – é indeterminado. Um fato sem delimitações de tempo e de espaço está impedido de ser reconhecido pelo sistema normativo como fato jurídico; o antecedente da norma concreta requer, sempre, a identificação dos critérios temporal e espacial. Sem eles, o enunciado sequer configura-se como antecedente normativo.

Por essas razões, no direito tributário as provas negativas são passíveis de comprovação. Apenas não o são os fatos indeterminados. Assim, não é de se esperar – e tampouco imputar consequências jurídicas à ausência de linguagem probatória – que a pessoa contra quem o fato indeterminado aproveita possa dele se defender.

Para exemplificar, poderíamos citar o entendimento exarado pela 1ª Seção do Superior Tribunal de Justiça, ao consolidar a posição segundo a qual o envio do carnê de IPTU pelo Município seria ato suficiente para caracterizar a notificação do lançamento desse imposto, cabendo ao contribuinte excluir a presunção de certeza e liquidez do título daí decorrente, comprovando o não recebimento da notificação do débito (Súmula 397 do STJ).

Ora, os julgados que levaram à edição da Súmula 397 basearam-se na presunção de que, tendo havido o envio do carnê ao contribuinte, a ele competiria demonstrar o fato do não recebimento do documento constitutivo do débito tributário. Mas como o contribuinte demonstraria esse não recebimento?

Sem dúvida alguma, trata-se de circunstância de dificílima ou até mesmo de impossível comprovação. É a Administração quem tem meios para documentar a notificação (recebimento do AR ou intimação pessoal, por exemplo) e, com isso afastar a negativa alegada pelo contribuinte.

Esse é o caso, também, do contribuinte que precisa provar que não recebeu numerário pretensamente omitido, ou que não circulou mercadorias. A juntada de extratos bancários seria suficiente? Mas e se tivesse recebido em espécie? Ou por meio de conta bancária de outro titular?

Por fim, o segundo exemplo é de difícil comprovação: como provar que *não* circulou se a venda de mercadoria em tese poderia ter ocorrido sem a emissão dos documentos que lhe dessem suporte?

Esses são apenas alguns exemplos de extrema relevância no Direito Tributário.

## 8.2. Presunções de certeza e liquidez da dívida fiscal

O artigo 204 do Código Tributário Nacional prescreve que "a dívida ativa regularmente inscrita goza da presunção de certeza e liquidez e tem o efeito de prova pré-constituída." E o parágrafo único, por sua vez, estabelece que "a presunção a que se refere este artigo é relativa e pode ser elidida por prova inequívoca, a cargo do sujeito passivo ou do terceiro a que aproveite."

Diante disso, poderia ser entendido que a inscrição do débito na dívida ativa conferiria ao Fisco o direito de não mais necessitar produzir provas acerca da ocorrência fática do evento descrito no fato que originou a obrigação tributária, provas essas que passariam a competir exclusivamente ao contribuinte. Tal interpretação, no entanto, não pode prevalecer.

Os atos jurídicos expedidos pela Administração Pública são denominados atos administrativos. Caracterizam-se pelos atributos da presunção de legitimidade, imperatividade, exigibilidade e, em alguns casos, executoriedade.

A *legitimidade* (ou legalidade) é a qualidade dos atos de se presumirem verdadeiros e conforme o direito, até prova em contrário. Todo e qualquer ato jurídico, independente de sua fonte produtora ser a Administração (ato administrativo) ou o particular (ato jurídico expedido pelo particular), goza dessa presunção. A *imperatividade*, por sua vez, é qualidade do ato impor-se a terceiros, independentemente da concordância e da participação desses sujeitos. Já a *exigibilidade* confere ao Estado, no exercício da função administrativa, o direito de exigir de terceiros o cumprimento das obrigações que impõem, independentemente da necessidade de recorrer ao Poder Judiciário, a fim de determinar que o sujeito cumpra com o mandamento normativo. Finalmente, a *executoriedade* permite que o sujeito seja compelido materialmente a cumprir com a obrigação, prescindindo de autorização do Judiciário para tanto.

Entendemos que as presunções de certeza e liquidez da dívida ativa regularmente inscrita não se sobrepõem às presunções pertinentes a qualquer outro ato jurídico, em especial a presunção de legalidade, que prescreve que todo ato permanece no sistema como válido somente até ser desconstituído por um outro. Nesse sentido, as presunções de certeza e liquidez *cessam no momento em que o ato for judicialmente questionado*, oportunidade em que a Administração deverá fazer prova de que o fato descrito no antecedente do enunciado individual e concreto é materialmente verdadeiro, devendo o contribuinte, por outro lado, defender-se dessa imputação.

Mediante impugnação judicial pelo sujeito contra quem a presunção aproveita, passa a existir o livre convencimento motivado do juiz, instrumento que o sistema criou visando fazer prevalecer a justiça e a segurança jurídica, e que não confere ao magistrado o direito de dispensar a Administração Pública de produzir provas acerca do fato sobre o qual recaíram as presunções de certeza e liquidez do débito, e nem o obriga a reconhecer como verdadeiro o fato impugnado de forma não inequívoca pelo contribuinte mas não provado pelo credor. Tudo dependerá, a partir da impugnação judicial, de seu livre convencimento motivado.

Assim, não há inversão do ônus da prova, devendo a Administração produzir provas acerca da ocorrência fática do evento descrito no fato jurídico, não só na esfera administrativa, mas também na judicial. As presunções de que tratamos limitam-se a possibilitar a exigibilidade do ato administrativo, devendo necessariamente ser interrompidas por impugnação do sujeito passivo (embargos à execução fiscal).

Já quando os fatos jurídicos que ensejaram o nascimento da obrigação não puderem ser comprovados de forma direta pelo Fisco, tendo em vista a recusa do contribuinte em apresentar os documentos a que estava obrigado, imprescindíveis para a descoberta da verdade material, ou, em os apresentando, forem os mesmos imprestáveis, ainda assim o ônus da prova não é invertido. Competirá ao Fisco comprovar a impossibilidade de prova direta do evento descrito no fato, bem como a existência dos fatos indiciários.

A única exceção para o dever de a Administração produzir provas que embasem sua pretensão é se o contribuinte ou responsável não impugnar o ato, silêncio a que o direito imputa a consequência de reconhecer, em definitivo, a veracidade jurídica dos fatos nele descritos.

### 8.3. Responsabilidade pessoal do administrador pelo passivo fiscal da pessoa jurídica

É de suma importância para a tipificação da responsabilidade do administrador pelo passivo fiscal da pessoa jurídica, diferenciar os atos de gestão empresarial, praticados de forma lícita, daqueles praticados de forma ilícita. Os primeiros dizem respeito ao exercício regular da gestão da sociedade, visam a alcançar os objetivos sociais e obrigam somente a própria sociedade. Já os segundos são praticados pela pessoa física do administrador – sócio e acionista, ou não – e obrigam pessoalmente o indivíduo, ficando a sociedade e seu respectivo patrimônio, a princípio, livres de qualquer responsabilização. A responsabilidade é *exclusiva* do administrador, por ser esta a regra, em nosso entender, prevista nos artigos 135 e 137 do CTN.

O elemento subjetivo, aqui, significa que a responsabilidade nasce somente se o administrador agir intencionalmente, com o *animus* de praticar o ilícito não tributário, mesmo sabendo que o ordenamento jurídico proíbe tal comportamento.

Ocorre que a separação das personalidades, e a necessidade de gerir sociedades economicamente estáveis e instáveis, somadas ao direito constitucional à propriedade e ao princípio da não utilização do tributo com efeitos confiscatórios, vedam que um administrador seja responsabilizado por ato não doloso. A intenção de fraudar, de agir de má-fé e de prejudicar terceiros é fundamental.

É por isso, inclusive, que se pacificou no Judiciário o entendimento de que a simples falta de pagamento do tributo não gera a responsabilidade pessoal do administrador. Em função das reiteradas decisões, editou-se a Súmula n. 430-STJ, segundo a qual "O inadimplemento da obrigação tributária pela sociedade não gera, por si só, a responsabilidade solidária do sócio-gerente."

É a partir desse prisma que a responsabilidade prevista nos artigos 135 e 137 do CTN deve ser interpretada. Caso contrário, a intervenção no patrimônio particular, e na liberdade do administrador, será injurídica e totalmente incompatível com as garantias que a Constituição defere a todos, a título de direitos fundamentais.

Em que pese o exposto, a posição do STJ é no sentido de que a Administração *não precisa provar* que o agente cometeu algum dos fatos-típicos previstos nos artigos 135 e 137 do CTN, caso seu nome conste da certidão de dívida ativa – CDA, título extrajudicial que, por deter presunção de validade (art. 204 do CTN), dispensaria a produção de provas por parte do credor, invertendo o ônus para o acusado. Não se trataria, ainda, de redirecionamento da execução fiscal. Vejamos uma dessas decisões:

*EXECUÇÃO FISCAL. RESPONSABILIDADE DOS SÓCIOS. COMPROVAÇÃO DO EXCESSO DE PODERES, INFRAÇÃO À LEI OU AO ESTATUTO OU DISSOLUÇÃO IRREGULAR. CASO EM QUE O NOME DO SÓCIO CONSTAVA DA CDA. PRESUNÇÃO DE LIQUIDEZ E CERTEZA NÃO ABALADA. DISSOLUÇÃO IRREGULAR. CERTIDÃO DO OFICIAL DE JUSTIÇA. PROVA IURIS TANTUM.*

*I – Restou firmado no âmbito da Primeira Seção desta Corte o entendimento de que, sendo a execução proposta somente contra a sociedade, a Fazenda Pública deve comprovar a infração a lei, contrato social ou estatuto ou a dissolução irregular da sociedade para fins de redirecionar a execução contra o sócio, pois o mero inadimplemento da obrigação tributária principal ou a ausência de bens penhoráveis da empresa não ensejam o redirecionamento. De modo diverso, se o executivo é proposto contra a pessoa jurídica e o sócio, cujo nome consta da CDA, não se trata de típico redirecionamento, e o ônus da prova de inexistência de infração à lei, contrato social ou estatuto compete ao sócio, uma vez que a CDA goza de presunção relativa de liqüidez e certeza. A terceira situação consiste no fato de que, embora o nome do sócio conste da CDA, a execução foi proposta somente contra a pessoa jurídica, recaindo o ônus da prova, também neste caso, ao sócio, tendo em vista a presunção de liqüidez e certeza que milita a favor da CDA. Precedentes: EREsp. nº 702.232/RS, Rel. Min. CASTRO MEIRA, DJ de 26/09/2005, p. 169; AgRg no REsp n. 720.043/RS, Rel. Min. LUIZ FUX, DJ de 14/11/2005, p. 214. II – No caso em exame, os nomes dos sócios figuram como responsáveis tributários na Certidão de Dívida Ativa. (AgRg no REsp n. 1010661/RS – Primeira Turma – Ministro Francisco Falcão).*

Nada mais equivocado. Compete a quem alega provar, e a responsabilidade do administrador, oriunda de atos de má gestão empresarial, não excepciona essa regra, porque pode ser provada no curso de uma fiscalização (portanto, não se enquadraria em exceção à regra do ônus da prova). Da mesma forma que o auditor intima o contribuinte para esclarecer lançamentos contábeis, tempo e forma de integralização de capital, localização de bens do ativo circulante, depósitos bancários não contabilizados etc., poderá, igualmente, intimá-lo para identificar a autoria de um ato de má gestão empresarial. Se o fiscalizado não apresentar os esclarecimentos, a fiscalização estará autorizada a presumir que é o responsável pelo departamento fiscal, o administrador, o sócio etc., a depender de cada caso concreto.

Por outro lado, é absolutamente reprovável dispensar a produção probatória por parte do Fisco, quando o nome do administrador constar da CDA, se a prática do ilícito é condição de validade da aplicação da norma de responsabilidade pessoal ou por infrações. O ilícito deve existir, mas "não precisa ser provado". Em última instância, é o mesmo que afirmar que a jurisprudência considera irrelevante sua ocorrência fenomênica, já que a única condição necessária para sua validade é a mera alegação.

## 9. Conclusões

Diante de todo o exposto, são as seguintes as principais conclusões desse artigo:

1. A prova é condição necessária para o controle da legalidade, é reforço à segurança jurídica e à primazia da lei. Só há estabilidade social por meio da estabilidade das leis que, por sua vez, só é atingida se o próprio direito puder assegurar, de alguma maneira, a existência de um método de cotejo entre os fatos alegados e as previsões legais.
2. Ônus consiste no encargo ou responsabilidade por determinado comportamento, e não se confunde com o conceito de obrigação. Reveste os caracteres de uma faculdade, consistindo em permissão bilateral: o agir é necessário para alcançar certa finalidade; se inobservado, não acarreta punição, mas apenas o não atingimento do objetivo pretendido.
3. Mesmo que a parte tenha realizado o ato exigido em decorrência do seu ônus probatório, isso não é suficiente para que lhe seja atribuído efeito favorável, visto que o juiz, ao analisar os fatos e valorar as provas, pode decidir a favor da outra parte. Evidentemente por isso, não basta produzir prova e desincumbir-se do respectivo ônus, é necessário que a prova resultante seja suficientemente persuasiva para convencer o seu destinatário.
4. Embora o ônus da prova continue sendo de quem alega (art. 373, I e II do CPC), seja em função do art. 6º, que prevê o dever de cooperação, seja em virtude do art. 373, § 1º, que positivou a teoria da distribuição dinâmica da prova, o juiz poderá redistribuir o ônus da prova entre os integrantes da lide, quando demonstrado o fato da maior facilidade de obtenção da prova por parte processual diferente da que alegou o fato, ou impossibilidade de o sujeito que fez a alegação prová-la, tem lugar a conferência do encargo à parte adversa.

a. Desloca-se, assim, o objeto da prova, que deixa de ser o fato alegado constitutivo, impeditivo, modificativo ou extintivo do direito (art. 373, I e II), passando a consistir no fato alegado da impossibilidade probatória ou da maior facilidade alheia (art. 373, § 1º).

5. No direito tributário as provas negativas são passíveis de comprovação. Apenas não o são os fatos indeterminados. Assim, não é de se esperar – e tampouco imputar consequências jurídicas à ausência de linguagem probatória – que a pessoa contra quem o fato indeterminado aproveita possa dele se defender.
6. As presunções de certeza e liquidez da dívida ativa regularmente inscrita não se sobrepõem às presunções pertinentes a qualquer outro ato jurídico, em especial a presunção de legalidade, que prescreve que todo ato permanece no sistema como válido somente até ser desconstituído por um outro. Nesse sentido, as presunções de certeza e liquidez cessam no momento em que o ato for judicialmente questionado, oportunidade em que a Administração deverá fazer prova de que o fato descrito no antecedente do enunciado individual e concreto é materialmente verdadeiro, devendo o contribuinte, por outro lado, defender-se dessa imputação.
7. É absolutamente reprovável dispensar a produção probatória por parte do Fisco, quando o nome do administrador constar da CDA, se a prática do ilícito é condição de validade da aplicação da norma de responsabilidade pessoal ou por infrações. O ilícito deve existir, mas "não precisa ser provado". Em última instância, é o mesmo que afirmar que a jurisprudência considera irrelevante sua ocorrência fenomênica, já que a única condição necessária para sua validade é a mera alegação.

## Referências

Arruda Alvim, José Manoel. *Manual de direito processual civil.* 5ª ed. São Paulo: Revista dos Tribunais, 1996.

Bentham, Jeremías. *Tratado de las pruebas judiciales.* Tradução de Manuel Osorio Florit. Granada Editorial Comares, 2001.

Carnelutti, Francesco. *A prova civil.* 2 ª ed. Tradução de Lisa Pary Scarpa, Campinas: Bookseller, 2002.

CARVALHO, Paulo de Barros. Regras técnicas ou procedimentais no direito tributário. *Revista de Direito Tributário 112*. São Paulo: Malheiros.

_______. *Teoria da prova e o fato jurídico tributário*. Apostila de Filosofia do Direito I (Lógica Jurídica), do Programa de Pós-Graduação em Direito (Mestrado e Doutorado) da USP e PUC-SP, 1999, não paginado.

CHIOVENDA, Giuseppe. *Principii di diritto processuale civile*. 4ª ed. Nápoles: Jovena, 1928.

FERRAGUT, Maria Rita. *Presunções no direito tributário*. 2. ed. Quartier Latin, 2005.

LOPES, João Batista. *A prova no direito processual civil*. 2. ed. São Paulo: Revista dos Tribunais, 2002.

MALATESTA, Nicola Framino dei. *A lógica das provas em matéria criminal*. Tradução Paolo Capitanio. 2. ed. Campinas: Bookseller, 2001.

MICHELI, Gian Antonio. *La carga de la prueba*. Tradução de Sentís Melendo, Buenos Aires: Ejea, 1961.

MIRANDA, Pontes de. *Comentários ao Código de Processo Civil*. v. 3. Rio de Janeiro: Forense, 1958.

ROSENBERG, Leo. *La carga de la prueba*. Tradução de Krotoschin, Buenos Aires: Ejea, 1956.

SANTOS, Moacyr Amaral. *Prova judiciária no cível e comercial*. 5. ed., v. 1. São Paulo: Saraiva, 1983.

SILVA, Ovídio A. Baptista da. Curso de processo civil. São Paulo: Revista dos Tribunais, v. 1, 2001.

TOMÉ, Fabiana Del Padre. *A prova no direito tributário*, 4ª ed., São Paulo: Noeses, 2016.

# Honorários de sucumbência no NCPC: Risco, escolha e aposta no contencioso judicial tributário

BRENO FERREIRA MARTINS VASCONCELOS*
MARIA RAPHAELA DADONA MATTHIESEN**

## 1. Introdução

Ao longo de 2016, mesmo ano em que o Código de Processo Civil de 2015 ("CPC/15") começava a produzir seus efeitos, a Escola de Direito da Fundação Getúlio Vargas/SP deu os primeiros passos no Projeto Macrovisão do Crédito Tributário, disciplina que tem o objetivo de propor mudanças no sistema tributário, para tornar mais previsível o cumprimento da obrigação de recolher tributos e menos conflituosa a relação entre Fisco e contribuinte.

Na primeira fase do Projeto, a partir de entrevistas feitas com atores das diversas etapas do processo administrativo fiscal federal e da cobrança judicial da Dívida Ativa da União, o estímulo à **excessiva litigiosidade** foi identificado, por unanimidade, como um dos principais problemas do sistema tributário brasileiro[1].

* Mestre em Direito Tributário pela PUC-SP. LL.M em Direito Tributário pela *Università Degli Studi di Bologna*, Itália. Professor do curso de Especialização em Direito Tributário da Escola de Direito de São Paulo da Fundação Getulio Vargas – FGV Direito SP. Advogado. São Paulo.
** Pós-graduada em Direito Tributário pela Escola de Direito de São Paulo da Fundação Getulio Vargas – FGV Direito SP. Advogada. São Paulo.

[1] VASCONCELOS, Breno Ferreira Martins. DA SILVA, Daniel Souza Santiago. Disponível em: http://jota.info/artigos/diagnostico-processo-administrativo-fiscal-federal-22082016. Acessado em 30/01/2017.

Com a vigência do CPC/15, alterações estruturais foram implementadas para alterar a lógica desse sistema de incentivo ao litígio, como a criação do incidente de resolução de demandas repetitivas, a vinculação dos atos judiciais aos "precedentes obrigatórios" (artigo 927) e as mudanças expressivas na fixação de honorários sucumbenciais, especialmente nas medidas judiciais em que a Fazenda Pública é parte.

A partir de (i) dados disponibilizados pela Procuradoria Geral da Fazenda Nacional ("PGFN") e coletados nas pesquisas empíricas desenvolvidas no citado Projeto e (ii) da análise do comportamento jurisprudencial sobre o tema, colocaremos à prova, neste artigo, a seguinte hipótese: a alteração na disciplina dos honorários sucumbenciais envolvendo a Fazenda Pública deverá impulsionar a redução do contencioso judicial em matéria tributária.

Tendo em vista a amplitude do tema, restringiremos nossa análise a esses indicadores no âmbito **federal**, mas acreditamos que as conclusões aqui alcançadas são plenamente aplicáveis aos litígios tributários nas outras esferas federativas.

## 2. Honorários no CPC/73

Na vigência do Código de Processo Civil de 1973 ("CPC/73"), a condenação ao pagamento de honorários advocatícios de sucumbência era disciplinada pelo artigo 20, que estabelecia, em seu parágrafo 3º, os limites mínimo e máximo de 10% a 20% para a fixação do valor a pagar, sendo o percentual definido de acordo com o grau de zelo do profissional, o lugar de prestação do serviço, natureza e a importância da causa, o trabalho desempenhado pelo advogado e o tempo demandado pela medida judicial.

O parágrafo 4º do mesmo artigo, por sua vez, reservava tratamento diferenciado para as demandas em que (i) o valor da causa fosse pequeno ou inestimável, (ii) inexistisse condenação, (iii) a Fazenda Pública fosse **vencida** – e, portanto, destinatária da ordem judicial, e (iv) de natureza executória.

Câmara, Aristóteles de Queiroz. E Freire, Rodrigo Veiga Freire. Disponível em: http://jota.info/artigos/projeto-macrovisao-credito-tributario-diagnostico-da-cobranca-judicial-da-divida-ativa-da-uniao-19102016. Acessado em 30/01/2017.

Nesses casos, a estipulação dos honorários de sucumbência era vinculada apenas à análise **equitativa** do juiz, não se restringindo ao piso e ao teto previstos no §3º[2]. Vale dizer, o magistrado tinha maior discricionariedade para determinar o percentual da condenação da Fazenda Pública ao pagamento dos honorários, podendo, inclusive, estabelecer a condenação em valor fixo, desde que respeitasse a equidade e não o definisse em quantia irrisória ou excessiva.

O tratamento excepcional do §4º abriu caminho para uma quase unânime tendência de decisões que condenavam a Fazenda Pública em quantia muito inferior a 10% do valor da causa.

Comprova essa afirmação o entendimento consolidado do E. Superior Tribunal de Justiça no sentido de que *nas causas em que a Fazenda Pública for vencida ou vencedora, o arbitramento dos honorários advocatícios* ***não está adstrito aos limites percentuais de 10% e 20%****, podendo ser adotado como base de cálculo o valor dado à causa ou à condenação, nos termos do art. 20, § 4º, do CPC/1973, ou mesmo um valor fixo, segundo o critério de equidade.* (REsp 1637091/DF, Rel. Ministro Herman Benjamin, SEGUNDA TURMA, julgado em 06/12/2016, DJe 19/12/2016)[3].

Com efeito, respaldando-se no fundamento de supremacia do interesse público sobre o privado, os Tribunais, manejando conceitos vagos e sem se atentar às consequências – inclusive para o erário – de suas decisões, acrescentaram, de maneira tácita, informal e de juridicidade duvidosa, mais um critério para a definição dos honorários devidos pela Fazenda Pública: a menor oneração dos cofres públicos.

Esse contexto, de baixo ou inexistente ônus processual, criou um cenário propício para a elevação da indisponibilidade do crédito tributário ao *status* de dogma: as obrigações formalizadas (ditas, "confessadas") pelos contribuintes em declarações fiscais ou constituídas definitivamente na esfera administrativa seriam necessariamente inscritas em

[2] A título de exemplo, confira-se: AgRg no AREsp 691.518/RJ, Rel. Ministro Luis Felipe Salomão, QUARTA TURMA, julgado em 16/06/2015, DJe 23/06/2015; AgInt no REsp 1607237/PR, Rel. Ministro Mauro Campbell Marques, SEGUNDA TURMA, julgado em 01/09/2016, DJe 14/09/2016; e EREsp 637.905/RS, Rel. Ministra Eliana Calmon, CORTE ESPECIAL, julgado em 21/09/2005, DJ 21/08/2006, p. 220.

[3] Nesse sentido, confira-se, ainda, exemplificativamente: AgRg no REsp 1.557.191/SC, Rel. Ministro Herman Benjamin, Segunda Turma, DJe 4/2/2016, e AgRg no AREsp 842.817/DF, Rel. Ministro Mauro Campbell Marques, Segunda Turma, DJe 16/3/2016.

dívida ativa e executadas. As ações antiexacionais ajuizadas pelos contribuintes, por sua vez, seriam sempre contestadas pelas Procuradorias até a última instância recursal.

Não se pretende, obviamente, estabelecer uma relação direta e exclusiva de causa e consequência entre os honorários historicamente fixados em quantias reduzidas contra a Fazenda Pública e o alto grau de litigiosidade em matéria tributária, mas sim ponderar sobre a potencial influência desse fator.

Como o valor das condenações certamente não seria relevante, os honorários não eram considerados como óbice ao ajuizamento de execuções fiscais, à apresentação de respostas e à interposição de recursos. A indisponibilidade do crédito tributário não encontrava, então, um elemento de ponderação, prevalecendo independentemente da viabilidade da cobrança, do controle de legalidade pela Procuradoria da Fazenda Nacional e da conformação das discussões judiciais ao entendimento definitivo dos Tribunais Superiores, que vem assumindo papel cada vez mais relevante entre as fontes de nosso direito.

## 2.1. Incentivo à "cultura do litígio»

A hipótese fixada como norte para nosso estudo, então, enfrenta seu primeiro questionamento: as reiteradas condenações ao pagamento de honorários sucumbenciais em valor reduzido podem ser consideradas um estímulo à alta litigiosidade? Entendemos que sim.

Em uma análise sobre as implicações da microeconomia no universo contencioso, Louis Kaplow e Steven Shavell[4], professores da Escola de Direito de Harvard, definem os principais aspectos da teoria básica da litigância ao analisar os fatores econômicos que influenciam as escolhas racionais da parte sobre ajuizar ou não uma medida judicial e quanto investir na manutenção do processo.

Assim, em linhas gerais, o indivíduo opta pela medida judicial quando o custo do processo ("Cp") é **inferior** à expectativa de ganho resultante de seu julgamento, considerada a probabilidade de êxito/ /perda ("p"").

[4] KAPLOW, Louis. SHAVELL, Steven. *Economic Analysis of Law*. Disponível em: http://www.law.harvard.edu/faculty/shavell/pdf/99_Economic_analysis_of_law.pdf. Acessado em 29/01/2017.

Exemplificamos: após o término de um processo administrativo fiscal em que proferida decisão definitiva mantendo o lançamento do tributo e das multas impostas, o sujeito passivo poderá discutir o crédito tributário em juízo ou optar por seu pagamento.

Para direcionar sua escolha, então, ele fará uma análise de risco confrontando (i) o custo da discussão judicial do crédito tributário e (ii) a expectativa de ganho que a opção pelo litígio poderá trazer (nesse caso, o próprio valor global do crédito), considerada a probabilidade de que a autuação venha a ser cancelada.

Nesse cálculo, deverá considerar os gastos com as custas processuais, com o oferecimento de garantia para viabilizar a oposição de embargos após o ajuizamento da execução fiscal e para que o débito não obste a emissão de certidões de regularidade fiscal[5], o aumento do crédito tributário pela incidência de juros enquanto perdurar a discussão judicial e da incidência do encargo legal do Decreto-lei nº 1.025/69 (substitutivo dos honorários de sucumbência na execução)[6], e o risco de ser condenado, nos embargos à execução, ao pagamento de honorários sucumbenciais fixados entre 10% e 20% do valor da dívida.

No pagamento, por sua vez, o sujeito passivo poderá se beneficiar de uma redução das penalidades impostas (Decreto nº 7.574/11 e Lei nº 8.218/91) e da metade do encargo legal da execução (art. 3º do Decreto-lei nº 1.569/77).

Ou seja: para o sujeito passivo, o custo do litígio é alto, o que torna relevante a ponderação das vantagens e desvantagens econômicas na escolha sobre demandar o Judiciário ou não, sendo o pagamento do débito, por vezes, uma opção economicamente conveniente ou mesmo necessária.

No campo da Fazenda Pública, contudo, até o início da vigência do CPC/15, os fatores econômicos parecem ter tido uma influência menos significativa na avaliação de risco da cobrança judicial da dívida ativa, já que o custo do processo é quase sempre baixo ante a isenção no pagamento de custas processuais (artigo 4º da Lei nº 9.289/96) e o senso

[5] Conforme artigo 205 e 206 do Código Tributário Nacional.

[6] Art. 37-A, §1º, da Lei 10.522/2002. A dupla condenação é considerada legal pelo STJ, conforme Recurso Especial nº 1.212.563 – RS, relator Ministro Luiz Fux, Primeira Turma, DJe 14/12/2000.

comum de que os eventuais honorários seriam, provavelmente, inferiores a 10% do crédito que pretende cobrar.

Em dados coletados pela Procuradoria da Fazenda Nacional[7] até junho de 2016, a dimensão do contencioso tributário federal era representada da seguinte forma:

| Execuções fiscais até R$1.000.000,00 | Execuções fiscais acima de R$1.000.000,00 |
|---|---|
| 4.326.190 processos | 98.634 processos |
| 98% do acervo da União | 2% do acervo da União |
| R$316.526.635.866,80 | R$878.028.580.174,15 |
| 27% do crédito tributário a recuperar | 73% do crédito tributário inscrito a recuperar |

A taxa de recuperabilidade dos créditos em cobrança, por sua vez, era limitada a **2,1%** (R$3,7 bilhões de um total de R$163 bilhões ajuizados entre 2011 e 2015).

Essa discrepância entre o esforço empregado para a cobrança do crédito tributário – refletido especialmente pelo volume expressivo de execuções fiscais no estoque da PGFN – e a reduzida taxa de recuperabilidade da dívida ativa da União aponta dois fatores denotativos da cultura do litígio: as falhas no controle de legalidade do crédito tributário previamente à inscrição em dívida ativa (artigo 2º, §3º, da Lei nº 6.830/80) e o ajuizamento indiscriminado de execuções fiscais, sem uma busca por instrumentos que possam viabilizar, paralelamente, a cobrança do débito.

O primeiro deles é destacado pela Procuradora da Fazenda Nacional e professora da Escola de Direito da FGV/SP, Juliana Furtado Costa Araujo ao afirmar:

*(...) a realidade nos mostra que não se mediu esforços no desenvolvimento de tecnologia de informação com o objetivo de que, por meio de cruzamento de dados feitos*

[7] Dados divulgados no estudo Novo Modelo de Cobrança da Dívida Ativa da União (DAU). Procuradoria-Geral da Fazenda Nacional (PGFN). Brasília-DF, junho de 2016, apresentado no Seminário Macrovisão do Crédito Tributário e o RDCCT da Portaria PGFN 609/2016 e 502/2016, realizado pelo Núcleo de Estudos Fiscais (NEF) da FGV Direito SP.

*por sistemas de computadores, rapidamente o não pagamento de créditos tributários constituídos e não pagos pelo contribuinte sejam detectados, sem, porém, ter existido equivalente investimento em pessoal para que haja o efetivo controle de legalidade e a comprovação acerca da real existência desses créditos.*
*O quadro que se mostra hoje é uma eficiência muito grande decorrente da falada modernização, no que diz respeito à inscrição em dívida ativa de valores declarados e não pagos, sendo tudo feito por sistemas muito modernos de computação. Há, porém, um nítido aumento, todavia, de créditos tributários indevidamente inscritos exatamente pela ausência de controle de legalidade.*
*A modernização da administração tributária aqui parece ter seguido o caminho refletido pela arrecadação a qualquer custo. Há, porém, que se respeitar a necessidade de controle de legalidade dos atos inscritos em dívida ativa, direito assegurado por lei aos contribuintes e isto só ocorrerá quando for eficiente a troca de informações entre órgãos fazendários, responsáveis pela instituição e cobrança do crédito tributário, além do necessário investimento no aumento de pessoal qualificado. Controlar legalidade jamais poderá ser um ofício delegado a máquinas, mas sim a pessoas especializadas em exigir o crédito tributário que tenha por fundamento de validade estritamente a legislação tributária.*[8]

No estudo "Custo e Tempo do Processo de Execução Fiscal Promovido pela Procuradoria Geral da Fazenda Nacional" divulgado pelo Instituto de Pesquisa Econômica Aplicada ("IPEA") em 2011, a partir de uma base amostral formada pelos processos de execução fiscal com baixa definitiva na Justiça Federal de Primeiro Grau no ano de 2009[9], o órgão verificou que a extinção de execuções com fundamento no reconhecimento de **prescrição** e **decadência** figurava como **principal motivo de encerramento do processo**, representando **36,8%** dos casos, contra 25,% de execuções extintas por pagamento, 18,8% pelo cancelamento da inscrição do débito e 13,0% pela remissão:

[8] Araujo, Juliana Furtado Costa. *A modernização da Administração tributária: iniciativas da Fazenda Pública visando ao incremento de sua atuação.* In: Direito Tributário, Linguagem e Método: as grandes disputas entre jurisprudência e dogmática na experiência brasileira atual. São Paulo: Editora Noeses, 2008, pág. 557.

[9] IPEA. Nota Técnica *Custo e Tempo do Processo de Execução Fiscal Promovido pela Procuradoria Geral da Fazenda Nacional.* Disponível em: http://www.ipea.gov.br/agencia/images/stories/PDFs/nota_tecnica/111230_notatecnicadiest1.pdf. Acessado em 29/01/2017.

GRÁFICO 4

**Distribuição dos processos de execução fiscal promovidos pela PGFN, segundo o motivo da baixa**

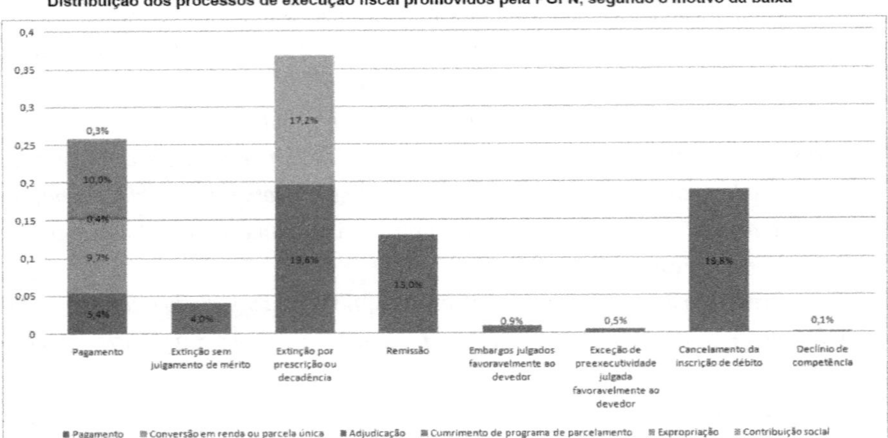


Nesse ponto, destacamos que nos casos de extinção da execução fiscal pelo motivo "pagamento" uma parcela expressiva do crédito tributário não foi recuperada em razão dos atos de cobrança judicial, mas sim do cumprimento de programas de **parcelamento** (10%).

Esse dado chama a atenção porque nos remete para o segundo motivo levantado como estímulo à alta litigiosidade: a utilização da execução fiscal como forma quase exclusiva de cobrança do crédito tributário, sem a criação de instrumentos alternativos mais adequados às características de valor, de sujeição passiva etc., capazes de recuperar a dívida ativa da União sem demandar o Poder Judiciário.

Nas pesquisas realizadas no Projeto Macrovisão do Crédito Tributário sob o enfoque da cobrança judicial da Dívida Ativa, Aristóteles Câmara e Rodrigo Freire refletem exatamente essa conclusão e identificam, entre as causas desse cenário de alta litigiosidade na cobrança da ativa com baixa taxa de recuperabilidade, o **ajuizamento indiscriminado de execuções fiscais**[10]:

[10] Câmara, Aristóteles de Queiroz. E Freire, Rodrigo Veiga Freire. Disponível em: http://jota.info/artigos/projeto-macrovisao-credito-tributario-diagnostico-da-cobranca-judicial-da-divida-ativa-da-uniao-19102016. Acessado em 30/01/2017.

*3.1 Ajuizamento indiscriminado da dívida ativa sem estimativa da probabilidade de recuperação do crédito*
*Não há previsão legal para que a PGFN estime as probabilidades de recuperação do crédito tributário e somente ajuíze aqueles que possuam efetivas chances de êxito em sua cobrança. A análise da viabilidade da recuperação do crédito deve levar em consideração a efetiva existência de recursos econômicos do executado para pagamento da dívida, evitando-se a propositura de execuções que restarão frustradas em virtude da ausência de localização de bens do devedor.*
*A conclusão aqui relatada assenta-se fundamentalmente em dois pressupostos:*
*i) o simples ajuizamento de execuções não é um estímulo efetivo ao pagamento da Dívida Ativa da União. Como demonstra a análise dos números das seis capitais pesquisadas, a quantidade de processos e o estoque da dívida vêm aumentando nos últimos cinco anos, ao mesmo tempo em que a taxa de recuperação é significativamente baixa (2,31% do montante ajuizado).*
*ii) a propositura de uma execução fiscal, como em qualquer outro processo, significa custos a serem suportados pelo Poder Judiciário, bem como a alocação de recursos da PGFN para sua gestão. Um estudo realizado pelo IPEA ainda em 2011 estimou que o custo de uma execução fiscal apenas para a Justiça Federal é de R$ 5.606,67, o que, atualizado pelo IGP-M (FGV), totalizaria R$ 7.813,37*

Na conclusão do estudo realizado pelo IPEA, constatou-se que o custo unitário de uma ação de execução fiscal federal, à época, era de R$ 5.606,67, demandando-se 9 anos, 9 meses e 16 dias para o trâmite do processo visando a uma recuperação do crédito tributário com probabilidade de 25,8%.

A consequência imediata dessa conclusão foi a edição, pela PGFN, da Portaria nº 75 de 22 de março de 2012, para determinar *a não inscrição na Dívida Ativa da União de débito de um mesmo devedor com a Fazenda Nacional de valor consolidado igual ou inferior a R$ 1.000,00 (mil reais); e II – o não ajuizamento de execuções fiscais de débitos com a Fazenda Nacional, cujo valor consolidado seja igual ou inferior a R$ 20.000,00 (vinte mil reais).*

Neste caso, a indisponibilidade do crédito tributário deu lugar à aplicação de outro vetor constitucional: o da eficiência da Administração Pública (art. 37, *caput* da Constituição Federal).

## 3. O CPC/15 e a mudança de paradigma

A partir de março de 2016, com a entrada em vigor do Código de Processo Civil de 2015 ("CPC/15"), essa situação ganhou novos contornos, desenhados especialmente pelo artigo 85 da lei.

Para viabilizar seu estudo, traçaremos um panorama das principais inovações trazidas pela nova legislação processual, relativamente à redução da litigiosidade.

**a) Equiparação entre Fazenda Pública e particulares na condenação em honorários advocatícios**

A primeira modificação que merece destaque é a equalização de contribuintes e Fazenda Pública. Substituindo o vocábulo "vencida" (artigo 20, §4º, CPC/73) pela palavra "parte", o artigo 85, 3º, CPC/15 unificou os critérios a serem adotados para a condenação em honorários nas demandas em que a Fazenda Pública figurar como sucumbente e como vencedora, dando tratamento equânime aos contribuintes e à Fazenda que, agora, estarão submetidos aos mesmos percentuais e limites de valor. Vejamos:

| Redação CPC/73 | REDAÇÃO CPC/15 |
|---|---|
| Art. 20. A sentença condenará o vencido a pagar ao vencedor as despesas que antecipou e os honorários advocatícios. Esta verba honorária será devida, também, nos casos em que o advogado funcionar em causa própria.<br>(...)<br>§ 4º Nas causas de pequeno valor e nas de valor inestimável, bem como naquelas em que não houver condenação ou for **vencida** a Fazenda Pública, os honorários serão fixados consoante apreciarão equitativa do juiz atendidas as normas das letras a a c do parágrafo anterior. | Art. 85. A sentença condenará o vencido a pagar honorários ao advogado do vencedor.<br>(...)<br>§ 3o Nas causas em que a Fazenda Pública for **parte**, a fixação dos honorários observará os critérios estabelecidos nos incisos I a IV do § 2o e os seguintes percentuais: |

**b) Definição de critérios objetivos para a fixação da sucumbência**

Os indicadores previstos no CPC/73 como parâmetros exclusivos para a definição dos honorários contra a Fazenda Pública[11] foram aliados a critérios **objetivos**, restringindo o âmbito de discricionariedade dos juízes à fixação de um percentual dentro dos limites mínimos e máximos predeterminados por faixas de valor.

[11] Grau de zelo do profissional, o lugar de prestação do serviço, natureza e a importância da causa, o trabalho desempenhado pelo advogado e o tempo demandado pela medida judicial.

O quadro a seguir ilustra esse novo cenário:

| LIMITES[12] | VALOR[13] | PERCENTUAL |
|---|---|---|
| Até 200 salários-mínimos | R$187.400,00 | 10% a 20% |
| Acima de 200 salários-mínimos até 2.000 salários-mínimos | > R$187.400,00 < R$1.874.000,00 | 8% a 10% |
| Acima de 2.000 salários-mínimos até 20.000 salários-mínimos | > R$1.874.000,00 > R$18.740.000,00 | 5% a 8% |
| Acima de 20.000 salários-mínimos até 100.000 salários-mínimos | > R$18.740.000,00 < R$93.700.000,00 | 3% a 5% |
| Acima de 100.000 salários-mínimos | > R$88.000.000,00 | 1% a 3% |

### c) A chamada sucumbência recursal e a possibilidade de condenações cumulativas

O parágrafo 11 do artigo 85[14] prevê que a interposição de recursos será igualmente gatilho para a condenação em sucumbência, isto é, o recorrente ficará sujeito à cumulação dos honorários pelos Tribunais, até o limite global de vinte por cento sobre o valor da condenação ou do proveito econômico.

Pela redação do dispositivo, que estatui a majoração dos *honorários fixados anteriormente levando em conta o trabalho adicional realizado em grau recursal,* torna-se evidente o alinhamento do CPC/15 ao artigo 19 da Lei nº 10.522/02:

> *Art. 19. Fica a Procuradoria-Geral da Fazenda Nacional autorizada a não contestar, a não interpor recurso ou a desistir do que tenha sido interposto, desde que inexista outro fundamento relevante, na hipótese de a decisão versar sobre*

[12] Valor relativo ao total da condenação ou proveito econômico.

[13] Considerando o salário mínimo nacional, em janeiro de 2017, de R$937,00.

[14] Art. 85. *Omissis*

§ 11. O tribunal, ao julgar recurso, majorará os honorários fixados anteriormente levando em conta o trabalho adicional realizado em grau recursal, observando, conforme o caso, o disposto nos §§ 2o a 6o, sendo vedado ao tribunal, no cômputo geral da fixação de honorários devidos ao advogado do vencedor, ultrapassar os respectivos limites estabelecidos nos §§ 2o e 3o para a fase de conhecimento.

*I – matérias de que trata o art. 18;*

*II – matérias que, em virtude de jurisprudência pacífica do Supremo Tribunal Federal, do Superior Tribunal de Justiça, do Tribunal Superior do Trabalho e do Tribunal Superior Eleitoral, sejam objeto de ato declaratório do Procurador-Geral da Fazenda Nacional, aprovado pelo Ministro de Estado da Fazenda;*

*III – (VETADO).*

*IV – matérias decididas de modo desfavorável à Fazenda Nacional pelo Supremo Tribunal Federal, em sede de julgamento realizado nos termos do art. 543-B da Lei no 5.869, de 11 de janeiro de 1973 – Código de Processo Civil;*

*V – matérias decididas de modo desfavorável à Fazenda Nacional pelo Superior Tribunal de Justiça, em sede de julgamento realizado nos termos dos art. 543-C da Lei º 5.869, de 11 de janeiro de 1973 – Código de Processo Civil, com exceção daquelas que ainda possam ser objeto de apreciação pelo Supremo Tribunal Federal.*

Os dois dispositivos redundam, certamente, em um esforço comum e elogiável: reduzir a utilização da fase recursal como veículo para o prolongamento das discussões judiciais, abarrotando os já saturados escaninhos dos Tribunais judiciais.

Para a Fazenda Pública, a regra é um eficaz incentivo à adoção de um novo paradigma de atuação mais responsável e proativa, modelo claramente estruturado com a edição dos Pareceres PGFN nº 492/2010, 2.025/11 e 396/13, todos voltados a disciplinar as hipóteses de dispensa de contestação e interposição de recurso e de desistência dos já interpostos, concretizando o comando do artigo 19 da Lei nº 10.522/02.

A regra do CPC/15, é importante notar, tem um feito ainda mais extenso, alcançando também contribuintes que, por vezes, se aproveitam da fase recursal com interesse meramente protelatório, tendo como objetivo primordial o adiamento do trânsito em julgado, e não a reforma da decisão recorrida.

O termo inicial para a aplicação do artigo 85, §11 do CPC/15 ainda é controverso, havendo decisões proferidas pelo Superior Tribunal de Justiça tanto no sentido de que (i) a condenação é regida pela data da prolação da sentença, aplicando-se o dispositivo aos casos sentenciados após a vigência do CPC/15, quanto de que (ii) a fixação da sucumbência deve observar a legislação vigente à época da prática do ato processual (interposição de recurso)[15].

[15] Nesse sentido, confira-se: AgInt no REsp 1481917/RS, Rel. Ministro Luis Felipe Salomão, Rel. p/ Acórdão Ministro Marco Buzzi, QUARTA TURMA, julgado em 04/10/2016,

Entendemos que os honorários sucumbenciais devem ser fixados apenas nos casos em que o recurso foi interposto já na vigência do CPC/15, hipótese em que, pelo princípio da causalidade, o recorrente efetivamente assumiu o risco de ter sua condenação majorada.

## 4. Os honorários de sucumbência como variável a ser considerada no "custo do processo"

Sem pretender estabelecer uma relação direta entre incentivos econômicos decorrentes da condenação ao pagamento de honorários sucumbenciais e alta litigiosidade, considerando a análise desenvolvida no item 2.1 visualizamos nas alterações introduzidas pelo CPC/15 um importante estímulo à redução da litigiosidade por meio da criação de incentivos ao aperfeiçoamento do controle de legalidade prévio à inscrição em dívida ativa e de instrumentos alternativos de cobrança do crédito tributário.

Não se defende nesse estudo, é importante esclarecer, tornar a recuperação da dívida ativa uma faculdade da Administração. A indisponibilidade dos bens públicos é fundamento basilar do direito administrativo e resguardada, no ramo das relações tributárias, pelo artigo 141 do Código Tributário Nacional.[16]

O caminho proposto, em conciliação com o novo paradigma de condenação da Fazenda Pública ao pagamento de honorários sucumbenciais, é um controle mais rígido de sua legalidade no momento da inscrição em dívida ativa e a adoção de outras formas eficazes para sua cobrança. O incentivo econômico aferível das mudanças trazidas pelo CPC/15, lembremos, não é o de inviabilizar a recuperação da dívida ativa, mas o de desestimular a litigância judicial ineficiente.

DJe 11/11/2016 e REsp 1465535/SP, Rel. Ministro Luis Felipe Salomão, QUARTA TURMA, julgado em 21/06/2016, DJe 22/08/2016.

[16] Art. 141. O crédito tributário regularmente constituído somente se modifica ou extingue, ou tem sua exigibilidade suspensa ou excluída, nos casos previstos nesta Lei, fora dos quais não podem ser dispensadas, sob pena de responsabilidade funcional na forma da lei, a sua efetivação ou as respectivas garantias.

### 4.1. Iniciativas aparentemente influenciadas pela nova regra sucumbencial

Nesse cenário, merecem destaque algumas medidas já implementadas que refletem essa movimentação no sentido de tornar a atuação da Fazenda Pública mais proativa, por meio de um sistema pautado pela cobrança qualitativa do crédito tributário.

#### a. Atos da PGFN

Em maio de 2016 a PGFN editou a Portaria nº 502/2016, estimulando a atuação dos Procuradores fazendários no controle de legalidade da inscrição em dívida ativa ao prever:

*Artigo 1º*

*Os Procuradores da Fazenda Nacional atuarão com independência, observada a juridicidade, racionalidade, impessoalidade, moralidade, eficiência, uniformidade e a defesa do patrimônio público, da justiça fiscal, da segurança jurídica e das políticas públicas, bem como nos termos e limites estabelecidos pela Constituição Federal, pela legislação e pelas normas institucionais, inclusive orientações, notas e pareceres da Procuradoria Geral da Fazenda Nacional – PGFN.*

Além disso, na Portaria também foram ampliadas as hipóteses de dispensa de contestação, oferecimento de contrarrazões, interposição de recursos e recomendada a desistência dos já interpostos, nos casos ali elencados.

No mesmo ano, a Procuradoria também publicou a Portaria PGFN nº 396/2016, em que criou um importante fator para a redução do contencioso tributário ao estabelecer a possibilidade de arquivamento de execuções fiscais (i) cujo valor consolidado do crédito em cobrança não supere R$1.000.000,00 e (ii) nas quais não constem informações sobre bens e direitos úteis à satisfação, total ou parcial, da dívida.

Nesses casos, a litigância judicial é substituída pelo Regime Diferenciado de Cobrança – RDCC de Créditos, marcado principalmente pela consulta sistemática e periódica às bases de dados patrimoniais dos devedores; e pela possibilidade de protesto extrajudicial das dívidas ativas.

Desde que respeitado o vetor de indisponibilidade do crédito tributário (bem público), reputamos positivos os mecanismos estabelecidos pelas Portarias, pois voltados a racionalizar o contencioso tributário e a desafogar o Judiciário, por meio de uma cobrança estratégica e guiada por procedimentos mais adequados ao valor e à qualidade do crédito em cobrança.

### b. Projetos de lei em tramitação

No plano legislativo, destacamos os Projetos de Lei nº 2412/2007 nº 5080/2009, que tratam da execução administrativa da dívida ativa.

Já o Anteprojeto de Lei de Execução Fiscal substitutivo ao Projeto de Lei nº 2.412 de 2007 merece nossa crítica contundente no trecho que prevê que, *na extinção parcial ou total da execução fiscal em desfavor do exequente, os honorários, quando cabíveis, serão fixados por apreciação equitativa do juiz, observados os critérios dos incisos I a IV do §2º do art.* 85 do CPC/15 (artigo 36)[17].

Afastando os parâmetros objetivos definidos no §3º do artigo 85, essa previsão teria como consequência, se implementada, o retorno das execuções fiscais ao cenário de inconstitucionalidade desenhado pelo CPC/73 e marcado pela violação à isonomia na fixação dos honorários sucumbenciais contra a Fazenda Pública. Como desdobramento, anularia a capacidade de redução do contencioso judicial tributário incentivada pela alteração da nova lei processual.

## 5. Conclusão

Sob a perspectiva filosófica existencialista, Nicola Abbagnano define o risco como elemento

> *(...) inerente à escolha que o eu faz de si mesmo e a toda decisão existencial. A aceitação do R. implícito nessa escolha é um dos pontos fundamentais do existencialismo contemporâneo:* ***A pretensão implícita na decisão baseia-se numa indeterminação efetiva, ou seja, na possibilidade de que as coisas que passem de maneira diferente daquilo que eu decido; mas também se baseia no fato de que eu, que decido, assumir esse R., bem como na consideração de todas as possíveis garantias que eu possa obter.*** [18]

Assumir o risco, portanto, significa aceitar a possibilidade de uma consequência diversa da pretendida, o que, em uma escolha racional, ocorre quando o benefício de uma decisão supera seu prejuízo.

[17] Anteprojeto de Lei disponível em: http://www19.senado.gov.br/sdleg-getter/public/getDocument?docverid=2349646e-f76f-47ed-a8f3-50afd1863bd9;1.0. Acessado em 30/01/2017.

[18] Abbagnano, Nicola. Dicionário de Filosofia; tradução da 1ª Edição brasileira coordenada e revista por Alfrado Cosi; revisão da tradução e tradução dos novos textos Ivone Castilho Benedetti. São Paulo: Martins Fontes, 4ª edição, pág. 859.

No cenário do contencioso tributário federal anterior à vigência do CPC/15, os componentes da análise de risco feita pela PGFN apresentavam um desequilíbrio: o custo do processo era majoritária e expressivamente inferior ao do crédito em cobrança.

Com a introdução das novas regras de honorários sucumbenciais para a Fazenda Pública no artigo 85 e seguintes da lei processual estabeleceu-se um novo paradigma na análise de risco.

A probabilidade de êxito na recuperação do crédito tributário pela cobrança judicial é a mesma. O benefício possível também. O prejuízo, contudo, é maior. Faz-se uma aposta mais elevada pelo mesmo prêmio.

Nessa medida, com o CPC/15, os honorários sucumbenciais aumentaram o peso dos custos processuais na ponderação de risco a ser feita pela PGFN, que deverá considerar todas as possíveis garantias que possa obter para evitá-lo e proteger o erário sem perder de vista o esforço para a recuperação da dívida ativa.

Os honorários surgem, portanto, como elemento de ponderação à determinação da indisponibilidade do crédito tributário.

Os incentivos dos artigos 85 e seguintes não levam à redução da cobrança, mas sim ao aprimoramento de sua eficiência, por meio de um controle de legalidade mais efetivo na etapa anterior à inscrição em dívida ativa (conduta já determinada na Lei de Execuções Fiscais, artigo 2º, §3º) e da criação de mecanismos alternativos para a cobrança do crédito tributário, retirando o histórico foco das execuções fiscais.

## Referências

ABBAGNANO, Nicola. Dicionário de Filosofia; tradução da 1ª Edição brasileira coordenada e revista por Alfrado Cosi; revisão da tradução e tradução dos novos textos Ivone Castilho Benedetti. São Paulo: Martins Fontes, 4ª edição

ARAUJO, Juliana Furtado Costa. *A modernização da Administração tributária: iniciativas da Fazenda Pública visando ao incremento de sua atuação.* In: Direito Tributário, Linguagem e Método: as grandes disputas entre jurisprudência e dogmática na experiência brasileira atual. São Paulo: Editora Noeses, 2008.

CÂMARA, Aristóteles de Queiroz. E FREIRE, Rodrigo Veiga Freire. Disponível em: http://jota.info/artigos/projeto-macrovisao-credito-tributario-diagnostico-da-cobranca-judicial-da-divida-ativa-da-uniao-19102016. Acessado em 30/01/2017.

IPEA. Nota Técnica *Custo e Tempo do Processo de Execução Fiscal Promovido pela Procuradoria Geral da Fazenda Nacional.* Disponível em: http://www.ipea.gov.

br/agencia/images/stories/PDFs/nota_tecnica/111230_notatecnicadiest1.pdf. Acessado em 29/01/2017.

KAPLOW, Louis. SHAVELL, Steven. *Economic Analysis of Law*. Disponível em: http://www.law.harvard.edu/faculty/shavell/pdf/99_Economic_analysis_of_law.pdf. Acessado em 29/01/2017.

VASCONCELOS, Breno Ferreira Martins. DA SILVA, Daniel Souza Santiago. Disponível em: http://jota.info/artigos/diagnostico-processo-administrativo--fiscal-federal-22082016. Acessado em 30/01/2017.

# Tutela de Evidência (art. 301, II, CPC/2015) e Compensação Tributária: A Mutação legal da Norma Insculpida no Art. 170-A, CTN

Aldo de Paula Junior*

## 1. Descrição do problema

O Código de Processo Civil de 2015 inovou ao prever uma tutela de urgência que pode ser concedida pelo juiz independentemente da demonstração do perigo de dano decorrente da demora do provimento jurisdicional. A *tutela de evidência* (TE) do art. 311, CPC/2015 pode ser concedida quando (de acordo com o inciso II) houver prova documental das *alegações de fato* e enquadramento em *tese firmada em julgamento de casos repetitivos ou em súmula vinculante, verbis*:

> Art. 311. A tutela da evidência será concedida, independentemente da demonstração de perigo de dano ou de risco ao resultado útil do processo, quando:
>
> (...)
>
> II – as alegações de fato puderem ser comprovadas apenas documentalmente e houver **tese firmada em julgamento de casos repetitivos ou em súmula vinculante**;
>
> (...)

* Doutor e Mestre em Direito Tributário. Professor da FGV Direito SP e IBET. Advogado.

Parágrafo único. Nas hipóteses dos incisos II e III, o juiz poderá decidir liminarmente.

É medida que busca, de certa forma, atribuir eficácia geral a decisões que possuem apenas eficácia entre as partes (precedente em casos repetitivos) ou aplicação *in concreto* da eficácia geral da Súmula Vinculante (em substituição à Reclamação constitucional ao Supremo Tribunal Federal).

A premissa é que o entendimento do Judiciário deve ser aplicável a todos os cidadãos de modo uniforme (garantia constitucional da igualdade). Se a *tese jurídica* é incontroversa (porque definida por meio de caso repetitivo), basta a prova documental dos fatos que a ela se enquadram para que o cidadão tenha reconhecida a aplicação do *direito* ao *seu* caso. A prova da urgência é desnecessária.

Como se vê, o dispositivo aplica-se a teses firmadas em *casos repetitivos* ou *Súmula Vinculante.*

Neste último cenário, o efeito *vinculante e erga omnes* da Súmula do Supremo Tribunal Federal atrai toda discussão para o âmbito constitucional desta figura e diminui a *novidade* processual. Se a SV é obrigatória para toda a administração pública direta e indireta em todos os seus níveis e esferas e para *os demais órgãos do Poder Judiciário*, o *efeito concreto* sobre o problema do cidadão é da SV e não da decisão do Juiz em liminar, tutela de urgência ou de evidência.

Na outra hipótese, o alcance da tutela de evidência é mais abrangente porque apoiado em decisões com eficácia de *repetitivos* e estas são proferidas por todos os Tribunais locais, pelo Superior Tribunal de Justiça e pelo Supremo Tribunal Federal (art. 928[1], c/c art. 976[2], do CPC/2015).

[1] Art. 928. Para os fins deste Código, considera-se julgamento de casos repetitivos a decisão proferida em:
I – incidente de resolução de demandas repetitivas;
II – recursos especial e extraordinário repetitivos.
Parágrafo único. O julgamento de casos repetitivos tem por objeto questão de direito material ou processual.

[2] Art. 976. É cabível a instauração do incidente de resolução de demandas repetitivas quando houver, simultaneamente:
I – efetiva repetição de processos que contenham controvérsia sobre a mesma questão unicamente de direito;
II – risco de ofensa à isonomia e à segurança jurídica.
§ 1º A desistência ou o abandono do processo não impede o exame de mérito do incidente.

Estas decisões não são *vinculantes* como as SV mas receberam eficácia obrigatória para *os demais órgãos do Poder Judiciário* equivalente a das decisões em controle concentrado e dos enunciados das SV (art. 927, III, CPC/2015[3]), e protegida (a eficácia) por Reclamação (art. 988, IV, CPC/2015[4]).

Este conjunto de normas reacende um antigo debate no âmbito tributário que fora pacificado em 2010 quando a 1ª. Seção do Superior Tribunal de Justiça pacificou o entendimento jurisprudencial sobre a aplicação do art. 170-A, CTN (inserido pela LC 104/2001).

Naquela oportunidade (**REsp 1.167.039 / DF**. Rel. Min. TEORI ZAVASCKI. Unânime. 1ª. Seção. Dje 02/09/2010) o Tribunal entendeu com eficácia de Recurso Representativo de controvérsia que *"é vedada a compensação mediante o aproveitamento de tributo, objeto de contestação judicial pelo sujeito passivo, antes do trânsito em julgado da respectiva decisão judicial"*, inclusive aquelas que envolvam tributo declarado inconstitucional.

§ 2º Se não for o requerente, o Ministério Público intervirá obrigatoriamente no incidente e deverá assumir sua titularidade em caso de desistência ou de abandono.
§ 3º A inadmissão do incidente de resolução de demandas repetitivas por ausência de qualquer de seus pressupostos de admissibilidade não impede que, uma vez satisfeito o requisito, seja o incidente novamente suscitado.
§ 4º É incabível o incidente de resolução de demandas repetitivas quando um dos tribunais superiores, no âmbito de sua respectiva competência, já tiver afetado recurso para definição de tese sobre questão de direito material ou processual repetitiva.
§ 5º Não serão exigidas custas processuais no incidente de resolução de demandas repetitivas.

[3] Art. 927. Os juízes e os tribunais observarão:
I – as decisões do Supremo Tribunal Federal em controle concentrado de constitucionalidade;
II – os enunciados de súmula vinculante;
III – os acórdãos em incidente de assunção de competência ou de resolução de demandas repetitivas e em julgamento de recursos extraordinário e especial repetitivos;

[4] Art. 988. Caberá reclamação da parte interessada ou do Ministério Público para:
I – preservar a competência do tribunal;
II – garantir a autoridade das decisões do tribunal;
III – garantir a observância de enunciado de súmula vinculante e de decisão do Supremo Tribunal Federal em controle concentrado de constitucionalidade; (Redação dada pela Lei nº 13.256, de 2016)
IV – garantir a observância de acórdão proferido em julgamento de incidente de resolução de demandas repetitivas ou de incidente de assunção de competência; (Redação dada pela Lei nº 13.256, de 2016)

É exatamente este o objeto de nossa análise:

A eficácia normativa dos precedentes instituída (ou reforçada como veremos em seguida) pelo Novo Código de Processo Civil e a figura da *tutela de evidência* teriam impacto relevante no conteúdo normativo do art. 170-A, CTN?

O tema diz com a aplicação da tutela de evidência ao *mandado de segurança* (Sumula 212 e 213, STJ) e às ações ordinárias de *repetição do indébito* que tenham por objeto a compensação de tributos e pode ser desdobrado em duas perguntas: i) a tutela de evidência aplica-se ao *mandado de segurança*?; ii) a tutela de evidência pode permitir a compensação de tributos?

Vejamos:

## 2. A tutela de evidência e o *mandado de segurança*

Antes de enfrentarmos o problema da compensação autorizada por tutela de evidência, faz-se necessário discutir o próprio cabimento desta medida antecipatória no *mandado de segurança* que prevê em legislação específica a concessão de *liminar* para afastar lesão a direito líquido e certo.

Dentre outras características[5], a *liminar* difere da tutela de evidência por exigir a prova do *perigo da demora* (*periculum in mora*) enquanto à tutela de evidência bastaria o *fumus boni iuris*.

Há decisões que afastam a TE do MS por considerar que o Código de Processo Civil é lei geral em relação à Lei do Mandado de Segurança e não teria o condão de modifica-la nesta parte. Como a Lei 12.016/2009 somente prevê a liminar diante da prova do *periculum* e do *fumus*, o juiz deveria limitar-se a esta figura processual para a proteção do *direito líquido e certo*.

Entretanto, tal interpretação colide com o objetivo do regramento especial do mandado de segurança (garantia constitucional) e sua relação com o Código de Processo Civil.

[5] Paulo Cesar Conrado destaca que a medida liminar em mandado de segurança é modalidade de *cautelar* por assegurar o resultado prático do processo e não "satisfazer o direito de forma antecipada" (*Tutela de evidência em mandado de segurança afeta Direito Tributário. In* http://www.conjur.com.br/2016-mai-25/paulo-conrado-tutela-evidencia-ms-afeta-direito-tributario acessado em 30/01/2017.

O rito especial do mandado de segurança tem por objetivo conferir celeridade na proteção de direito líquido e certo de cidadão contra ato de autoridade pública. É instrumento de defesa do cidadão contra o Estado e, portanto, se o Código de Processo Civil de 2015 veicula nova modalidade de *tutela de urgência* que é *mais eficaz* na proteção destes direitos materiais, não há motivo para afastá-la do mandado de segurança e restringi-la às ações ordinárias.

Principalmente se os requisitos para sua concessão são plenamente compatíveis com o rito do mandado de segurança: i) a prova pré-constituída e documental; e ii) tese firmada em repetitivo ou SV;

Não há incompatibilidade material ou procedimental entre os diplomas normativos, ao contrário, a TE complementa o rol de medidas protetivas da Lei 12.016/2009.

Ademais, o caráter *cautelar* da liminar no *mandado de segurança* previsto na Lei 12.016/2009) não impede ou exclui a possibilidade de concessão de provimento mais abrangente como a TE exatamente porque o Novo Código de Processo Civil inovou neste aspecto e não fez opção restritiva à natureza da TE ou a limitou a determinado procedimento (rito).

PAULO CESAR CONRADO tem esta mesma opinião:

> "Se assim for, partindo-se da premissa (já assentada) de que liminar em mandado de segurança é submodelo de cautelar, o que se poderia concluir é, para além das condições gerais fixadas nos incisos do artigo 7º da Lei 12.016/2009, seria possível a concessão da aludida medida sob o regime do artigo 311 (especificamente em seu inciso II).
>
> Ter-se-ia, com isso, uma variante à "clássica" medida liminar em mandado de segurança, que se caracterizaria, inovadoramente, pela irrelevância do periculum in mora."[6]

Com isso, o juiz pode conceder a *liminar* diante da presença de *fumus* e do *periculum,* ainda que a questão *de direito* não esteja uniformizada nos Tribunais e poderá conceder a TE naqueles outros casos cuja tese jurídica já tenha sido decidida em *repetitivo* ou *súmula vinculante,* bastando a prova dos fatos que se enquadram naquele entendimento.

[6] In ob. Cit.

A referência no Código de Processo Civil de 2015 às regras específicas das tutelas contra a Fazenda Pública (Lei 8.437/1992) e da Lei do Mandado de Segurança (Lei 12.016/2009) no art. 1.059, antes de atribuir natureza *acautelatória* e *não-satisfativa* às *tutelas provisórias* reconhece que elas convivem em um sistema de medidas protetivas dos cidadãos e do interesse do Estado sem revoga-las porque possuem amplitude (e casuística) distintas, *verbis*:

> Art. 1.059. À tutela provisória requerida contra a Fazenda Pública aplica-se o disposto nos arts. 1º e 4º da Lei n. 8.437, de 30 de junho de 1992, e no art. 7º, § 2º, da Lei n. 12.016, de 7 de agosto de 2009.

E, vale destacar que a tutela provisória divide-se em *tutela de urgência* e *tutela de evidência* (art. 294, *caput*, CPC/2015)[7].

Portanto, podemos concluir que:

a) é possível a aplicação da TE ao rito do MS;
b) o CPC/2015 não revogou a *proibição* genérica de sua concessão para permitir *compensação de crédito tributário.*

Entretanto, esta proibição de compensação deve ser aplicável a todos os casos? Mesmo se a compensação envolver crédito decorrente de tributo indevido por força de SV ou repetitivo?

Como o art. 1.059, CPC/2015 aplica-se a todas as tutelas concedidas contra a Fazenda Pública, trataremos em conjunto da TE concedida em mandado de segurança ou em ação ordinária (repetição do indébito).

## 3. A tutela de evidência e a compensação: o art. 170A do CTN e a proibição de compensação por liminar

Em 25/08/2010 a Primeira Seção do Superior Tribunal de Justiça decidiu, com eficácia de Recurso Representativo de Controvérsia (art. 543-C, CPC/1973) que "*o art. 170A do CTN aplica-se também a indébitos tributários decorrentes de vício de inconstitucionalidade*" (**REsp 1.167.039 / DF**. Rel. Min. TEORI ZAVASCKI. Unânime. 1ª. Seção. Dje 02/09/2010), ou seja, mesmo nestes casos, é necessário o *trânsito em julgado* para a compensação, *verbis*:

[7] Art. 294. A tutela provisória pode fundamentar-se em urgência ou evidência.
Parágrafo único. A tutela provisória de urgência, cautelar ou antecipada, pode ser concedida em caráter antecedente ou incidental.

(...) Conforme se sabe, a compensação tributária é admitida sob regime de estrita legalidade. É o que estabelece o art. 170 do CTN:

> "A lei pode, nas condições e sob as garantias que estipular, ou cuja estipulação em cada caso atribuir à autoridade administrativa, autorizar a compensação de créditos tributários com créditos líquidos e certos, vencidos ou vincendos, do sujeito passivo contra a Fazenda Pública".

Entre as várias disposições normativas editadas pelo legislador ao longo do tempo, estabelecendo modos e condições para a efetivação de compensação tributária, uma delas é a do art. 170-A do CTN, introduzido pela Lei Complementar 104/2001, objeto da controvérsia dos autos, que assim dispõe:

> "É vedada a compensação mediante o aproveitamento de tributo, objeto de contestação judicial pelo sujeito passivo, antes do trânsito em julgado da respectiva decisão judicial".

Ora, essa norma não traz qualquer alusão, nem faz qualquer restrição relacionada com a origem ou com a causa do indébito tributário cujo valor é submetido ao regime de compensação. Nem de seu texto expresso, nem de seu sentido implícito é possível extrair a conclusão a que chegou o acórdão recorrido, de que estaria fora de seu comando normativo a compensação de tributos considerados inconstitucionais pelo Supremo Tribunal Federal. Não há, no STJ, qualquer precedente que possa abonar a tese do referido acórdão. Pelo contrário, em precedentes desta Corte que fizeram incidir o art. 170-A do CTN, a compensação dizia respeito justamente a tributos declarados inconstitucionais, inclusive em situações semelhantes à aqui discutida (indébito tributário relativo a PIS/COFINS, recolhido nos termos dos DLs 2445/88 e 2449/88). Veja-se, a título exemplificativo: AgRg no REsp 1.059.826/SC, 1ª Turma, Min. Benedito Gonçalves, DJe de 03/09/2009; REsp 1.014.994/MS, 2ª Turma, Min. Eliana Calmon, DJe de 19/09/2008; REsp 923.736/SP, 2ª Turma, Min. João Otávio de Noronha, DJ de 08/06/2007.

Embora seja certo que a questão aqui colocada não foi objeto de expressa deliberação nos referidos precedentes, também é certo que neles foi adotado entendimento com o qual não se compatibiliza o acórdão recorrido.

Afirma-se, em suma, que, em se tratando de pretensão à compensação de crédito contra a Fazenda objeto de controvérsia judicial, o requisito trazido pelo art. 170-A do CTN (trânsito em julgado da sentença que afirma a existência do crédito em favor do contribuinte) aplica-se também a indébitos tributários decorrentes de vício de inconstitucionalidade.

Este entendimento vem sendo aplicado pelos Tribunais Regionais Federais da 1ª Região (AC 2000.36.00.010343-6/MT. Rel. Des. MARIA DO CARMO CARDOSO. 8ª Turma. DJF1 08/07/2016[8]), 2ª Região (AC 0004114-03.2006.4.02.5101. Rel. RICARDO PERLINGEIRO. 3ª Turma Especializada. DJF2 10/01/2014[9]), 3ª Região (REOMS 361.956/SP. Rel. Des. ANDRE NABARRETE. 4ª Turma. DJF3 08/09/2016[10]), 4ª. Região (Juízo de Retratação em Apelação nº 5002946-08.2010.4.04.7000/PR. Re. Des. OTÁVIO ROBERTO PAMPLONA. 2ª. Turma. J. 06/12/2016[11]) e 5ª Região (AC nº 08012481420154058100. Rel. Des. CID MARCONI. 3ª Turma. J 17/12/2016[12]).

[8] "2. O STJ, no julgamento do REsp 1.167.039/DF, estabeleceu que nos termos do art. 170-A do CTN, "é vedada a compensação mediante o aproveitamento de tributo, objeto de contestação judicial pelo sujeito passivo, antes do trânsito em julgado da respectiva decisão judicial", vedação que se aplica inclusive às hipóteses de reconhecida inconstitucionalidade do tributo indevidamente recolhido."

[9] 7. Art.170-A do CTN, incluído pela LC 104/2001. Vedada a compensação mediante o aproveitamento do tributo, objeto de contestação judicial pelo sujeito passivo, antes do trânsito em julgado da respectiva decisão judicial. Incidência sobre as demandas ajuizadas após 10.1.2001 (STJ, 1ª Seção, REsp 1.167.039, Rel. Min. Teori Zavascki, DJe 02.9.2010; 2ª Turma, AgRg no REsp 1.299.470, Rel. Min. Humberto Martins, DJe 23.3.2012).

[10] "Quanto ao artigo 170-A do Código Tributário Nacional, a matéria foi decidida pelo Superior Tribunal de Justiça no julgamento dos Recursos Especiais nº 1.164.452/MG e nº 1.167.039/DF, representativos da controvérsia, que foram submetidos ao regime de julgamento previsto pelo artigo 543-C do Código de Processo Civil e regulamentado pela Resolução nº 8/STJ de 07.08.2008, no qual fixou a orientação no sentido de que essa norma deve ser aplicada tão somente às demandas propostas após sua entrada em vigor, que se deu com a LC nº 104/2001, mesmo na hipótese de o tributo apresentar vício de constitucionalidade reconhecido pelo Supremo Tribunal Federal. A ação foi proposta em 2015, após a entrada em vigor da LC nº 104/2001, razão pela qual incide o disposto no artigo 170-A do Código Tributário Nacional, como assinalado na sentença. Precedentes."

[11] 1. Realinhada a posição jurisprudencial desta Corte à jurisprudência do Supremo Tribunal Federal que, no julgamento, na modalidade de repercussão geral, do Recurso Extraordinário nº 595.838, declarou a inconstitucionalidade do inciso IV do art. 22 da Lei 8.212/1991, com a redação dada pela Lei nº 9.876/1999.

2. As contribuições previdenciárias recolhidas indevidamente podem ser objeto de compensação com parcelas vencidas posteriormente ao pagamento, relativas a tributo de mesma espécie e destinação constitucional, conforme previsto nos arts. 66 da Lei nº 8.383/91, 39 da Lei nº 9.250/95, observando-se as disposições do art. 170-A do CTN.

[12] 4. O STF já pacificou o entendimento, em seara de Repercussão Geral, acerca da inconstitucionalidade da Contribuição destinada à Seguridade Social, a cargo de empresa, no montante de "quinze por cento sobre o valor bruto da nota fiscal ou fatura de prestação de serviços, relativamente a serviços que lhe são prestados por cooperados por intermédio de

Neste cenário, seria cabível cogitar-se de compensação com apoio em decisão precária como a TE?

Entendemos que já em 2010 quando proferida a decisão do Superior Tribunal de Justiça no **REsp 1.167.039/DF** a 1ª Seção deveria ter recortado o precedente para divisar as *inconstitucionalidades* a partir das decisões que as reconhecem.

Isso porque, desde aquela época, a decisão de inconstitucionalidade proferida pelo Supremo Tribunal Federal em controle concentrado de constitucionalidade (art. 102, § 2º, CF/1988) e o enunciado de Súmula Vinculante (art. 103-A, *caput,* CF/1988) têm eficácia vinculante e *erga omnes* de modo a modificar o sistema normativo em caráter geral e *obrigatório* a todos os cidadãos, administração pública e *demais órgãos do Judiciário* (o STF não está vinculado, vide ADI 2.777/SP-QO. Rel. Min. CEZAR PELUSO).

Portanto, reconhecida a inconstitucionalidade *ex tunc*[13] de tributo pelo Plenário do Supremo Tribunal Federal em decisão em controle concentrado ou em enunciado de SV, a parcela recolhida a este título pelo cidadão converte-se em indébito tributário independentemente de qualquer provimento jurisdicional a ele relacionado especificamente em processo individual ou coletivo.

A partir deste momento, a administração tributária é obrigada (vinculada) a restituir-lhe a quantia ou aceitar sua compensação nos termos da legislação de regência.

É desnecessária a ação judicial para se obter o reconhecimento do indébito, portanto o art. 170-A do CTN não deveria ser aplicável ao caso.

Aliás, desde 2008 (Medida Provisória nº 449) a Lei Federal nº 9.430/1996 permite a compensação de tributo declarado inconstitucional pelo STF em controle concentrado de constitucionalidade e desde 2009 (Lei nº 11.941/2009) em enunciado de SV, *verbis*:

cooperativas de trabalho", prevista no art. 22, IV, da Lei 8.212/1991, com a redação dada pela Lei 9.876/99. Direito à restituição do indébito.

5. Correta a sentença na aplicação da taxa Selic, para a atualização monetária do indébito, e a submissão ao art. 170-A, do CTN (compensação após o trânsito em julgado), bem como a aplicação do prazo prescricional quinquenal, nos termos do art. 168, I, do CTN, com a redação dada pela LC 118/05, posto que a ação foi ajuizada sob a sua égide.

[13] Em nosso sistema de controle de constitucionalidade a regra é a atribuição de efeito retroativo à decisão de inconstitucionalidade com apoio na sua *nulidade* mas é cada vez mais comum a *modulação* dos efeitos no tempo de modo a alcançar apenas os fatos futuros.

**Lei Federal nº 9.430/1996:** Art. 74. O sujeito passivo que apurar crédito, inclusive os judiciais com trânsito em julgado, relativo a tributo ou contribuição administrado pela Secretaria da Receita Federal, passível de restituição ou de ressarcimento, poderá utilizá-lo na compensação de débitos próprios relativos a quaisquer tributos e contribuições administrados por aquele Órgão.
(...)
§ 12. Será considerada não declarada a compensação nas hipóteses:
I – previstas no § 3o deste artigo;
II – em que o crédito:
(...)
d) seja decorrente de decisão judicial não transitada em julgado; ou
(...)
f) tiver como fundamento a alegação de inconstitucionalidade de lei, exceto nos casos em que a lei: (Redação dada pela Lei nº 11.941, de 2009)
1 – tenha sido declarada inconstitucional pelo Supremo Tribunal Federal em ação direta de inconstitucionalidade ou em ação declaratória de constitucionalidade; (Incluído pela Lei nº 11.941, de 2009)
2 – tenha tido sua execução suspensa pelo Senado Federal; (Incluído pela Lei nº 11.941, de 2009)
3 – tenha sido julgada inconstitucional em sentença judicial transitada em julgado a favor do contribuinte; ou (Incluído pela Lei nº 11.941, de 2009)
4 – seja objeto de súmula vinculante aprovada pelo Supremo Tribunal Federal nos termos do art. 103-A da Constituição Federal. (Incluído pela Lei nº 11.941, de 2009)

Portanto, se nestes casos não é exigível ação judicial para o reconhecimento do indébito, esta não pode ser óbice à realização da compensação.

O fundamento do indébito é relevante na medida em que a própria legislação destaca a compensação com *base em decisão judicial* (e aí exige o trânsito em julgado, art. 74, § 12, II, "d", Lei 9.430/1996) daquela com apoio em norma declarada inconstitucional pelo STF em controle concentrado, objeto de Súmula Vinculante ou que tiver sua execução suspensa por Resolução do Senado Federal (art. 74, § 12, II, "f", Lei 9.430/1996).

Em caso de resistência ou recusa da compensação por parte da União por negativa de reconhecimento da eficácia da decisão ou da Súmula do

Supremo Tribunal Federal entendemos como cabível a compensação antes do trânsito em julgado e o deferimento de tutela de evidência para se permitir ao cidadão a compensação com apoio na eficácia normativa e vinculante daquelas decisões.

Mas e se o indébito tiver por fundamento norma reconhecida como inválida por *tese firmada em julgamento de casos repetitivos*? Nesta hipótese não há *efeito vinculante e erga omnes* para os cidadãos, administração pública e demais órgãos do Poder Judiciário tampouco norma autorizativa da compensação.

Neste ponto vale a pena divisar os precedentes *repetitivos* a partir de sua *definitividade* e de sua força normativa.

O art. 928 do CPC/2015 prevê como precedente de *casos repetitivos a decisão proferida em: I – incidente de resolução de demandas repetitivas;* e *II – recursos especial e extraordinário repetitivos.*

Os Tribunais locais, o Superior Tribunal de Justiça e o Supremo Tribunal Federal produzem *julgamento de casos repetitivos* com eficácia legitimadora da concessão da TE do art. 311, II, CPC/2015.

De acordo com o art. 985, I, CPC/2015 o precedente repetitivo terá eficácia sobre todos os demais casos *"que tramitem na área de jurisdição do respectivo tribunal"*[14] e aqueles produzidos pelos Tribunais locais poderão ser objeto de recurso extraordinário ou especial para que a questão seja decidida pelos Tribunais Superiores (art. 987, CPC/2015[15]).

Nesta hipótese, os recursos especial e extraordinário terão efeito suspensivo (art. 987, §1º, CPC/2015) e *"apreciado o mérito do recurso, a*

[14] Art. 985. Julgado o incidente, a tese jurídica será aplicada:
I – a todos os processos individuais ou coletivos que versem sobre idêntica questão de direito e que tramitem na área de jurisdição do respectivo tribunal, inclusive àqueles que tramitem nos juizados especiais do respectivo Estado ou região;
II – aos casos futuros que versem idêntica questão de direito e que venham a tramitar no território de competência do tribunal, salvo revisão na forma do art. 986.
§ 1º Não observada a tese adotada no incidente, caberá reclamação.
§ 2º Se o incidente tiver por objeto questão relativa a prestação de serviço concedido, permitido ou autorizado, o resultado do julgamento será comunicado ao órgão, ao ente ou à agência reguladora competente para fiscalização da efetiva aplicação, por parte dos entes sujeitos a regulação, da tese adotada.

[15] Art. 987. Do julgamento do mérito do incidente caberá recurso extraordinário ou especial, conforme o caso.
§ 1º O recurso tem efeito suspensivo, presumindo-se a repercussão geral de questão constitucional eventualmente discutida.

*tese jurídica adotada pelo Supremo Tribunal Federal ou pelo Superior Tribunal de Justiça será aplicada no território nacional a todos os processos individuais ou coletivos que versem sobre idêntica questão de direito."* (art. 987, § 2º, CPC/2015).

Portanto, ainda que proferida em *incidente de demandas repetitivas,* a decisão de Tribunal local não se reveste de definitividade, tem eficácia geográfica limitada e poderá ter sua eficácia normativa suspensa pela interposição de recursos especial ou extraordinário.

Diante destas características, entendemos que o julgamento em repetitivo do Tribunal local não poderia afastar o art. 170-A, CTN, e tampouco justificar a TE que deferisse a *compensação* de tributo porque este permanece submetido à sua lei instituidora (válida, vigente e eficaz) que não foi atingida por norma geral e concreta.

Mas e o precedente do Supremo Tribunal Federal e do Superior Tribunal de Justiça que firma a tese em repetitivo na competência de cada uma das Cortes Superiores?

Estes precedentes têm caráter definitivo e aplicabilidade imediata em todo o território nacional (art. 987, § 2º, CPC/2015) de forma obrigatória a todos os *"juízes e tribunais"* (art. 927, III, CPC/2015), garantida por meio de Reclamação (art. 988, IV, CPC/2015).

Os casos repetitivos do STF e do STJ passam a ser *fonte do direito* com caráter obrigatório para o Judiciário (e a Reclamação atesta esta qualidade) embora não possuam esta característica de forma automática para a administração tributária e para os cidadãos.

Entretanto, é inegável que tais precedentes repercutem em toda a cadeia de positivação do direito porque se a autoridade der à lei interpretação deles divergente, poderá desencadear um processo judicial que ao fim e ao cabo fará aplicar o conteúdo e dará eficácia aos precedentes.

Como a administração deve pautar-se pela eficiência e moralidade (art. 37, CF/1988) e não poderia dar causa a demandas infundadas (que por sua vez sobrecarregariam o Judiciário em prejuízo à eficiência), é esperado que ela se adeque ao precedente e assim uniformize a legalidade.

§ 2º Apreciado o mérito do recurso, a tese jurídica adotada pelo Supremo Tribunal Federal ou pelo Superior Tribunal de Justiça será aplicada no território nacional a todos os processos individuais ou coletivos que versem sobre idêntica questão de direito.

Aliás, a Procuradoria da Fazenda Nacional reconhece tais efeitos *transcendentes* dos precedentes no Parecer PGFN 492/2011, *verbis*:

"(...) nos dias atuais [desde 0305/2007 com a vigência e eficácia do modelo de Repercussão Geral e Recursos Repetitivos], são objetivos e definitivos e, portanto, alteram/impactam o sistema jurídico vigente, agregando-lhe um elemento novo, tanto os precedentes oriundos do Plenário do STF formados em controle concentrado de constitucionalidade, quanto alguns dos seus precedentes formados em controle difuso, independentemente, nesse último caso, de posterior edição, pelo Senado Federal, da Resolução prevista no art. 52, inc. X da CF/88." (Parecer PGFN 492/2011)

Ainda segundo o Parecer elaborado antes da vigência do Novo Código de Processo Civil, o instituto da Repercussão Geral e a sistemática do julgamento por amostragem dos recursos repetitivos confere aos julgamentos do controle difuso de constitucionalidade a mesma objetividade e extensão do controle concentrado embora não dotados de efeito vinculante, *verbis*:

30. Esse caráter objetivo dos acórdãos proferidos, pelo Plenário do STF, em sede de controle difuso de constitucionalidade talvez tenha atingido o
seu ponto máximo com a inserção, no sistema processual civil positivo, da sistemática de julgamento por amostragem dos recursos extraordinários repetitivos, que, tal qual delineada pelo art. 543-B do CPC (introduzido pela Lei n. 11.418, de 19 de dezembro de 2006), permite que a repercussão geral de questões constitucionais repetitivas seja reconhecida ou negada, de uma só vez, pelo STF, por meio da análise do recurso extraordinário "paradigma", escolhido por amostragem; e que, uma vez reconhecida a repercussão geral da questão constitucional repetitiva, o STF passe à sua resolução, por meio do julgamento do mérito do recurso extraordinário escolhido como paradigma.

31. E mais: parece lícito se afirmar que a sistemática prevista no art. 543-B do CPC, além de ter reforçado a feição objetiva assumida pelos julgamentos proferidos sob as suas vestes, também terminou por conferir a esses julgamentos a vocação de representarem a palavra final e definitiva da Suprema Corte acerca da questão constitucional neles apreciada. É que, por resultarem de um procedimento especial e legitimador, os precedentes formados nos termos do art. 543-B do CPC revestem-se de um nível de definitividade e certeza diferenciado quando comparado àquele ostentado pelos precedentes oriundos de julgamentos, ainda que da Suprema Corte, não

> submetidos à nova sistemática. Isso significa que a alteração, pelo STF, do entendimento contido em precedente judicial formado nos moldes da nova sistemática, embora possível, presume-se pouco provável, e, ao que tudo indica, apenas ocorrerá em casos excepcionais e extremos, quando, por exemplo, novos dados possam ser agregados à questão constitucional tratada no precedente de modo a demonstrar que a definição nele contida já não mais se apresenta como a melhor tecnicamente, ou, então, como a mais justa.
> (...)
> 35. Se é assim, então a simples circunstância de as decisões proferidas pelo STF em controle difuso resolverem questões jurídicas de forma incidental, por ocasião do julgamento de recursos, e não de forma principal, por ocasião do julgamento de pedido formulado em ação originária, não parece configurar razão suficientemente relevante para lhes negar a força de vincular os demais órgãos jurisdicionais na resolução de demandas judiciais que tratem de questões jurídicas idênticas às nelas tratadas, bem como a atuação da Administração Pública Direta e Indireta. Note-se que pretender justificar, apenas em tal circunstância, a diferenciação entre a extensão da eficácia vinculante emanada das decisões proferidas pelo Plenário do STF em controle concentrado e aquela emanada das proferidas, nos moldes do art. 543-B do CPC, pelo mesmo Plenário, em controle difuso, acaba conduzindo a uma distinção absolutamente artificial entre essas duas decisões, já que escorada em critérios cuja relevância, se um dia já se fez presente, certamente inexiste na realidade jurídica atual.

Em reforço a esta eficácia transcendente dos precedentes firmados pelo Supremo Tribunal Federal e pelo Superior Tribunal de Justiça pelo rito dos repetitivos, a Lei Federal nº 12.844/2013 modificou o art. 19 da Lei Federal nº 10.522/2002 para *dispensar* a Procuradoria da Fazenda Nacional de recorrer de decisões alinhadas aqueles precedentes, e *determinar* que seja reconhecido o pedido nestes casos (art. 19, § 1º, I), *verbis*:

> Art. 19. Fica a Procuradoria-Geral da Fazenda Nacional autorizada a não contestar, a não interpor recurso ou a desistir do que tenha sido interposto, desde que inexista outro fundamento relevante, na hipótese de a decisão versar sobre:
> (...)
> IV – matérias decididas de modo desfavorável à Fazenda Nacional pelo Supremo Tribunal Federal, em sede de julgamento realizado nos termos do art. 543-B da Lei no 5.869, de 11 de janeiro de 1973 – Código de Processo Civil; (Incluído pela Lei nº 12.844, de 2013)

V – matérias decididas de modo desfavorável à Fazenda Nacional pelo Superior Tribunal de Justiça, em sede de julgamento realizado nos termos dos art. 543-C da Lei nº 5.869, de 11 de janeiro de 1973 – Código de Processo Civil, com exceção daquelas que ainda possam ser objeto de apreciação pelo Supremo Tribunal Federal. (Incluído pela Lei nº 12.844, de 2013)

(...)

§ 1º Nas matérias de que trata este artigo, o Procurador da Fazenda Nacional que atuar no feito deverá, expressamente: (Redação dada pela Lei nº 12.844, de 2013)

I – reconhecer a procedência do pedido, quando citado para apresentar resposta, inclusive em embargos à execução fiscal e exceções de pré-executividade, hipóteses em que não haverá condenação em honorários; ou (Incluído pela Lei nº 12.844, de 2013)

II – manifestar o seu desinteresse em recorrer, quando intimado da decisão judicial. (Incluído pela Lei nº 12.844, de 2013)

A Lei Federal nº 12.844/2013 também modificou o art. 19 da Lei 10.522/2002 para estender à Secretaria da Receita Federal do Brasil os efeitos da decisão em repetitivo, desde que haja manifestação da Procuradoria Geral da Fazenda Nacional, para: i) *não constituir o crédito tributário*; ii) *reproduzir o entendimento do repetitivo* em suas decisões; e iii) *revisar* de ofício os créditos tributários já constituídos.

Art. 19. *Omissis*

(...)

§ 4º A Secretaria da Receita Federal do Brasil não constituirá os créditos tributários relativos às matérias de que tratam os incisos II, IV e V do caput, após manifestação da Procuradoria-Geral da Fazenda Nacional nos casos dos incisos IV e V do caput.

§ 5º As unidades da Secretaria da Receita Federal do Brasil deverão reproduzir, em suas decisões sobre as matérias a que se refere o caput, o entendimento adotado nas decisões definitivas de mérito, que versem sobre essas matérias, após manifestação da Procuradoria-Geral da Fazenda Nacional nos casos dos incisos IV e V do caput.

(...)

§ 7º Na hipótese de créditos tributários já constituídos, a autoridade lançadora deverá rever de ofício o lançamento, para efeito de alterar total ou parcialmente o crédito tributário, conforme o caso, após manifestação da Procuradoria-Geral da Fazenda Nacional nos casos dos incisos IV e V do caput.

A título de exemplo, podemos mencionar a Solução de Consulta COSIT nº 152/2015 da Coordenação-Geral de Tributação da Secretaria da Receita Federal do Brasil que reconheceu os efeitos transcendentes do julgamento proferido pelo Supremo Tribunal Federal no RE nº 595.838/SP, julgado pela sistemática do art. 543-B, CPC/1973, que declarou a inconstitucionalidade da contribuição previdenciária de 15% sobre as notas fiscais emitidas por cooperativas, *verbis*:

> ASSUNTO: CONTRIBUIÇÕES SOCIAIS PREVIDENCIÁRIAS CONTRIBUIÇÃO PREVIDENCIÁRIA. CONTRIBUIÇÃO DE 15% SOBRE NOTA FISCAL OU FATURA DE COOPERATIVA DE TRABALHO. RECURSO EXTRAORDINÁRIO Nº 595.838/SP.
>
> O Supremo Tribunal Federal, ao julgar o Recurso Extraordinário nº 595.838/SP, no âmbito da sistemática do art. 543-B do Código de Processo Civil (CPC), declarou a inconstitucionalidade – e rejeitou a modulação de efeitos desta decisão – do inciso IV, do art. 22, da Lei nº 8.212, de 1991, dispositivo este que previa a contribuição previdenciária de 15% sobre as notas fiscais ou faturas de serviços prestados por cooperados por intermédio de cooperativas de trabalho.
>
> Em razão do disposto no art. 19 da Lei nº 10.522, de 2002, na Portaria Conjunta PGFN/RFB nº 1, de 2014, e na Nota PGFN/CASTF nº 174, de 2015, a Secretaria da Receita Federal do Brasil encontra-se vinculada ao referido entendimento.
>
> O direito de pleitear restituição tem o seu prazo regulado pelo art. 168 do CTN, com observância dos prazos e procedimentos constantes da Instrução Normativa RFB nº 1.300, de 20 de novembro de 2012, com destaque, no caso, para os arts. 56 a 59, no que toca à compensação.
>
> Dispositivos Legais: Código Tributário Nacional, art. 168; Lei nº 8.383, de 1991, art. 66; Lei nº 10.522, de 2002, art. 19; Portaria Conjunta PGFN/RFB nº 1, de 2014; Nota PGFN/CASTF Nº 174, de 2015; Ato Declaratório Interpretativo RFB nº 5, de 2015.

Aliás, este caso ilustra a relevância do objeto do presente artigo.

O acórdão do RE nº 595.838/SP foi publicado em 25/02/2015 (DJE) e transitou em julgado em 11/03/2015. A SC COSIT foi editada em 17 de junho de 2015 e publicada em 23/06/2015 (DOU).

Supondo-se que determinado contribuinte tenha impetrado em 2009 um mandado de segurança para afastar a exigência deste tributo e permitir a compensação dos valores recolhidos indevidamente a este título; supondo-se, ainda, que a decisão tenha sido desfavorável (2010) e tenha sido mantida por acórdão unânime do Tribunal local (2012); e que a decisão tenha sido recorrida por recursos extraordinário e especial ainda pendentes de juízo de admissibilidade.

Este contribuinte ficaria impossibilitado de compensar seu crédito até o trânsito em julgado da demanda (art. 170-A, CTN) enquanto todos os demais contribuintes que não ingressaram com ação podem fazê-lo?

Entendemos que a decisão em Repercussão Geral (repetitivo) transitada em julgado tem o condão de afastar a aplicação do art. 170-A, CTN e permitir a concessão da TE.

Portanto, podemos concluir que o Código de Processo Civil de 2015 trouxe modificação relevante ao sistema jurisdicional brasileiro ao prescrever a obrigatoriedade interna dos precedentes em repetitivos e garantir como instrumentos protetores de sua eficácia a Reclamação e a Tutela de Evidência que não podem ser limitadas sob pena de restrição à própria eficácia transcendente do *precedente.*

Nestes casos específicos, não seria aplicável o art. 170-A, CTN e a compensação poderia ser deferida por *tutela de evidência.*

## 4. Conclusões

4.1. A Tutela de Evidência (TE) é cabível no rito do mandado de segurança; A *liminar* (art. 7º, III, Lei 12.016/2009) e a TE são medidas que possuem natureza, finalidades e fundamentos distintos e complementares;

4.2. A decisão de inconstitucionalidade do Supremo Tribunal Federal em controle concentrado (art. 102, § 2º, CF/1988) e o enunciado de Súmula Vinculante (art. 103-A, *caput,* CF/1988) constituem o indébito tributário em caráter vinculante e *erga omnes* e portanto, afastam, *de per si,* a aplicação do art. 170-A, CTN;

4.3. As modificações trazidas pelo Código de Processo Civil na *força normativa dos precedentes* em *recursos repetitivos* (art. 927, III, CPC/2015 c/c art. 988, IV, CPC/2015) reforçam a eficácia transcendente dos precedentes firmados pelo Supremo Tribunal Federal e pelo Superior Tribunal de Justiça em demandas repetitivas, e autorizam a rediscussão da aplicação do art. 170-A, CTN;

4.4. A legislação federal (Lei Federal nº 12.844/2013) reconhece a eficácia normativa dos precedentes em repercussão geral e recursos repetitivos à Procuradoria da Fazenda Nacional e à Secretaria da Receita Federal do Brasil que devem adequar-se ao conteúdo neles fixados o que também legitima o afastamento da aplicação do art. 170-A, CTN a estes casos;

4.5. As TE têm por objetivo garantir a eficácia das decisões com caráter vinculante e daquelas proferidas em recursos repetitivo, à esfera individual do cidadão o que, aliado às conclusões anteriores (4.2, 4.3 e 4.4) nos permite entender pela possibilidade de sua concessão para permitir a compensação em matéria tributária;

# Os Impactos do CPC/20115 sobre a Coisa Julgada em Matéria Tributária

Juliana Furtado Costa Araujo*

## 1. Introdução

Com a entrada em vigor da Lei nº 13.105/2015 uma nova legislação processual trouxe impactos significativos em toda a estrutura do contencioso brasileiro. Essa alteração legislativa dá ensejo à possibilidade de revisitação de determinados institutos cujos conceitos já se encontram muito bem delineados pela ciência jurídica. Essa revisitação tem como objetivo principal identificar em que medida as mudanças propiciadas pelo Código de Processo Civil de 2015 (CPC/2015) podem alterar a leitura até então feita desses institutos.

Neste contexto, insere-se a coisa julgada, ou seja, o direito constitucionalmente garantido pelo artigo 5º, inciso XXXVI da Constituição Federal de 1988, de que assegura a observância daquilo que foi decidido de forma definitiva pelo Poder Judiciário. É desta forma que o sistema consegue dar segurança àqueles que buscam no Poder Judiciário a resolução de suas controvérsias.

* Doutora em Direito Tributário pela PUC/SP. Professora do Mestrado Profissional da FGV Direito SP e dos cursos de especialização em Direito Tributário e Processo Tributário do IBET e GVlaw. Procuradora da Fazenda Nacional em SP.

O CPC/2015 aperfeiçoou o já tradicional conceito de coisa julgada, visto como a qualidade dos efeitos de uma sentença que não mais desafia a possibilidade de oposição de recursos e que traz ao jurisdicionado a ideia da imutabilidade daquilo que foi decidido pelo Poder Judiciário. Isto nos permite, neste artigo, analisar o conceito de coisa julgada conforme a nova legislação processual para melhor definir seu atual alcance.

Mas não somente isto. Este é, sem dúvida, um ponto relevante, o qual vem acompanhado, porém, por inúmeros outros que, em matéria tributária, impactam diretamente as relações estabelecidas entre fisco e contribuinte. Aqui destacamos a necessidade de análise dos limites temporais da coisa julgada que, em outras palavras, significa estabelecer o termo *ad quem* de sua eficácia, verificando quais hipóteses jurídicas podem de alguma forma impactar a ideia de imutabilidade que vem arraigada ao conceito desse instituto.

O CPC/2015, nessa questão, introduziu dispositivos normativos que nos levam a refletir sobre o papel da coisa julgada na atualidade e quais são seus limites.

Neste artigo, a ideia é analisar o instituto da coisa julgada tal como posto na nova legislação, dando ênfase às hipóteses legalmente previstas que possam impactar os efeitos de uma decisão definitiva prolatada pelo Poder Judiciário. Qual a extensão do instituto? E seus limites? As respostas a essas perguntas são fundamentais à preservação da estabilidade do sistema e estão diretamente relacionadas a um dos pilares do CPC/2015, que é a tentativa de redução da litigiosidade, ponto central da obra na qual este trabalho se insere.

## 2. A coisa julgada no CPC/2015

O instituto da coisa julgada vem referido no texto constitucional no momento em que o legislador pátrio prevê a sua observância como um direito e garantia fundamental. Em outros termos, deixa clara a mensagem de que o aplicador da lei não pode desrespeitar a decisão judicial definitiva com conteúdo meritório.

O legislador infraconstitucional tem o papel de regulamentar esse direito e não se furtou a isto quando no capítulo XIII, seção V, do CPC/2015, tratou especificamente da coisa julgada a partir do artigo 502.

O dispositivo inaugural que dela trata – art. 502 – já nos traz a primeira alteração relevante sobre o tema. Referido dispositivo estabelece que "denomina-se coisa julgada material a autoridade que torna imutável e indiscutível a decisão de mérito não mais sujeita a recurso".

O CPC/2015 reafirma a ideia de que a "coisa julgada material pode ser configurada como uma qualidade de que se reveste a sentença de cognição exauriente de mérito transitada em julgado, qualidade essa consistente na imutabilidade do conteúdo do comando sentencial"[1].

A coisa julgada vai além de ser mero efeito da decisão meritória proferida, afinal os efeitos da sentença são produzidos independentemente de estarmos diante da coisa julgada, que tem por característica qualificar esses efeitos que naturalmente já decorrem da prolação da decisão.

Essa ideia da coisa julgada enquanto qualidade da decisão emanada pelo Poder Judiciário foi ampliada pelo legislador de 2015, no momento em que a coisa julgada não mais se restringe a sentença proferida como antes previsto no artigo 467 do CPC/73[2]. Houve a substituição do termo sentença por decisão. Isto é relevante, pois sentença é apenas uma das modalidades de pronunciamentos judiciais possíveis e isto veio possibilitar que decisões interlocutórias, que apresentem conteúdo meritório, possam se submeter ao manto da coisa julgada.

Com a dicção atual da legislação processual, decisão definitiva e de mérito estará acobertada pelo art. 502 referido.

Ainda no sentido de que a coisa julgada atua na perspectiva de estabilizar o direito subjetivo das partes bem como o direito como um todo, o artigo 503 do CPC/2015 fixou os limites objetivos da coisa julgada ao estabelecer que a decisão meritória terá força de lei nos limites da questão principal decidida.

Isto significa que o que se torna imutável não é apenas aquilo que foi definido pela parte litigante de forma estática com o seu pedido, mas o conjunto do que foi levado à apreciação, ou seja, o que foi efetivamente postulado. O que ficar decidido e que se submeterá a coisa julgada precisará refletir a demanda que foi efetivamente decidida.

[1] Talamini, Eduardo. Coisa Julgada e sua revisão. São Paulo: Revista dos Tribunais, 2005, p. 30.

[2] Art. 467 – Denomina-se coisa julgada material a eficácia, que torna imutável e indiscutível a sentença, não mais sujeita a recurso ordinário ou extraordinário.

Aqui reside a importância de o legislador ter incluído nos parágrafos desse dispositivo a possibilidade de que questões prejudiciais também façam coisa julgada, a depender do atendimento dos requisitos legais.[3].

Relativamente aos limites subjetivos da coisa julgada, quando se transfere o foco da atenção para as partes envolvidas no litígio, há também alterações relevantes. No CPC/73, em seu artigo 472, a sentença fazia coisa julgada entre as partes, não podendo beneficiar nem prejudicar terceiros. O CPC/2015, em seu artigo 506 estabelece que "A sentença faz coisa julgada às partes entre as quais é dada, não prejudicando terceiros".

A interpretação que se dá a este dispositivo é no sentido de que a coisa julgada, por vincular as partes envolvidas, não poderá atingir terceiros para fins de prejudicá-los. Por outro lado, para beneficiar, a decisão poderá ter reflexos para além das partes envolvidas.

Esta alteração procedida tem íntima relação com o sistema de precedentes consolidado na nossa legislação com o CPC/2015. Isto porque as decisões assim consideradas – precedentes – poderão beneficiar terceiros que se encontram em relações jurídicas que se amoldam aquela anteriormente decidida e que, por força de lei, apresenta eficácia vinculativa. Deixamos consignado, por outro lado, que se faz necessário que normas individuais e concretas sejam introduzidas no sistema para que fique traduzida na linguagem competente o direito que foi reconhecido às partes. Este direito, porém, é reconhecido levando em consideração a decisão anteriormente produzida na condição de precedente judicial.

É a força do precedente se mostrando também dentro da temática da coisa julgada, permitindo que se garanta a uniformidade das decisões e isonomia entre aqueles que buscam a tutela jurisdicional.

[3] Art. 503. Omissis...

§ 1º O disposto no caput aplica-se à resolução de questão prejudicial, decidida expressa e incidentemente no processo, se:

I – dessa resolução depender o julgamento do mérito;

II – a seu respeito tiver havido contraditório prévio e efetivo, não se aplicando no caso de revelia;

III – o juízo tiver competência em razão da matéria e da pessoa para resolvê-la como questão principal.

§ 2º A hipótese do § 1º não se aplica se no processo houver restrições probatórias ou limitações à cognição que impeçam o aprofundamento da análise da questão prejudicial.

Essas alterações tiveram por objetivo aperfeiçoar o instituto, mantendo a ideia de que a coisa julgada garante a estabilidade das relações, o que é salutar e necessário para a própria sobrevivência do sistema.

Há, porém, outros pontos no CPC/2015 que causam maiores controvérsias pelo fato de influenciarem na eficácia temporal da coisa julgada, como veremos em seguida.

## 3. Do limite temporal da coisa julgada

Antes de adentrarmos nas disposições relevantes sobre o tema segundo o CPC/2015, estabeleceremos algumas premissas relativas à coisa julgada, mais especificamente a ideia de que por se apresentar como uma garantia constitucional fundamental seria absoluta e, portanto, não passível de sofrer impacto de qualquer monta na produção de seus efeitos.

Um dos temas que mais tem chamado atenção da comunidade jurídica atual reside na eventual possibilidade de uma decisão judicial posterior proferida pelo Supremo Tribunal Federal (STF) em relação jurídica processual distinta possa de alguma forma impactar os efeitos concretos da coisa julgada já existente[4].

Esta discussão envolve um possível choque entre princípios e valores que regem nosso ordenamento como a estrita legalidade, a isonomia e a justiça.

Considerar que a coisa julgada é absoluta, dada a observância ao princípio da estrita legalidade, não podendo sofrer nenhum tipo de flexibilização, pode nos levar a considerar que o sistema admite que decisões injustas convivam de forma harmônica com aquelas consideradas justas, considerando a perenidade que as caracteriza, de maneira a promover uma quebra na isonomia.

Acrescenta-se a essa discussão a possibilidade de flexibilização da coisa julgada como forma de garantir isonomia dentre aqueles que buscam a satisfação jurisdicional de seus conflitos. Mais uma vez um aparente conflito entre os princípios da legalidade e isonomia.

[4] O STF está discutindo esta matéria em três recursos extraordinários com repercussão geral reconhecida: RE 730.462, RE 955.227 e RE 949.297. Todos estes recursos tratam da possibilidade ou não de uma decisão posterior da Corte Suprema interferir nos efeitos da coisa julgada sob ângulos diferentes, seja para eventualmente reabrir o prazo para propositura de ação rescisória, seja para definir qual o reflexo das decisões do Supremo em sede de controle concentrado e/ou difuso sobre as relações jurídicas de trato continuativo.

O que se pode afirmar é que tanto a legalidade que traduz segurança jurídica como a justiça enquanto valor também assegurado constitucionalmente se complementam, uma se configurando como instrumento da outra. E a isonomia ao ser observada acaba por confirmar a estabilidade que deve permear o sistema.

Tercio Sampaio Ferraz Junior, muito apropriadamente, afirma que "não se deve opor radicalmente a segurança da coisa julgada e a justiça das decisões ou, mesmo, isonomia entre os diferentes sujeitos que possuem decisões distintas a regrar seu comportamento"[5].

Na verdade, segurança jurídica, isonomia e justiça são realidades distintas que não podem ser comparadas, mas sim analisadas dentro de um ambiente de complementação e sopesamento.

O estabelecimento de um limite temporal à coisa julgada deve levar em consideração todos os valores e princípios constitucionais, sem deixar de lado a constatação de que o sistema jurídico é dinâmico e necessita se adaptar a novas realidades. O mais importante talvez não seja questionar se uma decisão definitiva é temporalmente absoluta, mas sim quais os limites que podem ser opostos para uma eventual mudança que possa afetar seus efeitos.

É papel do legislador infraconstitucional o estabelecimento de situações que possam impactar os efeitos da coisa julgada, identificando de forma cabal os limites e condições que este efeito rescisório terá. Só assim é possível chegar a um meio termo que não elasteça a possibilidade rescisória nem tão pouco confira um caráter absoluto a uma decisão proferida.

Nesse contexto, deparamo-nos com as prescrições constantes do CPC/2015, que afetam diretamente o instituto da coisa julgada e mostram a possibilidade de sua flexibilização: a possibilidade de se propor ação rescisória contra decisão definitiva de mérito e a impugnação ao cumprimento de sentença com efeitos rescisórios.

Nestas duas hipóteses, identificamos o papel que compete ao legislador infraconstitucional de regular o regime da coisa julgada, observando além dos limites constitucionais, o necessário sopesamento entre prin-

[5] Ferraz Junior, Tercio Sampaio. Segurança jurídica, coisa julgada e justiça. In: Revista USCS – Direito – ano X – n. 21 – jul./dez. 2011, p. 124.

cípios que possam parecer se chocar e que, portanto, merecem ser acomodados pela atuação a eles conferida.

Quando se vê a possibilidade prevista no artigo 966 do CPC/2015[6] de ajuizamento de ação rescisória, deparamo-nos com um meio legalmente eleito de desconstituição da coisa julgada. Isto por si só já demonstra a impossibilidade de considerarmos a coisa julgada como um instituto absoluto que se mantém no tempo em qualquer situação.

Por outro lado, quando se fala em ação rescisória, a ideia que deve prevalecer é a de que a decisão anteriormente proferida apresenta algum vício que o próprio sistema prevê como corrigi-lo. É um *error in judicandum* caracterizado por uma decisão que poderia ter sido lavrada de forma diferente caso não estivessem presentes quaisquer das hipóteses elencados no art. 966.

Portanto, a sua alteração e o impacto sobre a coisa julgada, até pelo fato dos limites a essa flexibilização estarem muito bem delineados, acabaram encampados pela doutrina e jurisprudência pátrias, não causando na atualidade grandes controvérsias.

O mesmo não pode ser afirmado relativamente aos efeitos rescisórios da impugnação ao cumprimento de sentença, previsto no artigo 535 do CPC/2015. Nesta hipótese, há a flexibilização da coisa julgada por conta de decisão produzida pelo Supremo Tribunal Federal em sentido contrário àquela espelhada na decisão já tida como definitiva.

O que se vê é uma prescrição legislativa que impacta os efeitos da coisa julgada com vistas à garantia da uniformidade das decisões judiciais.

[6] Art. 966. A decisão de mérito, transitada em julgado, pode ser rescindida quando:
I – se verificar que foi proferida por força de prevaricação, concussão ou corrupção do juiz;
II – for proferida por juiz impedido ou por juízo absolutamente incompetente;
III – resultar de dolo ou coação da parte vencedora em detrimento da parte vencida ou, ainda, de simulação ou colusão entre as partes, a fim de fraudar a lei;
IV – ofender a coisa julgada;
V – violar manifestamente norma jurídica;
VI – for fundada em prova cuja falsidade tenha sido apurada em processo criminal ou venha a ser demonstrada na própria ação rescisória;
VII – obtiver o autor, posteriormente ao trânsito em julgado, prova nova cuja existência ignorava ou de que não pôde fazer uso, capaz, por si só, de lhe assegurar pronunciamento favorável;
VIII – for fundada em erro de fato verificável do exame dos autos.

É um caminho controverso escolhido pelo legislador que merece especial atenção neste momento.

## 4. A possibilidade de desconstituição dos efeitos da coisa julgada no cumprimento de sentença contra a fazenda pública

Desde o CPC/73, há a previsão legislativa de que haja a sustação dos efeitos da coisa julgada em execução de sentença. O artigo 741, parágrafo único, do CPC/73 foi reescrito no CPC/2015, em seu artigo 535, parágrafo 5º, com pequenas alterações, como é possível identificar no quadro abaixo:

| CPC/1973 | CPC/2015 |
|---|---|
| Art. 741. Na execução contra a Fazenda Pública, os embargos só poderão versar sobre:<br><br>II – inexigibilidade do título;<br><br>Parágrafo único. Para efeito do disposto no inciso II do **caput** deste artigo, considera-se também inexigível o título judicial fundado em lei ou ato normativo declarados inconstitucionais pelo Supremo Tribunal Federal, ou fundado em aplicação ou interpretação da lei ou ato normativo tidas pelo Supremo Tribunal Federal como incompatíveis com a Constituição Federal. | Art. 535. A Fazenda Pública será intimada na pessoa de seu representante judicial, por carga, remessa ou meio eletrônico, para, querendo, no prazo de 30 (trinta) dias e nos próprios autos, impugnar a execução, podendo arguir:<br><br>III – inexequibilidade do título ou inexigibilidade da obrigação;<br><br>§ 5º Para efeito do disposto no inciso III do caput deste artigo, considera-se também inexigível a obrigação reconhecida em título executivo judicial fundado em lei ou ato normativo considerado inconstitucional pelo Supremo Tribunal Federal, ou fundado em aplicação ou interpretação da lei ou do ato normativo tido pelo Supremo Tribunal Federal como incompatível com a Constituição Federal, em controle de constitucionalidade concentrado ou difuso. |

As principais alterações trazidas pelo CPC/2015 relativamente a este tema residem inicialmente no fato de que dentro da ideia do sincretismo processual que permeia toda a nova legislação processual, o código não mais tratou o atual art. 535 como um dispositivo que dispõe sobre execução de sentença, mas sim cumprimento de sentença.

Apesar do avanço terminológico, na prática, as alterações são bem reduzidas. Isto porque apenas não se terá mais um processo apartado para fins de execução daquilo que foi definido no processo de conhecimento.

Ao ser encerrada a discussão acerca da controvérsia apreciada, mais especificamente, ao ser definido pelo Poder Judiciário na ação de repetição de indébito – isto no campo do direito tributário – que a fazenda pública deverá devolver ao contribuinte quantia certa em dinheiro, caberá a este nos mesmos autos da ação de conhecimento propor o cumprimento de sentença, apresentando a memória discriminado dos valores que seriam devidos.

Tudo se dará dentro de um mesmo processo, fazendo prevalecer a celeridade dos atos processuais, com a garantia ao princípio da duração razoável do processo.

E nesse contexto, ao invés da fazenda pública ter a faculdade de apresentar embargos à execução, como anteriormente previsto na legislação processual, poderá impugnar os valores apresentados no mesmo prazo de 30 dias. Neste momento, porém, poderá se opor ao cumprimento da decisão que – diga-se – possui caráter de definitividade.

Este é o ponto que mais nos interessa nesse artigo, pois há expressa previsão de flexibilização da coisa julgada no parágrafo 5º do art. 535 do CPC/2015.

A legislação processual considera como inexigível a obrigação fundada em lei considerada inconstitucional pelo STF em controle difuso ou concentrado de constitucionalidade. Aqui identificamos mais uma importante alteração trazida pelo CPC/2015 em relação à previsão anterior do artigo 741, parágrafo único do CPC/73, no momento em que se referi ao controle difuso como meio decisório capaz de impactar os efeitos da coisa julgada.

Isto significa que uma decisão da Corte Suprema que tenha sido proferida nos recursos extraordinários repetitivos com repercussão geral nos termos do artigo 1036 e seguintes do CPC/2015 poderá ser arguida pela fazenda pública quando da impugnação ao cumprimento de sentença. Ressalte-se que não incluímos aqui toda e qualquer decisão proferida em controle difuso de constitucionalidade, mas apenas aquelas que a legislação processual conferiu efeito vinculativo nos termos do artigo 927 do CPC/2015[7].

[7] Art. 927. Os juízes e os tribunais observarão:

I – as decisões do Supremo Tribunal Federal em controle concentrado de constitucionalidade;

II – os enunciados de súmula vinculante;

III – os acórdãos em incidente de assunção de competência ou de resolução de demandas repetitivas e em julgamento de recursos extraordinário e especial repetitivos;

Esta impugnação apresenta efeito rescisório, pois impede a execução da decisão definitiva acobertada pela coisa julgada. A opção do legislador está amparada na ideia da uniformização do entendimento jurisprudencial, em especial a decisão proveniente da Corte Suprema, muito bem caracterizada pela adoção da sistemática de julgamento com a formação de precedente no CPC/2015.

O fato de estarmos diante de um cumprimento de sentença não modifica a intenção do legislador de garantir a uniformidade. Ao contrário, enquanto o direito não foi satisfeito, será possível que seja obstada a produção de efeitos de decisão que está em confronto com entendimento do STF.

A pergunta que deve ser respondida neste momento é a seguinte: como fica o respeito à coisa julgada? E a estabilidade das decisões?

Como já dito, este dispositivo é semelhante ao já disposto no art. 741 do CPC/73 e o STF teve oportunidade de se manifestar recentemente acerca da sua constitucionalidade ao julgar a Ação Direta de Inconstitucionalidade nº 2.418/DF[8].

Entendeu a Suprema Corte que é possível que o legislador infraconstitucional estabeleça mecanismos de flexibilização da coisa julgada dentro de limites que não se distanciem dos princípios que norteiam o texto constitucional.

Como já escrevemos anteriormente:

> "Entendeu o STF que a sobrevalorização do princípio da manutenção da coisa julgada não pode ir de encontro a outros princípios, como o da supremacia da própria Constituição Federal. Por outro lado, ainda afirmou o STF, que não é possível, também, que se elasteça aos extremos a possibilidade de rescisão da coisa julgada, sob pena de ser deixado de lado um dos principais

IV – os enunciados das súmulas do Supremo Tribunal Federal em matéria constitucional e do Superior Tribunal de Justiça em matéria infraconstitucional;

V – a orientação do plenário ou do órgão especial aos quais estiverem vinculados.

[8] Na ADI nº 2.418/DF, o Ministro relator Teori Zavascki, com a finalidade de afastar eventual perda de objeto da ação então apreciada, afirmou que "as previsões do CPC/15 cuidaram apenas "de "adjetivar" o instituto de inexigibilidade por atentado às decisões deste Supremo Tribunal Federal, mas não lhe comprometeram naquilo que ele tem de mais substancial, que é a capacidade de interferir na coercitividade de títulos judiciais".
http://www.stf.jus.br/portal/processo/verProcessoAndamento.asp?incidente=1908741. Acesso em 28.01.17.

efeitos da coisa julgada formada no processo no que diz respeito à relação material conflituosa, a pacificação social com a eliminação de controvérsias. Em resumo: cabe ao legislador estabelecer situações que podem impactar os efeitos de uma decisão já anteriormente objeto de apreciação pelo Poder Judiciário, sendo imprescindível, porém, que se identifique, cabalmente, as condições e limites deste efeito rescisório"[9].

Prevaleceu o entendimento de que o dispositivo ora em análise equilibrou de forma harmônica a garantia da coisa julgada e a supremacia da Constituição Federal. Retomamos aqui a necessidade do sopesamento de princípios já exposta linhas atrás e encampada pelo STF neste julgamento.

O CPC/2015 trouxe, porém, mais novidades. Ele definiu quais são os mecanismos que podem ser utilizados pela fazenda pública para desconstituir o título executivo julgado em desacordo com entendimento do STF a depender do momento em que se firmou o posicionamento da Corte Suprema.

Melhor explicando: se o entendimento do STF já estava consolidado antes do trânsito em julgado da decisão objeto de cumprimento, caberá ao fisco alegar a inexigibilidade do título quando apresentar a impugnação, conforme dispõe o § 7º de seu artigo 535[10].

Por outro lado, se o entendimento do STF se consolida posteriormente ao trânsito em julgado da decisão exequenda, ainda assim o fisco poderá alegar a necessidade dessa uniformização por meio de uma nova hipótese de ação rescisória expressamente prevista no § 8º do artigo 535 do CPC/2015.[11]

Importante ressaltar que este dispositivo é completamente inovador e que não foi objeto de apreciação pelo STF quando da análise da ADI nº 2.418/DF antes referida.

[9] ARAUJO, Juliana Furtado Costa. **A ação de repetição de indébito, o cumprimento de sentença e a nova hipótese de ação rescisória prevista no CPC/2015.** In Processo Tributário Analítico. V 3. Coord: CONRADO, Paulo Cesar. São Paulo: Noeses. 2016, p. 78/79.

[10] § 7º A decisão do Supremo Tribunal Federal referida no § 5º deve ter sido proferida antes do trânsito em julgado da decisão exequenda.

[11] § 8º Se a decisão referida no § 5º for proferida após o trânsito em julgado da decisão exequenda, caberá ação rescisória, cujo prazo será contado do trânsito em julgado da decisão proferida pelo Supremo Tribunal Federal.

Como se trata de uma ação rescisória, a primeira pergunta que surge é o marco para contagem do lapso inicial para sua propositura. De acordo com o dispositivo referido, o prazo de dois anos seria contado do trânsito em julgado da decisão proferida pelo STF.

Uma interpretação literal do dispositivo leva-nos a afirmar que a mudança ou mesmo fixação de um entendimento pelo STF pode impactar títulos executivos, ainda que já tenham sido objeto de cumprimento. Isto pode ensejar situações que certamente não privilegiariam o sopesamento de princípios e valores constitucionais que já nos referimos acima.

Não há dúvidas de que o respeito ao entendimento da Corte Suprema se faz necessário para garantir a uniformidade das decisões do Poder Judiciário como um todo. Mas é preciso estabelecer limites a essa rescindibilidade para que a estabilidade do sistema não fique comprometida.

No caso, pensamos que a mudança de entendimento do STF que pode impactar os efeitos de um título executivo deve se limitar ao lapso temporal de cumprimento da sentença, ou seja, enquanto ainda estivermos na fase de definição dos valores monetários para fins de devolução. Quando a discussão se encerra e há o pedido de expedição do precatório respectivo, não vemos espaço para eventual propositura da ação rescisória referida.

Isto porque, dentro de uma interpretação sistemática da legislação, estamos analisando um dispositivo que está presente dentro do capítulo que trata do cumprimento de sentença, portanto, deve ter sua aplicação restrita a esta fase.

Caso contrário, a possibilidade de rescisão de decisões já submetidas ao manto da coisa julgada pode se dar a qualquer tempo, o que confronta com a estabilidade que o sistema jurídico exige.

Importante, porém, reafirmar que todas as hipóteses acima tratadas que impactam a coisa julgada apenas podem ser formalizadas na fase de cumprimento de sentença, o que não envolve outras possibilidades de interrupção dos efeitos da coisa julgada que têm sido colocadas em discussão nos dias atuais como a questão das relações jurídicas de trato continuativo, que veremos em seguida.

## 5. O impacto do novo CPC nas hipóteses de relação jurídica de trato continuativo

Considerando que o CPC/2015 trouxe inovações no cumprimento de sentença quanto à rescindibilidade da coisa julgada, há muitos questionamentos a respeito da eventual relação que tais hipóteses previstas legalmente possam influenciar as decisões definitivas quando se está diante de relações jurídicas de trato continuativo.

As relações jurídicas de trato continuativo são identificadas como aquelas que derivam de fatos jurídicos tributários que se repetem no tempo, apresentando um caráter duradouro. Os elementos fáticos que dão ensejo, por exemplo, ao pagamento do tributo se renovam temporalmente, devendo ser a eles aplicados a norma que lhes dá suporte jurídico.

A questão se torna relevante em matéria tributária quando há a definição por intermédio do Poder Judiciário acerca da interpretação de uma determinada norma que por ser aplicada às relações jurídicas de trato continuativo e que se estenderá sobre fatos jurídicos que se realizarão ao longo do tempo. Em havendo alguma modificação nos suportes fáticos ou jurídicos da decisão acobertada pela coisa julgada, é possível que haja impactos nos fatos jurídicos ainda por se concretizarem?

Teori Zavascki coloca muito bem a questão quando assim aduz:

> "(...) há certas relações jurídicas sucessivas que nascem de um suporte fático complexo, formado por um fato gerador instantâneo, inserido numa situação jurídica permanente. Ora, nesses casos, pode ocorrer que a controvérsia decidida pela sentença tenha por origem, não o fato gerador instantâneo, mas a situação jurídica de caráter permanente na qual ele se encontra inserido, e que também compõe o suporte desencadeador do fenômeno de incidência. É sabido que tal situação, por seu caráter duradouro, está apta a perdurar no tempo, podendo persistir quando, no futuro, houver a repetição de outros fatos geradores instantâneos, semelhantes ao examinado na sentença. Nesses casos, admite-se a eficácia vinculante da sentença também em relação aos eventos recorrentes. Isso porque o juízo de certeza desenvolvido pela sentença sobre determinada relação jurídica concreta decorreu, na verdade, de juízo de certeza sobre a situação jurídica mais ampla, de caráter duradouro, componente, ainda que mediata, do fenômeno de incidência".[12]

[12] Zavascki, Teori Albino. **Coisa julgada em matéria constitucional: eficácia das sentenças nas relações jurídicas de trato continuado.** Disponível em: http://www.abdpc.org.br/

Portanto, a pergunta que fica é a seguinte: diante da definição por intermédio do Poder Judiciário da interpretação de uma determinada norma jurídica que tem a possibilidade de incidir sobre fatos futuros, em havendo uma alteração no suporte fático ou jurídico que deu ensejo à decisão, poderá ocorrer algum impacto nos efeitos que esta decisão produz no tempo?

Quando estamos diante de alteração fática ou mesmo alteração legislativa, não há dúvidas de que os fatos jurídicos que ocorrerem a partir dessa alteração exigirão uma outra interpretação que refoge àquela exposta na decisão que se apresenta acobertada pela coisa julgada. Neste sentido, inclusive, já é o entendimento do Superior Tribunal de Justiça[13].

A grande questão reside na possibilidade de ser considerada alteração do suporte jurídico eventual mudança de entendimento pelo pleno do STF, seja pelo julgamento no controle concentrado ou difuso de constitucionalidade, com reconhecimento de repercussão geral, acerca da questão já definida anteriormente em acórdão transitado em julgado.

A Procuradoria Geral da Fazenda Nacional iniciou as discussões sobre o tema ao editar o Parecer PGFN nº 492/2011, onde entende que configura alteração da situação jurídica a mudança de entendimento pelo STF nas hipóteses acima assinaladas.

Portanto, eventual alteração de entendimento do STF leva à cessação dos efeitos da decisão envolvida pela coisa julgada, deixando de produzir efeitos do momento da alteração da situação jurídica para o futuro.

abdpc/artigos/Teori%20Zavascki%20-%20formatado.pdf_

[13] Neste sentido a seguinte ementa na parte que nos interessa: RECLAMAÇÃO CONSTITUCIONAL. DESRESPEITO À AUTORIDADE DE ACÓRDÃO DO SUPERIOR TRIBUNAL DE JUSTIÇA. INEXISTÊNCIA. DECISÃO RECLAMADA BASEADA EM NOVA SITUAÇÃO JURÍDICA. IMPROCEDÊNCIA DA RECLAMAÇÃO.

(...)

2. Conforme a orientação da Corte Especial do STJ, "não há ofensa à coisa julgada material quando ela é formulada com base em uma determinada situação jurídica que perde vigência ante o advento de nova lei que passa a regulamentar as situações jurídicas já formadas, modificando o status quo anterior" (MS 11.145/DF, Rel. Ministro João Otávio de Noronha, DJe 3.11.2008).

8. Reclamação improcedente.

(Rcl 8.856/MT, Rel. Ministryo SÉRGIO KUKINA, Rel. p/ Acórdão Ministro HERMAN BENJAMIN, PRIMEIRA SEÇÃO, julgado em 25/11/2015, DJe 22/02/2016)

Há, portanto, respeito aos efeitos já produzidos anteriormente, o que sem alguma dúvida garante a estabilidade do sistema.

Esta questão está sob apreciação do STF, como tivemos oportunidade de nos referir no item 3 deste artigo. O que nos interessa neste momento é saber se o CPC/2015 de alguma forma pode influenciar na solução dessa questão.

Analisando os dispositivos comentados sobre o cumprimento de sentença – art. 535 e parágrafos do CPC/2015 – estes não se referem às hipóteses de cessação dos efeitos da coisa julgada nas relações jurídicas de trato continuativo. Tratam-se de dispositivos que têm aplicação restrita às hipóteses em que ainda se está em fase de satisfação do direito reconhecido na ação de repetição do indébito.

Isto é diferente das hipóteses em que o contribuinte já tem uma decisão com coisa julgada que o autoriza a não pagar determinado tributo, por exemplo, cujos fatos jurídicos tributários ocorrem ao longo do tempo não ensejando, porém, o recolhimento do que seria devido e, neste interim, há uma mudança de entendimento do STF que venha a impactar a produção desses efeitos no futuro. Realmente, o CPC/2015, diretamente, perdeu a oportunidade de disciplinar a questão.

Por outro lado, uma das razões que movem o entendimento de que uma decisão do STF pode impactar a produção dos efeitos da coisa julgada para o futuro reside exatamente na necessidade de preservar a uniformidade das decisões, ainda mais quando se fala de um entendimento do STF, que tem o papel de dar a palavra final sobre a aplicação e interpretação da Constituição Federal.

A uniformidade leva à garantia da isonomia, bem como garante a preservação da livre concorrência, evitando que contribuintes, por força de decisões distintas, vejam-se diante da possibilidade de cumprirem obrigações tributárias de forma distinta, ainda que estejam em um mesmo patamar jurídico.

No momento em que a legislação processual previu o sistema de precedentes, acabou por deixar claro que tem por objetivo manter as decisões judiciais em um grau de uniformidade e coerência antes não previsto expressamente em nossa legislação. Dessa forma, ainda que o CPC/2015 não trate diretamente dessa questão, sua interpretação sistemática nos faz pensar que o entendimento da Suprema Corte deverá prevalecer ainda que venha a impactar os efeitos da coisa julgada.

A estabilidade estará garantida na medida em que os efeitos referidos apenas serão impactados a partir da mudança de entendimento, sendo respeitado o que foi fixado anteriormente.

## 6. Conclusões

Por todo o exposto, concluímos que o CPC/2015 tratou do tema da coisa julgada sob vários ângulos. Além de ter revisitado e melhor explicitado o próprio conceito de coisa julgada e sua extensão, ainda aperfeiçoou as possibilidades de cessação dos efeitos de uma decisão definitiva quando do cumprimento de sentença.

Especialmente neste ponto, fez prevalecer a ideia de que a nova legislação busca em vários momentos garantir julgamentos uniformes com vistas à manutenção da estabilidade e coerência ao sistema, ainda mais em se tratando de decisão do STF em controle concentrado de constitucionalidade ou difuso com cláusula de repercussão geral.

Quando, porém, esse desejo de uniformização possa vir a atingir a coisa julgada, faz-se necessário que sejam estabelecidos todos os requisitos que podem levar a eventual rescindibilidade.

Isto foi feito no momento em que se garante que o cumprimento de sentença pode vir a ser obstaculizado se na impugnação o fisco apontar o entendimento divergente do STF já existente quando da decisão executada.

Já a nova hipótese de ação rescisória, prevista nos casos em que o entendimento do STF se constrói em momento posterior ao trânsito em julgado da decisão que reconhece o direito a ser objeto de cumprimento, entendemos que tal decisão precisa ter sido objeto de controle difuso com repercussão geral ou controle concentrado e que o título executivo seja desconstituído caso ainda se esteja em fase de determinação dos valores devidos.

Esta interpretação evita que a ação rescisória possa ser ajuizada a qualquer tempo, independentemente até de já ter ocorrido eventual pagamento, gerando não só insegurança como aumentando a litigiosidade que a nova legislação procura reduzir.

Por outro lado, perdeu o CPC/2015 a oportunidade de regular o impacto sobre a coisa julgada nos casos de relações jurídicas de trato continuativo. De forma indireta, estabeleceu premissa que talvez seja crucial na solução dessa controvérsia: a formação do precedente e a uniformização das decisões demonstram que uma decisão da Suprema Corte deve sim ser respeitada, ainda que possa impactar para o futuro os efeitos de decisão já envolvida pelo manto da coisa julgada.

Dessa forma, garante-se isonomia, uniformidade e coerência ao sistema.

## Referências

ARAUJO, Juliana Furtado Costa. **A ação de repetição de indébito, o cumprimento de sentença e a nova hipótese de ação rescisória prevista no CPC/2015.** In Processo Tributário Analítico. V 3. São Paulo: Noeses. 2016.

FERRAZ JUNIOR, Tercio Sampaio. **Segurança jurídica, coisa julgada e justiça.** In: Revista USCS – Direito – ano X – n. 21 – jul./dez. 2011.

MASSUD, Rodrigo G.N. **Coisa julgada, rescisória, súmula 343 do STF e parecer PGFN 492/2011: impactos com o código de processo civil de 2015.** In O novo CPC e seu impacto no direito tributário. 2ª ed. Coord: CONRADO, Paulo Cesar e ARAUJO, Juliana Furtado Costa. São Paulo: Fiscosoft, 2016.

TALAMINI, Eduardo. **Coisa Julgada e sua revisão.** São Paulo: Revista dos Tribunais, 2005.

ZAVASCKI, Teori Albino. **Coisa julgada em matéria constitucional: eficácia das sentenças nas relações jurídicas de trato continuado.** Disponível em: http://www.abdpc.org.br/abdpc/artigos/Teori%20Zavascki%20-%20formatado.pdf.

# SOBRE OS AUTORES

**Aldo de Paula Junior**
Doutor e Mestre em Direito Tributário. Professor da FGV Direito SP e IBET. Advogado.

**Ana Teresa Lima Rosa Lopes**
Mestre em Direito e Desenvolvimento pela FGV Direito SP. Mestre (LL.M.) em Direito e Tecnologia pela UC Berkeley. Especialista em Direito Tributário pela FGV Direito SP. Graduada em Direito pela PUC-SP. Advogada em São Paulo.

**Antonio Carlos F. de Souza Júnior**
Doutorando em Direito Tributário (USP-SP). Mestre em Direito (UNICAP--PE). Pós-graduação em Direito Tributário pelo IBET/SP. Professor do Curso de Pós-graduação do IBET em Recife/PE e em João Pessoa/PB. Secretário-Geral da Associação Brasileira de Direito Processual – ABDPro. Membro da Associação Norte Nordeste de Professores de Processo – ANNEP. Vice-presidente da Comissão de Assuntos Tributários da OAB/PE. Conselheiro do Conselho Administrativo Fiscal do Município do Recife. Advogado sócio de Queiroz Advogados Associados.

**Breno Ferreira Martins Vasconcelos**
Mestre em Direito Tributário pela PUC-SP. LL.M em Direito Tributário pela Università Degli Studi di Bologna, Itália. Professor do curso de Especialização em Direito Tributário da Escola de Direito de São Paulo da Fundação Getulio Vargas – FGV Direito SP. Advogado. São Paulo.

**Camila Abrunhosa Tapias**
Mestranda em Direito Tributário pela Escola de Direito de São Paulo da Fundação Getulio Vargas – FGV Direito SP. Pesquisadora do Núcleo de Estudos

Fiscais da FGV Direito SP e Sócia da área tributária em escritório de advocacia em São Paulo.

**Cristiano Carvalho**
Livre-Docente em Direito Tributário (USP), Pós-Doutor em Direito e Economia (Berkeley Law), Mestre e Doutor em Direito Tributário (PUC-SP), Professor de Direito Tributário e Tributação Internacional no Mestrado em Direito dos Negocios, Unisinos. Advogado.

**Diego Diniz Ribeiro**
Mestre em Direito Tributário pela Pontifícia Universidade Católica de São Paulo – PUC/SP. Pós-graduado em Direito Tributário pelo Instituto Brasileiro de Estudos Tributários – IBET. Conselheiro representante dos contribuintes na 3ª Seção do Conselho Administrativo de Recursos Fiscais – CARF. Advogado licenciado com expertise na área tributária. Professor de direito tributário, processo tributário e processo civil em cursos de graduação e pós-graduação (IBET, IMESB, FDSM e GV Law).

**Eduardo Amirabile de Melo**
Advogado em São Paulo. Especialista em Direito Tributário e em Direito Processual Civil pela PUC/SP.

**Eduardo de Albuquerque Parente**
Doutor e Mestre em Direito pela Faculdade de Direito da Universidade de São Paulo-USP. Advogado, sócio de Salusse, Marangoni, Parente, Jabur e Périllier Advogados.

**Eduardo Perez Salusse**
Advogado graduado pela PUC/SP. Mestre em direito tributário pela FGV/SP. Doutorando em direito constitucional e processual tributário pela PUC/SP. Ex-Juiz do Tribunal de Impostos e Taxas (2000-2015). Professor palestrante na FGV Direito SP e no MBA da FGV/SP.

**Everardo Maciel**
Consultor Tributário e Sócio Presidente da Logos Consultoria Fiscal e Ex-Secretário da Receita Federal do Brasil. É Presidente do Conselho Consultivo do Instituto de Ética Concorrencial (ETCO). É membro da Academia Internacional de Direito e Economia, da Comissão de Juristas para Desburocratização, instituída pelo Senado Federal, dos Conselhos Consultivos do Tribunal Superior Eleitoral (TSE) e do Departamento de Pesquisas Judiciárias do Conselho

Nacional de Justiça (CNJ), do Conselho Superior de Economia da FIESP, do Conselho Superior de Direito da FECOMERCIO/SP, do Conselho de Altos Estudos de Finanças e Tributação e do Conselho Político e Social da Associação Comercial de São Paulo, do Conselho de Administração da Fundação Zerrener, do Conselho Fiscal do Instituto Fernando Henrique Cardoso e da Comissão Julgadora do Prêmio Innovare. Foi Presidente do Centro Interamericano de Administrações Tributárias (CIAT), em 1998. Realizou diversas missões no Exterior, a serviço do Fundo Monetário Internacional – FMI e da Organização das Nações Unidas – ONU. Foi relator da Comissão Especial para Questões Federativas, instituída pelo Senado Federal. Foi membro do Conselho Consultivo do Departamento de Pesquisas Judiciárias do Conselho Nacional de Justiça. Foi membro do Comitê Gestor do II Pacto Republicano, na condição de representante do Supremo Tribunal Federal (STF). Exerceu vários cargos públicos. Foi Secretário da Receita Federal (1995-2002), Secretário de Fazenda e Planejamento do Distrito Federal (1991-1994), Secretário Executivo dos Ministérios da Fazenda (2002), do Interior (1987) e da Educação (1985), bem assim da Casa Civil da Presidência da República (1986). Foi Ministro, em caráter interino, da Fazenda, da Educação e do Interior. Em Pernambuco, foi Secretário da Fazenda (1979-1982) e da Educação (1983), e Superintendente do Conselho de Desenvolvimento de Pernambuco (1972-1975). Foi professor da Universidade Católica de Pernambuco (1969-1975). Integrou o Conselho Editorial e o Conselho Diretor da Universidade de Brasília – UnB (1991-1994).

**Gisele Barra Bossa**
Advogada, Professora, Doutoranda e Mestre em Ciências Jurídico-Econômicas pela Faculdade de Direito da Universidade de Coimbra. Coordenou a Comissão de Assuntos Jurídico-Tributários do Grupo de Estudos Tributários Aplicados – GETAP (2015/2017) e o Núcleo de Estudos Fiscais – NEF da FGV Direito SP (2014/2015). Conselheira Científica do Grupo de Tributação e Novas Tecnologias do Programa de Mestrado Profissional da FGV Direito SP.

**Heleno Taveira Torres**
Professor Titular de Direito Financeiro da Faculdade de Direito da Universidade de São Paulo – USP. Mestre (UFPE), Doutor (PUC/SP) e Livre-Docente (USP) em Direito Tributário. Vice-Presidente da International Fiscal Association – IFA. Advogado.

**Isabela Bonfá de Jesus**
Doutora e Mestre em Direito Tributário pela PUC/SP. Professora da Graduação e Pós-Graduação (Mestrado/Doutorado) em Direito Tributário e Processo

Tributário da PUC/SP, COGEAE, Escola Paulista de Direito, Damásio, FEI. Ex-juíza do Tribunal de Impostos e Taxas (TIT/SP) por 3 mandatos. Advogada e economista. Sócia titular do escritório Bonfá de Jesus Advogados.

**Júlia Ferreira Gonçalves Prado**
Bacharel em Direito. Membro do Grupo de Pesquisa Observatório da Jurisprudência Tributária.

**Juliana Furtado Costa Araujo**
Doutora em Direito Tributário pela PUC/SP. Professora do Mestrado Profissional da FGV Direito SP e dos cursos de especialização em Direito Tributário e Processo Tributário do IBET e GVlaw. Procuradora da Fazenda Nacional em SP.

**Júlio M. de Oliveira**
Advogado em São Paulo. Mestre e Doutor pela PUC/SP. Professor do IBET, COGEAE (PUC-SP) e da FGV (GVLaw).

**Karem Jureidini Dias**
Mestre e Doutora pela PUC-SP. Ex-Conselheira e Membro da CSRF/MF. Professora do IBET e dos cursos de especialização da FGV/GV-Law. Advogada.

**Laura Romano Campedelli**
Mestre em Direito e Desenvolvimento pela FGV Direito SP. Graduada em Direito pela FGV Direito SP. Advogada em São Paulo.

**Luciana Ibiapina Lira Aguiar**
Mestre em Direito Tributário pela FGV. Bacharel em Ciências Econômicas e Ciências Contábeis. Professora nos cursos de pós-graduação da Escola de Direito de São Paulo da Fundação Getulio Vargas – FGV Direito SP. Professora Conferencista no IBET. Advogada em São Paulo.

**Luís Flávio Neto**
Professor de Direito Tributário e Financeiro da USJT. Doutor e Mestre em Direito Econômico, Financeiro e Tributário pela USP. Especialista em Direito Tributário pelo IBET.

**Marciano Seabra de Godoi**
Doutor e Mestre em Direito Tributário. Professor da PUC Minas. Diretor do Instituto de Estudos Fiscais.

**Maria Raphaela Dadona Matthiesen.**
Pós-graduada em Direito Tributário pela Escola de Direito de São Paulo da Fundação Getulio Vargas – FGV Direito SP. Advogada. São Paulo.

**Maria Rita Ferragut**
Livre-docente pela USP. Mestre e Doutora pela PUC/SP. Autora dos livros Reponsabilidade tributária e o Código Civil de 2002 e Presunções no direito tributário. Professora do IBET, PUC/COGEAE e FGV. Advogada em São Paulo.

**Mariana Monte Alegre de Paiva.**
Pós-graduada em Economia pela FGV EESP. Mestranda em Direito Tributário pela FGV Direito SP. Advogada em São Paulo.

**Mary Elbe Queiroz**
Pós-Doutora pela Universidade de Lisboa. Doutora em Direito Tributário (PUC/SP). Mestre em Direito Público (UFPE). Pós-graduação em Direito Tributário: Universidade de Salamanca – Espanha e Universidade Austral – Argentina. Presidente do Instituto Pernambucano de Estudos Tributários – IPET.

**Mônica Pereira Coelho de Vasconcellos**
Bacharel em Direito pela Universidade Presbiteriana Mackenzie. Especialista em Direito Tributário e Mestre em Direito Econômico e Financeiro pela Faculdade de Direito da Universidade de São Paulo. Advogada em São Paulo.

**Paulo Cesar Conrado**
Mestre e doutor em Direito Tributário pela PUC/SP, Juiz Federal em São Paulo, coordenador do grupo de estudos e do curso de extensão "Processo tributário analítico" do IBET (Instituto Brasileiro de Estudos Tributários), coordenador do projeto "Macrovisão do crédito tributário" (FGV Direito SP).

**Pedro Guilherme Accorsi Lunardelli**
Advogado. Mestre e Doutor pela PUC/SP. Professor Convidado da PUC/SP-COGEAE. Professor Conferencista do IBET.

**Priscila Faricelli de Mendonça**
Advogada em São Paulo. Mestre em Direito Processual Civil pela FDUSP. Especialista em Direito Tributário. Membro do Centro Brasileiro de Estudos e Pesquisas Judiciárias (CEBEPEJ), do Centro de Estudos Avançados de Processo (CEAPRO), do Comitê Brasileiro de Arbitragem (CBAR) e do Instituto Brasileiro de Direito Processual Civil (IBDP).

**Regina Helena Costa**
Livre-docente em Direito Tributário, Doutora e Mestre em Direito do Estado pela PUC/SP. Professora de Direito Tributário dos cursos de graduação e pós-graduação em Direito da PUC/SP. Ministra do Superior Tribunal de Justiça.

**Roberto França de Vasconcellos**
Professor do Programa de Pós-Graduação Lato Sensu (GVLaw) e do Stricto Sensu (Mestrado Profissional) da FGV Direito SP; professor da Escola de Administração de Empresas de São Paulo da Fundação Getulio Vargas (EAESP-FGV); mestre em Direito Tributário Internacional (LL.M.) pela Ludwig Maximillian Universität München, Alemanha; doutor em Direito pela Faculdade de Direito da Universidade de São Paulo (FDUSP); advogado em São Paulo.

**Rodrigo Santos Masset Lacombe**
É Professor assistente de Direito Tributário, Administrativo e Econômico da Universidade Federal de Goiás – UFG, especialista em Direito Tributário pelo IBET/IBDT (2000) e em Ciências Jurídico-Políticas pela Faculdade de Direito da Universidade de Lisboa (2005), mestre em Ciências Jurídico-Políticas também pela Faculdade de Direito da Universidade de Lisboa (2009 – titulo revalidado pela UFU). Doutorando em Direito Constitucional e Processual Tributário pela Pontifícia Universidade Católica/SP, membro do Conselho editorial da Revista de Direito Tributário Internacional da qual é co-fundador. Foi Conselheiro Titular da 1a Turma Ordinária da 2a Câmara da 2a Seção do Conselho Administrativo de Recursos Fiscais do Ministério da Fazenda – CARF no triênio 2011-2014. Advogado Militante.

**Sidney Stahl**
É advogado militante, Mestre em Direito Constitucional e Doutor em Direito Tributário pela Pontifícia Universidade Católica - PUC/SP. Pós-graduado *lato sensu* em Administração Contábil e Financeira (CEAG) pela Fundação Getúlio Vargas de São Paulo. Foi conselheiro titular da 3ª Seção do Conselho Administrativo de Recursos Fiscais do Ministério da Fazenda – CARF.

**Tathiane Piscitelli.**
Doutora em direito pela USP. Professora da Escola de Direito de São Paulo da Fundação Getulio Vargas – FGV Direito SP.

**Vanessa Rahal Canado**
Doutora e Mestra em Direito Tributário pela PUC/SP. Professora da FGV Direito SP (graduação e pós-graduação). Advogada em São Paulo.

**Victor de Luna Paes**
Especialista em Direito Material Tributário pelo Instituto de Estudos Tributários – IBET. Ex-Juiz do Tribunal de Impostos e Taxas/SP. Advogado.